트웰브 1

저스틴 크로닌 장편소설

송섬별 옮김

THE TWELVE

트웰브 1

arte

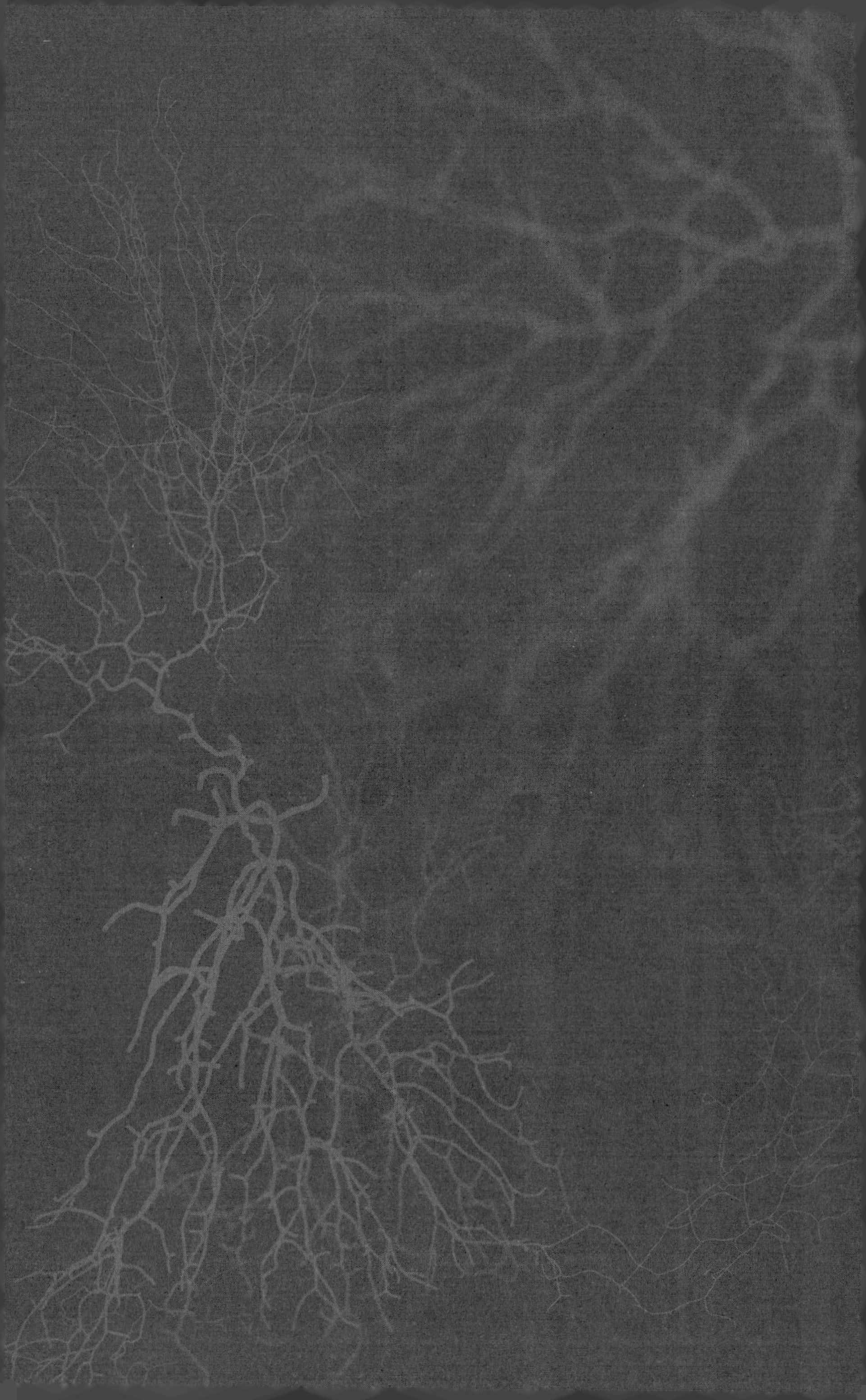

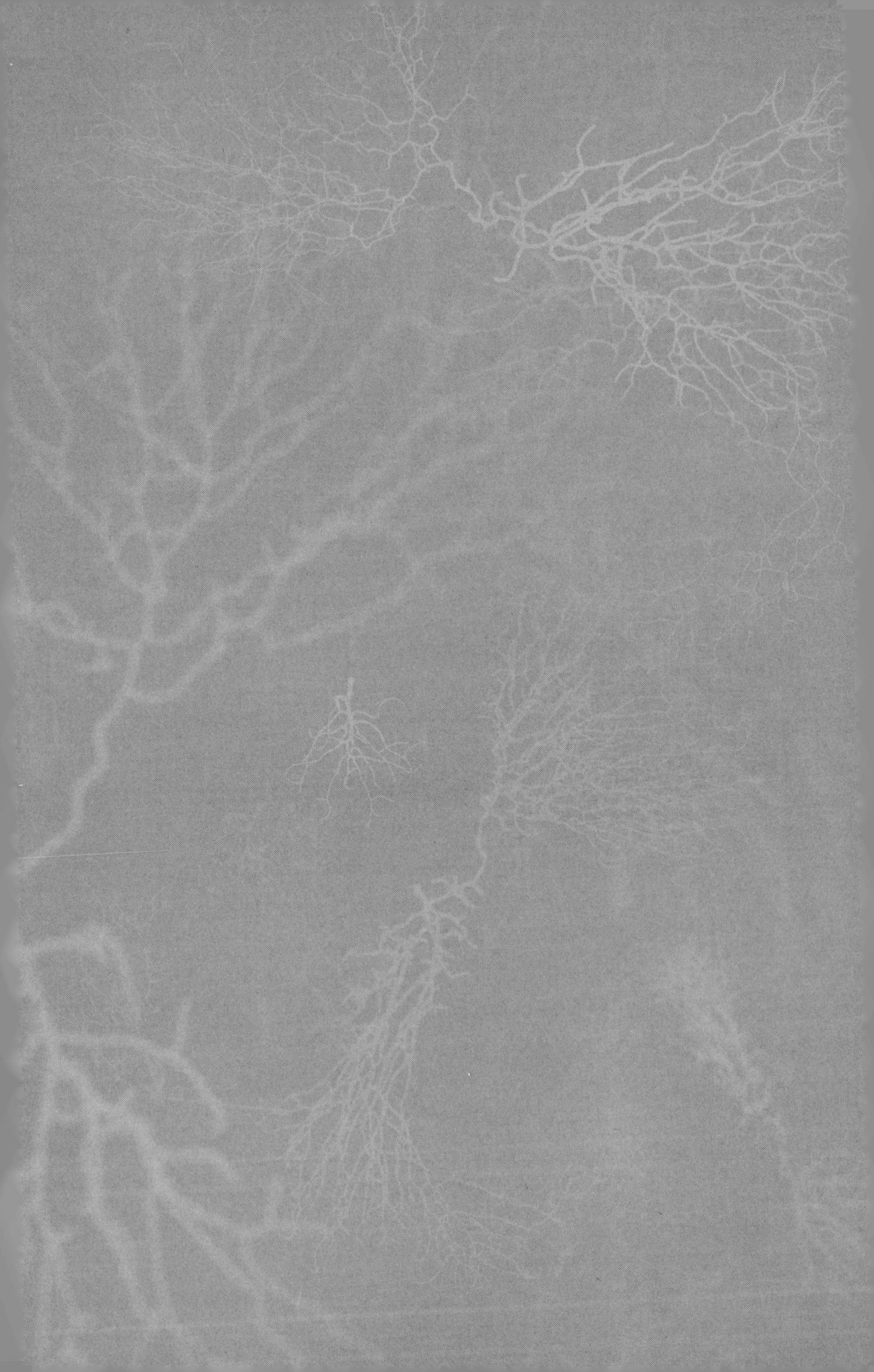

최초의 기록자가 남긴 글 (「트웰브의 서」)에서

북아메리카 격리기간에 관한 3차 국제회의 발표 자료

인도-오스트레일리아 공화국 뉴사우스웨일스대학교

인류 문명 및 갈등 연구소

A.V. 1003년 4월 16일-21일

[발췌 시작]

제1장

1. 세상이 부정에 물들고 인간이 가슴에 전쟁을 품어 살아 있는 만물을 오염시키니 세상이 죽음의 꿈만 같더라.
2. 인류가 하느님의 영을 품지 아니하니 하느님은 피조물을 슬픔으로 내려다보리라.
3. 하느님이 말씀하시매 노아의 시절과 같이 대홍수가 세상을 쓸어내리게 할지어다. 이번에는 피의 홍수일지어다. 인간이 가슴에 품은 괴물이 실체가 되어 가는 곳에 있는 만물을 집어삼키리다. 그 괴물을 바이럴이라 부를지어다.
4. 최초의 바이럴은 사악한 마음을 감추고 의인의 모습으로 나타났다

가 병에 걸려 감히 눈을 두지 못할 괴물을 닮아갈지어다. 그는 멸망의 아비로 제로라 불릴지어다.

5. 이에 인간은 말할지어다. 이 존재는 가장 막강한 군인이 될 수 있을 것이며, 적군이 그의 앞에서 눈을 가리려 무기를 내려놓으리라.
6. 최고의 관직에서 칙령을 내려 열두 명의 범죄자를 골라 제로의 피를 나누고 하나의 이름으로 똑같이 악마가 되게 하니, 뱁콕-모리슨-차베스-배프스-터럴-윈스턴-소사-에콜스-램브라이트-마르티네스-라인하르트-카터가 '트웰브'가 될지어다.
7. 그러나 내가 너희들 속에 순결한 마음과 정신을 지닌 한 어린아이를 내려보내고 짐승들의 소요로 그 조짐을 알리리라.
8. 이 아이가 에이미로 그 이름은 사랑이며 영혼의 에이미이며 '문득 나타난 소녀'일지니.
9. 멤피스의 짐승들이 울부짖고 비명을 지르고 발을 구르며 조짐을 퍼뜨리니 신 앞의 자매 레이시가 이를 목격하리라. 하나님이 말씀하시기를.
10. 너 역시 에이미의 조력자로 선택되어 그에게 갈 길을 알려줄지니, 그가 가는 길을 너도 갈 것이며 그 여정은 대대로 이어지는 고난으로 가득할지어다.
11. 내가 에이미의 안에 덕 있는 영혼을 실을 방주를 지으니, 너는 내가 망가진 세상을 치유하려 보낸 이 아이의 어머니가 되어라.
12. 이에 레이시는 하느님의 명을 받들어 이를 실행하였다.

제2장

1. 에이미가 콜로라도로 가 악인들의 포로가 되니 이곳은 제로와 트웰

브가 사슬에 묶여 거하는 장소더라. 에이미의 정신을 그들과 연결해 똑같은 악마로 만드는 것이 억류자의 의도일지니.

2. 이에 에이미가 제로의 피를 수혈하여 죽음에 이르는 무의식에 빠지었다. 그럼에도 에이미는 죽지도 괴물의 형상을 취하지도 않으며 이는 모두 하느님의 계획이로다.
3. 에이미가 무의식의 나날을 보내다가 재앙이 일어 트웰브와 제로가 탈출해 세상에 죽음을 풀어놓으니, 시간은 '지난 역사'와 '후일의 역사'로 나누어지더라.
4. 그럼에도 한 사내가 에이미의 친구가 되어 그를 동정하여 이곳에서 빼내노니, 그의 이름은 울가스트로 하나님이 사랑하는 그 세대의 의인이더라.
5. 에이미와 울가스트가 함께 오리건 깊은 산속으로 들어가 '제로의 해'를 견디노니.
6. 이때 트웰브가 허기를 품고 세상에 나타나 만물을 죽이며, 잡아먹지 않은 이를 정신에 연결하느니라. 이렇게 트웰브가 백만 겹의 트웰브 바이럴 부족을 만들어내니, 이들 중 '다수'가 이름도 기억도 없이 세상을 돌아다니며 모든 생명에 깃드느니라.
7. 세월이 지나 울가스트가 아비 없고 제 자식도 아닌 에이미의 아비가 되고, 아비와 똑같이 에이미를 사랑하며 에이미도 울가스트를 사랑할지니.
8. 에이미가 늙지 않고 병들지 않고 음식도 휴식도 취하지 않으니, 울가스트는 그가 세상 여느 생명과도 다름을 알지어다. 울가스트는 자신이 죽고 나면 에이미가 무엇으로 변할지를 두려워하느니라.
9. 그러다 시애틀에 한 사내가 나타나자, 그가 괴물이 되지 않도록 울

가스트는 그를 살해하느니라. 이제 세상은 괴물들의 장소가 되며 그들 외에 살아 있는 이는 없느니라.

10. 그렇게 두 사람은 서로 사랑하며 아비와 딸로 살다가, 어느 날 눈이 멀 만큼 밝은 빛이 하늘을 메우니 다음 날 아침에는 썩은 내를 풍기는 역겨운 공기가 퍼지며 모든 것이 재로 덮이느니라.
11. 이 빛이 죽음의 빛이므로 울가스트는 시름시름 앓다 죽노니, 에이미는 친구 없이 바이럴과 더불어 홀로 세상을 돌아다니느니라.
12. 이렇게 흘러간 시간이 도합 팔십 년 하고도 열둘이더라.

제3장

1. 에이미가 구십팔 세 되는 해에 캘리포니아의 한 도시에 도착하니 도시의 이름은 '퍼스트 콜로니'로 성벽 안에 거하는 오십 인은 '지난 역사'에 필라델피아에서 온 아이들의 후손이니라.
2. 세상을 모르는 이들이 에이미를 보고 겁에 질려 그를 헐뜯고 감옥에 가두니 소동이 벌어지고, 에이미는 친구들과 함께 떠날지어니.
3. 이들이 피터, 알리시아, 사라, 마이클, 홀리스, 테오, 모사미와 하이톱으로 총 여덟 명이더라. 덕성을 타고나 자신들이 거하던 도시 바깥 세상을 보고자 하였으니.
4. 이 중에서도 첫째가 피터이며 둘째가 알리시아, 셋째가 사라, 넷째가 마이클이며 나머지도 하느님의 축복을 받았느니라.
5. 이들은 함께 어둠을 헤치고 세상의 비밀을 찾으러 콜로라도로 나서니 야생에서 일 년 하고도 반을 보내며 수많은 고난을 거치는데, 그중에서도 헤이븐이 가장 큰 고난이더라.
6. 이들이 라스베이거스에서 포로가 되어 트웰브의 첫째인 뱁콕을 마

주치느니라. 이 도시는 뱁콕과 그의 '다수'의 노예이며 보름이 오면 인간 제물을 둘씩 바치며 생명을 이어가느니.

7. 에이미와 친구들은 희생의 장소에 던져져 겉모습이 끔찍한 뱁콕과 맞서느니라. 수많은 생명이 이때 죽느니라. 에이미의 일행은 죽음을 피하려 그곳을 떠나느니라.
8. 그중에서 한 소년이 죽으니 이름은 하이톱이며 에이미와 친구들이 그를 땅에 묻고 추모의 표시를 하나니.
9. 일행 중 가장 사랑받던 하이톱의 죽음에 모두가 슬픔에 잠기느니라. 그럼에도 뱁콕과 '다수'가 그들을 쫓으니 지체하지 못하느니라.
10. 시간이 지나 에이미와 친구들은 하나님의 축복으로 오랜 세월 인적 없던 빈집을 찾느니라. 이곳을 농장이라 하였다. 이들이 여기서 총 일곱 날을 안전하게 휴식하느니라.
11. 그러나 이들 중 둘이 이곳에 남으니 여자가 아이를 품어서이다. 하느님의 축복을 받은 이 아이는 태어나 케일럽이라 불리었다.
12. 하여 둘을 남겨둔 나머지가 여정을 계속하였다.

제4장

1. 에이미와 친구들이 밤낮을 달려 콜로라도로 가니 이곳에서 총 다섯 명의 군인을 만나느니라. 이 군인들은 텍사스에서 온 탐사대라 불리었다.
2. 텍사스는 세상에 남은 대피소로, 군인들은 동료를 위해 죽음의 서약을 하고 바이럴과 싸우러 다른 땅으로 떠나왔으니.
3. 일행 중 하나가 탐사대에 합류하여 군인이 되니 그가 즉 '칼날의 알리시아'라 불리는 알리시아일지어다. 또한 군인 중 하나가 일행에 합

류하니 그는 충직한 루시어스이다.

4. 그들이 지체하는 동안 겨울이 오고 일행 중 넷은 텍사스의 군인들과 동행하려 하나, 에이미와 피터는 둘이서 여정을 지속하고자 하니.
5. 두 사람이 에이미가 만들어진 장소에 도착해 산꼭대기에서 하느님의 천사를 만나 천사가 그들에게 말하노니.
6. 나는 네 기억 속 레이시이니 두려워 말라. 네게 길을 알려주려 수십 년을 여기서 기다렸으니, 그 길을 너의 동반자인 나날의 인간 피터에게도 알려주겠노라.
7. 노아의 시대와 마찬가지로 하느님이 큰 배를 만들어 멸망의 바다를 건너게 하였으며, 에이미가 그 배일지어다. 또한 피터가 친구들을 뭍으로 이끄는 이가 될지어다.
8. 하여 하느님이 망가진 것들을 하나로 잇고 의인의 영혼을 위안할지어다. 이를 '패시지'라 부를지어다.
9. 천사 레이시가 트웰브 중 첫째인 뱁콕을 어둠에서 소환하여 큰 전투를 벌이느니라. 이때 빛이 폭발하며 레이시가 뱁콕을 죽여 그의 영혼을 하느님께 보내느니라.
10. 이에 뱁콕의 '다수'가 풀려나 '지난 역사'의 자기 모습을 기억해내니 남자와 여자, 남편과 아내, 부모와 자식이었느니라.
11. 에이미가 이들 사이로 걸으며 차례로 모두를 축복하니, 이는 그가 망각의 긴 밤들 속에서 그들의 영혼을 이끄는 배가 되라는 하느님의 계획대로였다. 이렇게 그들의 영혼은 세상을 떠나고 그들이 죽음을 맞으니.
12. 이렇게 에이미와 그 친구들은 그들 앞에 놓인 미래를 알게 되니, 그들의 여정은 가파르며 또한 시작에 불과하도다.

I

유령

A. V. 97년 여름

퍼스트 콜로니의 멸망 5년 뒤

내가 떠나거든 나를 기억해줘요.
내가 침묵의 땅에서 머나먼 곳으로 떠나거든.

- 크리스티나 로제티, 「기억해줘요」

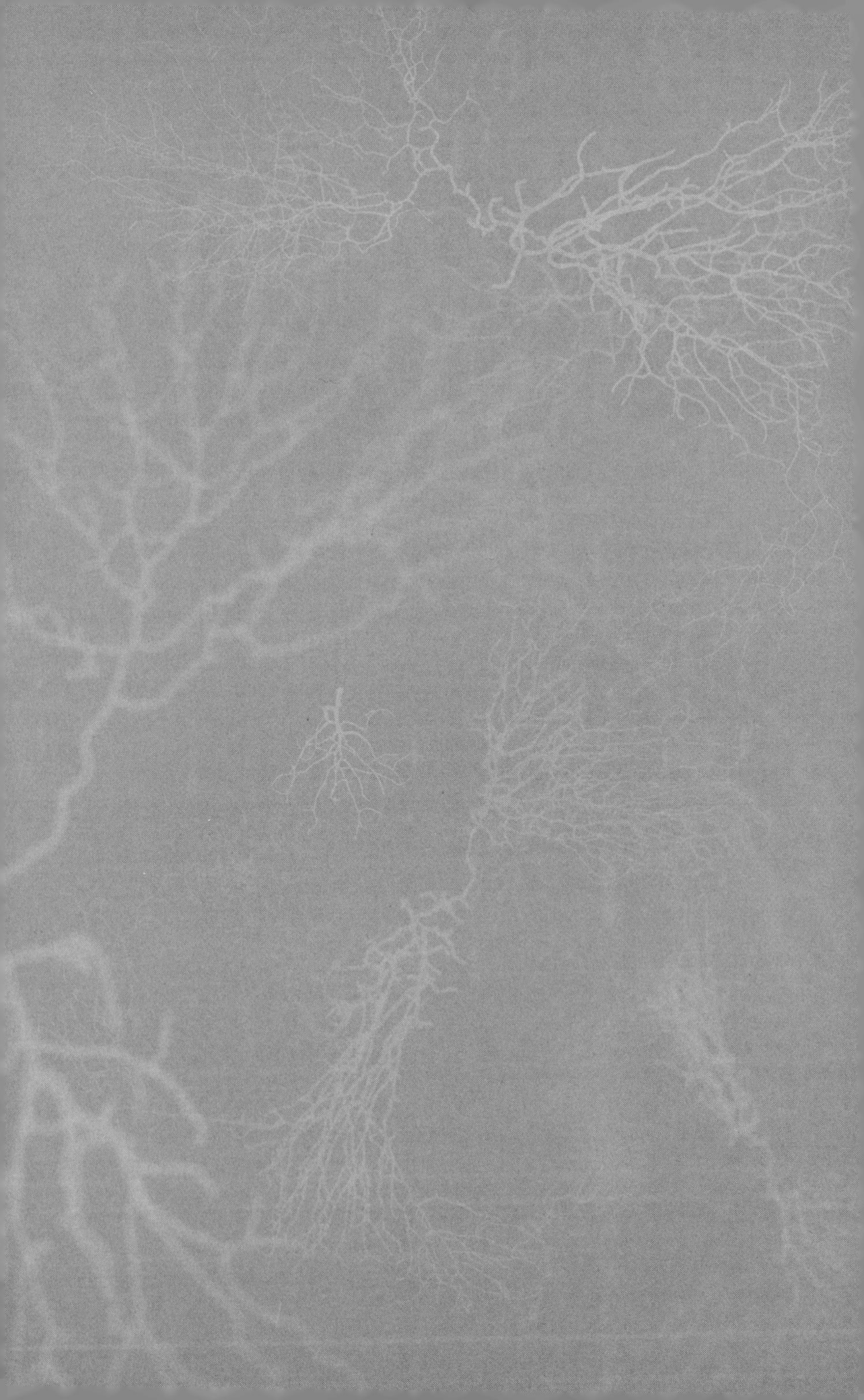

1

텍사스 커빌, 자매회 고아원

저녁 식사와 기도가 끝나고 목욕을 하는 날이면, 목욕까지 마친 뒤 잠자리에 들기 전 실랑이를 벌이던 (“제발요, 자매님, 조금만 더 있다가 자면 안 돼요? 이야기 딱 하나만 더 해주면 안 돼요?”) 아이들이 마침내 잠들고 모든 게 고요해진 후, 에이미는 아이들을 지켜보았다. 항상 그랬다. 수녀들은 다들 에이미가 밤에 돌아다니는 데 익숙해졌다. 에이미는 조용한 방을 유령처럼 떠돌며 아이들이 눈을 감고 평온하게 잠든 침대들 사이를 걸어갔다. 제일 큰 아이는 성인이 되기 직전인 열세 살이었고 가장 어린 아이들은 아기였다. 아이들에게는 제 나름의 사연이 있었는데 전부 슬픈 이야기였다. 세금을 낼 수 없는 부모들이 버리고 간 셋째 아이인 경우가 많았고, 몇몇은 더 괴로운 사정이 있었는데 어머니가 아이를 낳다가 죽었거나, 결혼을 하지 않아 수치심에 아이를 버린 경우였다. 아버지가 도시에 흐르는 어두운 암류 속으로 사라졌거나, 성벽 밖으로 쫓겨난 경우도 있었다. 아이들의 출신지는 다양했으나 운명은 모두 같을 것이다. 여자아이들은 자매회의 수녀가 되어 평생 기도와 명상으로 시간을 보내며 한때의 자기 같은 아이들을 돌볼 것이고, 남자아이들은 군인이 되어 원정대에 합류할 것이다. 즉, 서약의 종류는 다르더라도 수녀가 되는 것처럼 정해진 운명을 받아들이게 되는 것이다.

그래도 꿈속에서는 아직도 아이에 불과할 거라고 에이미는 생각했다. 에이미 자신의 어린 시절은 아주 먼 기억 흐려진 역사 속이지만, 잠든 아이들과 그 아이들의 감은 눈꺼풀 아래 꿈이 깜박거리는 모습을 보고 있으면, 그 시절이 가깝게 느껴지기도 한다. 세상의 아주 작은 존재였던 시절, 앞으로 다가올 기나긴 여정을 까맣게 모르던 시절 말이다. 시간은 에이미 안에 광대하게 펼쳐져 있어서 어느 때와 다른 때를 구분하기가 어려웠다. 아마 그래서 에이미가 아이들 사이를 돌아다니는 것이 아닐까. 기억하기 위해서.

에이미가 맨 마지막으로 찾아간 곳은 케일럽의 침대였다. 케일럽이 자신을 기다릴 테니까. 아기 케일럽은 이제 아기가 아니라 여느 아이들과 마찬가지로 힘이 넘치는 어린이로 언제나 놀랍고도 재미있고 깜짝 놀랄 정도로 솔직한 다섯 살이 되었다. 어머니에게서는 깎아지른 듯 높이 솟은 광대뼈와 가문에 흐르는 올리브색 피부를 물려받았고, 아버지에게서는 강인한 눈빛과 검은 눈, 그리고 집안의 유전이라 콜로니에서는 '잭슨 가문의 머리'라고들 하던 거칠거칠한 검은 머리를 물려받아 지금은 바짝 깎고 있었다. 마치 두 집안의 조각들이 퍼즐처럼 맞물린 것처럼 조합되어 만들어진 신체였다. 케일럽의 눈을 들여다보면 그들이 보였다. 그 아이는 모사미였다. 또 테오였다. 동시에 오로지 케일럽이기도 했다.

"엄마 아빠 이야기해주세요."

매일 밤 되풀이되는 의식이었다. 마치 케일럽 자신의 기억에는 없는 과거를 찾아가기 전에는 잠이 못 드는 것만 같았다. 에이미는 늘 그랬듯이 아이의 침대 끄트머리에 걸터앉았다. 담요 아래 어린아이다운 마른 몸이 너무 작아서 윤곽이 거의 드러나지 않을 정도였다. 주변에는 열두 명의 잠든 아이들이 침묵의 합창을 자아내고 있었다.

"그래," 에이미가 입을 열었다. "네 엄마는 정말 아름다웠단다."

"전사였어요."

"맞아." 에이미가 미소를 지으며 대답했다. "아름다운 전사였지. 검은 머리는 전사답게 땋아 늘어뜨렸어."

"활을 쏠 때 거슬리면 안 되니까요."

"맞아. 그런데 네 엄마의 무엇보다 큰 특징은 완고한 성격이었단다. 완고하다는 게 무슨 뜻인지 아니? 지난번에 설명해줬었지."

"고집이 세다?"

"맞아. 하지만 좋은 의미의 고집이란다. 만약 네게 저녁 먹기 전 손을 씻으라고 했을 때 네가 말을 안 듣는다면 그건 나쁜 고집이지. 네 엄마는 항상 자신이 옳다고 믿는 일을 했단다."

"저를 낳은 것처럼요?" 케일럽은 한참 동안 말을 고르다가 입을 열었다. "왜냐하면………… 세상에 빛을 가져다주는 게 옳은 일이라고 생각했으니까요."

"맞아, 기억하는구나. 네가 밝은 빛이라는 걸 잊어선 안 돼, 케일럽."

아이의 얼굴에 따스한 행복의 빛이 퍼져갔다. "테오 이야길 해주세요. 우리 아빠요."

"네 아빠?"

"제발요."

에이미는 웃었다. "좋아. 네 아빠 이야길 해주지. 일단, 네 아빠는 정말 용감했어. 용감한 사람이었단다. 엄마를 정말 사랑했고 말이야."

"하지만 슬펐잖아요."

"맞아, 네 아빤 슬픔이 많은 사람이었어. 하지만 그 슬픔 때문에 용감할 수 있었던 거지. 네 아빠는 세상에서 제일 용감한 일을 해냈거든. 그게 뭔지 알겠니?"

"희망을 품는 거요."

"맞아. 희망이 없을 것 같은 상황에서 희망을 품는 거. 너도 꼭 기억하렴." 에이미는 몸을 숙여 어린아이답게 뜨겁고 촉촉한 이마에 입을 맞췄다. "늦었다, 이제 자야지. 내일을 생각하면 말이야."

"엄마 아빠………… 절 사랑했었어요?"

에이미는 놀랐다. 질문 자체는 케일럽이 여태 확인이라도 받으려는 듯 수도 없이 해온 것들이지만, 이번에는 아이의 목소리가 자신 없게 들려서였다.

"당연하지, 케일럽. 여러 번 말했잖아. 엄마 아빠는 널 정말 사랑하셨단다. 아직도 사랑하셔."

"엄마 아빠는 천국에 계세요."

"맞아."

"천국은 우리가 영원히 함께할 수 있는 곳이에요. 영혼들이 가는 곳요." 케일럽이 에이미의 눈길을 피하더니 입을 열었다. "사람들이 에이미 나이가 아주 많다고 해요."

"누가 그러던, 케일럽?"

"몰라요." 케일럽은 담요에 고치처럼 돌돌 말린 채로 어깨를 살짝 으쓱했다. "다들 그래요. 다른 수녀님들요. 이야기하는 걸 들었어요."

처음 듣는 이야기였다. 에이미가 알기로 진짜 사연을 아는 사람은 페그 수녀가 유일했다.

"글쎄." 에이미는 마음을 추슬렀다. "너보다는 나이가 많지. 그건 확실해. 그러니까 이제 잘 시간이야."

"가끔 엄마 아빠가 보여요."

그 말에 에이미는 가슴이 덜컹했다. "케일럽? 무슨 소리니?"

하지만 아이는 에이미를 보고 있지 않았다. 그의 시선은 자기 안을 향하고 있던 것이다. "밤에요. 자고 있을 때."

"꿈에서 본다는 말이구나."

아이는 대답이 없었다. 에이미는 담요 위로 케일럽의 팔에 손을 얹었다. "괜찮아, 케일럽. 마음의 준비가 되면 말해주렴."

"그런 거랑은 달라요. 꿈이랑은 다른 거예요." 케일럽이 다시 에이미의 눈을 바라보았다. "에이미도 보여요."

"내가?"

"그런데 그때는 달라요. 지금이랑은 달라요."

에이미는 케일럽이 말을 잇기를 기다렸지만, 거기까지였다. 어떻게 다르다는 소릴까?

"엄마 아빠가 보고 싶어요." 아이가 말했다.

에이미는 이 이야기는 여기까지만 하는 게 좋겠다는 생각으로 고개를 끄덕였다. "알아. 나중에 다시 만나게 될 거란다. 그래도 지금은 내가 있잖아. 또, 피터 삼촌도 있지. 곧 돌아오실 거야."

"'원장대'(케일럽이 '원정대'를 잘못 발음한 말-옮긴이)랑 같이요." 문득 아이의 얼굴에 결연한 빛이 감돌았다. "커서 피터 삼촌처럼 군인이 될 거예요."

에이미는 다시 한번 아이의 이마에 입을 맞춘 뒤 일어섰다. "원한다면 당연히 될 수 있을 거야. 그럼 이제 자려무나."

"에이미?"

"왜, 케일럽?"

"엄마 아빠처럼 에이미를 사랑해준 사람도 있었어요?"

아이의 침대 옆에 서 있는 에이미에게 기억이 쏟아져 내리기 시작했다. 봄밤, 원을 그리며 돌던 회전목마, 슈거파우더의 맛, 숲속의 호수와 오두막집, 커다란 손이 그녀의 손을 잡고 있던 촉감. 눈물이 차올라 목이 메었다.

"그랬을 거야. 그랬기를 바라."

"피터 삼촌도요?"

그 말에 에이미는 놀라며 얼굴을 찌푸렸다. "왜 그런 말을 하니, 케일럽?"

"몰라요." 아이는 또다시 어깨만 으쓱했는데 이번에는 살짝 부끄러워하는 것 같았다. "피터 삼촌이 에이미를 볼 땐 항상 웃고 있으니까요."

"글쎄." 에이미는 아무렇지도 않은 척하려고 애썼다. 정말 아무렇지도 않은 걸까? "널 보면 행복하니까 웃으시는 거야. 이제 자렴. 약속해줄 거지?"

아이는 얼굴을 찌푸렸다. "약속할게요."

바깥으로 나오자 빛이 쏟아지고 있었다. 콜로니의 대낮같이 밝은 빛은 아니었고 – 커빌은 그러기에는 너무 컸다 – 그보다는 어스름 녘이 한없이 계속되는 것처럼, 가장자리를 따라 조명등이 밝혀지고 머리 위에는 별들이 보였다. 에이미는 그늘에 몸을 숨긴 채로 마당을 벗어났다. 성벽 아래에 사다리를 놓았다. 에이미는 누구의 눈치도 보지 않고 성벽을 올랐다. 성벽 위에는 보초가 서 있었다. 가슴팍이 떡 벌어진 중년 남자로 가슴 앞을 가로질러 소총을 메고 있었다.

"뭐 하는 거야?"

하지만 보초가 한 말은 그것이 전부였다. 그가 잠에 빠지자 에이미는 그의 몸을 캣워크 위, 성벽에 기대앉혀 놓고 소총은 무릎 위에 올려놓았다. 잠에서 깨면 에이미를 마주쳤던 기억은 환각에 가까운 파편으로만 남을 것이다. 여자애를 본 것 같은데, 투박한 회색 옷을 입은 수녀였던 것 같은데. 어쩌면 그는 자기 힘으로 깨어나지 못하고 동료의 눈에 발견되어 불침번 중에 잠들었다고 문책당할지도 모른다. 영창에서 며칠 보내야겠지만, 그렇게 심각한 것도 아닐 테고, 어차피 그의 말을 아무도 믿지 않을 것이다.

에이미는 캣워크를 지나 비어 있는 플랫폼으로 갔다. 순찰대가 10분에 한 번씩 돌아다니니 그녀에게 주어진 시간은 그게 다였다. 조명등의 불빛이 빛나는 액체처럼 바닥으로 쏟아지고 있었다. 에이미는 눈을 감고 마음속을 비운 뒤 정신을 바깥으로, 허공으로 밀어 보냈다.

–내게 와.

–내게 와 내게 와 내게 와.

그러자 그들이 어둠 속에서 미끄러지듯 나타났다. 첫 번째, 그다음, 또 다음, 그들이 차례차례 나타나 어둠의 가장자리에 몸을 웅크린 채 빛이 나는 한 무리를 이루었다. 에이미의 마음속에서 목소리가 들렸다. 언제나 그 목소리, 목소리, 그리고 질문.

나는 누구지?

에이미는 기다렸다.

나는 누구지 나는 누구지 나는 누구지?

그가 너무나도 그리웠다. 울가스트, 그녀를 사랑했던 사람. 어디 있어요? 에이미는 생각했다. 외로움에 가슴이 아려왔다. 그녀의 안에서 시작된 새로운 일이 일어나기 시작한 뒤로 매일 밤 그의 부재가 날카롭게 느껴졌다. 왜 날 혼자 남겨뒀어요? 하지만 이제 울가스트는 없었다. 바람 속에도, 하늘에도, 지구가 서서히 돌아가는 소리 안에도. 울가스트라는 사람은 사라졌다.

나는 누구지 나는 누구지 나는 누구지 나는 누구지 나는 누구지?

에이미는 할 수 있는 만큼 오래 기다렸다. 시간이 점점 사라지고 있었다. 그때 캣워크를 걸어오는 발소리가 들렸다. 보초였다.

—너희들은 나야.

에이미가 말했다.

—너희들은 나야. 이제 가렴.

그러자 그들은 어둠 속으로 흩어졌다.

2

뉴멕시코주 로스웰에서 122킬로미터 떨어진 지점

9월의 따뜻한 저녁, 집에서 멀리 떠나온 지 오랜 시간이 지난 알리시아 도나디오 중위 – '칼날의 알리시아', '새로운 존재', 위대한 나일스 커피의 수양딸이자 텍사스 공화국의 제2원정대 군단의 일원으로 서약하고 맹세한 정찰저격병 – 는 바람에 실려 오는 피 냄새에 잠에서 깼다.

알리시아는 스물일곱 살, 키는 170센티미터, 어깨와 골반이 탄탄하고 붉은 머리는 박박 깎은 채였다. 한때는 푸른색이었던 눈은 두 개의 석탄이 타는 것 같은 오렌지색으로 빛이 났다. 알리시아는 최소한의 것들만 소지하고 움직였다. 잘라낸 캔버스 천을 가황 고무로 엮어 만든 샌들을 신고, 무릎과 엉덩이가 닳아빠진 데님 바지, 속도를 내기 위해 소매를 잘라낸 면 저지를 입고 있었다. 상체에 교차해서 두른 두 개의 탄띠에는 그녀의 트레이드마크인 여섯 개의 강철 칼을 꽂고 있었다. 등에는 튼튼한 마 끈을 달아 석궁을 메고 있었다. 허벅지의 총집에는 최후의 수단인, 9발 탄창을 장착한 45구경 반자동 브라우닝 권총이 들어 있었다.

여덟 그리고 하나라는 말이 있었다. 여덟 발은 바이럴을 위해, 한 발은 자신을 위해. 여덟 그리고 하나면 모두 끝이었다.

이곳은 칼즈바드라는 이름을 가진 마을이었다. 세월이 흐르며 이 마을은 거대한 빗자루로 쓸어버린 것처럼 아무것도 없는 폐허가 되었지만, 아직도 건물 몇 채는 남아 있었다. 텅 빈 집들, 곰팡이가 슨 헛간, 시간의 흐름을 보여주는 고요한 폐허. 알리시아는 낮에는 아직 금속제 차양이 남아 있는 주유소의 그늘에서 쉬다가 해 질 녘에야 일어나 사냥에 나섰다. 석궁 한 발로 산토끼의 목을 꿰뚫은 다음, 가죽을 벗기고 메스키트 가지로 모닥불을 피워 구운 다음에 타닥타닥 타는 불 위에서 힘줄 많은 엉덩이 살을 떼어냈다.

서두를 것은 없었다.

알리시아는 규칙과 의식을 중시했다. 바이럴이 잠든 동안에는 사냥하지 않았다. 가급적 총도 사용하지 않았다. 시끄럽고 엉성한 데다가 작업에 어울리지 않아서였다. 알리시아는 칼로 재빠르게 놈들을 해치우거나 석궁을 가지고 깔끔하게 후회 없이 처리했으며 언제나 마음속으로 자비를 빌었다. "집으로 보내줄게, 형제자매여. 존재라는 감옥에서 너희들을 해방시켜줄게." 그렇게 바이럴을 죽이고 나면 시체에서 칼을 뽑은 다음에 손잡이를 이마와 가슴, 즉 머리와 심장에 차례로 가져다 대면서 언젠가 때가 되면 자기 역시 이들처럼 천국으로 갈 수 있도록 용기를 잃지 말자는 마음으로 바이럴의 명복을 빌었다.

그녀는 밤이 오길 기다렸다가 모닥불을 끄고 어둠 속으로 나섰다.

지난 며칠간 그녀는 저지대 관목이 우거진 널따란 평원을 따라왔다. 남쪽과 서쪽으로는 그늘에 덮인 산등성이가 버티고 서 있었고 산줄기는 골짜기 바닥까지 이어져 있었다. 알리시아가 바다를 본 적이 있었더라면 분명 그녀는 이곳이 바다라고 생각했을 것이다. 거대한, 지상 위의 바다와 같은 이 계곡 바닥, 그리고 군데군데 동굴이 파여 있고 시간이 멈춘 것 같은, 상상할 수 없는 괴물들이 땅 위와 바다를 돌아다니던 시절의 거대한 암초의 흔적인 것만 같은 산을 말이다.

오늘 밤엔 어디에 있니? 알리시아는 생각했다. *어디에 숨어 있는 거야, 피를 나눈 내 형제자매들아.*

알리시아는 세 개의 목숨을 가진 사람이었다. 두 개는 이전의 삶, 하나는 이후의 삶이었다. 첫 번째 삶에서 그녀는 어린아이에 불과했다. 세상은 웅크린 형상과 번쩍이는 불빛으로 가득했고 그것들은 아무 의미도 없이 그녀의 머리카락 사이를 바람처럼 훑고 지나갔을 뿐이다. 대령이 그녀를 콜로니 성벽 바깥으로 데리고 나가 아무것도, 칼 한 자루도 쥐여주지 않고 내버려 두었을 때 그녀는 여덟 살이었다. 그녀는 나무 아래에 앉아 밤새도록 울었고, 아침 해가 밝았을 때 그녀는 새로운 사람으로 변했다. 그때까지의 작은 소녀는 사라지고 없었다. 보이느냐? 어둑어둑한 곳에 앉아 있는 알리시아 앞에 대령이 무릎을 꿇고 앉아 물었다. 안아서 달래주지 않고 군인처럼 그녀를 똑바로 바라볼 뿐이었다. 이제는 이해하겠니? 그때 알리시아는 이해했다. 그녀의 목숨, 그녀의 존재라는 사소한 사건은 아무 의미도 없다는 것을. 그녀는 자신의 삶을 포기한 것이다. 바로 그날 그녀는 서약했다.

그러나 이는 이미 오래전의 일이었다. 그때 알리시아는 여자라기보다는 아이였다. 그러다가 무슨 일이 일어났지? 제3의 알리시아, 바이럴도 인간도 아닌 동시에 둘 다인 '새로운 존재'. 융합된 존재, 혼합된 존재이자, 완전히 동떨어진 존재로 변했다. 그녀는 보이지 않는 영혼처럼 바이럴 사이를 움직였고, 그들의 일부이면서 동시에 그들이 아닌, 그들의 유령의 유령이 되었다. 그녀의 혈관에는 바이러스가 흐르고 있었지만 '문

듯 나타난 소녀' 에이미에게서 받은 절반의 바이러스로 인해 균형을 유지하고 있었다. 콜로라도의 실험실에서 가져온 열두 개의 약병 중 하나에 담긴 것이었고 나머지 열한 개는 에이미 스스로가 불 속에 던져 없애버렸다. 에이미의 피가 알리시아의 목숨을 구했으나, 동시에 어떻게 보면 구하지 못했다고 할 수도 있었다. 이 피로 인해 원정대의 정찰저격병 알리시아 도나디오 중위를 세상에서 단 하나뿐인 존재로 만든 것이다.

때때로, 아주 자주, 언제나, 알리시아는 자신이 무엇인지 정확히 설명할 수 없었다.

그녀 앞에 오두막 하나가 나타났다. 모래에 반쯤 묻히고 기울어진 금속 지붕이 달린, 움푹 패고 구멍이 뻥뻥 뚫린 자국이 가득한 곳이었다.

그녀는…… 무언가를 느꼈다.

지금까지는 한 번도 느껴본 적 없는 이상한 기분이었다. 바이러스는 에이미만이 가진 힘을 알리시아에게 주지는 않았다. 에이미가 음이라면 알리시아는 양이었다. 바이럴이 가진 신체적인 힘과 속도는 얻었지만 바이럴들의 생각을 하나로 묶어주는 보이지 않는 거미줄에 연결되지는 않았다.

하지만, 정말 그럴까? 방금 무언가를, 그들을 느낀 것이 아닌가? 두개골 아래가 띵하고 울려오면서 거의 들리지 않는 희미한 소란이 그녀의 머릿속을 찾아왔다.

나는 누구지? 나는 누구지 나는 누구지 나는 누구지 나는 누구지……?

셋이었다. 전부 여성이었다, 한때는 그랬다는 말이다. 그리고 그게 전부가 아니었다. 알리시아는 – 어떻게 가능한 거지? – 셋 모두 똑같은 기억의 핵심을 나누고 있다는 것을 감지했다. 창문을 닫는 손과 빗소리.

새장 속에서 노래하는 선명한 털빛의 새. 어두운 방 문간에 서서 본 장면, 그리고 어린아이 두 명, 남자아이와 여자아이가 각자의 침대에서 자는 모습. 알리시아는 이 장면들을 마치 자기가 직접 본 것처럼, 그 모습과 소리와 냄새와 감정을 마치 조그만 불꽃 세 개가 그녀의 안에서 타고 있는 것 같은, 순수한 실재들의 혼합물처럼 느꼈다. 잠깐 알리시아는 말 없는 경외감을 담아 잃어버린 세계의 그 기억들을 잠시간 간직했다. '지난 역사'의 세계였다.

하지만 무언가가 더 있었다. 광대하고도 무정한 어둠의 수의가 이 기억들을 하나하나 둘러싸고 있었다. 이 때문에 알리시아는 뼛속까지 진저리가 쳐졌다. 이게 뭘까, 하고 생각하는 순간 알리시아는 깨달았다. 마르티네스라 불리는 자의 꿈이었다. 텍사스주 엘파소 출신의 훌리오 마르티네스, 트웰브 중 열 번째, 보안관을 살해한 죄로 사형 선고를 받은 이였다. 알리시아가 찾게 될 자가 바로 그였다.

마르티네스의 꿈속에서 그는 루이즈라는 이름의 여자 – 여자가 입은 블라우스 가슴에 달린 주머니에 구불구불한 서체로 이 이름이 새겨져 있었다 – 의 목을 전기선으로 조르면서 그녀를 강간하고 있었다.

오두막의 문은 녹이 슨 경첩에 간신히 붙어 있었다. 오두막 안은 좁았다. 공간이 더 있었으면 좋을 텐데, 상대할 바이럴이 셋이나 되었으니 말이다. 그녀는 앞쪽을 향해 석궁을 겨눈 채 살금살금 오두막 안으로 들어갔다.

바이럴 두 마리가 서까래에 거꾸로 매달려 있었고 나머지 한 마리는 구석에 쭈그리고 앉아 고깃덩어리를 춥춥 소리를 내며 물어뜯고 있었다. 방금 영양 한 마리를 잡아먹은 듯했다. 피가 다 빨려 나간 영양 사체의 잔해들과 털과 뼈, 가죽이 갈기갈기 찢어진 채 바닥에 널려 있었다. 배가 불러 정신이 없었는지 세 마리 모두 알리시아가 들어온 것을 알아차리지 못한 듯했다.

"좋은 저녁이야, 아가씨들."

알리시아는 석궁을 쏘아서 서까래에 매달린 바이럴 한 마리를 잡았다. 턱 소리가 나더니 억눌린 듯한 꽥액 소리와 함께 바이럴의 사체가 바닥으로 떨어졌다. 나머지 두 마리는 동요하고 있었다. 서까래에 매달려 있던 나머지 한 마리 바이럴이 무릎을 가슴에 닿도록 구부린 채 아래로 떨어지다가 중간 지점에서 몸을 한 바퀴 굴러 알리시아를 등진 방향으로 똑바로 착지했다. 알리시아는 석궁을 바닥에 떨어뜨린 뒤 칼을 꺼내 단숨에 베어버리고는, 일어서서 그녀를 마주 보고 있는 마지막 바이럴과 맞섰다.

둘을 해치웠으니, 남은 건 하나다.

쉬울 줄 알았는데, 아니었다. 두 번째 칼을 꺼내려는 순간 마지막 바이럴이 몸을 돌리며 그녀의 손을 세차게 쳐내는 바람에 칼은 소용돌이를 그리며 어둠 속으로 날아가 버렸다. 바이럴이 또다시 공격해오기 전에 알리시아는 몸을 숙여 바닥을 굴렀다. 새 칼을 꺼내 들고 일어섰을 때 바이럴은 사라지고 없었다.

제기랄.

그녀는 바닥에 떨어져 있던 석궁을 집어 들고 새 볼트를 장전한 뒤 바깥으로 뛰어나갔다. 도대체 어디 갔지? 그녀는 빠르게 두 번 도움닫기를 해서 쾅 소리를 내며 오두막 지붕에 착지했다. 재빨리 주변을 훑어보았다. 아무것도 없었다. 바이럴의 흔적은 보이지 않았다.

바로 다음 순간, 바이럴이 그녀의 등 뒤에 다가왔다. 함정이었어, 그녀는 깨달았다. 지붕 반대편에 숨어서 그녀를 기다리고 있었던 게 틀림

없었다. 알리시아는 발꿈치를 축으로 빙글 돌면서 본능에 따라 석궁을 겨냥했다. 다음 순간 나무가 쪼개지고 금속이 부서지는 굉음이 나면서 발아래 지붕이 무너지고 말았다.

알리시아는 헛간 바닥에 등을 댄 자세로 떨어졌고, 바이럴이 그녀의 몸 위로 올라탔다. 석궁은 어딘가로 떨어지고 없었다. 칼을 꺼내기에는, 알리시아는 팔 하나 거리에 바이럴을 붙들고 있느라 두 손을 쓸 수 없었다. 놈은 얼굴을 왼쪽으로, 오른쪽으로, 다시 왼쪽으로 갸웃거리면서 턱을 딱딱거리며 알리시아의 목을 물어뜯으려 겨냥했다. 움직이지 않는 사물의 저항할 수 없는 힘. 얼마나 더 오래 버틸 수 있을까? 침대에서 자고 있던 어린아이들이 생각났다. 이 바이럴은 바로 그 사람이었다. 문간에서 자고 있는 아이들을 지켜보던 여자. 아이들을 생각해, 알리시아는 그렇게 생각한 뒤 곧바로 그 생각을 입 밖에 냈다.

"아이들을 생각해."

바이럴이 딱 굳었다. 얼굴에 회한 가득한 표정이 떠올랐다. 일 초도 안 되는 그 짧은 순간 어둠 속에서 둘의 눈이 마주쳤다. 메리, 알리시아는 생각했다. 당신의 이름은 메리였어. 알리시아는 칼을 향해 손을 뻗었다. *집으로 보내줄게, 내 자매 메리,* 하고 알리시아는 생각했다. *존재라는 감옥에서 당신을 자유롭게 해줄게.* 그리고 그녀는 힘을 주어 위쪽을 향해 칼을 밀어 올려 바이럴의 급소에 칼자루까지 꽂아 넣었다.

알리시아는 바이럴의 시체를 옆으로 굴려 치웠다. 나머지 두 마리 바이럴은 죽은 자리에 그대로 있었다. 알리시아는 앞서 두 시체에서 칼과 볼트를 뽑아 깨끗하게 닦아낸 뒤, 마지막 바이럴의 시체 옆에 무릎을 꿇고 앉았다. 평소에 알리시아는 바이럴을 죽인 뒤 흐릿한 공허감 말고는 아무것도 느끼지 못했다. 그래서 지금 떨리는 자신의 손이 당황스러웠다. 어떻게 알았지? 왜냐하면, 알고 있었으니까. 알리시아는 이 여자의 이름이 메리라는 사실을 선명하게 알고 있었다.

알리시아는 사체에서 뽑은 칼을 자신의 머리와 가슴에 갖다 대었다. *고마워요, 메리. 내 일이 끝나기 전에 날 죽이지 않아서. 지금은 아이들과 함께이길 바라요.*

메리의 눈은 허공을 쳐다보고 있었다. 알리시아는 손끝으로 메리의 눈을 감겨주었다. 이대로 두고 떠날 수 없었다. 알리시아는 메리의 시체를 두 팔에 안고 바깥으로 끌고 나왔다. 초승달이 떠서 어둠 속에 빛을 뿌리고 있었다. 하지만 메리에게 필요한 것은 달빛이 아니었다. 밤하늘을 보며, 백 년을 살았으면 충분하지, 하고 알리시아는 생각한 다음에 메리의 시체를 한 뙈기 공터에 내려놓았다. 아침이 오면 햇빛이 비추고 바람 속에 유해를 흩뿌릴 곳이었다.

알리시아는 산을 오르기 시작했다.

하룻밤, 그리고 하룻낮이 지난 뒤였다. 그녀는 가느다란 골짜기를 따라 바싹 마른 강바닥을 타고 산을 오르는 중이었다. 바이럴의 기척이 이곳에서는 더 강하게 느껴졌다. 그녀는 어딘가를 향하고 있었다. 메리, 당신이 나에게 하려던 말은 뭐지?

산꼭대기에 다다른 것은 새벽이 가까울 때였다. 아래로는 바람이 휑휑 불어대는 어둠 속에서 골짜기가 펼쳐져 있었고 벗 삼을 것은 오로지 별뿐이었다. 알리시아는 무작위적으로 보이는 별들의 배열 속에서 별개의 형상들, 사람과 동물의 형체를 찾아내는 방법이 있다는 사실은 알았지만, 그 방법을 알지는 못했다. 알리시아에게 하늘의 별들은 마치 밤이면 밤마다 새로 솟아나는 것처럼 하늘 위에 아무렇게나 흩어져 있는 것에 불과했다.

바로 그때 그녀는 그것을 보았다. 그릇처럼 움푹 파인 지형에 입을 쩍 벌리고 있는 새카만 구멍이었다. 입구의 높이는 30미터 정도 되는 것 같았다. 동굴의 입구에는 원형극장의 좌석처럼 암벽을 파서 만든 둥근 좌석들이 있었다. 하늘을 휙휙 날아다니는 박쥐들이 보였다.

지옥으로 들어가는 문이었다.

이 안에 있지, 맞지? 알리시아는 그렇게 생각하며 미소를 지었다. *이 개자식아, 드디어 찾았다.*

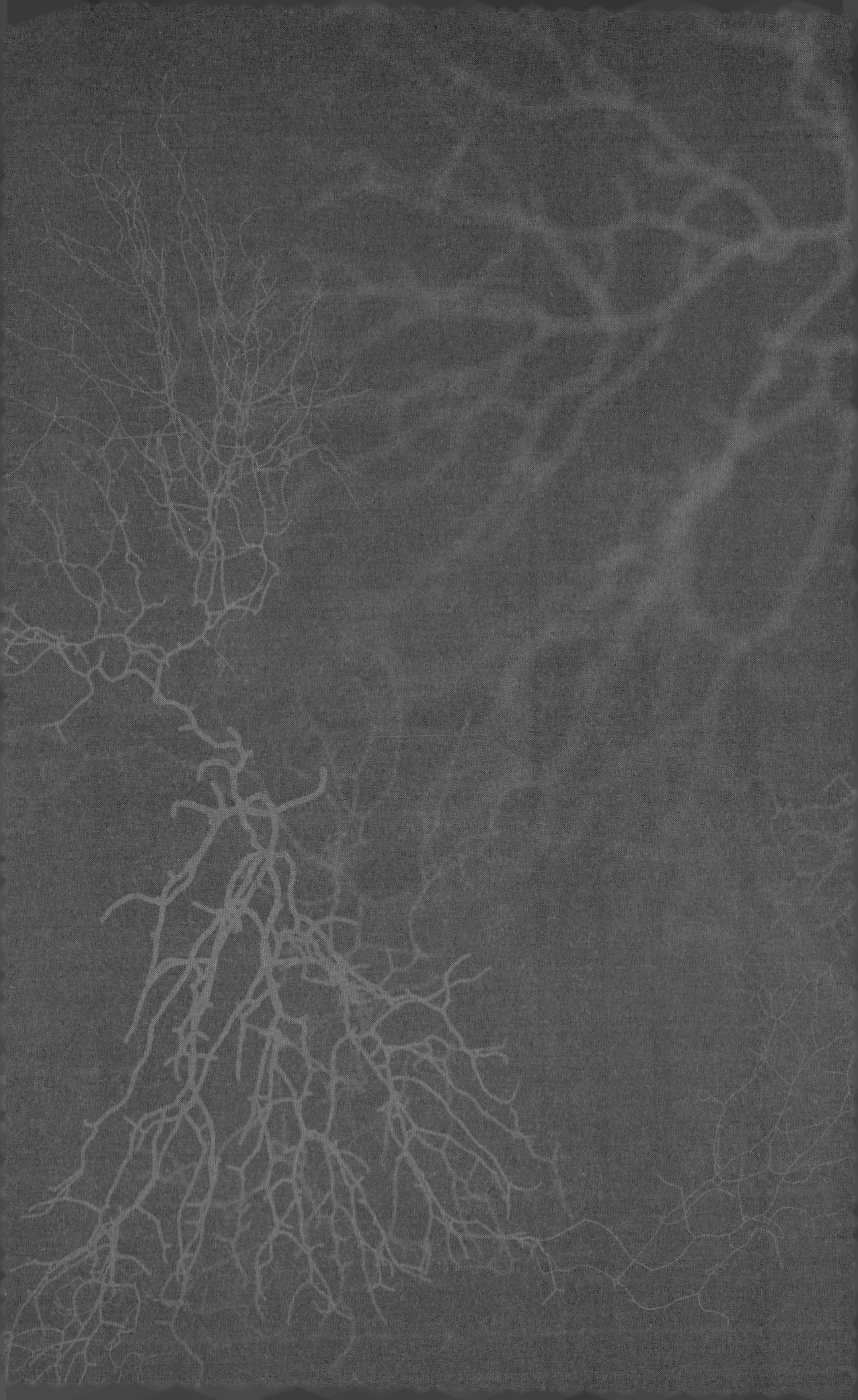

II
패밀리어

봄

제로의 해

지금은 마녀가 횡행하는 한밤중,
묘지가 하품을 하고 지옥이 이 세상에
전염병을 불어넣는 시간.

– 셰익스피어, 『햄릿』

3

덴버 경찰서

사건 파일 193874

6지구

라일라 비어트리스 카일과의 면담 녹취록

면담자: 리타 셔노 수사관

5월 3일 오전 4시 17분

리타 셔노: 피면담인은 자신의 권리에 관해 고지받았으며 면담에 변호사의 동석을 거부하였음을 기록합니다. 질문자는 덴버 경찰서 6지구 리타 셔노 수사관입니다. 현재 시각은 오전 4시 17분입니다. 카일 박사님, 정확한 성명을 말씀해주시겠습니까?

라일라 비어트리스 카일: 라일라 비어트리스 카일입니다.

셔노: 박사님은 덴버 종합 병원의 정형외과 의사이시고요, 맞습니까?

카일: 예.

셔노: 박사님께서 왜 이곳에 오셨는지 아십니까?

카일: 병원에서 무슨 일이 일어났어요. 저한테 질문을 하실 거고요. 여긴 어디죠? 모르겠어요.

셔노: 이곳은 경찰서입니다, 카일 박사님.

카일: 저한테 무슨 문제라도 있나요?

셔노: 이미 이야기했습니다. 기억나세요? 오늘 밤 응급실에서 발생한 사건을 파악하고자 합니다. 당황하신 것 알아요. 몇 가지 질문에만 대답해주시면 됩니다.

카일: 제 몸에 피가 묻어 있네요. 왜 피가 묻었죠?

셔노: 카일 박사님, 응급실에서 발생한 사건이 기억나십니까?

카일: 피곤해요. 왜 이렇게 피곤하지?

셔노: 마실 것 좀 가져다드릴까요? 커피 괜찮으십니까?

카일: 저는 커피 못 마셔요. 임신 중이라서요.

셔노: 그러면 물은요? 물을 드릴까요?

카일: 좋아요.

(사이)

셔노: 그러면 처음부터 시작해봅시다. 박사님께서는 오늘 밤 응급실에서 근무 중이셨지요, 맞습니까?

카일: 아니요, 저는 위층에 있었어요.

셔노: 하지만 응급실로 내려오셨지요?

카일: 예.

셔노: 몇 시경입니까?

카일: 잘 모르겠어요. 새벽 1시 언저리였을 거예요. 호출이 왔거든요.

셔노: 호출의 이유는 무엇이었습니까?

카일: 오늘 밤은 제가 정형외과 대기 당직이었거든요. 손목이 부러진 환자가 왔었어요.

셔노: 그 환자가 레터노 씨였습니까?

카일: 그런 것 같아요, 맞아요.

셔노: 환자에 대해 그 밖의 전달받은 사항은 무엇이었지요?

카일: 제가 응급실로 내려가기 전에 말인가요?

셔노: 예.

카일: 동물한테 물린 자국이 있다고 했어요.

셔노: 개 같은 동물에게 물린 것 말이지요?

카일: 그런 것 같아요. 더 자세히는 듣지 못했어요.

셔노: 그 밖에는요?

카일: 고열이 있고, 구토를 했다고 들었습니다.

셔노: 응급실에서 전달받은 사항은 그것이 전부였습니까?

카일: 예.

셔노: 응급실에 갔을 때 무엇을 보셨지요?

카일: 환자는 세 번째 침대에 누워 있었어요. 다른 환자들은 둘밖에 없었고요. 일요일은 보통 한가하거든요.

셔노: 그때는 몇 시경이었습니까?

카일: 1시 15분, 1시 30분.

셔노: 레터노 씨를 진찰하셨습니까?

카일: 아니요.

셔노: 표현을 바꿔서 다시 묻겠습니다. 환자를 보셨습니까?

(사이)

셔노: 카일 박사님?

카일: 죄송합니다, 질문이 뭐였죠?

셔노: 오늘 밤 응급실에서 레터노 씨를 보셨습니까?

카일: 예. 마크도 거기 있었어요.

셔노: 마크 신 박사 말씀입니까?

카일: 마크가 당직이었어요. 마크와도 이야기 나누셨나요?

셔노: 신 박사는 사망했습니다, 카일 박사님. 신 박사도 희생자 중 하나였습니다.

카일: (들리지 않음)

셔노: 조금 더 크게 말씀해주시겠습니까?

카일: 저는…… 모르겠어요. 죄송해요, 뭘 알고 싶으신 거죠?

셔노: 레터노 씨에 대해 말씀해주십시오. 어떻게 보였습니까?

카일: 보였느냐고요?

셔노: 예, 의식이 있었습니까?

카일: 의식이 있었어요.

셔노: 그 밖에는 또 어떤 점을 관찰하셨지요?

카일: 혼란스러워했어요. 동요하고 있었고요. 색깔이 이상했어요.

셔노: 무슨 뜻입니까?

(사이)

카일: 화장실에 가야겠어요.

셔노: 그 전에 몇 가지 질문에 대답부터 해주십시오. 피곤하신 거 압니다. 최대한 빨리 끝내겠다고 약속드리겠습니다.

카일: 셔노 형사님, 아이가 있으세요?

셔노: 예?

카일: 아이가 있으세요? 그냥 궁금해서요.

셔노: 예, 아들이 둘 있습니다.

카일: 몇 살인가요? 실례가 아니라면요.

셔노: 다섯 살, 일곱 살요. 질문을 드릴 게 몇 가지 더 있습니다. 이제

준비되셨습니까?

카일: 그래도 딸을 가지려고 노력 중이시겠죠? 정말로, 딸이 있는 것만큼 좋은 건 없다니까요.

셔노: 지금은 레터노 씨에 집중해주시겠습니까? 동요하고 있었다고 하셨는데, 좀 더 자세히 말씀해주시겠습니까?

카일: 자세히요?

셔노: 예, 그가 어떤 행동을 했습니까?

카일: 이상한 소리를 냈어요.

셔노: 어떤 소리인지 묘사해주시겠습니까?

카일: 딱딱 소리 같은 거였어요. 신음하고 있었어요. 굉장히 고통스러워하는 것 같았고요.

셔노: 응급실에서 진통제를 투여했습니까?

카일: 트라마돌을 놓았어요. 트라마돌이었던 것 같아요.

셔노: 신 박사 외에는 또 누가 있었습니까?

(사이)

셔노: 카일 박사님? 박사님께서 레터노 씨를 진찰하실 때 또 누가 있었습니까?

카일: 간호사가 한 명 있었어요. 환자를 진정시키려고 하는 중이었지요. 환자는 무척 상태가 안 좋았어요.

셔노: 그 밖의 다른 사람은 없었습니까?

카일: 기억이 안 나요. 잡역부 한 명? 아니에요, 둘이었어요.

셔노: 그다음에는 어떤 일이 일어났습니까?

카일: 경련을 일으켰어요.

셔노: 환자가 경련을 일으켰다는 뜻입니까?

카일: 예.

셔노: 그 후 박사님은 어떻게 하셨습니까?

카일: 제 남편은 어디 있지요?

셔노: 바깥에 있습니다. 함께 오셨잖아요. 기억 안 나세요?

카일: 브래드가 왔어요?

셔노: 죄송합니다만, 브래드가 누구입니까?

카일: 제 남편요. 브래드 울가스트. FBI에서 일해요. 어쩌면 아실지도 모르겠네요.

셔노: 카일 박사님, 당황스럽네요. 함께 오신 남자분 성함은 데이비드 센터입니다. 남편분이 아니신가요?

(사이)

셔노: 카일 박사님? 제 질문 이해하셨습니까?

카일: 당연히 데이비드가 제 남편이죠. 왜 그런 말씀을 하시는지 모르겠네요. 그런데 이 피는 어쩌다가 묻은 걸까요? 제가 사고를 당했나요?

셔노: 아닙니다, 카일 박사님. 박사님께서는 병원에 계셨습니다. 지금 우리가 하는 이야기도 그 이야기고요. 세 시간 전, 응급실에서 9명이 살해당했습니다. 우리는 사태를 파악하고자 하는 중이고요.

(사이)

카일: 그게 날 쳐다봤어요. 왜 그냥 쳐다보고만 있었던 걸까?

셔노: 무엇이 쳐다보았단 말씀입니까, 카일 박사님?

카일: 끔찍했어요.

셔노: 무엇이 말입니까?

카일: 간호사를 제일 먼저 죽였어요. 피가 어마어마하게 많이 났죠. 바

다만큼이나.

셔노: 레터너 씨 이야기를 하시는 겁니까? 그가 간호사를 살해했습니까? 명확하게 말씀해주셔야 합니다.

카일: 목이 말라요. 물 더 있을까요?

셔노: 잠시만 기다리세요. 레터너 씨가 간호사를 어떤 방식으로 살해했습니까?

카일: 너무 순식간에 일어난 일이었어요. 어떻게 그렇게 빨리 움직일 수가 있지?

셔노: 집중해주셨으면 합니다, 카일 박사님. 레터너 씨가 간호사를 살해한 수단은 무엇이었습니까? 흉기가 있었습니까?

카일: 흉기요? 흉기는 기억 안 나요.

셔노: 그러면 어떻게 살해했습니까?

(사이)

셔노: 카일 박사님?

카일: 전 움직일 수가 없었어요. 그건 그냥…… 나를 쳐다보고만 있었어요.

셔노: 무언가가 박사님을 쳐다보았다고요? 응급실 안에 또 다른 사람이 있었습니까?

카일: 그는 입을 사용했어요. 네, 입으로요.

셔노: 레터너 씨가 간호사를 물었다는 말씀입니까?

(사이)

카일: 아시겠지만, 전 임신 중이에요. 아기를 낳을 거랍니다.

셔노: 그러신 것 같네요, 카일 박사님. 지금 이 상황이 힘드시리라는 것 압니다.

카일: 쉬어야 해요. 집에 가고 싶어요.

셔노: 최대한 빨리 끝내겠습니다. 다시 한번 확인하겠습니다. 선생님은 레터노 씨가 간호사를 물었다고 진술하시는 겁니까?

카일: 간호사는 괜찮은가요?

셔노: 머리가 잘려 나갔습니다, 카일 박사님. 저희가 도착했을 때 박사님께서는 간호사의 몸을 끌어안고 계셨고요. 기억나지 않으십니까?

카일: (들리지 않음)

셔노: 조금 더 크게 말씀해주시겠습니까?

카일: 뭘 원하시는 건지 모르겠어요. 왜 이런 질문을 하시는 거죠?

셔노: 박사님께서 현장에 계셨으니까요. 박사님이 유일한 목격자입니다. 오늘 밤 9명이 사망하는 현장을 지켜보셨어요. 카일 박사님, 그들은 갈기갈기 찢겼습니다.

카일: (들리지 않음)

셔노: 카일 박사님?

카일: 그 눈요. 꼭 지옥을 들여다보는 것 같았어요. 어둠 속으로 끝없이 떨어지는 것 같았어요. 형사님은 지옥이 있다고 믿으세요?

셔노: 누구의 눈 말씀이시죠?

카일: 인간이 아니었어요. 절대 인간일 리가 없었어요.

셔노: 레터너 씨 이야기를 하고 계시는 게 맞으십니까?

카일: 그 생각은 못 하겠어요. 아기 생각을 해야 해요.

셔노: 무엇을 보셨습니까? 보신 대로 말씀해주십시오.

카일: 집에 가고 싶어요. 이 이야기는 그만하고 싶어요. 이런 생각 하게 하지 말아주세요.

셔노: 사람들을 죽인 것은 무엇이었습니까, 카일 박사님?

(사이)

셔노: 카일 박사님, 괜찮으십니까?

(사이)

셔노: 카일 박사님?

(사이)

셔노: 카일 박사님?

4

세상 사람들에게 '덴버 최후의 보루'로 알려진 버나드 키트리지는 전기가 끊긴 날 아침 지금이 떠날 때임을 깨달았다.

그는 왜 이렇게 오래 걸렸을까 하는 생각을 했다. 지역 전력망은 조작하는 사람 없이 가동될 수 없는데 키트리지가 19층에서 내려다본 바로는 덴버 시내에 살아 있는 사람은 단 한 사람도 없었다.

그가 완전히 혼자라고 할 수는 없지만 말이다.

그는 이른 아침 시간을 – 기온은 섭씨 21도가량이고 피를 빠는 괴물들이 어스름을 향해 움직이고 있을지 모르는 6월 첫 주의 밝고 청명한 아침 – 위기가 시작된 다음 주부터 그가 점거하고 있던 펜트하우스의 발코니에서 햇볕을 쬐며 보냈다. 이 펜트하우스는 공중에 떠 있는 궁전 같은 커다란 집이었다. 주방 하나 크기가 키트리지가 살던 아파트 전체와 맞먹었다. 집주인의 취향은 소박했다. 앉아 있을 때보다 눈으로 볼 때 더 근사한 미끈한 가죽 소파 세트, 반짝거리는 트래버틴 자재로 된 반들반들한 바닥, 털이 복슬복슬한 작은 러그들, 허공에 둥둥 떠 있는 것 같은 유리 테이블. 이 집에 무단 침입하는 건 놀랄 만치 간단했다. 키트리지가 마음의 결정을 내렸을 무렵은 도시의 절반이 죽었거나, 떠났거나, 실종된 뒤였다. 경찰이 사라진 지도 오래였다. 처음에는 체리크리크에 있는 커다란 집 가운데 한 군데를 골라 방어벽을 치고 숨어들까 하는 생각도 했지만 여태까지 본 바에 따르면 높은 곳이 좋을 것 같았다.

펜트하우스의 주인은 키트리지와 안면이 있는 단골손님이었다. 워렌 파일로라는 사람이었다. 우연히도 워렌은 모든 것이 망가지기 전날 알래스카로 사냥 여행을 갈 채비를 한다며 가게를 찾아왔었다. 워렌은 나이가 젊었고, 그렇게 많은 돈을 가지기에는 너무 어린 나이였다. 아마도 월스트리트에서, 아니면 무슨 첨단 기술 회사에서 나온 돈이겠지. 세상이 아직 평소와 다름없이 활기차게 흘러가던 그날, 키트리지는 워렌을 도와 구입한 물건들을 차에 실어주었다. 당연히 워렌의 차는 페라리였다. 차 옆에 서서 키트리지는 생각했다. '차라리 얼간이라고 적힌 장식 번호판이라도 달지 그래?' 그 질문이 그의 얼굴에 고스란히 드러났던 모양인지 워렌은 민망한 듯 얼굴을 붉혔다. 워렌은 평소처럼 정장 차림이 아니라 청바지에 '슬론 경영 대학원'이라고 적힌 티셔츠를 입은 간소한 차림이었다. 키트리지에게 자기 차를 자랑하고 싶은 마음이 있었던 게 분명했지만, 막상 보여주는 순간 연봉이 5만 달러가 채 안 될(정확히는 4만 6천 달러였다) '아웃도어 월드' 점장에게 이런 차를 과시한 일이 얼마나 바보 같은 일인지를 깨달은 모양이었다. 키트리지는 그 사실에 소리 없이 웃고 – 그 조무래기가 모르는 것들만으로도 책 한 권은 거뜬히 쓰고도 남았으니까. *알아요, 압니다.* 워렌이 털어놓았다. *조금 과하죠. 페라리나 끌고 다니는 멍청한 놈은 되지 않으려 했는데, 그래도 솔직히 말하면 주행감이 얼마나 끝내주는지 느껴보면 아실 거예요.*

키트리지는 송장에서 워렌의 주소를 찾았다. 그 집에 들어갈 때 – 워렌이 알래스카에서 안전하고 아늑하게 지내고 있을 때쯤 – 필요한 거라곤 관리 사무실에서 열쇠를 찾은 다음 엘리베이터 패널에 있는 슬롯에 끼우고 18층을 올라 펜트하우스로 가는 게 다였다. 그는 챙겨 온 장비들을 내려놓았다. 바퀴 달린 수트케이스에 든 옷가지, 무기가 든 금고 세 개, 수동 발전식 라디오, 야간 투시 쌍안경, 조명탄, 구급상자, 표백제, 엘리베이터 문을 막아버릴 아크 용접기, 휴대용 위성 수신 안테나가 달린 믿음직한 노트북 컴퓨터, 책 한 상자, 한 달 치의 물과 식량이었다. 건물 서편의 끝에서 끝까지 이어진 발코니에서는 25번 주간 고속도로와 마일하이 스타디움이 한눈에 내려다보였다. 그는 동작 감지기가 달린 카메라를 발코니 양쪽 끝에 설치했다. 하나는 거리를 내려다보고, 다른 하나는 길 건너편 건물을 바라보도록 위치를 잡았다. 이렇게 하면 좋은 영상들이 나오겠지만, 실제로 죽이는 장면이 나와야 사람들이 열광할 것이다. 이 작업을 위해 그가 선택한 무기는 레밍턴 볼트액션 700P 338구경 소총으로 300미터 거리에서 조준이 가능한, 정확도와 저지력이 좋은 균형을 이루는 총기였다. 그는 소총에 적외선 비디오스코프를 부착했다. 쌍안경을 통해 표적을 분리해내면 나머지는 발코니 가장자리에 양각대로 설치해놓은 소총의 몫이었다.

바람이 없고 하현달이 떠 있던 첫날 밤 키트리지는 7마리를 저격했다. 5마리는 거리에, 한 마리는 반대편 건물 지붕에, 나머지 한 마리는 건물 1층 은행의 유리창 안쪽에 있는 것을 쏘았다. 키트리지를 유명세에 올려놓은 건 마지막 한 마리였다. 뱀파이어인지 무엇인지 알 수 없는 이 정체불명의 생물은 – 공식적인 용어는 '감염체'였다 – 키트리지가 총알을 급소에 박아 넣기 전까지 렌즈를 빤히 쳐다보았다. 이 영상은 유튜브에 올린 지 몇 시간도 지나지 않아 전 세계에 퍼졌다. 저 사람은 누구지? 모두가 그의 정체를 궁금해했다. 덴버의 고층 건물에서 최후의 보루가 되어 겁 없이 자살에 가까운 미친 짓을 하는 저 남자는 누구야?

'덴버 최후의 보루'라는 별명은 그렇게 생겨난 것이다.

키트리지는 처음부터 자신이 CIA나 NSA(국가안보국), 국토방위군에 의해 저지되는 건 시간문제임을 알고 있었다. 다행한 것은 그를 저지하려면 덴버까지 직접 찾아오는 방법뿐이라는 것이었다. 키트리지의 IP 주소는 데이지 방식으로 연결되어 매일 밤 순서를 바꾸는 익명 서버들을 거쳤기에 추적이 불가능했다. 대부분이 러시아, 중국, 인도네시아, 이스라엘, 수단 등 해외 서버였다. 첫날 2백만 조회 수를 기록한 키트리지의 브이로그에는 3백 개 이상의 미러 사이트가 존재했고 계속 그 수가 늘어나고 있었다. 일주일도 지나기 전에 그는 전 세계적인 현상이 되었다. 그가 손 하나 까딱하지 않아도 그가 올린 현상이 트위터, 페이스북, 헤드샷, 스피어 등으로 퍼져 나갔다. 그의 팬 사이트 중 하나는 구독자 수가 2백만 명이 넘었다. '나는 덴버 최후의 보루다.'라는 문구가 새겨진 티셔츠가 이베이에서 불티나게 팔리고 있었다.

키트리지의 아버지는 늘 이렇게 말씀하셨다. *아들아, 인생에서 가장 중요한 건 세상에 기여하는 것이다.* 키트리지가 하는 기여가 종말의 전방에 서서 브이로그를 올리는 것이 될 줄 누가 알았겠는가?

그럼에도 삶은 계속되었다. 태양은 여전히 빛났다. 서쪽에서는 산맥들이 인간들이 떠나가는 모습을 보며 무심한 바위투성이 어깨를 으쓱했다. 한동안은 연기가 잔뜩 일었으나 – 한 구획 전체가 타서 없어져 버렸다 – 연기가 걷히고 나자 적막한 풍경이 으스스하리만치 선명하게 드러났다. 밤이 되면 도시에는 드문드문 암흑뿐인 구역들이 생겼지만 다른 지역에는 아직도 빛이 있었다 – 깜빡이는 가로등, 눈에 띄는 형광

등 불빛을 뿜어내는 주유소와 편의점, 집주인이 돌아오길 기다리며 타고 있는 포치의 불빛. 키트리지가 발코니에서 밤을 지새우는 동안에도 18층 아래의 신호등은 임무에 충실하게 녹색 불에서 노란 불, 빨간 불, 다시 녹색 불로 바뀌기를 그치지 않았다.

키트리지는 외롭지 않았다. 외로움은 그를 떠났다, 오래전에. 그는 서른네 살이었다. 목표치보다는 체중이 좀 많이 나갔지만 – 다리 때문에 체중을 줄이기가 쉽지 않았다 – 아직 튼튼했다. 오래전 한 번 결혼을 한 적 있었다. 그는 결혼 생활을 20개월 동안의 많은 섹스, 그 후 또다시 20개월 동안 이어진 고함과 비명과 비난 끝에 무거운 돌처럼 침몰해버린 시간으로 기억했다. 전반적으로 돌아보았을 때 결혼 생활이 아이를 남기지 않았다는 사실에 만족했다. 그가 덴버에서 지내는 데는 감상적인 이유도, 개인적인 이유도 없었다. 재향군인 병원을 나왔을 때 그가 정착한 곳이 이곳이었을 뿐이었다. 사람들은 훈장을 받은 참전 용사들은 일자리를 쉽게 구할 수 있다고들 했다. 어쩌면 그 말이 맞았을지도 모른다. 하지만 키트리지는 서두를 이유가 없었다. 그해 위기가 닥치기 전까지 키트리지는 책만 읽었다. 처음에는 경찰 소설이나 스릴러 같은 평범한 책들이었지만 나중에는 『내가 죽어 누워 있을 때』, 『누구를 위하여 종은 울리나』, 『허클베리 핀』, 『위대한 개츠비』처럼 보다 진지한 책들로 옮겨가게 되었다. 한 달 내내 허먼 멜빌에 빠져서 『모비딕』을 읽느라 씨름하기도 했다. 그가 읽은 책들은 대부분 꼭 읽어야 할 것 같은, 학교에서 읽으라고 했지만 읽지 않았던 책이었으나, 그는 이런 책들 대부분을 순수하게 재미있어했다. 조용한 원룸 아파트에 혼자 앉아서 다른 인생, 다른 시대에 빠져들고 있노라면 마치 오랫동안의 갈증 끝에 물을 벌컥벌컥 들이켜는 것만 같았다. 심지어는 낮에 아웃도어 월드에서 일하면서 지역 대학의 수업을 몇 개 듣고 밤이나 점심시간을 이용해 과제를 하기도 했다. 책 속에는 그가 많은 것들에 대해 조금 더 낫게 생각하게 만드는 힘이 있었고, 그것들은 기억이라는 검은 파도에 휩쓸리기 전 붙잡을 구명 뗏목이 되어주었고, 그렇게 평온한 날들에 그는 앞으로 이렇게 계속 살아갈 수도 있으리라는 상상까지 했었다. 소박하지만 그럭저럭 살아갈 만한 인생 말이다.

그러나 물론 그때 세계의 종말이 시작된 것이다.

전기가 끊긴 날 키트리지는 전날 밤 찍은 영상을 업로드한 뒤 패티오에 앉아 찰스 디킨스의 『두 도시 이야기』를 읽고 있다가 – 영국인 변호사 시드니 카턴이 불행한 이상주의자 찰스 다네이의 약혼녀 루시 마네트에 대한 영원한 사랑을 맹세하는 장면 – 문득 아이스크림을 곁들이면 아침을 한층 더 즐겁게 보낼 수 있을 거라는 생각이 들었다. 5성급 레스토랑의 주방을 방불케 하는 워렌의 거대한 주방에는, 놀랍지 않은 일이었지만, 음식이랄 게 거의 없었고, 냉장고 속의 얼마 안 되는 내용물이던 곰팡이 핀 테이크아웃 용기들은 키트리지가 오래전 내다 버린 뒤였다. 하지만 워렌은 벤&제리 초콜릿 퍼지 브라우니만큼은 어마어마하게 좋아한 모양이었는데, 냉동고에 그 아이스크림이 꽉꽉 들어차 있었다. 청키 멍키도, 체리 가르시아도, 피시 푸드도, 심지어 흔한 바닐라 맛 아이스크림도 하나 없이 오로지 초콜릿 퍼지 브라우니뿐이었다. 당분간 더 이상 아이스크림 구경도 못 하리라는 걸 감안하면 종류가 다양했더라면 더 좋았겠지만, 그래도 캔에 든 수프나 크래커 외에 먹을 것이 거의 없는 형편이다 보니 불평할 일은 아니었다. 그는 의자 팔걸이에 읽던 책을 걸쳐놓고 일어나 미닫이식 유리문을 열고 펜트하우스 안으로 들어갔다.

주방에 다가갔을 무렵 그는 어쩐지 이상한 느낌이 들었지만, 그때까지는 정확히 무엇인지 알 수 없었다. 상황을 이해한 것은 그가 아이스크림 통을 열고 녹아서 뭉근해진 초콜릿 퍼지 브라우니에 숟가락을 담근 순간이었다.

조명 스위치를 눌러보았다. 아무 일도 일어나지 않았다. 온 집안을 돌아다니며 스위치를 눌러보았지만 전부 마찬가지였다.

키트리지는 거실 한가운데에 선 채 심호흡을 했다. 좋아, 괜찮아. 예상했던 일이야. 오히려 생각보다 더 오래 걸렸다는 생각이 들었다. 손목시계를 확인했다. 오전 9시 32분. 8시 조금 지나면 해가 졌다. 이곳을 떠나기 전까지 10시간 반이 남은 셈이었다.

그는 배낭에 필요한 것들을 챙기기 시작했다. 프로틴 바, 물, 깨끗한 양말과 속옷, 구급상자, 따뜻한 재킷, 지르텍 한 병(봄철 내내 그는 알레르기로 고생하는 중이었다), 칫솔, 면도날. 잠깐이지만 『두 도시 이야기』도 챙길까 생각했으나 비실용적인 것 같았기에 약간의 아쉬움과 함께 책은 빼기로 했다. 침실로 가서 속건성 티셔츠와 카고 바지로 갈아입은 뒤 사냥용 조끼와 가벼운 하이킹화로 갈아신었다. 무기는 무엇으로 할지 고민한 끝에 부이 나이프(사냥용의 대형 외날 단도–옮긴이)와 글록 19 권총 두 자루, 그리고 접철식 개머리판이 달린 폴란드제 AK 소총 복각품을 챙겼다. 전부 원거리에서는 쓸모없지만 그가 예상하는 근거리에서는 믿음직한 무기들이었다. 글록 권총은 크로스드로우식(몸의 왼쪽에 비스듬히 총을 차는 방식–옮긴이) 총집에 쏙 들어갔다. 조끼 주머니에는 장전된 탄창을 챙겼고, AK 소총은 어깨끈에 고정한 다음 배낭을 멘 채 다시 패티오로 돌아왔다.

거리의 신호등을 알아차린 것은 그때였다. 녹색 불, 노란 불, 빨간 불. 녹색 불, 노란 불, 빨간 불. 우연일 수도 있었지만, 아닐 것 같았다.

그들이 키트리지를 찾아낸 것이다.

그는 지붕의 배수구에 밧줄을 고정했다. 하강용 하네스를 찬 다음 멀쩡한 한쪽 다리부터 난간을 타고 넘었다. 높은 건 무섭지 않았지만 그래도 아래를 내려다보지 않았다. 그는 발코니 가장자리에 쭈그리고 앉아 펜트하우스의 창문을 마주 본 자세를 취했다. 멀리서 헬리콥터가 다가오는 소리가 들렸다.

덴버 최후의 보루, 송신 끝.

힘껏 허공으로 몸을 밀어낸 그는 밧줄에 의지해 아래로 내려왔다. 한 층, 두 층, 세 층, 그의 손안에서 밧줄이 스르르 미끄러졌다. 그는 네 층 아래의 발코니에 발을 디뎠다. 왼쪽 무릎에서부터 익숙한 통증이 몸을 타고 올라오기 시작했다. 아픔을 떨쳐내려 이를 악물었다. 헬리콥터가 가까이 다가왔는지 헬리콥터 날개가 돌아가는 소음이 건물 벽에 쿵쿵 울렸다. 그는 하네스를 벗고 권총 한 자루를 꺼내 한 발 쏘아 발코니의 유리문을 깨뜨렸다.

아파트 안의 공기는 겨우내 닫아두었던 오두막 안처럼 쾨쾨했다. 묵직한 가구들, 금박 테두리를 두른 거울, 벽난로 위에 걸린 유화로 그린 말 그림. 어디선가 썩는 내가 났다. 그는 주변은 살피지 않은 채로 적막한 집 안을 가로질러 갔다. 문간에서 그는 걸음을 멈추고 소총 레일에 달린 스포트라이트를 켠 다음 복도로 나가 계단을 향했다.

그의 주머니 속에는 16층 아래 지하 주차장에 주차된 페라리의 키가 들어 있었다. 키트리지는 어깨로 계단실 문을 연 다음 소총의 스포트라이트로 재빨리 계단 위아래를 훑었다. 아무것도 없었다. 그는 조끼에서 조명탄을 하나 꺼내 이로 플라스틱 마개를 돌려 연 뒤 점화 버튼을 눌렀다. 폭발음과 함께 조명탄에서 불꽃이 비처럼 쏟아졌다. 키트리지는 조명탄을 든 팔을 옆으로 뻗고 조준한 뒤 던졌다. 아래에 무언가가 있다면 곧 알게 될 터였다. 연기를 뿌리며 떨어지는 조명탄의 궤적을 눈으로 좇았다. 아래층 어딘가에서 조명탄이 난간에 맞고 튕겨서 시야에서 멀어졌다. 키트리지는 속으로 열까지 세었다. 아무것도, 아무런 움직임도 없었다.

그렇게 조명탄을 세 번 던진 뒤 그는 맨 아래층에 도달했다. 푸시 바 손잡이와 작은 사각형 강화 유리창이 달린 묵직한 철제로 된 주차장 문 앞이었다. 바닥에는 음료수 캔, 초콜릿 바 포장지, 통조림 깡통 등의 쓰레기가 널브러져 있었다. 누군가가 노숙한 흔적인 구겨진 침낭과 곰팡이 핀 옷 무더기도 있었다. 그 역시 키트리지처럼 이곳에 몸을 숨기고 있었을 것이다.

키트리지는 이곳에 도착한 첫날 지하 주차장을 살펴보았었다. 페라리는 남서쪽 구석, 약 60미터 떨어진 곳에 주차되어 있었다. 문에 더 가까운 곳으로 끌어다 두었으면 좋았을 테지만, 차 키를 찾는 데만도 사흘이 걸렸고 – 욕실 서랍에 차 키를 보관하는 사람이 어디 있담? – 이때는 이미 키트리지가 펜트하우스에 몸을 숨긴 뒤였다.

차 키에 달린 버튼은 네 개였다. 두 개는 문, 하나는 경보, 그리고 마지막 하나가 시동 버튼이기를 그는 바랐다. 그는 마지막 버튼을 제일 먼저 눌렀다.

그러자 주차장 깊숙한 안쪽에서 삑 소리가 나더니 페라리의 엔진이 깨어나는 우렁찬 시동음이 들렸다. 또 하나의 실수였다. 페라리는 벽을 바라보고 주차되어 있었다. 빠져나가는 데 오래 걸리는 것도 문제였지만, 만약 반대쪽으로 주차되어 있었더라면 헤드라이트 불빛에 의지해 주차장 안을 더 잘 살펴볼 수 있었을 것이다. 지금 주차장 문에 달린 작은 창문을 통해 보이는 것은 저 멀리 페라리의 불빛 속에서 골골대고 있는 고양이 한 마리가 전부였다. 차고의 나머지 부분은 어둠에 가려져 있었다. 감염체들은 천장 버팀대라든지 파이프 같은 데 매달리는 습성을 지녔다. 작은 균열 하나만 있어도 놈들은 충분히 매달릴 수 있었다. 그들은 머리 위에서 나타나곤 했다.

선택의 순간이었다. 조명탄을 더 던지고 어떻게 되는지 볼까? 아니면 어둠 속에 몸을 숨기고 은폐물 사이로 이동할까? 아니면 문을 벌컥 열고 온 힘을 다해 뛰어갈까?

그때 머리 위 높은 곳 어딘가에서 계단실의 문이 삐걱하고 열리는 소리가 났다. 그는 숨을 참고 귀를 기울였다. 두 명이었다. 그는 문에서 물러나 고개를 쭉 빼고 위를 쳐다보았다. 10층 위의 벽면에 어른거리는 빨간 점 두 개가 보였다.

그는 문을 벌컥 열고 온 힘을 다해 뛰었다.

첫 번째 바이럴이 그의 등 뒤에 착지한 것은 그가 페라리까지 절반쯤 달려간 지점이었다. 돌아서서 총을 쏠 여유가 없었다. 키트리지는 계속 달렸다. 무릎의 통증이 불붙은 심지처럼 번지면서 뼈에다가 얼음송곳을 박아 넣은 것처럼 아파왔다. 감각의 언저리에서 어떤 존재가, 주차장 전체가 깨어나는 것이 느껴졌다. 그는 페라리의 문을 열고 조수석에 소총과 배낭을 던져 넣은 뒤 운전석에 올라 문을 쾅 닫았다. 차체가 낮아서 꼭 바닥에 앉아 있는 기분이었다. 알 수 없는 측정기와 스위치가 잔뜩 달린 대시보드는 우주선의 조종석처럼 빛났다. 무언가가 없었다. 기어가 어디 있지?

금속이 우그러지는 소리가 나더니 곧 키트리지의 시야가 바이럴로 가득 찼다. 페라리의 후드 위로 뛰어내린 바이럴이 파충류처럼 몸을 웅크리고 있었다. 얼어붙은 것만 같았던 한순간 놈은 마치 먹잇감을 찾은 포식자처럼 싸늘한 눈빛으로 그를 쳐다보았다. 벌거벗은 몸에는 얼음 조각처럼 두툼한, 번들거리는 롤렉스 손목시계 하나만 차고 있었다. 워렌일까? 키트리지가 짐을 차에 실어주었던 날 그가 비슷한 시계를 차고 있었던 게 생각난 것이다. *워렌, 오랜 친구야, 너 맞아? 만약 맞는다면 기어는 어디 있는지 알려주겠니?*

바로 그때 그의 손끝에 운전대 뒤에 달린 한 쌍의 레버가 닿았다. 패들시프트구나. 이 또한 예상해야 했었는데. 오른쪽이 올리는 것, 왼쪽이 내리는 것, 오토바이랑 같다. 아마 후진은 대시보드의 버튼 중 하나겠지.

맞아, R이라고 적힌 버튼이겠지. 바보 같긴.

그는 후진 버튼을 누르고 액셀을 밟았다. 너무 빨랐다. 타이어에서 끼익하는 소리가 나더니 페라리는 뒤로 돌진해서 콘크리트 기둥을 박아버렸다. 키트리지의 몸이 좌석 위에 짓눌렸다가 다시 앞쪽으로 튀면서 머리가 쿵 소리를 내며 유리에 처박혔다. 머리가 소리굽쇠처럼 '징' 하고 울렸다. 눈앞에서 은색 파편들이 일렁거렸다. 그 모습이 꽤 신기하고도 아름다운 장면이었지만, 머릿속에서 또 다른 목소리가 이 광경에 잠깐이라도 붙들려 있다가는 죽기밖에 더하겠느냐고 외쳤다. 후드에서 굴러떨어진 바이럴이 바닥에서 몸을 일으키고 있었다. 곧장 앞 유리를 뚫고 들어올 게 뻔했다.

그때 빨간 점 두 개가 바이럴의 가슴에 나타났다.

그 순간 바이럴은 새처럼 민첩하게 키트리지에게서 시선을 거두고 계단실의 문으로 들어오고 있는 두 명의 군인을 향해 몸을 날렸다. 키트리지는 핸들을 돌리고 오른쪽 패들을 움켜쥔 뒤 액셀을 밟았다. 페라리는 꿈틀하더니 속도를 높였다. 그가 다시 좌석에 처박히는데 자동 화기의 총성이 들렸다. 또다시 페라리의 통제를 놓치겠다는 생각이 들기 직전 그는 직진로를 찾아냈고 차창 밖으로 주차장 벽이 빠른 속도로 지나쳐갔다. 군인들이 벌어준 시간은 짧았다. 백미러를 흘낏 보니 후미등 불빛에 사람 몸이 폭발에 갈기갈기 찢긴 잔해임직한 것이 눈에 들어왔다. 두 번째 군인이 어디 있는지는 몰라도 분명 이미 죽어서 피가 흥건한 덩어리로 찢겨 나갔음이 분명했다.

키트리지는 다시 뒤돌아보지 않았다.

바깥으로 이어진 경사로는 두 층 위, 주차장 저쪽 끝에 있었다. 키트리지가 기어를 저속으로 바꾸며 첫 번째 모퉁이를 돌자 우렁찬 엔진음, 타이어가 끼익하는 소리가 울려 퍼졌고 천장에서 바이릴 두 마리가 더 뛰어내려 그의 눈앞을 가로막았다. 한 마리는 페라리의 바퀴에 짓이겨졌지만 두 번째 바이릴은 질주하는 페라리의 지붕을 허들을 넘듯 건너뛰었다. 그 순간 키트리지는 잠시 경이로운 감정, 심지어는 감탄하는 마음마저 들었다. 학교에서 배운 바에 따르면 손으로 파리를 잡을 수 없는 건 파리의 시간은 다르게 흘러가기 때문이었다. 파리의 머릿속에서는 1초가 한 시간, 한 시간이 1년이었다. 감염체가 바로 그런 느낌이었다. 마치 시간에 속박되지 않은 존재 같았다.

이제 바이릴들은 제각기 숨어 있던 장소에서 뛰쳐나와 온 사방을 에워싸고 있었다. 허기에 정신을 놓은 듯 자살할 기세로 차 앞에 뛰어들었다. 페라리는 그것들을 뚫고 달렸고, 사방에 바이릴이 날아다니고, 그 괴물처럼 일그러진 얼굴이 앞 유리창에 처박히고 또 겹쳐졌다가, 떨어지고, 사라졌다. 두 바퀴만 더 돌면 이곳에서 나갈 수 있을 테지만 바이럴 한 마리가 페라리의 지붕에 단단히 붙어 있었다. 키트리지가 모퉁이에서 브레이크를 밟자 차체가 미끈한 시멘트 바닥 위를 미끄러졌고 바이럴은 관성에 의해 후드 위로 굴러떨어졌다. 여자였다. 다른 것도 아니고, 웨딩드레스를 입고 있었다. 바이럴이 앞 유리창 아래의 틈새에 손가락을 쑤셔 넣으며 네발로 선 자세를 취했다. 입을 크게 벌려 피로 물든 뾰족뾰족한 치아가 드러났다. 목에는 작은 금색 십자가 목걸이가 달랑거리고 있었다. *결혼식 일은 유감입니다.* 키트리지는 그렇게 생각하며 권총을 꺼낸 다음 운전대에 지지한 채로 앞 유리창을 향해 쏘았다.

그렇게 키트리지는 마지막 모퉁이를 돌았다. 저 멀리 새어드는 바깥의 햇빛이 길을 알려주고 있었다. 키트리지는 액셀을 밟은 채 시속 110킬로미터의 속도로 경사로를 올랐다. 출구가 쇠창살로 막혀 있었으나 그건 별다른, 정확히는 아무 문제도 아니었다. 키트리지는 페달이 바닥에 닿을 기세로 온 힘을 다해 액셀을 밟은 채 돌진했다.

어마어마한 충돌이었다. 영원을 작게 축소해놓은 것처럼 느껴지던 2초간 페라리는 공중을 날았다. 햇살 속으로 로켓처럼 날아올랐던 페라리는 뼈까지 덜덜 떨릴 정도로 거세게 바닥으로 떨어졌고, 차체 하부에서 불꽃이 튀었다. 드디어 자유였다. 하지만 또 다른 문제가 있었다. 멈출 수가 없었던 것이다. 페라리는 길 건너편 은행의 로비를 뚫고 들어가기 직전이었다. 중앙선을 넘는 순간 그는 브레이크를 밟으면서 운전대를 좌측으로 틀었고 곧 다가올 충격에 대비해 이를 악물었다. 하지만 그럴 필요가 없었다. 타이어가 연기를 피워 올리며 끼익하고 미끄러지더니 다음 순간 페라리는 봄날 아침의 거리를 부드럽게 달려 나갔다.

솔직해져야 했다. 워렌이 정확히 뭐라고 했었지? *주행감이 얼마나 끝내주는지 느껴보셔야 합니다.*

사실이었다. 키트리지가 살면서 이런 차를 몰아본 건 처음이었다.

5

한동안, 오랜 시간인 동시에 시간이 아닌 시간 동안, 로렌스 그레이라는 이름으로 알려진 남자는 – 예전에 비빌 남성 교정 시설의 수감자로 텍사스주 생활 안전국에 등록된 성범죄자였으며, 프로젝트 노아 및 특수 무기대의 민간인 군무원이었던, '근원인 자 그레이', '밤을 불러온 자'이자 '제로라 불리는 자'의 패밀리어 – 어디에도 존재하지 않았다. 그는 아무것도 아니며 어디에도 없는, 소멸된 존재로서 기억도 역사도 없이 어느 차원도 없는 무한한 바다 위로 흩어진 의식이었다. 목소리들로 이루어진 넓고 시커먼 바다가 그의 이름을 읊조렸다. *그레이, 그레이.* 존재하는 동시에 존재하지 않는 목소리들이 별들만 총총한 어둠 속 영원한 바다를 홀로 떠도는 그를 불렀다.

그러나 별들만 있는 것은 아니었다. 지금은 빛, 부드러운 금빛이 그의 얼굴을 비추고 있으니까. 칼날 같은 그림자들이 회전 불꽃처럼 빛 속을 휘돌면서 리듬에 맞추어 맥동하는 심장처럼 쿵쿵 소리를 냈다. 그레이는 회전하는 빛의 장관을 바라보았다. 그러자 그의 의식 속으로 지금 보고 있는 이 모습이 바로 하느님이라는 생각이 서서히 찾아왔다. 이 빛은 커튼 자락처럼 세상의 표면을 스치며 물 위로 걷고 피조물을 어루만지며 축복을 내리는 하느님이었다. 이 같은 깨달음이 그레이의 내면에 꽃처럼 움트기 시작했다. 기쁘도다! 그분의 깊으신 이해와 용서여! 이 빛은 하느님이고 하느님은 사랑이시다. 이 빛으로 들어가기만 하면 이 사랑을 영원히 느낄 수 있으리라. 그때 어떤 목소리가 말했다.

때가 되었다, 그레이.

내게 오라.

그레이는 자신이 허공으로 떠오르는 것을 느꼈다. 솟아오르자 하늘이 날개를 펼쳐 빛을 향해 그를 실어다 주었다. 너무나 강해서 견딜 수 없는 빛, 앞이 보이지 않는, 모든 것을 지워버리는 밝은 빛이었다.

그레이가 허공으로 솟아오른다. 그레이는 다시 태어난다.

눈을 감아라, 그레이.

그레이는 눈을 감았다. 그리고 다시 떴다. 서서히 초점이 잡히기 시작한다. 어두운 형체가 얼굴 앞에서 기분 나쁘게 돌아가고 있었다.

천장에 달린 실링팬이었다.

그레이는 눈곱이 가득 낀 눈을 끔벅거렸다. 입안에 온통 젖은 재 같은 것이 묻어서 쓴맛이 났다. 누워 있는 방은 체인 모텔이 분명했다. 까끌까끌한 침대보, 싸구려 스펀지 베개, 몸 아래의 구멍 난 매트리스와 머리 위의 팝콘 천장, 콧구멍으로 느껴지는 텁텁한 공기의 냄새. 머릿속이 줄줄 새는 바가지처럼 멍했고 몸은 젤라틴처럼 형체를 잃은 것같이 느껴졌다. 고개를 움직이는 데도 온 힘을 다해야 했다. 커튼 사이로 끈끈한 노란 햇빛이 새어 들어오고 있었다. 눈앞의 실링팬은 철망 속에서 털털거리면서 계속해서 돌아갔고 그때마다 낡은 베어링이 리드미컬하게 삐걱거리는 소리를 냈다. 눈앞의 광경이 마치 후각 자극제처럼 그의 감각을 괴롭혔지만, 그는 고개를 돌릴 수가 없었다. (그러고 보니 꿈속에서도 쿵쿵 소리가 나지 않았나? 밝은 빛이 내 몸을 들어 올렸던 것 같은데, 기억나지 않았다.)

"깨어났네."

옆에 있던 다른 침대에 한 남자가 걸터앉은 채로 그를 내려다보고 있었다. 점프수트를 입은 작고 통통한 몸이 터질 듯한 소시지 같았다. '청소부'라고 불리는 프로젝트 노아의 민간인 청소부 중 한 사람이었다. 그레이처럼 오줌과 똥을 치우고 드라이브를 백업하고 '막대기'들을 몇 시간이나 지켜보며 서서히 미쳐가는 임무를 맡은 사람들 말이다. 그들은 하나같이 성범죄자로 경멸의 대상이자 잊힌 존재이며, 그들의 역사는 누구의 기억에도 남지 않았고 신체는 호르몬 요법으로 둥글어졌으며 정신은 중성화한 개처럼 무력했다.

"실링팬이 효과가 있을 거로 생각했지. 솔직히 말하면 난 저놈의 것을 쳐다보지도 못하겠더란 말이야."

그레이는 대답을 하려 했지만, 말이 나오지 않았다. 담배를 어마어마하게 피운 뒤처럼 혀에 감각이 없었다. 다시 눈앞이 흐려졌다. 머리가 쪼개질 듯 아파져 왔다. 오랫동안 그레이는 한 번에 맥주 두 캔 이상은 마시지 않았지만 – 약물을 복용하기 시작한 뒤부터 쉽게 졸음을 느끼고 아무것에도 흥미가 생기지 않았다 – 숙취에 시달릴 때 기분이 딱 이랬다. 세상에서 제일 지독한 숙취를 겪는 기분이었다.

"왜 그래, 그레이? 고양이가 네 혀를 물고 가버린 모양이지?" 그러면서 남자는 자기 농담에 낄낄 웃었다. "우습군. 지금 같은 상황에서는 고양이 육회라도 불평 없이 먹을 텐데 말이야." 그러더니 그가 눈썹을 치켜들며 그레이를 향해 고개를 돌렸다. "그렇게 충격받은 표정 짓지 말라고. 무슨 소린지 너도 곧 알게 될 테니까. 며칠 걸리겠지만 조만간 이해될 거야, 그것도 아주 뼈저리게."

남자의 이름이 기억났다. 이그나시오. 물론 그레이가 기억하는 이그나시오는 나이가 더 많았고 더 지친 기색이었으며 눈썹은 텁수룩했고 얼굴에는 차를 주차할 수 있을 정도로 모공이 뻥뻥 뚫려 있었으며 바셋 하운드처럼 양 볼이 축 늘어졌지만 말이다. 그런데 지금 눈앞의 이그나시오는 혈색이 분홍색이었다. 뺨은 아기처럼 붉었고 아기처럼 부드러운 피부에 두 눈은 지르코늄처럼 초롱초롱 빛이 났다. 심지어 머리숱도 더 많아진 것 같았다. 그래도 점프슈트 목깃 안쪽에서부터 목에 이르는 부위에 감옥에서 새겨 시커멓게 흐려진 코브라 문신이 있는 걸 보니 이그나시오가 맞는 게 확실했다.

"여기 어디야?"

"레드 루프야."

"뭐라고?"

그러자 이그나시오가 코웃음을 쳤다. "빌어먹을 레드 루프라니까, 그레이. 그럼 그들이 우릴 리츠 호텔에라도 보내주었을 줄 알았어?'

그들이라고? 그들이 누군데? 그리고 '보냈다'니 그건 무슨 소리지? 무슨 목적을 위해서 보냈다는 소리야? 바로 그때 그레이는 이그나시오가 손에 무언가를 들고 있다는 사실을 알아차렸다. 권총이었다.

"이기? 총은 왜 들고 있어?"

그러자 이그나시오가 느릿느릿한 몸짓으로 총을 들어 올리며 얼굴을 찌푸렸다. 총신이 긴 45구경 권총이었다. "대단한 건 아니지." 그는 문간을 향해 고갯짓했다. "다른 놈들은 잠깐 왔었는데 다들 가버렸어."

"다른 놈들이라니?"

"왜 이래, 그레이. 알잖아. 그 깡마른 조지라는 놈. 에디 뭐라는 놈, 그리고 그 포니테일 묶은 주드 말이야." 이그나시오는 커튼이 드리워진

창 쪽으로 시선을 옮겼다. "솔직히 말하면 주드라는 놈은 맘에 안 들어. 그자가 무슨 짓을 했는지 들었는데 소문내고 다닐 생각은 없지만 정말 역겹기 짝이 없는 자식이더군."

다른 청소부들 이야기였다. 도대체 여기서 다들 뭐 하는 거야? 나는 여기 왜 왔고? 이그나시오가 총을 갖고 있다는 사실이 불길했지만, 그레이는 도대체 자기가 어쩌다 여기 온 것인지가 도무지 기억나지 않았다. 마지막으로 기억나는 건 부대의 식당에서 저녁을 먹고 있었던 기억이다. 진한 그레이비 소스에 끓인 뵈프 부르기뇽에 물결무늬가 나게 썬 감자와 그린 빈스를 곁들여 먹었고 입가심으로는 체리코크를 마셨지. 그레이가 제일 좋아하는 메뉴였다. 그는 항상 뵈프 부르기뇽이 나오는 날을 손꼽아 기다렸다. 하지만 느끼한 맛을 떠올리자마자 토기가 일며 배가 아파졌다. 입안으로 담즙이 역류했고 한동안 숨이 제대로 쉬어지지 않았다.

이그나시오가 권총을 든 손으로 문간을 대강 손짓했다. "확인하고 싶으면 해봐. 그래도 갔을 거야."

그레이는 침을 꿀꺽 삼켰다. "갔다니, 어디로?"

"그거야 모르지. 가야 하는 곳으로 갔겠지."

도무지 감이 잡히지 않았다. 대체 뭘 물어봐야 할지도 알 수 없었다. 그래도 듣게 될 대답이 좋지는 않으리라는 예감이 들었다. 차라리 가만히 누워 있는 게 나을지도 모르겠다. 예전처럼 내가 무슨 끔찍한 짓을 저지른 건 아니겠지? 과거의 그레이처럼 말이다.

"그건 그렇고." 이그나시오가 헛기침을 했다. "이제 너도 깨어났으니 난 가봐야겠다. 갈 길이 멀어서 말이야." 그가 일어나더니 총을 내밀었다. "자."

그레이는 머뭇거렸다. "총은 왜?"

"혹시 자살하고 싶을지도 모르니까."

그레이는 너무 당황해서 대답이 나오지 않았다. 그는 총을 갖고 싶지 않았다. 총을 지닌 걸 들키면 또다시 감옥에 처박힐 게 분명했다. 그레이가 총을 받아 들지 않자 이그나시오는 침대 옆 협탁 위에 총을 내려놓았다.

"아무튼, 생각은 해봐. 나처럼 질질 끌지는 말라고. 지체할수록 힘들어지니까. 내 꼬락서니 보면 알겠지만 말이야."

이그나시오는 문을 향해 가다가 마지막으로 방을 둘러보았다.

"참고로, 궁금할까 봐 하는 말인데, 우리는 해냈어." 이그나시오가 깊은숨을 들이쉰 다음에 볼을 부풀리며 '푸'하고 숨을 뱉어내더니 고개를 들어 천장을 바라보았다. "우스운 건 내가 그럴 자격이 있는지는 모르겠어. 나쁘진 않았지. 사실 내가 하려던 일은 절반도 안 돼. 나는 원래 그렇게 생겨먹은 놈이니까." 그는 다시 한번 그레이를 바라보았다. 눈에 눈물이 그득 고여 있었다. "정신과 의사 놈들이 늘 그러더라고. 이그나시오, 당신은 원래 그런 사람입니다, 하고 말이야."

그레이는 뭐라 대답해야 할지 알 수 없었다. 그저 때로는 뾰족한 대답이 생각나지 않을 때도 있으니 지금도 그런 때 중 하나인가 했을 뿐이다. 이그나시오의 표정을 보니 비빌에서 만났던 어떤 사람들이 생각났다. 감옥 안에서 너무 오래 썩은 탓에 옛날 영화에 나오는 좀비처럼 되어버린 사람들. 가진 거라고는 과거 그리고 눈앞에 펼쳐진 영원한 공허가 전부인 사람들.

"관둬." 이그나시오가 코를 들이마시더니 손등으로 콧등을 훔쳤다. "이제 와서 불평해서 뭐해. 자기 누울 자리는 자기가 만드는 거라고. 내가 한 말 잊지 마, 알았지? 또 보자, 그레이." 그렇게 문이 열리며 환한 빛이 쏟아지는가 싶더니 이그나시오는 사라져버렸다.

방금 들은 말은 무슨 뜻이었을까? 그레이는 한참이나 가만히 누워 있었고 그의 정신은 얼음 위의 닳아빠진 타이어처럼 공회전했다. 자기가 깨어 있는 건지, 자는 건지도 어쩌면 확실히 모르겠다는 생각을 했다. 일단 알 수 있는 사실들을 살펴보기로 했다. 나는 침대에 누워 있다. 이 침대는 레드 루프라는 모텔의 침대다. 이 모텔은, 그가 멀리 떠나온 게 아니라고 가정한다면 콜로라도주에 있는 곳일 테다. 바깥에서 새어 들어오는 빛으로 볼 때 오전인 것 같았다. 다친 데는 없는 거 같다. 지난 24시간 동안, 어쩌면 그보다 더 길거나 짧은 시간인지도 모르겠지만 아마 하루 이상은 안 될 것 같은 시간 동안 그는 의식이 없었다.

거기서부터 시작해야 했다.

그는 우선 팔꿈치에 지탱하고 몸을 일으켰다. 방안에서는 땀 냄새와 연기 냄새가 났다. 입고 있는 점프슈트는 때가 묻고 무릎 부분이 찢어져 있었다. 발은 맨발이었다. 발가락을 꿈틀거려보자 관절에서 뚝뚝 소리가 났다. 몸에는 이상이 없는 것 같았다.

그러고 보니 몸이 한결 가뿐하게 느껴졌다. 한결 가뿐하다기보다는…… 무척이나 말이다. 두통과 어지럼증은 사라지고 없었다. 눈앞도 깨끗했다. 팔다리가 개운하고 힘이 넘치는 것 같았다. 입안에서는 여전히 지독한 맛이 났지만 – 일단 칫솔이나 껌을 찾아야겠다 – 그 밖에는 보슬비만큼이나 가벼운 느낌이었다.

그레이는 일어섰다. 방은 갈색과 오렌지색 침대보를 덮은 침대 두 개, 텔레비전이 올려져 있는 테이블 하나만 간신히 들어갈 정도로 작았다. 하지만 리모컨의 버튼을 눌러도 전화벨 소리 같은 삐 소리와 함께 블루스크린만 떴다. 채널을 넘겨보았다. 가입되어 있는 채널들, CNN, 워 채널, GOVTV, 전부 나오지 않았다. 숙박비에 포함된 게 아닌가? 지배인에게 말해야겠군. 거기까지 생각하니 갑자기 숙박비를 지불한 적이 없다는 데 생각이 미쳤다. 몇 달 전 부대에 도착했을 때 지갑을 압수당했던 것이다.

부대. 그렇게 생각하는 순간 그 단어가 무거운 돌처럼 '툭'하고 가슴 속에 떨어졌다. 모르긴 몰라도 지금 그는 상당한 난관에 빠진 게 분명했다. 부대를 아무 말 없이 떠날 수는 없었다. 잭과 샘이라는 두 청소부가 탈영했을 때 리처드가 얼마나 노발대발했는지가 기억났다. 노발대발이라는 것조차 순화해서 표현한 것이지만 말이다. 리처드를 쳐다보기만 해도 그레이는 장이 뒤틀리는 기분이었다.

그래서 잭과 샘도 도망친 걸 거다. 리처드가 두려워서 말이다.

그 순간 그레이는 며칠이나 아무것도 마시지 못한 것처럼 미쳐버릴 것 같은 갈증을 느꼈다. 그는 욕실로 들어가 수도꼭지 아래에 고개를 밀어 넣고 얼굴이 온통 물 범벅이 되도록 벌컥벌컥 물을 받아 마셨다. 천천히 마셔야 해, 그레이, 이렇게 마시면 탈 난다고, 하고 그는 속으로 생각했다.

하지만 이미 늦은 뒤였다. 뱃속이 뒤틀리는 바람에 그는 바닥에 무릎을 꿇고 앉아 변기를 붙잡고 마신 물을 다시 토해냈다.

바보 같군. 그래도 전부 본인 탓이었다. 그는 뱃속의 경련이 지나가길 기다리며 무릎을 꿇은 채로 자기 토사물의 악취를 들이마셨다. 대체로 물이었지만 마지막에는 계란 흰자처럼 끈끈한 점액질이 나왔는데 소화되지 못하고 남은 뵈프 부르기뇽의 흔적이 분명했다. 방금 어딘가를 삐끗했는지 귓속이 울리기 시작했다. 마치 두개골 안에서 조그만 모터가 돌아가는 것처럼 말이다.

그는 간신히 몸을 일으킨 다음 변기 물을 내렸다. 화장대 위에 놓인 쟁반 위에 손댄 흔적이 없는 비누, 로션, 그리고 작은 병에 든 구강 청결제가 있었다. 그는 구강 청결제를 한 모금 물고 격하게 입안을 가신 뒤 세면대에 뱉어냈다. 그다음에는 거울에 비친 자기 모습을 보았다.

그레이의 머릿속에 처음으로 든 생각은, 누군가가 자기를 상대로 장난질을 치고 있다는 것이었다. 공을 꽤나 들인, 우습지도 않고, 말도 안 되는 장난 말이다. 누가 거울을 창문으로 바꿔놓고 창밖에 어떤 남자를 세워놓은 게 분명했다. 그레이보다 훨씬 젊고 잘생긴 남자. 그레이의 몸동작을 완벽하게 따라 하는 그 모습을 손을 뻗어 만져보고 싶은 충동이 일어 그레이는 실제로 손을 뻗었다. 이게 대체 무슨 일이야, 라고 생각한 순간 그의 입에서 자기도 모르게 "이게 대체 무슨 일이야?" 하는 말이 새어 나왔다. 거울에 비친 남자는 날씬하고 피부가 깨끗한 매력적인 남자였다. 사자의 갈기처럼 풍성한 밤색 머리카락은 귀 뒤로 빗어 넘겨져 있었다. 눈빛이 맑고 밝았다. 실제로 반짝이는 빛이 났다.

또 하나 그레이의 시선을 사로잡는 것이 있었다. 목에 무슨 자국인가가 보였다. 그는 몸을 앞으로 뻗고 고개를 치켜들어 목을 확인했다. 똑같이 생긴 구슬 모양의 옴폭 파인 자국들이 두 줄로 둥그스름하게 배열되어 있었는데 윗줄은 턱선까지 뻗어 있고 아랫줄은 쇄골의 곡선을 따라 이어졌다. 막 아문 것처럼 분홍색이 도는 흉터들이었다. 도대체 언제 생긴 상처지? 어린 시절 그레이는 개에 물린 적이 있었는데, 그때의 상처와 비슷한 모습이었다. 보호소에서 데려온 성질 못된 늙은 잡종 개였지만 그레이는 그 개를 사랑했다. 그의 개였으니까. 하지만 그러던 어느 날 개는 아무 이유도 없이 그레이의 손을 물어버렸다. 비스

킷을 주려고 한 것뿐이었는데 말이다. 그리고 아버지는 개를 마당으로 끌고 나갔다. 두 발, 첫 번째 총성 뒤에 단말마의 비명이 들리던 것을, 그리고 두 번째 총성 뒤에 비명이 잦아들어 영영 침묵이 되고 말았던 것을 그레이는 똑똑히 기억했다. 개의 이름은 버스터였다. 오랫동안 그레이는 버스터를 한 번도 떠올린 적 없었다.

그런데 지금 목에 비슷하게 생긴 상처가 나 있다니, 어쩌다 생긴 거지? 어쩐지 낯익은 기분이 들었다 – 기억 속 어느 서랍에 오랫동안 들어 있었던 것 같은 데자뷔가 느껴졌다.

그레이, 모르겠어?

그레이는 몸을 홱 돌렸다.

"이기?"

대답이 없었다. 그레이는 다시 침실로 돌아갔다. 벽장을 열어보고, 무릎을 꿇고 침대 아래도 살펴보았다. 아무도 없었다.

그레이, 그레이.

"이기, 어디 있어? 허튼수작 부리지 마."

기억 안 나, 그레이?

무언가 잘못되었다. 엄청나게 잘못되었다. 지금 그레이가 듣고 있는 것은 이기의 목소리가 아니었다. 그의 머릿속에서 울려 퍼지는 목소리였다. 눈이 닿는 모든 곳이 선명한 빛으로 쿵쿵 박동하는 것만 같았다. 눈을 비볐지만 아까보다 더 심해질 뿐이었다. 마치 머릿속의 회로가 꼬여서 눈으로 보는 동시에 만지고 냄새 맡고 맛을 보는 것처럼 느껴졌다.

기억나지 않아? …… 죽었던 것 말이야.

바로 그 순간 기억이 돌아왔다. 기억이 화살처럼 가슴을 꿰뚫었다. 바다처럼 새파랗던 기밀실, 천천히 열리던 문, 눈앞에서 뛰어오르던 '서

브젝트 제로'의 거대한 체구, 목에 제로의 턱이 닿고 곧이어 뾰족한 두 줄의 이빨이 목을 콱 물던 느낌. 제로가 떠나자 그레이는 혼자 남았고 경보가 울리고 총성이 터지고 죽어가는 사람들이 비명을 질렀다. 비틀거리며 복도로 나오자 지옥이 눈앞에 펼쳐졌다. 벽도 바닥도 피 칠갑인 데다가 팔다리와 내장이 흘러나온 몸통이 온통 널브러진 도살장이었다. 목을 움켜쥐자 손가락 사이로 잘린 동맥에서 끈끈한 피가 솟구쳤다. 숨이 쉬어지지 않았고 바닥에 스르르 미끄러지자 어둠이 그를 감싸고 눈앞이 헤엄을 치듯 일렁거렸다. 그다음에…… 숨이 끊어졌다.

어떻게 이런 일이.

내게 와, 그레이. 내게 와라.

그레이는 바깥으로 달려 나갔다. 작열하는 태양 빛이 쏟아졌다. 미쳤다. 내가 미친 게 틀림없어. 그는 육중한 덩치를 가진 짐승처럼 양손으로 두 귀를 막은 채로 어디로 가는지도 모르고 미친 듯이 달렸다. 주차장에는 차 몇 대가 아슬아슬한 각도로 대어져 있었고 대개는 차 문도 열린 채였다. 하지만 새하얗고 뜨거운 태양 빛 속에서 그레이는 눈앞에 펼쳐진 장면이 의미하는 바를 채 이해하지 못했다. 깨져 있는 호텔의 유리문, 움직이는 차가 한 대도 없는 고속도로, 길 건너 텅 빈 주유소, 주유소 창문에 묻은 벌건 색, 갑자기 낮잠에라도 빠진 것처럼 주유기에 기대 있는 한 남자의 몸, 폐허가 된 맥도널드의 창 안으로 들여다보이는, 각양각색의 토사물 속에 흩어져 있는 의자, 테이블, 케첩 봉지, 해피밀 장난감과 온갖 나이와 인종의 고객들, 3킬로미터 너머 아직도 타고 있는 트랙터 트레일러의 잔해에서 피어오르는 화학 약품 연기, 그리고 새들. 머리 위에서 까마귀며 독수리 같은 검은 새들이 어마어마한 크기로 떼 지어 한가하게 빙빙 돌았다. 끔찍한 전투가 끝난 직후 같은 이 모든 풍경이 무정한 여름 햇빛 속에 미동 없이 정지해 있었다.

보여, 그레이?

"그만해! 닥쳐!"

무언가 부드러운 것이 발에 걸렸다. 축축하고 질척질척한 유기물이 발에 밟히는 바람에 그는 아스팔트 도로 위로 엎어지고 말았다.

우리가 만들어낸 세상이 보여?

그레이는 눈을 질끈 감았다. 숨을 몰아쉬었다. 방금 발에 걸린 질척질척한 것이 시체라는 것을 보지 않아도 알 수 있었다. 제발. 그는 누구에게랄 것도, 무엇에게랄 것도 없이 그렇게 빌었다. 자기 자신, 머릿속의 목소리를 향해. 지금까지 한 번도 믿은 적 없지만, 지금은 온 힘을 다해 믿고 싶은 신에게. *전부 다 잘못했어요. 죄송해요, 잘못했어요. 잘못했어요.*

한참 뒤에 눈을 뜨자 모든 희망이 사라졌다. 시체는 여자였다. 수분이 다 빠져나간 얼굴 피부가 뼈에 들러붙어 있어 몇 살인지는 알 수 없었다. 스웨트팬츠에 목 부분에 작은 프릴이 달린 목이 파인 티셔츠를 입고 있었다. 아마 자고 있다가 무슨 일이 일어난 건가 하고 집 밖으로 나온 사람이었으리라. 시체는 등과 어깨가 뒤틀린 채 길바닥에 쓰러져 있었다. 파리가 시체 위를 날아다니다가 눈이며 입에 내려와 앉기를 반복했다. 한쪽 팔은 손바닥을 위로 향한 채 길 위에 뻗어 있었다. 다른 팔은 가슴을 가로지르는 자세로, 손끝이 목에 난 상처에 닿아 있었다. 베거나 찔린 상처같이 깨끗한 상처가 아니었다. 시체의 목은 뼈가 드러날 정도로 뜯겨 나갔다.

시체는 여자 혼자가 아니었다. 카메라가 서서히 부감 샷을 찍는 것처럼 그레이의 시야가 넓어졌다. 왼쪽으로 6미터 떨어진 곳에 셰비 0.5톤 트럭이 한 대 서 있었고 운전석 문이 열린 상태였다. 정장 바지에 멜빵을 맨 체격 좋은 남자 하나가 운전석에서 밀려 나와 반은 트럭 안에, 반은 바깥에 위치한 자세로 고개를 바닥에 떨어뜨린 채 쓰러져 있었다. 그런데 목에 머리가 달려 있지 않았다. 머리는 어디로 갔는지 보이지 않았다.

호텔 입구 근처에 더 많은 시체가 있었다. 엄밀히 말하자면 시체들이라기보다는 신체 파편들이 널려 있는 구역이라고 하는 게 옳았다. 순찰차에서 내린 여자 경찰관의 몸에서 내장이 빠져나온 모습이 보였다. 등을 순찰차 펜더에 기댄 채 손에는 여전히 권총을 들고 있는 그녀의 가슴은 트렌치코트 앞섶처럼 훤히 벌어져 있었다. 광택 나는 보라색 운동복을 입고 목에는 해적의 보물 상자라도 채울 수 있을 만큼의 금붙이를 걸고 있는 남자의 상체는 누가 위로 집어 던졌는지 연처럼 단풍나무 가지에 걸려 있었고, 하체는 보석처럼 빛나는 메르세데스의 후드에 놓여 있었다. 마치 상체가 사라졌다는 걸 모르는 사람처럼 양 발목을 서로 겹쳐 앉은 자세였다.

이쯤 되니 그레이는 최면 상태에 가까워졌다. 이런 광경을 보면서 감각이라는 걸 느끼는 건 불가능했다.

그러나 결정적인 것은 그 자리에 없는 것이었다. 출구 근처에서 혼다 어코드와 크라이슬러 컨트리사이드가 서로 정면충돌해서 아코디언처럼 구겨져 있는 모습이 보였다. 혼다 운전자가 앞 유리창을 뚫고 나간 채였다. 그 외에 혼다는 멀쩡했지만, 크라이슬러는 만신창이였다. 슬라이딩 도어가 뜯겨 나가 프리스비처럼 주차장 저쪽으로 날아가 버렸다. 열린 문 앞 보도에는 슈트 케이스, 장난감, 점보사이즈 기저귀 팩 등의 잔해물 속에 한 여자의 시체가 엎어져 있었다. 뻗은 손이 아슬아슬하게 닿을락 말락 한 곳에 텅 빈 유모차가 있었다. *아기는?* 그레이는 생각했다.

다음 순간 그레이는 깨달았다. 아.

그레이는 픽업트럭을 골랐다. 메르세데스를 고를 수도 있겠지만 트럭을 선택하는 게 더 합리적인 선택일 것 같았다. 지금은 아무래도 상관없을 것 같은 먼 옛날에 셰비 하프톤 트럭을 몰아본 적이 있었기에 픽업트럭이 더 익숙할 것 같았다. 그는 머리가 떨어져 나간 트럭 운전사를 길 위에 내려주었다. 머리를 찾아 돌려줄 수 없다는 사실이 괴로웠다. 머리가 없는 채로 그를 두고 떠나자니 잘못하는 것 같았다. 하지만 머리는 어디 있는지 눈에 띄지 않았고, 그레이는 더는 이 난장판을 둘러보고 싶지 않았다. 그는 자기 발에 맞는 신발을 찾아다녔다. 13EEE사이즈인 그의 발은 제로가 무슨 짓을 했는지는 몰라도 조금도 줄지 않았다. 결국 그가 선택한 것은 메르세데스 위의 남자가 신고 있던 로퍼였다. 이탈리아산 양가죽으로 만든 로퍼는 버터처럼 부드러웠고 발가락 부분이 조금 조이기는 했지만 부드러운 가죽이니 잘 늘어날 것 같았다. 그는 트럭에 올라타고 시동을 걸었다. 연료는 3/4이 조금 넘는 정도였다. 이 정도면 덴버 가까이 갈 수 있을 것 같았다.

막 출발하려던 순간 마지막으로 한 가지 생각이 떠올랐다. 그는 트럭을 세워놓고 다시 호텔 방으로 돌아갔다. 권총을 몸에서 조금 떨어지게 집어 들고 트럭으로 돌아와 글로브박스에 집어넣었다. 그렇게 오로지 권총을 벗 삼은 채 그레이는 트럭을 출발시켜 떠났다.

6

엄마는 침실에 있었다. 엄마는 침실에 있는데, 움직이지 않았다. 엄마는 침실에 있는데, 침실에는 들어가면 안 된다. 엄마는 죽었다, 분명하다.

엄마가 죽은 뒤에 밥 먹는 걸 잊지 말렴, 넌 자주 잊어버리잖니. 매일 목욕하렴. 우유는 냉장고에 있고, 럭키 참스는 찬장에 있고, 햄버거 캐서롤은 냉장고에 있으니 데워 먹으려무나. 한 시간 동안 350도에서 굽고, 끝나면 꼭 오븐을 꺼야 한다. 잘할 수 있지, 대니? 영원히 사랑한단다. 엄마는 더 이상 두려워하며 살 수가 없을 뿐이야. 사랑하는 엄마가.

엄마는 부엌 식탁에 있는 소금과 후추병 아래에 편지를 끼워두었다. 대니는 소금은 좋아했지만, 후추는 재채기가 나서 싫었다. 열흘이 지났는데도 – 대니는 아침마다 달력에 표시했기 때문에 알 수 있었다 – 편지는 그 자리에 그대로 있었다. 어떻게 해야 할지 알 수 없어서였다. 집 안에서 악취가 진동했는데, 마치 며칠 동안 차로 계속 치고 또 친 너구리나 주머니쥐의 사체에서 나는 것 같은 냄새였다.

우유도 맛이 이상했다. 전기가 나가버린 바람에 우유가 시큼하고 뜨끈해졌고 입에 넣으면 역겨웠다. 럭키 참스 시리얼에 수돗물을 부어 먹어봤지만 그 맛이 아니었다. 전부 예전 같지 않았고, 모든 것이 달라졌다. 엄마가 침실에 있었으니까. 대니는 엄마가 양초를 어디 두는지 알았다. 신경과민이 올 때를 위한 포포브 보드카 병을 넣어두는 개수대 위 찬장 안에 들어 있었다. 하지만 대니는 성냥에는 손댈 수 없었다. 성냥은 목록에 들어 있었다. 실제 목록은 아니고, 대니가 하면 안 되거나 만지면 안 되는 물건들의 목록이었다. 토스터에는 손대선 안 된다. 대니는 토스트가 타버릴 때까지 자꾸만 버튼을 눌러버리니까. 엄마의 침실 협탁에 있는 권총은 손대면 안 된다. 그건 장난감이 아니고, 쏘면 맞을 수도 있으니까. 버스에 타는 여자아이들에게 손대면 안 된다. 그 애들이 싫어하는 데다가, 그러면 대니가 더 이상 12번 버스를 몰 수 없게 되는데, 그건 싫으니까. 대니 체이즈의 세상에서 일어날 수 있는 최악의 일이 바로 12번 버스를 몰지 못하게 되는 것이었다.

전기가 없으니 TV도 안 켜졌고, 그래서 대니는 토마스를 볼 수 없었다. 토마스는 어린애들이나 보는 거라고 엄마는 백만 번쯤 말했지만, 상담사인 프랜시스 박사님은 대니가 다른 것들을 해보려는 노력을 멈추지 않는 한 토마스를 봐도 된다고 했다. 대니가 제일 좋아하는 등장인물은 제임스였다. 제임스가 빨간색인 것과 탄수차 역시 빨간색인 것도 좋았고, 제임스를 연기하는 성우의 부드러운 목소리를 들으면 목구멍이 간질간질한 느낌이 들어서 좋았다. 대니는 사람 얼굴을 잘 알아보지 못했지만 토마스에 등장하는 기관차들의 표정은 정확하고 알아보기 쉬웠으며, 기관차들이 서로에게 하는 행동이나 장난이 우스웠다. 철로를 바꾸어서 퍼시가 석탄 적재기에 부딪히게 만든다든지, 급행열차를 끄는 거만한 기관차 고든에게 초콜릿을 쏟아붓는다든지 하는 것 말이다. 버스에 타는 아이들은 가끔 대니를 토팜 햇('토마스'에 등장하는 사장님-옮긴이)이라고 놀리며 진짜 노래 가사를 나쁜 말로 바꾸어 부르기도 했지만 대니는 못 들은 척했다. 하지만 그중에서 신경 쓰이는 녀석이 하나 있었다. 이름은 빌리 나이스였지만, 성격은 '나이스'와 거리가 멀었다. 6학년이었음에도 성인 남성과 비슷한 덩치인 걸 보면 몇 번 유급한 것 같았다. 빌리는 아침마다 책 한 권 들지 않은 채로 대니를 조롱하며 버스에 오른 뒤 담배 냄새를 풍기면서 통로를 어슬렁어슬렁 걸어 들어가는 내내 다른 아이들과 하이파이브를 주고받았다.

이봐, 토팜 햇, 오늘 소도어섬('토마스'의 배경이 되는 가상의 섬-옮긴이)은 좀 어때? 레이디 햇('토마스'에 등장하는 토팜 햇의 아내-옮긴이)이 승무원실에서 그 짓을 하는 걸 좋아한다던데 진짜야?

하-하-하, 하고 빌리는 웃었다. 하-하-하. 대니는 대답하지 않았다. 맞받아쳐봤자 상황이 악화될 뿐이었으니까. 퍼비스 씨에게도 아무 말 하지 않았다. 그가 뭐라고 할지 뻔해서였다. '*이런 젠장, 대니. 그 맹랑한 자식이 널 그렇게 취급하는데도 가만히 있었단 말이야? 아무리 네가 별종이라도, 너 자신은 스스로 지킬 줄 알아야지. 넌 너라는 배를 지휘하는 선장이란 말이야. 폭동이 일어나게 내버려 두었다가는 모든 게 엉망이 되고 만다고.*'

대니는 운행 관리원인 퍼비스 씨를 좋아했다. 그는 대니, 그리고 엄마의 친구였다. 엄마는 구내식당 일을 했고 그러다가 퍼비스 씨를 알게 되었는데 그는 자주 집에 찾아와서 고장 난 음식물 쓰레기 처리기라든지 포치의 느슨해진 널빤지 같은 것을 고쳐주었다. 자기 아내인 퍼비스 부인이 있는데도 말이다. 퍼비스 씨는 덩치가 큰 대머리 남자로 잇새로 휘파람을 부는 걸 좋아했고 바지를 추어올리는 버릇이 있었다. 때로 그는 대니가 잠든 뒤 밤에 찾아오기도 했다. 거실에서 TV 소리, 엄마와 퍼비스 씨가 웃으며 이야기를 나누는 소리가 들렸다. 대니는 그런 밤이 좋았다. 꼭 행복한 것만 같은 좋은 기분이 들어서였다. 누군가가 아빠에 관해 물어보면 엄마는 항상 대니의 아빠는 '사진에 없다'고 말했는데 그 말은 사실이었다. 집에는 엄마 사진, 대니 사진, 엄마와 대니가 같이 찍은 사진이 있었다. 하지만 아빠가 나온 사진은 한 번도 본 적 없었다. 심지어 대니는 그 사람 이름조차도 몰랐다.

버스 운전을 시작하자는 아이디어를 낸 건 퍼비스 씨였다. 퍼비스 씨는 차고지 주차장에서 대니에게 운전하는 법을 가르쳐주었고, B종 운전면허를 딸 수 있도록 데려가서 원서 작성을 도와주었다. 엄마는 처음에는 석연치 않아 하면서, 대니가 쓸모 있는 엔진으로서 집안일을 도와야 한다거나, 정부에서 나오는 돈을 의미하는 사회 보장 제도 등의 이유를 들었다. 하지만 대니는 진짜 이유는 자기가 남들과 달리 특별하기 때문이었다는 것을 알았다. 엄마는 신중한 목소리로 직업을 가지려면 '적응'이 중요하다고 했다. *갑자기 예상하지 못한 일이 일어날 수 있어. 구내식당을 예로 들어보자. 어떤 때는 핫도그가 나오지만, 어떤 때는 라자냐, 또 어떤 때는 닭고기 커틀릿이 나오는 거야. 메뉴에 적힌 것과는 다를 때가 있는 거지. 그걸 매번 알 수는 없어. 그러면 곤란하지 않겠니?*

하지만 버스는 구내식당과는 달랐다. 버스는 버스였고, 정확히 시간표대로 움직였다. 대니는 운전대를 잡았을 때 살면서 느껴본 그 어느 때보다도 크고 깊은 행복을 느꼈다. 버스 운전을 하다니! 좌석들이 질서 정연하게 줄지어 놓여 있고, 6단계의 속도와 후진이 표시된 기어가 있고, 눈앞 대시보드에 모든 것이 깔끔하고 단정하게 정렬된 커다란 노란 버스였다. 기차는 아니었지만 비슷했고, 매일 아침 차고지에서 출발할 때마다 대니는 자신이 고든이나 헨리, 퍼시, 아니면 토마스가 된 것 같다고 상상했다.

대니는 항상 정시를 지켰다. 차고지에서 종점까지 정확히 42분간 시속 13킬로미터로 19개의 정류장을 지나 29명의 승객을 태웠다. 로버트 *-셸리-브리태니-메이베스-조이-달라와 드니즈(쌍둥이)-페드로-데미언-조던-찰리-올리버(오맨)-사샤-빌리-몰리-라일-딕(딕헤드)-리처드-리사-매케너-애나-릴리-매튜-찰리-에밀리-존존-케일라-션-티모시.* 가끔 부모 중 하나가 아이들을 배웅하러 나와 있을 때도 있었다. 실내복 차림의 어머니, 아니면 양복과 넥타이 차림의 아버지가 커피 잔을 들고 서 있다가 안녕, *대니?* 하면서 미소를 지어 보였다. 대니를 보고 시계를 맞춰도 되겠다니까.

쓸모 있는 엔진이 되어주렴. 엄마는 늘 그렇게 말했다. 대니는 그 말을 지킨 것이다.

하지만 이제 아이들은 사라졌다. 아이들만 사라진 건 아니었다. 모두가 사라졌다. 엄마도, 퍼비스 씨도, 어쩌면 세상 모든 사람이 사라졌다. 밤이 되면 불 켜진 곳이 아무 데도 없어서 깜깜하고 조용했다. 한동안은 시끄러웠다. 사람들이 고함을 지르고, 사이렌이 울렸고, 군용 트럭이 거리를 달렸다. 총소리도 났다. *빵!* 하고 말이다. *빵-빵-빵-빵!* 무엇을 쏘고 있는지 대니는 궁금했지만 엄마는 말해주지 않았다. 엄마는 엄한 목소리로 집에서 나가지 말라고, TV를 보지 말라고, 창가로 다가가지 말라고 말했을 뿐이다. "버스는요?" 대니가 묻자 엄마는 이렇게 말했을 뿐이다. "젠장, 대니. 버스 생각은 잊어버려라. 오늘은 학교가 쉬어." "내일은요?" 대니가 물었다. 그러자 엄마가 대답했다. "내일도 학교는 쉬어."

버스가 없으니 대니는 무엇을 해야 할지 알 수 없었다. 머릿속이 뜨거운 프라이팬 위의 옥수수 알갱이처럼 날뛰었다. 퍼비스 씨가 와서 엄마와 같이 TV를 보면 좋을 텐데, 엄마는 그럴 때면 항상 기분이 나아지는데, 하고 생각했지만 퍼비스 씨는 오지 않았다. 세상이 조용해졌다. 지금처럼. 바깥에는 괴물들이 있었다. 대니가 알아낸 건 그 정도였다. 그 예로, 길 건너에는 김 선생님이라는 여자가 살고 있었다. 김 선생님은 바이올린 선생님이라서 아이들이 그 집으로 바이올린을 배우러 갔고, 여름이면 아이들이 '반짝반짝 작은 별'이나 '메리의 어린 양' 그리고 대니가 제목을 알지 못하는 곡을 연주하는 소리가 열린 창밖으로 새어 나왔다. 이제 바이올린은 없었고 김 선생님은 포치의 난간에 걸려 있었다.

그러던 어느 날 밤 엄마가 침실에서 우는 소리가 들렸다. 엄마는 가끔 혼자서 그렇게 울곤 했기에 울음소리는 평범하고 자연스러운 일이어서 걱정할 필요가 없었지만 그날은 어쩐지 다르게 느껴졌다. 그는 한참 동안 침대에 누워서 울음소리에 귀를 기울이며 울 정도로 슬픈 기분이란 어떤 것일까 생각해보았지만, 그 감정은 손이 닿지 않는 선반에 올려둔 것처럼 이해하기 힘들었다. 잠들었던 대니는 누군가가 머리를 만지는 감촉에 잠이 깼고 눈을 뜨자 엄마가 침대에 앉아 있는 모습이 보였다. 대니는 다른 사람이 몸을 만지면 거슬리는 느낌이 들어서 싫어했지만, 엄마가 만지는 건 익숙했기에 괜찮았다. 왜 그래요, 엄마? 대니가 물었다. 무슨 일이에요? 하지만 엄마는 그저 쉿, 아무 말 하지 말려무나, 대니, 했을 뿐이었다. 엄마의 무릎 위에는 타월로 싼 무언가가 놓여 있었다. 사랑한다, 대니. 내가 널 얼마나 사랑하는지 아니? 저도 사랑해요, 엄마. 대니는 그렇게 대답했는데, 누군가에게서 '사랑한다'는 말을 들었을 때 해야 하는 대답이었기 때문이었다. 그렇게 대니는 엄마의 손길을 느끼다가 잠이 들었다. 다음 날 아침 엄마의 침실 문은 닫혀서 열리지 않았고, 대니는 알게 되었다. 안을 들여다볼 필요는 없었다.

대니는 결국 버스를 운전하기로 했다.

살아남은 사람이 나 혼자일지도 모르니까. 버스를 운전하면 행복한 기분이 드니까. 엄마가 침실에 있고 우유는 상한 채로 이렇게 며칠이 흘렀는데 이제 무엇을 하면 좋을지 알 수 없으니까.

그는 전날 밤에 엄마가 항상 하던 대로 옷을 미리 준비해놓았다. 카키색 바지, 흰색 셔츠, 끈 달린 갈색 구두, 그리고 점심 도시락도 쌌다. 음식이라고는 땅콩버터와 그레이엄 크래커, 오래된 마시멜로 정도밖에 남아 있지 않았지만 마운틴 듀가 한 병 있어서 배낭에 전부 챙긴 뒤 주머니칼과 행운의 동전을 챙긴 다음, 옷장으로 가서 엄마가 트레인타운에서 사 준 파란 줄무늬 기관사 모자를 챙겼다. 트레인타운은 아이들이 토마스에 나오는 것 같은 기차를 직접 몰아볼 수 있는 놀이공원이었다. 대니는 어릴 때부터 트레인타운에 많이 갔고 그곳을 세상에서 가장 좋아했지만, 열차 칸은 긴 팔다리를 가진 대니에게는 너무 작아서 그는 열차들이 굴뚝에서 조그만 연기구름을 뿜으면서 철로를 따라 빙글빙글 도는 모습을 구경하는 걸 좋아했다. 엄마는 트레인타운에 갈 때가 아니면 집 밖에서 기관사 모자를 쓰지 못하게 했는데 다른 사람이 놀릴 거라는 이유에서였다. 하지만 대니는 이제는 모자를 마음껏 써도 상관없다는 것을 알 수 있었다.

대니는 새벽에 집을 나섰다. 버스 키는 주머니 속, 허벅지에 딱 붙어 있었다. 차고지까지는 5킬로미터 남짓한 거리였다. 한 구획도 채 지나기 전에 시체가 보였다. 차 안에서 죽은 시체도 있었고, 집 잔디밭에 누워 있거나 쓰레기통 위에 걸쳐져 있거나 나무에 걸려 있기도 했다. 피부색은 김 선생님과 똑같은 회청색이 되었고 옷 속으로 여름의 열기 때문에 부풀어 오른 살갗이 팽팽하게 차 있었다. 바라보기에는 끔찍한 광경이었지만, 이상하고도 흥미롭기도 했다. 시간이 더 많았더라면 걸음을 멈추고 자세히 보았을 것이다. 길에는 종잇조각이나 플라스틱 컵이나 펄럭거리는 식료품점 봉지 같은 쓰레기가 많아서 싫었다. 길에 쓰레기를 버리면 안 된다.

차고지에 도착했을 때쯤에는 햇볕이 대니의 어깨를 따뜻하게 데우고 있었다. 버스 대부분이 차고지에 있었지만 없는 버스도 있었다. 중간이 듬성듬성 빠진 채로 줄지어 서 있는 버스들은 마치 이빨이 빠진 입 같았다. 하지만 대니의 버스인 12번 버스는 평소의 자리에서 기다렸다. 세상에는 다양한 종류의 버스가 있다. 셔틀버스, 전세버스, 시내버스, 고속버스 등이었는데 대니는 이런 버스들에 대해 전부 알고 있었다. 대니는 한 가지에 대해 알기 위해 모든 것을 다 알아보는 것을 좋아했다. 대니의 버스는 포사이트 모델인 레드버드 450이었다. 가장 까다로운 공업 표준에 맞추어 만들어졌고, 영구적인 프레임 차체, 이지 후드 어시스트를 적용하였으며 운전자를 위한 고급 정보 디스플레이를 통해 운전자에게도 기술자에게도 풍부한 시스템 지식을 제공하며 특수 제작된 일체형 차대인 레드버드 컴포트라이드를 사용했다. 레드버드 450은 안전과 품질, 오랜 수명 모두를 위한 최고의 선택이었다.

대니는 버스에 올라 키를 꽂았다. 커다란 캐터필러 디젤 엔진이 깨어나는 소리가 들리자 몸속에서 따뜻한 느낌이 퍼져 나갔다. 손목시계를 보았다. 오전 6시 52분. 분침이 12를 가리킬 때까지 기다렸다가 그는 기어를 넣고 출발했다.

아무도 없는 텅 빈 거리에서 버스를 몰고 가자니 기분이 이상했지만, 첫 번째 정류장 – 로버트와 셸리가 타는 메이필드 가족의 집 앞 – 에 닿을 때쯤에는 이미 아침의 리듬에 적응한 뒤였다. 오늘이 그저 평소와 다름없는 하루라고 상상하기는 어렵지 않았다. 대니는 버스를 세웠다. 그래, 로버트와 셸리는 늦을 때도 있지. 그럴 때면 대니는 경적을 울렸고, 두 아이가 문을 박차고 나오면, 뒤에서는 아이의 엄마가 학교에서 말 잘 듣고 재밌게 지내라고 소리치며 손을 흔들곤 했다. 메이필드 가족의 집은 대니의 집보다 별로 크지 않은 방갈로였지만 호박색 페인트로 칠해져 있고 집 앞에는 그네가 놓인 커다란 포치도 있어서 더 근사했다. 봄이면 포치 난간에 꽃을 심은 화분이 걸려 있었다. 화분은 아직 걸려 있지만 꽃은 다 시들어버렸다. 잔디도 길게 자라버렸다. 대니는 목을 쭉 빼고 앞 유리창 바깥을 쳐다보았다. 2층의 창문은 창틀에서 뜯겨나가 버린 것 같았다. 창문이 있던 빈자리에 아직 블라인드가 달려서 혀처럼 바깥으로 튀어나와 있었다. 대니는 경적을 울리며 일 분간 기다렸다. 그러나 아무도 나오지 않았다.

7시 8분. 들러야 할 정류장이 많았다. 그는 버스를 출발시킨 뒤 옆으로 쓰러진 프리우스를 피해 몰았다. 길을 가다 보니 다른 것들도 많았다. 납작 찌그러진 채로 뒤집혀 있는 경찰차. 앰뷸런스. 죽은 고양이. 문에 스프레이 페인트로 X 표시를 그려 넣고 빈 데에 숫자와 글자가 적혀 있는 집들이 많았다. 두 번째 정류장인 캐슬 오크스라는 이름의 타운하우스 단지 앞에 도착했을 때는 이미 시간표보다 12분이 늦은 상태였다. *브리태니-메이베스-조이-달라와 드니즈*가 타는 곳이었다. 그는 길게 경적을 울리고, 한 번 더 울렸다. 하지만 아무런 의미도 없었다. 대니는 그저 정해진 동작을 하는 것뿐이었다. 캐슬 오크스는 연기를 피워 올리는 폐허로 변해 있었다. 단지 전체가 타 없어져 버린 것이다.

다른 정류장들도 마찬가지였다. 그는 버스를 서쪽 체리크리크를 향해 몰았다. 이곳의 커다란 집들은 길에서 멀찍이 떨어졌고 크고 비탈진 잔디밭을 하나씩 끼고 있었다. 잎이 많은 커다란 나무들이 길에 얼룩덜룩한 그늘을 커튼처럼 드리우고 있었다. 이곳에는 좀 더 조용하고 평화로운 기분이 감돌았다. 집들은 평소와 똑같은 모습이었고 시체도 보이지 않았다. 그래도 아이들은 없었다.

원래라면 이미 스물다섯 명의 아이들이 탔어야 할 때였다. 차 안이 조용해서 불안한 기분이 들었다. 정류장에 설 때마다 아이들이 타면서 소음이 조금씩 더해져서 마치 영화가 마지막을 향해 갈 때 음악 소리가 커지는 것처럼 버스는 달리면 달릴수록 더 시끄러웠다. 마지막 장면이란 바로 린들러 애비뉴에 있는 과속 방지턱이었다. *턱을 넘어요, 대니!* 아이들이 입을 모아 고함을 질렀다. *턱을 넘어요!* 그러면 대니는 그럴 생각이 없었음에도 과속 방지턱을 거칠게 넘어서 아이들의 몸이 붕 뜨게 했고 잠깐이지만 그 순간 그 아이 가운데 하나가 된 기분을 느꼈다. 대니는 이 버스에 탄 아이들 같은, 학교에 다니는 평범한 아이였던 시절이 없었다. 하지만 버스가 과속 방지턱을 넘어가는 그 순간만큼은 대니 역시 그 아이들과 다를 바 없었다.

그런 생각을 하니 아이들이 그리웠고, 심지어 빌리 나이스며 그의 바보 같은 농담과 하-하-하, 하는 웃음소리까지 그리워졌다. 그 순간 눈앞에 남자아이 하나가 보였다. 티모시였다. 티모시는 누나와 함께 자기 집 진입로 끝에 서서 기다리고 있었다. 뒤통수에서 머리카락 두 가닥이 벌레 머리에 달린 더듬이처럼 솟아올라 있는 그 아이를 대니는 금세 알아봤다. 티모시는 제일 어린 아이 가운데 하나로 2학년, 아니면 3학년이었고, 체구가 작았다. 때로 헐렁한 덧옷을 입은 갈색 피부의 통통한 가정부가 티모시와 함께 기다리고 있을 때도 있었지만 보통은 고등학생으로 보이는 누나와 함께였다. 재미있게 생긴 아이였는데, 하하

웃음소리가 나오는 식으로 재미있다는 것이 아니고, 음식을 너무 급하게 먹어서 배가 아플 때 엄마가 주는 펩토비스몰 소화제 같은 분홍색으로 부분 염색을 한 머리에 짙은 검은색 아이라이너를 칠한 모습이 공포 영화에 나오는 움직이는 초상화 같았다. 양쪽 귀에 각각 열 개 정도의 피어싱을 했고, 개 목걸이를 하고 있는 날이 많았다. 개 목걸이라니! 개도 아닌데 말이다! 이상한 건 그렇게 별난 차림새를 하고 있음에도 대니의 눈에는 예뻐 보였다는 것이다. 대니는 그 나이대의 여자는, 사실 어떤 나이대의 여자도 알지 못했지만, 티모시의 누나가 어린 남동생의 손을 잡고 기다리다가 버스가 다가오면 다른 애들에게 들키지 않게 손을 놓는 것이 좋았다.

대니는 진입로 끝으로 다가간 다음 레버를 당겨 문을 열었다. "안녕." 떠오르는 말은 그것뿐이었다. "안녕, 좋은 아침이다."

이제 그 아이들이 말할 순서였지만 아이들은 아무 말도 하지 않았다. 대니는 눈으로 재빨리 두 아이의 얼굴을 훑었다. 아이들의 표정은 대니가 이해할 수 없는 것이었다. 토마스에 등장하는 기관차들은 이 두 아이 같은 표정을 지은 적이 없었다. 토마스 기관차들은 행복하거나 슬프거나 심통이 난 얼굴이었지만, 이 아이들의 얼굴은 케이블이 끊긴 TV의 텅 빈 화면 같았다. 여자아이의 눈은 빨갛게 부었고 머리카락은 착 가라앉아 있었다. 티모시는 코를 흘렸고 손등으로 계속 콧물을 닦았다. 입은 옷은 온통 구겨지고 더러웠다.

"경적이 들렸어요." 티모시의 누나가 말했다. 아주 오랜만에 입을 연 것처럼 떨리는 쉰 목소리였다. "우린 지하실에 숨어 있었어요. 먹을 건 이틀 전에 떨어졌고요."

대니가 어깨를 으쓱했다. "나는 럭키 참스를 먹었어. 하지만 우유가 아니라 물을 부어 먹었지. 그렇게 먹으면 맛이 없어."

"남은 사람들이 또 있어요?" 티모시의 누나가 물었다.

"남다니?"

"살아남은 사람들요."

대니는 뭐라고 대답해야 할지 알 수 없었다. 너무 어려운 질문이었다. 없을 수도 있었다. 시체가 많았으니까. 하지만 티모시 앞에서 그렇게 대답하고 싶진 않았다.

그는 아직 아무 말도 하지 않은 채 초조하게 손등으로 콧물을 닦아내고 있는 티모시에게 눈길을 주었다. "팀보, 알레르기 있니? 나도 가끔 그런데."

"엄마 아빠는 텔루라이드에 있어요." 티모시가 말했다. 눈길은 신고 있는 운동화 위로 떨어뜨린 채였다. "콘수엘라도 같이 있었어요. 하지만 떠났어요."

대니는 콘수엘라가 누군지 몰랐다. 사람들이 질문에 대답하는 대신 생각지 못한 다른 대답을 할 때면 힘이 들었다.

"그래." 대니가 말했다.

"콘수엘라는 뒤뜰에 있어요."

"떠났다더니 왜 뒤뜰에 있어?"

그러자 티모시가 눈을 크게 떴다. "죽었으니까요."

몇 초간 세 사람 모두 아무 말도 하지 않았다. 대니는 왜 이 아이들이 버스에 타지 않는지 궁금했다.

"다들 마일하이 스타디움으로 가야 한다고 했어요." 티모시의 누나가 말했다. "라디오에서 들었어요."

"마일하이 스타디움에 뭐가 있길래?"

"군대가 있대요. 거기 가면 안전하댔어요."

지금까지 대니가 본 바에 따르면 군인들 역시 다수가 죽었다. 하지만 마일하이 스타디움을 목적지로 삼으면 될 것 같았다. 사실 그는 여태 목적지는 생각하지 않은 채였다. 어디로 가려고 했던 거였담?

"전 에이프릴이에요." 티모시의 누나가 말했다.

에이프릴이라는 이름이 딱 어울렸다. 가끔 자기와 딱 맞는 이름을 가진 사람을 보면 신기했다.

"나는 대니야." 그가 대답했다.

"알아요." 에이프릴이 말했다. "그러니까 대니, 제발 우리 좀 여기서 꺼내주세요."

7

색이 별로야, 하고 라일라는 결론을 내렸다. 아냐, 이 색은 진짜 아니야.

색상 이름은 '버터크림'이었다. 가게에서 본 샘플은 오래된 리넨처럼 부드럽게 바랜 노란빛이었다. 하지만 페인트가 뚝뚝 떨어지는 롤러를 들고 – 난장판이 따로 없었다, 데이비드가 좀 도와주면 어디 덧나? – 한 발짝 물러서서 방금 칠해놓은 벽을 살펴보고 있자니 페인트 색은 그보다는, 뭐랄까, 레몬 같았다. 그것도 전기가 흐르는 레몬 말이다. 만약 장소가 부엌이라면, 정원을 면한 창으로 햇살이 가득 들어오는 밝은 부엌이라면 어울리는 색일지도 모른다. 하지만 아기방은 아니다. 세상에, 이런 색으로 칠해놓으면 아기가 잠은 자겠어?

우울하기 짝이 없는 일이었다. 방금까지 한 일이 전부 헛수고라니. 지하실에서 사다리를 들고 계단을 올라오고, 페인트받이 천을 대고, 굽도리(방 벽과 바닥의 연결 부위–편집자) 널에 페인트가 튀지 않도록 바닥에 엎드려서 꼼꼼하게 테이프로 발랐는데 결국은 다시 페인트 가게로 가서 처음부터 다시 시작해야 했다. 원래 계획은 점심시간까지 페인트칠을 끝낼 생각이었다. 비어트리스 포터의 〈피터 래빗〉 장면이 반복되는 띠벽지를 붙이기 전에 페인트가 마를 시간이 있어야 해서였다. 데이비드는 띠벽지가 유치하다고 – 그가 사용한 정확한 표현은 '감상적이다'

였다 – 했지만 라일라는 상관없다고 생각했다. 라일라는 어린 시절 피터 래빗이 나오는 이야기를 좋아했고 아빠의 무릎 위로 기어오르거나 침대 속에 파고들어서, 피터가 맥그리거 부인의 정원에서 탈출하는 이야기를 백 번째로 들었다. 어린 시절 라일라가 살던 웰슬리의 집 주변에는 산울타리가 둘러 있었는데 그녀는 오랫동안 – 그런 것들을 믿기에는 너무 커버린 뒤에도 – 조막만 한 파란 재킷을 입은 토끼를 찾으려고 울타리를 열심히 뒤지곤 했다.

하지만 피터 래빗은 더 기다려야 했다. 갑자기 피로가 몰려왔다. 좀 쉬어야 했다. 페인트 냄새 때문에 머리까지 아파졌다. 에어컨에 문제가 생긴 것도 같았다. 임신한 뒤부터는 항상 덥다는 느낌이 들었지만 말이다. 데이비드가 어서 집에 왔으면 좋겠다는 생각이 들었다. 병원이 미친 듯이 바쁘다고 했다. 늦을 거라는 전화가 한 번 왔었지만, 그 뒤로는 소식이 없었다.

라일라는 아래층 부엌으로 내려왔다. 부엌은 엉망진창이었다. 개수대에는 접시가 쌓여 있고, 조리대에는 얼룩이 묻었으며, 맨발에 밟히는 바닥은 기름으로 끈적거렸다. 라일라는 혼란스러워져서 문간에 멈췄다. 지금까지는 집이 이렇게 엉망인 걸 몰랐었다. 욜랜더는 왜 안 오는 거지? 언제 마지막으로 왔더라? 가사 도우미가 오는 날은 매주 화요일과 금요일이었다. 오늘은 무슨 요일이지? 지금 눈앞에 펼쳐진 부엌을 보면 욜랜더가 몇 주는 안 온 게 분명했다. 욜랜더는 영어 실력이 형편없고 가끔 찻숟가락과 그냥 숟가락을 헷갈리거나 – 데이비드가 정말 싫어했다 – 읽지도 않은 청구서를 재활용품 수거함에 넣어버리는 것 같은 짜증 나는 짓을 하기도 했다. 그렇다 해도 욜랜더가 일을 빼먹는 사람은 아니었다. 어느 겨울 아침에는 욜랜더가 2층에서도 들릴 정도로 심하게 기침을 하면서도 출근하는 바람에 라일라가 그녀의 손에서 자루 걸레를 억지로 비틀어 뺏으면서 *포르 파보르, 욜랜더, 내가 도와줄게요. 나 의사예요. 소이 메디코,* 해야 했다. (당연히 기관지염이었다. 라일라는 욜랜더가 보험은 고사하고 병원에 갈 돈도 없다는 걸 알았기에 부엌에서 청진을 한 다음 아목시실린 처방전을 곧바로 써주었다.) 그래, 좋아, 우편물을 버리거나 숟가락을 헷갈리고 양말을 속옷 서랍에 넣기는 해도 욜랜더는 성실하게 일했고, 절대로 지칠 줄 몰랐으며, 활기찼고 늘 시간을 지켰기에 미친 듯 바쁜 일정 속에서도 믿을 수 있었다. 그런데 이제는 전화조차도 하지 않는다니?

전화는 또 다른 문제였다. 전화기가 고장 난 것 같았다. 게다가 우편물도 오지 않고 있었다. 신문도. 하지만 데이비드는 무슨 일이 있어도 바깥에 나가지 말라고 했기에, 라일라는 확인해볼 수 없었다. 어쩌면 신문은 진입로에 놓여 있을지도 모른다.

라일라는 찬장에서 물 잔을 꺼낸 다음 수도꼭지를 돌렸다. 저 밑에서 꾸르륵거리는 소리가 들리더니…… 아무 일도 일어나지 않았다. 물도 안 나오다니! 그제야 기억났다. 물이 나오지 않은 지 꽤 오래되었다. 일단 배관공부터 불러야겠다. 물론, 전화기가 고쳐진 다음의 일이겠지만 말이다. 손바구니가 난리판이 날 때마다 데이비드가 집에 없다는 것이 꼭 그다운 일 아닌가? '손바구니가 난리판이 난다.'는 건 라일라의 아버지가 자주 쓰던 표현이다. 이상한 표현이라서 라일라는 잠시 생각했다. '손바구니가 대체 뭐지? 그냥 바구니랑은 뭐가 다를까?' 아주 단순한데도 갑자기 마치 처음 보는 것처럼 낯설게 느껴지는 이런 단어들이 많았다. 기저귀. 오해. 배관공. 결혼.

데이비드와 결혼하기로 한 게 과연 내 결정이었을까? 왜냐하면, 그녀가 *데이비드와 결혼해야겠어*라고 생각했던 기억이 나지 않아서였다. 결혼하기 전에 반드시 해야 했던 생각인데 말이다. 어느 순간 삶이 완전히 바뀌어버렸는데, 어쩌다가 그렇게 되어버렸는지 기억이 안 나다니 이상하다. 아마 데이비드를 사랑한다는 말도 하지 않았을 것이다. 그녀는 데이비드를 '좋아'했다. 그리고 '존경'했다. (데이비드 센터를 존경하지 않을 사람이 누가 있겠는가? 덴버 종합 병원 심장학과의 수석 전공의이자, 콜로라도 전기 생리학 연구소의 창립자이고, 마라톤을 뛰고, 요트를 타고, 너겟츠와 오페라 시즌 티켓을 둘 다 사는, 매일같이 환자를 죽음 직전에서 되살려내는 사람을?) 하지만 이런 감정들이 합쳐진다고 해서 사랑이 될까? 그게 아니라면, 아기를 가졌다고 해서 – 계획하지 않은 일이었다 – 그리고 데이비드가 그 특유의 고결한 말투로 자신은 '올바른 일'을 할 거라고 선언했다고 해서 그런 사람과 결혼해야 하는가? 그 올바른 일이라는 게 대체 뭐기에? 그리고 어째서 데이비드는 때때로 데이비드가 아니라 데이비드를 *닮은*, 데이비드에 *바탕을 둔*, 사람 크기의 데이비드처럼 생긴 사물처럼 보이는 걸까? 라일라는 약혼 소식을 알리던 날 아버지의 표정에서 읽을 수 있었다. 아버지는 알고 계셨다. 아버지는 서재의 책상에서 사랑하는 책들에 둘러싸인 채 모형 배의 바우스프릿에 접착제를 바르는 중이었다. 아버지는 인자한 눈썹을 아주 살짝 치켜들었을 뿐이었지만 그것만으로도 감정이 고스란히 드러났다. "그렇구나." 아버지는 헛기침을 해 목을 고르더니 말을 잇기 전에 자그마한 접착제 통 뚜껑을 돌려 닫았다. "이런 상황에서는 네가 결혼하고 싶어 하는 것도 이해가 되는구나. 데이비드는 좋은 남자야. 원한다면 우리 집에서 결혼해도 좋겠다."

그래서 두 사람은 봄철의 눈보라를 뚫고 보스턴으로 날아왔고 모든 것을 황급히 대강 마련한 뒤, 마지막 순간에 도착해 결혼 서약이 이루어지는 동안 (다 해야 2분 남짓 걸렸을 뿐이었다) 어색하게 거실에 서 있는 몇 안 되는 친척과 친구들만 놓고 결혼식을 치렀다. 손님들은 얼마 지나지 않아 이만 가보아야겠다는 변명을 했고 심지어는 출장 요리사도 일찍 떠났다. 라일라가 임신 중이라는 사실 때문에 결혼식이 어색한 분위기로 치러진 건 아니었다. 그것은 누군가가 빠졌기 때문이라는 것을 라일라는 알았다.

누군가는 영영 이 자리에 없겠지.

하지만 신경 쓸 필요 없다. 데이비드도, 최악의 결혼식(솔직히 말하면 결혼식이라기보다는 초상집 같았다)도, 남아서 쌓여 있던 연어도, 눈도, 기타 등등도. 중요한 것은 아기, 그리고 자기 자신을 돌보는 일이니까. 세상 따위 난리판이 난 손바구니가 된들 상관없었다. 중요한 건 아기뿐이었다. 아기는 딸이었다. 초음파로 확인했다. 조그만 딸아이가 조그만 손과 조그만 발과 조그만 심장과 폐를 가지고 몸속 따뜻한 양수 속을 떠다니고 있었다. 아기는 딸꾹질을 많이 했다. 딸꾹! 작은 아기가 딸꾹질을 했다. 딸꾹! 딸꾹! 정말 우스운 말이다. 아기는 숨을 쉴 때 양수를 들이마시고 뱉으며 횡격막을 수축시켰고 그러면 후두개가 닫혔다. 딸꾹질, 또는 '흩역증'은 동시적인 횡격막의 떨림에서 발생하는 것으로 '흐느끼던 중 숨을 참는 행위'를 뜻하는 라틴어 '싱굴투스Singultus'에서 온 말이다. 의대에서 그 사실을 배웠을 때 라일라는 생각했다. 우와, 그러니까, 우와, 하고 생각한 것이다. 그리고 당연히 라일라는 그 순간 딸꾹질하기 시작했다. 학생 중 절반이 그랬다. 듣기로는 호주의 어떤 남자는 17년간 딸꾹질이 멈추지 않았다고 했다. '투데이'에서 봤었다.

투데이. 오늘은 며칠이지? 라일라는 현관홀에 와 있었고, 자신이 바깥을 보려고 커튼을 걷었음을 그녀의 정신이 발돋움질해 난간 너머를 내다보는 것처럼 서서히 깨달았다. 없다. 신문은 없었다. '덴버 포스트'도, '뉴욕 타임스'도, 받는 즉시 쓰레기통으로 직행하는 저질 동네 소식지도 없었다. 유리창 너머로 나무에 깃든 여름철 벌레들이 높은 소리로 울어대는 소리가 들렸다. 평소라면 지나가는 차가 한두 대 보였을 것이고 휘파람을 불며 걸어가는 우체부와 유모차를 밀고 가는 유모가 보였겠지만 오늘은 없었다. *좀 더 알게 되면 돌아올게. 문을 잠그고 집 안에 있어. 어떤 상황에서도 밖으로 나가선 안 돼.* 데이비드가 그렇게 말했던 게 기억났다. 창가에 서서 데이비드가 모는 도요타 수소차가 진입로를 빠져나가는 광경을 지켜보았던 것도 기억났다. 세상에, 데이비드는 모는 차조차 도덕적이다. 아마 교황도 저런 차를 몰겠지.

그런데 저거, 개 아니야? 라일라는 유리창에 얼굴을 바짝 붙였다. 존슨 부부가 키우는 개가 길 한가운데를 털레털레 걸어가고 있었다. 두 집 건너에 사는 존슨 부부는 자식들을 다 키워서 내보낸 뒤 단둘이 살았다. 딸은 결혼해서 멀리 갔다고 했고, 아들은 대학에 갔다고 했다. MIT였나? 칼텍이던가? 아무튼 그런 대학이었다. 존슨 부인은 ("샌디라고 부르라니까!") 두 사람이 이사를 온 뒤 번트 케이크를 들고 함박웃음을 띤 채 가장 먼저 찾아와서 인사한 사람이었고, 라일라는 당직이 아닌 날이면 매일같이 그녀를 볼 수 있었다. 때로는 남편인 제프와 함께 늘 웃는 얼굴의 골든 리트리버인 로스코를 데리고 산책을 했다. 로스코는 누가 다가오기만 해도 길바닥에 벌렁 드러누워서 배를 드러낼 정도로 순한 개였다. ("우리 개가 순해도 너무 순해서 말이지요." 제프는 말했다.) 길을 돌아다니고 있는 건 로스코가 분명했지만, 무언가가 이상했다. 로스코의 모습이 평소 같지 않았다. 갈비뼈가 실로폰의 건반처럼 앙상하게 드러나 있었고 (잠깐이지만 라일라의 마음속에서 초등학교 시절 글로켄슈필을 연주했던 기억, 그리고 '자끄 수사님'의 멜로디가 되살아났다.) 입에 뭔가 문 채로 목적지 없이 허랑허랑 걷는 모습을 보니 이상하게 불안했다. 뭔가…… 축 늘어진 것을 물고 있었다. 개가 줄 없이 돌아다니는 걸 존슨 부부가 알고 있을까? 전화로 알려줘야 할까? 하지만 전화기는 고장이었고 데이비드에게 집 밖으로 나가지 않겠다는 약속도 했다. 분명 내가 아니라도 다른 사람들이 보고, 아니, 로스코잖아. 가출했나? 할 거야.

빌어먹을 데이비드. 자기 생각만 하느라 배려심 없이 바깥을 나돌아다니는 동안 나는 물도, 전화도, 전기도 없는 집에 혼자 남아 있잖아. 심지어 아기방 페인트 색도 엉망진창이다. 샘플과 비슷하지조차 않아! 아직 임신 24주 차였지만 시간은 쏜살같이 흘러갈 것이다. 정신을 차려보면 출산이 한 달 앞으로 다가와 있을 것이고 다음 순간 한밤중에 조그만 슈트 케이스를 들고 서둘러 집을 나선 뒤 허둥지둥 병원을 향해 차를 몰 테고, 그다음에는 환한 빛 아래 벌러덩 누워서 숨을 들이쉬고 내쉬면서 온몸을 뒤덮어 압도하는 진통 속에서 신음하게 될 것이다. 그리고 통증의 안개 속에서 누군가가 내 손을 잡는 촉감에 눈을 뜨면 옆에 브래드가 이름 붙일 수 없는, 아름답고도 겁에 질린 속수무책의 얼굴을 하고 이렇게 말할 것이다. '*힘줘, 라일라. 거의 끝났어. 딱 한 번만 힘을 주면 끝나.*' 그러면 나는 그 말대로 하겠지. 몸속 마지막 남은 힘을 있는 대로 끌어모아서 아기를 몸 밖으로 밀어낼 것이다. 그리고 출산 직후의 고요함 속에서 브래드가 강보에 꽁꽁 싸인 마법의 선물 같은 아기를 내게 안겨주면서 얼굴을 기쁨으로 빛낼 것이고, 그러면 나는 태어나서 느낀 가장 깊고도 영원한 편안함을 느낄 것이다. 내가 이 남자를 선택한 것은 운명이었다는 것을, 그리고 우리 두 사람이 함께 만들어낸 따뜻하고도 새로운 생명체인 우리 아기 에바는 바로 우리 두 사람을 하나로 합쳐놓은 것이라는 것을 말이다.

브래드? 왜 브래드 생각을 했지? *데이비드*. 내 남편은 데이비드다. 브래드가 아니라. 교황이나 몰 법한 차를 타고 다니는 데이비드 교황 말이다. 실제로 교황 중에 데이비드라는 사람도 있었을까? 그렇겠지. 라일라는 감리교 신자였다. 그러니까 물어볼 형편은 아니었다.

좋아, 하고 라일라는 생각했다. 로스코도 시야에서 벗어난 이상, 참을 만큼 참았다. 더러운 집에 갇혀 있기도 지긋지긋했다. 데이비드야 제 마음대로 하라지. 이렇게 아름다운 유월에 할 일도 없이 꼼짝 않고 앉아 있을 이유가 없었다. 진입로에 오래된 믿음직한 친구인 볼보가 기다리고 있는데 말이다. 핸드백은 어디 있지? 지갑은? 열쇠는? 전부 현관문 앞 작은 테이블 위에 놓여 있었다. 오래전 그녀가 놓아둔 그대로 말이다.

라일라는 위층 욕실로 들어가서 – 맙소사, 변기 상태가 말이 아니었다, 생각하고 싶지도 않을 지경이었다 – 거울에 얼굴을 비추어 보았다. 글쎄, 썩 좋아 보이진 않았다. 조난이라도 당한 사람 같았다 – 머리카락은 산발이 되었고 쑥 들어가 버린 눈은 퀭해 보였다. 몇 주째 해를 보지 못한 사람처럼 창백했다. 라일라는 외출 전에 한 시간이나 공을 들여 몸치장하는 유형이 아니었음에도, 이건 너무 심했다. 샤워를 하면 좋을 테지만 그건 불가능했다. 결국 개수대 옆 항아리에 담겨 있던 물로 세수를 하고 세면 타월로 얼굴이 분홍색이 될 때까지 박박 문질렀다. 빗으로 머리를 빗고, 뺨에 블러셔를 바르고, 속눈썹에 마스카라를 칠한 뒤 립스틱도 살짝 발랐다. 그녀는 더워서 티셔츠 한 장과 팬티만 입은 차림이었다. 타다 남은 초와 더러운 빨랫감과 쿰쿰한 냄새가 나는 빨지 않은 시트로 난장판이 된 침실로 들어가 옷장에서 데이비드가 입던 긴 셔츠를 꺼냈다. 아래에 무엇을 입을지가 문제였다 – 이제는 몸에 맞는 옷이 별로 없었으니까. 결국 라일라는 맨 위 단추를 하나 푼 채로 헐렁한 청바지를 입고 샌들을 신었다.

다시 한번 거울을 확인했다. 나쁘지 않아 보였다. 확실히 나아 보였다. 어차피 특별한 곳에 가는 것도 아니었다. 물론 할 일을 끝낸 뒤 바깥에서 점심을 먹고 돌아오는 것도 좋겠지만 말이다. 집 안에서 이렇게 오래 있었으니 그래도 되겠지. 야외 자리에서 식사할 수 있는 멋진 곳에 가야겠다. 봄날 오후에 야외에서 차 한 잔에 샐러드를 즐기는 것보다 좋은 일은 없지. 카페 데자미 – 거기가 딱 좋겠다. 그곳에는 향기로운 꽃 넝쿨이 드리워진 근사한 패티오가 있고, 코르동 블루에서 수련하고 온 뛰어난 셰프가 있었다 – 한 번 그들이 앉은 테이블로 찾아오기도 했다. 이름이 뭐더라? 피에르? 프랑수아? 그는 소스를 사용해서 단순한 요리에서 깊은 맛을 끌어내는 데 일가견이 있었다. 그가 만든 꼬꼬뱅은 끝내줬다. 하지만 데자미의 자랑은 디저트, 그중에서도 초콜릿 무스였다. 살면서 먹어본 것 중 이렇게 천국 같은 맛은 처음이었다. 그녀와 브래드는 식사를 마치고 나면 꼭 초콜릿 무스를 하나 주문해서 서로의 입에 스푼으로 떠 넣어주었다. 서로에게 몰입한 나머지 세상이란 존재하지 않는 것처럼 구는 십 대 커플처럼 말이다. 더없이 행복하던 연애의 날들, 인생의 약속들이 두 사람 앞에 책처럼 펼쳐져 있던 시절. 브래드가 초콜릿 속에 숨겨놓은 약혼반지를 그녀가 삼킬 뻔했을 때 두 사람이 얼마나 많이 웃었던지. 또, 폭우가 쏟아지는 밤에 브래드에게 초콜릿을 사 오라고 내보냈다가 – 킷캣이든, 아몬드 조이든, 아니면 평범한 허시 초콜릿이라도 좋다고 했었다 – 한 시간 후에 깨어보니 온몸이 흠뻑 젖은 브래드가 군대 하나를 먹일 수 있을 만한 엄청난 양의 프랑수아의 (피에르였나?) 그 유명한 초콜릿 무스가 든 커다란 밀폐용기를 들고 빙글빙글 웃으며 침실 문간에 서 있었던 기억도 있다. 브래드는 그런 남자였다. 그는 식당이 문을 닫은 뒤에도 아직 불이 켜져 있는 뒷문을 찾아가서 누군가가 물에 푹 젖은 50달러 지폐를 받아줄 때까지 문을 두드리는 사람이었다. 너무나 귀여운 사람이었지. *세상에, 라일라.* 라일라가 스푼으로 초콜릿 무스를 듬뿍 떠서 입으로 가져가는 모습을 보며 브래드는 이렇게 말했다. *당신이 먹는 걸 보아하니 반은 초콜릿으로 된 아기가 태어나겠어.*

하지만 라일라는 다시 정신을 차렸다. 데이비드였지. 이제 내 남편은 데이비드였다. 이제는 확실히 해야 할 때였다. 물론 데이비드와는 초콜릿 무스를 나눠 먹은 적도 카페 데자미에 간 적도 없었고 그 비슷한 일은 단 한 번도 한 적 없었지만 말이다. 데이비드에게는 로맨틱한 구석이라고는 털끝만큼도 없었다. 어쩌다가 이런 남자랑 결혼까지 하게 된 거지? 꼭 데이비드의 그 대단하신 '할 일' 목록의 항목이라도 된 것처럼 말이다. 유명한 의사 되기, 완료. 라일라 카일을 임신시키기, 완료. 명예로운 일을 할 것, 완료. 데이비드는 그녀가 어떤 사람인지 알지도 못하는 것 같았다.

그녀는 아래층으로 내려갔다. 바깥에선 햇살이 쏟아져서 복도를 금빛으로 물들이고 있었다. 문으로 다가가고 있자니 가슴속에 순수한 흥분이 퍼지기 시작했다. 탈출이 이렇게 달콤하다니! 집 안에 이렇게나 오래 처박혀 있다가 마침내 바깥으로 나가는 거야! 데이비드가 알게 되면 뭐라고 할까? *세상에, 라일라. 위험하다고 말했잖아. 아기 생각을 해*

야지. 하지만 라일라가 하는 건 아기 생각이 전부였다. 밖으로 나가야 하는 이유도 아기 때문이었다. 데이비드가 이해하지 못하는 것은 바로 그것이었다. 데이비드, 세상을 구하느라 너무 바빠서 아기방 꾸미기를 도와줄 시간이 없는 남자, 아스파라거스인지 요정의 가루인지 건전한 사고방식 같은 것들을 연료로 굴러가는 차를 모는, 그녀를 이 집에 혼자 내버려 둔 남자. 혼자! 그보다 더 심한 것, 가장 최악인 것은 그가 피터 래빗을 좋아하지조차 않는다는 점이었다. 피터 래빗을 싫어하는 남자와 아기까지 낳고 산다는 게 가능한 일일까? 피터 래빗을 좋아하지 않는다는 것으로 알 수 있는 사실은 무엇일까? 도대체 아기에게 어떤 아빠가 될까? 아니, 지금 내가 하려는 일은 데이비드와는 아무 상관 없어, 하고 라일라는 결론을 내린 뒤 현관 앞 테이블 위에 있던 핸드백과 키를 챙긴 다음 잠겨 있던 문을 열었다. 그녀가 바깥으로 나가든 말든, 그녀가 아기방을 샤르트뢰즈 – 옅은 노란색과 초록색이 반반 섞인 – 색으로 칠하든, 심홍색으로 칠하든, 아니면 암갈색으로 칠하든, 데이비드가 알 바 아니었다. 데이비드 따위 엿이나 먹으라지. 그래, 그게 딱 어울린다.

라일라 카일은 직접 페인트를 사러 갈 생각이었다.

8

부국장실의 오늘은 좋은 날이 아니었다. 오늘, 5월 31일은 – 전몰장병 추모일이라는 것이 중요한 건 아니었다 – 마치 세상의 종말이나 마찬가지인 날이었다.

콜로라도는 사라진 것이나 다름없었다. 콜로라도는 끝났다. 덴버, 그릴리, 포트 콜린스, 볼더, 그랜드정크션, 듀랭고, 그리고 그 사이에 있는 수천 개의 작은 마을들은 말이다. 가장 최근 항공 정보에 담겨 온 풍경은 교전 지역이나 다름없었다. 고속도로에서 충돌한 차량들, 불타는 건물들, 사방에 널브러진 시체. 낮 시간에는 마치 대머리독수리 총사령관의 지휘라도 받은 것처럼 거대한 나선을 그리며 움직이는 새 떼 말고는 움직이는 것이라고는 그 무엇도 없었다.

콜로라도주 전체를 몰살시키자는 건 대체 누구의 생각이었던 걸까?

그럼에도 바이러스는 움직였다. 열두 개의 손가락이 달린 손처럼 사방으로 퍼졌다. 국토방위군이 주와 주 사이의 주요 이동 경로를 통제했을 때쯤에는 – 그 망할 놈들은 망설이느라 불타는 집에서 빠져나오지도 못했다 – 말이 이미 마구간에서 뛰쳐나온 뒤였다. 오늘 아침 기준으로, 질병관리본부에서는 네브래스카주 키어니, 뉴멕시코주 파밍턴, 사우스다코타주 스터지스, 와이오밍주 래러미에서 바이러스 발병을 확인했다. 그나마도 그들이 알고 있는 것들은 여기까지에 그쳤다. 아직 유타나 캔자스에서는 아무 소식이 없었지만 이 또한 시간 문제, 어쩌면 몇 시간 남지 않은 일일지도 몰랐다. 버지니아주 북부의 시간은 오후 5시 30분, 해가 지기까지는 세 시간이 남았고, 서부에서는 다섯 시간이 남아 있었다.

놈들은 언제나 밤에 움직였다.

합동참모본부와의 브리핑은 길더의 생각과는 달리 원활하게 진행되지 않았다. 일단 특수기동대라는 '골칫거리'가 있었다. 군 장성들은 DSW를 꺼림칙하게 생각했고, 그들이 무엇을 하는지 어째서 군 지휘계통 바깥에 존재하며 다른 데도 아닌 농무부의 예산으로 운용되는지 정확히 알 수가 없었다. (답: 아무도 농학 같은 것에는 신경 쓰지 않으니까.) 군대는 누가 제일 높은 소화전에서 오줌을 갈기는가 하는 위계질서로 이루어진 곳이었음에도 군 장성들이 보기에 DSW는 누구의 지휘도 받지 않는, 열 개 이상의 국가 기관과 민간단체에서 차출한 인력들로 얼기설기 끼워 맞춰진 조직이었다. 길가에서 하는 쓰리 카드 몬테(자리를 바꾸는 카드의 위치를 알아맞히는 일종의 야바위–옮긴이)처럼 여왕이 자꾸 이리저리 움직이는 바람에, 있으리라 생각한 자리에는 항상 없다. DSW가 실제로 하는 일이 무엇인지에 관해서는, 음, 길더는 이런 별명을 들은 바가 있었다. '진지한 전쟁을 방해하기 Distraction from Serious Warfare', '멍청한 윙너트들의 부서 Department of Silly Wingnuts', '더럽게 골치 아픈 기묘함 Deep-shit Weirdness', 그중에서도 길더가 제일 좋아하는 별명은 바로, '신발 할인 창고 Discount Shoe Warehouse'였다. (심지어 DSW를 '창고'라고 부르기 시작할 정도였다.)

그렇게 부국장 호레이스 길더는 (이제 진짜 국장이 있긴 있을까?) 합동

참모본부와의 면담 테이블에 앉아서 (둘러앉은 사람들이 달고 있는 별과 작대기를 다 놓으면 걸스카우트 분대 하나를 만들 수 있을 것 같았고) 콜로라도의 상황에 대한 공식적인 평가를 밝혔다. "죄송합니다, 저희가 뱀파이어를 만들어버렸네요. 그때는 좋은 생각인 줄 알았습니다만……" 삼십 초간 완전한 침묵이 지속되며 다들 누군가가 어서 입을 열길 바라는 것 같았다.

제가 제대로 들은 것이 맞는지 확인하자면, 좌장이 입을 열더니 두 손을 모아 테이블을 짚었다. 길더는 겨드랑이에서 땀 한 방울이 솟아나 몸통을 따라 주르륵 떨어지는 것을 느꼈다. 사형수 열두 명을 피를 *빨아먹는 무적의 괴물로 만들어버릴 고대 바이러스를 개량하기로 결정했고, 그 결정을 누구에게도 말하지 않았다는 것입니까?*

글쎄, 사실 '결정했다'고 하기에는 무리가 있었다. 길더가 처음부터 DSW 소속은 아니었으니까. 인사이동으로 인해 길더가 이곳에 들어왔을 때는 이미 너무 많은 돈과 시간, 인력이 투입된 뒤라 그가 아무리 노력했다 한들 멈출 수 없었을 것이다. 프로젝트 노아가 엮여 있는 지휘 계통은 불분명해서 길더조차도 애초에 맨 위에 누가 있는지 몰랐다. 아마도 NSA겠지. 하지만 길더는 어쩌면 그보다 더 높은, 백악관 그 자체인지도 모르겠다는 느낌을 받았지만 말이다. 그러나 참모들 앞에 앉아 있자니 이 정도 차이를 지적한들 소용없을 것 같았다. 길더는 지난 30년간 국가 기관에서 일했고 어떤 기밀에는 책임 소재가 존재하지 않는다는 것을 잘 알고 있었다. 마치 생각들이 스스로 피어나는 것만 같았다. *저희가 뭘 했다고요? 아닙니다, 그런 적 없습니다.* 그러면 그대로 문서 세절기 속으로 들어가는 것이다. 그것이 특수무기부가, 어쩌면 길더 자신이 맞게 될 운명이었다.

하지만 그 전에 우선 책임을 나누어 가져야 했다. 회의는 금세 고함지르기 대결이 되어버렸고 길더는 언어의 주먹질이 오가는 것을 그대로 맞고 있었다. 회의실에서 나가라는 명령을 들었을 때 길더는 이 상황이 자신의 손에서 벗어났음을 알고 안도의 한숨을 내쉬었다. 이제 군에서는 이 상황을 다른 수많은 문제와 마찬가지 방법으로 해결할 터였다. 눈앞에 보이는 모든 걸 다 쏴버리는 것 말이다.

지나고 나서 보면, 길더로서도 이 상황을 좀 더 외교적으로 다루었어야 한다는 생각이 들었다. 그러나 질병관리본부의 계획 그 자체만으로도 상황은 충분했다? 3주, 많이 봐줘도 4주 뒤면 바이러스가 시카고, 세인트루이스, 솔트레이크를 몰살시킬 것이고, 6주면 동서부 해안으로 번질 거라는 것이었다.

뱀파이어라니, 맙소사. 대체 무슨 생각이었던 거지?

다들 무슨 생각이었던 거야?

그러나 리어 박사가 무언가에 넋이 나가 있었다는 것은 의심의 여지가 없었다. 위대하신 조너스 리어, 심지어 길더조차도 위축되게 만들던 그 남자는 하버드 대학교 소속 생화학 교수에 아이큐가 어마어마하게 높았고, 고대바이러스학이라는 분야의 개척자로서 고대 유기체를 현대에 쓰일 수 있도록 채취하고 소생시킨 사람이었다. 학계에서는 리어가 언젠가는 당연히 노벨상을 받으리라고 예상하고 있었다. 그래, 어쩌면 사형수를 이용한 건 그리 현명한 행동이 아니었을지도 몰랐다. 그들은 지나치게 앞서가 버렸으니까 말이다. 또 리어 박사가 노를 물속에 온전히 집어넣고 저었던 것 같지도 않다. 그럼에도 그의 생각에는 가능성이 있었다. 예를 들면, 죽지 않는 것 말이다. 영영 죽지 않는 불사. 그리고 길더 역시 상당한 개인적 흥미를 가지게 된 문제.

그의 유일한 희망은 그 소녀였다.

에이미 NLN. 어머니가 버리고 간 테네시주 멤피스의 수녀원에서 납치된 13번째 실험체였다. 길더는 에이미에 대한 승인 허가를 내릴 때 마음이 편치 않았다. 어린애잖아, 제기랄. 어린아이를 납치하면 누군가의 눈에 띌 게 뻔했고, 실제로 그랬다. 울가스트 요원이 에이미를 데리고 왔을 때는 오클라호마 도로순찰대에서부터 연방보안관에 이르기까지 모두가 그 아이를 찾아 전국을 들쑤셔 댔고, 리처즈, 그 미친놈은 1.6킬로미터에 걸쳐 시체를 늘어놓았다. 자다가 머리에 총을 맞은 수녀원의 수녀들이며, 촌구석 마을의 경찰 두 명, 그리고 하필이면 울가스트가 아이를 데리고 온 그 시간에 아침을 먹으러 카페에 온 죄밖에 없는 손님 여섯 명까지 말이다.

그러나 에이미를 데려오라는 요청을 리어 박사가 직접 한 이상 길더는 거부할 수 없었다. 사형수들은 모두 조금씩 다른 바이러스 변종에 감염된 뒤였지만 효과는 똑같았다. 병, 혼수상태, 변이, 다음 순간 놈들은 천장에 거꾸로 매달려서 토끼의 내장을 파내고 있었다. 하지만 에이미에게 주사된 변종은 달랐다. 그것은 재앙으로 끝난 리어 박사의 볼리비아 탐사에서 감염되었던 콜럼비아 대학교의 생화학자 패닝에게서 온 바이러스가 아니었다. 에이미에게 주사된 바이러스는 이 모든 일의 시작이었던, '라스트 위시'라는 에코투어 회사를 통해 정글로 떠났던 불치의 암 환자들에게서 온 것이었다. 이 환자들은 모두 한 달 안에 사망했다. 뇌졸중, 심장 마비, 동맥류 등으로 그들의 신체는 만신창이가 되고 말았다. 하지만 죽기 전까지 그들의 건강 상태는 획기적으로 좋아졌었다. 심지어 한 남성은 머리에 검은 머리가 무성하게 돋아나기까지 했다. 그리고 이들 모두 죽을 때는 암이 완치된 상태였다. 리어 박사가 무슨 생각이었을지 머리를 굴린들 헛수고겠지만, 아무튼 박사는 그 마지막 변종이 해답이 되리라고 믿게 되었다. 중요한 것은 마지막 실험체가 죽지 않아야 한다는 것이었다. 그렇기에 박사는 건강한 어린 소녀 에이미를 골랐던 것이다.

그리고 실험은 생각대로 성공했다. 길더는 실험이 성공했음을 알았다. 에이미는 살아남았기에.

길더가 있는 사무실은 페어팩스 카운티에 있는 특색 없는 낮은 연방기관 건물 – DSW는 기술평가국, 국토보안국 에너지 특별 태스크포스, 국립 해양대기국 같은 다른 기관들과 탁아소가 위치한 건물을 썼다 – 3층이었고 66번 주간고속도로가 내려다보였다. 메모리얼 데이가 있는 주 월요일이었지만 고속도로를 지나는 차량은 별로 없었다. 이미 도시를 떠난 사람들이 많아서였다. 아마 연락을 받고 떠나는 사람들이 많겠지. 업스테이트 뉴욕에 사는 장모의 연락. 산속에 산장을 가진 친구의 연락. 하지만 항공 운송 수단이 막힌 이상 사람들이 갈 수 있는 곳은 멀지 않았고 결국에는 큰 차이가 없을 것이다. 자연으로부터 영영 몸을 숨길 수는 없다. 적어도 호레이스 길더가 배운 바로는 그랬다.

에이미라는 소녀는 무슨 수를 썼는지 콜로라도를 벗어났다. 몇 시간 뒤 와이오밍 남부에서 그 아이의 흔적을 확인할 수 있었기 때문이다. 즉 아이에게는 이동 수단이 있었고 혼자가 아니라는 뜻이었다 – 운전을 하는 이가 있었을 테니까. 그 뒤로 에이미는 증발했다. 에이미의 몸에 이식된 생체 모니터의 발신기는 근거리용이었고 위성이 잡아내기에는 신호가 약했다. 아이가 기지국 몇 킬로미터 내에 있어야 했고 그것도 지역 기지국이 아니라 정부에서 추적이 가능한 네트워크를 사용하는 기지국이어야 생체 신호를 파악할 수 있었다. 그 말인즉슨 와이오밍 남부에서는 큰 고속도로만 피해 다닌다면 어렵지 않게 추적을 따돌릴 수 있다는 뜻이었다. 이제 에이미가 어디로 갔는지는 알 도리가 없었다. 누구와 있는지는 몰라도 에이미와 있는 사람은 매우 똑똑한 게 틀림없었다.

그때 문을 두드리는 소리에 꼬리에 꼬리를 물던 길더의 생각은 잠시 중단되었다. 몸을 획 돌려 바라보니 DSW의 기술 담당 최고 책임자인 넬슨이 문간에 서 있었다. 제기랄, 또 뭐냐?

"좋은 소식과 나쁜 소식이 둘 다 있습니다." 넬슨이 말했다.

넬슨은 평소처럼 검은 티셔츠와 청바지 차림에 꾀죄죄한 발에는 플립플롭을 신고 있었다. 말이 빠른 로즈 장학생(옥스퍼드 대학교에서 공부하는 학생들에게 주어지는 로즈 장학금Rhodes Scholarship을 받는 학생-옮긴이)으로 MIT에서 박사 학위를 하나가 아니라 무려 두 개나 받은 (생화학과 고도 정보 시스템) 넬슨은 이 건물 반경 1마일 내에서 가장 똑똑한 사람이며, 자기 자신 역시도 그 사실을 너무나 잘 알고 있었다. 세상은 자기만큼 쿨하지도 똑똑하지도 못한 사람들 때문에 생긴 막연하게 짜증 나는 문제들의 연속이라고 생각하는 젊은이다운 치기를 아직도 간직한 사람이었다. 넬슨은 길더를 몸도 못 가누는 노인네 취급하며, 존경은 하지만 딱히 가치는 없는 사람처럼 대하는 버릇이 있었다. 나흘에 한 번 간신히 머리를 빗는 놈에게 그런 취급을 받자니 짜증은 났지만, 사실 길더의 생각에도 영 근거가 없는 행동은 아니었다. 넬슨은 스물여덟이고 길더는 쉰일곱이었으며 넬슨이 하는 모든 행동이 길더가 지레 늙은 사람처럼 느끼도록 만들었다.

"아이의 자취는?"

"전혀요." 그러면서 넬슨은 들쭉날쭉한 턱수염을 긁었다. "감감무소식입니다."

길더는 잠을 못 자 욱신거리는 눈을 비볐다. 집에 가서 샤워하고 깨끗한 옷으로 갈아입어야 했다. 그는 이틀째 퇴근하지 못한 채 사무실 소파에서 간신히 눈을 붙이고 자판기의 쓰레기 음식으로 끼니를 때우고 있었다. 손가락도 말을 안 들었다. 얼얼하게 아려 오면서 감각이 없었다.

"좋은 소식이라니?"

"관점에 따라 다르긴 할 텐데요, 언론의 자유라는 관점에서 보면 썩 좋은 일은 아닐지 모르겠지만 어쨌든 덴버의 그 정신병자가 올리던 브이로그 계정이 드디어 막혔습니다. 국가안보국 아니면 리어 박사의 똘마니 중 하나가 그자를 붙잡은 것이 아닐까 싶습니다. 둘 중 어느 쪽이건 간에 그놈은 앞으로 영영 오프라인 상태겠지요."

'덴버 최후의 보루.' 길더 역시 남들과 마찬가지로 그가 올린 영상을 보았다. 그의 배짱 하나만큼은 칭찬받아 마땅했다. 그의 정체에 관한 여러 가지 가설들이 오갔는데 대부분은 그가 퇴역 군인일 거로 추측하고 있었다. 그것도 특수 부대 출신일 거라고 말이다.

"그럼 나쁜 소식은?"

"질병관리센터에서 새로운 추이가 넘어왔습니다. 원래의 알고리즘으로는 놈들이 인간을 얼마나 많이 잡아먹는지를 정확하게 측정하지 못했던 것 같더군요. 물어봤다면 제가 알려주었을 텐데 말입니다. 그래서인 건지, 아니면 여름 방학 인턴 놈이 여자친구랑 섹스했던 기억을 떠올리다가 실수로 소수점을 잘못 찍었던 건지 모르겠지만 말입니다."

때로 넬슨과 이야기하고 있으면 다섯 살짜리 어린애랑 씨름하는 기분이 들었다. 다섯 살짜리 천재 어린애긴 하지만, 그래도 어린애 같았다. "그냥 본론만 말해."

넬슨이 어깨를 추어올렸다. "가장 최근의 추산에 기반해서 분석하자면, 이제 타임라인이 더 짧아진 듯합니다. 약 39일 남은 것 같습니다."

"동서부 해안이 전멸하기까지 말이야?"

"음, 딱히 그렇다기보다는."

"그럼 뭐야?"

"북미 대륙 전체요."

길더는 눈앞이 캄캄해지는 바람에 자리에 주저앉아야 했다.

"중앙으로 이미 전달되었습니다." 넬슨이 말을 이었다. "제 생각엔 아마 태워버리려 할 것 같아요. 인구 집중 지역부터, 그다음에는 남은 사람들까지 싹."

"하느님 맙소사."

넬슨이 얼굴을 찌푸렸다. "전반적으로 보면 더 큰 것을 위한 작은 희생 아닐까요? 제가 예를 들어 러시아 대통령이었더라도 비슷하게 했을 겁니다. 놈들이 연못을 뛰어넘기 전에 씨를 말려야지요."

넬슨의 말이 맞는다는 것을 길더도 알았다. 길더의 오른손이 달달 떨리기 시작했다. 그는 자연스러워 보이려 애쓰며 왼손으로 오른손을 붙잡고 경련을 진정시켰다.

"괜찮으세요, 보스?"

넬슨의 오른발도 부들부들 떨리기 시작했다. 이유는 알 수 없었지만, 껄껄 웃고 싶은 충동이 느껴졌다. 아마도 스트레스 때문이겠지. 힘을 주어 침을 꿀꺽 삼키자 목구멍에서 쓴맛이 느껴졌다.

"그 여자애를 찾아와."

넬슨이 물러간 뒤 길더는 잠시 집무실에 혼자 앉아 마음을 추슬렀다. 경련은 지나갔지만 웃음을 터뜨리고 싶은 충동은 여전했다. '감정실금'이라는 듣기 좋은 이름으로 불리는 증상이었다. 결국 그는 애쓰기를 포기하고 시원하게 '허!' 하고 짧게 부르짖었다. 미쳤구나, 완전히 넋이 나간 사람 같군. 누가 바깥을 지나가다가 들은 건 아니었으면 하는 생각이 들었다.

길더는 건물을 나와 차고에 세워둔 베이지색 토요타 캠리를 몰고 얼링턴의 타운하우스로 귀가했다. 우선 몸을 씻을 생각이었지만, 갑자기 그조차도 수고롭게 느껴졌다. 그는 스카치위스키를 한 잔 따른 뒤 TV를 켰다. 일기 예보에 이르기까지 모든 채널이 눈에 확 띄는 구호로 ('국가 재난' 등등) 비상사태를 알리고 있었고, 리포터들은 너나 할 것 없이 수면 부족으로 시달린 듯한 모습이었는데 특히 어딘가의 고속도로 변에 서서 옥수수밭을 배경으로 길게 늘어서서 소용도 없을 경적을 계속 울려대며 느릿느릿 나아가는 차량들을 비춰주고 있는 리포터들이 가장 지쳐 보였다. 나라 전체가 고장 난 변속기처럼 말을 안 들었다. 길더는 손목시계를 확인했다. 8시 5분. 한 시간 안에 중부 지방은 어둠에 잠기리라.

그는 말을 듣지 않는 몸을 소파에서 애써 일으켜 계단을 올라갔다. 계단이라, 훗날이 걱정되었다. 더 이상 계단을 오를 수 없는 몸이 되면 어쩐담? 하지만 지금은 중요한 문제가 아니었다. 침실에 딸린 욕실에 들어간 그는 샤워기를 켠 뒤 팬티만 남기고 옷을 벗은 다음 수온이 맞춰지는 동안 거울 앞에 섰다. 우스운 건, 겉보기엔 그렇게 아픈 사람처럼 보이지도 않는단 사실이었다. 좀 더 여위긴 한 거 같았다. 스스로가 육상 선수 체질이라고 생각하던 시절도 있었지만 – 보든 대학교에서 크로스컨트리 육상팀에서 뛰기도 했다 – 그 시절은 오래전에 지나갔다. 기밀 엄수가 중요한 직무 탓에 결혼은 할 수가 없었지만, 40대까지도 그는 – 글쎄, 전폭적으로 빠져들 정도는 아니더라도 어느 정도 머릿속을 다른 일들로 채울 수 있을 만큼은 – 은밀한 만남을 종종 가졌다. 그는 이런 만남을 상당히 잘 관리해왔다는 것에 자부심을 지녔으나, 어느 순간부터 그런 기회들은 사라져버리고 말았다. 한때는 돌아오던 눈길들이 이제 그를 지나쳐갔고, 이전에는 앞으로 이어질 행위의 서두가 되어주던 대화들은 그냥 그것으로 끝이었다. 결국에는 일어나야만 할 일이지만, 즐거울 리는 없었다. 그는 거울에 비친 자기 모습을 찬찬히 살펴보았다. 한때는 거칠어 보이던 사각 턱은 이제 축 늘어져 있었다. 숱이 줄어드는 머리카락은 뒤로 빗어 넘겼지만 그래도 두피에서부터 자라나는 흰머리를 완전히 숨길 수는 없었다. 불룩 튀어나와 늘어진 눈 밑 살, 허리에 붙은 탄력 없는 뱃살, 깡말라서 왜소해 보이는 두 다리. 보기 좋은 외양은 아니겠지만 저물어가는 중년기의 피할 수 없는 노화 현상이니 모두 받아들일 수 있었다.

외모만 보면 그는 죽어가는 사람으로 보이지 않았다.

그는 샤워를 한 뒤에 깨끗한 양복으로 갈아입었다. 그의 옷장 속에는 정장 외의 옷은 거의 없었다. 절제된 투 버튼 재킷에 – 보통 짙은 남색이지만 때로는 미세한 핀 스트라이프가 있는 회색, 여름철에는 카키색 포플린 – 하늘색이나 풀을 빳빳하게 먹인 흰색 셔츠를 갖춰 입은 뒤 스위스만큼이나 중립적인 넥타이를 한 정장 차림은 이제 그에게 떼려야 뗄 수 없는 요소였기에 정장을 갖추지 않으면 벌거벗은 기분이 들었다. 그는 균형을 잃지 않으려 노력하며 계단을 도로 내려가 거실로 갔다. 거실의 TV에서 나쁜 뉴스들이 쏟아지고 있었다. 식욕은 없었지만 전자레인지에 냉동 라자냐를 집어넣고 그 앞에 가만히 서서 기다렸다. 식탁에 앉아 최선을 다해 먹으려고 했지만 다이아제팜 부작용으로 모든 음식이 밍밍하며 희미한 쇠 맛이 났고, 두 사이즈는 작은 셔츠 칼라를 조인 것처럼 목이 졸리는 느낌도 가시지가 않았다. 담당의는 밀크셰이크나 마카로니 같은 유동식을 먹으라고 권했지만 어린애들 음식을 먹고 싶은 생각은 추호도 없었다. 그때부터 모든 것이 내리막으로 치달을 테니까.

길더는 다 먹지 못한 라자냐를 음식물 쓰레기 처리기에 부어버린 다음 다시 손목시계를 확인했다. 9시가 조금 넘은 시각이었다. 중부 지역에서 무슨 일이 일어나고 있을지는 몰라도 (일어나고 있겠지) 필요하다면 넬슨이 전화를 걸어 호출할 테지.

그는 타운하우스를 나와 매클레인을 향해 차를 몰았다. 그가 지금부터 해야 할 의무는 내키지 않은 것이었으나 이 일을 할 사람은 길더밖에 없었다. 시설은 도로에서 멀찍이 떨어진 곳, 너른 초록색 잔디밭 뒤편에 있었다. 도로변에 '섀도데일 요양원'이라는 표지판이 있었다. 길더는 접수 데스크로 가서 간호사에게 운전면허증을 보인 다음 공장에서 찍어낸 초록 들판과 여름철 석양 따위의 풍경화 몇 점이 걸려 있는, 약품 냄새가 진동하는 복도를 걸었다. 아직 이른 시간이었는데 요양원은 조용했다. 평소 같았으면 잡역부들이 돌아다니고 휴게실에는 아직도 말벗과의 시간을 즐기는 환자들이 앉아 있을 시간이었다. 그런데 오늘은 요양원이 무덤처럼 고요했다.

길더는 아버지의 병실로 다가가 나직하게 문을 두드린 다음 대답을 기다리지 않고 문을 열었다.

"아버지, 접니다."

아버지는 창가 휠체어에 기대앉아 있었다. 턱에 힘이 들어가지 않아 입을 벌리고 있는 아버지의 얼굴 근육은 팬케이크 반죽처럼 힘이 없었다. 입에서부터 늘어진 침 한 줄기가 목에 두른 종이 턱받이에 닿아 있었다. 누군가가 아버지에게 얼룩이 묻은 한 벌짜리 운동복에 벨크로 찍찍이로 여미는 교정용 신발을 신겨놓은 모양이었다. 길더가 방으로 들어오는데도 아버지는 알아보는 기색이 없었다.

"좀 어떠세요?"

아버지에게서는 희미한 소변 냄새가 풍겼다. 치매가 상당히 진행되어 사람을 전혀 알아보지 못하는 지경까지 와서도 신체는 제 할 일을 하는 수밖에 없다. 이토록 고독한 정신이라니 어찌나 끔찍할까, 하고 길더는 생각했다. 그럼에도 아버지의 침묵과 이곳에 존재하지 않는 것만 같은 기운이 낯설지는 않았다. 아버지는 평생 - 그리고 죽은 것이나 다름없는 지금까지도 - 마치 파충류처럼 냉혈한이었다. 일주일에 사흘을 교회에 출석하고 자기 집 돼지를 직접 도살하는, 작은 마을의 낙농업자 집안에서 자라났기 때문에 그렇다는 것을 알았는데도 길더는 여전히 자식에게 관심을 기울일 능력 자체가 없는 아버지의 관심을 갈구하며 보낸 어린 시절에 대한 분노를 완전히 지울 수 없었다. 길더가 아버지에게 바란 것은 대단치 않은 것, 아주 자연스러운 것에 불과했다. 아들 대우를 받고 싶은 것이 다였다. 가을날 오후에 함께하는 캐치볼, 칭찬의 말 한마디, 아들의 인생에 관심이 있다는 표정이면 충분했다. 길더는 무슨 일이건 잘 해냈다. 성적이 좋았고 강당에서도 운동장에서도 해야 하는 일은 다 했으며 좋은 대학에 간 뒤 지체 없이 쓸모 있는 어른으로 자라났다. 그럼에도 아버지는 아무 말도 없었다. 아버지가 자신에게 사랑한다는 말이나 애정 어린 포옹을 한 일이 있는지 그는 도무지 기억이 나지 않았다. 아버지는 그에게 아무런 관심이 없었다.

그중 무엇보다 괴로운 것은 아버지의 이 같은 성미로 인해 타고나길 사교적이었던 어머니가 외로움을 이기지 못하고 알코올 중독에 빠져 세상을 떠났다는 것이다. 오랜 시간이 지난 뒤에야 길더는 어머니가 가정 바깥에서 위안을 찾았다는, 즉 바람을 그것도 한 번 이상 피웠다는 사실을 알게 되었다. 아버지가 섀도데일 요양원에 들어간 다음 길더는 앨버니에 있던 부모님 집을 정리했다. 서랍마다 잡동사니가 꽉꽉 들어찬 난장판이었다. 그러다 그는 어머니가 쓰시던 화장대에서 벨벳을 씌운 티파니 상자를 발견했다. 열어보니 팔찌, 그것도 *다이아몬드* 팔찌가 들어 있었다. 토목 기사로 일하던 아버지의 일 년 벌이에 가까운 값어치를 하는 물건일지도 몰랐다. 아버지의 벌이로는 살 수 없는 물건인 데다가, 그 상자가 서랍 깊숙한 곳, 곰팡이가 슬어가는 장갑이며 스카프 아래에 숨겨져 있다는 사실을 통해 길더는 팔찌가 애인의 선물이었으리라는 사실을 알 수 있었다. 누구였을까? 어머니는 로펌 비서였다. 그럼 상대는 로펌 변호사였을까? 아니면 우연히 만난 사람? 아니면 옛날 사귀던 사람을 다시 사랑하게 된 것일까? 외로운 어머니가 어떻게든 행복을 찾았으리라는 사실에 기쁘기도 했지만, 길더는 상자를 발견한 다음 몇 주간 우울감에서 빠져나올 수가 없었다. 어머니는 어린 시절의 하나뿐인 따뜻한 기억이었다. 그러나 어머니의 삶, 진짜 삶은 길더가 알 수 없는 비밀이었다.

요양원으로 아버지를 찾아올 때마다 이런 기억들이 떠올랐다. 그래서 요양원을 떠날 즈음에는 언제나 기운이 빠지거나 표출하지 못한 분노가 들끓어서 제대로 된 생각을 하기가 어려웠다. 쉰일곱의 나이에도 아직 인정받고 싶은 욕구가 사라지지 않다니.

길더는 방에 하나뿐인 의자를 아버지 맞은편에 갖다 놓았다. 아기처럼 머리카락이 거의 없는 아버지의 머리는 어색하게 한쪽으로 기울어져 있었다. 길더는 침대 옆 협탁에 놓인 손수건을 가져와 아버지의 턱에 흘러내린 침을 닦아주었다. 쟁반 위에는 열려 있는 바닐라 푸딩 용기와 엉성하게 생긴 쇠숟가락이 놓여 있었다.

"기분은 괜찮으세요, 아버지? 사람들이 잘해줍니까?"

대답이 없었다. 그러나 길더의 머릿속에는 아버지의 목소리가 울려 퍼지는 것처럼 느껴졌다.

제정신으로 묻는 거냐? 내 꼬락서니를 보란 말이다. 똥도 제대로 못 눈다. 다들 나를 어린애처럼 다룬다고. 그런데 내 기분이 어떨 것 같으냐?

"디저트는 안 드셨네요. 푸딩 드시겠어요? 어떠세요?"

빌어먹을 푸딩! 여기선 온종일 푸딩 말고는 아무것도 안 준다. 아침밥도 푸딩, 점심도 푸딩, 저녁도 푸딩. 콧물같이 역겹다고.

길더는 숟가락으로 푸딩을 듬뿍 떠서 아버지의 잇새에 물렸다. 아버지는 반사 작용인 듯 입술을 다물고 푸딩을 받아 삼켰다.

내 꼴을 봐라. 소풍 온 줄 아냐? 내 몸에 침을 흘리고, 앉아서 오줌을 싸고 있잖아.

"소식을 들으셨는지 모르겠어요." 길더는 푸딩을 다시 한 숟가락 떠서 아버지의 입으로 가져가며 입을 열었다. "아버지도 아셔야 할 것 같아요."

그래서? 얼른 말하고 썩 꺼져라.

하지만 무슨 말을 하고 싶은 거지? 아버지, 전 죽어가고 있어요? 아니면, 모두가 죽어가는데 아직 본인들은 그 사실을 몰라요? 이 이야기를 알려준다고 해서 무슨 소용이 있을까? 길더는 갑자기 소름이 돋았다. 의사도, 간호사도, 잡역부도 죽고 나면 아버지는 어떻게 될까? 지난 몇 주간 온갖 일들이 일어나 정신이 없었던 통에 여태 생각지 못한 문제였다. 도시는 텅 비게 될 것이다. 곧, 몇 주, 아니면 며칠 내로 사람들은 다들 목숨을 건져보려고 도망치기 시작할 것이다. 허리케인 카트리나와 바네사가 차례로 찾아온 뒤 뉴올리언스에서 일어난 일이 떠올랐다. 돌보는 이 없이 남겨진 노인 환자들이 자기 배설물 속에서 뒹굴다가 굶주림과 탈수로 서서히 죽어갔던 일 말이다.

내 말 듣고 있냐? 그렇게 천치 같은 얼굴로 거기 앉아 있기만 할 거냐? 도대체 뭐 그리 대단한 소식을 전하려 찾아온 거냐?

길더는 고개를 저었다. "아무것도 아니에요, 아버지. 별일 아니에요." 그는 마지막 푸딩 한 숟가락을 아버지의 입에 넣어준 뒤 손수건으로 입가를 훔쳐주었다. "좀 쉬세요, 아셨죠? 며칠 뒤에 또 올게요."

네 어미는 창녀였다. 창녀, 창녀, 창녀…….

길더는 방을 나섰다. 텅 빈 복도에 서서 심호흡을 했다. 머릿속의 목소리는 진짜가 아니라는 건 길더도 알고 있었다. 그런데도 때로 그 목소리가 실제 육체를 떠나 그의 머릿속에 자리를 잡고 깃들어버린 아버지의 정신처럼 느껴질 때가 있었다.

그는 다시 안내 데스크로 향했다. 젊은 히스패닉계 간호사가 연필로 신문에 실린 십자말풀이를 풀고 있었다.

"저희 아버지 기저귀를 갈아드려야 할 것 같은데요."

간호사는 고개조차도 들지 않고 대답했다. "기저귀는 다들 갈아야 하죠." 길더가 자리를 떠나지 않자 간호사가 신문에서 눈을 들었다. "전달할게요."

"부탁드립니다."

길더는 문을 나서려다가 걸음을 멈췄다. 간호사는 벌써 퍼즐로 돌아간 뒤였다.

"그러니까 어서 전달하라고요, 제기랄."

"알겠다니까요?"

갑자기 길더는 거칠고 충동적인 방어 심리에 사로잡혔다. 간호사가 들고 있는 연필을 빼앗아 그녀의 목구멍에 쑤셔 넣고 싶었다. "지금 당장 전화기 들든가, 직접 갈든가."

그러자 간호사는 발끈하며 수화기를 들고 번호를 눌렀다. "안내 데스크의 모나입니다. 126호실 길더 환자분 기저귀 교체 부탁드려요. 네, 아드님이 와 계시네요. 네, 제가 전달할게요." 그러더니 간호사가 전화를 끊었다. "이제 행복해요?"

터무니없는 질문이라 어디서부터 대답해야 할지 알 수 없었다.

길더는 아버지처럼 죽어가지 않을 것이다 – 그 반대였다. ALS 즉 근위축성 측색경화, 더 널리 알려진 명칭으로는 루게릭병이었다. 제일 먼저 주요 운동 능력을 상실하고 근육이 경련하며 점점 쓸모없어지면 곧 말하는 능력과 삼키는 능력을 잃게 된다. 발작적으로 웃음과 울음이 터지는 건 아직 아무도 이유를 알 수 없는 미스터리였다. 그러다가 결국에는 움직이지도 말하지도 못하고 꼼짝없이 누워 산소 호흡기를 단 채로 죽어갈 것이다. 그러나 그 무엇보다도 최악인 것은 사고하고 추론하는 능력은 조금도 쇠퇴하지 않으리라는 것이었다. 정신이 먼저 몸을 떠나가 버린 아버지와는 반대로 길더는 자신이 죽어가는 모든 순간을 또렷한 정신으로 바라보게 될 것이다. 퉁명스러운 간호사 말고는 옆에 아무도 없는, 산 채로 맞는 죽음이리라.

진단을 받은 뒤로 길더가 한동안 깊은 충격에 빠져 있었음은 자명했다. 아마 쇼나 – 당연히 본명은 아니다 – 와 했던 바보 같은 짓은 그 충격 탓이었으리라. 길더는 2년간 매달 둘째 주 화요일마다 쇼나가 살고 있는 회사 사택을 찾았다. 쇼나는 까무잡잡한 피부에 몸매가 날씬했고 눈매가 동양적이었으며 나이가 길더의 딸뻘이라고 해도 좋을 정도였지만 그가 그녀를 택한 건 어린 나이 때문은 아니었다 – 오히려 좀 더 나이가 있는 쪽이 좋았을 것이다. 처음 쇼나를 만난 것은 콜걸 서비스를 통해서였지만 어느 정도 시간이 흐른 뒤에는 직접 연락해도 된다는 허락이 떨어졌다. 쇼나를 처음 만났을 때 길더는 대학생처럼 초조해했다. 여자와 관계한 것이 오랜만의 일인 데다가 만약 기대치를 충족시켜주지 못하면 어쩌나 하고 걱정이었다 – 지나고 보니 터무니없는 걱정이었지만 말이다. 그러나 쇼나는 만나자마자 주도권을 쥐고 그의 마음을 편안하게 해주었다. 두 사람이 하는 행위는 매번 똑같았다. 길더가 밖에서 벨을 누른다. 벨 소리가 울려 퍼진다. 아파트 계단을 오르면 쇼나가 문을 열어놓고 기다리고 있다가 그를 맞이한다. 얼굴에는 반가움의 미소를 띠고, 검은 칵테일 드레스 속에는 에로틱한 레이스와 실크로 된 속옷을 입고 있다. 오후 시간에 만나는 두 연인이 나눌 법한 농지거리가 오간 다음 화장대 위에 아무 표시 없는 돈 봉투가 놓인다. 그다음에 본 행위로 들어가는 것이다. 언제나 길더가 먼저 옷을 벗은 뒤 쇼나가 칵테일 드레스를 바닥으로 떨어뜨리고 바깥으로 걸어 나오는 모습을 지켜본다. 쇼나는 사랑을 나눌 때 꾸며낸 것 같지도, 지나치게 직업적인 것 같지도 않은 열정을 담았고, 그 순간 길더는 살면서 거의 느껴보지 못한 평온한 기분이 된다. 길더가 사정하는 순간 쇼나는 오르가즘에 도달한 목소리로 그의 이름을 하염없이 부르고, 길더는 고요한 파도를 서핑하는 것처럼 그 목소리와 감각에 몸을 맡긴다.

더 자주 만나면 안 돼요? 섹스가 끝나면 쇼나는 묻는다. 저와의 시간이 만족스러우세요? 저 말고 다른 사람이 있는 건 아니겠죠? 길더, 당신에게 전 하나뿐이고 싶어요. 정말 행복해, 그렇게 대답하면서 길더는 쇼나의 벨벳처럼 부드러운 머리카락을 쓰다듬는다. 너와 함께 있을 때만큼 행복한 시간은 없어.

길더는 쇼나에 대해서는 아무것도 몰랐다 – 적어도, 진짜 정보는 말이다. 그런데 진단을 받은 뒤 몇 주간 길더는 괴로워했고 마음에 위안이 되는 것이라고는 쇼나를 사랑하고 있다는 말도 안 되는 생각뿐이었다. 이제 와 떠올리면 구차하게 느껴지는 생각인 데다가, 그렇게 생각하게 된 심리적인 원인도 자명했지만 – 혼자 죽음을 맞이하긴 싫으니까 – 그 당시에는 사실이라고 믿었다. 그는 미친 듯이, 가망 없이 사랑에 빠져 있었고, 쇼나에게 그 사실을 말해도 될 것 같다는 생각이 들었다. 그에게 하나뿐이고 싶다던 쇼나의 말은 진심이었을까? 그들이 했던 행위, 서로에게 했던 말이 거짓일 리 없었다. 서로에게 진실하게 연결된 두 사람만 함께할 수 있는 세계에서 일어난 일이니까.

그런 생각을 마르고 닳게 하다 보니 결국 쇼나 말고는 아무것도 생각나지 않는 지경이 되어버렸다. 그래서 그는 그녀에게 자신의 사랑을 상징하는 무언가를 선물하기로 했다. 그의 마음을 표현할 만큼 비싸고 가치 있는 물건이어야 했다. 보석이 좋겠지. 그래, 보석이어야 할 것 같았다. 그것도 가게에서 사 온 새것이 아니라 더 개인적인 것, 어머니가 남긴 다이아몬드 팔찌여야 할 것 같았다. 길더는 자신의 결심에 들뜬 채로 티파니 상자를 은색 종이로 포장해서 쇼나의 집을 향했다. 그날은 화요일이 아니었지만, 상관없었다. 그의 감정은 미리 계획할 수 있는 것이 아니었으니까. 그는 벨을 누른 뒤 기다렸다. 시간이 흘러갔다. 이상했다. 쇼나는 항상 벨 소리에 즉시 응답했으니까. 그는 다시 한번 벨을 눌렀다. 이번에는 스피커에서 지직지직 소리가 나더니 그녀의 목소리가 들렸다. "누구세요."

"호레이스야."

침묵. "예약이 되어 있지 않은데요, 예약 안 하셨나요? 제가 실수했나 봐요. 전화로 예약하셨어요?"

"줄 게 있어."

스피커가 꺼져버리기라도 한 것 같은 침묵. "잠시만 기다리세요."

그렇게 좀 더 시간이 흐른 뒤 계단을 내려오는 발소리가 들렸다. 벨이 고장 났었나 봐. 쇼나가 내려와서 직접 문을 열어주는 모양이다. 하지만 모퉁이를 돌아 나타난 사람은 쇼나가 아니었다. 남자였다. 60대 정도로 보이는 체격 좋은 대머리 남자는 러시아 마피아처럼 통통한 분홍색 얼굴에 구겨진 핀 스트라이프 정장을 입고 넥타이도 느슨하게 풀린 차림이었다. 이 모습이 뜻하는 바는 분명했지만 초조했던 길더의 마음은 그 의미를 필사적으로 거부했다. 남자는 문밖으로 나오면서 길더를 힐긋 보았다.

"운 좋구먼." 그러면서 남자가 눈을 찡긋했다.

길더는 허둥지둥 계단을 올랐다. 문을 세 차례 두드린 뒤 기다리는 동안 불안감이 점점 더 피어올랐다. 한참 뒤에야 문이 열렸다. 쇼나는 드레스가 아니라 허리께를 벨트로 동여맨 실크 가운 차림이었다. 머리는 흐트러지고 화장은 번져 있었다. 낮잠을 자고 있었던 걸까?

"호레이스, 무슨 일이에요?'

"미안해." 갑자기 숨이 턱 막혀왔다. "미리 전화할 걸 그랬어."

"솔직히 말하면 타이밍이 좋진 않았어요."

"잠깐이면 돼. 들어가도 돼?"

쇼나는 회의적인 표정으로 그를 훑어보다가 표정을 풀었다. "뭐, 좋아요. 그래도 잠깐밖에 안 돼요."

그녀는 길더가 집 안으로 들어갈 수 있도록 옆으로 비켜섰다. 집 안은 어쩐지 평소와는 다르게 느껴졌는데, 정확히 뭐가 다르다고는 표현하기 어려웠다. 집 안은 지저분했고, 공기도 기분 나쁘게 텁텁했다.

"어머, 이게 뭐예요?" 쇼나는 길더가 들고 있는 은색 종이로 싼 상자를 보고 있었다. "호레이스, 이러지 않아도 되는데."

길더가 상자를 그녀에게 내밀었다. "당신 거야."

쇼나는 눈을 반짝이며 포장지를 뜯고 상자 속에서 팔찌를 꺼냈다.

"정말 사려 깊기도 해라. 너무 예뻐요."

"어머니의 유품이야."

"그 말을 들으니 더 특별하게 느껴지는걸요." 쇼나는 길더의 뺨에 얼른 입을 맞췄다. "씻고 올 테니 잠시만 기다려주세요."

그 순간 어마어마한 사랑이 파도처럼 길더를 휩쓸었다. 당장이라도 쇼나를 꽉 끌어안고 입을 맞추고 싶었다. "당신과 사랑을 나누고 싶어. 진짜 사랑 말이야."

그러자 쇼나는 손목시계를 바라보았다. "그래요, 원하신다면. 그래도 한 시간 내내는 어려워요."

길더는 이미 미친 듯이 벨트 버클을 풀면서 윙 팁 구두를 벗어 던지고 있었다. 그런데 뭔가가 이상했다. 쇼나가 머뭇거리는 것 같았다.

"혹시 잊은 거 없을까요?" 그녀가 물었다.

돈. 돈을 달라는 소리였다. 이런 순간에 어떻게 돈 생각을 할 수 있지? 길더는 두 사람이 함께하는 이 순간은 달러와 센트로 계산할 수 없는 거라고 말하고 싶었지만 이렇게 말하는 게 고작이었다. "지금은 없어."

쇼나는 눈살을 찌푸렸다. "자기, 이런 식으로 하면 안 돼요. 알면서."

하지만 그때 길더는 이미 너무 흥분해서 그녀의 말은 들리지도 않았다. 게다가 벌써 바지를 발목까지 내린 채 속옷 바람으로 서 있었던 터이다.

"괜찮아요? 좀 안 좋아 보이는데."

"사랑해." 그가 말했다.

쇼나가 가볍게 웃었다. "다정하긴."

"사랑한다니까."

"알았어요, 해줄게요. 괜찮아요. 화장대 위에 돈 올려놓으면 원하는 말을 해줄게요."

"돈 없어, 팔찌 줬잖아."

그 순간 쇼나의 눈빛에서 온기와 친근함이 싹 사라졌다. "호레이스, 이건 현금 장사인 거 알잖아요. 그런 식으로 말하면 안 되죠."

"제발, 사랑을 나누게 해줘." 길더는 귀에서 맥박이 쿵쿵 뛰는 것을 느꼈다. "팔찌는 팔고 싶으면 팔아. 비싼 거니까."

"자기, 그렇지는 않아요." 쇼나는 경멸을 숨김없이 드러내며 팔찌를 그에게 돌려주었다. "이런 말은 하기 정말 싫지만, 이건 다이아몬드가 아니라 유리예요. 어디서 샀는지 모르겠지만 환불받으세요. 자, 그러니까 제 말대로 해요. 어떻게 하는지 알죠?"

길더는 자신의 감정을 쇼나에게 전달해야만 했다. 그는 절박하게 그녀를 향해 다가갔지만, 발이 아직 바지에서 빠져나오지 않은 채였다.

쇼나가 꺅 소리를 질렀다. 다음 순간 길더는 바닥에 엎어져 있었다. 고개를 들자 쇼나가 그의 머리에 총구를 겨누고 있었다.

"당장 꺼져."

"제발." 길더가 신음했다. 눈물에 목소리가 온통 쉬어 있었다. "내게 하나뿐이고 싶다고 말했잖아."

"말이야 뭔들 못해. 어서 이 싸구려 팔찌 챙겨서 꺼져."

길더는 힘겹게 몸을 일으켰다. 태어나서 이렇게 엄청난 수치심을 느낀 건 처음이었으나, 그럼에도 쇼나에 대한 사랑이 잦아들지 않았다. 가망 없는, 그를 통째로 삼켜버릴 게 분명한 서글픈 사랑이었다.

"나 죽어가고 있어."

"사람은 다 죽어." 쇼나가 총구로 문 쪽을 가리켰다. "거시기를 쏴버리기 전에 나가."

다시는 쇼나를 만나지 못하리라는 생각이 들었다. 왜 이렇게 바보 같은 짓을 한 걸까? 그는 차를 몰고 타운하우스로 돌아가 차고에 차를 세우고 시동을 끈 뒤 리모컨으로 차고 문을 닫았다. 도저히 움직일 기운을 내지 못한 채로 그렇게 삼십 분이나 차 안에 앉아 있었다. 그는 죽어가는 중이었다. 스스로 우스갯거리로 만들어버렸다. 쇼나를 영영 만나지 못할 것이다. 그는 그녀에게 아무것도 아니니까.

바로 그 순간 길더는 자신이 왜 캠리에서 내리지 않고 앉아 있는지를 깨달았다. 시동을 다시 켜기만 하면 돼. 잠드는 것과 비슷할 거야. 그러면 다시는 쇼나도, 프로젝트 노아도 생각할 필요 없고, 죽어가는 몸이라는 감옥에서 살아갈 필요도, 요양원에 있는 아버지를 찾아갈 필요도 없을 거야. 그렇게 온갖 근심이 나를 떠나겠지. 그는 설명할 수 없는 충동을 따라 마치 잠들 준비를 하는 것처럼 손목시계를 풀고 뒷주머니에서 지갑을 꺼내 대시보드 위에 놓았다. 관례대로라면 유서를 남겨야 하겠지만, 쓸 말이 뭐가 있을까? 누구 보라고 남겨야 할까?

그는 세 번이나 시동을 켜겠다고 마음먹었다. 그리고 세 번이나 그의 결심은 실패로 돌아갔다. 그쯤 되자 차 안에 앉아 있는 게 바보같이 느껴졌다. 또 한 번의 수치심만 얻은 셈이었다. 손목시계를 다시 손목에 차고 지갑도 주머니에 집어넣은 채로 집 안으로 들어가는 수밖에 없었다.

매클린에서 집으로 돌아가는 길에 핸드헬드가 울렸다. 넬슨이었다.

"놈들이 움직이고 있어요."

"어디서?"

"온갖 곳에서요. 유타주, 와이오밍주, 네브래스카주. 캔자스주 서부에서는 대규모 집단이 형성되었다고 합니다." 넬슨이 잠시 말을 멈추더니 다시 입을 열었다. "그런데 전화한 이유는 따로 있어요."

길더는 그대로 DSW 본부를 향해 차를 돌렸다. 넬슨이 복도에 나와 있었다. "해 지기 직전에 신호가 잡혔어요. 덴버 서쪽에 있는 실버 플룸이라는 마을 기지국에서 잡은 신호입니다. 좀 수고스럽긴 했지만 국토안보부에 부탁해서 드론 경로를 변경해 사진을 찍어 보내라고 했죠."

그러더니 넬슨이 단말기에다 선명하지 못한 흑백 사진 한 장을 불러왔다. 사진에 찍힌 것은 에이미라는 소녀가 아니었다. 한 남자였다. 남자는 고속도로변에 세워놓은 픽업트럭 옆에 서 있었다. 소변을 보는 중인 것 같았다.

"이게 도대체 뭐지? 의사인가?"

"리처드가 심어놓은 놈입니다."

길더는 혼란스러웠다. "이게 다 무슨 소리야?"

그러자 넬슨이 살짝 당황했다. "죄송합니다. 다 알고 계시는 줄 알았어요. 가석방된 성범죄자입니다. 리처드의 프로젝트였죠. 보안상 문제로 6등급 민간인 고용인은 모두 국가 등록 시스템에서 삭제되었습니다."

"농담이라고 해줘."

"농담이 아닙니다." 넬슨이 스크린 위의 사진을 톡톡 두들겼다. "프로젝트 노아의 유일한 생존자인 이놈이 누구인지 아십니까? 더러운 소아성애자입니다."

9

픽업트럭이 뻗어버린 것은 그레이가 길을 나선 지 이틀째 되는 날 오전 느지막한 시간이었다.

정오가 가까워 해가 중천에 떠 있는 시간이었다. 리드빌에 있는 모텔 식스에서 불안에 떨며 하룻밤을 보낸 그레이는 베일 근처에서 70번 주간고속도로에 올라 덴버를 향하기 시작했다. 동쪽에 있는 골든이라는 마을에 이를 때까지는 도로가 막힌 곳 없이 뚫려 있었지만 골든 외곽을 둘러싸고 있는, 대형 쇼핑센터 근처 무질서하게 뻗어 나간 교외 지역으로 들어가자 상황이 달라지기 시작했다. 버려진 차들이 고속도로를 막고 있는 바람에 그레이는 갓길을 타는 수밖에 없었다. 고속도로를 낀 널찍한 주차장은 무질서의 현장이 그대로 박제된 거나 마찬가지였다. 가게 유리창은 깨져 있고 상품들은 길에 아무렇게나 흩뿌려져 있었다. 이곳에 흐르는 고요 또한 그저 소리가 없는 상태라기보다는 그보다 깊고도 불길한 그 무엇이었다. 그레이의 눈에 띈 시체들은 대개 레드 루프에서 보았던 트럭 운전자와 마찬가지로 머리가 없었다. 그레이의 생각에 아마 제로의 무리는 머리를 가져가는 습관이 있는 것 같았다.

그레이는 최선을 다해 길에서 시선을 돌리지 않고 시야에 언뜻 비치는 대학살의 현장을 자세히 보지 않으려 애썼다. 레드 루프에서 느꼈던, 기묘하게 찌르르하는 에너지는 아직도 사라지지 않았다. 기타 줄을 튕겼을 때처럼 머리가 울려댔다. 잠을 자지 않은 지 하루 반이 지났는데도 피곤하지 않았다. 심지어 배도 고프지 않았는데 평소의 그레이라면 있을 수 없는 일이었다. 그레이는 평소에는 음식을 입안에 와구와구 쑤셔 넣는 편이었지만 이상하게도 음식 생각을 해도 군침이 돌지 않았다. 리드빌의 모텔 식스 로비에 있던 자판기에서 일단 배를 채워야 한다는 생각으로 베이비루스 캔디바를 하나 샀지만 냄새가 나서 도저히 먹을 수가 없었다. 냄새만으로도 뱃속이 뒤틀렸다. 캔디바에 들어 있는 방부제에서 풍기는, 바닥 청소 세제처럼 역겨운 화학 약품 냄새까지 고스란히 느껴졌다.

도시 중심부가 눈에 들어오자 그레이는 주간고속도로를 벗어나는 수밖에 없다는 데 생각이 미쳤다. 버려진 차들을 피해 갈 도리가 없었고 가면 갈수록 상황이 더 심각해졌다. 그는 세븐일레븐 주차장에 트럭을 세운 뒤 지도를 확인했다. 시내를 빙 돌아서 남쪽으로 가는 게 최선의 경로라는 생각이 들었지만, 그나마도 짐작일 뿐이었다. 그는 덴버에 대해서는 아는 바가 없었다.

그레이는 남쪽으로, 다시 동쪽으로 방향을 틀어가며 교외를 지나쳤다. 어디를 가나 똑같이 살아 있는 사람이라고는 단 한 명도 보이지 않았다. 라디오라도 나왔으면 좋으련만 아무리 다이얼을 돌려보아도 하루 반 내도록 들었던 지직거리는 잡음밖에 나오지 않았다. 누군가 살아 있는 사람이 들을지도 모른다는 생각에 한동안 트럭의 경적을 울려보기도 했지만 결국은 포기했다. 경적을 들을 사람이 아무도 남아 있지 않은 것이다. 덴버는 지하 묘지나 다름없었다.

트럭의 엔진이 멈췄을 때 그레이는 답이 없는 절망감에 빠져 있느라 곧바로 알아차리지도 못했다. 불편한 침묵이 이어지자 그는 다시는 살아 있는 인간을 못 볼지도 모른다는 데 생각이 이르렀다 – 그러니까 덴버뿐 아니라 온 세상 인간이 다 죽어버렸는지도 모른다고 말이다. 그러나 그 순간 그레이는 엔진이 멎었다는 사실을 알아차렸다. 트럭은 관성 때문에 몇 초 동안 앞으로 더 나아가긴 했지만 핸들이 잠겨버렸고, 그레이는 가만히 앉아서 트럭이 멈추기를 기다릴 수밖에 없었다.

제기랄, 하필이면, 하고 그레이는 생각했다. 그는 이그나시오가 주었던 권총을 점프슈트 주머니에 밀어 넣고 트럭에서 내려 후드를 열었다. 그레이는 고물차를 여러 대 몰아보았기 때문에 팬 벨트가 고장 났을 때의 조치를 잘 알고 있었다. 이성적인 판단을 하자면 트럭을 버리고 키와 함께 버려진 다른 차를 찾아야 했을 것이다. 이곳은 대형 할인점들이 즐비한 대로변이었다. 베스트바이, 타겟, 홈 디포. 태양이 이글이글 타고 있었다. 주차장마다 차들이 아무렇게나 흩어져 있었다. 그런데도 그레이는 그 차들을 살펴보고 싶지 않았다. 차 안에 무엇이 있을지 뻔히 알았으니까. 팬 벨트를 교체해본 적은 여러 번 있었다. 벨트 그리고 텐셔너를 조일 수 있는 십자드라이버와 렌치 같은 몇 가지 기본 연장만 있으면 되는 일이었다. 홈 디포에 자동차 부품 코너가 있을지도 모르겠다. 들어가서 둘러본다고 해도 별일은 일어나지 않을 것 같았다.

그레이는 길을 건너 열려 있는 홈 디포 입구로 들어갔다. 입구 근처에 프로판가스통을 보관하는 케이지에는 비틀어서 열린 흔적이 역력했고 안에 있던 가스통은 모두 사라지고 없었다. 그러나 그 외에는 매장 앞이 멀쩡했다. 사슬로 한데 묶어놓은 잔디깎이는 문간에 그대로 있었고, 전시해놓은 패티오용 가구들 역시 노란 꽃가루에 뒤덮인 채 그대로였다. 무언가가 사라졌다는 것을 알려주는 유일한 흔적은 스프레이 페인트로 '남아 있는 발전기 없음'이라는 글자가 휘갈겨 적힌 커다란 사각형 합판이 벽에 기대서 있는 게 전부였다.

그레이는 주머니에서 권총을 꺼낸 뒤 몸으로 문을 밀고 안으로 들어갔다. 전기는 나간 모양이었지만 그래도 질서가 완전히 사라지지는 않은 모양이었다. 선반 위는 대부분 비어 있었지만, 바닥에는 흩어진 잔해가 없이 깨끗한 편이었다. 그레이는 권총을 앞세운 채 조심스레 매장 앞쪽을 걸으면서 눈으로 통로를 훑어 '자동차 부품'이라고 적힌 코너를 찾았다.

그레이가 걸음을 멈춘 것은 그렇게 매장을 절반쯤 가로지른 지점이었다. 그레이의 앞쪽, 왼편에서 낮게 부스럭거리는 소리, 곧이어 들릴락 말락 한 말소리가 들렸다. 그레이는 앞으로 두 발짝 걸어 나가 모퉁이 너머를 슬쩍 넘겨다보았다.

여자였다. 한 여자가 페인트 견본이 진열된 선반 앞에 서 있었다. 청바지에 남성용 셔츠 차림이었다. 연갈색 머리카락은 귀 뒤로 쓸어 넘겨 머리 위에 얹은 선글라스로 고정시켜둔 채였다. 그뿐만 아니라 여자는 임신 중이었다. 출산이 임박한 것 같은 만삭은 아니었지만 그래도 꽤나 배가 나와 있었다. 그레이의 눈앞에서 여자는 슬롯에 있던 네모난 색상 샘플을 꺼내 이쪽저쪽에서 살펴보며 생각에 잠긴 듯 인상을 찌푸렸다. 그러더니 여자는 샘플을 다시 슬롯 안에 집어넣었다.

전혀 예상치 못한 광경이었기에 그레이는 말없이 놀란 얼굴로 그녀를 바라볼 수밖에 없었다. 도대체 뭐 하는 거지? 그렇게 삼십 초가 지났는데도 영문을 알 수 없는 일에 몰두한 여자는 그레이의 존재를 전혀 알아차리지 못했다. 그레이는 여자를 놀라게 하고 싶지 않았기에 권총을 선반 위에 살짝 올려두고 조심스럽게 앞으로 나갔다. 뭐라고 해야 하지? 그레이는 말문을 트는 데 소질이 없었다. 사실 사람들과 대화를 나누는 재주 자체가 없었다. 일단 목을 고르기로 했다.

여자가 어깨 너머로 그레이를 흘낏 보았다. "음, 시간이 됐네요." 여자가 말했다. "여기 20분째 서 있었다고요."

"선생님, 여기서 뭐 하시는 겁니까?"

그러자 여자는 진열대에서 몸을 돌렸다. "여기가 페인트 코너 맞나요?" 그녀는 손에 카드 무더기처럼 부채꼴로 펼쳐 들고 있던 색상 칩을 내밀었다. "'가든 게이트' 색상이 괜찮을 것 같긴 한데, 혹시 너무 어두울까요?"

그레이는 말문을 잃었다. 지금 페인트를 골라달라는 소리일까?

"물론 보통은 직원에게 의견을 묻지 않겠죠." 여자가 재빨리 덧붙였는데, 그레이가 생각하기에는 지나치게 빠른 것 같았다. "그냥 깡통에 넣고 돈 받아 가라고 하겠죠, 다른 사람들이라면요. 하지만 저는 자기 일에 정통한 사람의 판단에 가치가 있다고 생각한답니다. 그러니까, 어떻게 생각하세요? 전문가의 의견이 궁금하네요."

그레이는 여자에게서 몇 발짝 떨어진 위치에 서 있었다. 여자의 얼굴은 골격이 섬세하고 창백했으며, 눈가에는 살짝 주름이 잡혀 있었다. "헷갈리신 것 같은데요, 전 여기 직원이 아니에요."

그러자 여자가 눈을 가늘게 떴다. "아니라고요?"

"선생님, 지금 여기엔 직원이 아무도 없어요."

여자의 얼굴이 혼란의 빛에 휩싸였다. 그러나 그 혼란스러운 표정은 금세 사라지고 얼굴에 짜증이 스몄다. "아, 그건 말 안 해도 알아요." 그렇게 여자는 그레이의 말을 가볍게 쳐냈다. "여기서 직원의 도움을 받는 게 치과에서 이 뽑는 것만큼이나 고되네요." 여자는 말을 이었다. "그건 그렇고, 아기방에 제일 어울리는 색깔이 뭘까요?" 여자가 수줍은 미소를 지었다. "말 안 해도 아시겠지만, 전 곧 아기를 낳는답니다."

그레이도 미친 사람을 여럿 만난 적 있었지만 이 여자가 최고였다. "선생님, 여기 계시면 안 됩니다. 여긴 위험해요."

또다시 잠깐 침묵이 흐른 뒤에야 여자가 대답했다. 마치 그레이의 말을 이해하고, 그 의미를 다시금 조합하는 데 시간이 걸리는 것만 같았다.

"진짜 말투가 데이비드랑 똑같네요. 솔직히 말하면 그런 이야긴 이제 질렸어요." 여자가 무거운 한숨을 내쉬었다. "어쨌든, '가든 게이트'로 하죠. 계란광으로 8리터 주세요. 지금 좀 바빠서요."

그레이는 완전히 당황하고 말았다. "페인트를 팔라는 말씀입니까?"

"그쪽이 매니저 아니에요?"

매니저라고? 어째서? 그제야 그레이는 여자가 일부러 그러는 게 아니라는 걸 깨달았다.

"선생님, 혹시 여기서 무슨 일이 일어나고 있는지 모르시는 겁니까?"

여자는 선반에서 페인트 통 두 개를 꺼내 내밀었다. "무슨 일이 일어나는지 말씀드리죠. 전 페인트를 살 거고, 그쪽이 저를 위해 페인트를 조합해주면 되는 거예요. 그쪽…… 그러고 보니 성함을 모르네요."

그레이는 침을 꿀꺽 삼켰다. 이유는 모르겠지만 이 여자 앞에서는 도망치는 말에 끌려가는 것처럼 꼼짝없이 무력해지는 기분이었다. "그레이입니다." 그가 대답했다. "로렌스 그레이."

여자가 페인트 통을 내밀며 받으라고 종용했다. 제기랄, 이러다가 진짜로 직원 행세를 해야 할지도 모르겠다. 이렇게 미적거리다가는 팬 벨트를 구할 수 없을 것 같았다. "그래요, 그레이 씨. 가든 게이트 색상으로 8리터 부탁해요."

"음, 저는 어떻게 하는지 몰라요."

"모를 리가요." 여자는 카운터 쪽을 가리켰다. "그냥 통에다가 섞어서 넣으면 되잖아요."

"선생님, 전 못 해요."

"무슨 소리세요?"

"일단 전기가 나갔어요."

그 말은 효과가 있는 듯싶었다. 여자가 고개를 들어 천장을 올려다본 것이다.

"그러네요." 여자는 대수롭지 않다는 듯 말했다. "좀 어두컴컴하다 싶더니."

"제 말이 그 말입니다."

"그럼 그냥 그렇게 말하지 그랬어요." 여자는 코웃음을 쳤다. "그래요, 그럼 가든 게이트는 물론 아무 색상도 안 된다는 소리군요. 굉장히 실망스럽기 그지없는 일이네요. 오늘은 꼭 아기방을 완성하고 싶었거든요."

"선생님, 제 생각에는……."

"원래는 데이비드가 해야 할 일이었어요. 그런데 그 사람이 세상을 구해야 한다며 나가서 돌아오지 않는 바람에 전 죄수처럼 집에 처박혀 있답니다. 도대체 욜랜더는 어디 갔담? 아, 실례했네요. 하지만 지금까지 욜랜더에게 얼마나 잘해줬는데, 이렇게 배려가 없을 수도 있나요? 전화라도 한 통 해주지."

데이비드. 욜랜더. 대체 누구지? 조금 이상한 정도가 아니라 혼란스럽기 짝이 없었지만 한 가지는 확실했다. 이 가엾은 여자는 의지할 이 하나 없이 혼자라는 사실이었다. 그레이가 이 여자를 꺼내주지 않는다면 머지않아 죽을 게 뻔했다.

"그냥 흰색으로 칠하는 건 어떨까요?" 그레이가 제안했다. "흰 페인트는 많이 있을 테니까요."

그러자 여자는 회의적인 표정으로 그레이를 쳐다보았다. "왜 흰색으로 칠해야 하죠?"

"흰색은 무슨 색이든 잘 어울린다고들 하잖아요?" 맙소사, 이 말투는 뭐람. TV에 나오는 게이들 같은 말투였다. "흰색으론 뭐든 칠할 수 있어요. 방 안에 다른 색상을 가진 물건을 배치하는 건 어때요? 커튼 같은 거 말입니다."

여자는 망설였다. "모르겠네요. 흰색은 좀 단조롭지 않나요? 그래도 오늘 꼭 완성하고 싶긴 했어요."

"바로 그거죠." 그레이는 그렇게 말한 뒤 최선을 다해 미소를 지었다. "제 말이 그 말이었습니다. 일단 흰색으로 칠해놓고, 어떤지 본 다음에 나머지 인테리어를 결정하는 게 어떻겠습니까. 제가 추천하는 게 바로 그겁니다."

"흰색은 무슨 색이든 잘 어울린다라, 맞는 말이에요."

"아기방이라고 하셨죠? 그럼 나중에 띠벽지를 둘러서 멋을 부려볼 수도 있겠네요. 왜, 토끼 그림 같은 거요."

"토끼라고요?"

그레이는 침을 꿀꺽 삼켰다. 갑자기 왜 토끼라는 말이 튀어나왔담? 토끼는 야광 막대들이 제일 좋아하는 먹이였다. 제로가 수레 한 대분의 토끼를 게걸스레 먹어치우는 모습을 본 적도 있었다.

"그럼요." 그가 겨우 대답했다. "토끼를 싫어하는 사람은 없잖아요."

그 말에 여자는 수긍하는 것 같았다. 이제 또 다른 질문이 남았다. 이 여자가 이곳을 떠난다면, 그다음에는? 혼자 보낼 수는 없었다. 또, 임신 몇 개월째인지가 궁금했다. 5개월? 6개월? 그레이는 그런 것을 가늠하는 재주는 없었다.

"음, 당신이 하는 말이 상당히 그럴싸한데요." 여자가 섬세한 턱을 주억거리며 말했다. "우리 주파수가 비슷한가 봐요, 그레이 씨."

"로렌스라고 부르세요." 그가 대답했다.

그러자 여자가 미소를 지으며 손을 내밀어 악수를 청했다. "전 라일라예요."

라일라의 볼보에 올라서야 – 라일라는 심지어 계산대 위에다가 나중에 다시 오겠다는 쪽지와 함께 지폐 뭉치를 올려두고 왔다 – 그레이는 자기가 페인트 통을 그녀의 차까지 들고 와서 트렁크에 실어주면서 자신도 모르게 아기방을 칠해주는 역할까지 떠맡았음을 깨달았다. 실제로 약속한 건 아니었지만 자연스럽게 그렇게 되었고, 다음 순간 두 사람은 차에 함께 올랐으며 라일라는 망가진 차들과 부풀어 오른 시체들, 뒤집힌 군용 트럭과 아직도 연기가 피어오르는 아파트 단지의 잔해 사이로 볼보를 운전해 폐허가 된 도시를 가로지르고 있었다. "어쩜 이럴까." 라일라는 불타버린 페덱스 배달 차량의 뼈대에 거의 눈길도 주지 않고 피해가면서 중얼거렸다. "견인차 불러올 양심도 없이 그냥 길에 차를 두고 가버리다니." 그 밖에도 라일라는 아기방에 대한 이야기(토끼 벽지를 둘러주는 대가로 그레이에게 큰돈을 주겠다는 이야기)며 데이비드를 헐뜯는 말을 했는데, 듣자하니 데이비드라는 자는 라일라의 남편인 것 같았다. 그가 라일라를 집에 남겨두고 어딘가로 떠나버린 것 같았다.

그리고 그레이가 목격한 바에 따르면, 데이비드는 죽었을 가능성이 컸다. 라일라가 원래 정신이 나갔을 가능성도 있지만, 그레이가 보기에는 아닐 것 같았다. 무언가 나쁜 일, 어마어마하게 나쁜 일을 겪은 게 분명했다. 이런 증상에는 이름이 있었다. 외상후 어쩌고라는 이름이었다. 그녀는 상황을 이해한 동시에 이해하지 못한, 겁에 질린 정신이 진실로부터 그녀를 보호하고 있는 상태였다. 그리고 그 진실을 언젠가는 그레이가 그녀에게 말해주어야 할 것이다.

두 사람은 길가에 우뚝 솟은 거대한 튜더 양식의 벽돌집 앞에 섰다. 라일라의 말투만으로도 유복한 계급 출신인 걸 짐작했지만, 그 밖에도 뭔가 있었다. 그레이는 볼보의 짐칸에서 짐을 꺼낸 뒤 – 페인트 외에도 라일라는 롤러 한 세트, 트레이, 그리고 각종 붓을 샀다 – 계단을 올랐다. 문 앞에 도착하자 라일라가 열쇠를 꽂아 돌렸다.

"아이참, 항상 빡빡하게 잘 안 돌아간단 말이야."

라일라가 어깨로 문을 밀어 열자 쾌쾌한 공기가 쏟아져 나왔다. 그레이는 그녀를 따라 현관으로 들어갔다. 그레이는 집 내부가 무슨 성처럼 묵직한 커튼이며 두툼한 소파, 휘황찬란한 샹들리에로 가득할 거라 상상했지만 막상 들어와 보니 정반대로, 사람이 사는 집보다는 사무실처럼 느껴지는 곳이었다. 왼쪽에 난 널찍한 아치 너머에는 식당이 있는데 기다란 유리 식탁과 불편해 보이는 의자들이 놓여 있었다. 오른쪽으로 보이는 넓은 거실은 낮은 소파 하나와 커다란 검은색 피아노 하나 외에는 황량하리만치 텅 빈 공간이었다. 잠시 그레이는 할 말을 잃은 채 페인트 통을 들고 가만히 서서 머릿속을 추슬렀다. 냄새가 났다. (집안 깊숙한 곳 어디선가 오래 묵은 쓰레기가 썩어가는 악취였다.)

침묵이 이어지자 그레이는 할 말을 찾으려 머리를 짜냈다. "연주할 줄 아세요?" 그가 물었다.

라일라는 문간의 작은 테이블 위에 핸드백과 열쇠를 올려두는 중이었다. "뭘요?"

그레이가 피아노를 가리켰다. 그녀가 고개를 돌려 피아노를 보더니 살짝 놀라는 듯했다.

"아뇨." 라일라는 그렇게 대답하면서 얼굴을 찌푸렸다. "피아노를 두자는 건 데이비드 생각이었죠. 굳이 제 생각을 묻는다면, 허세 같다고 생각해요."

라일라는 그레이를 계단으로 안내했는데, 계단을 오를수록 공기는 점점 쾌쾌해졌다. 그레이는 라일라를 따라 카펫이 깔린 복도 끝까지 걸었다.

"여기예요." 라일라가 말했다.

아기방은 널찍한 집 전체에 비하면 비율이 맞지 않을 정도로 작았다. 한쪽 구석에 사다리가 놓여 있고 바닥에는 페인트받이 천이 깔려서 테이프로 굽도리 널에 고정되어 있었다. 페인트가 담긴 트레이 위에 롤러가 놓여 더위에 굳어가는 중이었다. 그레이는 방 안으로 들어갔다. 원래는 중성적인 크림색 벽이었으나 누군가가 - 아마도 라일라가 - 벽에 굵직한 노란색 선을 정해진 패턴 없이 되는 대로 이리저리 그어놓은 게 보였다. 그걸 덮는 데만도 페인트를 세 겹은 칠해야 할 것 같았다.

라일라는 양 허리에 손을 얹은 채 문간에 서 있었다. "보시면 아시겠지만," 그녀가 얼굴을 찌푸리며 말을 이었다. "저는 페인트칠에는 소질이 없어서요. 그쪽 같은 전문가가 아니거든요."

또 시작이군, 하고 그레이는 생각했다. 하지만 장단을 맞춰주기로 한 이상, 그레이가 전문가라는 라일라의 짐작을 고쳐줄 이유가 없었다.

"시작하기 전에 필요하신 건 없으세요?"

"없는 것 같습니다." 그레이가 대답했다.

그러자 라일라는 손으로 입을 가린 채 하품을 했다. 갑자기 여자는 피로에 휩싸인 듯, 서서히 바람이 빠지는 풍선이 된 것만 같았다. "그럼 저는 이만 가볼게요. 좀 누워야 할 것 같아요."

그 말을 남기고 라일라는 떠나버렸다. 복도 저쪽에서 문이 닫히는 소리가 들렸다. 어쩌다가 이런 일을 하게 됐지? 그레이는 생각했다. 레드 루프에서 눈을 떴을 때는 자신이 부잣집 마나님의 아기방에 페인트칠을 하게 될 거라고는 상상도 못 했다. 라일라의 방 쪽에서 소리가 들리는지 귀를 기울였지만 아무 소리도 나지 않았다. 우스운 건, 그레이는 딱히 아무렇지도 않다는 것이다. 여자는 확실히 제정신이 아닌 데다가 위압적이기까지 했다. 하지만 애초에 여자가 그레이의 정체를 물은 적 없으니 속인 것도 아니었다. 누군가의 믿음을 얻는다는 사실이 기분 좋았다. 그럴 자격이 없다 해도 말이다.

그레이는 다시 현관으로 돌아가 장비들을 가져온 다음 일에 착수했다. 페인트칠을 해본 적은 거의 없었지만 로켓을 설계하는 일도 아니니 그럭저럭해낼 수 있을 것 같았고, 얼마 지나지 않아 그레이는 머릿속을 기분 좋게 텅 비운 채로 페인트칠의 리듬에 적응했다. 레드 루프에서 깨어났던 순간이며 제로, 리처드, 샬레를 비롯한 온갖 것들을 잠시나마 잊을 수 있었다. 그렇게 한 시간, 또 한 시간이 지나갔다. 천장 모서리를 칠하고 있는데 라일라가 샌드위치와 물 한 잔이 담긴 쟁반을 들고 문간에 나타났다. 허리선이 높이 위치한 데님 소재의 임부복 원피스로 갈아입은 차림이었는데, 옷이 헐렁했는데도 그 옷을 입으니 부푼 배가 한층 더 눈에 띄었다.

"참치를 좋아하셨으면 좋겠는데요."

그레이는 사다리를 내려와 쟁반을 받아들었다. 빵에는 부슬부슬한 곰팡이가 시퍼렇게 피어 있었고 썩은 마요네즈 냄새가 났다. 속이 뒤집힐 것 같았다.

"나중에 먹겠습니다." 그가 간신히 중얼거렸다. "덧칠을 먼저 해야 할 것 같아서요."

라일라는 굳이 말을 덧붙이지 않고 뒤로 물러서서 방을 둘러보았다. "칠하고 나니 더 낫네요. 훨씬 나아요. 왜 흰색으로 칠할 생각을 못했을까?" 그러더니 그녀는 다시 그레이를 바라보았다. "주제넘은 말로 들리지 않았으면 좋겠는데요, 로렌스, 또, 지레짐작하고 싶지는 않은데, 혹시 오늘 밤 지낼 곳이 없는 건 아니신가요?"

그러고 보니 그랬다. 그레이는 실은 거기까지 생각하지 않았다. 마치 라일라의 망상이 옮기라도 한 것처럼 그는 다음 일에 대해 아무것도 생각하지 않고 있었다. 라일라라면 그가 머물기를 바라는 게 당연했다. 이렇게 오랫동안 혼자 있었던 그녀가 그레이를 쉽게 놓아줄 리가 없었다 – 결국 그를 이 집에 두겠다는 소리였다. 그뿐만 아니라, 그레이 역시 갈 곳이 없었다.

"좋아요, 그럼 그건 정리됐네요." 라일라가 초조한 듯 웃었다. "솔직히 말하면 안심이에요. 사실 가야 할 곳이 있는지 묻지도 않고 집에 멋대로 데려온 게 미안했거든요. 게다가 이렇게 도움도 주셨고요."

"괜찮습니다." 그레이가 말했다. "그러니까, 여기서 묵게 해주셔서 감사합니다."

"감사하긴요." 이대로 대화가 끝나는 줄 알았는데, 문간에서 라일라가 돌아보더니 역하다는 듯 코를 찌푸렸다. "샌드위치는 죄송해요. 그렇게 구미가 당기지는 않죠? 장을 보고 와야겠다는 생각은 계속해요. 그래도 저녁은 맛있게 차려줄게요."

그레이는 오후 내내 페인트칠에 몰두했고 세 번째 덧칠을 마무리했을 때쯤 창밖으로 해가 졌다. 확실히, 페인트칠을 마치고 나자 훨씬 보기 좋았다. 그는 트레이에 사용한 붓이며 롤러를 담아 들고 계단을 내려온 뒤 중앙 복도를 따라 부엌을 향했다. 집안의 다른 곳과 마찬가지로 부엌은 현대식의 널찍한 공간으로 찬장은 흰색이고 조리대는 검은 대리석, 주방 가전은 반짝이는 크롬으로 되어 있었지만, 사방에 쌓여서 악취를 뿜어내는 쓰레기봉투가 그 인상을 망쳤다. 라일라는 가스레인지 앞에 서서 – 가스가 끊기지 않은 것 같았다 – 촛불 빛에 의지해 소스 팬 안을 젓고 있었다. 식탁 위에는 도자기 그릇과 냅킨, 은식기, 심지어 테이블보까지 마련된 상태였다.

"토마토를 좋아하셔야 할 텐데요." 라일라가 미소를 지었다.

라일라는 부엌 뒤 개수대가 있는 다용도실로 그레이를 안내했다. 물이 나오지 않아 붓을 헹굴 수가 없었기에, 그레이는 붓은 개수대에 두고 행주로 손을 최대한 박박 닦았다. 토마토수프 생각만 해도 속이 안 좋았지만 그래도 먹는 척은 해야 할 것이다. (식사를 피할 방법이 없었다) 다시 부엌으로 돌아오자 라일라는 그릇 두 개에 김이 나는 수프를 퍼 담고 있었다. 라일라는 수프 그릇과 함께 리츠 크래커가 담긴 접시를 가져와 식탁에 놓았다.

"맛있게 드세요."

한 숟가락 먹자마자 구역질이 치밀어 올랐다. 아예 음식처럼 느껴지지조차 않았다. 그는 온 힘을 다해 수프를 삼켰다. 라일라는 그레이가 괴로워하는 것을 전혀 눈치채지 못한 듯 크래커를 부수어 수프에 넣고 숟가락으로 떠먹고 있었다. 그레이는 의지의 힘을 있는 대로 발휘해 또 한 숟가락, 또 한 숟가락 더 삼켰다. 수프가 위장 속에 미동도 없이 놓이는 것이 느껴졌다. 네 숟가락째 삼켰을 때 속이 콱 죄는 느낌이 들었다.

"잠깐 실례하겠습니다."

그레이는 뛰지 않으려고 애써 참으며 다용도실로 갔고 간신히 딱 맞는 순간에 개수대에 도착했다. 평소에는 토할 때 요란한 소리가 났는데 이번에는 아니었다. 수프는 그의 몸속에서 그냥 스르륵 흘러나왔을 뿐이었다. 제기랄, 대체 내 몸이 어떻게 된 거지? 그는 입을 닦은 뒤 잠시 그 자리에 서서 마음을 가다듬고 나서 식탁으로 돌아왔다. 라일라가 걱정스러운 표정으로 그를 바라보았다.

"수프가 잘못됐나요?" 그녀가 조심스레 물었다.

그레이는 수프는 차마 쳐다볼 수도 없었다. 토한 것을 라일라가 냄새로 눈치채지 않을까 걱정됐다. "괜찮습니다." 그가 간신히 입을 열었다. "그냥…… 배가 별로 안 고프네요."

그 대답에 라일라는 만족한 듯했다. 그녀는 그를 한참 바라보더니 입을 열었다. "실례가 되지 않는다면 좋겠는데요, 로렌스. 혹시 일자리를 찾고 있지 않나요?"

"페인트칠을 더 하라는 말씀이십니까?"

"음, 페인트칠도 있지만, 다른 일거리도 많거든요. 당신을 보니까, 혹시 지레짐작이라면 미안하지만, 당신이 어쩌면…… 일자리가 없는 것 같은 생각이 들었거든요. 그래도 상관없어요. 제 말 오해하지 말았으면 좋겠어요. 그럴 수도 있는 거죠." 그녀가 눈을 가늘게 뜨고 테이블 너머 그레이를 보았다. "홈 디포에서 일하는 거 아니죠?"

그레이가 고개를 저었다.

"그럴 줄 알았어요! 그래도 깜빡 속을 뻔했어요. 그래도, 페인트칠 솜씨는 정말이지 멋졌어요. 정말 근사했다고요. 제 말은 바로 그 말이에요. 제 말 무슨 말인지 알겠어요? 저는 당신이 자립하는 걸 돕고 싶어요. 당신이 절 도와주었으니까, 저도 보답하고 싶어서요. 저희 집에는 해야 할 일이 너무너무 많답니다. 일단 띠벽지도 둘러야 하고, 에어컨도 고장난 데다가, 마당도 문제예요. 마당 꼴을 보셨는지는 모르겠지만……."

여기서 말을 끊지 않으면 그녀의 말이 영영 끝나지 않으리라는 생각이 들었다. "선생님……."

"선생님이라뇨." 라일라가 한 손을 들면서 따스하게 미소를 지었다. "라일라라니까요."

"그래요, 라일라." 그레이는 심호흡을 한 뒤 말을 이었다. "혹시…… 이상하다는 생각을 한 적 없으십니까?"

그러자 라일라는 혼란스러운 듯 얼굴을 찌푸렸다. "무슨 말이세요?"

차근차근 이야기하는 게 좋겠다는 생각이 들었다. "일단, 전기가 안 들어오잖아요."

"아, 그거요." 라일라는 아무 일도 아니라는 듯 한 손을 내저었다. "그 이야기는 이미 했잖아요, 홈 디포에서요."

"그래도 지금까지 전기가 안 들어오는 게 이상하진 않으세요? 지금쯤이면 고쳐졌어야 하는데 말입니다."

그녀의 얼굴에 희미한 불편감이 퍼져갔다. "모르겠어요. 솔직히 말하면, 갑자기 왜 그런 말을 하시는지 이해가 안 되네요."

"그리고 데이비드 말입니다. 전화를 안 했다고 하셨지요. 데이비드에게서 전화가 오지 않은 지 얼마나 되었습니까?"

"뭐, 데이비드는 바쁘니까요. 어마어마하게 바쁜 사람이에요."

"전화를 걸지 않은 이유가 그래서는 아닐 겁니다."

그녀의 목소리에서는 아무런 감정이 느껴지지 않았다. "그렇게 생각하세요?"

"그렇습니다."

라일라는 수상하다는 듯 눈을 가늘게 떴다. "로렌스, 혹시 저한테 뭘 숨기고 있는 거예요? 만약 당신이 데이비드와 아는 사이라면, 솔직히 말해주세요."

그레이는 파리를 잡겠다고 허공에 손을 휘두르는 기분이었다. "아니, 전 데이비드와 아는 사이가 아닙니다. 제 말은……." 이제 에둘러 말할 방법은 없었다. "사람이 아무도 없다는 사실을 눈치채지 못하셨습니까?"

라일라는 부풀어 오른 배 위를 두 팔로 감싸 안은 채 그를 빤히 쳐다보고 있었다. 눈에 이글이글 분노가 타올랐다. 그녀가 갑자기 벌떡 일어서더니 테이블 위에 있던 수프 그릇을 개수대로 가지고 갔다.

"라일라……."

라일라는 그를 쳐다보지 않고 단호히 고개를 저었다. "이제 그만 말해요."

"우리 여기서 나가야 해요."

라일라는 쩔그렁 소리가 나도록 그릇을 개수대에 던져 넣은 뒤 수도꼭지 레버를 거칠게 흔들어댔지만 아무 소용도 없었다. "제기랄, 물이 안 나와. *도대체 물은 왜 안 나오고 지랄이야?*"

그레이는 자리에서 일어섰다. 그를 향해 돌아선 라일라는 양손으로 주먹을 꽉 쥐고 있었다.

"모르겠어요? 다시는 그 애를 잃을 수 없어! 다시는!"

그 애라니, 아기를 말하는 걸까? '다시'라니, 무슨 뜻일까?

"여기 있으면 안 돼요." 그레이는 겁 많은 동물에게 다가가듯 조심스레 한 발 내디뎠다. "여긴 안전하지 않아요."

노여운 눈물이 그녀의 뺨을 타고 흘렀다. "왜 꼭 이래야 하는 거예요? 왜요?"

라일라가 그를 향해 달려오며 망치를 들듯 두 주먹을 들어 올렸다. 그레이는 뒤꿈치에 힘을 주어 버텼다. 그녀는 마치 문을 부수려는 것처럼 그의 가슴을 쾅쾅 두드리기 시작했지만, 그것은 공격이라기보다는 순수한 공황의 표현, 그녀의 안에서 쏟아지는 감정 폭풍의 표현일 뿐이었다. 그녀가 물러서자 그레이는 다시 균형을 잡은 뒤 그녀를 꽉 끌어안았다. 상체를 끌어안아 양팔을 움직이지 못하게 옆구리에 딱 붙였다. 반사적인 행동이었다. 그 외에 무슨 행동을 해야 할지 알 수 없었던 것이다. "그런 말 하지 말아요." 라일라가 그의 손아귀에서 빠져나오려고 요동치면서 간청했다. "아니야, 사실이 아니야……." 그러더니 그녀가 숨을 몰아쉬면서 항복한 듯 그에게 무너져 내렸다.

거의 일 분 가까이 되는 시간 동안 두 사람은 그렇게 어색하게 끌어안은 자세로 가만히 있었다. 그레이는 너무나도 놀랐다 – 이미 예상했었던 그녀의 난폭한 행동 때문이 아니라, 그의 품에 안긴 여자의 몸이라는 촉감이 놀라웠던 것이다. 그녀는 너무나도 여렸다! 그와는 너무나도 달랐다! 그레이가 마지막으로 여자를, 아니 누구라도 안아본 게 언제 적이었을까? 아니, 다른 사람과 몸이 닿아본 것이 언제 적 일이었던가? 라일라의 배, 자신의 존재를 주장하는 둥글고 단단한 배가 그의 몸을 누르고 있었다. *아기,* 거기까지 생각하자 그제야 그레이의 머릿속에

이것이 의미하는 바가 무엇인지 떠올랐다. 미쳐버린 세상의 혼돈과 학살 한가운데에서 이 가여운 여자는 아이를 낳게 될 것이다.

그레이는 그녀를 안았던 팔을 풀고 한 걸음 물러섰다. 라일라는 바닥을 내려다보고 있었다. 페인트 코너에서 만났던 씩씩하고 거들먹거리던 여자는 사라지고 없었다. 그 자리에는 어린아이같이 작고도 여린 존재가 서 있었다.

"한 가지 물어봐도 돼요, 로렌스?" 아주 작은 목소리였다.

그레이는 고개를 끄덕였다.

"원래 하던 일이 뭐예요?"

잠시 그레이는 여자가 무엇을 묻는지 알아듣지 못하다가, 직업이 무엇이냐는 물음이라는 데 생각이 미쳤다. "청소를 했습니다." 그러면서 그가 어깨를 으쓱했다. "그러니까, 관리인이었지요."

라일라는 표정 없이 그의 말을 받아들였다. "그렇군요, 깜박 속았네요." 울적한 말투였다. 그녀가 손등으로 코를 훔쳤다. "솔직히 말하면, 저는 아무것도 아니었어요."

또다시 침묵이 이어지고, 라일라는 바닥만 바라보고 있었다. 그녀의 다음 말은 무엇일까? 무엇이건 간에, 우리의 목숨은 그 말에 달려 있으리라고 그레이는 직감했다.

"아이를 잃은 적이 있었어요." 라일라가 말했다. "딸이었어요."

그레이는 그녀의 말이 이어지기를 기다렸다.

"심장병이었어요." 그녀가 그렇게 말하면서 한 손을 자기 가슴에 댔다. "심장에 문제가 있었던 거예요."

이상했다. 침묵 속에 서 있자니 그레이는 마치 이 이야기를 오래전부터 알았던 것만 같은 기분이 들었다. 어쩌면 그 이야기 자체는 아닐지라도, 이와 비슷한 사실을 말이다. 마치 가까이서 보면 아무 형상도 아니지만 한 발짝 물러서서 보면 갑자기 형체를 알아볼 수 있게 그린 그림 같았다.

"이름이 뭐였습니까?" 그레이가 물었다.

라일라는 눈물범벅이 된 얼굴을 들었다. 한참 동안 그녀는 그대로 그를 가늠해보듯 빤히 쳐다보기만 했다. 그레이는 문득 자기가 이런 질문을 한 게 실수가 아닐까 하는 생각이 들었다. 자기도 모르게 나온 질문이었다.

"고마워요, 로렌스. 아무도 해주지 않은 질문이에요. 얼마나 오래전부터인지도 모르겠네요."

"왜 안 묻는 걸까요?"

"모르죠." 그녀가 어깨를 살짝 으쓱했다. "불행이 올지도 모른다고 생각하는 모양이죠."

"전 그렇게 생각 안 합니다."

짧은 침묵이 흘렀다. 그레이는 살면서 다른 사람을 위해 이렇게 괴로운 기분이 된 것이 처음이었다.

"에바." 라일라가 말했다. "내 딸 이름은 에바였어요."

두 사람은 그 이름의 울림 속에 가만히 서 있었다. 바깥, 라일라의 집 창밖은 어둠이 내리고 있었다. 비가 오기 시작한 모양이었다. 나직하게 젖어드는 여름비가 창을 톡톡 두드리고 있었다.

"사실 저는 당신이 생각하는 그런 사람이 아닙니다." 그레이가 털어놓았다.

"아니라고요?"

무슨 말을 할 작정이었을까? 당연히 진실을, 아니면 진실의 또 다른 버전이라도 말해야 했다. 그러나 지난 하루하고도 반나절 동안 진실은 그에게서 완전히 떠나가서 사라져버린 것만 같았다. 어디서부터 시작해야 할지도 알 수 없었다.

"상관없어요." 라일라가 말했다. "아무 말 하지 않아도 괜찮아요. 당신이 어떤 사람이었건 지금은 중요하지 않아요."

"중요할지도 모릅니다. 저는 여러 가지…… 잘못을 저질렀거든요."

"그러면 당신도 다른 사람들과 같은 거네요. 그렇죠? 누구에게나 비밀은 있잖아요." 라일라는 시선을 다른 데로 돌렸다. "사실, 그게 가장 힘든 문제인 것 같아요. 아무리 노력해도 우리의 진정한 모습을 아무도 모른다는 것 말이에요. 우리는 그저 오로지 자기 머릿속 생각과 함께 집 안에 혼자 있을 뿐이에요."

그레이는 고개를 끄덕였다. 무슨 말을 덧붙이겠는가?

"떠나지 않는다고 약속해줘요." 라일라가 말했다. "무슨 일이 일어나도, 떠나지 마세요."

"알았습니다."

"날 돌봐주세요. 우리가 서로를 돌봐주기로 해요."

"약속하겠습니다."

대화는 거기서 끝난 것 같았다. 라일라가 피로한 한숨을 내쉬더니 그에게서 몸을 비켰다. "그럼 저는 이제 들어가 볼게요. 제 생각이 맞는다면, 당신은 내일 아침 일어나자마자 여길 떠나야 한다고 생각하고 있겠죠."

"그게 최선일 겁니다."

라일라가 슬픈 표정으로 부엌 안의 반짝이는 가전제품들과 넘쳐흐르는 쓰레기봉투, 잔뜩 쌓인 더러운 접시들을 훑어보았다. "안타까워요, 정말이에요. 꼭 아기방을 완성하고 싶었는데, 그래도 그건 나중에 해야겠죠." 라일라는 다시 표정을 추슬렀다. "딱 한 가지만 부탁할게요. 그 생각은 하지 않게 해주세요."

그레이는 라일라의 말뜻을 알아들었다. *세상에 대해서는 생각하지 않게 해주세요.* "당신이 원한다면 그렇게 하겠습니다."

"우린……." 라일라는 말을 골랐다. "그냥 시골길을 드라이브하는 거라고 쳐요. 어때요? 그렇게 해줄 수 있겠어요?"

그레이는 고개를 끄덕였다. 기묘한 부탁인 데다가 조금 실없기도 했지만 라일라를 이 집에서 데리고 나갈 수 있다면 광대 옷이라도 선뜻 입을 작정이었다.

"좋아요. 그러면 이제 된 거죠."

그레이는 라일라가 말을 잇든지, 방을 떠나든지 할 거라고 생각했지만 둘 다 아니었다. 갑자기 라일라의 표정이 변했다. 마치 혼자만 읽을 수 있는 깨알 같은 글자를 읽고 있기라도 한 것처럼 온 힘을 다해 집중한 표정이었다. 그러더니 순식간에 그녀의 눈이 휘둥그레 커졌다. 마치 웃음을 터뜨리기 직전인 것처럼 말이다.

"세상에, 이게 무슨 꼴이람! 믿기지 않네요." 그녀가 손으로 황급히 자기 뺨과 머리카락을 쓸어내렸다. "제 몰골이 말이 아니죠? 저 너무 흉한가요?"

"제 눈엔 괜찮습니다만." 그레이가 간신히 대답했다.

"손님을 모셔놓았는데 물이 안 나오다니. 브래드가 알았다면 얼마나 화를 냈을까요."

처음 듣는 이름이었다. "브래드가 누구죠?"

그러자 라일라가 얼굴을 찌푸렸다. "당연히 제 남편이죠."

"남편분은 데이비드라는 분인 줄 알았는데요."

라일라가 멍한 표정을 했다. "네, 맞아요. 데이비드가 제 남편이에요."

"하지만 방금 당신이 말하길……."

라일라는 한 손을 저으며 그의 말을 막았다. "전 온갖 말을 한답니다, 로렌스. 당신이 적응하는 수밖에 없어요. 당신 눈엔 제가 미친 여자 같을지도 모르죠. 그 생각이 맞을 거예요."

"전혀 그렇게 생각 안 합니다." 거짓말이었다.

그러자 라일라의 섬세한 얼굴에 아이러니하다는 듯한 미소가 번졌다. "뭐, 빈말인 건 우리 둘 다 아는 사실이지만, 좋게 말해줘서 고마워요." 그녀는 방을 다시 한번 둘러보며 보일 듯 말 듯 고개를 끄덕였다. "고단한 하루였죠, 안 그래요? 저희 집에 제대로 된 손님용 방은 없지만, 그래도 소파에 잠자리를 마련해두었어요. 괜찮으시다면 설거지는 내일로 미루고 이만 잘 자라는 인사를 해야겠네요."

그레이는 이 말을 어떻게 이해하면 좋을지 알 수 없었다. 라일라가 거부 반응으로 인한 환각 상태에서 빠져나왔다가 다시 그 안으로 미끄러져 들어가 버린 것만 같았다. 아니, 미끄러져 들어간 것이 아니라는 생각이 들었다. 라일라는 스스로, 의지의 힘으로 자기 생각을 그곳으로 밀어 넣은 것이다. 그가 할 말을 잃은 채 멍하니 쳐다보고 있는 가운데 라일라는 문간으로 가다가 다시 돌아보았다.

"당신이 와줘서 정말 다행이에요, 로렌스." 그러더니 그녀는 공허한 미소를 지었다. "당신과 나, 우린 좋은 친구가 될 거예요."

그 말을 마지막으로 라일라는 떠났다. 그레이는 복도를 지나 계단을 타박타박 올라가는 그녀의 느릿한 발소리에 귀를 기울였다. 그는 테이블에 남은 접시들을 치웠다. 설거지를 해놓으면 내일 아침 라일라가 깨끗한 부엌으로 내려올 수 있을 텐데, 하지만 다른 접시들과 함께 개수대에 집어넣는 것 말고는 할 수 있는 일이 없었다.

그레이는 테이블 위에 켜져 있던 초를 하나 집어서 거실로 나왔다. 하지만 소파에 눕는 순간 그는 잠을 잘 수 없다는 사실을 직감했다. 뇌가 각성 상태로 지끈거렸다. 아직도 수프 때문에 느낀 토기가 완전히 가시지 않은 채였다. 그는 다시금 부엌에서의 일, 그녀를 품에 안았던 순간을 떠올렸다. 정확히 말하면 포옹은 아니었다. 그저 자신을 주먹으로 때리는 라일라를 멈추려고 했을 뿐이었다. 그러나 그 동작은 어느 순간 포옹과 비슷한 것이 되었다. 기분이 좋았다 - 정확히 말하면, 그저 좋은 것 이상이었다. 적어도 그레이가 생각하기에는 그 느낌은 성적인 것과는 거리가 멀었다. 그레이는 성적인 생각을 하지 않게 된 지 아주 오랜 시간이 지났고 (항안드로겐제를 복용했기 때문에) 무엇보다도 여자는, 임신한 상태가 아니었느냔 말이다. 생각해보면 그 모든 것이 그렇게 기분 좋게 느껴진 건 라일라가 임신 중이었다는 사실 때문이었는지도 모르겠다. 임신한 여자들은 아무 이유 없이 사람을 끌어안지는 않으니까. 라일라를 안고 있을 때 그레이는 마치 자신이 어떤 원 안으로 들어간 것 같은 느낌이 들었는데, 그 원은 두 사람이 아니라 세 사람으로 이루어져 있는 것 같았다. (아기도 함께였으니까) 어쩌면 라일라는 미친 건지도 모르고, 또 아닌 건지도 모른다. 그레이는 남을 함부로 판단하는 사람이 아니었다. 게다가 미쳤든, 아니든, 딱히 달라질 것도 없을 것 같았다. 라일라가 자신을 도울 사람으로 그를 선택했기에 그는 그렇게 할 생각이었다.

그레이가 애를 쓴 끝에 막 잠이 들려는 순간 침묵 속에 동물이 울부짖는 소리가 울려 퍼졌다. 그는 소파에서 벌떡 일어나 앉은 다음에 정신을 차리려고 고개를 저었다. 소리는 바깥에서 난 것이었다. 그는 얼른 창가로 다가갔다.

바로 그때 이그나시오가 주었던 권총 생각이 떠올랐다. 정신이 없어도 정말 없었던 모양이다. 권총을 홈 디포에 두고 온 것이다. 어쩌면 이렇게 멍청할 수가 있지?

그는 유리창에 얼굴을 바짝 붙이고 바깥을 보았다. 길 한가운데에 개만 한 크기의 형태가 벌렁 나자빠져 있었다. 움직임은 없었다. 그레이는 숨을 참고 잠시 기다렸다. 그때 허연 형체가 나무우듬지를 밟고 뛰어가는 모습이 보이더니 서서히 시야에서 사라졌다.

밤새 도저히 잠을 잘 수 없을 것 같았다. 그러나 상관없었다. 위층에서 라일라가 더는 존재하지 않는 세계에 관한 꿈을 꾸는 동안 집 바깥에서는 괴물의 모습을 한 악이 돌아다니고 있다 – 그레이 역시 일부 책임이 있는 악이었다. 그는 다시 부엌에서의 장면을, 그리고 개수대 앞에 서서 분노에 차 주먹을 꼭 쥔 채로 서서 필사적인 눈물을 흘려대던 라일라의 모습을 떠올렸다. '*그 애를 또 한 번 잃을 순 없어요, 그럴 순 없어요.*'

그는 아침이 올 때까지 창가에서 보초를 설 생각이었다. 그리고 아침이 오면 라일라를 데리고 이 지옥을 빠져나갈 작정이었다.

라일라 카일은 어둠 속에 웅크리고 있었다.

바깥에서 동물이 울부짖는 소리를 그녀도 들었다. 개일 거야. 개한테 무슨 일이 일어났나 봐. 생각이라고는 없는 어느 운전자가 도로를 질주한 모양이지? 분명 그랬을 거야. 다들 동물 생각을 좀 더 해야 하는데.

생각하지 말자, 라일라는 자신에게 말했다. *생각하지 마 생각하지 마*

생각하지 마.

개로 살아간다는 건 어떤 기분일지가 궁금했다. 장점도 있을 것이다. 생각이 없는 아주 순수한 존재. 머리를 쓰다듬어 주는 손길, 동네 산책, 뱃속에 음식이 들어차는 감각 말고는 마음속에 아무것도 지니지 않는 존재. 어쩌면 로스코는 (방금 들은 비명 소리는 분명 로스코의 것이었기 때문이다, 불쌍한 로스코.) 자신에게 무슨 일이 일어났는지 아예 몰랐을는지 모른다. 어쩌면 최후의 순간에는 조금 알았을는지도 모르고. 방금까지는 코를 킁킁거리며 먹을 것을 찾아 돌아다니고 있다가 – 라일라는 그날 아침 로스코가 입에 물고 다니고 있던 축 늘어진 무언가를 떠올렸다가, 금세 그 불쾌한 기억을 지워버렸다 – 다음 순간, 글쎄, 다음 순간이란 없겠지. 로스코는 이제 망각 속을 항해하고 있을 테니까.

그러다가 갑자기 이 남자가 나타났다. 로렌스 그레이라는 남자. 그러고 보니, 라일라는 그에 대해서는 아무것도 몰랐다. 관리인으로 일했다고 했다. 청소를 했다고 했지. 무엇을 청소했을까? 낯선 사람을 집 안에 들였다는 걸 데이비드가 알면 분노의 발작을 일으킬지도 모른다. 그 표정을 꼭 한번 보고 싶었다. 어쩌면 라일라는 이 로렌스 그레이라는 사람을 잘못 판단했을지도 모르지만, 그녀는 그렇게 생각하지 않았다. 라일라는 사람 보는 눈이 있었기 때문이다. 물론, 로렌스가 부엌에서 불편한 이야기를 하기는 했다 – 굉장히 불편한 이야기였다 – 불이 들어오지 않는다는 이야기, 사람들이 사라졌다는 이야기 등등. (죽었다, 죽었지, 다들 죽어버렸다.) 그래서 라일라를 괴롭게 했다. 그래도 공정하게 말하자면 그 사람은 아기방을 멋지게 칠해주었을 뿐 아니라 그의 얼굴을 보는 것만으로도 그 사람의 심장이 제자리에 붙어 있다는 걸 알 수 있었다. 그건 아버지가 즐겨 쓰시던 표현이었다. 그게 정확히 무슨 뜻이지? 심장이 딴 데 붙어 있을 수도 있나? *아빠, 전 의사라고요.* 라일라는 그렇게 말하면서 웃었었다. *말은 바로 해야죠, 심장은 심장이 있어야 할 자리에 있는 거라고요.*

절로 한숨이 나왔다. 정신을 똑바로 차리는 것만으로도 힘에 부쳤다. 해야 하는 일이니까. 어떤 상황을 특정한 관점에서 보아야 하니까. 그리고 무슨 일이 일어나건 간에, 시선을 피해서는 안 되니까. 안 그러면 세상이 나를 삼켜버릴지도 몰라. 파도처럼 내게 쏟아져 숨을 막아버릴지도 몰라. 나는 어디로 가게 될까? 이 집을 그리워할 일은 없을 것이다. 이 집에 처음 발을 들인 그 순간부터 라일라는 허영으로 느껴질 만큼 커다란 크기와 너무 많은 개수의 방 그리고 노란 가스등의 불빛을 남몰래 혐오하고 있었다. 이 집은 브래드와 함께 살던 메리벨 스트리트의 아늑하고 편안하고 두 사람이 좋아하는 물건으로 가득 차 있던 그 집과는 달랐다. 어떻게 그럴 수가 있지? 집 안에 담긴 삶이 없다면 집이라는 곳에 무슨 의미가 있나? 이 집은 그저 젠체하는 흉물, 아무것도 담겨 있지 않은 박물관이었다. 당연히 데이비드의 아이디어였다. '데이비드의 집.' 꼭 성경에 나오는 구절 같군. 성경에는 아무개의 집이 아주 많이 나오니까. 라일라는 어린 시절 소파에 웅크리고 앉아 〈찰리 브라운의 크리스마스〉를 보던 기억 – 그녀는 피터 래빗만큼이나 스누피를 사랑했다 – 그리고 담요를 든 아이 흉내를 내는 어린애에 가까운 똑똑한 라이너스가 찰리 브라운을 찾아와 크리스마스의 의미에 관해 일장 연설을 하던 장면을 떠올렸다. *밤에 양치기들이 들판에 머무르며 양 떼를 지키고 있었어. 그때 주님이 보낸 천사가 내려왔고 주님의 영광이 빛이 되어 그들을 둘러싸자 양치기들은 겁에 질렸지. 그러자 천사가 말했어. 두려워하지 말고 보아라, 내가 너희들을 위해, 만인을 위해 기쁘디기쁜*

소식을 가져왔도다. 구세주 데이비드의 도시에 오늘 예수 그리스도가 태어나리라.

데이비드의 도시, 데이비드의 집.

그러나 그때 라일라는 아기 생각을 했다. 그녀의 생각을 온통 사로잡은 것은 아기였다. 집이 아니라, 바깥에서 들려오는 소음이 아니라(바깥엔 괴물이 있어), 집으로 돌아오지 않는 데이비드가 아니라(데이비드는 죽었어), 다른 그 무엇이 아니라. 모든 연구에서 이론의 여지 없이 밝혀졌듯 부정적인 감정은 태아에게 영향을 끼친다. 배 속의 아기는 산모가 하는 생각을 하고, 산모의 감정을 고스란히 느낀다. 그러니 산모가 늘 겁에 질려 있다면 아기가 어떻게 되겠는가? 부엌에서 로렌스가 했던 무시무시한 이야기는 또 어떻고. 그는 좋은 의도로 그 말을 했었다. 자기 생각에 그녀 그리고 에바(에바?)에게 최선일 것 같은 행동을 한 것이지만, 그 사람이 그렇게 말했다고 해서 다 사실은 아닐 것이다. 그건 그저 가설이다. 그의 의견에 불과하다. 물론 동의하지 않는다는 것은 아니다. 떠날 때가 된 것 같다. 이 동네가 무시무시하게 조용해져 버렸으니까. (불쌍한 로스코.) 브래드가 여기 있다면 그 역시 그렇게 말했을 것이다. *라일라, 이제 떠나자.*

때로, 자주, 언제나, 라일라 카일은 자기 몸속에서 자라고 있는 아기가 완전히 새로운 존재가 아닌 것 같다는 생각이 들었다. 플라스틱 막대를 허벅지 사이에 대고 화장실에 쪼그리고 앉아서, 막대에 나타난 자그마한 푸른색 십자를 말없이 놀라운 표정으로 지켜보았던 그날 아침부터 그런 생각이 움트기 시작했었다. 이 아기는 새로운 에바라든지 또 다른 에바, 또는 에바를 대신하는 존재가 아니었다. 아기는 그저 에바, 두 사람의 어린 딸이 다시 돌아온 것이었다. 마치 세상이 그 잘못을 바로잡아 에바의 죽음이라는 어마어마한 실수를 없었던 일로 만든 것처럼 말이다.

브래드에게 그 이야기를 해주고 싶었다. 다만 해주고 싶었다는 말은 너무 약하다. 브래드라는 이름만으로도 너무나도 격렬한 그리움이 느껴져 눈에 눈물이 차올랐다. 데이비드와 결혼할 생각은 처음부터 없었다! 브래드와 이미 결혼을 했었는데 어째서 데이비드 – 위선자에다 고압적이고 세상을 위하는 체하는 데이비드 – 와 결혼한 걸까? 특히 에바가 곧 태어나서 우리를 다시금 가족으로 만들어주려는 이때?

라일라는 아직도 브래드를 사랑했다. 문제는 그것이었다. 그것이 이 모든 사태를 만들어낸 슬프고도 비통한 수수께끼였다. 그녀는 브래드에 대한 사랑을 한순간도, 심지어 어린 딸이 죽은 슬픔이 너무 커서 두 사람이 감당할 수 없게 된 그때조차도 멈춘 적이 없고, 브래드 역시 그랬다. 두 사람은 에바를 잊기 위해 헤어졌다. 함께는 도저히 그 슬픔을 잊을 수 없기 때문에 – 오랜 옛날 대륙들이 서로 갈라졌던 것처럼 슬프지만 불가피한 이별이었다. 두 사람은 마지막 순간까지 애써 견뎠다. 변호사와의 상의를 모두 마친 뒤 브래드가 떠나기 전날 밤 메이블 스트리트의 집 복도에 그의 슈트 케이스가 놓였을 때 두 사람은 누구도 영문을 모를 만치 많은 눈물을 흘린 뒤였고 – 날씨만큼이나 당연한 일이었다, 그치지 않는 눈물로 이루어진 세상이었다 – 그날 밤 브래드는 아주 오랜만에 부부 침실로 찾아와 이불 속으로 들어왔고, 단 한 시간 동안 두 사람은 다시금 부부가 되어 말없이 함께 몸을 움직였다. 두 사람의 몸은 두 사람의 마음이 더는 견딜 수 없는 것을 여전히 원하고 있었다. 두 사람은 단 한마디도 나누지 않았다. 다음 날 아침 눈을 떴을 때 라일라는 혼자였다.

그러나 이제 모든 것이 달라졌다. 에바가 곧 태어날 테니까! 에바가 여기 있으니까! 브래드에게 편지를 써야겠다. 그래야 했다. 편지를 받으면 브래드가 그녀를 찾아올 것이다. 브래드는 그런 사람, 손바구니가 난리판이 났을 때도 믿을 수 있는 사람이니까. 그런데 내가 이곳을 떠나버리면 브래드가 어떻게 날 찾아오지? 그런 생각을 하자 라일라는 다시금 기운을 내고 창가에 놓인 조그만 책상으로 살금살금 다가가 서랍 속에서 연필과 노트 한 장을 꺼냈다. 자, 뭐라고 쓰지? *난 이곳을 떠나. 어디로 가는지는 모르겠어. 날 기다려줘, 내 사랑, 당신을 사랑해. 에바가 곧 돌아올 거야.* 단순하고도 명확한 데다가 우아한 방식으로 핵심을 정확히 전달하는 문구였다. 만족한 라일라는 편지지를 3등분으로 접어 봉투에 넣고 겉면에 '브래드'라고 적은 다음에 다음 날 아침에 눈을 떴을 때 보이도록 책상 위에 세워놓았다.

그녀는 다시 침대에 누웠다. 방 저편에서 하얗게 빛나는 직사각형 편지가 그녀를 지켜보고 있었다. 라일라는 눈을 감고 두 손으로 둥그스름한 배를 쓸어내렸다. 꽉 찬 느낌이 들더니 다음 순간 뱃속에서 뒤틀리는 느낌이 한 번, 또 한 번, 차례로 찾아왔다. 아기가 딸꾹질하는 것이었다. 딸꾹! 조그만 아기가 소리를 냈다. 라일라는 눈을 감고 그 감각에 온몸을 내맡겼다. 몸속, 심장 아래 공간에서 작은 생명체가 태어날 준비를 하고 있었다. 그뿐이 아니었다. 그 애가, 에바가 집으로 돌아올 것이다. 그날이 다가오고 있다는 것을 라일라는 알았다. 그녀는 파도를 타는 서퍼처럼 잠의 조류를 탔다. 곧 파도가 그녀를 휘감을 것이다. 에바는 그녀의 손길 아래에서 잠잠해졌다. 사랑한다, 에바, 하고 라일라 카일은 생각하면서 곧이어 잠에 빠졌다.

10

대니 일행이 마일하이 스타디움에 도착한 것은 오전 10시 가까운 시각이었다. 버스를 몰고 시내로 들어가면 갈수록 미로처럼 이어진 바리케이드 속에 갇혀버렸다. 버려진 험비, 모래주머니를 쌓아 만든 기관총 진지, 심지어 탱크도 몇 대 있었다. 다른 길을 찾아 후진했음에도 길이 막혀 있던 것이 여남은 번은 되었다. 결국 아침 햇살이 가시기 직전에야 대니는 고속도로 아래 뚫려 있는 길을 찾아 경사로를 올라 스타디움에 도착했다.

고요했다. 텐트를 빙 둘러싸고 승용차며 앰뷸런스, 순찰차 등이 서 있었는데 그중 대다수는 반파된 상태였다. 유리창이 깨지고 펜더는 차체에서 뜯겨 나갔고 문도 경첩에서 뜯겨 나간 채였다. 대니는 이곳에 버스를 세웠다.

버스에서 내리는 순간 강렬한 악취가 풍기는 바람에 대니는 구역질을 애써 참았다. 엄마보다도, 그날 아침 차고지까지 걸어오는 길에 보았던 시체들보다도 심했다. 뱀처럼 코와 입을 타고 몸속으로 스며들어 며칠이고 사라지지 않을 그런 지독한 악취였다.

"저기요!" 에이프릴이 외쳤다. 그녀의 목소리가 주차장에 메아리쳤다. "아무도 없어요? 저기요!"

대니는 속에서 토할 것 같은 기분을 느꼈다. 어느 정도는 악취 때문이었겠으나 그게 전부는 아니었다. 온 신경이 바짝 긴장하고 있었다.

"저기요!" 에이프릴이 두 손을 둥글게 모아 입가에 대고 다시 외쳤다. "제 말 안 들려요?'

"그냥 가는 게 좋겠어." 대니가 말했다.

"군대가 여기 있다고 했다고요."

"벌써 떠났나 보지."

에이프릴이 배낭을 내려서 위쪽 지퍼를 열고 망치를 꺼내더니 무게를 가늠해보듯 한 번 휘둘렀다.

"팀, 내 옆에 꼭 붙어 있어. 알았지? 어디 가면 안 돼."

티모시는 버스 계단 맨 아래 칸에 선 채 코를 찌푸리고 있었다. "그치만 냄새가 지독한걸." 아이는 콧소리로 말했다.

에이프릴이 배낭 어깨끈에 다시 두 팔을 밀어 넣었다. "도시 전체가 지독한 냄새를 풍긴다고. 참는 수밖에. 자, 따라와."

대니도 따라가고 싶지 않았지만 에이프릴의 결단력을 꺾을 수는 없었다. 그는 미로를 이룬 차들 사이로 걷는 두 아이를 따라갔다. 한 걸음 한 걸음 갈 때마다 눈앞의 광경이 이해되기 시작했다. 텐트 주변을 빙 둘러싼 차들은 방어선이었다. 마치 서부 개척자들이 인디언의 공격에 대비해 유개마차로 둘러쌌던 것처럼 말이다. 하지만 이번에는 상대가 인디언이 아니라는 것을 대니는 알았고, 무슨 일이 있었는지는 모르지만, 그 일은 이미 오래전에 끝난 것이 틀림없었다. 어딘가에 시체들이 있는 게 분명했지만 – 다가가면 다가갈수록 악취는 강렬해졌다 – 아직까지는 시체의 흔적이 보이지 않았다. 마치 모두가 사라져버린 것만 같았다.

세 사람은 첫 번째 텐트로 다가갔다. 에이프릴이 망치를 곧장 휘두를 기세로 치켜든 채 먼저 안으로 들어갔다. 텐트 안은 뒤집힌 들것과 링거 거치대로 난장판이었고 온 사방에 붕대며 대야, 주사기가 널려 있었다. 그런데 이곳에도 시체는 없었다.

다른 텐트, 또 다른 텐트도 살펴보았다. 마찬가지였다. "다들 어디로 간 걸까요?" 에이프릴이 물었다.

이제는 스타디움 안으로 들어가 보는 수밖에 없었다. 대니는 들어가고 싶지 않았지만 에이프릴이 거부 의사를 받아들이지 않을 것 같았다. 군대에서 이곳으로 모이라고 지시했다면 다 이유가 있었으리라는 것이었다. 세 사람은 경사로를 올라 스타디움 입구를 향했다. 에이프릴이 한 손으로 티모시의 손을 꼭 잡고 다른 한 손에는 망치를 든 채 앞장섰다. 그때 대니의 눈에 처음으로 새들이 보였다. 경기장 위 새 떼가 거대한 먹구름처럼 모여 있었고, 새들의 울음소리는 침묵을 깨뜨리는 동시에 더 깊은 침묵을 만들어내는 것만 같았다.

그 순간 뒤에서 남자 목소리가 들렸다.

"내가 여러분이라면 안 들어갈 텐데."

키트리지가 주차장에 진입하려는 순간 페라리는 멎어버렸다. 그즈음 차는 반쯤 죽어가는 말처럼 날뛰면서 후드와 차축에서 기름진 연기를 뿜어내고 있었다. 무슨 일이 일어났는지는 분명히 알 수 없었다. 키트리지가 주차장에서 나오려고 폭주할 때 – 허공으로 날아올랐다가 길 위로 쾅 떨어졌을 때 – 기름받이가 부서진 게 분명했다. 오일이 마르면서 모터가 서서히 과열되고 금속이 부풀어서 결국 피스톤이 실린더 속에 끼어버린 것이다.

차를 망가뜨려서 미안해, 워렌. 그래도 멀쩡했던 동안에는 확실히 굉장하더군.

스타디움 안의 참상을 본 뒤 키트리지는 잠시 정신을 추스를 시간이 필요했다. 맙소사, 이런 끔찍할 데가. 예상치 못한 광경은 아니었지만 직접 두 눈으로 보는 건 또 달랐다. 몸속 깊은 곳까지 토악질이 밀려왔다. 손까지 덜덜 떨렸다. 토할 것 같았다. 키트리지 역시 살면서 끔찍한 광경은 이골이 나게 보았다. 구덩이 속에 장작더미처럼 착착 쌓인 시체들, 마을 전체에 독가스를 살포하는 바람에, 사랑하는 가족을 향해 헛되이 손을 뻗은 자세로 그 자리에서 쓰러져 죽은 사람들. 어느 미친놈이 자기 가슴에 폭탄을 매고 시장통에 들어간 바람에 거의 식별할 수 없어진 남자며 여자며 아이들의 잔해들. 하지만 이 중 어떤 것도 스타디움 안에 펼쳐진 광경과는 규모부터가 달랐다.

페라리의 후드에 걸터앉은 채로 한참 동안 앞으로 어떻게 할 것인지 생각하던 그는 멀리서 차 한 대가 다가오는 소리를 들었다. 순식간에 온 신경이 바짝 긴장했다. 소리로 판단한 바에 따르면 커다란 디젤 엔진이었다. 장갑차? 그러나 다음 순간 경사로를 따라 올라온 건 거의 초현실적으로 보이는 커다란 노란색 스쿨버스였다.

저게 대체 뭐야. 이런 빌어먹을. 스쿨버스라니, 세상의 끝으로 수학여행이라도 온 건가?

키트리지는 스쿨버스가 멈추는 모습을 바라보았다. 버스에서 세 사람이 내렸다. 머리에 분홍색으로 부분 염색을 한 여자아이, 티셔츠에 반바지를 입은 무릎이 앙상한 남자아이, 그리고 우습게 생긴 모자를 쓴 남자였는데 그 사람이 버스 운전사인 것 같다. 저기요! 하고 여자아이가 외쳤다. 거기 누구 없어요? 세 사람은 잠시 상의하는 듯싶더니 여자아이가 앞장선 채로 이리저리 얽힌 차들 사이로 걸어갔다.

무슨 말이라도 해야 할 때가 된 것 같았다. 하지만 그들에게 자신의 존재를 알리는 건 처음부터 피하기로 다짐했던 수많은 책무를 불러올 것이다. 다른 사람들은 계획에 끌어들일 수 없었다. 그의 계획은 이곳을 떠나는 것이었다. 가벼운 차림으로 여행할 것. 최대한 오래 살아남을 것. 마지막 순간이 오기 전까지 최대한 많은 바이럴을 죽일 것. 덴버 최후의 보루가 텅 빈 공백 속으로 빛을 내며 혜성처럼 떨어져 내리는 그 순간까지.

하지만 키트리지는 자신이 이들에게 말을 걸게 될 것임을 깨달았다. 세 명의 일행이 곧장 스타디움을 향하고 있었다. 당연히 스타디움을 향하겠지, 키트리지 역시 그랬으니까. 하지만 어린애들이잖아. 계획 따위가 뭐가 되었건 절대 저 아이들을 스타디움으로 들여보낼 수는 없었다.

키트리지는 소총을 그러쥐고 그들을 막으러 갔다.

키트리지의 목소리를 듣는 순간 운전사임직한 남자가 너무 난폭한 반응을 해서 키트리지는 잠깐이지만 얼어붙어 꼼짝도 할 수 없었다. 남자는 괴성을 지르면서 앞으로 다가오다가 발을 헛디뎌 넘어지면서 팔꿈치 사이에 얼굴을 묻었다. 다른 두 아이는 물러났고 여자아이는 어린 남자아이를 보호하듯 끌어당긴 다음 망치를 치켜들고 키트리지에게 다가왔다.

"우와, 가만히 좀 있어보라고." 키트리지는 그렇게 말한 다음 소총의 총구를 허공을 향하게 한 채 두 손을 들었다. "난 착한 편이야."

여자아이는 키트리지가 멀리서 보고 짐작했던 것보다 나이가 많아 보였다. 열일곱 살 정도. 분홍색 머리가 어처구니없는 데다가 귀에 피어싱이 하도 많아서 마치 귀를 못으로 머리에 박아놓은 것 같았지만, 조금의 공황도 내비치지 않는 서늘한 시선은 그 애가 겉보기보다 만만치 않다고 알려주고 있었다. 키트리지가 한 발짝이라도 더 내디디면 그 애가 망설임 없이 망치를 휘두르리라는 것은 불 보듯 뻔했다. 여자아이는 딱 붙는 검은 티셔츠에 무릎이 해진 청바지, 척 테일러 스니커즈에 양팔에는 가죽 팔찌며 은팔찌를 잔뜩 끼고 있었다. 등에는 범죄 현장을 알리는 테이프 같은 노란색 배낭을 짊어진 채였다. 남자아이는 여자아이의 남동생이 분명했는데 얼굴 생김새가 빼다 박았을 뿐 아니라 – 너무 작다 싶은 코와 동그란 코끝, 솟아오르다가 갑자기 평평해지는 광대뼈, 똑같이 바다처럼 파란 눈동자 색 – 여자아이가 남자아이를 보호하듯 감싸는 동작이 키트리지의 눈에는 부모가 할 법한 일이 분명해 보였다.

일행 중 세 번째 구성원인 버스 운전사는 도저히 어떤 사람인지 가늠할 수가 없었다. 일단 나사가 하나 빠진 사람인 건 분명했다. 그는 카키색 바지에 흰색 옥스퍼드 셔츠를 입고 단추를 목까지 잠그고 있었다. 붉은 기가 도는 금발이 특이한 모자 옆으로 빠져나와 있었는데 꼭 핑킹가위로 자른 것 같았다. 하지만 제일 특이한 건 그런 외양이 아니라 그의 자세였다.

가장 먼저 입을 연 건 남자아이였다. 남자아이는 키트리지가 본 것 중 가장 심하게 뻗치는 머리카락을 가지고 있었다. "이거 진짜 AK 소총이에요?" 아이가 소총을 가리키며 물었다.

"가만히 있어, 팀." 여자아이는 동생을 가까이 끌어당기며 금방이라도 휘두르려는 듯 망치를 치켜들었다. "대체 누구세요?"

키트리지는 아직도 두 손을 든 채였다. 잠깐이지만 키트리지는 여자아이의 망치에 진심으로 위협을 느끼는 척을 해야겠다고 생각했다. "난 키트리지라고 한다. 그리고 맞아." 그는 남자아이를 향해 말해주었다. "진짜 AK 소총이란다. 그렇다고 만지게 해줄 거라는 꿈은 꾸지 마라, 꼬마야."

남자아이의 얼굴이 들떠서 환해졌다. "멋있다."

키트리지는 자기 신발만 빤히 내려다보고 있는 운전사 쪽을 턱짓으로 가리켰다. "저 친구는 괜찮아?"

"그냥 다른 사람이랑 접촉하는 걸 싫어하는 것뿐이에요." 여자아이는 아직도 키트리지를 경계하는 눈빛으로 바라보고 있었다. "군대가 여기로 모이라고 했어요. 라디오에서 들었어요."

"그랬겠지. 하지만 보아하니 놈들도 꽁무니를 빼고 만 모양인걸. 그건 그렇고, 너희들은 이름이 뭐냐?"

여자아이는 망설이다가 대답했다. "전 에이프릴이에요. 앤 제 동생 팀이고요. 저분은 대니예요."

"만나서 반갑구나, 에이프릴." 키트리지는 최대한 안심시키는 미소를 지었다. "그럼 이제 손 내려도 될까? 서로 소개를 마쳤으니 말이다."

"소총은 어디서 났어요?"

"아웃도어 월드에서. 난 세일즈맨이거든."

"총을 판다고요?"

"주로 캠핑용품이랑 낚시용품을 팔지." 키트리지의 대답이었다. "그래도 할인율이 꽤나 높거든. 그건 그렇고, 손 내려도 되겠니? 우리 전부 같은 팀인 것 같은데 말이다, 에이프릴."

"같은 팀이라뇨?"

키트리지는 어깨를 으쓱했다. "인간 팀 말이다."

에이프릴은 그를 찬찬히 바라보고 있었다. 에이프릴이라는 아이는 조심성이 뛰어나군. 키트리지는 에이프릴이 그냥 보통 아이가 아니라 생존자라는 점을 가슴에 새겼다. 어떤 상황에서건 이 아이를 진지하게 대할 이유가 충분했다. 몇 초 뒤 에이프릴은 망치를 든 손을 내렸다.

"스타디움에 뭐가 있는데요?" 팀이 물었다.

"네가 보고 싶은 장면은 아닐 거다." 키트리지는 여자아이를 쳐다보았다. 에이프릴이라는 이름과 딱 어울렸다. 가끔 이렇게 이름과 사람이 딱 맞아떨어질 때면 신기했다. "너희들은 어떻게 살아남았니?"

"와인 창고에 숨어 있었어요."

"다른 가족은?"

"몰라요. 텔루라이드에 있었어요."

맙소사, 하고 키트리지는 생각했다. 텔루라이드는 이 모든 사태가 시작된 그라운드 제로였다.

"잘했다, 아주 좋은 생각이었어." 그러면서 키트리지는 다시 대니를 향해 손짓했다. 대니라는 남자는 열 발짝 정도 멀찍이 떨어진 곳에 서서 양손을 주머니에 넣고 바닥만 바라보고 있었다. "저 친구는?"

"대니가 우리를 찾아냈어요. 대니가 경적을 울리는 소리를 우리가 들은 거예요."

"그래, 잘됐군요, 대니. 당신이 오늘의 영웅이군요."

그러자 대니라는 남자는 키트리지를 향해 곁눈질로 눈길을 던졌다. 그의 얼굴에는 표정이 없었다. "그래요."

"왜 스타디움에 들어가면 안 되는데요?" 팀이 다시 끼어들었다.

에이프릴과 키트리지는 서로 눈빛을 주고받았다. 좋은 *생각이 아니야.*

"스타디움은 잊어버려." 에이프릴이 동생에게 대답한 뒤 다시 키트리지를 향했다. "다른 사람도 봤나요?"

"한동안은 못 봤단다. 그렇다고 아무도 없는 건 아닐 거다."

"하지만 아저씨는 그렇게 생각 안 하죠?"

"사실 우리뿐이라고 생각하는 게 가장 현명할 것 같구나."

키트리지는 이 사태가 어디로 나아갈지 예견할 수 있었다. 한 시간 전만 해도 그는 목숨을 구하려고 빌딩을 타고 내려오고 있었다. 그런데 이제는 어린애 두 명, 자신과 눈도 마주치지 못하는 어른 한 명을 돌봐야 할 지경이었다. 하지만 상황이 상황이다 보니 어쩔 수 없었다.

"저건 당신 버스입니까, 대니?" 키트리지가 물었다.

그러자 대니는 고개를 끄덕였다. "저는 버스 경로를 따라 운전해요. 12번이에요."

차가 좀 작은 쪽이 더 좋았겠지만, 키트리지는 저 남자가 절대 버스를 버리지 않을 거라는 감이 왔다. "그럼 우리를 태우고 여기서 벗어날 수 있겠습니까?"

그러자 에이프릴의 표정이 굳었다. "누가 아저씨랑 같이 간대요?"

키트리지는 깜짝 놀랐다. 세 사람이 그의 도움을 원하지 않을지도 모른다는 생각은 미처 하지 못한 것이다.

"뭐, 그럴 수도 있겠네. 그래도 나랑 같이 가는 게 나을걸."

"근데 스타디움 안은 왜 보면 안 돼요?" 팀이 징징거리기 시작했다.

에이프릴은 동생을 향해 눈을 굴렸다. "씨발 그만 좀 하라고, 팀. 이제 스타디움 이야기는 입 밖에 꺼내도 마."

"누나가 욕했어! 다 이를 거야."

"누구한테 이르려고?"

그러자 갑자기 팀은 울음을 터뜨릴락 말락 했다. "그런 말 하지 마."

"저기." 키트리지가 두 사람 사이에 끼어들었다. "지금은 다툴 시간 없다. 내 계산으로는 여덟 시간 뒤에 해가 질 거야. 어두워지기 전에 여길 벗어나는 게 좋겠어."

바로 그 순간 팀이 빠져나갈 틈을 찾아 몸을 빙글 돌리더니 경사로 위로 내달렸다.

"이런 젠장." 키트리지가 말했다. "두 사람은 여기 가만히 있어."

키트리지는 절뚝거리며 달리기 시작했지만 다리 때문에 도저히 거리가 좁혀지지 않았다. 키트리지가 아이를 따라잡았을 무렵 아이는 열린 게이트 앞에 서서 스타디움 안을 말을 잃고 멍하니 쳐다보고 있었다. 몇 초에 불과한 시간이었지만, 그걸로도 충분했다. 키트리지가 뒤에서 아이를 낚아챈 다음 들어 올려 가슴에 끌어안았다. 아이의 몸이 축 늘어져 그에게로 무너졌다. 아무 소리도 내지 않았다. 제기랄, 아이를 놓치는 게 아니었는데.

경사로를 다 내려왔을 무렵에는 팀이 딸꾹질 같기도 하고 흐느끼는 것 같기도 한 소리를 내고 있었다. 키트리지가 에이프릴 앞에 아이를 내려놓았다.

"도대체 무슨 짓이야?" 에이프릴은 노여움과 울음이 섞인 쉰 목소리였다.

"미, 미안해." 팀이 말을 더듬었다.

"그렇게 혼자 뛰어가면 안 돼. 그런 짓은 절대로 하지 마." 에이프릴은 동생의 팔을 잡고 흔들더니 곧장 잡아당겨 필사적으로 끌어안았다. "백번 천번 말했잖아, 누나 옆에 있으란 말이야."

키트리지는 대니가 주머니에 손을 집어넣은 채 바닥만 바라보며 서 있는 쪽으로 가는 수밖에 없었다.

“애들이 정말 자기들끼리만 있었습니까?” 키트리지가 목소리를 낮추어 물었다.

“콘수엘라가 같이 있었어요.” 대니가 말했다. “하지만 콘수엘라는 떠났어요.”

“콘수엘라가 누굽니까?”

그러자 대니는 힘없이 어깨를 으쓱했다. “가끔 팀이랑 같이 버스를 기다려줘요.”

이제 그 주제로는 할 말이 더 이상 없었다. 대니가 정신이 조금 이상할지는 몰라도, 부모가 죽은 게 분명한 속수무책인 아이 둘을 구한 사람이었다. 지금까지 키트리지가 한 것보다도 더 많은 일을 해낸 사람이었다.

“그러니까, 어때요, 친구.” 키트리지가 입을 열었다. “버스 몰 준비가 됐습니까?”

“어디로 가는데요?”

“네브래스카는 어떻겠습니까?”

11

그들은 동이 트고 한 시간 뒤에 출발했다. 그레이는 부엌을 뒤져 아직 먹을 수 있는 건 모조리 챙겨서 – 몇 개 없는 통조림 수프, 눅눅한 크래커 조금, 위티스 한 상자, 물 몇 병 – 볼보에 실었다. 그가 가진 거라곤 칫솔 하나도 없었지만 라일라는 바퀴 달린 슈트 케이스를 두 개나 끌고 복도에 나타났다.

"실례가 될지도 모르겠지만 당신이 입을 옷도 좀 챙겼어요."

라일라는 꼭 휴가라도 가는 것처럼 검은 레깅스에 풀을 먹여 빳빳한 긴 셔츠를 입은 차림이었다. 어깨에는 밝은색 스카프를 두르고 있었다. 세수하고 머리를 빗은 데다가 심지어 귀걸이를 하고 화장까지 엷게 한 채였다. 이런 라일라를 보니 그레이는 자기가 얼마나 너저분한 꼴인지를 자각하게 되었다. 며칠이나 씻지 않은 뒤였으니 체취가 고약할 텐데.

"저도 좀 씻어야겠어요."

라일라가 계단 위 욕실을 알려주었는데, 변기 위에는 이미 갈아입을 옷이 단정하게 개어진 채로 준비되어 있었다. 세면대 위에는 포장지를 뜯지 않은 새 칫솔과 콜게이트 치약 옆에 물이 담긴 단지가 놓여 있었다. 그레이는 점프슈트를 벗고 세수를 한 뒤 겨드랑이에 물을 묻혀 닦고 이도 닦은 뒤 커다란 거울을 쳐다보았다. 레드 루프에서 나온 뒤로 거울을 본 것은 처음이었는데 다시 보아도 젊디젊은 자신의 모습에 충격이 가시지 않았다. 깨끗하고 팽팽한 피부, 두피를 풍성하게 뒤덮은 머리카락, 보석처럼 반짝이는 두 눈. 심지어 체중도 상당히 준 것 같았다 – 지난 이틀간 아무것도 먹지 않았으니 놀랄 일은 아니겠지만, 그럼에도 줄어든 체중의 양과 질 모두가 놀라울 따름이었다. 그저 살이 빠진 것이 아니라 몸의 배치가 바뀐 것 같았다. 그는 옆으로 돌아서서 거울 속 자신의 모습을 바라보며 한 손으로 배를 쓸어보았다. 지금까지는 항상 옆구리 살이 불룩 튀어나와 있었는데 지금은 근육이 뚜렷하게 잡혀 있었다. 그러다 보니 자기 자신의 모습에 취한 어린애처럼 자연히 팔도 구부려보게 되었다. 와, 이것 좀 보라지, 하고 그레이는 생각했다. 이두박근이 다 생겼네. 하나님 맙소사.

그는 라일라가 준비해준 옷을 입으면서 – 흰색 사각팬티, 청바지, 체크무늬의 스포츠셔츠 – 옷이 자기 몸에 꼭 맞는다는 사실에 또다시 놀랐다. 거울을 마지막으로 한 번 더 본 다음에 계단을 내려가 거실로 갔더니 라일라가 소파에 앉아 '피플'지를 읽고 있었다.

"아, 왔군요." 라일라가 특유의 비현실적인 미소를 지으며 그를 위아래로 훑어보았다. "정말 근사하네요."

그레이는 라일라의 슈트 케이스들을 끌고 볼보로 갔다. 이슬이 밴 아침 공기가 묵직하게 느껴졌다. 나무에서 새들이 노래하는 소리가 들렸다. 그냥 시골길 드라이브나 하는 척하자고 했었지, 생각하며 그레이는 고개를 저었다. 그러나 다른 남자의 옷을 입은 채로 진입로에 서 있자니 진짜로 그런 것 같기도 했다. 꼭 새로운 인생, 아마도 지금은 그레이가 새로 얻은 늘씬한 근육질 몸을 감싸고 있는 청바지와 스포츠셔츠의 주인인 그 남자의 인생 속으로 들어온 것 같았다. 그는 코로 가슴

깊이 숨을 들이쉬었다. 향긋하고 깨끗한, 신선한 공기가 그의 폐에 가득 들어찼다. 잔디, 새잎, 축축한 흙의 냄새였다. 햇빛이 세상을 씻어 내리기라도 한 것처럼 어젯밤의 공포는 간데없었다.

트렁크를 닫고 고개를 드니 현관 앞 포치에 서 있는 라일라가 보였다. 그녀는 문을 잠근 뒤 지갑에서 무언가를 꺼냈다. 봉투였다. 핸드백에서 마스킹 테이프를 꺼내 봉투를 문에 붙이더니 한발 물러서서 쳐다보았다. 편지일까? 그레이는 생각했다. 누구한테 보내는 걸까? 데이비드? 브래드? 둘 중 하나겠지만 그레이는 아직도 누가 누군지는 알 수 없었다. 라일라의 마음속에서 그 두 사람은 서로 대체가 가능한 것 같았다.

"자," 라일라가 입을 열었다. "준비 끝났어요." 볼보로 다가온 라일라가 키를 건넸다. "운전하시겠어요?"

그레이도 그쪽이 좋았다.

그레이는 적어도 도시를 벗어날 때까지는 큰길을 피하는 것이 좋겠다고 마음먹었다. 입 밖에 내어 말한 것은 아니지만 라일라와의 약속에는 그녀의 기분을 거스를 만한 것들을 피해 다니는 것도 포함된 것 같았다. 알고 보니 딱히 그럴 필요도 없었던 것이, 라일라는 잡지에서 눈을 거의 떼지 않았다. 그레이는 교외를 통과하는 길을 택했다. 아침나절이 되자 두 사람은 타버린 토스트 빛깔의 아무것도 없는 건조한 들 속 아스팔트로 포장된 시골길을 달리고 있었다. 도시의 풍경이 멀어지고 안개 속 푸르스름한 로키산맥이 서서히 모습을 드러냈다. 그들을 둘러싼 풍경은 잊힌 세계같이 황폐했다 – 머리 위 높다란 곳에 아주 조금 걸려 있는 깃털 구름, 바싹 마른 들판, 그리고 볼보의 바퀴 아래 펼쳐지는 고속도로. 한참 뒤에야 라일라도 잡지에서 눈을 떼고 잠들었다.

기묘하기 짝이 없는 상황이었음에도 달리면 달릴수록, 또 시간이 흐르면 흐를수록 그레이의 마음속에서 옳은 일을 하고 있다는 감각이 솟아났다. 그는 살면서 한 번도 누구에게 중요한 존재가 되어본 적이 없었다. 이 기분을 무엇에 비견할 수 있을지 머리를 이리저리 굴려 보았다. 그에게 떠오르는 것은 요셉과 마리아가 이집트로 피신하던 이야기였다 – 교회에 안 간 지 오래되었으니 어린 시절의 기억이었다. 그 시절에는 다른 사람의 아기를 밴 여자를 돌보는 요셉이 참 별나다고 생각했었다. 하지만 그레이도 이제는 그 의미를 알 것 같았다. 누군가가 필요로 하는 존재가 된다는 것만으로도 애착이 생길 수 있다는 걸 말이다.

그레이는 여자를 좋아했다. 원래 그랬다. 그런데, 남자들과의 관계란 또 다른 문제였다. 그것은 좋아하고 말고의 문제가 아니라 그가 해야 하는 일이었다. 과거 때문에, 그리고 그가 겪은 일들 때문에. 교도소 의사였던 와일더가 설명해준 바에 따르면 그랬다. 남자아이들은 강박, 그레이가 어린 시절 겪은 학대의 순간으로 돌아가 다시 그 일들을 제어하고, 그럼으로써 그 일을 이해하고자 하는 방법이라는 것이었다. 그레이가 남자아이들을 건드리는 것은 가려운 데를 긁는 것처럼 자연스러운 것이라고 했다. 와일더가 한 말 가운데 대다수는 헛소리로 들렸지만 그래도 이 이야기만큼은 모든 게 다 잘못인 것만은 아니라는 생각이 들어서 기분이 조금 나아졌다. 그렇다고 해서 그레이가 자유로워지는 것도 아니었다. 그레이는 이미 스스로 충분히 괴롭혔다. 솔직히 말하면 감옥에 갇히게 되었을 때 안도하기까지 했다. '과거의 그레이'(자신도 모르게 놀이터 언저리를 맴돌고, 오후 세 시에 중학교 근처를 서성거리고, 여름

날 오후면 수영장 탈의실에서 미적거리던)를 지금의 그레이는 다시는 만나고 싶지 않았다.

그는 다시 부엌에서 라일라를 안았던 순간을 떠올렸다. 그것이 남녀 간의 일은 아니란 걸 알았지만, 그럼에도 아무것도 아닌 것은 아니었다. 그 순간을 떠올리니 고등학교 시절 사귀었던 노라 청이라는 여자아이가 생각났다. 여자친구라고 하기는 어려웠다. 두 사람이 실제로 무슨 일을 한 것은 아니었기 때문이다. 두 사람은 같이 밴드 활동을 했고 – 잠깐이었지만 그레이는 트럼펫을 연주하고 싶은 마음이 있었다 – 연습이 끝나면 그레이는 노라를 집에 데려다주었는데, 두 사람은 서로 털끝 하나도 건드리지 않았지만 그렇게 함께 걷고 있을 때면 그는 어쩐지 태어나서 처음으로 혼자가 아닌 것 같다는 기분이 들었다. 노라에게 키스하고 싶었지만 그럴 용기가 나지 않았다. 그러다 노라와 멀어져 버렸다. 갑자기 노라가 생각나다니 이상한 일이었다. 지난 20년 동안 그녀의 이름조차 떠올린 적 없었으니까.

정오가 되자 캔자스주 경계에 다다랐다. 라일라는 아직도 자고 있었다. 그레이 역시 비몽사몽이라 길에 집중하기가 어려웠다. 조금이라도 크다 싶은 마을은 피해서 왔지만, 그나마도 곧 끝일 것이었다. 좀 있으면 기름을 넣어야 했기 때문이다. 눈앞의 평원에서 불쑥 솟아오른 급수탑이 보였다.

마을의 이름은 킹우드였다 – 먼지가 많이 이는 짤막한 큰길 하나가 전부로, 가게 유리창 중 절반이 종이를 붙여 막아놓았고, 길 양옆으로는 우중충하게 생긴 집들이 몇 블록 서 있는 곳이었다. 버려진 마을이라 위험하지 않을 것 같았다. 무슨 일이 일어났다는 흔적이라고는 소방서 앞, 뒷문이 열린 채로 세워져 있는 앰뷸런스 한 대가 전부였다. 그런데도 이상하게 그레이는 누군가가 어둠 속에서 자신들의 행방을 지켜보고 있는 것만 같은 생각에 손끝과 발끝이 찌릿찌릿해졌다. 그는 마을 끝까지 천천히 차를 몰다가 마을의 동쪽 끝에 있는, '프랭키스'라는 삼류 브랜드 주유소를 하나 찾았다.

그레이가 시동을 끄자 라일라가 잠에서 깼다. "여긴 어디죠?"

"캔자스입니다."

라일라가 하품을 하더니 눈을 가늘게 뜨고 유리창 밖 황폐한 마을을 내다보았다. "왜 멈췄어요?"

"기름이 떨어져서요. 금방이면 됩니다."

그레이가 급유기를 작동시키려고 했지만 전원이 꺼져 있어 작동하지 않았다. 압력을 이용해 연료를 빨아들이는 수밖에 없었는데 그러려면 긴 호스와 깡통이 필요했다. 사무실에 들어가 보았다. 창가 우그러진 철제 책상 위에 서류가 잔뜩 쌓여 있었다. 그 뒤에는 낡은 사무용 의자가 뒤로 기울어진 채 놓여 있었는데 꼭 조금 전까지 사람이 앉아 있었던 것만 같은 으스스한 인상을 주었다. 그는 문을 지나 서늘하고 어두우며 휘발유 냄새가 풍기는 서비스 베이로 나갔다. 리프트 중 하나에는 90년대 빈티지 모델인 캐딜락 스빌이 올라가 있었다. 두 번째 베이에는 개조한 서스펜션에 흙투성이가 된 두꺼운 타이어가 달린 셰비 사륜구동 모델이 올라가 있었다. 바닥에 20리터짜리 연료통이 놓여 있었다. 작업용 벤치에서 기다란 호스가 보였다. 그레이는 호스를 2미터 길이로 잘라낸 뒤 셰비의 주유구에 집어넣고 한 모금 빨아들였다가 뱉어낸 뒤 압력을 이용해 연료를 통 속에 집어넣었다.

통을 거의 채웠을 무렵 머리 위에서 무언가가 휙 움직이는 소리가 났다. 동시에 그레이의 몸속 모든 신경이 바짝 곤두서면서 그는 동작을 멈췄다.

그는 서서히 고개를 들었다.

바이럴은 머리 위 천장 서까래에 철봉에 매달린 어린아이처럼 무릎을 걸고 거꾸로 매달려 있었다. 제로보다 크기가 작고 더 인간을 닮은 모습이었다. 눈이 마주치는 순간 그레이의 심장이 얼어붙는 것 같았다. 바이럴의 목 깊은 곳에서 오싹한 목소리가 들려왔다.

두려워하지 마, 그레이.

도대체 무슨 개소리야?

물러서려는데 발이 엉키는 바람에 그레이는 딱딱한 콘크리트 바닥에 넘어졌다. 아직 호스가 꿀렁꿀렁 연료를 토해내고 있었지만, 그는 연료통을 움켜진 뒤 사무실을 통과해 바깥으로 달려 나갔다. 라일라는 차에 등을 기댄 채 서 있었다.

"타요." 그가 마구 숨을 몰아쉬며 말했다.

"안에 자판기 혹시 없어요? 초콜릿 같은 거 먹고 싶은데."

"제기랄, 라일라. 빨리 타라고요." 그레이가 볼보의 트렁크를 열어 연료통을 던져 넣은 뒤 쾅 닫았다. "지금 당장 떠나야 해요."

라일라는 한숨을 쉬었다. "알았어요. 시키는 대로 하죠. 그렇다고 그렇게 무례하게 말할 것 있나 싶네요."

그레이는 맹렬하게 볼보를 몰았다. 마을에서 1.5킬로미터가량 벗어났을 때에야 그레이의 맥박이 본래의 속도를 찾았다. 그는 볼보를 세운 뒤, 차 문을 열고 내려서 비틀비틀 걸었다. 그는 길가에 서서 무릎에 양손을 대고 버틴 채로 숨을 한껏 들이마셨다. 세상에. 그놈이 나에게 말을 한 것 같았어. 그 딱딱거리는 소리가 마치 이제는 이해할 수 있게 된 외국어 같았다. 심지어 놈은 그레이의 이름까지 알고 있었다. 도대체 어떻게 내 이름을 아느냔 말이다.

라일라의 손이 어깨에 얹혔다. "로렌스, 피가 나요."

그 말대로였다. 팔꿈치가 찢어져서 살갗이 거의 벗겨져 나갔다. 아마 넘어지면서 다쳤을 테지만 아무것도 느끼지 못했다.

"좀 봐요."

라일라는 잔뜩 집중한 표정으로 상처의 테두리를 손끝으로 더듬었다. "어쩌다가 이랬어요?"

"넘어졌나 봅니다."

"얘기했어야죠. 움직일 수 있어요?"

"그럴걸요, 예."

"잠깐 기다려요." 라일라의 지시였다. "만지지 말고요."

라일라가 볼보의 짐칸을 열더니 슈트 케이스를 뒤지기 시작했다. 그녀는 금속 상자 하나와 물병을 꺼낸 뒤 다시 해치를 닫았다.

"앉아봐요."

그레이가 볼보의 짐칸에 엉덩이를 걸쳤다. 라일라가 상자를 열었다. 구급상자였다. 그녀는 손 소독제를 손에 문지른 다음 라텍스 장갑을 꺼내 낀 다음 다시 그레이의 팔을 잡았다.

"과다 출혈을 일으킨 적이 있어요?" 라일라가 물었다.

"아닐걸요."

"간염이나 HIV는요?"

그레이는 고개를 저었다.

"마지막으로 파상풍 주사는 언제 맞았어요? 기억나세요?"

라일라에게 이런 모습이 있었나? 눈앞의 이 사람은 누구지? 홈 디포에서 만난 혼란에 빠진 여자도, 부엌에서 보았던 위축된 영혼도 아니었다. 눈앞에 있는 건 새로운 사람이었다. 효율성과 유능함으로 무장한 제3의 라일라였다.

"어릴 때 이후로는 없을걸요."

라일라는 한참 동안 환부를 살펴보았다. "음, 찰과상이 심한데요. 봉합해야겠어요."

"그 말은…… 꿰맨다고요?"

"믿으세요. 수백만 번이나 해봤거든요."

라일라는 알콜 솜으로 환부를 문지른 다음 구급상자에서 일회용 주사기를 꺼내 작은 약병에 있던 주사제를 채운 뒤 집게손가락으로 주삿바늘을 톡톡 쳤다.

"감각을 무디게 하는 것뿐이에요. 아무 느낌도 없을 거예요, 약속할게요."

주삿바늘이 따끔하더니 몇 초 만에 아픔이 사라졌다. 라일라는 짐칸에 헝겊을 펼치더니 그 위에 겸자와 검은 실타래, 조그만 가위를 올려놓았다.

"보고 싶으면 봐도 좋지만 보통 사람들은 딴 데를 보더라고요."

당기는 느낌이 미세하게 몇 번 나더니 끝이었다. 잠시 후 환부를 내려다보니 찢어졌던 피부가 촘촘한 검은 선으로 이어져 있었다. 라일라가 꿰맨 곳 위에 연고를 바르고 붕대를 감았다.

"며칠 뒤면 실은 녹을 거예요." 라일라는 장갑을 벗으며 그렇게 말했다. "조금 가려울 수도 있는데 긁지 마세요. 그냥 가만히 두세요."

"이런 건 어떻게 알았습니까?" 그레이가 물었다. "혹시 간호사세요?"

그 질문에 라일라는 허를 찔린 것 같은 표정을 했다. 대답하려는 듯 입을 벌렸지만 그대로 닫아버렸다.

"라일라? 괜찮아요?"

라일라는 이미 구급상자를 다시 챙기고 있었다. 상자를 볼보에 싣고는 해치를 닫았다.

"이제 가야죠?"

그렇게 방금 그레이의 팔을 꿰매주었던 여자는 온데간데없이 사라졌다. 그레이는 묻고 싶은 것이 많았지만, 질문하면 어떻게 될지 뻔했다. 두 사람 사이의 협정은 명확했다. 어떤 일들은 입 밖에 내지 않는 것 말이다.

"제가 운전할까요?" 라일라가 물었다. "이젠 제 차례가 된 것 같은데."

질문의 형태를 띠긴 했지만 질문이 아니라는 것을 그레이는 알 수 있었다. 자연스레 물어보는 것일 뿐, 그레이는 그 제안을 거절하는 게 수순이었다. "아니요, 제가 하지요."

두 사람은 다시 차에 올라탔다. 그레이가 시동을 걸자 라일라는 바닥에 놓았던 잡지를 다시 집었다.

"괜찮으시다면 저는 잡지 좀 읽을게요."

76번 주간고속도로 동쪽 방면을 타고 북쪽으로 180킬로미터를 갔을 무렵 키트리지는 연료가 걱정되기 시작했다. 출발할 때만 해도 버스의 연료가 꽉 차 있었지만 이제 4분의 1밖에 남지 않은 상태였다.

몇 번의 우회 끝에 그들은 포트 모건에서부터는 쭉 고속도로를 따라 달리고 있었다. 에이프릴과 어린 동생은 버스의 움직임에 노곤해졌는지 잠든 뒤였다. 대니는 운전하면서 휘파람을 흥얼거렸고 – 키트리지가 모르는 노래였다 – 모자를 이마에 닿게 기울여 쓴 채로 열심히 핸들을 돌리고 브레이크를 움직였는데 얼굴도 자세도 돌풍을 마주한 선장처럼 꼿꼿하기 그지없었다.

신이시여, 하고 키트리지는 생각했다. 도대체 어쩌다가 스쿨버스 따위에 타게 된 거람?

"이런." 대니가 말했다.

키트리지가 자세를 고쳐 앉았다. 지평선까지 늘어선 버려진 차량들이 길을 막고 있었다. 거꾸로 뒤집히거나 옆으로 누운 차들도 있었다. 사방에 시체들이 널브러져 있었다.

대니가 버스를 세웠다. 에이프릴과 팀도 잠에서 깨어 바깥을 내다보았다.

"에이프릴, 동생 데리고 물러서라." 키트리지가 지시했다. "너희 둘 다 뒷자리로 가. 지금 당장."

"전 어떻게 할까요?" 대니가 물었다.

"여기서 기다려요."

키트리지는 버스에서 내렸다. 파리 떼가 시커멓게 끓고 있었다. 살이 썩어가는 악취가 코를 찔렀다. 공기는 도무지 움직일 수 없기라도 한 듯 미동도 없었다. 살아 있는 것이라고는 머리 위를 맴도는 독수리와 까마귀가 전부였다. 키트리지는 차들이 늘어서 있는 앞으로 나갔다. 바이럴의 짓이었다. 확실했다. 수백, 어쩌면 수천 마리가 왔을 수도 있었다. 그건 무슨 뜻일까? 그리고 왜 차들은 마치 강제로 멈춘 것처럼 되어 있을까?

그 순간 갑자기 대니가 옆에 다가와 섰다.

"애들과 같이 기다리라고 말했잖습니까."

대니는 눈을 찌푸리고 햇빛 속을 들여다보고 있었다. "잠깐만요." 그가 한 손을 들어 올리더니 다시 말을 이었다. "무슨 소리가 들려요."

키트리지도 귀를 기울였다. 공터에서 들려오는 귀뚜라미 울음소리 말고는 아무 소리도 나지 않았다. 그 순간 갑자기 그 소리가 들렸다. 쇠를 주먹으로 두드리는 것 같은 아주 작은 쿵쿵 소리였다.

대니가 손가락질을 했다. "저기서 나는 소리예요."

가까이 다가갈수록 소리가 점점 뚜렷해졌다. 누군가가 망가진 차에 갇힌 채 살아 있는 게 분명했다. 소리가 분명해지니 쿵쿵 소리와 함께 사람 목소리도 났다. *우리 좀 꺼내주세요! 누구 없어요? 제발!*

"이봐요!" 키트리지가 외쳤다. "제 목소리 들립니까?"

거기 누구세요? 도와주세요, 제발! 서둘러요, 여기 갇혀서 죽을 것 같아요!

목소리가 나오는 곳은 양옆에 FEMA라는 글씨가 적힌 밝은 노란색 세미트레일러 속이었다. 쿵쿵 두드리는 소리는 이제 미친 듯이 거세졌고 사람들이 찢어지는 듯한 목소리로 알 수 없는 말을 외치고 있었다.

"기다려요!" 키트리지가 고함쳤다. "꺼내드릴 테니까!"

차체에 달린 채로 문이 우그러져 있었다. 키트리지는 지렛대로 쓸 만한 것을 찾아 주변을 둘러보다가 타이어 아이언을 찾아서 문틈에 쑤셔 넣었다.

"대니, 도와줘요."

처음에는 문이 꿈쩍도 하지 않았지만 서서히 미세하게 움직이기 시작했다. 간격이 벌어지자 틈새로 손가락이 나와 허우적거렸다.

"하나 둘 셋 하면 다 같이 힘을 줘요." 키트리지가 지시했다.

쇠가 빠지직하는 소리가 나더니 문이 열렸다.

그들은 포트 콜린스에서 온 사람들이었다. 30대 부부 조 로빈슨과 린다 로빈슨은 아직도 출근 복장 차림이었고 보이 주니어라는 아기도 있었다. 경비업체 유니폼을 입은 덩치 큰 흑인 남성인 우드, 그리고 서인도 제도 억양이 뚜렷한 소아과 간호사인 우드의 여자친구 들로리스. 백발을 푸른빛이 돌게 염색하고 옆구리에 커다란 하얀 핸드백을 꼭 끌어안고 있는, 벨라미 여사라는 – 키트리지는 성이 아닌 이름은 알 수 없었다 – 할머니. 타이트 페이드 헤어컷에 두 팔에 온통 색색깔 문신을 한 스물다섯 남짓으로 보이는 젊은 남자 자말. 마지막은 거친 회색 머리에 젊은 시절 운동을 한 듯 흉곽이 두꺼운 오십 대 남자로, 자신을 돈 목사라고 소개했다. 실제로 목사인 건 아니고 직업은 회계사라고 했다. 목사라는 별명은 팝 워너 풋볼팀 코치로 일할 때 얻은 별명이라고 했다.

"궁둥이를 걷어차이지 않도록 기도하라고 했지 뭐야." 그가 키트리지에게 말했다.

키트리지는 그들이 같은 일행일 거라고 짐작했지만 알고 보니 우연히 만난 사람들이었다. 그들이 하는 이야기는 세부적인 것은 달랐지만 결국에는 같은 이야기였다. 도시를 탈출하다가 네브래스카주 경계에서부터 더 이상 차가 앞으로 나가지 않았다. 차량 사이에서 전해진 소문으로는 군대에서 바리케이드를 설치하고 아무도 통과하지 못하게 한다고 했다. 군대가 통행 허가 지시를 기다리고 있다고 했다. 그렇게 기다리다가 하루가 흘러갔다. 빛이 점점 사라지자 사람들은 공황에 시달리기 시작했다. 바이럴들이 나타날 거라고, 이제 죽을 거라고 다들 앞다투어 말하고 있었다.

그리고 그 말 그대로였다.

돈 목사의 말대로라면, 놈들은 해가 지자마자 나타났다. 길게 늘어선 줄 앞쪽 어딘가에서 비명, 총성, 금속이 우그러지는 소리가 났다. 사람들이 차에서 내려 도망치기 시작했지만, 도망칠 곳은 어디에도 없었다. 불과 몇 초 만에 바이럴 수백 마리가 나타나 사람들을 찢어 죽이기 시작했다.

"나도 다른 사람들처럼 죽을 각오로 달렸지." 돈 목사가 말했다.

돈 목사와 키트리지는 이야기를 나누려고 잠시 자리를 피한 참이었다. 다른 사람들은 스쿨버스 옆 땅에 앉아 있었다. 에이프릴이 스타디움에서 가져온 물을 사람들에게 나누어주었다. 돈 목사는 셔츠 주머니에서 말보로 레드 한 갑을 꺼내 흔들어 두 개비를 꺼냈다. 키트리지는 20대 초반에 담배를 끊었다. 하지만 이제 와서 담배를 피운들 무슨 큰 일이 나겠는가? 라이터를 받아 들어 불을 붙이고 조심스레 한 모금 빨자 니코틴의 타격감이 순식간에 밀려왔다.

"도저히 말로 표현할 수가 없는 광경이었어." 돈이 담배 연기를 내뿜으며 말했다. "그 빌어먹을 것들이 온 사방에 있었어. 트럭이 보이길래 길에 있다가 당하는 것보다는 저기라도 숨는 게 낫다고 생각했지. 다른 사람들은 벌써 안에 있더군. 어쩌다가 문이 막혀버렸는지는 잘 모르겠어."

"군대가 왜 통행을 막은 겁니까?"

그 질문에 돈은 철학자처럼 어깨만 으쓱했다. "늘 그런 식으로 돌아가곤 하잖아. 아마 누군가가 제대로 된 서식 제출을 깜박했겠지." 그가 담배 연기 속에서 키트리지를 흘낏 보았다. "자네는? 자네한테도 누가 있나?"

키트리지가 잃었거나 찾고 있는 가족이 있는지를 묻는 것이었다. 키트리지는 고개를 저었다.

“내 아들이 시애틀에 있어. 성형외과 의사지. 완벽한 녀석이야. 대학 시절 여자친구랑 결혼해서 아들 하나 딸 하나가 있고. 바닷가의 큰 집에 살지. 얼마 전에는 부엌을 리모델링했다더군.” 그가 애석하다는 듯 고개를 절레절레 저었다. “마지막으로 통화했을 때 우리가 한 얘기가 그따위 얘기였어. 빌어먹을 부엌 얘기 말이야.”

돈 목사에게는 소총이 있었다. 탄환이 세 발 남은 30구경이었다. 우드는 탄환이 없는 38구경 소총, 조 로빈슨은 탄창 네 개가 있는 22구경 권총을 가지고 있었는데 다람쥐나 간신히 잡을 만한 물건이었다.

돈이 버스 쪽을 보았다. “버스 운전사는? 그 친구는 사연이 어떤가?”

“조금 모자란 친구인 것 같습니다. 만지지는 마세요. 그럼 발작을 일으키거든요. 만지지만 않으면 괜찮습니다. *퀸 메리*호라도 모는 것처럼 버스를 애지중지하며 다룹니다.”

“나머지 둘은?”

“자기네 집 지하실에 숨어 있었답니다. 마일하이 스타디움 주차장을 돌아다니고 있는 걸 만났습니다.”

돈이 마지막 한 모금을 알차게 빨아들인 다음 발로 담배꽁초를 비벼 껐다. “마일하이라.” 그가 되뇌었다. “못 볼 꼴을 보았겠군.”

망가진 차들을 지나갈 방법은 없었다. 뒤로 돌아가서 다른 길을 찾아야 했다. 그들은 보이는 물자를 있는 대로 긁어모아서 – 물병, 고장 나지 않은 손전등 두 개, 프로판가스로 작동하는 랜턴, 다양한 연장, 딱히 용도가 있는 것은 아니지만 나중에 쓸모 있을지도 모르는 밧줄 – 스쿨버스에 올랐다.

키트리지가 계단을 오르려는데 돈 목사가 그의 팔꿈치에 손을 올렸다. “모두에게 한마디 해주게.”

키트리지가 그를 쳐다보았다. "제가요?"

"누구 한 명이 대장이 되어야지. 자네 버스잖아."

"아닙니다. 굳이 따지자면 버스 주인은 대니예요."

돈 목사가 키트리지의 눈을 마주 보았다. "그런 뜻이 아니야. 이 사람들은 모두 지치고 겁에 질렸어. 모두에게는 자네 같은 사람이 필요해."

"제가 누군지도 모르시잖아요."

그러자 돈 목사는 비밀스러운 미소를 지었다. "글쎄, 난 자네 생각보다 자네를 잘 알아. 한때 나도 예비역이었으니까 말이지. 그저 조타 일지만 읽더라도, 읽다 보면 기호 읽는 법을 알게 돼. 내가 짐작하기로는 특수부대 출신인 것 같은데. 아니면 레인저스일지도 모르고?" 키트리지가 아무 대답도 하지 않자 돈 목사는 어깨를 으쓱했다. "뭐, 그거야 자네 사정이니까. 하지만 여기 있는 모든 사람 중에서 자네가 가장 능력치가 뛰어나다는 걸 자네도 알 거야. 여긴 좋건 싫건 간에 자네 무대라고, 친구. 그리고 내가 짐작하기론 모두가 자네가 무슨 말이라도 해주길 기다리고 있는 것 같아."

그 말이 사실이라는 것을 키트리지도 알았다. 그는 통로에 선 채 사람들을 훑어보았다. 로빈슨 부부는 앞자리에 앉아 있었고 린다가 보이 주니어를 무릎에 앉힌 채였다. 바로 뒷자리에는 자말이 혼자 앉아 있었다. 그 뒤가 우드 그리고 들로리스였다. 돈은 통로 반대편 자리에 앉았다. 벨라미 여사는 카지노를 방문한 퇴직자처럼 양손으로 커다란 흰색 핸드백을 꼭 쥔 채 뒷자리에 앉아 있었다. 에이프릴은 동생과 함께 대니가 앉은 운전석 바로 뒤에 앉아 있었다. 키트리지와 눈이 마주치자 에이프릴의 눈이 커졌다. '뭐 할 건데요?' 두 눈이 말하고 있었다.

키트리지는 헛기침을 해서 목을 골랐다. "그래요, 여러분. 다들 겁에 질리셨을 겁니다. 저도 겁납니다. 그래도 일단 이곳을 빠져나가도록 합시다. 어디로 가는지는 모르겠지만 동쪽으로 가면 언젠가는 안전해질 수 있을 겁니다."

"군대는요?" 자말이 물었다. "그 개자식들이 우리를 여기 내버려 두었다고요."

"무슨 일이 일어났는지 우린 어차피 모릅니다. 그래도 안전을 위해 가급적 시골 도로를 따라가도록 할 겁니다."

"저희 엄마가 키어니에 사세요." 린다 로빈슨이었다. "저희는 거기로 가는 중이었어요."

"맙소사, 아줌마." 자말이 코웃음을 쳤다. "말했잖아요. 키어니는 포트 콜린스랑 다를 바가 없다니까요? 라디오에서 그랬다고요."

어느 집단에나 이런 사람이 한 명은 있다고 키트리지는 생각했다. 이 정도면 충분했다.

린다의 남편인 조가 의자에 앉은 채 몸을 틀어 뒤를 돌아봤다. "그 입 제발 좀 다물면 안 되겠냐?"

"이런 말 하기 죄송하지만 저 아줌마 어머니는 이미 천장에 매달려서 개를 잡아먹고 있을걸요."

그 순간 갑자기 모두가 한꺼번에 입을 열기 시작했다. 트럭에서 이틀이나 갇혀 있었으니 싸움이 날 만도 했다.

"여러분, 부탁인데……."

"그리고 누가 그쪽을 대장으로 임명했어요?" 자말이 키트리지를 향해 삿대질을 했다. "몸에 총 메고 있으면 다예요?"

"저도 그렇게 생각합니다." 우드가 말했다. 키트리지가 그의 목소리를 들은 것은 그때가 처음이었다. "투표를 해서 뽑는 게 좋겠어요."

"뭘 투표하자는 소리예요?" 자말이 말했다.

우드가 자말을 쏘아보았다. "일단 네놈을 버스에서 쫓아낼지 말지부터 투표하자고."

"꺼져요, 경비원 아저씨."

그 순간 우드가 번개같이 자리에서 일어났다. 키트리지가 말릴 새도 없이 우드는 자말을 붙잡고 헤드록을 걸었다. 두 사람이 팔다리를 허우적거리면서 좌석 위를 굴렀다. 모두가 고함을 질러댔다. 린다는 아기를 안고 몸을 피했고, 남편인 조는 몸싸움에 끼어들어서 자말의 다리를 붙잡으려 난리였다.

다음 순간 총성이 공기를 갈랐고 모두가 얼어붙었다. 모두의 시선이 뒷자리를 향하자 그곳에는 거대한 권총을 천장을 향해 겨누고 있는 벨라미 여사가 앉아 있었다.

"할머니였잖아." 자말이 내뱉었다. "이게 무슨 짓거리예요."

"젊은 친구, 여기 있는 모든 사람을 대표해서 하는 말인데 네 헛소리를 더는 못 들어주겠다. 너도 다른 사람이나 마찬가지로 겁에 질려 있잖아. 어서 다른 분들에게 사과해라."

초현실적인 장면 같다고 키트리지는 생각했다. 충격적이기는 했지만 한편으로는 웃고 싶었다.

"알았어요, 알았다고요." 자말이 툴툴댔다. "일단 그 대포 같은 건 좀 치워주세요."

"그 정도론 안 되지."

"죄송합니다, 이제 됐어요? 그것 좀 그만 휘둘러요."

벨라미 여사는 잠깐 생각한 끝에 권총을 내렸다. "일단은 이쯤 해두지. 그건 그렇고, 투표하는 건 괜찮은 생각 같은걸. 앞에 서 계신 친절하신 신사분 – 미안하네만, 가는귀먹어서 말일세 – 이름이 어떻게 된다고 하셨나?"

"키트리지입니다."

"키트리지 씨. 내 눈엔 유능하기 짝이 없는 분 같은걸. 그럼 키트리지 씨한테 대표를 맡겨도 좋을지 거수로 정해보자고."

자말을 뺀 모두가 손을 들었다.

"만장일치면 참 좋을 텐데 말이야, 젊은 친구."

자말의 얼굴이 수치심으로 벌겋게 달아올랐다. "제기랄, 무슨 이런 할머니가 다 있어. 이번엔 또 뭘 원하세요?"

"공립 학교 선생을 40년 했으니 너 같은 녀석들은 지겹도록 봤다. 자, 어서 손을 들라니까. 막상 들고 나면 기분이 나아질 거다."

자말은 패배한 표정으로 손을 들었다.

"아까보다 낫군." 그러더니 벨라미 여사가 다시 키트리지를 보았다. "이제 출발하자고, 키트리지 씨."

키트리지는 웃음을 참으려 무진 애를 쓰고 있는 돈 목사를 흘낏 바라보았다.

"좋아요, 대니." 이윽고 키트리지가 말했다. "차를 돌려서 여길 빠져나가 봅시다."

12

그레이의 흔적은 사라졌다. 도대체 어떻게 사라질 수가 있지?

마지막으로 보았을 때 그레이는 차를 몰고 덴버로 들어가고 있었다. 동시에 스크린에서 사라졌지만 – 덴버의 네트워크는 엉망이 되었으니까 – 하루가 지난 뒤 오로라에 있는 베리존 송신탑에서 그의 신호를 포착할 수 있었다. 길더는 또다시 드론을 보내 그 지역을 탐색해달라고 요청했지만, 드론으로는 아무것도 잡아낼 수 없었다. 만약 그레이가 짐작대로 주간고속도로를 벗어나 인구가 거의 없는 콜로라도 동부를 향했다면 흔적을 남기지 않고 아주 오랫동안 이동할 수 있을 것이 분명했다.

그리고 그 여자아이의 흔적은 전혀 찾을 수 없었다. 사실상 여자아이는 북미 대륙 어딘가에서 증발한 것이나 다름없었다.

넬슨으로부터 소식을 기다리는 것 외에는 어차피 할 수 있는 것이 없었기에, 길더는 그레이의 파일을 샅샅이 파고들었고, 그중에는 텍사스 형사 사법부에서 시행한 정신과 정밀 검사 기록도 있었다. 이런 사람을 고용하다니 리처즈는 도대체 무슨 생각이었을까? 그레이는 인간 쓰레기였다 – 물론, 아마 그 점이 중요했을 테지만 말이다. 뱁콕, 소사, 모리슨을 비롯한 소름 끼치는 12명의 실험체와 마찬가지로 청소부들 역시 그 누구도 찾지 않을 인간들이었다.

상세 기록: 로렌스 얼든 그레이, 1970년 텍사스주 매캘런 출생. 어머니는 전업주부, 아버지는 기술자였으며 양친 모두 사망. 아버지는 의무병으로 베트남전에 3번이나 파병을 다녀왔고 동성 훈장과 상이군인 훈장을 받고 명예 제대하였으나 결국 이 경험이 그에게 씻을 수 없는 고통을 남긴 것이 분명했다. 그는 자기 트럭 운전석에서 머리에 총을 쏴 자살했고 최초 목격자는 여섯 살이던 아들 그레이였다. 이후 그레이는 여러 명의 양아버지를 거쳤는데 보아하니 전부가 알코올 중독자였던 모양이고 그렇게 계속해서 학대를 겪게 되었다. 그레이는 18살이 되자 독립해서 오데사 인근 유전에서 석유 채굴 노동자로 일했고 그 뒤에는 걸프 지역의 채굴지로 옮겨갔다. 결혼한 적은 없었는데 그리 놀랍지는 않은 사실이었다. 정신과 기록이 강박증에서부터 우울증, 트라우마성 해리 장애까지 온갖 문제로 가득했기 때문이다. 정신과 의사의 견해에 따르면 그레이는 기본적으로 이성애자였으나 온갖 정신과적 문제들 때문에 그다지 설득력이 없었다. 어린 소년들과 관계를 갖는 것은 그레이가 무의식 속에 억압되어 있는, 어린 시절에 겪은 학대에서 놓여나기 위한 방법이었다. 그는 두 번 체포되었는데 첫 번째는 신체 노출 혐의였고 경범죄로 풀려났으며, 두 번째는 가중 성폭행이었다. 무엇보다도 상대가 어린아이였고 – 교수형을 당할 만한 죄는 아니었지만 그래도 중범죄였다. 최초 판결에서는 중형인 18년에서 24년 형이 내려졌지만 형을 만기까지 사는 경우는 거의 없기에 그는 97개월 만에 가석방되었다.

그 이후로는 별다른 사연이 없었다. 그는 다시 댈러스로 갔고 이런저런 일을 하긴 했지만 꾸준히 하지는 못했으며, 2주에 한 번 가석방 감독관을 만나 소변을 채취하고 놀이터나 학교 반경 100미터 내로는 결코 다가가지 않겠다고 맹세했다. 법원 명령으로 항에스트로겐제를 복용했으며 6개월에 한 번 새로 정신 감정을 받았다. 사람들의 말에 따르면 로렌스 그레이는 화학적 거세를 당한 소아 성추행범치고는 모범 시민인 편이었다고 한다.

그러나 이런 사실들로는 그레이가 무슨 수로 살아남았는지를 설명할 수 없었다. 무슨 수를 썼는지는 모르겠지만 그는 샬레에서 탈출했고, 그 뒤로도 죽음을 피했다는 소리였다. 도저히 말이 되지 않았다.

넬슨의 새로운 계획은 2시간 동안 캔자스와 네브래스카주의 통신을 차단한 뒤 모든 기지국의 신호를 재추적해 그레이의 칩에서 발신된 신호를 격리하겠다는 것이었다. 평소라면 연방 법원의 지시가 있어야 가능하기에 10킬로미터 높이로 쌓인 서류며 한 달이라는 소요 시간이 필요한 조치였을 테지만 넬슨은 비공식 루트를 통해 국토안보부로부터 국가 보안법 제67조 – 정보기관들 사이에서는 '하고 싶은 건 좆대로 할 수 있는' 조항이라고 불리는 – 에 따르는 특별 행정명령을 받아냈다. 그레이의 목에 심어놓은 칩은 1432메가헤르츠의 저전력 송신 장치였다. 다른 신호들을 전부 차단하고 난 뒤 그레이가 기지국 몇 킬로미터 이내에 도달하면 그의 위치를 파악하고 위성을 재설정해 그의 사진을 얻게 될 것이었다.

셧다운 시간은 오전 8시로 예정되어 있었다. 길더가 6시에 찾아가자 넬슨은 자기 자리에서 단말기에 무언가를 타이핑하고 있었다. 넬슨이 머리에 끼고 있는 헤드폰에서 음악 소리가 새어 나오고 있었다.

"모차르트가 일할 시간이라고요." 그러면서 넬슨은 길더를 쫓아냈다.

길더는 커피와 아드레날린에 의지하며 버티는 중이었다. 먹을 것을 찾아 휴게실을 찾았다. 자판기뿐이었다. 3달러나 내고 스니커즈를 샀지만 삼킬 힘이 없었다. 스니커즈를 쓰레기통에 버리고 리즈 크래커를 샀지만 끈끈한 땅콩버터 역시도 잘 삼킬 수가 없었다. 그는 TV를 켜서 CNN으로 채널을 돌렸다. 애머릴로, 배턴루지, 피닉스, 온 사방에서 감염자들이 새로이 발생하고 있었다. UN은 뉴욕 본부에서 퇴거를 명령하고 헤이그를 새로운 본부로 삼았다. 계엄령이 선포되자 해외의 병력 역시 국내로 소환되었다. 이 무슨 난장판인가. 판도라의 상자도 이에 비하면 소풍 바구니와 다름없을 것이다.

넬슨이 문간에 나타나더니 씩 웃었다. "휴스턴, 들리나? 성범죄자를 발견했다."

넬슨은 이미 위성 재설정을 마친 뒤였다. 두 사람이 넬슨의 단말기가 있는 쪽으로 왔을 때는 이미지가 뜨는 중이었다.

"여긴 도대체 어디지?"

넬슨이 키보드로 이미지를 선명하게 했다. "캔자스 서부입니다."

가로세로로 줄지어진 옥수수밭의 조감도가 나타나더니 주차 공간이 앞에 있는, 길쭉하고 낮은 건물 하나가 조감도 한가운데에 나타났다. 스테이션 왜건의 일종으로 보이는 차 한 대가 주차되어 있었다. 건물에서 한 사람이 슈트 케이스를 끌고 나오는 중이었다.

"이 사람 맞습니까?" 넬슨이 물었다.

"잘 모르겠군. 좀 더 자세히 보자고."

이미지가 흐려지다가 약 25미터 거리에서 내려다본 이미지로 설정되며 다시 선명해졌다. 이제 눈앞의 이 남자가 로렌스 그레이라는 사실이 확실해졌다. 점프슈트는 다른 옷으로 갈아입은 뒤였지만 그가 맞았다. 그레이는 다시 건물 안으로 들어갔다. 일 분 뒤, 그는 또 다른 슈트 케이스를 들고 나타나더니 차의 짐칸에 넣었다. 그다음에는 생각에 잠긴 듯 잠시 가만히 서 있었다. 그때 건물 안에서 또 다른 사람이 나왔다. 여자였다. 검은 머리에 조금 뚱뚱해 보이는 여자는 밝은색 블라우스에 바지 차림이었다.

도대체 이게 무슨 일이지?

30초도 채 남지 않았다. 이미지가 벌써 선명함을 잃어가고 있었다. 그레이가 조수석을 열자 여자가 차에 올라탔다. 그레이는 주차장을 한 번 더 둘러보았다 – 길더의 생각에는 마치 자기가 감시당하고 있다는 걸 아는 것 같았다. 그레이가 차에 타자 차는 달리기 시작했고 바로 그때 이미지가 조각조각 깨어지며 흩어졌다.

넬슨이 고개를 들었다. "우리 표적에게 친구가 생긴 모양인데요. 정신감정 기록을 본 바에 따르면 좀 놀라운 일입니다."

"여자가 나온 부분을 다시 불러와. 화질을 높일 수 있을까?"

넬슨이 애를 썼지만 결과물이 크게 나아지지는 않았다.

"이 건물이 어딘지 알 수 있나?"

넬슨은 앉아 있던 의자를 밀어 옆쪽 단말기 앞으로 갔다. "캔자스주르도 메인 스트리트 3812번지입니다. 앤지스 리조트라는 곳이지요."

저 여자는 누구지? 로렌스 그레이가 여자와 있다고? 저 여자도 샬레에서 온 사람일까?

"그레이가 향한 방향은?"

"정동쪽인 것 같습니다. 위험 속으로 정면 돌파한 셈인데요, 잡으려면 어서 움직여야 할 것 같습니다."

"가장 가까운 우리 건물이 어디 있지? 방역선 바깥쪽으로 알아봐."

넬슨은 키보드를 다시 두드리더니 대답했다. "포트 포웰의 옛 NBC 건물이 되겠습니다. 3년 전 군대가 화이트샌즈로 이동하면서 전부 폐쇄했지만 스위치만 올리면 다시 쓸 수 있어요."

"근처에는 또 뭐가 있지?"

"동쪽으로 5킬로미터 떨어진 곳에 미드웨스트 주립대학교가 있습니다. 교실 몇 개가 있는 풋볼 공장이나 다름없죠. 아니면 국립 무기고도 있습니다. 돼지, 소 가공을 하고 간단한 제조업을 하는 곳입니다. 소규모 수력 발전 장치도 있는데 강 하류에 더 큰 장치를 설치한 뒤로는 놀고 있는 실정입니다. 이 동네는 대학 아니면 아무것도 없거든요."

길더는 잠시 시간을 들여 생각에 잠겼다. 지금까지 그레이의 존재를 아는 사람은 두 사람이 전부였다. 이제 CDC나 USAMRIID의 개입을 요청할 시점인지도 모르겠다.

그런데도 망설여졌다. 참모 회의가 입안에 남긴 쓴맛인지도 모르겠다. 가석방 중인 성범죄자들을 불러다가 리어가 만든 괴물들을 감시하게 시켰다는 사실을 중부 사령부에서 알면 무슨 일이 벌어질까? 그 끝은 알 수 없을 것이다.

하지만 그게 진짜 이유는 아니었다.

만병통치약. 리어 박사가 쓴 정확한 표현은 무엇이었지? 이런 있어서는 안 되는 사태의 출발이 바로 그것 아닐까? 그리고 그레이가 감염되었음에도 어떤 이유로 죽지 않았다면, 어쩌면 그레이의 핏속 바이러스가 변이해 리어가 원했던 바로 그 결과를 이룬 것이 아닐까? 그렇다면 그레이 역시 그 에이미라는 아이처럼 귀중한 상이 아니겠는가? 또, 죽음이란 모두가 겪는 일이기는 하지만 다른 때도 아닌 바로 지금, 우연이라고는 없을 미래를 기다리고 있는 길더에게 가장 무거우면서도 개인적인 것이 아닌가? 그렇다면 길더 역시 자신의 생존을 위해 무엇이든 쟁취해야 하는 것이 아닐까? 누구라도 그러지 않겠는가?

사람은 다 죽어, 자기. 맞는 말이다. 하지만 어떤 사람들에게 죽음은 다른 누구보다 더 무겁다.

어쩌면 그레이가 길더의 해답일지도, 아닐지도 모른다. 어쩌면 그레이는 불이 붙은 건물에서 벗어나서 야광 막대들을 피해 캔자스까지 어찌어찌 달아난 얼간이일는지도 모른다. 하지만 곰곰이 생각하면 할수록 그럴 리가 없을 것 같았다. 그럴 확률은 너무나도 낮았다. 그리고 그레이를 군대에 넘긴 다음에는 그에 대해서, 또는 그 옆에 있던 수수께끼 같은 여자에 대해서 다시는 아무런 이야기도 들을 수 없을 게 분명했다.

그런 일은 있어서는 안 된다. 특수무기부의 부국장 호레이스 길더는 로렌스 그레이를 자기 몫으로 두기로 했다.

"그러면, 어떻게 할까요?"

넬슨이 그를 쳐다보고 있었다. 길더는 넬슨의 쓸모를 머릿속으로 가늠해보았다. 그에게 그 누구보다도 필요한 존재가 분명했다. 넬슨은 충성스럽다고는 할 수 없는 사람이었으나 당분간 그의 적나라할 정도인 사리사욕 추구를 믿어보아도 좋을 것 같았다. 또, 생화학적 지식으로는 일당백을 한다는 점에서 이 일에 그 누구보다도 적임자였다. 언젠가는 길더의 꿍꿍이를 알아차리고 무슨 결심을 하겠지만 그건 그때 가서 생각할 문제였다. 픽업은 어떻게 한담? 그런 업무를 위해서는 언제나 등록되지 않은 인력이 있게 마련이다. 전화 한 통이면 해결될 것이다.

"짐 챙겨." 길더가 말했다. "우리는 아이오와로 간다."

13

다음 날 해가 떴을 무렵 그들은 네브래스카 깊숙한 곳까지 들어왔다. 밤새 운전한 대니는 잠을 못 자 아려오는 눈을 하고 구부정한 자세로 운전대를 잡고 있었다. 키트리지 말고는 전부, 심지어 거슬리는 자말이라는 녀석까지도 전부 자는 중이었다.

사람들을 다시 버스에 태울 수 있어서 기분이 좋았다. 쓸모가 생긴 것, 쓸모 있는 엔진이 되는 게 말이다.

맥쿡에 있는 작은 공항에서 디젤유를 넣을 수 있었다. 버스를 타고 지나친 작은 마을들은 서부 개척 시대를 다룬 영화 속에서처럼 텅 비고 버려진 모습이었다. 좋아, 우리는 길을 잃었는지도 모르지. 하지만 키트리지 그리고 또 다른 남자, 돈 목사라는 사람은 상관없다고, 동쪽으로 가기만 하면 된다고 했다. 그렇게만 하면 돼, 대니, 하고 키트리지는 말했다. 그냥 동쪽으로 계속 가.

대니는 고속도로에서 본 광경을 생각했다. 엄청난 장면이었다. 지난 며칠간 시체를 많이 보았지만 그게 최악이었다. 대니는 키트리지가 마음에 들었다. 퍼비스 씨를 떠올리게 해서였다. 물론 퍼비스 씨와 얼굴은 하나도 안 닮았지만 말이다. 두 사람이 비슷한 건 대니에게 말할 때의 말투였다 – 마치 대니가 중요한 사람이기라도 한 듯한 말투 말이다.

대니는 버스를 모는 동안 엄마를, 퍼비스 씨를, 토마스와 퍼시와 제임스를 그리고 지금 그가 얼마나 쓸모 있는 일을 하는지를 생각했다. 엄마와 퍼비스 씨가 안다면 지금의 나를 얼마나 자랑스러워할까?

지평선 위로 해가 솟아오르는 바람에 대니는 눈이 부셔서 눈을 찌푸렸다. 얼마 지나지 않아 다들 잠에서 깨겠지. 키트리지가 대니의 어깨에 기대며 물었다.

"연료는 어느 정도 남았지?"

대니는 연료를 확인했다. 4분의 1 정도로 떨어져 있었다.

"차를 세우고 통에 담아 온 기름으로 연료통을 좀 채우자고." 키트리지가 말했다. "다들 다리도 좀 펼 겸 해서."

대니는 도로에서 벗어나 주립 공원에 차를 세웠다. 키트리지와 돈 목사가 화장실을 확인하고 안전하다고 알려주었다.

"삼십 분 동안 쉽시다." 키트리지가 말했다.

이제 그들에게는 예전보다 더 많은 물자가 생겼다. 크래커 여러 상자, 땅콩버터, 사과, 에너지바, 탄산음료와 주스, 그리고 보이 주니어의 몫인 기저귀와 분유까지. 키트리지는 심지어 대니에게 럭키 참스 시리얼까지 가져다주었다. 아쉽게도 식료품점 냉장고에 있던 우유는 다 상해 있어서 시리얼만 먹어야 했지만 말이다. 대니, 키트리지와 돈 목사는 버스 뒤쪽에 실어두었던 기름통을 꺼내 탱크 안에 부었다. 대니는 이 버스가 정확히 190리터 용량의 탱크를 가지고 있으며 연료가 가득 찼을 땐 500킬로미터를 갈 수 있다고 알려주었다.

"너는 정말 정확하구나." 키트리지가 말했다.

연료 채우기가 끝난 뒤 대니는 럭키 참스 시리얼과 미지근한 닥터 페퍼를 가지고 나무 그늘에 앉았다. 다른 사람들은 피크닉 테이블에 둘러앉아 있었는데, 자말도 함께였다. 자말은 딱히 무슨 말을 하지는 않았지만 대니가 보기엔 다들 지나간 일은 잊어버리기로 한 것 같았다. 린다 로빈슨이 보이 주니어의 기저귀를 갈아주고 있었고, 입으로 어르는 소리를 내자 아기는 좋아서 팔다리를 파닥였다. 대니는 아기와 가까이 있어 본 적이 별로 없었다. 아기들이 많이 운다는 건 알았지만 여태까지 보이 주니어는 생쥐처럼 조용했다. 세상엔 좋은 아기도 있고 못된 아기도 있다고 엄마가 말했는데, 그러면 보이 주니어는 착한 아기인가 보다. 대니는 자기가 아기였을 때를 생각해보려고 했으나 기억이 그렇게 오래된 시점까지로는 질서 정연하게 돌아가 주지 않았다. 자기 인생인데도 오로지 장면 장면으로밖에는 기억나지 않는 시기가 있다니 이상하지. 그 장면들이란, 햇살을 받아 번들거리는 유리창, 타이어에 짓눌려 터져 죽은 개구리, 접시에 담긴 사과 조각들 같은 것. 나도 보이 주니어처럼 착한 아기였을까?

대니가 럭키 참스를 한 움큼씩 입안에 집어넣고 닥터 페퍼로 꿀꺽 삼키면서 피크닉 테이블에 둘러앉은 사람들을 바라보고 있는데 팀이 일어나서 그에게로 다가왔다.

"안녕, 팀보. 좀 어때?"

버스 안에서 잠든 탓에 아이의 머리카락이 사방으로 뻗친 채였다. "괜찮은 거 같아요." 팀이 느슨하게 어깨를 으쓱하였다. "같이 앉아도 돼요?"

대니가 몸을 살짝 비켜 팀이 앉을 자리를 만들어주었다.

"다른 애들이 대니 아저씨 놀려서 미안해요." 잠시 후에 팀이 말했다.

"괜찮아." 대니가 말했다. "난 신경 안 써."

"빌리 나이스는 멍청한 놈이에요."

"걔가 너도 괴롭히니?"

"가끔요." 팀이 보일 듯 말 듯 얼굴을 찌푸렸다. "갠 누구든지 괴롭히거든요."

"그냥 무시하렴." 대니가 말했다. "나도 그러거든."

잠시 후 팀이 입을 열었다. "아저씨는 토마스 엄청 좋아하죠?"

"그럼."

"저도 토마스 많이 봤어요. 있잖아요, 우리 집 지하실에 토마스 기차 세트가 다 있었어요. 석탄 적재차도 있고, 엔진 세척기도 있고요, 전부 다 있었어요."

"정말 보고 싶구나." 대니가 말했다. "근사하겠는걸."

짧은 침묵이 흘렀다. 대니의 얼굴을 비추는 햇살이 따뜻했다.

"스타디움에서 뭐 봤는지 말해줄까요?" 팀이 물었다.

"말하고 싶으면 하렴."

"죽은 사람이 수억 수천만 명 있었어요."

대니는 뭐라고 대답하면 좋을지 알 수 없었다. 아마 팀은 누군가에게 그 이야기를 털어놓고 싶었을 것이다. 혼자 내면에 간직할 수 있는 이야기는 아니니까.

"진짜 징그러웠어요."

"누나한테는 말했니?"

팀이 고개를 저었다.

"비밀로 하고 싶어?"

"그래도 돼요?"

"그럼." 대니가 말했다. "나도 비밀 지켜줄게."

팀은 나무둥치 아래쪽에서 흙을 조금 퍼내서 손가락 사이로 미끄러지는 모습을 쳐다보고 있었다. "대니 아저씨는 겁 안 나죠?"

"가끔은 나도 겁이 나."

"그래도 지금은 아니잖아요." 아이가 말했다.

대니는 그 말에 대해 잠시 생각했다. 겁이 나야 마땅한데, 겁이 나지가 않았다. 그보다는 오히려 흥미롭다는 생각이 들었다. 다음에는 무슨 일이 일어날까? 우리는 어디로 갈까? 자신이 상황에 적응하고 있다는 생각에 그는 깜짝 놀랐다. 프랜시스 박사님이 알면 자랑스러워하실 것이다.

"그래, 아닌 것 같구나."

피크닉 테이블에 앉아 있던 사람들이 일어날 채비를 하는 것이 보였다. 아이의 마음을 달래주고, 스타디움에서 본 장면의 기억을 씻어줄 수 있는 무슨 말이라도 해주면 좋으련만. 아이를 위로할 방법이 생각난 것은 버스로 돌아가는 길이었다.

"잠깐만, 줄 게 있어." 대니는 가방을 뒤져 행운의 1페니 동전을 꺼내 아이에게 보여주었다. "이 동전을 가지고 있으면 나쁜 일은 절대 일어나지 않아."

팀은 동전을 손바닥에 받아들었다. "동전이 왜 이렇게 됐어요? 다 찌그러졌잖아요?"

"기차에 깔려서 그런 거야. 그래서 행운의 동전으로 변한 거란다."

"어디서 났어요?"

"글쎄다. 원래 있었어." 손바닥을 펼치고 있는 아이를 향해 대니가 고개를 까딱했다. "가지렴, 이제 네 거야."

팀은 잠깐 망설이더니 납작해진 동전을 반바지 주머니에 집어넣었다. 대단한 물건은 아니라는 걸 대니도 알았지만, 때로는 별것 아닌 물건이 도움이 되는 때도 있는 것이다. 예를 들면, 엄마가 신경이 예민해지는 날이면 마시던 포포브, 그리고 엄마를 웃게 만들던 퍼비스 씨의 방문. 아침마다 키를 돌리면 생명을 얻던 레드버드의 커다란 캐터필러 디젤 엔진. 좌석에서 엉덩이가 들뜨는 순간 아이들이 환호성을 질러대게 만들던 린들러 애비뉴의 과속 방지턱. 이런 사소한 것들 말이다. 대니는 어쩌면 아무나 할 수 있는 것은 아닐 이런 생각을 떠올린 자기 자신이 자랑스러웠다. 아침 햇살 속에 함께 서 있자니 아이의 표정이 변하는 것이 언뜻 보였다. 조금 밝아졌다. 미소까지 띨 것 같았다.

"고마워요, 대니." 팀이 말했다.

오마하는 불타고 있었다.

제일 먼저 눈에 들어온 것은 지평선 너머로 일렁거리던 불길이었다. 해가 지평선으로 떨어진 시각이었다. 대니 일행은 80번 주간고속도로를 타고 남서쪽에서부터 오마하로 다가가고 있었다. 고속도로 위에는 차라고는 한 대도 없었고 보이는 건물은 전부 불이 꺼져 있었다. 지금까지 지나친 어떤 지역보다도 더 깊고, 근본적으로 황폐해진 이 도시는 원래 인구가 오십만 명 가까운 사람이 살았던 곳이었다. 버스 환기구로 지독한 연기 냄새가 스며들었다. 키트리지는 대니에게 버스를 멈추라고 했다.

"강을 건너가는 수밖에 없어." 돈 목사의 말이었다. "남쪽으로 가든, 북쪽으로 가든, 건너갈 길을 찾아야 해."

지도를 보던 키트리지가 고개를 들고 물었다. "대니, 연료는 어느 정도 남았니?"

연료는 탱크의 8분의 1 정도로 떨어져 있었다. 기름통에 있던 연료도 다 쓴 뒤였다. 많아야 80킬로미터 더 갈 수 있을 것이다. 오마하에서 연료를 찾을 수 있으리라 생각했었다.

"확실한 건, 여기 있을 수는 없다는 거야." 키트리지가 말했다.

그들은 북쪽을 향했다. 다음번 횡단 지점은 아데어에 있었다. 하지만 다리는 폭발해서 없어진 뒤였다. 눈앞에는 드넓게 펼쳐진 시커먼 강만 끝없이 흘러가고 있을 뿐이었다. 그 다음번 횡단 지점인 디케이터까지는 북쪽으로 50킬로미터를 더 가야 했다.

"일이 킬로미터 전에 초등학교를 지나쳤지." 돈 목사가 말했다. "아무것도 없는 것보다야 낫지. 거기서 묵고 아침에 연료를 찾아보자고."

버스 안의 모두가 침묵했다. 다들 키트리지의 대답을 기다렸던 것이다.

그들은 왔던 길을 되밟아 작은 마을의 중심부로 돌아왔다. 불은 모두 꺼졌고 거리는 텅 비어 있었다. 길에서 조금 떨어진 곳, 들판 가장자리에 서 있는 현대식 학교 건물에 다다랐다. 주차장 가장자리에 걸린 현수막에는 볼드체로 '고 라이언스! 멋진 여름 방학 보내길!'이라고 적혀 있었다.

"다들 여기서 기다려요." 키트리지가 말했다.

그는 건물 안으로 들어갔다. 몇 분 뒤 그가 다시 나와 돈 목사와 빠르게 눈빛을 교환했고, 둘 다 고개를 주억거렸다.

"오늘 밤은 이곳을 은신처로 삼기로 합시다." 키트리지의 말이었다. "혼자 이탈하지 말고 다들 함께 있도록 하세요. 전기는 들어오지 않지만 물이 나오고 식당에는 음식이 있습니다. 화장실에 갈 때는 두 사람씩 짝을 지어서 가도록 하십시오."

중앙 현관에 들어가는 순간 초등학교 특유의 냄새가 훅 끼쳐왔다. 땀, 더러운 양말, 미술용품과 왁스를 칠한 리놀륨 바닥의 냄새였다. 교무실로 보이는 문 옆에 트로피 장식장이 놓여 있었다. 페인트를 칠한 시멘트 블록 벽에는 신문과 잡지를 찢어 사람과 동물의 모습을 표현한 콜라주 작품들이 걸려 있었다. 작품 옆에는 작가의 나이와 학년이 적힌 이름표가 인쇄되어 붙어 있었다. 2학년 웬디 뮬러. 5학년 개빈 잭슨. 유치부 4학년 플로렌스 래트클리프.

"에이프릴, 우드랑 돈과 함께 깔개로 쓸 만한 걸 찾아보렴. 아마 유치원 교실에 있을 것 같구나."

식당 옆 식료품 저장실에 콩 통조림, 프루트칵테일 통조림, 그리고 샌드위치를 만들 빵과 잼이 있었다. 가스가 끊겨 익힐 수 없었기에 콩은 차가운 채로 냈고, 이 모든 것을 식당에서 쓰는 철제 식판에 차렸다. 그때쯤 바깥이 깜깜해졌다. 키트리지는 모두에게 손전등을 나누어주었다. 다들 바이럴에게 들키지 않으려 목소리를 낮추었다.

10시가 되자 다들 잠자리에 들었다. 돈이 1층에서 불침번을 서는 동안 키트리지는 랜턴을 들고 2층으로 올라갔다. 교실은 대부분 잠겼지만 열린 교실도 있었다. 그는 과학실을 택했다. 커다란 테이블, 비커를 비롯한 각종 실험 기구가 든 유리 캐비닛이 있는 널따란 공간이었다. 공기에서 희미하게 부탄가스 냄새가 났다. 교실 앞쪽 화이트보드에는 "마지막 복습, 8장부터 12장까지. 실험 보고서는 수요일까지"라고 적혀 있었다.

키트리지는 셔츠를 벗고 교실 구석에 있는 세면대에서 몸을 씻은 뒤 의자에 앉아 부츠를 벗었다. 왼쪽 무릎 아래는 티타늄 합금 뼈대에 실리콘을 입힌 보형물이었다. 극소형 수소 전지로 작동하는 마이크로프로세서 유압 실린더가 1초에 50번씩 발목 관절의 각 변위를 계산해내면서 자연스러운 보행을 모방했다. 인공 보형물 중 최신이었다. 분명 군대에서도 큰돈을 썼을 것이다. 그는 바짓단을 걷어 올려 보형물을 빼내고 남아 있는 다리 부분을 디스펜서의 액체비누로 씻어냈다. 굳은살이 심하게 박이긴 했지만 보형물과 접촉하는 부분의 피부는 이틀만 돌보지 않아도 쓰라려왔다. 그는 씻은 부위의 물기를 완전히 제거한 다음에 잠시 신선한 바람을 쐬어주고 다시 보형물을 제자리에 고정시킨 뒤 바짓단을 내렸다.

그때 뒤에서 무언가 움직이는 소리가 나서 그는 흠칫 놀랐다. 돌아보니 열린 문간에 에이프릴이 서 있었다.

"죄송해요, 일부러 그런 건……."

키트리지는 얼른 셔츠를 다시 입고 자리에서 일어섰다. 어디서부터 본 거지? 하지만 과학실 안이 어둑어둑했던 데다가 테이블에 그의 몸 일부가 가려지기도 했다.

"괜찮다. 몸 좀 닦는 중이었어."

"잠이 안 와요."

"괜찮아." 그가 말했다. "들어오고 싶으면 들어오려무나."

에이프릴은 머뭇거리는 듯 과학실 안으로 들어왔다. 키트리지는 AK 소총을 들고 창가로 간 뒤 잠시 바깥 도로를 빠르게 살폈다.

"바깥은 어때요?" 에이프릴이 어느새 옆에 서 있었다.

"아직까지는 잠잠하구나. 팀은 좀 어떠니?"

"세상모르고 잠들었어요. 보기보다는 제법 강한 아이예요. 저보다는 강하죠."

"글쎄다. 너도 내가 보기엔 상당히 침착해 보여서 말이다."

그 말에 에이프릴이 얼굴을 찌푸렸다. "설마요. 차분해 보이는 건 다 연기예요. 솔직히 말하면 너무 무서워서 이젠 아무 감정도 느껴지지 않아요."

창 아래로 널찍한 선반이 길게 놓여 있었다. 에이프릴은 선반에 등을 기대고 앉아 무릎을 세워 가슴 앞에 끌어당겨 안았다. 키트리지도 똑같이 앉았다. 두 사람은 이제 마주 본 자세였다. 말하지 않은 말들을 품고 있지만 불편하지 않은 침묵이 두 사람 사이에 놓였다. 에이프릴은 어렸지만 키트리지는 그 애의 중심부에 회복력이 버티고 있다는 사실이 느껴졌다. 회복력이란 있는 사람에게는 있고 없는 사람에게는 없는 것이다.

"그럼, 남자친구는 있니?"

"지금 오디션 보세요?"

키트리지는 그 대답에 웃으면서도 얼굴이 뜨끈해지는 것을 느꼈다. "나름대로 이야깃거리를 만들어보려고 한 거란다. 누구한테나 이런 식으로 말하니?"

"좋아하는 사람들한테만 이래요."

또 한 번의 침묵이 흘렀다.

"그럼 에이프릴이라는 이름은 어디서 따온 거니?" 머리를 짜내어 한 질문이었다. "4월에 태어나서?"

"〈황무지〉에서 따온 거예요." 키트리지가 아무 대답도 하지 않자 에이프릴은 의아하다는 듯 눈썹을 추켜세웠다. "시잖아요. T. S. 엘리엇 모르세요?"

들어본 적 있는 이름이었지만 그게 다였다. "안다는 말은 못 하겠구나. 어떤 시니?"

그러자 에이프릴은 허공에 시선을 던졌다. 입을 열었을 때 에이프릴의 목소리는 기쁨과 슬픔 그리고 기억을 담은, 키트리지로서는 이름 붙이기 어려운 풍부한 감정으로 가득 차 있었다. "4월은 잔인한 달, / 죽은 땅에서 라일락을 길러내고 / 기억을 욕망과 뒤섞어 / 무감각한 뿌리를 봄비로 일깨우는……."

겨울은 오히려 따뜻했다, 지구를
망각의 눈으로 뒤덮고, 마른
덩이줄기에 약간의 생기를 먹였지.
여름은 우리를 놀라게 했다, 슈타른베르크에
소나기를 뿌려서…….

"우와." 키트리지가 말했다. 에이프릴은 다시 그를 바라봤다. 이제 보니 그 애의 눈은 이끼색이었고 홍채 윗부분에 마치 자디잔 금가루가 떠다니는 것만 같았다. "정말 굉장하구나."

에이프릴은 어깨를 으쓱했다. "이렇게 계속되는 시예요. 이 시를 쓴 사람은 엄청나게 우울했던 모양이죠." 에이프릴은 청바지 무릎의 해진 부분을 끌어당기고 있었다. "제 이름을 에이프릴이라고 짓자고 한 건 엄마세요. 원래 엄마는 영문학 교수셨는데, 그러다가 새 아빠를 만나서 우리 집은 갑자기 부자가 됐죠."

"부모님이 이혼하셨니?"

"아빠는 제가 여섯 살 때 돌아가셨어요."

"미안하구나, 그런 뜻은……."

하지만 에이프릴은 그가 말을 끝낼 겨를을 주지 않았다. "미안해하지 마세요. 저희 아빠는 그렇게 존경할 만한 사람은 아니었거든요. 엄마가 나쁜 남자한테 끌리던 시절의 흔적이었을 뿐이에요. 만취 상태로 차를 몰아서 교각으로 직진했다나요. 그렇게 '푸' 하고 다 끝이었어요."

그렇게 말하는 에이프릴의 말투에는 음조 변화가 전혀 없었다. 꼭 날씨 이야기라도 하는 듯했다. 창밖, 여름밤은 새까만 어둠으로 덮여왔다. 어쩌면 이 아이를 오해한 건지도 모르겠지만, 키트리지는 대개 사람은 그렇다는 걸 알고 있었다. 그들이 하는 이야기는 전부 완전한 진실은 아니었고, 다른 사람들이 각자 얼마만큼의 아픔을 안고 살아가는지 알게 되면 항상 놀라게 된다.

"저 사실 봤어요." 에이프릴이 말했다. "아저씨 다리도, 등에 난 상처도요. 전쟁에 참전하셨죠?"

"왜 그렇게 생각하니?"

그러자 에이프릴이 말도 안 된다는 표정을 지어 보였다. "세상에, 글쎄요. 그냥 어딜 봐도 그런 거 같아서 아닐까요? 이런 상황에서 어떻게 하면 좋을지 다 아는 것 같은 사람이 아저씨뿐이니까? 그리고 아저씨가 총도 잘 쏘는 것 같으니까?"

"말했잖니, 난 그냥 세일즈맨이라고. 캠핑용품 가게에서 일한다니까."

"솔직히 처음부터 1초도 안 믿었어요."

그 애의 솔직함 때문에 무장 해제된 키트리지는 잠시 입을 다물었다. 그 애의 말이 다 맞았으니까. "정말 듣고 싶니? 그렇게 기분 좋은 이야기는 아니야."

"말하고 싶으면 하세요."

키트리지는 본능적으로 창밖으로 얼굴을 돌렸다. "그래, 네 말대로다. 전쟁에 나갔었어. 고등학교를 졸업하자마자 바로 입대했지. 육군이 아니라 해군이었다. 그리고 헌병대 하사로 제대했지. 헌병대가 뭔지 아니?"

"경찰이었어요?"

"비슷해. 주로 미군 군사 시설과 공군 기지, 민감한 인프라의 보안을 담당했었지. 다양한 곳으로 배치되기도 했어. 이란, 이라크, 사우디. 체첸에도 한동안 있었지. 마지막 주둔지는 아프가니스탄의 바그람 공군 기지였다. 평소에는 장비 목록을 확인하고 외국인 노동자들의 출입을 감시하는 일상적인 업무였지만 가끔 큰일이 일어난단다. 쿠데타가 일어나기 전이어서 아직은 미국이 장악했지만 온 사방에 탈레반, 알카에다는 물론 20개에 달하는 이라크 반군들이 도사리고 있었으니까 말이지."

그는 말을 잠시 멈추고 마음을 다스렸다. 그다음이 가장 힘든 부분이었다. "그러던 어느 날 그 차, 흔히 보던 다 망가진 고물차가 달려오는 모습이 보였어. 검문소 표시가 잘 되어 있어서 누구나 멈추는데, 그 차는 멈추지 않았지. 우리 눈앞을 달려갔어. 차 안에 있던 건 남자 한 명, 여자 한 명이었어. 다들 발포를 시작했다. 차가 미끄러지더니 두 바퀴 정도 구르다가 멈췄어. 폭발할 거로 생각했지만 폭발하지 않았지. 내가 선임 하사관이었으니 다가가서 살펴보아야 했어. 여자는 죽었지만 남자는 살아 있더군. 피투성이가 된 채로 운전대를 붙잡고 엎어진 상태였어. 그런데 뒷좌석에 어린아이가 있었어. 남자아이였지. 네 살도 안 되었을 거야. 그 아이를 폭약이 가득 찬 카시트에 묶어놨더구나. 와이어가 차 앞부분으로 연결된 게 보였고, 폭발 스위치는 아이의 아빠가 손에 쥔 채였지. 남자가 중얼거렸어. *안타 알-마술*. 그렇게 말하고 있었어. *안타 알-마술*. 아이는 울부짖으며 나를 향해 손을 뻗었어. 그 조그만 손을 말이다. 그 손이 잊히지 않는구나. 고작 네 살짜리가 자기한테 무슨 일이 일어날지 아는 것 같았어."

"세상에." 에이프릴의 얼굴에 충격받은 기색이 역력했다. "어떻게 하셨어요?"

"머릿속에 떠오르는 유일한 일을 했지. 미친 듯이 도망쳤어. 폭발 순간은 기억이 안 나는구나. 눈을 뜨니 사우디의 병원이었다. 부대원 중 두 명이 사망했고 다른 하나는 척추에 파편이 박혔지." 에이프릴이 그를 쳐다보고 있었다. "듣기 좋은 이야기는 아닐 거라고 경고했었잖니."

"자기 아들을 폭탄으로 터뜨린 거예요?"

"그런 셈이야."

"하지만 세상에 그런 사람이 어디 있어요?"

"내 말이 그 말이다. 나도 그건 도무지 이해할 수가 없구나."

에이프릴은 거기서 입을 다물어버렸다. 키트리지는 언제나처럼 혹시 자신이 너무 많이 말해버린 것은 아닌가 하는 생각이 들었다. 그러나 이야기를 털어놓고 나자 후련했고, 에이프릴은 너무 많은 걸 알아버려 후회하는 기색은 조금도 보이지 않았다. 키트리지는 줄거리만 놓고 보면 그에게 일어난 일은 그리 대단치 않다고, 이런 이야기가 수백 가지, 어쩌면 수천 가지는 있다는 것을 알고 있었다. 이렇게 무의미한 잔혹 행위가 세상에선 얼마든지 일어나는 것이다. 그러나 그 사실을 안다고 해서 이런 일이 받아들여지는 것은 아니다. 스스로 그 비극을 살아낸 이상 말이다.

"그래서 그 뒤에는 어떻게 된 거예요?" 에이프릴이 물었다.

키트리지는 어깨를 으쓱했다. "아무 일도 없었다. 그걸로 끝인 거지."

"아저씨 이야기 말이에요." 에이프릴의 두 눈이 그의 얼굴에서 떠나지 않았다. "저라면 그런 일을 겪고 나면 제정신이 아닐 것 같은데요."

새롭군, 하고 키트리지는 생각했다. 여기까지는 그 누구도 물은 적이 없었다. 보통은 날것의 이야기를 듣자마자 사람들은 서둘러 이야기를 끝마치곤 했다. 하지만 이 아이, 에이프릴은 달랐다.

"글쎄다, 난 안 그랬어. 적어도 그렇게 생각하지는 않았지. 반년간 재향군인 병원에서 혼자서 걷고 옷 입고 밥 먹는 걸 익히고 나니 쫓아내더군. 전쟁은 끝났다, 친구, 적어도 너의 전쟁은 말이야, 하고 말이다. 그런다고 억울하지는 않았어. 다른 사람들처럼 말이다. 또 지나가는 차 소리만 듣고도 놀라서 침대 밑에 숨는다거나 하지도 않았어. 지나간 일은 어쩔 수 없다는 걸 난 깨달았지. 그러다가 정착하고 6개월이 지난 뒤 나는 와이오밍의 고향 집을 찾아가 보았단다. 부모님은 돌아가셨고 여동생도 결혼해서 브리티시 콜럼비아로 가버렸지만 그래도 그 동네에 아는 사람들, 학창 시절 친하던 애들이 있었거든. 물론 이제는 아무도 애들이 아니었지만 말이다. 그중 하나가 돌아온 걸 환영한다며 큰 파티를 열겠다고 하더구나. 다들 가족을 꾸리고, 애들도 아내도 있고 직업도 있는 친구들이었는데 파티가 끝날 무렵에는 너나 할 것 없이 고주망태가 되어버렸지. 사실 파티라는 건 술을 퍼마실 구실에 불과한 걸 알았지만 난 딱히 나쁠 것도 없다고 생각했어. 그래서 나는 좋아, 잔뜩 마셔, 했고, 그 친구는 진짜로 그렇게 하더군. 파티에 온 사람이 백 명이 넘었고, 포치에는 내 이름을 쓴 현수막이 걸렸고, 심지어 밴드까지 불렀어. 기가 다 빨리더구나. 뒷마당에서 음악을 듣고 있는데 그 친구가 내게 다가오더니 이렇게 말했어. 이리 와, 널 만나고 싶어 하는 여자들이 있어. 거기서 바보처럼 혼자 서 있지 말고. 그렇게 친구의 손에 이끌려 집 안으로 들어갔더니 예쁜 여자 셋이 있더구나. 그중 한 명은. 어린 시절 알던 애였어. 셋이서 TV 프로그램이며 가십 같은 것으로 수다를 떨고 있었어. 평범하고 일상적인 일이었지. 나는 맥주를 홀짝이면서 그들의 이야기를 듣다가 문득, 나는 그 여자들이 하는 말을 조금도 알아들을 수가 없다는 사실을 깨달았어. 말 자체를 이해할 수 없던 게 아니라, 그 말의 의미를 알 수 없었던 거야. 마치 그 말들 하나하나가 서로 연결되어 있지 않을 것 같았어. 두 개의 세계가 있고, 안쪽 세상과 바깥세상이 서로 조금의 관련도 없는 것 같다는 느낌이었어. 분명 정신과 의사들이 그 현상에 무슨 이름을 붙여놨겠지. 그다음으로 기억나는 건 다음 순간 바닥에서 눈을 뜨자 모두가 나를 내려다보고 있었다는 것뿐이야. 그 후로 숲속에서 혼자 넉 달 동안 지낸 다음에야 다시 사람들 속으로 돌아갈 수 있었단다." 그렇게 말을 마친 키트리지는 자신에게 조금 놀랐다. "솔직히 말하면 이 이야기는 누구에게도 한 적 없었다. 네가 처음이구나."

"제 고등학교 시절 같네요."

키트리지는 웃음이 났다. "한 방 먹었구나."

두 사람의 눈이 마주쳤다. 참 이상한 일이었다. 분명 머릿속 그득한 생각과 함께 나 혼자였는데, 갑자기 내 마음속 가장 깊은 곳을 아는 것 같은 사람이 나타나 나를 책처럼 펼치다니 말이다. 얼마 동안 그렇게 서로 마주 보고 있었던 것 같았다. 시선을 피할 의지도, 용기도, 어쩌면 바람도 없는 듯 두 사람의 눈 맞춤이 그렇게 자꾸만 이어졌다. 몇 살이라고 했지? 열일곱? 하지만 에이프릴은 열일곱처럼은 보이지 않았다. 아니, 몇 살로도 보이지 않았다. '애늙은이.' 키트리지는 그런 표현을 들어본 적은 있었지만, 그게 무슨 뜻인지는 이해하지 못했었다. 그런데 에이프릴이 바로 그랬다. 애늙은이였다.

두 사람 사이에 생긴 유대감을 한결 더하기 위해 키트리지는 어깨에 찬 총집에 끼워두었던 글록 권총 중 하나를 꺼내 에이프릴에게 건넸다. "총 쏘는 법 아니?"

에이프릴은 잘 모르겠다는 표정으로 총을 살펴보았다. "글쎄요, TV

에서 보던 거랑은 좀 다르네요."

키트리지는 탄창을 끼우고 슬라이드를 젖혀 카트리지를 파이퍼에서 튀어나오게 했다. 그는 권총을 에이프릴의 손에 쥐어준 다음 자기 손으로 그 애의 손을 감쌌다.

"손가락 관절로 방아쇠를 당기면 안 된다. 아래쪽으로 치우쳐 발사되니까. 손끝의 볼록한 부분으로 꽉 당기렴, 이렇게." 그가 에이프릴의 손을 놓은 뒤 자기 흉골을 톡톡 쳤다. "한 방, 바로 이 자리를 쏴야 해. 그러면 다 끝나지만 절대로 빗나가면 안 돼. 서두르지 말고 잘 조준해서 발사." 그는 총을 다시 장전한 다음에 에이프릴에게 건네주었다. "자, 가지고 있으렴. 내가 보여준 대로 한 발은 꼭 가지고 있어야 한다."

에이프릴이 쓴웃음을 지었다. "와, 고맙습니다. 그런데 전 드릴 게 없는걸요."

키트리지도 마주 웃어주었다. "그건 다음에."

그렇게 잠시 침묵이 흘렀다. 에이프릴은 손에 든 권총이 마치 알 수 없는 유물이라도 되는 듯이 이리저리 뒤집어가며 살펴보고 있었다. "그 아빠가 했다는 말 있잖아요, 안타-뭐라는 말요."

"*안타 알-마술.*"

"무슨 뜻인지 아세요?"

키트리지가 고개를 끄덕였다. "네가 저지른 짓이야."

또다시 침묵이 흘렀지만, 아까와는 달랐다. 두 사람 사이를 가르는 장벽이 아니라, 오로지 두 사람만 존재하는 방의 벽처럼 그들의 삶에 대한 공통의 이해에 가까운 침묵이었다. 그런 말을 하다니, 정말 이상했지, 하고 키트리지는 생각했다. *안타 알-마술, 안타 알-마술.*

"해야 할 일을 하신 거예요." 에이프릴이 말했다. "아저씨도 죽을 뻔했잖아요."

"선택의 여지는 있었지." 키트리지가 대답했다.

"달리 무엇을 할 수 있었겠어요?"

물론 수사학적인 질문일 뿐이라는 것을 키트리지 역시 알았다. 대답을 기다리는 게 아니라는 것도. *'달리 무엇을 할 수 있었겠어요?'* 하지만 키트리지는 그 대답을 알았다. 오래전부터 알고 있었다.

"그 애의 손을 잡아줄 수도 있었겠지."

그는 밤새도록 창가에서 불침번을 섰다. 밤새우는 건 그에게는 아무런 문제도 아니었다. 아주 잠깐씩만 눈을 붙이며 밤새우는 데 길이 들어 있어서였다. 에이프릴은 창 아래 바닥에 몸을 둥글게 말고 누워 있었다. 키트리지가 재킷을 벗어 그 애에게 덮어준 뒤였다. 바깥은 깜깜했다. 창밖으로 보이는 풍경은 하늘에 별들만 점점이 박혀 있는 평온한 세계였다. 지평선 너머에서 첫 동이 트는 것을 본 뒤에야 그는 눈을 붙였다.

그러다가 그는 다가오는 차의 엔진 소리에 번쩍 눈을 떴다. 군용 차량이 스무 대나 줄지어 거리를 달렸다. 그는 두 번째 권총을 끄집어내 그와 똑같이 잠에서 깨어 눈을 비비는 에이프릴에게 건넸다.

"가지고 있으렴."

키트리지는 서둘러 계단을 내려갔다. 그가 문 바깥으로 달려 나갔을 때는 차량들과의 거리가 30미터도 되지 않을 때였다. 그는 거리로 뛰어나가 두 팔을 휘저었다.

"멈추십시오!"

선두에 서 있던 험비가 키트리지의 앞 몇 미터 앞에서 정지했고 지붕에 탄 병사는 50구경 소총을 겨눈 채로 그의 움직임을 훑고 있었다. 병사의 얼굴 아래 절반은 하얀 수술용 마스크에 가려 보이지 않았다.
"거기 서."

키트리지는 두 팔을 들었다. "무기는 없습니다."

병사는 소총의 볼트를 당겼다. "말했습니다. 거리를 유지하라고."

첨예한 긴장 속에서 5초가 지나갔다. 총을 맞아도 이상하지 않았을 것이다. 그때 험비 조수석 문이 열렸다. 건장해 보이는 여자 한 명이 내리더니 그를 향해 다가왔다. 가까이서 보니 그녀의 얼굴은 먼지로 덮인, 피곤하고 주름진 표정이었다. 군 간부, 하지만 책상물림이나 하는 사람은 아닌 게 분명했다.

"나는 아이오와 주방위군 제9전투지원부대 소속 포르체키 소령이다. 그쪽은 대체 누구지?"

키트리지가 가진 카드는 하나뿐이었다. "미국 해병대 제1헌병대 찰리 중대 버나드 키트리지 하사관입니다."

포르체키 소령이 눈을 가늘게 뜨고 그의 얼굴을 살펴보았다. "해병대 소속이라고?"

"의가사 제대를 했습니다."

소령의 시선이 키트리지를 지나쳐 학교 건물로 향했다. 키트리지는 그쪽을 보지 않고도 모두가 창가에 붙어 내다보고 있으리라는 것을 알았다.

"건물 안에 민간인이 몇 명이나 있지?"

"11명입니다. 버스는 연료가 바닥나기 직전입니다."

"환자나 부상자는?"

"모두 지쳐 있지만 무사합니다."

소령은 알 수 없는 표정으로 한참 생각하더니 외쳤다. "칼드웰, 발디즈!"

상병 두 명이 달려 나왔다. 그들 역시 수술용 마스크를 쓰고 있었다. 포르체키만 빼고 모두가 같은 마스크를 착용한 것이었다.

"급유계로 저 버스에 연료를 충전하도록 해."

"민간인을 데려간단 말입니까? 지금 그럴 여력이 있습니까?"

"내가 네 의견을 물었나? 그리고 위생병도 데려와."

"알겠습니다, 소령님. 죄송합니다, 소령님."

두 사람은 다시 달려갔다.

"감사합니다, 소령님. 여기서 걸어서 나가려면 보통 일이 아니었을 테니까요."

포르체키가 허리에 찬 수통을 꺼내 한참 물을 들이마셨다. "제때 우리를 발견한 게 다행인 줄 아십시오. 연료가 흔치 않습니다. 포트 포웰에 있는 국립 무기고로 돌아가는 중이니 거기까지 데려갈 수 있습니다. 거기 가면 FEMA의 난민 수속센터가 있습니다. 거기서 시카고나 세인트루이스로 대피할 수 있을 겁니다."

"혹시, 새로운 소식이 있습니까?"

"뭐라고 말해야 할지 모르겠군요. 방금까지 그 망할 것들이 온 사방에 있더니 다음 순간에는 온데간데없이 사라지니 말입니다. 놈들은 나무를 좋아하지만 숨을 수 있는 것이라면 뭐든지 가리지 않습니다. 중부 사령부의 전언에 따르면 캔자스와 네브래스카 경계에 대규모 파드가 형성되었다고 합니다."

"파드라니요?"

소령은 다시 수통의 물을 꿀꺽 삼켰다. "위쪽에서는 놈들의 무리를 파드라고 부릅니다."

그때 위생병이 나타났다. 학교 안에 있던 사람들이 전부 바깥으로 나오고 있었다. 키트리지가 그들에게 상황을 설명해주는 와중에 병사들은 방위선을 만들었다. 위생병은 모두의 체온을 재고 입안을 들여다보며 검사를 했다. 다들 출발 준비를 마쳤을 때 버스 계단을 오르려는 키트리지에게 포르체키가 다가왔다.

"한 가지만 더 말씀드리겠습니다. 덴버에서 왔다는 이야기는 아무에게도 하지 않는 게 좋겠습니다. 누가 물어보면 아이오와에서 왔다고 하십시오."

그는 고속도로 위 갈기갈기 박살 난 차들의 행렬을 생각했다. "그렇게 하겠습니다."

키트리지는 버스에 올랐다. 대니의 바로 뒷자리에 앉아 소총을 다리 사이에 끼워 세웠다.

자말은 입이 찢어지게 웃고 있었다. "군 수송대를 만나다니 대박인데요. 키트리지 당신에게 했던 말은 전부 없었던 말로 할게요." 그러면서 그는 소매 속에서 꺼낸 티슈로 이마를 축이고 있는 벨라미 여사를 향해 엄지손가락을 치켜들었다. "저 할머니가 나를 저격해도 상관 안 할 거야."

"말이야 무슨 말을 못 해, 젊은 친구." 벨라미 여사가 대꾸했다.

그러자 자말이 통로 건너편 벨라미 여사를 향해 몸을 돌리더니 물었다. "전부터 궁금했는데 할머니들은 왜 소매 안에 콧물 훔치는 걸레를 넣어 다니는 거예요? 좀 비위생적이라고 생각 안 해요?"

"팔에다 새긴 잉크를 다 합치면 디토 복사기 하나쯤은 거뜬히 돌릴 만한 놈이 그런 얘기를 하다니."

“디토 복사기라니, 할머니 대체 몇 세기 사람이세요?”

“널 보면 떠오르는 말이 하나 있다. ‘간염’ 말이다.”

“그만 좀 하세요, 둘 다.” 우드가 끙끙 앓는 소리를 냈다. “둘 다 어디 딴 데 가서 싸우라니까.”

그렇게 수송대가 움직이기 시작했다.

14

계획은 진행되기 시작했다. 팀이 꾸려졌고 동틀 무렵 전용기가 오기로 했다. 길더는 블랙버드의 연락책과 접촉했다. 모든 것이 착착 이루어지는 중이었다. 창고의 서버와 하드드라이브는 모두 삭제되었다. 직원들에게는 집으로 돌아가라고 했다. 집으로 돌아가서 가족과 함께 있으라고 말이다.

길더가 비에 촉촉하게 젖은 고요한 거리를 달려 타운하우스를 향한 것은 자정이 넘은 시각이었다. 라디오에서는 끊임없이 나쁜 소식이 쏟아져 나왔다. 혼돈에 잠식된 고속도로, 군대 재편성, 해외의 소란. 백악관에서는 최고의 인재들이 모여 위기를 해소하고 있다며 안심하라는 성명을 발표했지만, 이제는 누구도 속지 않았다. 몇 시간 내로 전국에 계엄령이 선포될 것이었다. CNN에서는 NATO 전함이 해안가로 접근하는 중이라고 보도하고 있었다. 북미 대륙은 폐쇄될 것이다. 온 세계가 미국을 경멸하겠지, 하고 길더는 생각했다. 우리가 사라진 뒤에 세상은 어떻게 될까?

그는 집을 향해 차를 모는 내내 백미러를 주시했다. 편집증 증상은 아니었다. 일의 진행 상황은 뻔했을 것이다. 타이어 소리가 나더니 승합차가 눈앞에 서고 그 안에서 검은 양복을 입은 남자들이 내릴 것이다.

호레이스 길더? 따라오시지요. 아직까지 그 일이 일어나지 않은 게 놀라울 지경이었다.

그는 차고에 차를 세운 뒤 문을 잠갔다. 침실로 들어가 작은 가방에 필수품 – 이틀 치 갈아입을 옷, 세면도구, 약 – 을 챙긴 다음 아래층으로 가지고 내려왔다. 서재에 있던 노트북 컴퓨터를 전자레인지에 집어넣고는 불꽃이 터지며 회로가 녹아버릴 때까지 가열했다. 핸드폰은 당연히 캠리 창밖으로 던져버린 뒤였다.

그는 거실로 가서 조명을 어둡게 한 뒤 커튼을 열었다. 길 건너편 타운하우스에 사는 이웃이 SUV 차량의 해치를 열어놓고 슈트 케이스를 싣고 있었다. 문간에서는 그의 아내가 잠든 어린애를 가슴에 안고 서 있었다. 저 사람들의 이름이 뭐였더라? 원래 몰랐던 건지, 기억이 안 나는 건지 알 수 없었다. 가끔 밝은색 유모차에 어린 딸아이를 태우고 자기 집 진입로를 돌아다니던 저 여자를 본 적 있었다. 세 사람을 보니 갑자기 쇼나의 기억이 밀려왔다. 쓰라렸던 마지막 만남의 기억이 아니라, 사랑을 나눈 직후 나란히 누워 있었던 기억, 그의 가슴을 간지럽히던 쇼나의 나직한 속삭임이었다. *제가 하는 일들이 마음에 드시나요? 당신에게 하나뿐이고 싶어요.* 연극 대사에 불과했던 그 말, 의무적으로 보내는 시간을 장식하기 위한 싸구려 연출에 불과했지. 나는, 얼마나 바보 같았던가.

남자는 아내의 품에서 아이를 받아 안고 뒷좌석에 조심스레 태웠다. 두 부부가 차에 올라탔다. 길더는 두 사람이 나누고 있을 말을 상상했다. *우린 괜찮을 거야. 지금 이 순간에도 해결하느라 애쓰고 있다잖아. 그냥 한두 주쯤 어머님 댁에서 보내다 보면 다 끝나 있을 거야.* 시동이 걸리는 소리가 났다. 차가 후진으로 진입로를 빠져나갔다. 길더는 자동차 후미등이 저 멀리 사라지는 모습을 보았다. 행운을 빕니다, 하고 그는 생각했다.

그렇게 그는 5분을 더 제자리에 서 있었다. 집집마다 불이 꺼진 거리는 조용했다. 아무도 보고 있지 않다는 확신이 충분히 들자 그는 캠리에 짐을 실었다.

섀도데일에 도착한 것은 새벽 두 시가 넘은 시각이었다. 주차장은 비어 있었다. 입구 옆에는 불이 하나밖에 켜져 있지 않았다. 안으로 들어가니 안내 데스크에는 아무도 없었고 그 옆에는 빈 휠체어가 하나, 복도에 또 하나가 놓여 있었다. 건물 전체가 쥐 죽은 듯 고요했다. 어쩌면 감시 카메라가 그를 찍을지도 모르겠다. 하지만 그 테이프를 누가 확인하겠는가?

그의 아버지는 어둠 속 자기 병실의 침대에 누워 있었다. 방 안에서 지독한 냄새가 났다. 몇 시간, 어쩌면 하루 내내 아무도 들어오지 않은 모양이었다. 침대 옆 쟁반에는 누가 거버 이유식이 든 유리병 여남은 개와 물 주전자 하나를 갖다 놓았다. 쏟아진 컵을 보니. 아버지가 물을 마시려고 했다는 걸 알 수 있었지만, 이유식은 손도 대지 않은 채였다. 어차피 먹으려 해도 아버지로서는 병을 열 수 없었을 것이다.

길더에게는 시간이 얼마 없었지만, 그래도 서두를 때가 아니었다. 아버지는 눈을 감고 있었고, 그 목소리 – 그 위협적인 목소리 – 역시 잠잠했다. 이쪽이 낫다고 길더는 생각했다. 대화를 나눌 시간은 없으니까. 그는 아무리 사소하더라도 아버지에 대한 좋은 기억을 떠올려 보려고 애썼다. 그나마 떠오른 것이 어린 시절 아버지가 공원에 데려가 주었던 기억이었다. 흐릿하고 막연한 기억이었지만 – 어쩌면 아예 일어난 적 없는 일인지도 모르겠으나 – 그가 가진 건 그 기억이 전부였다. 겨울날, 숨을 쉴 때마다 보이던 하얀 입김, 아버지가 밀어주던 그네의 움직임에 따라 쑤욱 솟았다가 다시 멀어지던 헐벗은 나무들, 그를 붙잡았다가 허공으로 힘껏 밀어 보내던 아버지의 커다란 손이 등 한가운데에 닿았던 감촉. 그날의 기억은 그것뿐이었다. 아마 다섯 살밖에 안 되었을 것이다.

머리 밑에서 베개를 끄집어냈을 때 아버지의 눈꺼풀이 꿈틀댔지만 아버지는 눈을 뜨지 않았다. 지금은 바로 벼랑 끝과 같은 결정적인 순간이라고 길더는 생각했다. 이 행위는 한번 행해지면 결코 되돌릴 수 없는 일이었다. 존속 살해Patricide라는 단어가 떠올랐다. 라틴어로 아버지를 뜻하는 Pate, 그리고 잘라낸다는 뜻의 Caedere에서 유래한 말. 그는 자살할 용기가 없었음에도 아버지의 얼굴을 베개로 누를 때는 조금도 망설이지 않았다. 베개 양 끝을 손으로 움켜쥔 채 아버지의 입과 코로 통하는 공기가 완전히 차단되었으리라는 확신이 들 때까지 힘을 주었다. 느릿느릿 1분이 지나가는 동안 길더는 속으로 초를 세었다. 담요 위에 놓여 있던 아버지의 손이 반사적으로 꿈틀거렸다. 얼마나 오래 걸릴까? 언제쯤이 되어야 끝났다는 것을 알 수 있을까? 베개로 실패한다면, 그때는 어떻게 한담? 그는 아버지의 손이 또다시 움직이기를 기다리며 지켜보았지만, 손은 더 이상 움직이지 않았다. 서서히, 그는 자신의 손 아래서 꼼짝도 하지 않는 몸이 의미하는 바가 단 한 가지뿐임을 깨달았다. 아버지는 더 이상 숨을 쉬지 않았다.

그는 베개를 치웠다. 아버지의 얼굴은 달라진 데가 없었다. 마치 죽음은 아버지의 상태에서 아주 미세한 변화일 뿐인 것처럼. 길더는 손바닥으로 아버지의 고개를 살짝 받친 채 베개를 원래의 자리에 가져다

놓았다. 자신의 범죄를 숨길 생각은 없었지만 – 어차피 누가 정황을 확인할 일도 없을 것 같았으니까 – 아버지가 베개는 베고 있었으면 했다. 특히, 앞으로 아주 오래도록 누워 계셔야 할 것이기에. 길더는 그 순간 갑자기 감정들이 급속도로 밀려오면서 여태까지 참아왔던 고통과 후회가 쏟아질 거라고 예상했었다. 끔찍했던 어린 시절, 어머니의 외로운 삶. 황폐하고 사랑이라고는 없는, 벗이라고는 돈을 주고 고용한 여자밖에 없었던 그라는 존재. 하지만 그가 느낀 것은 안도감이 전부였다. 그의 인생 최고의 시험, 그리고 그는 그 시험을 통과한 것이다.

밖으로 나가자 복도는 이전과 다름없이 고요했다. 다른 문 뒤에서는 또 얼마나 많은 사람이 죽어가고 있을지, 얼마나 많은 가족이 똑같이 잔혹한 결정을 마주할지, 아무도 모른다. 길더는 손목시계를 확인했다. 요양 센터에 들어온 지 10분이 지났다. 고작 10분이었지만 그사이에 모든 것이 달라졌다. 그도 달라졌고, 세상도 달라졌다. 그리고 이 세상에 아버지는 더 이상 없었다. 바로 그 순간 그의 눈에 눈물이 차올랐다.

그는 빠른 걸음걸이로 복도를 걸어 텅 빈 휴게실과 간호사실을 지나쳐 이른 아침 속으로 나갔다.

15

그레이의 눈앞에 장애물이 나타난 것은 이틀째 되는 날 늦은 오후, 미주리주 경계에 가까워질 무렵이었다. 그들은 어느 마을과도 가깝지 않은 아무것도 없는 곳에 있었다. 그가 급히 차를 세웠다.

라일라는 읽고 있던 잡지에서 고개를 들었다. 〈오늘날의 부모 되기〉. 그레이가 르도에 있는 소규모 마트에서 〈가족생활〉, 〈유아와 어린이〉, 〈현대의 아기〉 같은 다른 잡지들과 함께 구해다 준 것들이었다. 지난 하루 동안 그레이를 대하는 라일라의 태도가 사뭇 달라졌다. 어쩌면 이 여정이 일상과 다름없는 거라고 애써 믿느라 지쳐버린 탓인지는 모르겠지만 그녀는 점점 그레이가 비협조적인 남편이라도 되는 양 짜증을 내기 시작했다.

"세상에, 이게 뭐야." 라일라가 읽고 있던 잡지를 무릎 위에 내동댕이쳤다. 잡지 표지에는 핑크색 점퍼를 입은 볼이 발간 여자아이 사진이 있었다. '플레이 데이트가 엉망으로 돌아갔을 때'라는 글자도 있었다. "이게 대체 뭐예요?"

"탱크 같은데요."

"탱크가 여기 왜 있어요?"

"길을 잃은 건지도 모르지요."

"탱크를 잃어버리는 사람이 어디 있어요, 로렌스. '죄송한데 혹시 제

탱크 보셨나요? 여기 어디 있어야 하는데' 하고 다닐 수는 없는 노릇이 잖아요?" 라일라가 무거운 한숨을 쉬었다. "누가 길에다 이렇게 탱크를 세워놓은 거야. 어서 치우라고 해요."

"그러니까 저한테 가서 치워달라고 하라는 뜻인 거죠?" 그레이가 대답했다.

"그래요, 로렌스. 내 말이 그 말이에요."

정말 그러고 싶지 않았지만, 라일라의 말대로 하지 않을 도리가 없었다. 그는 차에서 내렸다. 바깥은 뉘엿뉘엿해지는 중이었다. "실례합니다!" 그가 외쳤다. 그리고 조수석 창문을 열어놓고 그를 쳐다보고 있던 라일라를 돌아보았다. "아무도 없는 것 같은데요."

"못 들었나 보죠."

"그냥 다른 데로 돌아갑시다. 다른 길이 있을 거예요."

"기본이 안 돼 있잖아요. 길을 이렇게 막아놓으면 어떡해. 해치를 열어봐요. 그 안에 분명 누가 있을 거야."

그럴 리가 없을 것 같았지만 그레이는 라일라와 말싸움하고 싶지 않았다. 그는 탱크 외부의 디딤대를 밟고 올라가 맨 위 포탑 쪽으로 몸을 끌어 올렸다. 그다음에는 해치를 내려다보았지만, 안이 너무 깜깜해서 아무것도 보이지 않았다. 라일라는 볼보에서 내려 손전등을 들고 탱크 밑에 서 있었다.

"좋은 생각이 아닌 것 같은데요." 그레이가 말했다.

"그냥 탱크잖아요, 로렌스. 정말이지 남자들은 다 똑같다니까, 그거 알아요?"

라일라가 그에게 손전등을 건네주었다. 안을 들여다볼 도리밖에 없었다. 그레이가 손전등으로 해치 안을 비추었다.

'이런 씨발.'

"왜요? 안에 뭐 있어요?"

아마 두 사람이었을 것 같았다. 눈으로 보기에 가장 쉽게 구분하자면 그랬다. 누가 수류탄이라도 떨어뜨린 것처럼 안에 있던 병사들은 갈기갈기 찢겨 있었다. 그러나 수류탄이 아니었다는 게 문제다.

보여, 그레이?

그레이는 그 순간 전기에 감전된 것처럼 몸을 떨었다. 그 목소리였다. 차고에서 들렸던 목소리와는 달랐다. 그의 머릿속에서 나는 목소리였다. 제로의 목소리. 라일라가 탱크 밑에서 그를 올려다보고 있었다. 무슨 말이라도 해 그녀에게 경고해주고 싶었지만, 도저히 아무 말도 나오지 않았다.

배가…… 고프지 않아, 그레이?

배가 고팠다. 그냥 고픈 정도가 아니라, 굶어 죽을 것 같았다. 갑자기 그 감각이 그의 온몸, 세포와 분자와 그의 몸속 가장 작은 원자 하나하나까지 장악하는 것 같았다. 태어나서 처음 느껴보는 깊고도 깊은 허기였다.

내가 주는 선물이다. 피의 선물이지.

"로렌스, 왜 그래요?"

그레이는 침을 꿀꺽 삼켰다. "잠깐…… 잠깐이면 돼요."

그는 해치 안으로 내려갔다. 손전등을 떨어뜨렸지만 상관없었다. 탱크 속이 어두울수록 그의 시야는 더 선명해졌고 온 사방이 피 칠갑이 되어 아름답게 번질거렸다. 어마어마한 욕구가 그를 사로잡는 바람에 그는 얼굴을 차가운 금속 벽에 대고 혀로 훑었다.

"로렌스! 그 안에서 뭐 하는 거예요!"

그는 이제 네발로 기면서 바닥을 혀로 핥고 시럽 같은 시체의 잔해 속에 얼굴을 파묻고 있었다. 최고야! 일 년을, 십 년을, 백 년을 굶은 끝에 역사상 최고로 풍성한 연회에 초대된 것만 같았다! 육체의 모든 쾌락을 하나로 합쳐놓은 것 같은, 이 순수한 쾌락의 환각 상태!

그때 난폭한 쾅 소리와 함께 마법은 깨지고 말았다. 그는 피범벅이 된 얼굴로 손가락을 입에 물고 있었다. 내가 뭘 하고 있는 거지? 방금 들린 천둥소리 같은 건 또 뭐지?

"로렌스! 빨리 나와요!"

또 한 번 쾅 소리가 들렸다. 아까보다 컸다. 그는 서둘러 사다리를 올랐다. 하늘이 이상했다. 갑자기 불길에 온 사방이 환해졌다.

라일라는 그레이의 피투성이 얼굴을 보자마자 비명을 지르기 시작했다.

머리 위에서 전투기 두 대가 허공을 가르며 낮게 날았다. 새하얀 광채가 어둠을 밝히더니, 뜨거운 공기의 충격으로 그는 탱크 지붕에서 굴러떨어지고 말았다. 그는 그대로 바닥에 쾅 떨어지며 숨을 토해냈다. 조금 전보다도 더 많은 수의 전투기가 폭주하더니 동쪽 하늘이 번쩍거리기 시작했다.

라일라는 얼굴 앞을 손으로 막은 채 그에게서 물러나고 있었다. "가까이 오지 마!"

설명할 시간이 없었다. 있다 한들, 뭐라고 설명하겠는가? 지금 일어나는 일이 무슨 일인지는 뻔했다. 두 사람은 전쟁의 한복판으로 들어와 버린 것이다. 그레이는 라일라의 팔을 움켜쥐고 그녀를 차 안으로 끌었다. 그녀는 발버둥을 치고 비명을 지르며 그의 손아귀에서 빠져나오려 온몸을 뒤틀었다. 그레이는 겨우 조수석 문을 열고 라일라를 안으로 밀어 넣고 나서야 실수를 깨달았다. 문을 닫자마자 라일라가 문을 잠가버린 것이다.

그레이가 차창을 두들겼다. "라일라, 들여보내 줘요!"

"저리 가요, 저리 가란 말이야!"

무거운 것이 필요했다. 차 주변을 둘러보았지만 쓸 만한 것이 보이지 않았다. 얼마 지나지 않아 라일라는 자신이 무엇을 해야 하는지 알아차릴 것이다. 운전석으로 넘어가 차를 몰고 가버리는 것이다.

그렇게 둘 수는 없었다.

그레이는 한 걸음 물러나서 주먹을 쥐고 운전석 차창으로 돌진했다. 당연히 유리창에 부딪치는 순간 뼈가 조각조각 부서지는 것 같은 아픔이 밀려오리라 생각했지만, 그렇지 않았다. 그의 주먹은 마치 휴지 조각을 찢듯 수월하게 차창을 통과했고 유리 파편들이 폭포처럼 쏟아져 내렸다. 라일라가 반응하기 전에 그는 문을 열고 운전석에 타자마자 전속력으로 후진했다. 180도로 운전대를 틀고 액셀을 밟았다. 그러나 탈출의 기회는 이미 사라진 뒤였다. 두 사람은 이미 전쟁터 한가운데에 들어와 버린 것이다. 아까보다도 더 많은 전투기가 쌩쌩 날아다녔고 눈앞에는 불길이 치솟았다. 오른쪽으로 운전대를 꺾자 다음 순간 차는 옥수수밭 한가운데를 헤치고 있었다. 타이어가 물렁거리는 흙에서 함부로 헛돌고 빳빳한 푸른 잎들이 앞 유리창을 마구 두들겼다. 옥수수밭을 빠져나오자마자 배수로가 그레이의 눈에 들어왔지만 이미 너무 늦은 뒤였다. 볼보가 아래로 처박혔다가 다시 치솟았고 한순간 허공에 떴다가 다시 바닥에 나동그라졌다. 라일라는 미친 듯이 비명을 질러대고 있었고, 그 비명 속에서 그레이의 눈에 도로가 들어왔다. 그는 운전대를 있는 대로 꺾고 온 힘을 다해 액셀을 밟았다. 그들은 배수로와 평행으로 달리고 있었다. 해가 지평선 아래로 떨어진 뒤라 땅은 온통 잉크처럼 시커먼 어둠에 잠기고 타오르는 불길에 하늘은 새빨갰다.

하지만, 불길이 전부가 아니었다. 갑자기 밝은 빛이 두 사람이 탄 차를 훑었다.

"차를 멈춰라."

커다란 검은 새가 내려앉기라도 한 것처럼 거대한 검은 형체가 앞 유리창을 가득 메웠다. 그레이가 브레이크를 꽉 밟자 두 사람의 몸이 앞으로 쏠렸다. 헬리콥터가 지상에 닿는 순간 유리가 깨지는 소리가 들리더니 무언가가 그레이의 무릎으로 떨어졌다. 수프 깡통만 한 금속 용기가 쉭쉭거리는 소리를 내고 있었다.

"라일라, 뛰어요!"

문을 열었지만 가스가 벌써 그의 머리와 심장과 폐에 가득 들어간 뒤였다. 그는 열 발짝도 채 가지 못해 굴복했다. 땅이 파도처럼 솟아나서 그를 삼켰다. 시간이 거꾸로 흐르는 것 같았다. 세상이 전부 물처럼 흐물흐물해져서 멀어지는 것 같았다. 세찬 바람이 그의 얼굴에 밀려왔다. 가물거리는 시야에 우주복 차림의 남자들이 다가오는 모습이 보였다. 똑같은 옷을 입은 두 명이 라일라를 헬리콥터로 끌고 가는 모습이 보였다. 라일라는 고개를 숙인 채 온몸의 힘이 빠진 채로 땅에 발을 질질 끌며 끌려가고 있었다. "다치게 하지 마!" 그레이가 고함쳤다. "제발, 아기를 다치게 하면 안 돼!" 하지만 그 말은 소용없었다. 사람의 형체들이 그에게 다가왔고, 얼굴들이 흐려져서 유령처럼 몸 없이 땅 위를 떠돌았다. 별들이 하늘에 솟아나고 있었다.

유령들이야, 그레이는 생각했다. *이번에는 진짜로 죽겠지.* 그들의 손이 몸에 닿는 것이 느껴졌다.

16

그들은 온종일 달렸다. 수송대가 멈춘 것은 늦은 오후였다. 포르체키가 선두의 험비에서 내려 버스를 향해 다가왔다.

"여기서 헤어져야겠습니다. 게이트를 지키는 보초병들의 지시에 따르십시오."

이곳은 일종의 중간 집결지였다. 물자를 실은 트럭들, 군용 휴대품, 급유차, 심지어 대포도 있었다. 키트리지가 보기에는 최소 2개 부대 정도의 병력이었다. 얼마 떨어지지 않은 곳에 게이트로 봉쇄된 기지가 있고, 캔버스 텐트들을 둘러싸고 가시철조망을 꼭대기에 두른 이동식 울타리가 쳐져 있었다.

"어디로 가십니까?" 키트리지가 물었다. 전투가 어디서 일어나고 있는지가 궁금했다.

포르체키는 어깨만 으쓱했다. *위에서 가라는 곳으로 가야 한다는* 뜻이었다. "행운을 빕니다, 제가 했던 말만 잘 기억하십시오."

수송대는 철수했다. "게이트로 들어가, 대니." 키트리지가 말했다. "천천히." 소총으로 무장한 마스크 쓴 병사 두 명이 게이트를 지키고 있었다. 철조망에는 커다란 표지판이 붙어 있었다. "연방 위기관리국 난민 수속센터. 재출입 불가. 이 지점 이후로 무기 소지 불가."

입구에서 6미터쯤 떨어진 지점으로 오자 병사들이 버스를 세우라고 손짓했다. 둘 중 하나가 운전석으로 왔다. 많아야 스무 살인, 볼에 여드름이 무성한 어린 녀석이었다.

"몇 명입니까?"

"열두 명입니다." 키트리지가 대답했다.

"출발지는?"

버스에 붙어 있던 번호판은 이미 떼어버린 뒤였다. "디모인."

병사는 뒤로 물러서더니 무전기에 대고 뭐라 뭐라 중얼거렸다. 두 번째 병사는 봉쇄된 게이트 앞에서 총구를 하늘로 치켜들고 서 있었다.

"좋습니다. 시동 끄고 그 자리에 계십시오."

잠시 후 병사가 캔버스 천으로 된 더플백을 가져와서 창문 안쪽으로 넘겨주었다. "뒤에서부터 무기와 핸드폰을 모두 집어넣고 앞으로 전달해주십시오."

키트리지로서는 무기를 압수하는 건 이해할 수 있었지만, 핸드폰은 왜 굳이? 며칠째 일행 중 누구도 신호를 잡지 못하고 있었다.

"사람이 너무 많아서 핸드폰을 사용하고자 할 시 내부 네트워크가 충돌할 위험이 있어서입니다. 죄송합니다, 규칙이 그렇습니다."

설득력이 없는 설명이었지만, 어쩔 수 없는 일이었다. 그는 더플백을 받아들고 가운데 통로를 이리저리 돌아다녔다. 벨라미 여사에게 다가갔더니, 여사는 핸드백을 보호하려는 듯 허리춤에 바짝 끌어안고 있었다.

"젊은 청년, 난 이거 없이는 미용실도 안 간다고."

키트리지는 최선을 다해 미소를 지어 보였다. "그러시겠지요. 하지만 이곳은 안전합니다. 믿어도 좋습니다."

그러자 벨라미 여사는 마지못한 기색이 역력한 채로 핸드백에서 거대한 권총을 꺼내 더플백 속에 집어넣었다. 키트리지는 무기가 담긴 더플백을 버스 앞쪽으로 가지고 와서 계단 맨 아래 칸에 내려두었다. 첫 번째 병사가 다가와서 더플백을 회수했다. 병사 중 한 명이 버스 안을 검색하는 동안 모두 짐을 가지고 버스에서 내려서 멀찍이 떨어져 있으라는 명령이 떨어졌다. 게이트 안쪽으로 문이 열린 커다란 가건물이 하나 보였고, 그 안에 사람들이 모여 있는 게 보였다. 펜스를 따라 더 많은 병사가 돌아다니는 모습도 보였다.

"좋습니다." 버스 안을 전부 검색한 보초가 말했다. "들어가셔도 좋습니다. 수속센터에 보고한 뒤에 숙소를 배정받게 될 것입니다."

"버스는 어떻게 하지요?" 키트리지가 물었다.

"모든 연료와 차량은 미군이 징발하고 있습니다. 한번 들어가면 나오지 못하니까요."

키트리지는 대니의 얼굴에 떠오른 충격의 빛을 보았다. 나머지 한 명의 병사가 버스에 오르더니, 몰고 어딘가로 가고 있었다.

"이 친구는 무슨 문제가 있습니까?" 보초가 물었다.

키트리지가 대니를 향해 말했다. "괜찮아, 이분들께서 잘 돌봐 주실 거야."

대니의 눈 속에 갈등이 역력했다. 마침내 대니가 고개를 끄덕였다.

"안 그랬다간 봐라." 대니의 말이었다.

수속센터의 긴 테이블 앞에 사람들이 줄지어 기다리고 있었다. 아이들이 있는 가족들, 노인들, 부부들, 심지어 개를 데리고 온 눈먼 사람도 있었다. 적갈색 머리카락을 뒤로 넘긴, 적십자 티셔츠를 입은 젊은 여자가 단말기를 든 채 줄 서 있는 사람들 주변을 돌아다니고 있었다.

"보호자 없는 미성년자 있습니까?" 포르체키 소령처럼 그녀 역시 마스크를 쓰고 있지 않았다. 잠을 못 자 피로한 눈을 하고 있었다. 그녀가 에이프릴과 팀을 보았다. "너희 둘은?"

"제 동생이에요." 에이프릴이 말했다. "저는 18살이고요."

여자는 그 말을 믿지 못하는 눈치였지만 그래도 아무 말도 하지 않았다.

"저희 모두 함께 있고 싶습니다." 키트리지가 말했다.

여자는 단말기에 뭐라고 입력하는 중이었다. "그건 제 권한이 아니에요."

"이름이 어떻게 되십니까?" 언제나 이름을 알아놓는 게 도움이 되지, 하고 키트리지는 생각했다.

"베라예요."

"우리를 여기까지 데려다준 수송대 이야기에 따르면 우리가 시카고나 세인트루이스로 대피하게 될 거라던데요."

베라가 들고 있던 단말기에서 종이가 한 장 미끄러져 나오자, 종이를 찢어 키트리지에게 주었다. "아직은 버스를 기다리는 중이에요. 오래 걸리진 않을 거예요. 데스크에 가면 이걸 보여주세요."

그들은 텐트를 배정받고 식권으로 쓰인다는 둥근 플라스틱 디스크를 받은 다음, 소음과 냄새가 그득한 캠프 안으로 들어왔다. 나무 타는 냄새, 화학 화장실에서 나는 냄새, 모여 있는 사람들에게서 풍기는 체취. 땅은 진흙탕이었고 쓰레기투성이였다. 사람들은 휴대용 스토브로 음식을 만들고, 텐트 줄에 빨래를 널어 말리고, 양동이에 물을 받으려고 펌프 앞에 줄을 서서 기다리고, 야외 파티를 구경하러 온 사람처럼 지치고 멍한 얼굴로 정원용 의자에 늘어서 있었다. 쓰레기통은 하나같이 흘러넘치고 파리 떼가 그 위를 맴돌았다. 해가 이글이글 내리쬐었다. 군용 트럭 외에 차량이라고는 보이지 않았다. 이 난민들은 모두 연료가 떨어진 차를 버리고 걸어온 모양이었다.

그들의 텐트에는 이미 두 사람이 배정되어 있었다. 프레드 윌크스와 루시 윌크스라는 노부부였다. 캘리포니아 출신이지만 가족의 결혼식 때문에 아이오와에 왔을 때 전염병이 발병했다고 했다. 오늘로 6일째 캠프 생활 중이라고 했다.

"버스 소식은 있었습니까?" 키트리지가 물었다. 조 로빈슨은 식량 배급을 받으러 갔고, 우드와 들로리스는 물을 구하러 가 있었다. 에이프릴은 동생이 근처 다른 텐트의 아이들과 놀아도 된다고, 하지만 멀리 가지는 말라고 일러준 참이었다. 대니가 키트리지와 함께 있었다. "언제 온답니까?"

"항상 내일이라고만 하지." 프레드 윌크스는 적어도 일흔은 되어 보이는, 파란 눈이 형형한 깔끔한 노인이었다. 더워서 셔츠를 벗고 솜털로 뒤덮인 새하얀 가슴을 내보인 채였다. 그의 작은 체구와 대비되게 풍만한 몸집을 가진 아내 – 꼭 잭 스프랫과 그의 아내 같았다 – 는 각자의 침상에 걸터앉은 채 판지 상자를 테이블 삼아 진 러미 게임을 하고 있었다. "어서 대피가 이루어지지 않으면 다들 참을성을 잃을 텐데. 그러면 어떻게 되려나?"

키트리지는 텐트 밖으로 나왔다. 지금 당장은 군인들에게 둘러싸여 있어 안전하다. 하지만 모두가 무언가가 일어나기를 기다리고 있는 지금, 이 모든 것은 짧은 유예일 뿐이라는 생각이 들었다. 펜스를 따라 100미터 간격으로 보병들이 주둔해 있었다. 빠짐없이 수술용 마스크를 쓴 채였다. 들어오고 나갈 수 있는 길은 정문 게이트 하나뿐인 것 같았다. 캠프의 북쪽에 인접해 있는 건물 한 채가 키트리지의 눈에 띄었다. 창문이 없는 나지막한 건물로 눈에 띄는 표지나 간판은 없었으며 입구는 콘크리트 바리케이드로 막혀 있었다. 키트리지가 그쪽을 바라보는 동안 미끈한 검은색 헬리콥터 두 대가 동쪽에서 날아오더니 커다란 원을 그리며 그 건물 지붕에 내려앉았다. 첫 번째 헬리콥터에서 네 사람이 내렸다. 검은 선글라스와 야구 모자, 케블러 방탄조끼를 입고 자동 소총을 든 남자들이었다. 군인은 아니라는 것을 키트리지는 알 수 있었다. 복장으로 보았을 때 블랙버드, 아니면 리버스톤일 것이다. 네 사람은 각자 건물 옥상 구석을 찾아 위치를 잡았다.

두 번째 헬리콥터의 문이 열렸다. 키트리지는 자세히 보려고 한 손으로 눈 위에 차양을 만들었다. 한동안 아무 일도 일어나지 않았다. 그러다가 오렌지색 방호복을 입은 사람 하나가 나타났다. 그 뒤로 다섯 명이 더 내렸다. 헬리콥터의 날개는 여전히 멈추지 않고 돌아가는 채였다. 잠시 뭔가를 상의하는 듯했던 바이오슈트 차림의 남자들이 헬리콥터의 화물칸에서 기다란 금속 상자 두 개를 꺼냈는데, 둘 다 크기는 관棺만 했고 하부에서 바퀴 달린 프레임이 펼쳐졌다. 그들은 두 개의 상자를 옥상에 있던 작은 헛간 크기의 구조물로 밀고 갔다. 화물용 엘리베이터일 거라고 키트리지는 짐작했다. 잠시 시간이 흘렀다. 바이오슈트를 입은 여섯 명이 다시 나타나더니 두 번째 헬리콥터에 도로 올라탔다. 첫 번째 헬리콥터, 곧 두 번째 헬리콥터가 이륙하더니 거센 소리를 내면서 멀어져갔다.

그때 키트리지의 뒤에서 에이프릴이 나타났다. "저도 봤어요. 저게 뭘까요?"

"아무 일도 아닐 거야." 키트리지가 눈 위에 댔던 손을 내렸다. "팀은 어디 갔니?"

"벌써 친구 사귀고 있어요. 애들이랑 축구 하러 갔어요."

두 사람은 시야에서 멀어지는 헬리콥터를 지켜보았다. 무엇인진 몰라도, 아무것도 아닌 것만은 확실했다.

"여기 괜찮을까요?" 에이프릴이 물었다.

"안 괜찮을 게 뭐가 있겠니?"

"잘 모르겠어요." 말은 그렇게 했으나, 에이프릴의 표정에서 키트리지는 그녀가 자신과 같은 생각을 한다는 것을 알 수 있었다. "어젯밤 과학실에서…… 그러니까, 가끔 제가 그럴 때가 있어요. 억지로 이야기를 끌어내려고 한 건 아니었어요."

"얘기하기 싫었으면 안 했을 거다."

에이프릴은 그를 바라보는 동시에 바라보지 않고 있는 것 같았다. 그럴 때면 그녀는 실제보다 훨씬 어른 같아 보였다. 아니, 보이는 것이 아니라, 실제 그렇다고 키트리지는 생각했다.

"너 진짜 18살이니?"

에이프릴은 그 질문을 재미있어하는 것 같았다. "왜요? 그렇게 안 보여요?"

키트리지는 부끄러움을 숨기려고 어깨를 으쓱했다. 자신도 모르게 나온 질문이었다. "아니, 그러니까 그래. 그렇게 보인다. 그냥…… 모르겠구나."

에이프릴은 아주 신이 난 것 같았다. "여자한테 나이를 물어보면 안 되는 건데, 그래도 아저씨 마음을 편하게 해주려고 대답해드릴게요. 맞아요. 전 18살이에요. 태어난 지 18년 2개월 17일째죠. 물론, 세고 있었던 건 아니지만 말이에요."

두 사람의 눈이 자연스레 마주쳤다. 이 에이프릴이라는 아이는 어째서 이렇게 묘할까?

"총을 주셨으니까, 보답할 게 아직 남았어요." 에이프릴이 말했다. "물론, 군인들이 가져가긴 했지만요. 그래도 지금까지 받아본 선물 중 가장 근사했어요."

"그 시가 좋더구나. 그걸로 비긴 거로 하자꾸나. 그 친구 이름이 뭐라 그랬지?

"T. S. 엘리엇요."

"그 시 말고 다른 시도 썼니?"

"말이 되는 시는 별로 없어요. 제 생각엔, 유명한 시를 딱 하나 남기고 사라진 반짝스타 같은 거라고나 할까."

그들에게는 무기도, 바깥세상에서 메시지를 전달받을 수단도 없었다. 그냥 계속 버스를 몰고 달리는 게 낫지 않았을까 하는 생각이 든 것은 지금이 처음이 아니었다.

"그래, 여기서 나가게 되면 그 친구 시를 한번 찾아 읽어보마."

17

그레이.

새하얀 빛, 둥둥 떠 있는 것만 같은 감각. 그레이는 자신이 차 안에 있다는 것을 알아차렸다. 참 이상했다. 차 안인 동시에, 침대와 화장대와 텔레비전이 있는 모텔방 안이기도 하다니. 이런 차는 누가 만들기 시작한 걸까? 그는 침대 발치에 앉아서 모텔방을 타고 달리는 중이었고 – 운전대가 바닥에서 비스듬히 솟아올라 있었고, 텔레비전은 앞 유리창이었다 – 옆 침대에는 라일라가 앉아서 분홍색의 무언가를 가슴에 꼭 끌어안고 있었다. "아직 멀었어요, 로렌스?" 라일라가 물었다. "아기 기저귀를 갈아줘야 해요." 아기라고? 그레이는 생각했다. 언제 낳은 거지? 몇 달 더 있어야 태어날 예정 아니었나? "우리 딸 너무 예뻐요." 라일라가 부드러운 목소리로 아이를 얼렀다. "너무너무 예쁜 딸을 낳았어요. 아이를 쏴야 한다니 너무 가슴이 아프네요." "아이를 쏘다니요?" 그레이가 물었다. "바보 같은 소리 말아요." 라일라가 대답했다. "이제 아이들이 태어나면 다 쏴 죽여야 하잖아요. 그래야 안 잡아먹히니까."

로렌스 그레이.

꿈이 바뀌었고 – 그레이는 한편으로는 이것이 꿈인 걸 알면서도, 다른 한편으로는 알지 못했다 – 그레이는 탱크 안에 있었다. 무언가가 그를 잡으러 오고 있었지만, 꼼짝도 할 수가 없었다. 그는 네발로 기어 다니며 피를 들이키고 있었다. 그가 할 일은 이 피를 마시는 것, 전부 마셔버리는 것이었는데, 불가능한 일이었다. 해치를 통해 피가 쏟아져 들어와 탱크를 가득 채우고 있었기 때문이다. 피바다였다. 피가 그의 턱까지 차올랐고, 그의 입과 코가 잠기고, 그는 숨이 막히고, 물에 잠기고…….

로렌스 그레이, 일어나.

강렬한 빛이 쏟아지는 바람에 그는 눈을 떴다. 목에 무언가 걸린 기분에 그는 기침을 하기 시작했다. 물에 잠기는 꿈을 꾼 것 같은데? 하지만 이미 꿈은 조각조각 흩어지고 꿈의 이미지도 전부 분해되어서 오로지 흐릿한 공포감만 남은 상태였다.

여긴 어디지?

병원 비슷한 곳이었다. 그는 가운 차림이었는데, 그게 다였다. 가운 안 맨몸에서 오한이 느껴졌다. 두꺼운 줄로 양 손목과 양 발목이 침대 난간에 묶여 있어 석관 속 미라처럼 꼼짝도 할 수 없는 신세였다. 가운 안쪽에서 나온 선이 의료 장비 카트로 연결된 상태였다. 오른팔에는 정맥 주사가 꽂혀 있었다.

방 안에 누가 있었다.

정확히 말해 그 누구라는 것은 두 사람이었는데, 벙벙한 방호복 차림에 얼굴은 플라스틱 마스크로 가린 채 침대 발치를 서성댔다. 그들 뒤로는 묵직한 철문이 보였고, 구석 벽 높은 곳에 매달린 감시 카메라가 이 장면을 빤히 지켜보았다.

"그레이, 나는 호레이스 길더라고 한다." 왼쪽 남자가 말했다. 그 목소리가 기묘하게 쾌활하다는 생각에 그레이는 놀랐다. "이쪽은 내 동료 넬슨 박사. 기분은 좀 어때?"

그레이는 최선을 다해 두 사람의 얼굴에 초점을 맞추려 애썼다. 방금 말을 한 사람은 중년인 것 같았고, 사각 턱을 가진 얼굴에 피부는 반죽처럼 새하얬다. 다른 한 명의 남자는 훨씬 젊었고, 새까만 눈에 옅고 성긴 반다이크 수염을 기르고 있었다. 그레이가 여태 만나본 박사들이랑은 사뭇 다르게 생긴 사람이었다.

그레이는 입술을 핥고 침을 꿀꺽 삼켰다. "여긴 어딥니까? 저는 왜 묶여 있지요?"

길더가 차분한 목소리로 대답했다. "네 안전을 위해서다, 그레이. 검사가 끝날 때까지는 풀어줄 수가 없어. 여기가 어디인지는," 그가 말을 이었다. "알려줄 수 없어 미안하네. 그래도 친구들과 함께라는 점은 말해주지."

그레이는 자신이 진정제 주사를 맞았으리라는 사실을 깨달았다. 근육 하나도 움직이기 어려운 건 몸을 묶은 끈 때문만은 아니었다. 팔다리가 쇳덩이처럼 묵직했고, 생각들은 느릿하고 목적 없이 수조 속을 돌아다니는 열대어처럼 머릿속을 떠돌았다. 길더가 물컵을 그의 입술에 가져다 대주었다.

"마셔."

그레이의 속이 뒤틀렸다. 냄새만으로도 염소를 과도하게 넣은 수영장처럼 역한 기운이 치밀었다. 그제야 기억이, 어두운 기억이 돌아왔다. 탱크 속의 피, 그리고 그 속에 탐욕스레 고개를 묻던 자기 자신. 그게 진짜로 일어났던 일이었나? 꿈이었나? 하지만 머릿속에 그 생각이 떠오르기가 무섭게 마치 고함 같은 거대한 허기가 깨어나기 시작했다. 묶여 있는 그의 온몸이 꿈틀거릴 정도의 압도적인 허기였다.

"우와, 저것 좀 보라고." 길더가 갑자기 물러나면서 말했다. "가만히 있어."

안개 속에서 더 많은 기억이 떠오르기 시작했다. 길을 막고 서 있던 탱크, 죽은 병사들, 사방에서 일어나던 폭발. 볼보 유리창을 부수던 자신의 주먹, 불길을 뿜던 옥수수밭, 옥수수 사이를 뚫고 달리던 차, 헬리콥터의 밝은 빛, 그리고 우주복을 입은 남자들이 라일라를 끌고 가던 모습.

"그녀는 어디 있지? 무슨 짓을 했어?"

길더가 넬슨에게 눈짓하자 넬슨은 얼굴을 찌푸렸다. '흥미롭군' 하는 듯한 표정이었다.

"걱정하지 말도록, 그레이. 우리가 잘 돌보고 있으니까. 사실 바로 저 맞은편 방에 있어."

"해치지 마." 주먹이 쥐어졌다. 스트랩으로 묶인 몸에 다시 힘이 들어갔다. "털끝 하나라도 건드렸다가는 내가……."

"네가, 어떻게 할 셈이지, 그레이?"

하지만 아무것도 할 수 없었다. 스트랩은 끄떡도 하지 않았다. 무슨 약을 놓았는지는 모르겠지만, 몸에 아무런 힘이 들어가지 않았다.

"흥분하지 말도록, 그레이. 친구는 아주 멀쩡하니까. 물론, 아기도. 하지만 두 사람이 어째서 함께하게 되었는지는 분명히 알 수가 없군. 그 부분을 좀 도와주면 고맙겠어."

"왜 그걸 궁금해하는 거지?"

마스크 뒤에서 수상쩍다는 듯 한쪽 눈썹을 치켜들었다. "일단, 너희 두 사람이 콜로라도를 빠져나온 마지막 생존자인 것 같아서다. 내 말을 믿도록. 그 사실이 우리한테는 좀 중요하거든. 저 여자도 샬레에 있었나? 거기서 만났나?"

그 단어를 듣는 순간 그의 머릿속이 공황감으로 뒤틀렸다. "샬레?"

"그래, 그레이. 샬레 말이야."

그레이는 고개를 저었다. "아니야."

"그럼 어디서?"

그는 침을 꿀꺽 삼킨 뒤 대답했다. "홈 디포에서."

잠시 길더는 아무 말도 하지 않았다. "그곳이 어디지?"

그레이는 정신을 집중하려 했지만 다시 머릿속이 흐릿해진 뒤였다. "덴버 어딘가였어. 정확히는 몰라. 나한테 아기방에 페인트를 칠해달라고 했어."

길더가 얼른 옆의 남자에게 눈빛을 보내자 그는 어깨를 으쓱했다. "펜타닐 때문일 겁니다. 한동안 횡설수설할 수 있죠."

그러나 길더는 단념하지 않았다. 이제 그의 눈빛은 아까보다 한층 끈질겨졌다. 꼭 그레이의 눈을 꿰뚫어 보는 것만 같이 느껴졌다. "샬레에서 무슨 일이 일어났는지 알아야겠다. 어떻게 탈출했지?"

"기억 안 나."

"여자아이가 그곳에 있었나? 그 아이를 봤나?"

여자애가 있었냐고? 무슨 소리를 하는 거지?

"아무도 못 봤어. 그냥…… 모르겠어. 너무 혼란스러워. 눈을 뜨니 레드 루프였어."

"레드 루프라니? 그게 뭐지?"

"고속도로변에 있는 모텔이야."

그레이가 혼란스럽다는 듯 눈살을 찌푸렸다. "그게 언제지?"

그레이는 날짜를 가늠해보았다. "사흘 전인가? 아니, 나흘이야." 그는 베개를 벤 채로 고개를 끄덕였다. "4일 전."

두 남자가 서로를 마주 보았다. "말이 안 되는데요." 넬슨이라는 남자의 말이었다. "샬레가 파괴된 건 22일 전입니다. 립 밴 윙클도 아니고."

"그럼 그 전, 3주간 대체 어디에 있었던 거지?" 길더가 재촉했다.

도저히 이해가 안 되는 질문이었다. 3주라니?

"몰라." 그레이가 대꾸했다.

"다시 한번 묻겠다, 그레이. 라일라는 샬레에 있었나? 샬레에서 그녀를 만났나?"

"말했잖아요." 이제는 저항을 그만둔 그레이는 거의 애원하다시피 하고 있었다. "홈디포에 있었다니까요."

머릿속이 물이 배수구를 빠져나가는 것처럼 마구 휘돌고 있었다. 도대체 무슨 약을 쓴 건지는 몰라도, 정신을 완전히 망가뜨리는 데는 성공했다. 그레이는 자신의 팔다리를 묶은 끈이 무슨 의미인지 깨닫고 가슴이 쿵 내려앉았다. 나를 검사하려는 거야. 그 야광 막대들처럼. 제로처럼. 그리고 검사가 끝나면, 리처즈, 아니면 리처즈와 비슷한 누군가가 나에게 빨간 불을 비추겠지. 그러면 내 목숨은 그대로 끝이겠지.

"제발요, 당신들이 노리는 건 접니다. 도망친 건 잘못했어요. 제발 라일라만은 무사히 풀어주세요."

두 남자는 한참 동안 마스크를 쓴 얼굴로 그를 빤히 바라보기만 했다. 그러더니 길더가 넬슨을 돌아보며 고개를 까닥거렸다.

"다시 재워."

넬슨이 카트에서 주사기 하나와 투명한 약이 든 병을 꺼냈다. 그레이가 어쩔 도리 없이 바라보는 가운데 그는 바늘을 정맥주사 튜브에 꽂고 플런저를 눌렀다.

"저는 그냥 청소만 해요." 그레이가 힘없이 애원했다. "전 그냥 청소부라고요."

"아니, 내 생각에 넌 그 이상이야. 그레이."

그리고 그 말을 들으면서 그레이는 다시금 의식을 잃었다.

길더와 넬슨은 에어로크를 통과해 기밀실로 들어갔다. 우선 방호복을 입은 채로 샤워했고, 그다음에는 옷을 벗고 머리부터 발끝까지 화학약품 냄새가 나는 독한 비누로 몸을 싹싹 씻어냈다. 그다음에는 독한 소독제로 일 분이나 목구멍까지 가글을 한 뒤 개수대에 뱉어냈다. 번거로운 의식이었지만 그레이의 상태를 정확하게 알기 전에는 조심하는 것이 현명했다.

건물을 지키는 직원은 한 명뿐이었다. 실험실 기술자가 세 명 – 길더는 마음속으로 이 세 사람을 윙켄, 블링켄, 노드라고 부르고 있었다 – 그 밖에는 의사 한 명, 네 명으로 이루어진 블랙버드 보안팀 하나. 80년대 후반에 세워진 이 건물은 핵이나 생화학, 화학 무기에 노출된 병사들을 치료하는 건물로 상태는 그야말로 엉망진창이었다. 지상층의 냉난방 장치는 전부 고장이었고 건물 전체의 감시 카메라 역시 마찬가지였다. 또 건물 자체에서 불길할 정도의 황량한 기운이 뿜어져 나왔다. 그러나 누구도 그들이 있을 거라고 의심하지 않을 만한 곳이기도 했다.

넬슨과 길더는 실험실로 들어갔다. 책상들, 그리고 강력한 현미경이며 바이러스를 분리하고 배양할 때 사용할 혈액 원심 분리기를 비롯한 장비들이 즐비한 곳이었다. 그레이와 라일라가 의식을 잃은 동안 그들은 두 사람의 CT 촬영과 채혈을 했다. 혈액 검사 결과에서 이렇다 할 눈에 띄는 점은 없었지만, 그레이의 CT 촬영 결과 감염자들의 특징인, 방사능 노출로 인해 확대된 흉선이 나타났다. 그러나 넬슨과 길더가 식별할 수 있는 한, 그에게서 다른 증상들은 하나도 나타나지 않았다. 어디를 봐도 건강했다. 아니, 건강한 정도가 아니라 당장 마라톤을 완주할 수 있을 것 같은 상태였다.

"보여드릴 게 있습니다." 넬슨이 말했다.

넬슨은 길더를 데리고 자신이 쓰고 있던 바로 옆 사무실로 들어갔다. 컴퓨터에서 폴더를 불러오더니 JPEG 파일을 클릭해서 열었다. 스크린에 로렌스 그레이의 사진이 나타났다. 아니, 정확히는 그레이를 닮은 남자라고 하는 게 옳았으리라. 사진 속 남자는 훨씬 더 늙은 모습이었기 때문이다. 피부가 축 처지고, 머리숱도 줄었으며, 쑥 꺼진 두 눈은 우둔해 보이리만치 흐릿한 시선으로 카메라를 바라보고 있었다.

"이 사진은 언제 촬영한 것이지?" 길더가 물었다.

"17개월 전입니다. 리처즈의 파일에 있던 사진입니다."

미치겠군, 길더가 생각했다. 리어가 했던 말 그대로였다.

"만약 그레이가 바이러스에 감염되었다면, 문제는 어째서 그 바이러스가 그레이의 몸에서만 다르게 작용하는가 하는 것입니다. 우리가 아직 본 적 없는, 흉선은 활성화시키면서 다른 부위에서는 반응이 없는 변종일지도 모릅니다. 아니면 그에게만 있는 특별한 그 무엇인지도 모르고요."

그 말에 길더가 미간을 찌푸렸다. "예를 들면?"

"저도 아무것도 모릅니다. 자연 면역이라고 짐작하는 것이 옳겠지만, 알 방도는 없지요. 어쩌면 그가 복용하는 항에스트로겐제와 관련이 있을지도 모릅니다. 청소부들은 다들 호르몬 억제제를 상당한 용량 복용했으니까요. 디포프로베라, 스파이로놀락톤, 프리드니손 말입니다."
"스테로이드 때문이라고 생각해?"
넬슨은 대강 어깨만 으쓱해 보였다. "그 또한 한 가지 변수일지 모르지요. 우리가 아는 건 이 바이러스가 내분비계에 작용한다는 것입니다. 항에스트로겐제도 마찬가지고 말입니다." 그는 파일을 닫고 의자 위에서 돌아앉았다. "그런데, 한 가지가 더 있습니다. 저 여자에 대해 좀 더 파헤쳐 봤습니다. 찾아낸 게 많지는 않지만, 그래도 굉장히 흥미로운 사실이 있습니다. 보시라고 출력해두었습니다."
넬슨이 두툼한 출력물 뭉치를 건넸다. 길더가 첫 페이지를 펼쳤다.
"의사인가?"
"정형외과 의사입니다. 더 읽어보세요."
길더는 내용을 읽었다. 라일라 비어트리스 카일. 1974년 9월 29일, 매사추세츠주 보스턴 출생. 부모 모두 학자로 부친이 보스턴 대학교 영문학 교수, 모친은 시몬스 대학 역사학자. 앤도버를 졸업한 다음 웰슬리에 진학했고, 이후 다트머스 히치콕 의대에서 4년간 공부해 의학사 학위를 받았다. 덴버 종합대학에서 레지던트 과정과 펠로우십을 끝냈다. 전부 인상적이긴 해도 그 사실로 알 수 있는 것은 아무것도 없었다. 길더는 다음 페이지로 넘어갔다. 이게 뭐지? 4년 전 날짜가 찍힌 국세 환급 서식 첫 페이지였다.
라일라 카일은 브래드 울가스트의 배우자였다.
"설마 그럴 리가."
넬슨은 특유의 의기양양한 미소를 짓고 있었다. "마음에 드실 거라고 했잖아요. 바로 그 울가스트 요원의 아내였습니다. 아이가 하나 있었어요. 딸이었죠. 죽었습니다. 선천성 심장 기형이었다고 하는군요.

3년 뒤 이혼했습니다. 라일라는 4개월 전 같은 병원 동료 의사와 재혼했는데, 아주 유명한 심장 전문의입니다. 그 사람에 대한 정보도 몇 페이지 있습니다. 딱히 별 도움은 안 될 것 같지만요."

"좋아. 그럼 라일라는 의사라는 거지. 샬레에 라일라에 대한 기록이 있나? 샬레에 근무했을 가능성은?"

넬슨이 고개를 저었다. "없습니다. 리처즈가 그 사실을 모르고 저 여자를 고용했을 리도 없고요. 제가 보기에는 그레이가 진짜로 홈 디포에서 우연히 라일라를 만난 게 영 틀린 소리도 아닐 것 같습니다."

"첫 번째 트럭에 타고 있었을지도 모르지. 못 보았을 테니까."

"맞습니다. 하지만 그레이의 말이 거짓은 아닐 것 같습니다. 지어내기에는 너무 엉뚱한 소리잖아요. 그리고 제가 확인해보았는데, 라일라의 덴버 집 주소에서 몇 킬로미터 떨어지지 않은 곳에 실제로 홈 디포가 있습니다. 그레이의 경로에서 지나치는 지점이기도 했고요. 아마 라일라는 그레이가 직원이라고 생각한 게 아닌가 싶습니다. 이 여자는 지금 돌아가는 상황을 전혀 이해하지 못하고 있어요. 정신이 완전히 나가버렸거든요."

"그게 자네의 공식 진단인가?"

그러자 넬슨은 어깨를 으쓱했다. "서류상 정신과 기록은 없습니다만, 상황을 고려해보시지요. 임신 중인데, 숨어 있고, 도망자 신세입니다. 사람들이 갈기갈기 찢어져서 죽어 있고요. 그런 상황에서 어떻게 살아남기는 했지만, 혼자가 되어버렸거든요. 그러면 기분이 어떨 것 같습니까? 뇌라는 게 참 민첩한 기관입니다. 그 뇌가 기가 막히게 새로운 현실을 창조하고 있단 말이죠. 그레이의 파일을 본 바로는, 저 여자가 그레이와 공통점이 상당히 많은 것 같습니다."

길더는 잠시 생각에 잠겼다가 파일을 다시 책상 위에 내려놓았다. "글쎄, 난 그렇게 생각 안 해. 이 두 사람이 그저 우연히 만날 가능성이 얼마나 되나? 너무 지나친 우연 아닌가?"

"그럴지도 모르죠." 넬슨이 말했다. "어느 쪽이든, 우리가 알 수 있는 사실은 별로 없습니다. 어쩌면 여자도 감염되었는지 모르지만 지금으로선 증상은 보이지 않습니다. 어쩌면 임신 때문에 드러나지 않는 것인지도 모르고요."

"임신 몇 개월쯤 되지?"

"그 방면엔 제가 전문가가 아닙니다만 태아의 크기로 보면 30주 차가 아닐까 싶습니다. 수레시와 이야기해보시는 게 나을 겁니다."

수레시는 길더가 USAMRIID에서 차출해 온 의사였다. 감염 질환 전문의인 그가 SW에 들어온 지는 고작 6개월이었다. 길더는 그레이와 그 여자가 '관련자'라는 것 외에는 그에게 거의 어떤 것도 알려주지 않은 상태였다.

"조직 채취까지는 얼마나 걸릴까?"

"상황에 따라 다를 것 같습니다. 바이러스 분리에 성공한다고 가정하는 경우 아마 48시간에서 72시간 내가 될 것 같습니다. 제 솔직한 의견을 물으시는 거라면, 그레이를 애틀랜타로 이송시키는 게 가장 현명할 테고요. 그쪽에 이런 일에 가장 숙련된 인력들이 있으니까요. 그런데 그레이에게 면역이 형성된 거라면, 그저 지나간 일은 지나간 대로 흘려보내도 되지 않습니까? 이렇게 큰 위험을 감수할 필요 없이 말입니다."

길더는 고개를 저었다. "일단 확실한 게 나오기까지 기다려보자고."

"그렇게 오래 기다릴 수는 없습니다. 지금 같은 상황에서는 말입니다."

"오래 기다리진 않아도 될 거야. 하지만 너도 그레이의 말을 들었잖아? 모텔에서 자고 있었다고 했지. 우리가 알아낸 게 이것뿐이라면 누가 그 말을 믿겠어? 우리 둘 다 감금시키고 열쇠는 어디 던져버리고 말 거야. 그것도 운이 좋다면 말이야."

넬슨은 얼굴을 찌푸리더니 수염을 만지작거리며 생각에 잠긴 것 같은 포즈를 취했다. "무슨 뜻인지 알겠습니다."

"보고하지 말자는 소리가 아니야." 길더의 회유였다. "다만 신중하게 움직이자는 소리야. 72시간만 기다리자고. 그 뒤에 바로 보고할 테니까. 알겠어?"

잠시 침묵이 흘렀다. 넬슨이 내 말에 넘어갔을까? 그때 넬슨이 고개를 끄덕였다.

"계속 파보라고." 길더가 넬슨의 어깨를 한 손으로 탁 쳤다. "수레시에게는 당분간 이 둘에게 계속 진정제를 투여하라고 전해. 둘 중 누구라도 폭주할지 모르는데 운에 맡기고 싶진 않으니까."

"구속 끈이 버텨줄까요?"

수사학적인 질문이었다. 둘 다 대답을 알고 있었던 것이다.

길더는 넬슨을 두고 실험실을 나와 엘리베이터를 타고 옥상으로 올라갔다. 다시 왼쪽 다리가 말을 듣지 않아 걸음걸이가 딸꾹질하듯 절뚝거렸다. 바깥에 블랙버드의 책임 장교인 매스터슨이 옥상에서 그에게 간단하게 고개를 끄덕여 인사했지만 다가오지는 않았다. 매스터슨은 빈티지 블랙버드였다. 덤프트럭만 한 체구, 소화전 밸브만큼이나 굵직한 두 팔, 몸만 크게 자란 철없는 어린애 같은, 자만에 찬 비웃음이 새겨져 버린 얼굴. 끝부분이 둥글게 휜 선글라스와 야구 모자, 방탄복 차림의 매스터슨은 사람이라기보다는 액션 피규어에 가까워 보였다. 이런 사람은 어디서 찾아서 데려왔을까? 농장에서 길러내나? 페트리 접시에 배양하나? 이 사람들은 그야말로 깡패 그 자체였고, 길더는 이런 사람들을 대하는 게 편치 않았지만 – 증거 제1호가 바로 리처즈였다 – 그럼에도 마치 로봇처럼 순순히 복종하는 이 사람들은 특정한 임무에는 안성맞춤이었다. 이런 사람들이 존재하지 않았더라면 발명해내야 했으리라.

그는 옥상 가장자리로 다가갔다. 정오가 갓 지난 시간, 형체가 불분명한 새하얀 태양 속 공기는 숨이 막힐 듯 뜨거웠고 내려다보이는 땅은 당구대처럼 납작하고 특색 없이 펼쳐져 있었다. 완벽한 직선의 지평선을 방해하는 거라고는 아마도 대학 건물인 듯한 반들거리는 둥근 지붕이 달린 건물 하나, 그리고 남쪽의 그릇처럼 둥그런 모양의 풋볼 경기장이 전부였다. 그런 유의 학교군, 하고 길더는 생각했다. 대학이라는 허울을 안고 있지만 프랜차이즈 스포츠 센터나 다름없는, 범죄자들이 말도 안 되는 수업을 개설해놓고 가을 오후마다 동창생 기금의 돈궤를 채워 넣으면서 그만한 돈을 휴지 조각으로 만들어버리는 그런 학교 말이다.

그는 그 아래에 있는 FEMA 캠프를 한참 쳐다보았다. 난민캠프가 근처에 있다는 건 예상치 못한 오점이었고, 처음에는 길더 또한 그 사실 때문에 걱정이 들었다. 그러나 상황을 숙고해보니 딱히 달라질 것도 없을 것 같았다. 군에서 전해온 바에 따르면 하루 이틀이면 전부 철수하리라고 했다. 철조망 근처에서 어린 남자아이들이 모여 바람 빠진 공을 차며 흙바닥을 뛰어다니고 있었다. 길더는 잠시 아이들을 바라보았다. 세상이 무너지고 있는 와중에도 아이들은 아이들이었다. 잠깐이지만 걱정은 잊고 놀이에 흠뻑 빠질 수 있는 것이다. 쇼나를 만날 때 길더도 그랬다. 잠깐이지만 존재한 적 없는 어린 시절로 돌아간 것 같았다. 그가 원한 것은 그것이 전부였는지도 모르겠다 – 누구라도 원하는 바로 그것 말이다.

하지만 로렌스 그레이, 그자의 존재가 어쩐지 길더를 거슬리게 했다. 그가 해대는 말 같지도 않은 소리 때문도, 하필이면 우연히 만난 여자가 울가스트 요원의 아내라는 말도 안 되는 우연 때문도 아니었다. 길더의 심기를 거스른 것은 그레이가 라일라에 대해 말했을 때의 어조였다. *제발요, 저를 데려가세요. 라일라를 해치지 말아주세요.* 상대가 여자라는 것은 둘째치고 그레이가 다른 누구를 그렇게 아낄 줄 아는 인간이라는 걸 길더는 짐작하지도 못했다. 파일 내용으로 보았을 때 길더는 그레이가 기껏해야 독불장군, 최악의 경우에는 소시오패스일 거라 예상했었다. 하지만 라일라를 위해 애원하는 그레이는 진심인 게 분명했다. 두 사람 사이에 무언가가 있었다. 유대감이 형성된 것이다.

그는 시야를 넓혀 캠프 전체를 살펴보았다. 캠프에 있는 저 많은 사람은 전부 함정에 갇힌 채였다. 그리고 그들을 가두는 건 캠프를 둘러싼 철조망이 아니었다. 물리적인 바리케이드는 마음의 철조망에 비하면 아무것도 아니었다. 그들을 가두는 것은 서로였다. 남편과 아내가, 부모와 자식이, 친구와 동반자가 서로를 감옥에 가두는 것이다. 그들이 자신의 삶에 힘을 가져다주었다고 믿는 존재가 실제로는 정반대의 일을 한 것이다. 길더는 타운하우스 맞은편에 살던 부부가 차에 타기 전 잠든 딸을 번갈아 안던 모습을 떠올렸다. 그 아이가 두 사람의 품에서 얼마나 무거운 짐으로 느껴졌을까? 그리고 종말이 찾아오는 날, 세상이 고통의 파도에 휩쓸리는 날, 그 부부의 고통은 딸을 잃는 슬픔 때문에 백만 배로 커질 것이다. 그들은 딸이 죽어가는 모습을 바라보게 될까?

아니면 자기들이 없는 어린 딸이 어떻게 될지 예감하면서 먼저 죽게 될까? 어느 쪽이 나을까? 그러나 둘 중 그 무엇도 더 나을 것이 없었다. 사랑은 파멸의 약속이니까. 사랑은 그런 것이다. 길더가 아버지로부터 분명하게 배운 교훈이었다.

길더는 죽어가고 있었다. 그것은 반론의 여지가 없는 실제적 사실이었다. 그리고 또 하나 사실인 것은, 로렌스 그레이 - 죽어도 상관없는, 아무도 찾지 않는, 샬레의 빌어먹을 청소부이자, 그 애처로운 존재가 세상에 남긴 것이라고는 악몽밖에 없는 - 는 죽지 않으리라는 것이었다. 로렌스 그레이의 몸속 어딘가에 영원한 자유를 얻을 수 있는 비밀이 숨겨져 있었다. 그리고 호레이스 길더는 그 비밀을 찾아 자기 것으로 만들고 말 작정이었다.

18

느릿느릿 하루하루가 지나갔다. 버스가 온다는 소식은 아직까지도 들려오지 않았다.

다들 초조해하고 있었다. 철조망 바깥에서 돌아다니는 군인들의 숫자가 점점 줄고 있었다. 아침마다 키트리지는 본부 건물로 가서 상황이 어떻게 되고 있는지 물었다. 그리고 매일 아침, 그는 똑같은 답을 받아 돌아왔다. 버스가 오고 있으니, 인내심을 갖고 기다리라는 이야기였다.

그러다 하루 종일 비가 내리는 바람에 캠프 전체가 진흙탕이 되어버렸다. 지금은 다시 해가 떴고 덕분에 진흙의 표면이 단단한 흙으로 굳어버렸다. 매일 오후 간이 식량을 실은 5톤 군용 트럭이 도착했지만 새 소식은 없었다. 화학식 화장실에서는 악취가 풍기고 쓰레기통은 쓰레기로 넘쳐흘렀다. 키트리지는 정문 게이트를 몇 시간씩이나 바라보곤 했다. 더 이상 난민은 찾아오지 않았다. 하루하루가 지날수록 캠프는 사나운 바다로 둘러싸인 섬처럼 느껴지기 시작했다.

그는 첫날 등록 줄에서 만났던 자원봉사자 베라와 친해졌다. 베라는 키트리지가 처음 생각한 것보다 나이가 어린, 미드웨스트 대학교 간호학과 학생이었다. 다른 민간인 근무자들과 마찬가지로 베라 역시 기진맥진해 지난 며칠간의 긴장이 고스란히 얼굴에 배어났다. 베라는 키트리지의 좌절감을 이해한다고 했다. 모두가 그렇다고. 베라 역시도 버스를 타고 이곳을 떠나기를 바랐다고, 지금은 다른 난민들과 마찬가지로 오도 가도 못하는 신세가 된 거라고 했다. 처음에는 시카고에서 버스가 온다고 했다가, 그다음은 캔자스시티라고 했다가, 그다음에는 또 졸리에트에서 온다는 것으로 바뀌었다. FEMA 내부에서 일이 꼬인 모양이었다. 애초에는 친지들에게 무사하다는 연락을 할 수 있게 위성 전화를 지급한다고 했었다. 그 계획이 어떻게 된 건지는 베라도 몰랐다. 지역 통신망도 차단된 것이다.

키트리지의 눈에 캠프 안 사람들이 다들 베라와 같은 표정이라는 사실이 들어오기 시작했다. 고양이를 줄에 묶어 데리고 다니는 우아한 옷차림의 여자도, 여호와의 증인에서 규정한 흰 셔츠에 검은 넥타이 차림으로 모여 다니는 젊은 흑인 남자들도, 치어리더 복장의 여학생도. 캠프 내에 무기력이 스며들고 있었다. 떠나지 못한다는 우울한 드라마가 사람들을 모두 수동적으로 바꾸어놓았다. 물이 오염되었다는 소문이 돌기 시작하자 의료 텐트는 복통과 근육통, 열을 호소하는 사람들로 가득 찼다. 아직 작동되는 라디오를 가진 사람들도 있었지만 들리는 소리라고는 종이 울리는 소리 그리고 재난 방송 시스템이 내보내는 낯선 문구가 전부였다. *집을 떠나지 마십시오. 실내에 피신하십시오. 경찰과 군대의 모든 지시에 따르십시오.* 그다음에는 다시 종소리가 났고, 다시 똑같은 문구가 반복되었다.

키트리지는 이곳을 떠날 날이 과연 오기는 할까 의심하기 시작했다. 그리고 밤새 잠들지 못하고 철조망을 바라보았다.

나흘째 되는 날 늦은 오후, 키트리지는 그날도 에이프릴, 돈 목사 그리고 벨라미 여사와 카드놀이를 하고 있었다. 브리지로 시작해서 이제는 상상 속에서만 존재하는 엄청난 돈이 걸린 파이브스타 포커로 넘어간 뒤였다. 포커를 해보는 게 처음이라던 에이프릴은 벌써 키트리지에게서 딴 돈이 5천 달러가 가까웠다. 윌크스 부부는 사라지고 없었다. 수요일 이후로 두 사람을 본 사람이 아무도 없었다. 어디로 갔는지는 알 수 없지만, 짐까지 전부 챙겨서 가버렸다.

"제기랄, 너무 덥군." 조 로빈슨이 말했다. 그는 온종일 자기 침상을 떠나지 않고 있었다.

"같이 게임 한 판 하시지요." 키트리지가 제안했다. "잠시 더위를 잊을 수 있을 테니까요."

"제기랄." 조가 신음했다. 땀이 비 오듯 쏟아지고 있었다. "도저히 움직일 수도 없는걸."

키트리지는 6 두 개밖에 없는 카드를 바닥에 내려놓았다. 에이프릴이 완벽한 포커페이스를 하고 또다시 칩을 긁어갔다.

"심심해요." 팀의 말이었다.

에이프릴은 그들이 칩 대신 사용하던 종잇조각을 무더기로 나누어 쌓고 있었다. "같이 하자. 누나가 하는 법 알려줄게."

"크레이지 에이트 하고 싶어."

"내 말 믿으라니까." 에이프릴의 말이었다. "이게 훨씬 재밌단 말이야."

돈 목사가 새로 카드를 나눠주는데 베라가 텐트 입구에 나타나더니 빠르게 키트리지에게 눈길을 던졌다. "바깥에서 이야기 좀 하실래요?"

키트리지가 일어나서 늦은 오후의 열기 속으로 나갔다.

"무슨 일인가 일어나고 있는 것 같아요." 베라가 말했다. "FEMA에 지시가 내려왔는데, 미시시피 동쪽의 모든 민간 교통수단은 통제됐대요."

"정말입니까?"

"현장 관리자 사무실에서 하는 이야기를 엿들었어요. 심지어 FEMA 인력 중 절반이 벌써 이탈했대요."

"이 이야기를 아는 사람이 또 누가 있습니까?"

"장난하세요? 지금 키트리지씨한테도 겨우 말하는 건데."

그렇게 된 것이구나. 그들은 버려진 것이었다. "담당관이 누구입니까?"

"무슨 소령이라고 했어요. 아마 포르체키였던 것 같은데."

운이 좋았다. "어디 있습니까?"

"본부 건물에 있을 거예요. 무슨 대령이라는 사람도 있었는데, 지금은 떠났어요. 아주 많은 수가 떠나버렸죠."

"제가 가서 소령과 이야기해보겠습니다."

그 말에 베라는 의심스럽다는 듯 얼굴을 찌푸렸다. "뭘 할 수 있으신데요?"

"아마 아무것도 못 하겠죠. 그래도 시도해보는 게 낫지 않겠습니까."

베라는 얼른 자리를 떠났다. 키트리지는 다시 텐트 안으로 돌아갔다. "들로리스는 어디 있습니까?"

우드가 카드에서 고개를 들었다. "의료 텐트에서 일하고 있을걸요. 적십자에서 자원봉사자를 모집했거든요."

"누가 가서 데려오겠습니까?"

모두가 텐트에 모이자 키트리지는 상황을 설명했다. 혹시라도 포르체키 소령에게서 버스에 채울 연료를 얻을 수 있다는 전제가 있다 해도, 내일 아침은 되어야 이곳을 떠날 수 있을 거라는 이야기였다.

"소령이 우리를 도와줄까?" 돈 목사가 물었다.

"솔직히 말하면 승산이 크진 않지요."

"그냥 훔쳐서 도망갑시다." 자말의 말이었다. "기다릴 필요 없다고요."

"결국은 그래야 할지도 모르겠지만, 두 가지 문제가 있어. 첫째, 상대는 군대다. 군대의 물품을 훔친다면 총살형이야. 둘째, 길어야 두 시간 뒤에는 해가 질 거야. 시카고까지 갈 길이 먼데, 깜깜한 밤에 출발하고 싶지는 않구나. 알아들었니?"

자말이 고개를 끄덕였다.

"중요한 건, 누구에게도 발설하지 말고, 다 같이 붙어 다녀야 한다는 것입니다. 이 사실이 새어 나가기라도 한다면 지옥이 펼쳐질 거예요. 다들 텐트 근처를 떠나지 마십시오. 팀, 너도 마찬가지야. 혼자 돌아다니지 마라."

말을 마친 키트리지가 텐트를 벗어나려는데 들로리스가 그를 따라왔다. "열이 도는 게 심상치 않아요." 그녀가 빠른 말투로 이야기했다. "의료 텐트에 자리가 없을 정도예요. 이제는 물품도 다 떨어져서 항생제도 남아 있지 않아요. 일이 속수무책이에요."

"어떤 상황인 것 같습니까?"

"발진티푸스가 틀림없어요. 허리케인 바네사가 지나간 뒤 뉴올리언스에서도 발진티푸스가 돌았죠. 이렇게 많은 사람이 좁은 장소에 모여 있는 이상 감염이 번지는 건 시간문제예요. 제 생각엔 지금 당장이라도 이곳을 떠나야 할 것 같아요."

또 한 가지 걱정거리가 생겼다, 하고 키트리지는 생각했다. 그는 걸음을 빨리해 까마귀들이 넘쳐흐른 쓰레기들을 쪼아대고 있는 쓰레기통을 지나쳐 본부를 향해 갔다. 까마귀들이 나타난 것들은 전날 밤이었는데 물론 쓰레기의 악취를 맡고 몰려온 게 분명했다. 그리고 하루 만에 캠프 전체에 까마귀가 들끓었다. 뻔뻔하기가 이를 데 없어서 사람이 손에 든 음식도 채어가는 놈들이었다. 까마귀가 나타난다는 것은 좋은 징조가 아니었다.

본부 건물에 도착한 키트리지는 가장 직설적인 접근법을 취하기로 했다. 어떤 신호도 없이 불쑥 안으로 들어간 것이다. 포르체키 소령은 기다란 테이블 앞에 앉아 위성 전화에 대고 무슨 이야기를 하고 있었다. 각종 전자 기기가 즐비한 방 안에 병사 세 명이 더 있었다. 그중 한 명이 헤드셋을 벗어던지더니 벌떡 일어섰다.

"당장 나가십시오. 여긴 민간인이 출입할 수 없는 제한 구역입니다."

하지만 키트리지에게 다가가는 병사를 포르체키 소령이 막았다.

"괜찮아, 상병." 소령은 피로한 얼굴로 전화기를 내려놓았다. "키트리지 하사. 무엇이 필요합니까?"

"철수하실 예정이지요?" 머릿속에 떠오르는 순간 자신도 모르게 입 밖으로 나온 말이었다.

포르체키 소령이 그를 찬찬히 훑어보았다. 그러더니 다른 병사들에게 말했다. "잠시 자리 좀 비켜주겠나?"

"소령님……."

"어서."

그러자 세 병사는 눈에 띄게 미적거리며 바깥으로 나갔다.

"맞습니다." 포르체키의 대답이었다. "일리노이 전선으로 복귀를 하라는 명령을 받았습니다. 내일부터 1,800시간 동안 주 전체가 격리될 것입니다."

"사람들을 이대로 버리고 갈 수는 없습니다. 다들 아무 힘도 없는 사람들이라고요."

"알고 있습니다." 소령이 그를 빤히 바라보았다. 무언가 하고 싶은 말을 참는 듯하더니, 그녀가 말을 뱉었다. "바그람에서 복무했지요?"

"소령님?"

"어디선가 본 적 있다는 생각이 들었습니다. 저도 거기 있었습니다. 72의료원정대. 저를 기억하지 못하실 겁니다." 그러더니 그녀의 눈길이 그의 다리를 향했다. "다리는 어떠십니까?"

키트리지는 너무 놀라 간신히 대답했다. "그럭저럭 괜찮습니다."

포르체키 소령은 보일 듯 말 듯 고개를 끄덕인 뒤 괴로운 얼굴에 간신히 미소를 띠려 애쓰는 것 같았다. "살아나서 다행입니다, 하사. 무슨 일이 있었는지 들었습니다. 어린아이라니, 끔찍한 일이었지요." 다시금 소령은 사무적인 말투로 돌아와 있었다. "나에게는 록아일랜드에서 오는 중인 24대의 버스가 있고, 급유차 2대가 있습니다. 거기에 당신 일행의 버스를 합하면 25대. 당연히 충분하지는 않지만, 지금은 그 정도가 최선입니다. 그리고 모두가 탈 수는 없다는 점을 염두에 두길 바랍니다. 공황 상태를 유발하고 싶지 않습니다. 여기까지 이해했습니까?"

키트리지가 고개를 끄덕였다.

"버스들이 들어올 때까지 준비를 마치고 대기하고 있으십시오. 이런 일들이 어떤 식으로 일어나는지 알 것입니다. 마지막 순간까지 평정을 유지하려 하지만 언젠가는 위험한 사태가 올 테니까요. 사람들은 다들 계산을 할 테고, 혼자 남고 싶은 사람은 아무도 없을 것입니다. 주 경계가 폐쇄되기 전까지 이 버스들이 네 번 왕복할 것입니다. 그러면 충분하지만, 사실은 여유가 거의 없습니다. 일행 중 버스를 운전할 기사가 있습니까?"

키트리지는 다시 한번 고개를 끄덕였다. "대니가 운전할 것입니다."

"그 모자를 쓴 청년 말입니까? 죄송합니다, 그 청년에게 무례한 말을 하려는 건 아닙니다. 하지만 그 친구가 감당할 수 있는 일인지 확실합니까?"

"소령님보다도 더 잘할 수 있는 친구입니다. 제 말 믿어도 좋습니다."

잠깐 머뭇거리는 것 같았으나 소령은 그 말을 받아들였다. "03시 00분 이곳으로 출석하라 전해주십시오. 첫차는 04시 30분에 출발할 예정입니다. 내 말을 명심하도록. 키트리지 하사의 일행들을 이곳에서 탈출시키고 싶다면 반드시 그 버스에 태우도록."

키트리지가 가장 놀란 것은 소령의 그다음 행동이었다. 포르체키 소령이 몸을 숙여 책상 맨 마지막 서랍을 열더니 권총 두 정을 꺼낸 것이다. 총집에 든 상태로 보관된 키트리지의 글록 권총이었다. 그러더니 소령이 키트리지에게 등판에 FEMA라는 글자가 스텐실로 새겨져 있는 푸른색 윈드브레이커를 건넸다.

"이 옷으로 보이지 않게 감추도록. 바깥에 있는 데인스 상병이 무기고로 데려다줄 겁니다. 탄환은 필요한 만큼 챙기십시오."

키트리지는 홀스터를 양팔에 끼워 입은 뒤 재킷을 걸쳤다. 소령의 말이 뜻하는 바는 분명했다. 놈들이 선을 넘어온 것이다. 최전방 전선에서 그들을 들여보낸 것이다.

"놈들이 어디까지 온 겁니까?" 키트리지가 물었다.

소령의 표정이 어두워졌다. "이미 왔습니다."

로렌스 그레이가 태어난 이래 이렇게 어마어마한 허기를 느끼는 것은 처음이었다.

이곳에 온 지 얼마나 되었지? 사흘? 나흘? 이제 시간은 의미를 잃었다. 시간의 흐름을 깨는 것이라고는 우주복 차림을 한 남자들이 찾아올 때뿐이었다. 그들은 나른한 안개 속에서 유령처럼 예고도 없이 불쑥 모습을 드러냈다. 에어로크에서 쉭 소리가 들리나 싶으면 그들이 눈앞에 있었다. 주삿바늘이 따끔하면서 플라스틱 채혈 봉투에 진홍색 피가 느릿느릿 차오른다. 그레이의 핏속에 무언가, 그들이 원하는 무언가가 있는 게 분명했다. 그럼에도 그들은 도저히 만족할 줄 모르는 것 같았다. 이러다가 도살장의 수소처럼 피가 다 빨려 나가버릴 것 같았다. 원하는 게 뭡니까? 그는 애원했다. 나에게 왜 이런 짓을 하는 거야? 라일라는 어디 있어?

미치도록 배가 고팠다. 이 순간 그레이는 순수한 욕망, 사람 모양을 한 채워지지 못한 구멍에 지나지 않았다. 이 허기 때문에 사람이 돌아버릴 수도 있을 것이다. 물론 아직 그레이가 사람이라면 말이다. 그리고 그럴 것 같지는 않았다. 제로가 그를 변화시켰다. 그의 존재 속 아주 핵심적인 무언가를 바꿔버렸다. 그렇게 그는 제로와 같은 부류로 끌려 들어가고 있었다. 머릿속에서 아주 먼 곳에 모인 군중의 말소리 같은 낮은 중얼거림이 들렸다. 시간이 갈수록 그 목소리는 자꾸만 커졌다. 군중이 점점 다가오는 것처럼. 그는 구속대에 묶인 채 그물에 걸린 물고기처럼 날뛰었다. 피를 뽑으면 뽑을수록 힘이 점점 빠졌다. 몸속에서부터, 세포 깊숙한 곳에서부터 가파르게 늙어가는 것 같았다. 세상이 그를 파멸 앞에 내동댕이친 것이다. 곧 나는 사라지겠지. 허공으로 흩어지겠지.

그들이 그를 지켜보고 있었다. 길더라는 남자, 그리고 넬슨이라는 남자였다. 감시 카메라의 렌즈 뒤에서 번들거리고 있는 그들의 눈빛을 감지할 수 있었다. 그들에게는 그레이가 필요했다. 그들은 그레이를 두려워했다. 그들에게 그레이란 뚜껑을 여는 순간 뱀이 튀어나올지도 모르는 선물 상자였다. 그레이는 그들이 원하는 대답을 해줄 수 없었고, 그들은 질문하기를 포기한 뒤였다. 그레이가 가진 마지막 힘은 침묵뿐이었다.

라일라를 떠올렸다. 라일라도 이런 일을 겪는 중일까? 아기는 무사할까? 그녀를 지켜주고 싶을 뿐이었는데, 이 빌어먹을 하찮은 인생에서 단 한 번 좋은 일을 하고자 했던 것인데. 라일라를 향한 감정은 일종의 사랑이었다. 노라 청에게 느꼈던 감정과 비슷하지만 그보다 천 배는 깊은, 그 무엇도 원치 않고 그 무엇도 빼앗지 않는, 오로지 모든 것을 주고자 하는 에너지. 사실이었다. 라일라는 이제 그의 삶의 목적, 그에게 주어진 마지막 기회였다. 그런데 라일라를 실망시키고 말았다.

에어로크가 열리는 쉭 소리가 들렸다. 누군가가 다가섰다. 우주복을 입은 남자가 커다란 오렌지색 눈사람처럼 그를 향해 몸을 숙였다.

"그레이 씨. 저는 수레시 박사입니다."

그레이는 눈을 감고 따끔한 주삿바늘을 기다렸다. 자, 다 가져가, 하고 생각했다. 하지만 아픔이 찾아오지 않았다. 눈을 뜨니 의사가 정맥주사 포트에서 바늘을 뽑고 있었다. 그는 조심스레 바늘에다가 캡을 씌운 뒤 쨍 소리가 나도록 쓰레기통 안에 집어 던졌다. 그 순간 머릿속의 안개가 싹 걷히는 것 같았다.

"이제 이야기 좀 할 수 있겠군요. 기분은 좀 어떻습니까?"

그레이는 이렇게 말하고 싶었다. 기분이 어떨 것 같아? 아니면 그냥 이렇게. 꺼져. "라일라는요?"

의사가 방호복에 달린 파우치에서 작은 펜 라이트를 꺼내더니 그레이의 얼굴을 비추었다. 의사의 헬멧이 달린 안면 보호 덮개에 비치는 자신의 모습이 눈앞으로 쑥 다가왔다. 무성해진 눈썹, 노르스름한 빛이 돌아 탁해진 피부, 작고 하얀 이. 의사가 그의 눈에 빛을 쏘았다.

"빛을 보고 있기가 힘듭니까?"

그레이는 고개를 저었다. 새로운 소리가 들렸다 - 리드미컬한 쿵, 쿵, 소리였다. 의사의 심장이 뛰면서 혈관으로 피를 밀어 보내는 소리였다. 그 순간 입안에 침이 가득 고였다.

"아직 장운동은 없고요?"

그레이는 침을 삼킨 뒤 다시 한번 고개를 저었다. 의사는 침대 발치로 가서 조그마한 은색 탐색자를 꺼내더니, 그것으로 그레이의 양 발바닥을 빠르게 긁어냈다.

"아주 좋아요."

검사는 계속 이어졌다. 의사는 부위를 확인할 때마다 핸드헬드에 데이터를 입력했다. 그가 그레이의 가운을 걷어 올리더니 손으로 그의 고환을 둥글게 감쌌다.

"기침을 해보세요."

그레이는 간신히 작은 기침을 했다. 안면 보호 덮개 너머 의사의 얼굴에는 아무 표정도 없었다. 쿵, 쿵, 소리가 그레이의 머리를 꽉 채우는 바람에 다른 생각들은 전부 지워져 버렸다.

"분비선을 확인할 겁니다."

의사가 장갑 낀 손을 그레이의 목 쪽으로 가져왔다. 의사의 손끝이 살갗에 닿는 순간 그레이는 벌떡 고개를 들었다. 의지와 무관한 자동 반응이었다. 멈추려 했다 한들 멈추지 못했을 것이다. 그레이의 이가 수레시의 손바닥 살갗을 찢으며 그의 손을 바이스처럼 꽉 물었다. 라텍스에서 풍기는 화학 약품의 역겨운 맛이 느껴지더니 다음 순간 달콤함이 그의 입 속을 가득 메웠다. 수레시는 비명을 지르며 그에게서 빠져

나가려고 발버둥을 쳤다. 멀쩡한 한 손으로 그레이의 이마를 지렛대 삼아 밀어내기도 했다. 그가 뒤로 물러나 그레이의 얼굴을 주먹으로 한 방 쳤다. 아프지는 않았지만 놀랐기에 그레이는 물고 있던 손을 놓았다. 수레시는 피범벅이 된 손목을 다른 손으로 꽉 눌려 지혈하며 비틀비틀 뒷걸음질했다. 그레이는 큰 소란이 일어날 거로 생각했다. 알람이 울린다든지, 사람들이 달려들어 온다든지. 그러나 그런 일은 일어나지 않았다. 그 순간은 그 누구도 지켜보지 않는 채 그대로 얼어붙었다. 수레시는 공황에 질린 눈을 크게 뜨고 그레이를 바라보며 뒤로 물러났다. 그러더니 피 묻은 장갑을 벗어 던지고 개수대로 달려갔다. 그다음에는 수도꼭지를 틀고 손을 박박 문지르며 '오 세상에, 오 세상에, 오, 세상에' 하고 입 속으로 중얼거렸다.

그렇게 수레시는 죽었다. 그레이는 가만히 누워 있었다. 몸싸움을 벌이는 와중에 정맥주사는 빠져버리고 없었다. 얼굴과 입술이 피범벅이었다. 그는 입술을 깨끗하게 핥으면서 서서히 퍼지는 기쁨을 느꼈다. 조금이었지만 충분했다. 해안가로 밀려오는 파도처럼 힘이 되돌아오는 것이 느껴졌다. 구속대에 묶인 팔다리에 힘을 주자 못이 쉽사리 뽑혀 나왔다. 에어로크를 통과한다는 문제가 남아 있었지만, 언젠가는 열릴 것이다. 그리고 에어로크가 열리면 그레이가 기다리고 있을 것이다. 그가 죽음의 천사처럼 강림하리라.

라일라, 내가 당신에게로 갈게.

19

03시 30분. 키트리지 일행은 채비를 마치고 텐트에 모여 동트기를 기다리고 있었다. 키트리지가 앞으로의 여정을 대비해 눈을 붙이라고 말해둔 차였다. 자정이 얼마 지나지 않아 펜스 바깥에 약속대로 버스가 나타나 회색빛으로 길게 줄을 섰다. 군대에서는 어떤 발표도 해주지 않았지만 모두가 버스가 왔다는 사실을 알아차렸다. 캠프 내의 모두가 떠나는 이야기에 몰두했다. 누가 먼저 가게 되나? 버스가 더 올까? 아픈 사람들은 어떻게 되지? 각각 다른 곳으로 피난을 가게 될까?

키트리지와 대니는 포르체키의 브리핑을 들으러 본부 텐트를 찾았다. FEMA와 적십자에 남아 있는 민간인 직원들이 승차를 감독할 것이고, 포르체키 소령의 남은 부하들이 군중을 통제할 것이었다. 수송대를 에스코트하기 위한 험비 열두 대와 병력 수송 장갑차 두 대도 펜스 반대쪽에서 기다리고 있을 것이다. 록아일랜드까지는 두 시간이 채 걸리지 않을 것이다. 모든 것이 계획대로 이루어진다면 마지막 버스 네 대는 폐쇄 시점 직전인 17시 30분에 록아일랜드에 도착할 예정이었다.

브리핑이 끝나자 키트리지가 대니를 한쪽으로 불러세웠다. "혹시라도 무슨 일이 생기거든 머뭇거리지 마. 챙길 수 있는 것들을 챙겨서 가는 거야. 큰길은 피해. 록아일랜드의 다리가 폐쇄되었다면 지난번 우리가 했던 것처럼 북쪽을 향해 가. 그렇게 개방된 다리가 나올 때까지 강을 따라가는 거야. 알겠지?"

"기다리면 안 되고, 큰길을 피해서, 북쪽으로 가라고요?"

"바로 그거야."

다른 운전자들은 전부 버스를 향해 간 터였다. 키트리지가 마지막 말을 전할 시간적 여유는 잠깐뿐이었다.

"대니, 무슨 일이 일어날진 모르지만, 네가 없었다면 우린 여기까지 못 왔을 거야. 이미 알고 있겠지만, 그 말을 해주고 싶었어."

대니는 고개를 힘주어 끄덕였지만 키트리지에게 똑바로 시선을 맞추지는 못했다. "알았어요."

"악수하고 싶어. 괜찮겠니?"

그러자 대니의 표정이 일그러졌는데, 거의 고통에 가까운 표정이었다. 키트리지가 너무 성급했나 생각하려는 순간 대니가 재빨리 손을 내밀었고, 두 사람의 손바닥이 마주 닿았다. 대니의 손은 망설이고는 있었으나 단단하게 키트리지의 손을 쥐었다. 세찬 맥박이 느껴졌다. 짧은 순간이었으나 대니의 눈이 키트리지를 마주했다. 그렇게 그 순간은 끝이 났다.

"행운을 빈다." 키트리지가 말했다.

그는 다시 텐트로 돌아왔다. 이제 할 수 있는 일은 기다리는 게 다였다. 그는 목제 컨테이너에 등을 기대고 바닥에 앉았다. 그렇게 시간이 흘렀다. 텐트 입구가 열리더니 에이프릴이 들어와서 그의 옆에 무릎을 세워 앉았다.

"걱정스러우세요?"

키트리지는 고개를 저었다. 두 사람은 100미터 저편에 있는 부대 입구 쪽을 바라보고 있었다. 입구 주변은 스포트라이트를 받아 무대 위처럼 훤했다.

"고맙다는 말을 하고 싶었어요." 에이프릴이 말했다. "지금까지 해주신 모든 일요."

"누구라도 똑같이 했을 거야."

"아니에요, 그렇지 않아요. 아저씨는 그렇게 생각하고 싶겠지만, 아니에요."

그 말이 사실일까? 아마 사실이든 아니든 상관없으리라는 생각이 들었다. 운명이 두 사람을 하나로 묶어서 두 사람은 이곳에 오게 된 것이다. 그때 키트리지는 권총에 생각이 미쳤다.

"네 물건 돌려줘야지."

그는 재킷 아래에서 두 정의 권총 중 하나를 꺼냈다. 슬라이드를 움직여 탄환을 장전한 다음 손안에서 반 바퀴 돌려 에이프릴에게 건넸다.

"내가 알려준 것 잊지 않았지? 가슴 한복판에 한 방이야. 제대로 맞추면 카드로 만든 집처럼 즉시 허물어질 거야."

"어떻게 총을 돌려받은 거예요?"

그 말에 키트리지는 미소를 지었다. "포커해서 땄지." 그러면서 그가 다시 권총을 그녀에게 내밀었다. "어서 받아."

에이프릴이 권총을 가지고 있는 것이 키트리지에게는 중요한 문제가 되었다. 에이프릴은 권총을 받아들고 몸을 앞으로 숙이며 권총을 등 뒤, 청바지 허리춤에 끼워 넣었다.

"고맙습니다." 에이프릴이 미소를 지었다. "잘 쓸게요."

그렇게 잠시 둘 다 입을 열지 않았다.

"결국은 이렇게 모든 게 끝이 나고 말겠죠?" 에이프릴이 말했다. "그러니까, 빠르건 늦건 간에 말이에요."

키트리지는 고개를 돌려 에이프릴을 마주 보았다. 시선을 피한 에이프릴의 얼굴을 스포트라이트의 불빛이 훑어 내리고 있었다. "기회는 언제나 있어."

"멋진 말이지만, 그렇다고 해서 변하는 건 없어요. 다른 사람들은 그런 말을 듣고 싶어 할지 모르지만, 전 아니에요."

서늘한 한기가 닥쳐왔다. 에이프릴이 그에게 몸을 기대왔다. 본능적인 몸짓이었지만, 의미가 분명히 있었다. 키트리지는 에이프릴에게 온기를 주려 그녀를 당겨 안았다.

"그 아이 생각을 하고 계시죠?" 에이프릴은 키트리지의 가슴에 고개를 기대고 있었다. 아주 작게 소곤거리는 듯한 목소리였다. "차 안에 있던 그 아이요."

"그래."

"얘기해주세요."

키트리지는 깊은숨을 들이쉬었다가 어둠 속에 내뱉었다. "그 아이 생각을 항상 한다."

한층 더 깊은 침묵이 흘렀다. 두 사람 주위는 모두가 잠든 뒤의 집안처럼 고요했다.

"부탁이 있어요." 에이프릴이 말했다.

"하렴."

에이프릴의 몸이 살짝 경직되는 것이 느껴졌다. "제가 아직 성 경험이 없다는 이야기를 했었나요?"

키트리지는 자신도 모르게 웃음을 터뜨렸다. 부적절한 반응같이 느껴지지는 않았다. "아, 그래. 그런 것도 같구나."

"네, 그래요. 저는 남자를 많이 만나보지 못했어요." 에이프릴이 잠시 말을 멈추었다가 다시 이었다.

"18살이라는 건 거짓말이 아니었어요. 그게 중요한 건 아니지만요. 사실 이젠 그런 것 따위 중요한 세상이 아닌 것 같아요."

키트리지가 고개를 끄덕였다. "나도 그런 것 같구나."

"그러니까 제 말은, 꼭 굉장한 걸 원하는 건 아니라는 거예요."

"그건 언제나 굉장한 일이야."

에이프릴이 키트리지의 손을 잡고 깍지를 낀 뒤 엄지손가락으로 천천히 그의 손마디를 쓸었다. 입맞춤하는 것만큼이나 나긋하고 따뜻한 감각이 밀려왔다. "우스워요. 흉터가 있다는 걸 알기 전에도 알았거든요. 당신이 군인인 걸 알았단 얘기가 아니에요. 그건 누구라도 금세 눈치챘을 테니까. 전쟁에서 무슨 일인가를 겪었을 거라는 걸 느꼈어요." 잠깐 침묵, 그러더니. "성이 아닌 이름도 모르네요."

"버나드야."

그녀가 몸을 뒤로 젖히고 그를 마주 보았다. 눈이 촉촉하게 빛나고 있었다. "부탁이에요, 버나드. 그냥 해주면 안 돼요?"

거부할 수 없는 부탁이었다. 그는 거부할 생각도 없었다. 두 사람은 근처의 다른 텐트로 들어갔다 – 이 텐트를 쓰던 사람들은 대체 어디로 갔을까? 섹스가 오랜만이라 감이 떨어지긴 했지만 키트리지는 부드럽고 느리게 움직이려 최선을 다하며 어둑어둑한 빛 속 에이프릴의 얼굴을 살뜰하게 바라보았다. 그녀는 조금 소리를 냈지만 많은 소리를 내지는 않았고, 행위가 끝나자 그녀는 그에게 길고 부드럽게 키스한 다음 그에게 꼭 붙어 금세 잠들었다.

키트리지는 어둠 속에 누워 그녀의 숨소리를 듣고 그의 몸에 닿는 그녀의 온기를 느꼈다. 어색할 줄 알았지만, 전혀 아니었다. 지금까지 일어난 모든 일에 이어지는 자연스러운 행위인 듯했다. 생각들이 이리저리 나부꼈다. 좋았던 기억들, 사랑의 기억들. 그런 기억들이 그에게는 많지 않았다. 그런데 이제 하나가 더 늘어난 것이다. 삶을 버릴 생각을 하다니 얼마나 어리석었나.

눈을 감자마자 게이트 너머에서 우렁찬 엔진 소리와 헤드라이트의 환한 불빛이 밀어닥쳤다. 옆에서 자던 에이프릴이 몸을 꿈틀거렸다. 키트리지가 서둘러 옷을 입고 텐트 입구의 덮개를 걷는 순간 서쪽에서 천둥소리가 들렸다. 빗속에서 출발하게 될 줄은 예상치 못했다.

"그들이 도착했어?" 돈 목사가 눈을 비비며 텐트에서 나왔다. 그 뒤에 우드가 따라오고 있었다.

키트리지는 고개를 끄덕였다. "다들 채비해서 나오세요. 떠날 시간입니다."

수레시는 대체 어디로 간 거야?

지난 몇 시간 동안 수레시를 본 사람이 아무도 없었다. 그레이를 검사하러 간다더니, 온데간데없이 사라져버렸다. 수레시를 찾아오라고 매스터슨을 보냈더니 이십 분 뒤 그 역시 빈손으로 돌아왔다. 건물 어디에도 수레시가 없다는 것이다.

최초의 결함이 발생했다, 하고 길더는 생각했다. 이런 가느다란 균열은 점점 벌어질 것이다. 수레시는 어디로 갔을까? 이곳은 옥수수밭 한가운데인 데다가 곧 밤이 올 것이었다. 아무 수확 없이 며칠이 지나갔다. 아직도 바이러스를 분리해 세포에서 추출해내지 못했다. 그레이가 감염자라는 데는 의심의 여지가 없었다. 흉선의 크기가 커진 것을 보면 분명했다. 그러나 바이러스 자체는 아직 숨어 있었다. 숨다니! 넬슨은 그런 표현을 썼었다. 도대체 바이러스가 무슨 수로 숨는단 말인가? 당장 찾으라고 길더는 말했다. 우린 시간이 없다고.

길더는 옥상에서 시간을 보내며 공간감에 젖는 날들이 늘었다. 자정이 지나면 그는 그곳에 있었다. 잠은 오로지 기억 속에만 존재했다. 잠이 들자마자 그는 번뜩 깼고 목구멍이 조여왔다. 72시간이라는 데드라인은 이미 지나가 버렸다. 넬슨은 그저 '음?' 하듯 눈썹을 추켜세웠을 뿐이었다. 길더는 기도가 좁아져서 침조차 삼키기 어려웠고 왼손은 새처럼 퍼덕퍼덕 떨렸다. 몸의 반쪽이 말을 듣지 않아 그는 마치 발목에 5킬로그램짜리 덤벨을 매달아 놓은 사람처럼 몸을 질질 끌고 걸었다. 조만간 넬슨에게 몸 상태를 더는 숨길 수 없는 순간이 올 것이다.

옥상에서 길더는 군 장성들이 퇴각하는 모습을 지난 며칠간 지켜보았다. 바이럴들은 얼마나 멀리 있을까? 우리에겐 시간이 얼마나 있는 걸까?

허리춤의 핸드헬드가 울렸다. 넬슨이었다.

"내려와서 보셔야 할 게 있습니다."

엘리베이터의 문이 열리자 넬슨이 마중 나와 있었다. 더러운 실험 가운 차림에 머리는 온통 헝클어져 있었다. 그가 길더에게 종이 다발을 내밀었다.

"이게 뭐지?"

넬슨의 표정이 암울했다. "읽어보세요."

육군성 중부 사령부
플로리다주 33621-5101 맥딜 공군 기지
사운드 바운더리 대로 7115

JUN16

중부 사령부 작전 명령 – 임마쿨라타Immaculata

참조: 대통령명령 929621호, 1st HL Recon BDE OPORD 18-26, Map Sheet V107

전투편성: 합동특수임무부대JTF SCORCH, **구성:** 제388 파이터 윙388 FW, 제23 파이트 그룹23 FG, 제62 공군국토방어그룹62 HADG, 콜로라도 육군 주방위군CO ANG, 캔자스 육군 주방위군KS ANG, 네브래스카 육군 주방위군NE ANG, 아이오와 육군 주방위군IA ANG

• **상황적 병력:** 미상, +/- 20만

지형: 고지대 평원/초지/도시 혼합

기후: 다양한 조건, 주간 시계 양호, 야간 시계 제한, 달빛 적거나 없음

적 상황: 010500JUN16 현재 763명의 감염자 집단(이하 '파드')이 지정 구역 1-26에 군집해 있음이 관측됨. 적의 움직임은 일몰 직후로 예상. (2116)

• **미션:** JTF SCORCH는 지정된 격리구역 내에서 012100JJUN16부터 052400JUN17까지 전투작전을 수행해 감염자 전원을 말살한다.

• **실행**

의도: JTF는 격리구역 내에서 공중 및 지하 전투작전을 수행할 것이다. JTF SCORCH의 최우선 임무는 격리구역 내의 감염자 전원을 제거하는 것이다. 민간인을 포함한 격리구역 내 인원은 모두 감염자로 간주하며 대통령명령 929621호에 의거해 제거한다. 최종 상태는 격리구역 내 모든 감염자가 제거되는 것이다.

작전 구성: 이 작전은 2단계 작전이다.

단계1: JTF는 012100JUN16에 388 FW, 23 FG, 62 HANDG로 구성된 전술항공부대를 동원해 지정 구역 1-26에 대량폭격을 수행할 것이다. 1단계는 격리구역 내 폭격 포화도 100%로 종결된다. 1단계 종결 직후 2단계가 시작된다.

단계2: JTF는 CO ANG, KS ANG, NE ANG, IA ANG로 구성된 3개 기계화 보병 사단을 운용해 지정 구역 1-26에 잔류하는 적군에 대해 자율사격공격을 수행할 것이다. 2단계는 격리구역 내 감염자 100% 제거로 종결된다.

그 뒤에도 병참, 전술, 지휘, 신호 등의 내용이 이어졌다. 관료주의의 언어로 표현된 전쟁이었다. 이 작전의 결과는 분명했다. 격리 선을 넘어오지 못한 사람들은 모두 몰살당하는 것이다.

"제기랄."

"말씀드렸지요." 넬슨이 말했다. "언제든 일어나고야 말 일이었습니다. 동이 트려면 2시간도 남지 않았습니다. 오늘 밤 동안은 괜찮겠지만, 더 기다릴 수는 없을 것 같습니다."

바로 그 순간 시계가 0을 가리켰다. 온갖 생고생을 하고 나서 결국은 패배를 받아들여야 하는 순간이 오다니!

"그럼, 어떻게 할까요?"

길더는 마음을 가다듬으려 숨을 들이쉬었다. "기술자들은 차를 태워 내보내고 매스터슨만 남겨. 그레이와 그 여자는 픽업을 요청해서 우리가 직접 데리고 나간다."

"애틀랜타에 보고할까요? 적어도 그쪽에서 상황을 알아야 하지 않습니까?"

'제가 경고했었잖아요.'라는 말을 두 번 하지 않는 게 넬슨의 칭찬할 만한 점이라고 길더는 생각했다. "아니, 내가 직접 한다."

이곳의 소장실에는 보안이 가능한 통신 장치가 있었다. 길더는 왼 다리를 볼품없이 질질 끌며 계단을 올라 텅 빈 복도를 걸었다. 사무실은 전부 텅 비어 있었다. 남아 있는 거라고는 의자 하나, 싸구려 철제 책상 하나, 그리고 전화기뿐이었다. 그는 의자를 찾아 앉은 뒤 전화기를 바라보았다. 잠시 후 그는 얼굴이 축축해진 것을 느꼈다. 어느새 울고 있었던 것이다. 그의 운명의 조짐인 것만 같은, 그의 빌어먹을 하찮은 목숨에 대한 육체의 예기치 못한 고백인 것만 같은, 아무 감정도 담기지 않은 이상한 울음이었다. 꼭 육체가 이렇게 말하는 것 같았다. 기다려. 조금만 기다리면 내가 너를 위해 준비한 걸 보게 될 거다. 살아서 맞는 죽음이지, 아들아.

그러나 그런 일은 결코 일어나지 않을 것이다. 전화기만 집어 들면 전부 끝날 것이다. 죽음의 탄 맛을 전부 맛볼 만큼 오래 살지 못하리라는 것이 작은 위안이 되었다. 오늘 그가 완수하지 못한 일은 이제 영영 손댈 수 없게 될 것이다.

길더 씨? 따라오시지요. 어깨에 얹히는 손, 복도를 걷는 발걸음.

안 돼.

20

버스에 도착했을 때는 군인들이 경계선을 만들어둔 뒤였다. 동트기 직전의 어둠 속에 사람들이 모여 있었다. 대니의 버스는 세 번째 슬롯에 있었다. 키트리지는 버스 앞 유리창을 통해 모자를 비스듬히 쓰고 손으로는 운전대를 꽉 쥐고 있는 대니의 모습을 언뜻 보았다. 베라가 계단 맨 아래에 클립보드를 들고 서 있었다.

하나님의 축복이 있기를, 데니 체이즈, 하고 키트리지는 생각했다. 오늘이 네 인생에서 가장 중요한 운전이 될 테니까.

"자, 여러분, 모두 조용히 하십시오!" 포르체키 소령이 군인들의 경계선 뒤 줄지어 선 버스들을 이리저리 돌아다니며 확성기에 대고 고함을 지르고 있었다. "질서 정연하게 줄을 서서 뒤에서부터 타십시오! 좌석이 없으면 다음 차를 기다리십시오!"

군인들이 만든 배리어가 일종의 통행로가 되었다. 사람들이 그 사이로 지나가려고 뒤에서부터 마구 밀고 나오기 시작했다. 어디로 가는 겁니까? 사람들은 물었다. 원래대로 시카고로 가는 겁니까? 아니면 다른 곳? 키트리지 일행 바로 앞에는 더러운 잠옷을 입은 어린 딸 하나, 아들 하나가 있는 가족이 서 있었다. 지저분한 발, 떡이 진 머리를 한 – 많이 봐야 다섯 살 남짓이었다 – 딸아이는 발가벗은 바비 인형을 손에 쥐고 있었다. 서쪽에서 또다시 천둥소리가 들리더니 지평선에 번개가 번쩍했다. 키트리지와 에이프릴은 둘 다 팀이 군중 속에 쓸려가지 않도록 한 손씩 잡았다.

배리어 사이를 통과하자마자 키트리지 일행은 서둘러 대니의 버스로 향했다. 로빈슨 부부와 보이 주니어가 가장 먼저 올랐다. 계단 아래에는 우드와 들로리스, 자말과 벨라미 여사가 있었다. 키트리지와 팀, 에이프릴 뒤로 돈 목사가 뒷자리로…… 올랐다.

유령처럼 새하얀 번개가 폭발하며 허공을 밝히는 순간이 키트리지의 마음속에서 얼어붙었다. 0.5초 뒤 천둥소리가 길게 울렸다. 발밑에서 충격이 느껴졌다.

천둥이 아니었다. 폭약이었다.

전투기 세 대가 머리 위를 질주하더니, 두 대가 더 날아왔다. 그 순간 모두가 비명을 지르기 시작했다. 도저히 막을 수 없는 공황감에서 나온 높고 찢어지는 비명이 사람들을 파도처럼 에워쌌다. 키트리지는 서쪽으로 고개를 돌렸다.

이렇게 많은 바이럴 무리를 본 것은 처음이었다. 펜트하우스에 있을 때 세 마리씩 떼를 지어 오는 모습을 보기도 했고 – 그보다 적지도, 많지도 않은, 항상 셋이었다 – 지하 차고에서 본 것만 해도 스무 마리는 되었지만, 지금 눈앞의 광경과는 비교조차 되지 않았다. 마치 날지 못하는 새들이 떼를 지어 몰려오는 것만 같았다. 수백 마리, 어쩌면 수천 마리의 바이럴이 떼를 지어 철조망을 향해 달려오고 있었다. 파드, 키트리지의 기억에서 그 단어가 떠올랐다. *놈들을 파드라고 부른다고 했지.* 잠깐이었지만 그는 바이럴들의 조직적인 위풍당당함에 순수하게 숨이 막힐 듯한 경이감, 경외감을 느꼈다.

놈들이 캠프를 쓰나미처럼 휩쓸 것이다.

험비들이 서쪽 철조망을 향해 모래바람을 일으키며 질주했다. 갑자기 버스를 지키는 인력이 없어지자 사람들이 이쪽으로 몰려오기 시작했다. 뒤에서부터 사람들이 몸으로 마구 밀어댔다. 군중들에 둘러싸인 순간 에이프릴의 비명이 들렸다.

"팀!"

그는 목소리가 들리는 쪽을 향해 거친 조류를 뚫고 헤엄치는 것처럼 사람들의 몸을 마구 밀어내며 다가갔다. 사람들이 서로 밀치고 당겨대며 대니의 버스에 오르려고 몸싸움을 하고 있었다. 아까 앞에 서 있던 남자가 머리 위로 딸을 치켜들고 있는 모습이 보였다. 그는 고함을 지르고 있었다. "제발, 누가 이 아이 좀 데려가요, 누가 내 딸 좀 데려가줘요!"

그때 키트리지의 눈에 군중들 속에 갇힌 에이프릴이 보였다. 그는 허공에 손을 흔들어댔다. "버스에 타!"

"팀을 못 찾겠어요! 팀이 안 보여요!"

엔진 소리가 나더니 줄 끝에 서 있던 버스 한 대가 출발했다. 그리고 그다음, 또 그다음. 키트리지는 분노에 사로잡혀 에이프릴을 향해 달려가 그녀의 허리를 감고 버스 문 쪽으로 끌어갔다. 하지만 에이프릴은 따라가 주지 않았다. 그에게서 풀려나려고 온몸으로 저항했다.

"팀 없이는 못 가요! 놓으라고요!"

눈앞, 버스 계단 밑에 돈 목사가 보였다. 키트리지가 에이프릴을 앞으로 밀어냈다. "돈, 도와줘요! 버스에 태워요!"

"못 가요, 전 안 가요!"

"내가 찾아줄게, 에이프릴! 돈, 에이프릴을 데려가요!"

밀어닥치는 아수라장 속에서 돈이 몸을 내밀고 에이프릴의 손을 붙들더니 버스 문을 향해 끌어당겼다. 그렇게 에이프릴은 사라졌다. 아직 버스에 사람들이 반밖에 차지 않았지만, 더는 기다릴 수 없었다. 키트리지가 본 에이프릴의 마지막 모습은 유리창에 얼굴을 대고 자기 이름을 부르는 모습이었다.

"대니, 출발해!"

문이 닫혔다. 버스가 출발했다.

시설의 지하 방. 지난 나흘간을 마취제에 의한 유보 상태 – 반半의식 상태의 어스름 속에서 자신을 둘러싸고 있는 방이 마치 동시에 여러 개의 영화 스크린을 보는 것처럼 느껴지던 – 속에서 보낸 라일라 카일은 자고 있었고, 꿈을 꾸고 있었다. 한밤중 차를 타고 아이를 낳으러 병원에 가는 단순하고 행복한 꿈이었다. 운전하는 사람이 누구인지는 보이지 않았다. 보이는 것은 어둠뿐이었으니까. 브래드, 당신이에요? 라일라가 물었다. 그러자 무대 위 장막이 걷히듯 어둠이 걷혔고 라일라는 그 자리에 있는 것이 정말로 브래드라는 사실을 알 수 있었다. 유월의 햇살처럼 나붓한, 자잘하게 빛나는 황금빛 기쁨이 그녀의 온 존재를 타고 고동쳤다. 곧 도착할 거야, 여보, 브래드가 말했다. 금방 도착할 거야. 손바구니 안이 난장판이 될 일은 없어. 그냥 가만히 기다리면 돼. 아이가 곧 태어날 거야. 거의 다 온 거나 다름없어.

그리고 라일라가 그 말을 혼자 중얼거리고 있을 때 – 아기가 곧 태어날 거야, 아이가 곧 태어날 거야 – 갑자기 맹렬한 폭발음이 울리면서 유리창이 부서지고, 모든 것이 바닥에 떨어지고, 바닥이 바다 위의 조각배처럼 흔들리기 시작하자 그녀는 비명을 지르기 시작했다.

21

6월 9일 오전 이른 시각 아이오와 동부 난민 수속센터를 뒤덮은 바이럴 파드는 네브래스카 외곽에 군집한 더 큰 바이럴 무리의 일부였다. 암호명 JTF Scorch인 합동특수부대가 사후 추정한 규모는 각기 달랐다. 5만 개체라고 한 이들도 있었으나 그보다 많았다고 주장하는 이들도 있었다. 그 이후에는 미주리에서 북쪽으로 이동한 두 번째의 더 큰 파드, 미네소타에서 남쪽으로 이동한 세 번째의 더 큰 파드가 합류했다. 갈수록 이들의 개체 수는 점점 늘었다. 이들이 시카고에 도달한 시점에 규모는 50만 개체에 달했으며 6월 17일 방어 경계선을 뚫고 24시간 이내에 도시를 장악했다.

맨 처음 난민 수속센터의 철조망을 뚫고 들어간 바이럴들은 4:58 CTD에 도착했다. 아이오와주 중부와 동부의 대규모 항공 작전이 시작된 지 8시간째였으며, 미시시피강을 가로지르는 다리는 단 하나(더뷰크)를 제외하고 모두 파괴된 뒤였다. 특수부대의 우두머리 중 하나가 격리 시점을 의도적으로 잘못 보고해 – 미군과 정보기관들이 다 같이 머리를 굴려 짜낸 결론이었다 – 격리구역 내 집중되어 있던 인구들을 감염자들이 특정 지역으로 모여들게 하는 미끼로 사용해 공습의 효과를 높였다는 것이 일반적인 믿음이었다. 특수부대원 중 한 사람의 비유를 빌리자면, 사슴 사냥을 위해 소금 덩어리를 놓은 것이다. 수많은 난민을 버리는 것은 전례 없는 전쟁을 위해 치러야 할 대가에 불과했다. 어차피 이들은 분명 죽을 테니까.

아이오와 주방위군의 프랜시스 포르체키 소령은 – 민간인으로 살 때는 여성 스포츠의류 생산업체의 지점 매니저였다 – JTF Scorch의 미션을 몰랐지만, 그럼에도 그녀는 바보가 아니었다. 포르체키 소령은 고도의 훈련을 거친 군 장교인 동시에, 신앙에서 평온과 지침을 얻는 충실한 카톨릭 신자이기도 했다. 명령받은 대로 자기 보호하에 있던 난민들을 버리지 않기로 한 것은 이 같은 깊은 신념 때문이었으며, 그녀가 자신의, 그리고 자신의 휘하에 있던, 서쪽 철조망을 지키던 165명의 남녀 병사들의 삶에서 마지막 에너지를 탈출하는 버스를 엄호하는 데 쓰기로 한 것 역시 이 같은 신념 때문이었다. 이 시점에 남겨진 민간인들은 모두 떠나는 버스를 따라 달리며 멈추라고 소리소리 질러대고 있었으나 할 수 있는 일은 아무것도 없었다. 그래, 이렇게 끝이군, 포르체키는 생각했다. 더 많은 목숨을 구할 수 있었으면 좋았을 텐데. 서쪽으로 가늘게 진동하는 옅은 초록색 불빛들이 모여들어 빛이 나는 산울타리처럼 보였다. 머리 위로는 전투기가 질주하며 바이럴 떼의 한가운데에 폭탄을 퍼붓고 있었다. 번득이는 예광탄, 솟아오르는 불길. 천둥소리가 공기를 찢었다. 이 파괴의 한가운데에서도 바이럴 떼는 자꾸만 몰려왔다. 포르체키는 험비가 멈추기도 전에 뛰어내린 뒤 고함쳤다. "사격 중지! 놈들이 철조망 가까이에 올 때까지 기다려라!" 그다음에는 사격 자세를 취하고 – 더 이상 할 수 있는 명령이 없었기에 그녀 역시 부하들과 똑같이 적에 맞서게 될 것이다 – 기도하기 시작했다.

시간 그 자체가 무질서한 질감을 띠기 시작했다. 혼돈의 한복판에서 삶들이 예기치 못한 방식으로 중첩되었다. NBC 시설물 지하에서는 지독한 몸싸움이 이어졌다. 블랙버드 헬리콥터가 옥상에 착지하는 순간, 공격이 시작되었을 때 길더는 넬슨을 피해 사무실에 숨어 있었다. CDC에 연락을 취해도 한 가지 짐을 덜 뿐 또 다른 짐이 생기리라는 생각에 전화하지 않기로 했던(그 뒤에 무엇을 해야 할지 그는 알 수 없었다.) 호레이스 길더가 힘겹게 계단을 내려가 지하실로 갔다. 매스터슨과 넬슨은 드라이아이스를 채운 아이스박스에 혈액 샘플들을 미친 듯이 집어넣으면서 "도대체 어디 있었습니까?", "지금 이 빌어먹을 곳에서 나가야 한다고요!", "이곳이 지금 위험해진다고요!" 같은 말들을 고함쳤다. 하지만 그들의 정당한 분노에도 길더의 마음은 거의 움직이지 않았다. 지금 그에게 중요한 것은 오로지 로렌스 그레이가 전부였다. 그리고 그 순간, 길더는 마치 따귀라도 맞은 것처럼 자신이 무엇을 해야 할지 깨달았다.

방법은 하나뿐이었다. 왜 이제야 알았지?

그의 온몸은 금방이라도 온몸을 마비시키는 경련을 일으키기 직전이었다. 점점 좁아지는 기도를 통해 힘겹게 숨을 쉴 수밖에 없었다. 그런데도 그는 그 의지를 – 죽어가는 이만 가질 수 있는 의지를 – 끌어내 팔을 뻗어 매스터슨이 옆에 차고 있던 총을 끄집어냈다.

그리고 자신도 놀랍게도 길더는 그를 쏘았다.

키트리지는 발에 짓밟히고 있었다.

버스가 출발하자 키트리지는 바닥에 엎어졌다. 일어나려고 할 때마다 누군가의 발이 얼굴을 밟고 지나갔다. 쏟아지는 발길과 몸들 속에서 할 수 있는 것은 머리를 손으로 감싸고 방어 자세로 바닥에 웅크리는 것이 전부였다.

"팀! 어디 있니?"

그때 팀이 보였다. 사람들이 팀을 뒤에 남겨두고 달려간 것이다. 팀은 10미터도 채 떨어지지 않은 흙바닥에 앉아 있었다. 그는 비틀거리다가 흙 속에 미끄러지며 다가갔다.

"괜찮아? 뛸 수 있겠니?"

아이는 머리 양옆을 손으로 움켜쥔 채였다. 눈은 초점이 맞지 않고 흐리멍덩했다. 꺽꺽 우느라 코에서는 콧물이 줄줄 흘렀다.

키트리지가 아이를 일으켜 세웠다. "가자."

키트리지에게도 계획은 없었다. 유일한 계획은 탈출하는 것뿐이었다. 버스는 먼지바람과 디젤 연기만 남기고 전부 떠났다. 키트리지는 팀의 허리께를 잡고 들어서 자기 등에 업힌 다음에 꼭 잡으라고 말했다. 고작 세 걸음 걷자마자 고통이 다다랐고 무릎이 떨렸다. 그는 비틀거리다가 스스로를 다잡고 간신히 똑바로 섰다. 한 가지는 분명했다. 다리 상태에 아이까지 업은 채로는 걸어서 멀리 가지는 못할 거라는 거였다.

그때 무기고가 떠올랐다. 무기고 안에 오픈 백 험비가 한 대 있는 걸 봤었다. 후드가 열려 있었다. 병사 한 명이 후드를 열어놓고 뭔가 작업을 했었다. 그 험비가 아직 그 자리에 있을까? 아직 작동할까?

서쪽 철조망에 있던 병사들이 발포를 시작하자 키트리지는 이를 악물고 달렸다.

무기고에 도착했을 때 키트리지의 다리는 완전히 무너지기 직전이었다. 어떻게 이 다리로 200미터나 달려왔는지도 모를 노릇이었다. 하지만 운이 좋았다. 험비는 이제는 텅 비어버린 선반들 사이 예전에 보았던 그 자리에 서 있었다. 후드는 내려가 있었지만 – 좋은 징조였다 – 과연 험비가 작동할까? 그는 팀을 조수석에 내려놓고 운전석에 앉아 시동 버튼을 눌렀다.

아무 일도 일어나지 않았다. 그는 마음을 다잡으려 심호흡을 했다. 생각하자, 키트리지, 생각해. 대시보드 뒤에 연결되지 않은 와이어들이 잔뜩 엉킨 채로 매달려 있었다. 누가 점화 장치를 수리하던 중이었나 보다. 그는 엉킨 와이어를 풀고 전선 두 개를 골라 끄트머리를 서로 맞붙였다. 반응이 없었다. 지금 자기가 하는 일이 무슨 의미가 있는지 스스로도 알 수 없었다 – 왜 이렇게 하면 해결될 거라고 생각했지? 그는 되는 대로 다른 전선 두 개를 더 골랐다. 빨간색과 녹색이었다.

스파크가 튀었다. 그러더니 엔진이 우르릉 소리를 내며 깨어났다. 그는 험비를 문 쪽으로 돌린 다음, 있는 힘껏 액셀을 밟았다.

그렇게 그들은 게이트까지 질주했다. 그러나 새로운 문제가 있었다. 어떻게 이곳을 나갈 것인가? 수천 명의 사람이 그들처럼 좁은 게이트를 빠져나가겠다고 서로 밀쳐대고 있었다. 그는 액셀에서 발을 떼지 않은 채 경적에 몸을 기댔다. 그리고 너무 늦게, 좋은 생각이 아니었다는 사실을 깨달았다. 이 사람들은 잃을 것이 없었던 것이다.

그들은 고개를 돌렸다. 키트리지를 보았다. 이쪽으로 달려왔다.

키트리지는 브레이크를 밟으며 운전대를 돌렸지만 너무 늦었다. 사람들이 부서지는 파도처럼 험비를 향해 몰려왔다. 문이 열리더니 수많은 손이 뻗어 들어와서 핸들을 잡은 그의 손을 뜯어내려 했다. 운전대를 놓치지 않으려 안간힘을 쓰는 옆에서 팀의 비명이 들려왔다. 사방에서 사람들이 험비를 향해 달려들어 왔다. 얼굴 하나가 앞 유리창에 부딪치더니 사라졌다. 뒤에서 손이 뻗어 와서 그의 얼굴을 할퀴고 팔에 붙어 뜯어냈다. "떨어져요!" 키트리지는 그렇게 고함을 치면서 사람들을 떨쳐내려 했지만 소용없었다. 사람들이 너무 많았고, 더 많은 사람이 앞 유리창으로, 험비의 타이어 아래로 들어왔고, 험비가 옆으로 기울어지기 시작하자 그는 팀을 향해 손을 뻗으며 충돌을 예감하고 온몸에 힘을 주었다. 그리고 그렇게 끝이었다.

한편, 5킬로미터 떨어진 곳에서는 2,043명의 민간인 난민, 36명의 FEMA와 적십자 직원, 27명의 군인을 실은 버스들이 동쪽으로 내달리고 있었다. 버스에 탄 사람 중 대다수가 울었고 나머지는 기도를 했다. 아이들의 손을 세게 붙잡은 사람들도 있었다. 몇 명은 옆 사람이 아무리 닥치라고 애원해도 아직도 비명을 질러댔다. 수많은 사람을 뒤에 남겨두고 떠나왔다는 자기 혐오로 고통받기 시작한 사람들도 몇 있었지만, 대부분은 그런 의혹은 가지고 있지 않았다. 그들은 운 좋은 사람들, 탈출한 사람들이었다.

레드버드의 운전대를 잡은 대니 체이즈는 태어나서 처음으로 오로지 자아의 장엄한 완전성이라는 말로밖에는 설명할 수 없는 감정을 겪고 있었다. 지금까지 26년간 자신을 의도적으로 위축시킨 채 살아온 것만 같았다. 그가 몰고 있는 버스처럼, 대니는 앞으로 내달리면서 서로 다른 윤곽선을 가졌으나 동시에 내재된 모순되는 수많은 감정을 지닌 새로운 존재의 상태로 나아가고 있었다. 그는 두려웠다. 진심으로, 영혼까지도 두려웠으나 그 두려움이 가져온 것은 마비 상태가 아니라 힘, 솟아올라 그의 안에서 넘쳐흐르는 풍부한 용기의 샘이었다. *너는 이 배의 선장이다,* 퍼비스 씨는 말했지, 그리고 지금 이 순간 대니가 그랬다. 왼쪽 어깨 너머에서 돈 목사와 베라는 다급한 목소리로 이야기를 주고받고 있었다. 그 뒤에서는 좌석마다 사람들이 둘씩 웅크리고 있었다.

고양이 같은 소리를 내는 아기를 안고 있는 로빈슨 부부, 손을 마주 잡고 기도하는 우드와 들로리스, 그리고 서로 끌어안은 자말과 벨라미 여사. 혼자 고통 속에 앉아 있는 에이프릴은 너무 괴로워서 울지도 못하고 있었다. 그들을 안전하게 데려다주는 것이 대니 인생의 하나밖에 없는 목표, 빙빙 돌아가는 그의 우주에서 단 하나 고정된 점이었다. 그럼에도 스스로가 살아 있다는 놀라운 사실을 깨달은 이 순간의 흥분 속에서 이들의 존재는 그저 흐릿한 추상에 불과했다. 레드버드 450의 운전대를 잡은 대니 체이즈는 자기 자신과, 그리고 온 우주와 하나가 된 존재였다. 다른 버스 운전자들과 마찬가지로 그가 아직 동트기 전 어둠 속 남쪽에서 몰려오는 두 번째 바이럴 무리, 그리고 북쪽에서 다가오는 세 번째 무리를 보았을 때, 그리고 그의 마음의 눈이 이 두 개의 무리가 결국 하나로 합쳐져 벌집을 빠져나온 말벌 떼처럼 버스들을 에워쌀 것임을 3차원적으로 직감한 순간, 그는 자신이 무엇을 해야 하는지 알았다. 그는 운전대를 왼쪽으로 힘주어 돌려 수송대에서 빠져나온 다음 온 힘을 다해 액셀을 밟아 다른 버스들을 모두 추월했다. 시속 110, 120, 130킬로미터……. 그는 존재의 마지막 한 방울까지 짜내어 버스의 속력을 높였다. 뭐 하는 거야? 돈 목사가 고함을 질렀다. 하나님 맙소사, 대체 뭐 하는 거냐? 하지만 대니는 자신이 무엇을 하고 있는지 알았다. 그의 목표는 피하는 것이 아니었다. 그의 목표는 첫 번째가 되는 것이었다. 미친 듯한 속도로 바이럴 떼를 들이받아 파괴의 통로를 만들 것이다. 등 뒤에서 사람들이 비명을 지르기 시작했다. 앞 유리창 너머에서 빛을 내는 바이럴 무리가 다가오기 시작했다. 운전대를 붙든 대니의 손마디가 하얗게 변해 있었다.

"몸을 숙여요, 모두!" 그가 고함을 질렀다. "숙이라고요!"

"이런 미친!"

넬슨은 얼굴을 감싸고 뒷걸음질했다. 길더는 넬슨이 자신도 총을 맞으리라 짐작하고 있으리라는 생각이 들었다. 쏘지 않을 이유도 없었지만, 그래도 일단 지금은 필요한 게 있었다.

"여자를 데려와." 길더가 총구로 넬슨을 가리켰다.

"시간이 없어요! 맙소사, 죽일 필요는 없었잖아요!"

머리 위에서 충돌음이 들려왔다. 먼지가 일었다. "그건 내가 판단해. 움직여."

나중에, 길더는 어째서 자신이 여자를 먼저 데려와야 한다는 것을 알았는지 궁금해하게 된다. 그것이 그의 인생에서 가장 파괴적인 결정 중 하나였다. 여자를 두고 오기로 결정했더라면 그 결과는 완전히 달랐으리라. 아마도 본능이었겠지? 그 여자와 그레이 – 길더의 인생에는 영영 존재한 적 없었던 그 유대감 – 때문에 감상적이 된 것일까? 그는 총구 끝으로 넬슨을 앞으로 밀어내면서 실험실을 가로질러 라일라가 있는 방의 문으로 다가갔다.

"열어."

라일라 카일은 폭발음에 완전히 동요한 채 미친 듯이 비명만 지르고 있었다. 여기가 어딘지, 무슨 일이 일어나는 건지 전혀 알 수 없었다. 그녀는 침대에 묶인 채였다. 침대는 방 안에 있었다. 방, 그리고 방 안의 모든 것이 움직이고 있었다. 마치 꿈에서 깨었는데 똑같이 비현실적인 다른 꿈속에 들어온 것 같았고, 넬슨과 길더가 방으로 들어온 순간에도 그녀는 어렴풋이 알아차렸을 뿐이었다. '헬리콥터'라는 단어가 들렸다. '탈출'이라는 말도 들렸다. 둘 중 키가 작은 쪽이 그녀의 팔에 주삿바늘을 꽂았다. 어떠한 저항도 할 수 없었지만, 그녀의 피부를 바늘이 뚫고 들어오는 순간 갑자기 커다란 배터리에 연결된 것처럼 에너지가 심장을 때렸다. 아드레날린이야, 하고 그녀는 생각했다. 지금까지 진정제를 투여받고 있었는데, 이제는 각성시키려고 아드레날린을 주사하는 거구나. 키 작은 남자가 그녀를 일으켜 세웠다. 가운 안의 맨살이 시려 소름이 돋았다. 일어설 수 있나? 걸을 수 있나? 그냥 빨리 데리고 나가, 두 번째 남자가 말했다.

남자는 그녀로서는 따라갈 수 없을 정도로 엄청나게 다급하게 그녀를 질질 끌다시피 하며 일종의 실험실로 보이는 넓은 방을 가로질렀다. 불은 꺼져 있었다. 구석에서 빛나는 비상등 불빛뿐이었다. 저 멀리에서 굉음이 연속적으로 울려 퍼졌고 굉음이 잦아들 때마다 지진처럼 길게 진동이 이어졌다. 유리창이 쩔그렁 소리를 내며 흔들리고 있었다. 그들은 잠수함에 달려 있을 법한, 둥근 금속 손잡이가 붙은 묵직한 문 앞에 섰다. 작은 남자가 문을 열더니 밖으로 나갔다. 이제 그녀를 잡고 있는 사람은 키 큰 쪽이었다. 그는 권총을 휘두르고 있었다. 그는 뒤에서 한 손으로 그녀의 허리를 감싸고 다른 손으로는 그녀의 등에 총구를 누르고 있었다. 머릿속이 맑아졌다. 심장이 메트로놈처럼 규칙적으로 뛰었다. 문밖에서 무엇이 나타날까? 뜨뜻하고 썩은 내가 나는 그의 숨결이 바짝 가까운 곳에서 느껴졌다. 그녀를 움켜쥔 손에서 공포가 느껴졌다. 그의 온몸이 덜덜 떨리고 있었다. '전 임신 중이에요.' 어쩌면 이 말이 상황을 바꿀 수 있을지도 모른다는 생각에 라일라는 말했다. 아니, 말하려고 했다. 하지만 그녀가 입을 여는 순간 문 저편에서 여자의 비명이 울려 퍼졌다.

6월 9일 밤 아이오와 서부와 중부에서 수행된 항공 작전에는 위험 요소가 있었다. 그중 중요한 것은 조종사들이 명령을 수행하지 못할 수 있다는 것이었고, 실제로 그랬다. 조종사 일곱 명이 민간인 표적을 향해 폭탄을 투하하기를 거부했고, 그 밖의 세 명은 기계적 오작동이 일어나 그러지 못했다고 주장했기에, 작전 실패율은 6퍼센트였다. (이 10명 중 3명은 군사 법원에 회부되었고, 5명은 질책당한 후 복귀했으며, 2명은 그 자리에서 축출되어 다시는 나타나지 않았다.) 그리고 이후 몇 주간 JTF Scorch의 미션이 미국 중부 지역, 그리고 서부 산간 지역까지 확대되면서 특공대원들은 이 6퍼센트의 실패율을 노스탤지어를 담아 떠올리게 된다 – 좋았던 옛 시절이라고 말이다. 8월 1일이 되자 수많은 조종사가 양심수로서 영창에 들어가거나 비행기와 함께 이 죽어가는 대륙의 하늘 속으로 사라져버렸기에 일관적인 항공 공격이 점점 더 어려워졌고 JTF Scorch 미션 자체가 의혹에 휩싸이게 되었다. 그리고 이 어려움에 더해 텍사스와 캘리포니아가 주 경계 내의 연방 병력 자원을 자주적으로 운영하겠다고 선언했다. 위협을 느낀 워싱턴에서는 이들을 무력으로 멈추게 하겠다고 했는데 – 상황이 전적으로 자유 낙하에 가까워졌기에 – 이는 군사적으로도 정치적으로도 기민한 수였다. 텍사스와 캘리포니아의 엄포는 이후로도 계속 이어져 결국은 위치타 폴스 전투, 프레스노 전투로 막을 내렸고, 이때 지상과 공중 양쪽 모두 수많은 미국 병력이 백기를 들고 팔을 들어 올리며 구호를 요청했다. 그래서 이후의 세대에게는 제로의 해(0년)라고 알려진 그해 10월 중순에는 미합중국이라는 국가는 더 이상 존재하지 않게 되었다.

그러나 6월 9일 오전 이른 시각, 달도 없는 아이오와의 하늘 아래에서는 JTF Scorch가 그 자원을 완벽히, 아니 거의 완벽히 누리면서 중앙 통제되고 있었다. 특수기동대의 예측대로 감염자들의 무리는 아이오와주의 네 군데 핫스팟인 메이슨 시티, 디모인, 마셜타운, 그리고 포트 포웰의 FEMA 난민 수속센터에 군집해 있었다. 02시 00분, 앞의 세 군데는 소탕이 완료되었고 마지막으로 포트 포웰 차례였다. A-10 와트호그 공격기와 F-18 전폭기가 공격을 시작했다. 동시에 맥딜에서 C-130 수송기가 귀환하고 있었다. GBU-43/B 공중폭발 대형폭탄, 일명 MOAB를 실은 수송기였다. H6 고성능 폭약 8.5톤으로 이루어진 이 MOAB는 핵무기를 제외하고 미군이 보유하고 있는 가장 파괴력이 높은 폭탄으로, 지름 500미터의 충돌 분화구를 남기고 9블록에 해당하는 지대를 날려버릴 폭발을 일으킬 수 있었다. 그 불길만 해도 며칠은 탈 것이었다.

넬슨이 그레이의 구속대를 – 더 이상 어디에도 묶여 있지 않은 구속대였다 – 풀려고 몸을 숙이는 순간 그레이가 벌떡 일어나며 넬슨의 팔죽지를 붙들고 그의 목에 이를 꽂아 넣었다. 이는 깊이 박혔다. 턱 아래에서 넬슨의 기도가 으깨지는 소리가 들렸다. 넬슨과 한 덩어리로 뒤엉켜 침대 위를 구르는 동안 그레이는 이에 토끼를 문 늑대처럼 그를 물고 흔들었다. 뜨거운 피가 그레이의 입 속으로 쏟아졌다. 둘은 이제 바닥에 있었다. 넬슨은 얼굴을 위로 하고 누워 있고 그레이가 올라탄 자세였다. 넬슨의 손발이 고통스럽게 꿈틀하더니 그것으로 끝이었다. 그레이는 턱을 더 깊이, 부드러운 살 속으로 파묻었다.

그는 피를 쭉쭉 마셨다.

제로에게도 이렇게 쉽고, 이렇게 즐거웠을까? 풍부한 생기가 그에게 흘러 들어왔다. 눈부시리만치 어마어마한 양의 순수한 감각이었다. 영혼까지 충만해질 정도로 마지막 피를 들이킨 다음 그레이는 고개를 들었다. 그리고 바닥에 널브러진 시체를 잠시 바라보았다. 넬슨의 얼굴은 진공 포장을 한 것처럼 뼈에 바싹 달라붙었다. 그의 눈은 레드 루프 주차장에서 본 여자의 눈처럼 바싹 마른 눈구멍에서 도마뱀의 눈처럼 튀어나온 채 허공을 응시하고 있었다. 그레이는 그의 행동에 맞는 감정을 찾으려고 마음속을 들쑤셨다 – 아마도 죄책감, 아니면 동정심, 어쩌면 역겨움일지도. 그는 살인자, 사람을 죽인 인간이었다. 타인의 삶을 빼앗았다. 하지만 그런 감정은 하나도 느껴지지 않았다. 그는 다만 해야 할 일을 한 것뿐이었다.

문은 열려 있었다. 라일라, 그는 생각했다. 내가 구하러 갈게요. 지금까지 일어난 모든 일이 내린 명령이었다.

그는 문밖으로 나갔다.

문가에 나타난 것은 남자였다. 역광을 받고 있어 형체가 어둠에 묻혀 있었다. 그가 걸어 들어오자 비상등 불빛이 그의 얼굴을 훑었다. 입고 있는 가운이 피에 젖어 있었다.

로렌스?

"오지 마." 총을 든 남자가 라일라를 뒤로 끌어당기면서 총구를 그녀의 갈비뼈에 더 세게 짓눌렀다. 그의 걸음걸이는 불완전하게 떨리고 있었다. 그의 온몸이 나뭇잎처럼 떨렸다. 금방이라도 쓰러질 것만 같았다. "거리를 유지해."

그레이는 피 묻은 손을 서글프게 앞으로 내밀었다. "라일라, 나예요."

공포, 혐오감, 난폭한 속도로 이루어지는 사건들로부터 자신을 보호하기 위한 정신적 무감각이 라일라의 마음속에서 결합했다. 그래서 그녀를 자신의 몸과 정신이 간신히 연결된 별개의 현상인 듯 느끼게 하는 얼어붙은 듯한, 초점 없는 공포에 몰아넣었다. 그녀는 안개 속에서 비명의 정체를 깨달았다. 로렌스가 입은 가운의 상태로 보건대, 그는 덩치 작은 남자를 죽이기만 한 것이 아니라 갈기갈기 찢어버린 게 분명했다. 그러고 보면 그것도 말이 되었다. '이런 일이 일어날 거라고 예상했어야 했어.' 탱크에서의 일이 생각났다. 해치에서 나오던, 핼러윈 가면처럼 피범벅이 된 로렌스의 얼굴도 떠올랐다. 그의 주먹에 산산이 부서지던 볼보의 유리창도. 로렌스는 괴물이 되어버렸다. 그는…… 그것이 되고 만 것이다. (불쌍한 로스코.) 하지만 그럼에도 로렌스의 눈빛 속에는 도저히 시선을 돌릴 수 없는, 두려워하지 말라고 말하는 듯한 빛이 깃들어 있었다. 거의 성스러울 정도로 형형하게 빛나는 두 눈이 라일라를 뚫어지게 바라보았다.

"상황이 이해가 안 되나?" 남자가 고함을 질렀다. "지금 여길 나가야 한다고."

"그녀를 놔줘."

머리 위에서 또 한 번 굉음이 울려 퍼지더니 바닥이 울컥 진동했다. 유리창 파편이 쏟아져 내렸다. 모든 것이 무너져 내리고 있었다. 심장을 찌르는 차가운 손가락처럼 총구가 그녀의 갈비뼈를 눌렀다. 남자가 방구석을 향해 고갯짓했다.

"계단을 올라가. 헬리콥터가 대기 중이야."

"총을 내려놓으면 따라갈게."

"이런 씨팔, 그럴 시간 없다고."

라일라의 안에서 무언가가 일어나고 있었다. 일종의 각성, 그리고 그것은 총 때문이 아니었다. 몇 년간 잠들어 있던 끝에 다시금 의식이 되돌아오는 것만 같았다. 여태까지 나는 얼마나 바보 같았나! 무엇보다도, 아기방 페인트칠이라니! 상황이 달라지는 것도 아닌데, 시골 드라이브를 하는 흉내를 내고자 했다니! 왜냐면 데이비드는 죽었으니까, 에바도 죽었으니까, 그리고 브래드의 가슴을 아프게 했으니까. 세상이 끝나고 있는 게 아니라고 생각하려 애썼다. 왜냐하면 세상은 이미 끝났으니까. 그런데 여기 이 남자, 로렌스 그레이가 구세주처럼, 그녀를 안전한 곳으로 이끌어주려는 천사처럼 나타났다. 마치 그녀의 뱃속 아기가 자기 아이라도 되는 것처럼 말이다. 그 순간 라일라는 자신이 무슨 말을 해야 할지 알았다.

"부탁이에요, 로렌스. 이 사람이 시키는 대로 해요. 우리 아기를 생각해요."

팽팽한 긴장으로 가득한, 시간의 흐름을 벗어난 것만 같은 꼼짝없는 순간이 지나갔다. 라일라는 로렌스의 얼굴에 떠오른 질문을 읽을 수 있었다. 저 남자가 총을 쏘기 전 총을 빼앗을 수 있을까요? 만약 그렇다면, 그 뒤에는 어떻게 하면 될까요?

"나가는 길을 알려줘."

옥상으로 올라가자 헬리콥터의 회전하는 날개가 옥상에 소용돌이를 일으키고 있었다. 하늘이 마치 온실 속처럼 으스스한 에메랄드색으로 빛나고 있었다. 최후의 아이러니처럼 헬리콥터가 그들을 두고 떠나는 게 아닐까 싶었지만 조종석에서 다급하게 손을 흔드는 조종사가 보였다. 그들은 헬리콥터로 올라갔다. 맨 마지막으로 올라온 길더가 문을 닫았다.

헬리콥터가 상승하기 시작했다.

키트리지는 자신이 흙바닥에 엎어져 있음을 차츰 깨달았다. 입안에서 피 맛이 났다. 일어서려고 했지만, 다리가 하나뿐이었다. 의족이 사라지고 없었다. 고개를 들자 100미터 저편에 해변으로 밀려온 바다 생물처럼 옆으로 쓰러져 있는 험비가 보였다. 앞 유리창이 부서지고 없었다. 후드와 차축에서 연기가 피어오르고 있었다. 군중들이 짐승 떼처럼 험비를 둘러싸고 있었다. 차를 도로 일으켜 세우려는 이들도 있었으나 조직적인 시도가 아니라 온 사방에서 붙잡고 늘어지고 있어서 제대로 되지 않았다. 어떤 사람들은 차 위로 기어 올라가서는 마치 그 위에 서 있는 것만으로도 안전해질 수 있기라도 한 것처럼 따라 올라오려는 이들을 밀치고 발로 차서 내려보내고 있었다.

키트리지는 팀이 쓰러져 있는 곳으로 기어갔다. 아이는 숨을 쉬었지만 의식이 없었다. 몸은 뒤틀려 있고 머리에는 피가 묻어 끈끈했다. 코와 입에서도 피가 흘렀다. 그러고 보니 더 이상 총성이 들리지 않았다. 군인들이 달려가고 있었지만, 갈 곳은 어디에도 없었다. 군인들의 총을 맞은 바이럴들이 철조망 언저리에 무더기로 쓰러져 있었지만 상황을 살펴본 키트리지는 이 공격은 테스트에 불과하다는 것, 전위대를 보내 군인들의 방어력을 소진시키려는 것이라는 사실을 깨달았다. 두 번째, 아까보다 훨씬 더 커다란 바이럴 떼가 모여들고 있었다. 바이럴 떼가 이쪽으로 몰려오며 흩어지는 모습이 마치 빛이 나는 초록색 액체가 진지를 둘러싸는 것만 같았다. 최종 공격은 사방을 에워싸고 이루어질 것이다.

키트리지는 팀의 어깨를 잡고 아이의 몸을 일으킨 다음 가슴을 맞대고 끌어안았다. 사람들이 고함을 지르며 달리고 폭탄이 떨어지는 혼돈의 한복판이었다. 그러나 흙바닥에 웅크리고 앉은 지금 두 사람은 마치 파괴로부터 그들을 보호하는, 고요한 정지 상태의 거품 속에 감싸여 있는 것 같았다. 키트리지는 동쪽을 향해 고개를 돌렸다. 잠깐이었으나 키트리지는 어둠 속을 달려가는 대니의 버스가 보일 것 같다는 상상을 했다. 물론 신기루라는 것을 알았지만 말이다. 이제 그들은 키트리지의 눈이 닿지 못하는 저 먼 곳으로 떠나갔으니까. *성공을 빈다, 대니 체이스.* 그의 존재를 깊디깊은 고요함이 감싸면서 데자뷔와 같은 감각이 밀려왔다. 그는 이곳에 있는 동시에 있지 않았고, 여기 있는 동시에 저기에 있었고, 놀이를 하는 소년인 동시에 전쟁에 나간 남성이며, '현재의 그'라는 제삼의 존재이기도 했다. 의식 속에서 이미지들이 주마등처럼 스쳐 지나갔다. 웨딩드레스를 입은 채 페라리의 후드에 매달리던 바이럴, 수년간 낚시를 하던 강 수면에 눈부시게 반사되던 햇살. 학교 창가에 나란히 앉아 별을 바라보던 그날의 에이프릴, 그리고 두 사람이 사랑을 나눌 때 그녀의 얼굴에 깃들던 고요한 평화. 차 안에 있던 어린 소년과 그 아이의 눈에 담겨 있던 끔찍한 진실, 그리고 그 손 – 그 어린아이의 손 – 이 간절하게 이쪽으로 향해 뻗어 오다가, 사라진 것. 그 모든 것, 그리고 더 많은 것. 그는 자신에게 노래해주던 어머니를 떠올렸다. 그의 얼굴을 간질이던 어머니의 따스한 숨결, 그리고 자신이 아주 작은, 세상에 새로이 태어난 존재라는 느낌. 어머니는 비단결처럼 부드러운 목소리로 이런 노래를 불렀다. *세상은 내 집이 아니라네, 나는 그저 스쳐 지나가는 존재이기에. 저 푸른 하늘 위 어딘가에 보물이 놓여 있네. 천국의 열린 문 너머에서 천사들이 내게 손짓하고, 이제는 이 세계가 더는 내 집처럼 느껴지지 않는다네.*

팀이 목 졸리는 소리를 내기 시작했다. 감은 눈을 애써 뜨려는 듯 꿈틀거리던 눈꺼풀은 영영 정지했다. 캠프 전체를 둘러싼 바이럴들이 철조망을 향해 밀려 들어오고 있었다. 그러고 보니 주변이 고요했다. 전투는 끝이었다. 전투기들도 사라졌다. 그리고 고요 속, 하늘 저 높은 곳에 중형 항공기 한 대가 날고 있다는 사실을 감지할 수 있었다. 키트리지는 고개를 돌렸다. 남쪽에서 C-130 수송기가 다가오고 있었다. 수송기가 머리 위를 나는 순간 몸체에서 어떤 사물이 떨어졌고, 낙하하는 동안 낙하산이 펼쳐지며 급격히 둥실 떴다. 수송기는 사라져버렸다.

키트리지는 눈을 감았다. 그래, 마지막이군. 마지막은 고통 없이, 생각의 속도보다 더 빠르게, 순식간에 끝날 것이다. 그는 마지막으로 그의 몸의 존재를 느꼈다. 폐 속에서 느껴지는 공기의 맛, 혈관을 타고 흐르는 피, 북소리처럼 울리는 심장 박동. 폭탄이 그들을 향해 떨어지고 있었다.

"내가 너와 함께 있어." 그 말과 함께 키트리지는 팀을 거세게 끌어안았다. 그리고 아이가 그의 말을 들을 수 있도록, 자꾸만, 끊임없이 그 말을 반복했다. "내가 너와 함께 있어. 내가 네 곁에 있다. 내가 네 곁에 있다. 내가 네 곁에 있어."

MOAB 폭발의 충격파가 그레이와 라일라가 타고 있는 헬리콥터를 옆으로 뒤흔들었다. 눈앞에 아무것도 보이지 않을 만큼 환해지더니, 귀를 찢는 소음과 열기가 잇따랐다. 헬리콥터가 마치 치솟는 파도에 올라타기라도 한 것처럼 앞으로 울컥 쏠리면서 머리 부분이 45도로 지상을 향한 채 위로 솟아올라 빙글빙글 돌기 시작하더니 아이스링크 위 스케이터가 그리는 선처럼 아찔한 가속도를 더했다. 헬리콥터가 회전하면서 앞 유리창에 부딪힌 충격으로 목이 부러진 조종사가 한쪽으로 쏠렸다. 하지만 이때는 이미 요란한 알람 소리와 원심력 때문에 헬리콥터

안의 누구도 제대로 된 생각을 하기 어려웠다. 헬리콥터를 위로 들어 올리던 힘이 사라진 지금 그들은 지상을 향해 곤두박질칠 수밖에 없었다.

로렌스 그레이에게 충돌은 시간의 단절이라는 형태로 찾아왔다. 죽음의 소용돌이를 그리는 헬리콥터 벽에 밀어붙여졌다가, 다음 순간 파괴된 헬리콥터의 잔해 속에 누워 있었던 것이다. 충격을 느꼈음에도 추락의 순간을 정확히 기억하지는 못했다. 마치 그의 몸이 종을 두드리는 것처럼 몸속이 울리는 감각의 형태로만 경험했을 뿐이다. 타는 냄새와 뜨거운 열기, 그리고 따닥따닥, 하는 전자음이 울려 퍼졌다. 무겁고 축 늘어진 부드러운 무언가가 그의 몸을 짓누르고 있었다. 길더였다. 숨은 쉬지만 의식은 없었다. 헬리콥터, 아니 헬리콥터의 잔해는 옆으로 누워 있었다. 지붕이 있어야 할 위치에 문이 있었다.

"로렌스, 도와줘요!"

목소리가 들린 것은 그의 뒤쪽이었다. 그레이는 길더의 몸뚱이를 치워버린 다음 더듬거리며 헬리콥터의 뒤쪽으로 갔다. 벤치 하나가 휘어지면서 라일라의 허리를 짓누르는 바람에 그녀는 바닥에서 꼼짝도 하지 못하고 있었다. 라일라의 맨다리도 얄팍한 가운도 모두 짙은 피로 범벅이 되어 번들거리고 있었다.

"도와줘요." 라일라가 간신히 신음했다. 그녀의 감은 눈가에서 눈물이 비어져 나오고 있었다. "제발요, 아, 도와줘요. 피가 나요. 피가 난다고요."

그레이는 라일라의 발을 잡고 끌어당기려 했지만, 곧바로 그녀는 고통에 차 비명을 질러대기 시작했다. 방법은 벤치를 치우는 것뿐이었다. 그레이는 벤치 프레임을 잡고 비틀기 시작했다. 삐걱거리다가 딱 소리가 나더니 프레임이 데크에서 분리되어 나왔다.

라일라는 울면서 고통으로 신음하고 있었다. 그녀를 움직여서는 안 된다는 걸 알았지만 선택의 여지는 없었다. 그레이는 벤치를 열린 문 아래에 놓은 뒤 어깨에 라일라를 걸메고 벤치를 밟고 올라가 그녀를 지붕 위에 조심스레 눕혀 놓았다. 그다음에는 자신도 반대쪽 문으로 기어 올라갔다. 동체를 미끄러져 내려간 다음 뒤쪽으로 돌아가 그녀를 안고 헬리콥터 아래로 조심스레 미끄러뜨려 내렸다.

"아, 하나님, 제발, 아이를 잃지 않게 해주세요. 아이를 잃고 싶지 않아요."

그레이는 파괴된 실험실의 잔해 - 뒤틀린 들보, 조각조각 난 콘크리트, 유리 파편 - 로 엉망이 된 땅 위에 라일라를 눕혔다. 그레이도 울고 있었다. 너무 늦었다는 것을 알았기 때문이다. 아기는 죽었다. 시커멓게 응고된 피가 라일라의 다리 사이에서 멈추지 않고 왈칵 쏟아지고 있었다. 그리고 곧 그녀 역시 아기를 따라 어둠 속으로 가버릴 것이다. 그레이는 자신도 모르게 어린 시절에 하던 기도문을 읊고 있었다. "천주의 성모 마리아님, 이제와 저희 죽을 때에 저희 죄인을 위하여 빌어주소서, 아멘. 천주의 성모 마리아님, 이제와 저희 죽을 때에 저희 죄인을 위하여 빌어주소서, 아멘……."

그녀를 구해, 그레이.

무엇을 해야 하는지 알고 있잖아.

그 말대로였다. 그레이는 알았다. 처음부터 답은 그레이의 내면에 존재했다. 레드 루프에서 깨어난 순간에도, 이그나시오를 만났을 때도, 홈 디포에 갔을 때, 프로젝트 노아, 그리고 그보다 더 오래전부터.

보여, 그레이?

그는 고개를 들어 그들을 마주했다. 바이럴들이었다. 바이럴들이 어둠과 불길 속에서 나타나 온 사방을 차지했다. 그의 살점 중의 살점인, 불경하며 피를 갈구하는 존재들이 악마의 코러스처럼 그를 에워쌌다. 그는 눈물범벅이 된 얼굴로 그들 앞에 무릎을 꿇고 앉아 있었다. 두렵지 않았다, 놀라울 뿐이었다.

그들은 너의 것이다, 그레이. 내가 너에게 주는 이들이다.

맞아, 그들은 내 거야.

그녀를 구해. 그렇게 해.

날카로운 것이 필요했다. 그는 손으로 바닥을 더듬다가 부서진 잔해 속에서 무언가의 파편임직한 길쭉한 금속 조각을 찾았다. 길이는 20센티미터에 가장자리는 톱처럼 삐죽삐죽했다. 그는 그 금속 조각을 손목 위에 가로로 놓은 다음 눈을 감고 살을 깊이 베어냈다. 짙은 피가 왈칵 솟아 그의 손바닥을 적셨다. 밤을 불러온 자, 그리고 제로라 불리는 자의 패밀리어인 그레이의 피였다. 라일라는 신음하며 죽어가고 있었다. 언제 숨이 달아날지 알 수 없었다. 잠깐 망설인 끝에 – 그레이의 안에서 꺼져가는 마지막 인간성의 불씨였으리라 – 그레이는 갓 태어난 아기의 입에 젖을 물리는 어머니처럼 라일라의 입술 위에 자신의 손목을 부드럽게 가져다 댔다.

"마셔요." 그가 말했다.

그레이는 그것을 아예 보지도 못했다. 길더가 남아 있는 온 힘을 다해 그레이의 머리를 향해 집어 던진 15킬로그램의 단단한 콘크리트 덩어리였다.

22

해가 저물며 하늘이 금빛 석양으로 물들 무렵 그들은 시카고에 진입했다. 시카고 외곽 교외 지역으로 들어왔을 땐 텅 비어 고요하더니, 다음 순간 그들 앞에 마치 약속처럼 도시의 형체가 나타났다. 생존이라는 알 수 없는 끈으로 서로 목숨을 묶어버린 유일한 생존자들, 그들은 잃어버린 땅을 헤매는 몽상가들처럼 오로지 버스 엔진이 우르릉거리는 소리와 바퀴가 아스팔트를 스치며 나는 최면에 걸릴 듯한 쉬익 소리 말고는 아무 소리도 없이 도시를 향해 나아갔다. 그들의 옆자리에는 유령들이 앉아 있었다. 그들이 잃어버린 사람들이었다.

도시의 모습이 나타나자 대니 뒤에 앉아 있던 목사가 몸을 앞으로 내밀고 바깥을 살폈다. 도시의 하늘 위, 헬리콥터들이 벌집을 맴도는 벌들처럼 고층 건물들 사이를 날고 있었다. 더 높은 창공에는 점점 짙어져 가는 푸른색 하늘 위로 비행운이 리본 같은 하얀 궤적을 남기고 있었다. 안전지대로 보이지만, 오래가지는 못할 것이다. 모두가 안전지대는 없다는 걸 내심 알고 있었다.

"잠시 세우자."

대니는 길가에 버스를 세웠다. 돈 목사가 일어나 일행들에게 설명했다. 결정해야 했다. 멈출까, 계속 갈까? 그들에게는 버스와 물, 식량과 연료가 있었다. 그리고 앞에서 무엇이 기다리고 있는지 알 수 없다. 잠시 시간을 들여 생각해보자고 돈 목사는 말했다.

중얼거리며 동의하는 소리가 들리더니 사람들이 손을 들었다. 결과는 만장일치였다.

"좋아, 대니."

그들은 도시를 끼고 남쪽으로 돌아간 다음 아스팔트로 포장된 전원 도로를 타고 동쪽으로 나아갔다. 세상을 유리 뚜껑으로 덮어버리는 것처럼 밤이 내렸다. 동틀 때쯤 그들은 오하이오 어딘가에 있을 것이다. 완전한 익명의 장소, 그들이 어디에 있을지는 아무도 모른다. 시간은 느려져서 느릿느릿 기어갔다. 차창 바깥으로 밭이며 나무며 집들과 우체통들이 훌쩍훌쩍 지나갔고, 지평선은 영영 닿을 수 없을 듯 점점 더 멀어져 갔다. 작은 마을에서는 여전히 삶과 비슷한 것이 지속되고 있었다. 누구도 어디로 가야 할지, 무엇을 해야 할지 알지 못했다. 고속도로는 체증이 심하다고 했다. 물자를 비축하러 미니 마트에 들렀을 때 계산원이 창밖 버스를 보더니 물었다. 저도 따라가면 안 될까요? 계산원의 머리 너머에 걸려 있는 텔레비전 속에서는 화염에 휩싸인 도시의 모습이 나오고 있었다. 그녀는 아무도 못 듣게 목소리를 낮추어 물었다. 그들이 어디로 가는가도 묻지 않았다. 그리고 그들의 목적지는 다만 먼 곳일 뿐이었다. 계산원의 전화 한 통에 그녀의 남편과 십 대 아들 두 명이 금세 슈트 케이스를 들고 버스 앞에 서서 기다렸다.

다른 사람들도 그들에게 합류했다. 위아래가 붙은 작업복 차림에 어깨에 소총 하나를 걸메고 홀로 고속도로를 걷던 남자. 교회에 가는 것 같은 복장을 하고 있던 노부부 – 길가에 세워진 그들의 차는 라디에이터가 망가져서 열린 후드 속에서 연기를 피우고 있었다. 위기가 시작되었을 때 전국 일주 중이었다는 프랑스 출신 사이클 선수 두 명. 그 외에도 가족 전체가 버스에 끼어 타기도 했다. 그중 대다수는 벅차오르는 감정을 감당하지 못했고 버스에 탈 수 있다는 것이 너무 감사하다며 울기도 했다. 무리에 들어온 물고기처럼 그들은 전체에 섞여들었다. 도시들을 차례차례 지나쳤다. 콜럼버스, 애크론, 영스타운, 피츠버그. 이제는 그 이름조차도 사라진 왕국의 도시들처럼 역사 속 이름처럼 느껴졌다. 기자. 카르타고. 폼페이. 그리고 이제는 마치 그들이 일종의 움직이는 마을이라도 되는 것처럼 그들 사이에서 관습이 만들어지기 시작했다. 어떤 질문은 해도 좋지만, 해서는 안 되는 질문도 있었다. 솔트레이크, 털사, 세인트루이스가 어떻게 되었는지 혹시 아세요? 이게 무슨 사태인지 파악했대요? 방법을 찾아냈대요? 움직이고 있을 때만 안전했다. 멈춰 있을 땐 위험이 산재했다. 가끔 다 같이 노래하기도 했다. 〈개미들이 행진하네〉, 〈스파게티 위에다가〉, 〈벽 앞에 쌓인 백 병의 맥주〉 같은 노래였다.

지형이 솟아났다 움푹 꺼지면서 초록빛으로 그들을 둘러싸기도 했다. 펜실베니아, 엔들리스 마운틴스. 사람들이 거주하는 흔적은 적었고 서로 멀리 떨어져 있었으며 전부 지나간 시대의 흔적이었다. 남루한 탄광촌, 오래전 문을 닫은 공장 하나뿐인 잊힌 촌락들, 쓸쓸히 푸른 여름 하늘로 솟은 붉은 벽돌 굴뚝들. 공기에서는 솔 향기가 진동했다. 이제 그들의 수는 70명이 넘어가서 통로에 꽉 끼어 앉고 아이들을 무릎에 앉히고 얼굴을 유리창에 짓누르고 있었다. 언제나 연료가 걱정이었지만 그들의 여로가 보이지 않는 손의 보호를 받기라도 하는 것처럼 매번 마지막 순간에 연료를 구할 수 있었다.

사흘째 되는 날 오후 그들은 필라델피아로 접근하고 있었다. 그들은 대륙의 절반을 가로지른 뒤였다. 그들은 동해안을 향하는 중이었다. 바다를 향해 사람들을 벽처럼 밀어붙인 것처럼 해안 지방에는 도시들이 바리케이드를 두르고 있었다. 이제 마지막이라는 느낌이 모두를 휘감았다. 더 이상 도망칠 곳이 없었다. 그들은 스쿨킬강을 끼고 있는 도시를 향해 나아갔다. 강의 수면은 대리석처럼 컴컴하고 아래가 들여다보이지 않았다. 외곽 마을들은 마치 세상을 등지고 숨어 있는 곳처럼 집들은 판자를 대어 막고 길에는 차가 없었다. 강폭이 넓어지면서 널따란 분지가 나타났다. 햇살이 아롱진 울창한 나무들이 길 위로 커튼처럼 축축 늘어져 있었다. 표지판이 보였다. 〈3킬로미터 뒤 검문소〉. 잠시간의 상의 끝에 모두가 동의했다. 이곳을 끝으로 하자고. 이곳에서 우리를 기다리던 숙명을 만나자고.

검문소의 군인들이 그들에게 방향을 알려주었다. 통행금지 시간까지 두 시간이 남아 있었지만 길은 이미 인적이 없고 움직이는 것이라고는 군용 차량과 경찰차 몇 대가 전부였다. 햇볕에 흠뻑 물든 좁다란 길이며 금방이라도 허물어질 것 같은 브라운스톤 건물, 한때는 젊은 남자들이 떼 지어 서성거리던 악명 높은 구석들. 그러다가 갑자기 도시 한가운데의 초록 오아시스 같은 공원이 나타났다.

그들은 표지판을 따라서 마스크 쓴 경찰들의 손짓을 따라 바리케이드를 넘어갔다. 공원은 마치 콘서트라도 열리는 것처럼 사람들이 바글거렸다. 텐트며 레저용 차량 그리고 파도에 떠밀려 오기라도 한 것처럼 슈트 케이스와 함께 바닥에 누워 있는 사람들. 사람들이 너무 많아져서 그들은 결국 버스를 길가에 세워둔 채 걸어가야 했다. 최종적인 행동이었다. 버스를 그곳에 두고 오는 것은 사랑하던 개가 더 이상 걸을 수 없게 되자 안락사시키는 것처럼 배신행위처럼 느껴졌다. 그들은 함께 걸었는데 아직은 서로를 떠나 얼굴 없는 집단 속으로 사라질 준비가 되지 않아서였다. 줄이 길게 늘어서 있었고 공기는 우유처럼 짙었다. 그들의 머리 위, 시커먼 나무들 속에서 보이지 않는 벌레들이 울어댔다.

"이럴 순 없어." 돈 목사가 말했다. 그는 공포에 질린 얼굴로 가던 길에 멈추어 섰다.

우드 역시도 걸음을 멈췄다. 20미터 저편에 활주로 몇 개가 있었고 가로등에 달린 스포트라이트가 새하얗게 비추고 있었다. 사람들은 몸수색을 당하면서 이름을 말하고 있었다. "무슨 말씀이신지 알겠어요."

"그러니까. 우리가 처음에 왔던 곳이 바로 저곳이잖아."

군중들이 빠른 속도로 몰려나가고 있었다. 두 프랑스인 남자는 얼마 안 되는 소지품을 팔 아래에 낀 채로 움직였다. 그들 모두가 느낄 수 있었다. 무언가가 빠져 있었다. 그들은 길옆으로 비켜섰다.

"연료를 구할 수 있을까요?" 자말이 물었다.

"확실한 건 난 저기로는 못 가겠다는 거야." 돈 목사가 말했다.

그들은 다시 버스로 돌아갔다. 벌써 누군가가 버스에 매달려 시동을 걸어보려고 매달리고 있었다. 깡마른 그 남자는 얼굴에 때가 묻어 시커멨고 마치 무언가에 열중한 사람처럼 두 눈을 끊임없이 두리번대고 있었다. 우드가 남자의 목덜미를 잡고 버스 계단 아래로 끌어냈다. 여기서 꺼져, 그가 말했다.

그들은 버스에 올라탔다. 대니가 키를 돌리자 엔진이 깨어났다. 천천히 버스를 후진시키자 버스를 둘러싸고 있던 사람들이 배를 만난 파도처럼 갈라졌다. 마지막 햇빛이 사그라드는 시간이었다. 버스는 풀밭 위로 커다란 원을 그린 다음 출발했다.

"어디로 가지요?" 대니가 물었다.

대답할 수 있는 사람은 아무도 없었다. "그건 중요하지 않은 것 같아." 돈 목사가 말했다.

중요하지 않았다. 그들은 밸리 포지 공원에 버스를 세운 뒤 버스 옆 땅바닥에서 잠을 청한 뒤 다음 날 남쪽을 향했다. 고속도로는 피했다. 매릴랜드, 버지니아, 노스캐롤라이나. 그들은 계속 달렸다. 그들의 여정은 이제 목적지와는 무관한 그 자체로서의 의미를 지녔다. 목표는 오직 움직이는 것, 계속 움직이는 것이었다. 그들은 함께였다. 중요한 것은 그뿐이었다. 버스는 그들 아래에서 지친 스프링들을 삐걱거리며 계속 달려갔다. 세상이 그들의 이야기와 함께 무너져가고 있었다. 곧 세상은 사라질 것이다.

그녀의 이름은 에이프릴 도나디오였다. 벌써 그녀의 몸속에 뿌리내린 그 아이는 남자아이일 테고, 이름은 버나드가 될 것이었다. 에이프릴은 자신의 성인 도나디오를 아이에게 물려줄 것이고 그렇게 아이는 두 사람 모두를 한 조각씩 품게 될 것이다. 그리고 앞으로 올 나날 동안 에이프릴은 아들에게 아빠가 어떤 사람인지 자주 이야기해줄 것이다. (용감하고, 친절하고, 그러면서도 조금은 슬픈 사람이었다고.) 그리고 두 사람이 함께한 시간은 짧았지만 아빠는 엄마에게 가장 위대한 선물을 주었다고, 계속해서 나아갈 용기가 그것이라고 말이다. 그게 바로 사랑이야, 하고 그녀는 아들에게 이야기해주었다. 사랑은 그런 일을 할 수 있단다. 언젠가는 너도 내가 아빠를 사랑했던 것처럼 누군가를 사랑했으면 좋겠어.

그러나 이런 일은 전부 나중에 일어난다. 버스에 탄 생존자는 총 열두 명이었다. 그들은 그렇게 그 여정을 영원히 이어갈 수도 있었을 것이다. 그리고 어떤 의미로는, 실제로 그랬다. 여름의 푸른 들판들 위로, 시간이 멈춘 것 같은 버려진 마을들 사이로, 짙은 그늘이 진 숲속으로 버스는 영원히 나아갔다. 그들은 환상처럼 영원을 향해, 시간을 넘어선 영역으로 미끄러져 들어갔다. 그곳에 있으면서도 없는, 낮 하늘의 별들과 같이, 보이지는 않지만 느껴지는 존재가 되었다.

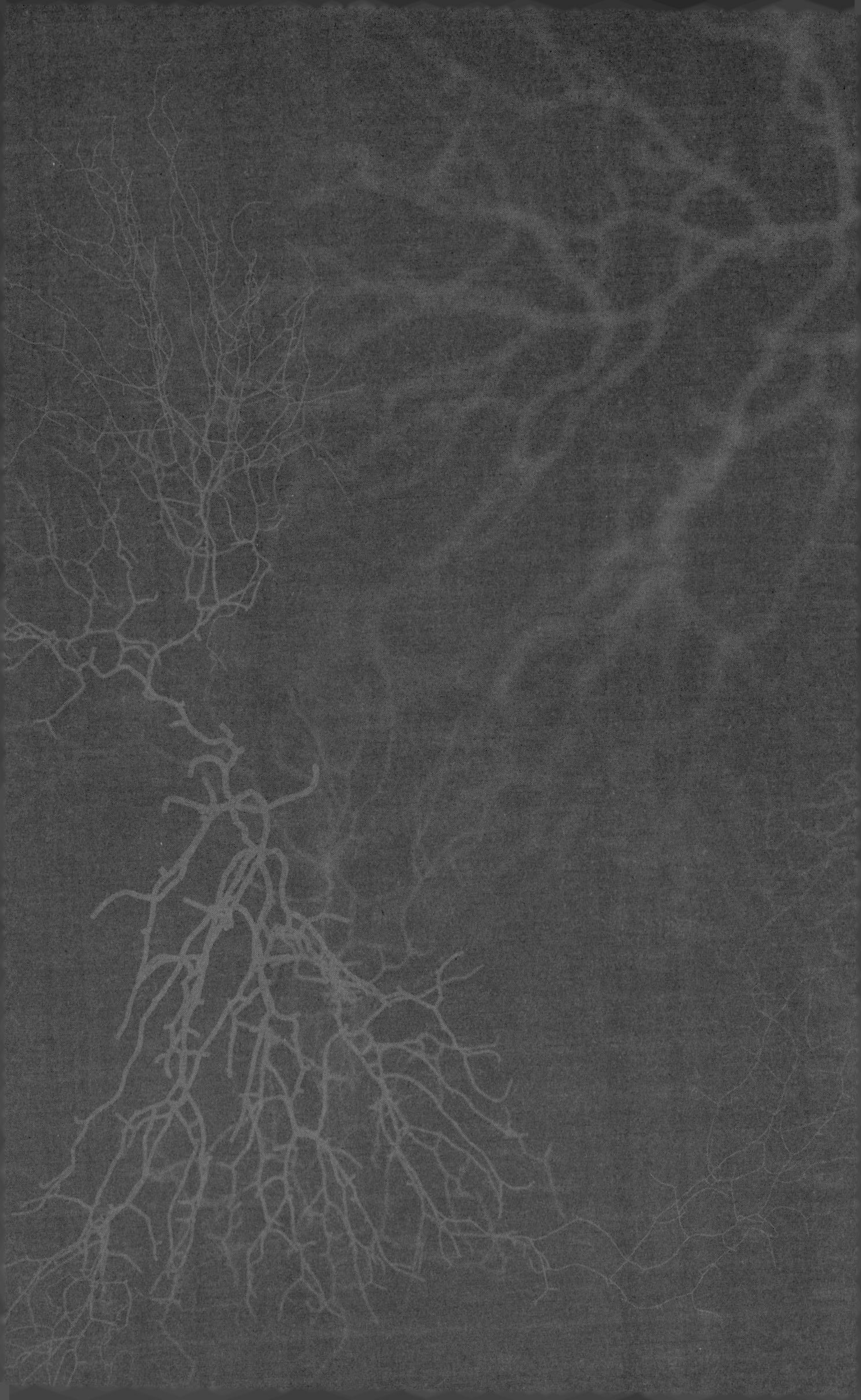

III
필드

텍사스 커빌

북부 농경 단지

성벽 바깥, 오렌지 존

A. V. 79년 7월

오늘 나와 함께 피 흘리는
자가 내 형제가 될지니.

– 셰익스피어, 〈헨리 5세〉

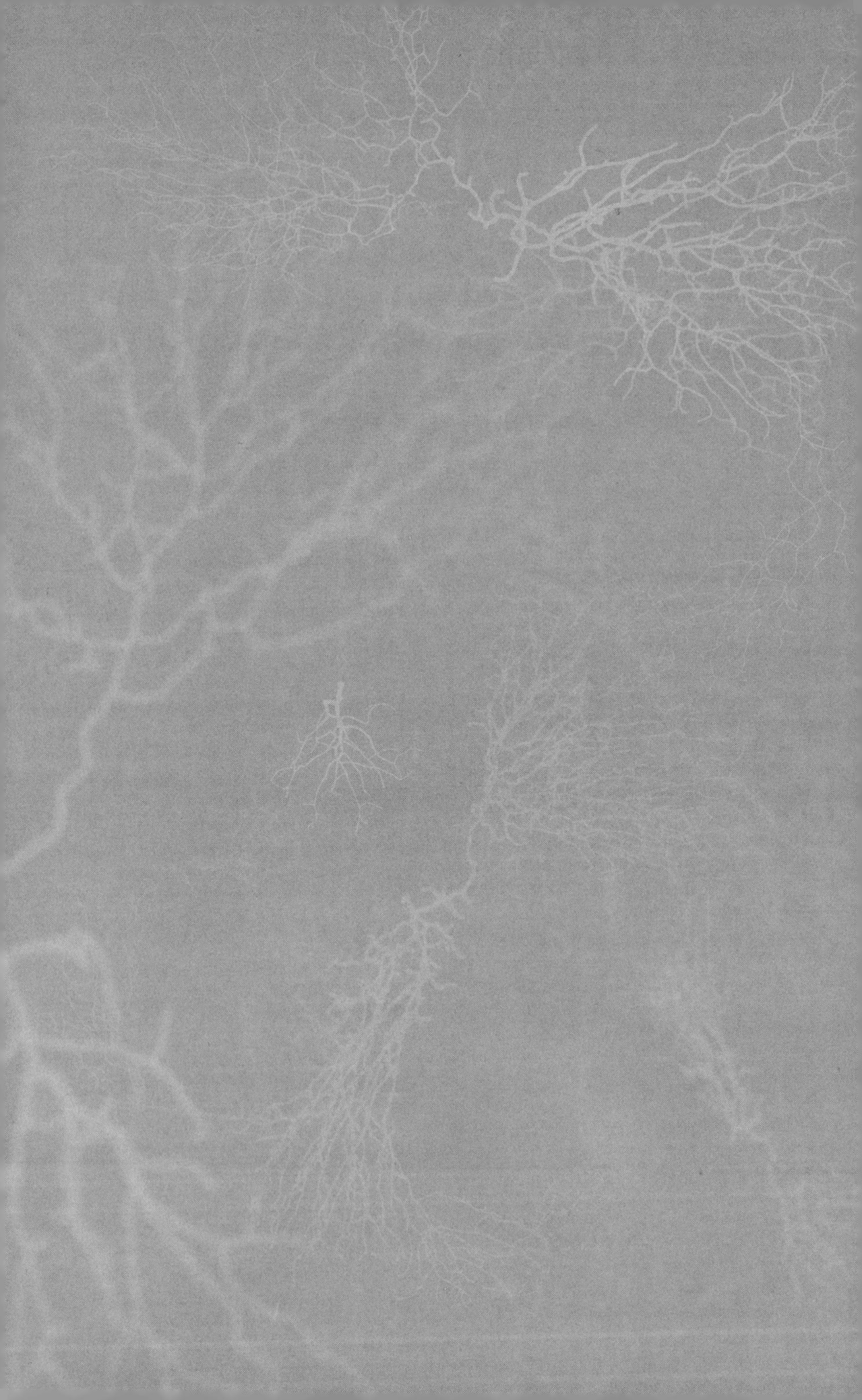

*** 경고 ***

여기서부터는 오렌지 존이다.

시간을 확인할 것.
가장 가까운 하드박스의 위치를 확인할 것.

수색 완료되지 않은 구역 출입 금지.

최종 수송을 놓쳤을 시에는 구조가 불가능함.
오렌지 존 내부에서 피신할 것.

정부의 모든 명령에 복종할 것.

해당 조항을 어기는 자는
텍사스 공화국 수정 계엄법 694조 12항에 의거해
벌금형 또는 징역형을 받게 됨.

의심이 드는 순간, 도망칠 것.

23

아이들을 데려가고 싶다고 한 것은 디 보히스였다.

디 혼자만의 생각은 아니었다. 디의 남편 커티스는 그것이 아내들이 전부 동참한 계획이라는 사실을 곧 알게 되었다. 디의 사촌인 샐리, 메이스 프랜시스, 셰어 위더스, 시시 코울리와 알리 도드, 심지어 신경과민이 있어 늘 초조해하는 매티 라이트마저도 저마다 남편들에게 같은 이야기를 했던 것이다. 아내들이 작정하고 고집을 부리면 남편들이 거절할 도리가 없다. *몇 시간 해라도 쬐자는 거잖아.* 침대에 누운 채로, 설거지를 하면서, 아이들을 학교에 보낼 채비를 하면서 아내들은 다들 그렇게 말했다. *큰일이야 나겠어? 이번엔 아이들도 데려가자고.*

그리고 디는 딸아이들을 성벽 밖으로 데리고 나가는 게 이번이 처음도 아니라는 사실을 남편에게 일깨워주었다. 딸들을 재워둔 뒤 부엌에서 둘만의 조용한 시간을 보낼 때 한 말이었다. 예전에 (그게 언제 적 일이더라?) 니티아의 생일을 맞아 그린 필드에 갔었잖아. 꼬맹이 시리가 아직 갓난아기였을 때 말이야. 니티아는 어딜 가든 더러운 담요를 손에서 떼놓을 줄 몰랐지. 여수로 아래서 보내던 그 평화로운 시간, 그리고 그 나비들 – 기억나? 나비 떼는 꼭 강물을 헤엄치기라도 하듯 허공에서 날개를 위아래로 나부꼈고, 그러다 나비 한 마리가 니티아의 코에 앉는 바람에 우리 모두 놀랐잖아. 디는 이렇게 말했었다. 그 나비 한 마리 같은 것에서 하나님의 존재가 느껴지지 않느냐고. 나비가 달콤하고 자유로운 감각을 가져다주었던, 어린 딸들이 웃어대고, 경고 사이렌이 울리기까지는 아직도 한참이나, 미래만큼이나 멀리 느껴지는 시간이 남았던 순간, 성벽 바깥에 함께 있는 네 사람의 머리 위로 파란 하늘은 꼭 천국 그 자체처럼 걸려 있던 시간이었다. 물론 그린 존에서는 경계가 보였다. 초소, 그리고 날카로운 칼날이 붙은 철책이 보였고, 디 역시도 그 사실을 부인하지 않았다. 하지만 그런 건 누가 결정하는 거야? 어느 구역이 어디서 끝나고 어디서부터 다음 구역이라는 건 누가 결정하는 건데? 북부 농경 단지로 소풍을 간다고 특별히 다를 게, 더 위험할 게 뭐야? 크럭도 올 거고, 티프티도 온다니까. (티프티라는 이름은 디의 입에서 무심결에 흘러나오고 만 것이었는데, 어쩔 수 없는 일이기도 했다.) 만약에 무슨 일이 일어난다 해도 하드박스가 있잖아, 하지만 과연 무슨 일이 있겠어? 이 한여름 대낮에? 몇 달이나 뒷에는 아무것도 걸리지 않았던 데다가 요즘엔 바이럴이 한 마리도 안 나타나. 다들 그러더라. 몇 시간이라도 햇볕을 쬐자고, 칙칙한 회색 도시에서 벗어나서 말이야. 널따란 들판에서 여름 소풍을 즐기자고. 디가 원하는 건 그게 전부였다.

당신, 이 작은 부탁 하나 들어줄 수 있지? 우리 딸들을 위해서? 어서 알겠다고 대답해. 사랑하는 아내를 위해, 꼭 해줄 거지?

그렇게 이틀 뒤 벌써 기온이 섭씨 26도를 넘어 38도를 향해 가는 습한 칠월 아침, 북부 농경 단지 현장 감독인 32세 커티스 보히스는 아버지로부터 물려받은, 실린더에 세 발이 남아 있는 (나머지 세 발은 아버지가 쏘았다) 오래된 38구경을 허리춤에 쑤셔 넣은 채로 다른 가족들과 함께 버스에 오르게 되었다. 그냥 가족들이 아니라 저마다 다들 아이들을 데리고 온 사람들이었다. 니티아, 시리, 그리고 아이들의 사촌인, 막 열 살이 되었지만 체구가 작아서 자리에 앉으면 아직도 바닥에서 발이 10센티미터는 뜨는 카슨. 쌍둥이인 뱁 위더스와 덩크 위더스. 남자아이들에게는 신경 쓰고 싶지 않다는 듯 맨 뒤쪽에 앉아 있는 프랜시스의 딸들인 레나와 줄스. 오빠인 군나르의 무릎에 앉아 있는 어린 제니 아프가. 조금 컸다고 지루한 티는 있는 대로 다 내는 딘 라이트와 어밀리어 라이트. 메리 도드와 아직 아기인 남동생 새츠, 그리고 아직 요람에 있는 루이 코울리. 열일곱 살인 리즈 쿠오모와 대시 마르티네스, 신디수 보딘은 어린애다운 열기와 소음으로 무장하고 있어서 보히스에게는 마치 윙윙 우는 벌 떼처럼 느껴졌다. 평소에도 아내들이 남편들의 식재를 돕기 위해 함께 들판을 향하는 일은 잦았고, 특히 일손을 총동원해야 하는 추수철에는 당연했다. 하지만 오늘 같은 일은 새로웠다. 버스가 게이트로 들어가며 낡은 디젤 엔진은 털털거리고 지칠 대로 지친 차대가 발아래에서 삐거덕거리는 게 느껴졌다. 평소에는 덥고 지루하기만 하던 노동이 문득 상당히 할 만한 일처럼 느껴졌다. 어쩌면 오늘을 계기로 새로운 전통이 생겨날지도 모른다는 낙관적인 기운이 버스 안을 감돌고 있었다. 아이들을 데려가서 오늘 하루를 특별하게 만들자는 생각을 어째서 여태까지 못 해본 걸까?

댐을 지나고 연료 저장고를 지나고 보초병들이 손을 흔들어 내보내는 철책을 지나 버스는 골짜기 깊숙한 곳으로, 칠월 아침의 황금빛 볕 속으로 나아갔다. 소풍 바구니며 짐을 들고 뒷좌석에 앉은 아내들은 자기들끼리 수다를 떨고 웃고 있었다. 엄마 중 하나가 – 당연히 앨리 도드였다 – 아이들 모두가 다 아는 유일한 노래인 텍사스 국가(텍사

스, 우리의 텍사스! 강력한 국가 만세! 텍사스, 우리의 텍사스! 훌륭하여라, 위대하여라!)를 합창시키려 했지만, 그 시도는 수포로 돌아갔고 아이들은 각자 패거리를 만들어 어울리고 있었다. 좀 큰 여자아이들은 소곤소곤 낄낄거리면서 남자아이들을 애써 무시했고, 남자아이들은 애써 신경 쓰지 않는 척했고, 꼬마 아이들은 자리에 앉은 채 엉덩이를 들썩거리거나 통로를 뛰어다니며 몸싸움을 벌였다. 앞쪽에 앉은 남자들은 평소처럼 신중하게 입을 다물고 있었으며 주고받는 소통이라고는 간간이 피로한 표정을 주고받거나 한쪽 눈썹을 치켜세우며 *어쩌다 이런 사태가 벌어졌나* 하는 눈짓을 주고받는 게 다였다. 그들은 현장 일꾼들, 노동으로 인해 손에 굳은살이 박인 남자들이었다. 머리는 박박 깎고 손톱 아래에는 초승달 모양으로 때가 끼어 있고 수염은 기르지 않은 남자들이었다. 보히스는 주머니에 넣어두었던 시계를 꺼내 확인했다. 오전 7시 5분. 사이렌이 울리기까지는 11시간, 막차 시간까지는 12시간, 어둠이 내리기까지는 13시간이 남았다. *시간을 확인할 것. 가장 가까운 하드박스의 위치를 알아둘 것. 의심이 들면 도망칠 것.* 그 말들이 그의 의식 속에 마치 어린 시절의 노랫말처럼, 수녀님들이 읊던 기도문처럼 단단히 새겨져 있었다. 보히스는 자리에 앉은 채 몸을 돌려 디와 눈을 맞추었다. 아내는 무릎에 시리를 앉혀놓았고, 시리는 창에 코를 바짝 붙인 채 창밖으로 지나쳐가는 세상을 지켜보고 있었다. 디는 피로한 듯 미소를 지었다. *고마워,* 라는 의미의 미소였다. 시리는 몸을 들썩거리며 신이 나서 무릎을 움찔거리고 있었다. 통통한 손가락으로 창밖을 가리키면서 기분 좋게 꺅꺅 비명을 지르고 있었다. *이런 시간을 만들어줘서 고마워.*

그 순간, 어느새 그들은 도착했다. 앞 유리창 너머로 북부 농경 단지가 불쑥 나타났다. 드넓게 펼쳐진 각양각색의 논밭들은 마치 잡다한 네모 조각들을 이어 붙여 만든 퀼트 같았다. 옥수수밭, 밀밭, 목화밭, 콩밭, 쌀 논과 보리밭과 귀리밭. 번개무늬 세공을 해놓은 것 같은 흙길을 사이에 두고 붙어 있는 60제곱킬로미터의 밭들 가장자리에는 미루나무와 떡갈나무를 심어 바람막이를 해놓았다. 망루과 펌프장 사이를 배수조와 각종 파이프가 잇고 있었다. 그리고 뜨거운 공기 속에 높이 내걸린 채 축 늘어진 오렌지색 깃발들 아래 하드박스들이 동일한 간격을 두고 배치되어 있었다. 보히스는 하드박스들의 위치를 정확히 알았지만, 옥수숫대가 높이 자라버리면 깃발 없이는 금방 찾기 힘들 때도 있다.

보히스는 일어나서 앞쪽, 운전석 바로 뒤에 서 있던 디의 오빠인, 크럭이라는 별명으로 불리는 네이선에게 다가갔다. 보히스가 감독이긴 했지만 현장의 진짜 책임자는 DS 간부인 크럭이었다.

"오늘따라 날씨가 아주 좋은걸." 보히스가 말했다.

크럭은 어깨만 으쓱하고 아무 대답도 하지 않았다. 현장 노동자들과 마찬가지로 크럭 역시 대충 차려입은 옷차림을 하고 있었다. 군데군데 기운 청바지, 목깃과 손목이 해진 카키색 셔츠. 그 위에는 등판에 '텍사스 운수부'라는 글씨가 쓰인 밝은 노란색의 플라스틱 조끼를 입었다. 총신이 길고 저격용 스코프가 달린 30-06구경 소총을 가슴 앞에 들고, 허벅지에는 재조립된 45구경 권총을 차고 있었다. 소총은 표준규격이었지만 권총은 오래된 군용 또는 경찰용 화기였음직한, 오일로 마감한 검은색 몸체에 손잡이는 광을 낸 나무로 되어 있는 특별한 물건이었다. 심지어 크럭은 권총에게 이름까지 붙여주었다. 애비게일이라는 이름이었다. 인맥이 없이는 손에 넣을 수 없는 이런 물건을 크럭에게 준 사람이 누구인지는 뻔했다. 티프티가 암시장에 발을 담그고 있다는 걸 모르는 사람은 없었다. 애비게일에 대면 탄환이 3발밖에 들어 있지 않은 보히스의 38구경은 초라했지만, 그래도 크럭처럼 비싼 총을 살 능력은 없었다.

"디가 우기는 바람에 온 거라고 불평해도 괜찮아." 크럭이 말했다.

"별로 마음에 안 드나 봐?"

그러자 크럭이 웃음을 참았다. 크럭이 디와 깜짝 놀랄 만큼 닮았다는 것을 그 어느 때보다 실감하는 것이 바로 이런 순간들이었는데, 실제 두 사람의 생김새가 닮았다기보다는 오로지 보히스만 느낄 수 있는 암시적인 공통점이 있었다. 사실 어지간한 사람들은 크럭과 디가 하나도 안 닮았다고들 했다.

"내가 마음에 들건 안 들건 뭐가 중요하겠어? 너도 알잖아. 디가 한번 결심하면 두 손 두 발 드는 수밖에."

버스가 뼈까지 덜덜 떨릴 정도로 '쾅'하고 흔들렸다. 보히스는 넘어지지 않으려고 애써 중심을 잡고 버텼다. 뒤에서 아이들이 즐거운 비명을 지르는 소리가 들려왔다.

"저기요, 달, 운전 좀 살살 하시면 안 될까요?"

운전대를 잡고 있던 할머니가 물기 섞인 기침을 했다. 달에게 이래라 저래라 하는 건 전쟁 선포나 마찬가지였다. 대중교통을 운전하는 사람들은 전부 할머니들, 그것도 주로 남편을 잃고 혼자가 된 할머니였다. 꼭 그래야 한다는 규칙은 없었지만, 불문율에 가까웠다. 달은 찌푸린 채로 굳어버린 것 같은 얼굴을 한, 성미 고약하기가 가히 전설적이라 할 만한 인물로 동서고금의 여성 중 가장 만만치 않은 사람이었다. 목에 건 스톱워치로 시간을 재다가 승객이 막차 시간에 일 분이라도 늦으면 먼지구름 속에 남겨놓고 떠나버렸다. 덕분에 겁에 질려 제정신이 아닌 채로 하드박스 속에 들어가 날이 밝을 때까지 일 분 일 분을 새며 밤을 지새워야 했던 현장 일꾼이 한둘이 아니었다.

"버스에 애들이 잔뜩 타고 있으니 시끄러워서 제대로 생각할 수가 없잖아." 달이 백미러를 노려보았다. "뒤에 있는 녀석들아, 제발 입 좀 다물거라! 던컨 위더스, 지금 당장 그 의자에서 내려와. 그리고 줄스 프랜시스, 여기서 다 보인다! 옳지, 그래야지." 달은 싸늘한 시선으로 아이들에게 경고를 던졌다. "이봐, 꼬마 아가씨. 그 버릇없는 표정은 지금 당장 풀렴."

그렇게 모두가, 심지어 아내들까지 갑자기 입을 다물어버렸다. 하지만 달이 다시 눈앞의 도로에 집중하기 시작하자 보히스는 달이 진짜로 화가 난 게 아니라는 것을 알 수 있었다. 여자들이 웃음을 터뜨리는 대신 일부러 화가 난 척할 때가 있는 것과 마찬가지였다.

크럭이 커다란 손으로 그의 어깨를 탁, 쳤다. "걱정하지 마, 보. 다 같이 오늘 하루 즐기면 되니까."

"걱정이라니?"

그러자 크럭이 심각한 표정을 지었다. "이봐, 티프티가 오는 게 마음에 안 들지, 맞지? 나도 알아. 하지만 티프티는 내가 아는 최고의 명사수거든. 부탁만 하면 300미터 너머에 있는 바이럴도 명중시킬 수 있는 녀석이야."

보히스는 여태까지 티프티 생각은 떠올리지도 못했다. 하지만 크럭이 티프티 이야기를 꺼내고 나니, 어쩌면 그 녀석이 줄곧 거슬렸던 것도 같았다.

"그러니까 티프티가 있어야 할 거라고 생각한다는 거지."

크럭은 어깨를 으쓱했다. "오늘 같은 여름날에 무슨 큰일이 나겠어? 그냥 조심하자는 거지. 네 가족이 곧 내 가족이니까." 그러면서 크럭이 씩 미소를 지어 분위기를 누그러뜨렸다. "디가 버릇처럼 이런 부탁을 하지만 않는다면 말이야. 이만한 사람을 데려가느라 여기저기 50군데는 아쉬운 소리를 해야 했다고. 내 말 디한테 전해줘."

버스가 집결지로 들어섰다. 옥수수밭에서 완충재가 들어 두툼한 방호복과 두꺼운 장갑, 얼굴을 가리는 철망이 달린 헬멧을 갖춰 입은 청소부들이 나오는 모습이 보였다. 내리기 전 소지하고 있는 무기들을 전부 내놓아야 했다. 산탄총, 소총, 권총, 심지어 마체테도 몇 개 나왔다. 무기를 압수하는 동안 크럭이 아이들에게 제자리를 지키라고 지시했다. '이상 없음' 허가가 떨어진 뒤에야 아이들은 버스에서 내릴 수 있었다. 어른들이 싣고 온 짐들을 꺼내는 동안 버스 지붕 플랫폼에 타고 있던 티프티가 내려오더니 크럭과 함께 버스 뒤쪽에서 이 청소부들의 책임자인 딜런이라는 DS 간부와 이야기를 주고받았다. 딜런이 이끄는 청소부들인 남자 여덟, 여자 넷은 펌프장에 있는 물통에 물을 길으러 갔다.

보히스가 다른 남자들과 함께 기다리고 있는데 크럭이 다시 돌아왔다. 벌써 해가 뜨거워지면서 아침의 습기는 날아가고 없었다.

"이상 없어. 방풍림도 마찬가지고." 그러면서 그가 보히스에게 찡긋 윙크를 날렸다. "디에게 추가 요금을 물려야겠군."

버스에서 내려도 된다는 크럭의 말이 채 끝나기도 전에 아이들이 벌떡 일어나서 버스에서 우르르 달려 나왔다. 이 버스는 청소부들을 싣고 도시로 돌아갈 예정이었다. 아이들이 들뜬 감정으로 얼굴을 빛내며 이리저리 흩어지는 모습을 보고 있자니 보히스는 문득 밀려오는 기억에 휩싸였다. 대부분의 아이, 특히 어린아이들은 오늘의 나들이가 성벽 바깥으로 나오는 첫 여행일 터였다. 처음부터 그 사실을 알고 있었지만, 막상 그 순간을 지켜보자니 기분이 묘했다. 아이들의 허파로는 공기도 다르게 느껴지는 걸까? 얼굴에 내리쬐는 햇살이나, 발을 딛고 선 땅도? 오래전, 처음으로 버스에서 내리던 보히스에게도 성벽 바깥의 땅은 다른 감촉으로 느껴졌던가? 당연히 그랬다. 벽 너머로 나간다는 것은 끝없이 펼쳐진 세상을 발견한다는 것이었다. 존재한다는 것을 알고는 있었지만 실제로 그곳에 속할 수 있으리라고는 믿지 못했던 세상 말이다. 그 순간 더없이 가벼운 기쁨과 두려움이 동시에 찾아왔던 것이 기억났다. 하늘을 날게 된 대가로 다시는 땅 위에 내릴 수 없었던 꿈속에서처럼 말이다.

망루 옆에서 포트와 체스가 땅에 차양을 설치할 장대를 꽂고 있었다. 여자들은 테이블과 의자며 음식이 담긴 바구니를 꺼내놓는 중이었다. 커다란 밀짚모자 그늘에 얼굴을 가린 앨리 도드는 벌써 아이들을 불러다가 빼앗기 놀이를 하고 있었다. 아이들을 데려오겠다는 이야기를 꺼냈던 순간부터 디가 예상한 그대로였다.

"정말 대단하네요."

보히스의 사촌 타이가 옆에 서서 가슴 높이에 바구니를 들고 있었다. 180센티미터가 넘는 키에, 슬퍼 보이는 폭이 좁은 얼굴을 한 타이를 보면 항상 슬프게 생긴 개가 연상되었다. 뒤에서 달이 모는 버스는 경적을 세 번 울리더니 연기를 뿜으며 떠나갔다.

"처음 나왔을 때 이야기 내가 한 적 있어?"

"못 들은 것 같은데."

"장난 아니었어." 타이는 자세히 말할 생각은 없다는 듯 고개를 절레

절레 저었다. "정말 대단했지."

짐을 전부 부려놓고 난 뒤 크럭은 아이들을 방수포 천막 아래로 불러 모아 이미 다들 알고 있는 규칙을 다시 한번 말해주었다. 첫째, 모두 짝꿍을 하나씩 정할 것. 짝꿍은 형이라도, 누나라도, 친구라도 좋지만 짝꿍과 절대 떨어지지 말 것. 그게 제일 중요했다. 망루 아래 공터는 안전하니 그곳을 벗어나지 않는 한 마음껏 놀아도 좋지만, 어떤 일이 있어도 옥수수밭에는 들어가지 말 것. 남쪽 끝에 있는 숲으로도 가지 말 것.

"자, 저 깃발 보이지?" 크럭이 밭 저쪽을 가리켰다. "저기 늘어져 있는 오렌지색 깃발들 말이야. 저게 뭔지 아는 사람?"

여섯 명이 손을 들었다. 크럭의 눈길이 손든 아이들을 훑다가 대시 마르티네스에게 머물렀다. 무릎과 팔꿈치가 툭 튀어나올 정도로 깡마른 데다가 검은 머리는 부스스하게 헝클어진 일곱 살짜리 아이였는데, 크럭의 눈길을 받는 순간 긴장해서 얼어붙어 버렸다. 대시 양옆에 앉아 있던 메리 도드와 리즈 쿠오모는 웃음을 터뜨리기 직전인 듯 입을 막고 있었다. 하드박스요? 아이가 용기를 내서 입을 열었다. 그래, 맞다, 하고 크럭은 고개를 주억거리며 대답했다. 저것들은 하드박스지. 자, 그러면, 하면서 크럭은 다시 모두에게 물었다. "사이렌이 울리면 어떻게 해야 하지?"

뛰어야 해요! 누군가가 그렇게 말하자 또 다른 아이도 되받아 외쳤다. *뛰어야 해요!*

"어디로?" 크럭이 물었다.

이번에는 모두가 한목소리였다. *하드박스로 뛰어가야 해요!*

크럭은 표정을 풀고 미소를 지었다. "좋아, 그럼 즐겁게 놀려무나."

어린아이들은 말이 떨어지자마자 쌩하니 달려 나갔고, 십 대 아이들만 꼬마들과 떨어져 있을 생각으로 차양 아래 남아 있었다. 하지만 결국 그 애들도 햇볕 속으로 달려 나가리라는 것을 보히스는 알았다. 여자들은 곧 트럼프 카드며 뜨개질감을 꺼내 들더니 그늘 속에서 아이들을 지켜보면서 손부채질로 더위를 식혔다. 보히스는 근처의 남자들을 불러서 식염 정제를 나눠주었다. 이런 땡볕에서 일하면 아무리 자주 물을 마신들 탈수가 오기 쉬웠다. 그들은 펌프의 물로 수통을 채웠다. 해야 할 작업을 설명해줄 필요는 없었다. 옥수수 수꽃을 제거하는 작업은 지금까지 여러 번 했던 간단한 작업이었지만 하고 나면 녹초가 되었다. 옥수수 세 줄을 심고 네 번째 줄에는 변종을 심었다. 네 번째 줄에 심긴 옥수수의 자가 수분이 이루어지지 않도록 수꽃을 제거했다. 수확할 때가 오면 이 네 번째 줄에는 내년에 종자로 쓸 수 있는 더 건강한 새로운 교배종이 자랐다. 오래전 보히스의 아버지가 이 작업을 설명해주었을 때 이 작업은 아주 흥미롭고 심지어 약간은 에로틱하게 느껴지기까지 했다. 아무리 옥수수일 뿐이더라도 번식 과정에 참여하는 것이었으니까. 하지만 땡볕 아래서 손과 얼굴은 꽃가루 범벅이 되고 벌레들이 머리통 주변을 왱왱 맴돌며 귀나 코나 입 속으로 파고들어 갈 기회를 노리는 고된 작업이었기에 그때의 생각은 사라져버린 지 오래였다. 처음 들판에 나왔던 날에는 한 명이 일사병으로 쓰러졌다. 그게 누구였는지, 그 사람이 어떻게 되었는지는 기억나지 않았다. 어쩌면 죽었을지도 모른다.

묵직한 캔버스 천 장갑에 챙이 넓은 모자, 손목까지 단추를 단단히 여민 긴소매 셔츠로 작업복을 갖춰 입고 준비를 마쳤을 때쯤엔 다들 땀을 뻘뻘 흘리고 있었다. 보히스는 티프티가 소총에 달린 스코프로 수목 한계선을 살피고 있는 망루를 흘낏 보았다. 크럭의 말이 옳았다.

망루를 지킬 사람으로는 티프티가 제격이었다. 티프티 라몬트가 어떤 놈이건 간에 그가 명사수라는 건 그 누구도 토를 달 수 없는 사실이었다. 하지만 세월이 지난 지금도 보히스는 티프티의 이름만 들어도 분노가 울컥 치밀었다. 아니, 오히려 세월이 지나며 분노는 점점 더 커져만 갔다. 한 해가 지날수록 보즈가 살지 못한 인생도 한 해씩 늘어나니까. 보즈가 어른이 되지 못했는데 어째서 티프티는 어른이 될 수 있나? 물론 이런 생각이 비이성적이라는 건 보히스도 알았다. 그 운명적인 밤을 티프티가 처음 부추긴 것은 맞지만 누구 한 명이라도 거부했더라면 보즈는 아직 살아 있을 것이다. 하지만 디가, 크럭이, 심지어 지금 이 순간에도 수목 한계선을 살펴보며 암묵적인 약속대로 보히스의 아이들을 지켜주고 있는 티프티가 뭐라고 말한들, 모든 게 오로지 티프티 탓이라는 보히스의 생각은 달라지지 않았다. 티프티에 대한 앙심이 자신이 인격적으로 부족한 탓이라고 애써 생각하며 마음에 담아두는 게 고작이었다.

보히스는 작업자들을 세 팀으로 나누어 각각 네 줄씩 맡겼다. 작업자들이 쉼터로 가서 작별 인사를 했다. 들판에서는 공놀이가 한창이었다. 망루 저 너머에서는 구덩이 속에서 울리는 말편자 소리가 들려왔다. 디는 샐리와 루시 마르티네스와 함께 그늘에서 쉬면서 하트 게임을 하고 있었다. 디가 친구들과 하는 카드놀이는 때로는 며칠이나 계속될 정도로 길었다.

"이제 가볼게."

그러자 디는 카드를 내려놓고 고개를 들었다. "이리 와봐."

그는 모자를 벗고 허리를 숙여 디의 키스를 받아들였다.

"세상에, 벌써 땀 냄새 진동하는 거 봐." 디가 코를 찌푸리며 웃음을 터뜨렸다. "갈아입을 옷은 없는 거지?" 그러고는, "그럼, 몸조심하라고 해야 하려나?"

두 사람이 늘 주고받는 대화였다. "하고 싶으면."

"그래, 알았어. 몸조심해."

니티아와 시리가 텐트 속으로 어슬렁어슬렁 들어왔다. 머리카락과 점퍼에 풀잎이 붙어 있었다. 흙 속에서 한참 뒹굴다 온 새끼 강아지 같았다.

"애들아, 아빠 안아드리렴."

보히스는 바닥에 무릎을 꿇고 두 딸을 양팔로 따뜻하게 안아주었다. "엄마 말씀 잘 들어라, 알았지? 점심때 돌아오마."

"우리는 서로 친구니까요." 시리가 말했다.

그는 땀에 푹 젖은 시리의 머리카락에 붙은 풀잎을 떼어주었다. 때로 딸들을 보면 사랑이 솟구쳐서 절로 눈물까지 고일 때가 있었다. "당연하지. 크럭 삼촌이 한 말만 잊지 마라. 엄마 눈에 안 보이는 데로는 가지 말고."

"카슨이 그러는데 옥수수밭에 괴물이 있대요." 시리가 말했다. "피를 빨아먹는 괴물이래요."

보히스의 시선이 순간 디에게로 향했고 디는 어깨만 으쓱했다. 이런 이야기가 나온 게 처음은 아니었다.

"카슨이 거짓말한 거야." 그는 딸들에게 말했다. "겁주려고 지어낸 거지."

"그럼 왜 밭에는 들어가면 안 돼요?"

"규칙이니까."

"맹세할 수 있어요?"

그는 최선을 다해 웃어 보였다. 보히스와 디는 최대한 오랫동안 아이들을 진실로부터 지켜주기로 약속한 뒤였다. 그럼에도 둘 다, 딸들을 어둠에서 영영 지킬 수는 없으리라는 사실을 알고 있었다.

"맹세할게."

그는 다시 딸들을 차례로 한 번씩 안아주고, 그다음에는 한 번에 둘 다 껴안은 뒤 밭 가장자리에 모여 있는 작업자들을 향해 갔다. 초록색 벽처럼 2미터 높이로 우뚝 솟아서, 기다란 복도처럼 줄지어 있는 옥수수 고랑들은 방풍림까지 이어졌다. 해가 정오의 보이지 않는 경계선을 넘어갔다. 모두 말이 없었다. 보히스는 마지막으로 손목시계를 확인했다. *시간을 확인할 것. 하드박스의 위치를 파악할 것. 의심이 드는 순간, 달릴 것.*

"좋아, 모두들." 보히스가 손에 장갑을 끼며 입을 열었다. "이제 착수하자고."

그 말과 함께 작업자들은 모두 함께 옥수수밭으로 들어갔다.

어떤 의미에서 보면, 그들이 지금의 그들이 된 것은 전부 어느 하룻밤 – 그들의 어린 시절이 끝난 그 마지막 밤 – 때문이었다. 크릭, 보히스, 보즈, 디. 네 아이는 언제나 붙어 다니는 단짝 무리였지만, 아이들의 활동 반경은 도시의 성벽 안, 학교를 운영하던 수녀님들과 그 밖의 다른 모든 것을 운영하는 DS가 지켜주는 영역에 한정되어 있었다. 그러다가 아이들은 떠도는 소문들을 몰래 주고받는 나이가 되었다. 학교에서 집으로 돌아가는 길이면 막사 뒤 골목에서 흙 묻은 손과 얼굴을 한 채 한참을 미적거렸다. 세상은 어떤 것일까? 세상은 어디 있을까? 그리고 우리는 언제쯤 세상을 보게 될까? 아버지들은, 때로는 어머니들까지도,

어디로 갔다가 일과 의무와 알 수 없는 걱정의 내음을 풍기며 돌아오는 걸까? 바깥이겠지, 그래, 하지만 거긴 도시와는 뭐가 다를까? 바깥은 어떤 느낌일까, 어떤 맛일까, 어떤 소리가 날까? 어째서 때때로 어떤 사람들은, 누군가의 어머니나 아버지는, 떠났다가 마치 벽 바깥의 보이지 않는 영역에 통째로 삼켜지기라도 한 것처럼 영영 돌아오지 않는 걸까? 도피Dopey, 드랙, 뱀파이어, 점프. 그들은 그 이름을 알았지만 그 의미에 담긴 무게를 전부 알지는 못했다. 드랙이라는 것은 아주 흉악하고, 점프와 뱀파이어(노인들만 쓰는 단어였다)와 같은 것이었다. 그리고 도피라는 것도 있었는데, 비슷하지만 달랐다. 위험한 건 똑같지만, 드랙만큼 위험한 것은 아니고 전갈이나 뱀처럼 성가신 것이었다. 어떤 사람들은 도피란 나이가 엄청나게 많은 드랙이라고 했고, 또 어떤 사람들은 아예 다른 거라고 했다. 애초에 도피는 인간이었던 적이 없었다는 것이다.

그 또한 알 수 없는 일이었다. 바이럴들이 한때 우리 같은 인간이었다면, 어쩌다가 그렇게 된 걸까?

그러나 그 무엇보다도 흥미진진했던 건 위대한 나일스 커피에 대한 소문이었다. 원정대의 창시자이자, 전투를 위해 세상을 건너갔다가 죽은 용감한 커피 대령 말이다. 커피 대령이 어디서 온 사람인지는 그에 대한 다른 모든 소문과 마찬가지로 전설에 불과했다. 누나들의 손에서 자란 셋째 아들이었다는 설, 38년에 있었던 동부 침공 때 부모가 죽는 장면을 목격한 고아였다는 설. 어느 날 꼬챙이에 잘라낸 바이럴의 머리 여러 개를 꿰어 든 채로 게이트 앞에 나타난 소년 전사였다는 설도 있었다. 대령은 한 손으로 바이럴을 백 마리, 천 마리, 만 마리 잡았다고 했다. 숫자는 자꾸 커지기만 했다. 대령은 도시 안에는 발을 들인 적이 없다고 했다. 아니면 평범한 사람처럼 옷을 입고 들판에서 노동을 하면서 정체를 숨기고 다녔다고 했다. 아니면 애초에 대령은 존재하지 않는 사람이라고도 했다. 전해지는 말에 따르면 대령을 따르는 사람들은 신이 아니라 서로에게 피의 맹세를 하고 약속의 표시로 머리를 박박 밀었는데, 그 약속이란 죽음을 무릅쓰리라는 약속이었다. 그들은 벽 너머 먼 곳으로 떠났다. 텍사스뿐이 아니었다. 오클라호마시티. 위치타. 캔자스. 로스웰. 뉴멕시코.

보즈는 자기 침대 위에 빛바랜 색색의 땅덩이들이 퍼즐 조각처럼 맞물려 있는 모양의 옛 미국 지도를 걸어두었다. 그리고 새로운 지역을 알게 될 때마다 지도 위에 엄마에게서 얻은 핀을 꽂고, 그 사이를 실로 연결해 커피 대령이 탐험한 경로를 표시했다. 학교에 가면 오일 로드에서 일하는 형제가 있다는 페그 수녀님께 물었다. 들으신 거 있어요? 아시는 거 있어요? 정말 원정대 생존자들을 찾았어요? 사람들이 사는 마을, 아니 도시들이 있다는 게 진짜예요? 수녀님은 이런 질문에 대답해주지 않았지만, 커피 대령의 이름을 말할 때마다 수녀님의 반짝이는 눈 속에서 그들은 희망의 빛을 보았다. 커피 대령은 그런 사람이었다. 그가 어디서 왔건, 무엇을 했건, 그는 희망을 품을 수 있는 이유가 되었다.

오랜 세월이 흐른 뒤, 보즈도, 그들의 어머니도 세상을 떠난 지 오래되었을 때, 보히스는 이런 의문을 품게 되었다. 어째서 그와 보즈는 이런 말들을 부모님께 한 번도 여쭤보지 않았을까? 당연히 부모님께 묻고 싶었을 텐데, 아무리 기억 속을 뒤져보아도 단 한 번도 부모님께 그런 질문을 한 적이 없었다. 보즈가 벽에 걸어둔 지도를 어머니와 아버지가 단 한 번도 입에 올리지 않았던 것처럼. 왜 그래야만 했을까? 그리고 보히스의 기억 속 어느 순간까지는 존재하다가 갑자기 사라져버린 보즈의 지도는 어디로 간 걸까? 커피 대령과 그가 이끄는 원정대는 비밀스러운 세계의 일부 같았다. 한번 지나가면 영영 돌아오지 않는 어린 시절의 세계 말이다. 이런 의문이 몇 주나 지속되던 어느 날, 아침 식사가 끝난 뒤 보히스는 아버지에게 결국 그 지도에 관해 물었고, 아버지는 웃었다. *진지하게 묻는 거냐?* 태드 보히스는 아직 노인이라기에는 젊은 나이였지만, 겉보기에는 노인이나 다름없었다. 머리카락은 다 빠졌고 치아도 반이나 빠져버렸으며, 번들거리는 살결에서는 쉰내가 났고, 부엌 식탁에 올려놓은 두 손은 뼈밖에 없이 앙상했다. *진심으로 궁금하냐? 그래, 넌 그렇게 심각하진 않았지. 하지만 보즈, 그놈은 하루 종일 커피, 커피, 커피 타령이었어. 그게 기억이 안 난단 말이냐?* 그러더니 아버지의 눈에 갑자기 슬픔이 어렸다. *그 바보 같은 지도 말이지. 솔직히 말해주자면, 나는 그걸 도저히 찢어버릴 수가 없었다. 그런데 네가 그 지도를 찢어버리는 바람에 놀랐지. 네 평생 그렇게 우는 모습은 처음이었어. 너도 그게 전부 헛소리라는 걸 깨달은 줄 알았다. 커피 대령이고 뭐고 하는 거 말이다. 그 지도 따위 아무 의미 없다는 것 말이야.*

하지만 아무 의미 없을 리는 없었다. 지도는 아무 의미 없었던 적도 없고, 앞으로도 결코 그럴 리 없다. 어떻게 그럴 수가 있을까? 우리 모두 보즈를 이렇게 사랑했는데?

문제는 당연히, 티프티였다. 거짓말쟁이 티프티, 허풍쟁이 티프티, 관심을 끌고 싶어 안달이 난 나머지 아무 말이나 지껄이던 티프티가 자기가 두 눈으로 커피 대령을 직접 봤다고 했던 것이다. *티프티,* 너 나 할 것 없이 그를 비웃어댔다. *거짓말하지 마. 티프티, 넌 커피 대령 본 적 없잖아.* 하지만 그렇게 티프티를 비웃어대면서도 어쩐지 그 말이 차츰 진짜처럼 느껴지기 시작했다. 애초부터 티프티는 거짓말이 분명한 일들을 어쩐지 믿게 만드는 재능이 있었다. 티프티가 그들 무리에 은근하게 섞여들었던 것 역시, 그들로서는 어쩌다 일어난 일인지 알 수 없었다. 처음에는 분명 티프티 없이 다녔는데, 어느 순간부터 그와 함께였던 것이다. 티프티를 만난 그날 역시 여느 때와 마찬가지였다. 예배당에 갔다가, 학교에 갔고, 3시는 좀이 쑤실 정도로 느릿느릿 다가왔고, 종이 울리자 순식간에 자유의 몸이 된 300명의 아이가 복도로 쏟아져 나와 계단을 통해 바깥으로 뛰어나왔다. 학교에서 막사를 향해 돌아가는 길, 모두가 자기 집 가는 길을 찾아가며 아이들의 수가 점점 적어지다 마침내 보히스, 보즈, 크럭, 디 네 아이만 남았다.

물론 알고 보니 넷만 있는 게 아니었다. 골목을 뒤덮은 낡은 쇼핑카트며 푹 젖은 매트리스, 부서진 의자들 - 사람들은 막사 감독의 말은 듣지 않고 쓰레기를 뒷골목에 함부로 버렸다 - 을 지나치던 네 아이는 누군가가 뒤따라오고 있다는 걸 알아차렸다. 막대기처럼 깡마르고, 여윈 얼굴 위에 마치 아주 높은 곳에서 떨어져 그의 머리통 위에 안착한 것 같은 불그레한 금발 머리가 얹혀 있는 한 남자아이였다. 1월이라 날씨가 춥고 습했는데도 그 아이는 코트도 없이 저지에 청바지, 발에는 플라스틱 플립플롭을 신은 게 다였다. 그 아이는 주머니에 양손을 꽂은 채로 끼어들지 않고 딱 그들의 호기심을 자극할 만큼의 거리를 두고 따라오고 있었다. 나 흥미롭지 않아? 혹시 모르니 기회를 한번 줘보는 건 어때? 하고 시험해보는 것만 같은 거리였다.

"쟤 왜 따라오는 거지?" 크럭이 말했다.

그들은 폐목재를 모아 작은 은신처를 지어놓은 골목 끝에 다다랐다. 스프링이 튀어나온 곰팡이 핀 매트리스가 바닥 역할을 했다. 그 아이는 서른 발짝쯤 되는 거리를 두고 흙먼지 속에 발을 질질 끌며 따라오고 있었다. 마치 그 아이의 몸이 네 명의 다른 아이들에게서 조각조각 모아 대강 이어놓은 것처럼 보이는 자세였다.

"너 우리 미행하냐?" 크럭이 소리쳤다.

그 아이는 대답하지 않았다. 마치 눈을 마주치지 않으려는 개처럼 고개를 내리깔고 시선을 피하고 있었다. 그 아이의 왼쪽 얼굴을 뒤덮은 반점이 다 보이는 각도였다.

"귀먹었어? 내 말 안 들려?"

"미행 아니야."

크럭이 나머지 아이들에게로 고개를 돌렸다. 한 살이 많은 크럭은 네 아이 속에서 비공식적인 리더 역할이었다. "쟤 아는 사람?"

아무도 없었다. 크럭은 다시 그 아이를 쳐다보았다. "야, 너 이름이 뭐야?"

"티프티."

"티프티? 무슨 이름이 그래?"

아이의 시선은 플립플롭을 신은 자기 발끝을 향해 있었다. "그냥 이름이 티프티야."

"너희 엄마도 너를 티프티라고 불러?"

"엄마 없어."

"죽었어? 아니면 떠났어?"

그 아이는 주머니 속에서 손을 꼼지락거리며 무언가를 만지작거리고 있었다. "아마 둘 다일걸." 그러더니 아이는 눈을 가늘게 뜨고 그들을 향했다. "너희들 무슨 클럽 같은 거야?"

"왜 물어보는데?"

그러자 티프티는 앙상한 어깨를 으쓱해 보였다. "그냥, 늘 같이 다니

길래."

크럭은 친구들을 훑어본 뒤 다시 티프티에게로 고개를 돌렸다. 그러더니 피곤한 듯 한숨을 내뱉었다.

"아무튼 거기서 바보처럼 어정거리지 마. 얼굴 좀 보게 이리 와봐."

티프티가 그들에게로 다가왔다. 보히스는 어쩐지 티프티의 처량한 모습이 낯이 익다고 생각했다. 물론 누구라도 그렇게 혼자 다니면 그렇게 주뼛거릴 수밖에 없겠지. 얼굴에 있던 커다란 반점은 자세히 보니 보라색 멍이었다.

"어, 나 얘 알아." 디가 말했다. "너 시설에 살지? 너희 아빠랑 이사 오는 거 봤어."

힐 컨트리 생활 시설. 수많은 가족이 모여 사는 토끼 굴 같은 공동주택이었다. 다들 그냥 시설이라고만 불렀다.

"그래? 얼마 전에 이사 온 거야?" 크럭이 물었다.

티프티가 고개를 끄덕였다. "저기 H타운 너머에서 왔어."

"그럼 아빠랑 둘이 살아?" 크럭이 물었다.

"고모도 있어. 로즈 고모가 거의 나를 돌봐줘."

"주머니에 든 건 뭐야? 계속 만지작거리던데."

티프티가 주머니에 든 것을 꺼내 보여주었다. 온갖 것들이 달려서 두툼한 접이식 주머니칼이었다. 크럭이 주머니칼을 받아들자 나머지 셋도 얼굴을 바짝 대고 구경했다. 쓸모 있는 여러 가지 칼날이며 작은 톱, 십자드라이버, 가위, 코르크 따개, 심지어 세월의 때가 묻어 흐릿한 확대경까지 달려 있었다.

"어디서 났어?" 크럭이 물었다.

"아빠가 줬어."

크럭이 얼굴을 찌푸렸다. "너희 아빠 암거래해?"

티프티는 고개를 저었다. "아니, 수력 노동자야. 댐에서 일해." 그러더니 그는 주머니칼을 가리켰다. "갖고 싶으면 가져."

"내가 왜?"

"뭐, 네가 싫으면 내가 가질래." 보즈가 말했다. "이리 줘."

"입 다물어, 보즈." 크럭이 티프티를 천천히 훑어보았다. "얼굴은 왜 그래?"

"그냥 넘어졌어."

방어적인 목소리는 아니었지만, 새빨간 거짓말이라는 건 모두가 느낄 수 있었다.

"주먹으로 맞은 것 같은데. 아빠가 그랬어? 아니면 다른 사람이?"

티프티는 아무 말도 하지 않았다. 보히스는 그의 턱이 살짝 떨리고 있는 것을 눈치챘다.

"크럭, 그만해." 디가 말했다.

하지만 크럭은 티프티에게서 눈을 떼지 않았다. "내가 물어봤잖아."

"가끔씩 아빠가 때려. 리크를 마시고 취했을 때. 로즈 고모는 아빠가 일부러 그러는 건 아니래. 엄마 때문에 그런대."

"엄마가 떠나서?"

"나를 낳다가 돌아가셔서 그렇대."

티프티가 한 말이 사라지지 않고 허공에 걸려 있는 것만 같았다. 사실일 수도 있고, 거짓말일 수도 있지만, 둘 중 어느 쪽이건 아이들은 이제 티프티의 애원을 거절할 수 없게 되었다.

크럭이 주머니칼을 내밀었다. "자, 받아. 나는 네 아빠가 준 건 안 받을래."

티프티는 주머니칼을 받아서 도로 자기 주머니에 넣었다.

"난 크럭이야. 얘는 내 여동생 디. 나머지 두 명은 보즈랑 보히스야."

"알고 있어." 그러더니 티프티는 눈을 가늘게 뜨고 불확실한 표정으로 그들을 살폈다. "그럼 나도 클럽에 끼워주는 거야?"

"몇 번을 말해야 돼?" 크럭이 말했다. "우린 그런 거 아니라니까."

그렇게 결정된 거였다. 티프티도 그들의 일원이 되었다. 얼마 지나지 않아 모두가 티프티의 아버지인 브레이 라몬트를 알게 되었다. 험악하고 때로는 무섭기까지 한 남자로, 일명 리크라고 불리는 불법 위스키를 하도 마셔서 눈빛은 항상 맛이 가 있었으며, 밤마다 사이렌이 울릴 때면 술에 취한 쉰 목소리로 창밖으로 티프티의 이름을 고래고래 외쳐댔다. *티프티, 이 망할 자식아! 내가 찾기 전에 들어오라고 했지!* 티프티는 골목에 나타날 때 새로운 멍을 달고 오는 일이 잦았고 한번은 팔에 부목까지 대고 왔다. 술에 취해 열 받은 아버지가 그를 집어 던져버리는 바람에 어깨가 탈골되었다고 했다. DS에 신고해야 할까? 아니면 우리 부모님한테라도 말할까? 로즈 고모한테 도와달라고 하면 안 돼? 하지만 티프티는 항상 고개를 저을 뿐이었다. 그는 자기가 다친 것에 대해서는 전혀 화가 나지 않는 모양이었고 마치 제 운명을 받아들이기라도 하듯 입을 꾹 다물고 있었는데 다른 아이들로서는 그 모습이 그저 존경스러웠다. 그게 티프티가 가진 힘 같았다. 아무에게도 말하지 마, 하고 티프티는 말했다. 아빠는 원래 그런 사람이야. 변하지 않을 거야.

다른 이야기들도 있었다. 티프티의 증조할아버지는, 어쩌면 그 아이가 그냥 그렇게 우기는 것인지도 모르겠지만, 텍사스 독립 선언서에 서명한 사람 중 하나였고 오일 로드를 개척할 때 감독관이었다고 했다.

할아버지는 38년 동부 습격의 영웅으로 최초 습격에서 바이럴에게 물려 치명상을 입은 채로도 부하들을 지휘한 다음 자신의 칼로 자신의 목숨을 희생했다고 했다. 그리고 티프티가 이름을 알려주지 않은 사촌은 ("다들 그냥 사촌이라고 불러.") H타운 최악의 절도 사건을 진두지휘했던, 현상수배 중인 범죄자였다. 또 어마어마한 미녀였던 어머니는 16살이 되기도 전에 아홉 명의 남자로부터 구혼을 받았고 그중 한 사람은 나중에 대통령 참모 중 하나가 되었다고 했다. 영웅, 고위층, 범죄자, 그들이 알고 있는 세계와 그 아래에 숨겨진 암거래의 세계에 속한, 유명한 사람들의 화려하며 끝이 없는 가장행렬. 티프티는 유명한 사람들을 많이 알았다. 티프티 라몬트 앞에서는 문이란 문은 전부 활짝 열렸다. 그가 H타운 출신의 알코올 중독에 빠진 수력 노동자의 아들이라는 것, 몸에 맞지 않는 옷을 빨지도 않고 입고 다니는, 얼굴에 멍을 달고 다니는 아이라는 것, 다른 아이들과 마찬가지로 시설에 살고 노처녀 고모의 손에서 자라고 있다는 것은 상관없었다. 티프티의 이야기는 너무 교묘하고 재미있어서 믿지 않을 도리가 없었다.

하지만 커피 대령을 봤다니, 그건 너무 심했다. 커피 대령을 봤다는 주장은 사실일 수 없었다. 커피 대령은 누구도 알 수 없는 존재였다. 커피 대령은 바이럴과 마찬가지로 어둠 속 존재였다. 하지만 티프티의 말은 어쩐지 사실 같았다. 아버지와 함께 H타운의 무법 지대에 범죄자 사촌을 만나러 갔다고 했다. 그리고 증류기 – 아주 거대한 기계로, 마치 와이어와 파이프와 김을 뿜는 용광로로 만들어진 살아 있는 용 같은 물건이라고 했다 – 가 놓여 있는 공장의 뒷방으로 가서 눈빛이 위험하고 시커먼 이로 번질번질한 미소를 짓는, 허리춤에 권총을 꽂은 남자들과 돈을 주고받고 리크가 담긴 병을 받아왔다고 했다. H타운에 출타를 가는 건 티프티가 종종 이야기하는 일상이었지만 이번에는 평소와 달랐다. 이번에는 그곳에 한 남자가 있었다. 그 남자는 다른 이들과는 달랐다. 티프티는 그가 암거래에 종사하는 사람이 아니라는 걸 단번에 알 수 있었다. 그는 키가 크고, 군인처럼 자세가 꼿꼿했다. 한쪽에서 있는 그의 얼굴은 잘 보이지 않았는데, 허리를 벨트로 여미는 검은 오버코트를 입고 있었다고 했다. 그의 머리가 박박 밀려 있다는 걸 티프티는 알아차렸다. 그는 무언가 긴급한 임무를 띠고 그곳에 와 있는 것이 틀림없었다. 평소 티프티의 아버지는 H타운에 갈 때마다 다른 이들과 어울려 술을 마시고 이야기를 나누느라 지체했지만, 그날만은 아니었다고 했다. 둥지에 든 달걀처럼 책상 뒤에 둥그런 몸집을 구겨 넣고 앉아 있던 사촌은 아버지가 내미는 돈을 아무 말 없이 받아들었다고 했다. 그래서 두 사람은 그 방에 들어가자마자 나온 셈이었다. 헛간이 보이지 않는 곳까지 나와서야 아버지가 말했다고 했다. *이 자식아, 방금 본 사람이 누군지 모르겠니? 응? 모르겠어? 내가 말해주지. 저 사람이 바로 나일스 커피라고.*

"내가 또 하나 말해줄게." 다섯 아이는 골목에 지어둔 은신처에 모여 앉아 있었다. 티프티가 결국은 자기가 간직하게 된 주머니칼로 먼지투성이 바닥에 금을 그었다. "우리 집 꼰대 말로는 커피 대령이 댐 밑에다가 캠프를 짓고 산대. 바깥에 나와도 아무것도 무섭지 않다는 듯 바깥에다가 떡하니 말이야. 그렇게 드랙을 유인해서 함정에 빠뜨리는 거지."

"그럴 줄 알았어!" 보즈가 고함을 질렀다. 가장 어렸던 보즈는 흥분해서 얼굴이 달아올라 있었다. 그는 무릎을 꿇은 채로 보히스를 향해 돌아앉았다. "내가 말했잖아."

"헛소리 마." 크럭이 코웃음을 쳤다. 결국, 이 무리에서 크럭은 회의주

의자 역할을 담당하고 있는 셈이었는데, 그는 의무라도 되듯 그 역할을 충실히 수행했다.

"말했잖아, 커피 대령이었어. 느낌이 왔다니까?"

"커피 대령이 암거래 종사자들이 모인 곳에 갈 이유가 뭐가 있어? 말해봐."

"그걸 내가 어떻게 알아? 부하들에게 줄 리크라도 사러 왔나 보지." 그 순간 티프티는 새로운 아이디어가 떠오른 듯 몸을 바짝 앞으로 내밀더니 목소리를 낮추었다. "아니면 총이든지."

크럭이 냉소적으로 웃음을 터뜨렸다. "뭐라는 거야."

"마음대로 생각해, 내가 직접 봤거든. 그러니까 옛날에 진짜 군인들이 쓰던 총 말이야. M16 소총에 자동 권총, 심지어 수류탄 발사기도 있었다고."

"우와." 보즈가 말했다.

"네 사촌이 그런 총을 어디서 구했는데?" 보히스가 물었다.

그러자 티프티는 무릎을 꿇은 채로 몸을 들어 아무도 듣는 사람이 없는지 주위를 두리번거렸다. "말해도 되는지 모르겠는데, 벙커가 있대. 샌안토니오 근처에 있는 옛 육군 기지야. 사촌이 거길 들락거려."

"더는 못 들어주겠다." 크럭이 말했다. "넌 커피 대령 본 적 없잖아."

"커피 대령이 진짜가 아니라고 믿는 거야?"

그 말은 신성 모독이었다. "그런 말은 안 했어. 어쨌든 넌 못 봤어."

"너는 어떻게 생각해, 보?"

보히스는 덫에 걸린 기분이었다. 티프티가 하는 말 중 반은 새빨간 거짓말이었다 – 어쩌면 반이 넘을지도 몰랐다. 하지만, 한편으로는 너무나도 믿고 싶었다.

"모르겠어." 그는 겨우 입을 열었다. "내 생각엔…… 모르겠어."

"난 믿어." 디의 선언이었다.

티프티가 눈을 동그랗게 떴다. "봤지?"

크럭은 이제 됐다는 듯 손짓을 했다. "디는 여자애잖아. 뭐든지 믿는다고."

"뭐야!"

"봐, 이렇다니까."

티프티는 시선을 들어 크럭과 눈높이를 맞췄다. "만약, 너도 네 눈으로 커피 대령을 본다면 믿겠어?""

"내가 어떻게 커피 대령을 봐?"

"별거 아냐. 배수로 터널을 타고 나가면 돼. 내가 여러 번 가봤거든. 요즘 같은 계절에는 새벽까지 배수로가 안 열려. 터널은 바로 댐 밑까지 이어지는데, 거기 가면 캠프가 보일 거야."

도전은 이미 눈앞에 다가와 있었다. 싫다고 할 방법이 없었다.

"빌어먹을 캠프 같은 건 없다니까, 티프티."

용기를 내기까지 사흘이 걸렸다. 크럭은 여동생 디는 따라오지 못하게 했다. 부모님이 잠든 다음에 집을 몰래 빠져나와 은신처에서 만나는 게 아이들의 계획이었다. 티프티는 DS 순찰대의 눈을 피해 댐까지 가는 길을 구상해왔다.

자정이 지나서야 티프티가 나타났다. 나머지는 먼저 와서 기다리고 있었다. 재킷 후드를 뒤집어쓰고 주머니에 손을 찔러 넣은 티프티가 골목 끝에 나타나더니 재빠른 걸음걸이로 다가왔다. 그는 은신처에 들어오자마자 플라스틱병을 꺼냈다.

"용기를 내려면 필요하니까." 그가 병뚜껑을 돌려 열더니 보히스에게 건넸다.

리크였다. 일요일이면 수녀들이 있는 교회에 가서 기도하는 신실한 사람들인 보히스와 보즈의 부모님은 집에 술을 두지 않았다. 보히스는 뚜껑이 열린 병을 코 밑에 가져갔다. 투명한 액체에서는 양잿물로 만든 비누처럼 코를 찌르는 화학 약품 냄새가 풍겼다.

"이리 줘." 크럭이 명령했다. 그가 보히스의 손에서 병을 앗아 들더니 홀짝 마시고 돌려주었다.

"리크 처음 마셔봐?" 티프티가 보히스에게 물었다.

보히스는 짐짓 자존심이 상한 척했다. "당연히 마셔봤지. 그것도 아주 많이."

"언제 마셔봤다고 그래." 보즈가 코웃음을 쳤다.

"네가 모르는 게 아주 많다고, 동생아." 보히스는 코를 틀어막고 싶은 심정으로 조심스레 리크를 한 모금 머금은 뒤 맛이 느껴지기 전에 얼른 꼴깍 삼켰다. 그렇게 병이 세 번 돌았다. 네 번째 돌 때는 보히스도 익숙해져서 기침을 하지 않고 꿀꺽 들이켤 수 있었다. 술을 마셨는데 왜 아무 느낌도 나지 않나 싶었는데, 일어나는 순간 알 수 있었다. 발밑에서 바닥이 꿀렁거리는 바람에 똑바로 서려면 한 팔을 뻗어야 했다.

"가자." 티프티가 말했다.

댐에 도착했을 무렵에는 다들 미친 사람처럼 낄낄 웃고 있었다. 시간이 이상하게 흘러가는 것 같았다. 마치 아주 오래 걸린 것 같기도 했고, 단숨에 도착한 것 같기도 했다. DS 순찰대의 눈을 피해 트럭 아래에 숨은 기억의 파편은 남아 있지만 정확히 어떤 상황이었는지는 기억이 안 났고, 어떻게 잡히지 않았는지도 알 수 없었다. 리크에 취한 건 확실했지만, 그런 생각을 할 겨를도 없었다. 그늘 속에 몸을 숨기고 기다릴 때 누군가가 - 일행 중 가장 많이 취해 있었던 보즈였다 - 잡초 무더기에 토했다. 그리고 디, 디가 왜 여기 있지? 따라왔나? 크럭은 여동생더러 집에 가라고 고함을 질러댔지만 디는 디였다. 한번 결심하면 개가 꽉 물고 있는 뼈를 빼앗을 때처럼 용을 써도 소용없었다. 사실, 보히스는 디를 사랑했다. 오래전부터였다. 갑자기 디에 대한 사랑이 보히스의 가슴 속에서 풍선이 부풀어 오르는 것처럼 압도적으로 느껴졌고, 이 감정을 고백해야겠다고 용기를 그러모으는 사이에 티프티는 앞장서서 걸어가더니 따라오라고 알렸다.

티프티는 지하로 내려가는 철제 계단이 있는 작은 콘크리트 건물 앞으로 일행들을 불러 모았다. 계단 아래쪽에는 눅눅하고 칙칙하게 생긴 조그만 창고가 있었다. 습기가 차서 벽에서 물방울이 뚝뚝 흘러내리고 있었다. 이곳은 댐 속 배수로 구멍 위였다. 철장에 든 전구들이 벽에 기다란 그림자를 드리우고 있었다. 아드레날린이 솟구쳐 들어오는 느낌 덕분에 보히스도 다시 정신이 바짝 차려졌다. 벽에 난 해치는 녹이 슨 둥근 금속 핸들이 달린 문으로 막혀 있었다. 크럭과 티프티가 양쪽에서 붙잡고 온 힘을 다해 돌려도 핸들은 꿈쩍하지 않았다.

"지렛대가 있어야겠어." 티프티가 말했다.

그는 터널 속으로 들어가더니 기다란 파이프 하나를 들고 돌아왔다. 그러더니 핸들의 바큇살 사이에 지렛대를 꿰고 체중을 실었다. 삐걱거리는 소리를 내며 핸들이 돌아가기 시작하더니 문이 열렸다.

해치 안쪽에는 내려가는 사다리가 붙은 수직 통로가 나 있었다. 티프티가 조명탄을 꺼내 불을 붙여 통로 속에 떨어뜨렸다. 티프티가 앞장서고 보히스, 디, 보즈가 뒤따랐다. 크럭이 맨 뒤를 지켰다.

사다리를 내려오니 널찍한 터널 속이었다. 여섯 개의 배수구 중 하나였다. 이 배수구들은 하루에 한 번씩 열려 농업 지대에 물을 댄다. 배수구 저편에는 댐이 막고 있는 4백만 리터의 물이 있었다. 공기는 차갑고 돌 냄새가 났다. 가느다란 물줄기가 배출구를 통해 바닥을 흘러내리고 있었고, 배출구 너머로는 달빛에 물든 하늘이 동그랗게 빛나는 게 보였다. 아이들은 티프티의 조명탄 불빛이 닿지 않는 배출구를 향해 천천히 기어갔다. 보히스의 가슴이 쿵쿵 뛰었다. 밤의 세상, 벽 바깥의 세상이라니. 상상한 적도 없는 곳이었다. 배출구에서 열 발짝쯤 떨어진 곳에서 티프티가 쭈그리고 앉았다. 나머지도 따라갔다. 배출구는 단단한 쇠창살로 막혀 있었다.

"내가 먼저 갈게." 티프티가 속삭였다.

티프티는 네발로 기어서 터널 끝을 향해 갔다. 나머지 아이들은 전부 꼼짝도 하지 않고 가만히 있었다. 보히스는 취기 속에서 커피 대령의 캠프를 보는 건 부수적인 목표에 불과했다는 것을, 오늘 밤의 일은 목적이 중요하지 않은 담력 테스트였다는 것을 깨달았다. 튼튼한 쇠창살은 바이럴이 들어오지 못하도록 막기 충분했지만, 위험한 건 바이럴 때문만이 아니었다. 당장이라도 기다란 손톱이 달린 손 하나가 쇠창살 사이로 불쑥 들어와서 자신과 친구들을 갈기갈기 찢어발길 것만 같았다.

리크가 남긴 취기 때문에 머릿속이 아물아물했지만 보히스는 디 역시 겁이 날 거라고, 안심을 시켜주어야겠다고 생각했다. 그러나 무슨 말을 하면 좋을지 도무지 알 수가 없었기에 그 생각은 금세 마음속에서 꺼져버렸다.

터널의 입구에 도착한 티프티는 무릎으로 몸을 지탱한 채 쇠창살을 붙들고 바깥을 내다보았다.

“뭐가 보여?” 크럭이 낮은 소리로 물었다.

침묵. 그러더니, 티프티는 단 두 마디를 내뱉었다. “이런…… 젠장.”

보히스는 그의 말투에서 무언가 잘못되었다는 사실을 알 수 있었다. 무언가를 발견하고 내뱉는 감탄사가 아니라 겁에 질린 목소리였다.

“뭔데?” 크럭의 속삭임이 한층 거칠어졌다. “커피 대령이 거기 있어?”

“나도 볼래!” 보즈가 고함을 쳤다.

“조용히 좀 해!” 크럭이 으르렁거렸다. “티프티. 제기랄, 뭐가 보이냐니까?”

그때 보히스의 무릎을 타고 그것이 느껴졌다. 천둥처럼 우르릉거리는 진동과 함께 금속 장치들이 삐걱거리는 쇳소리가 들렸다. 뒤에서부터 그들을 향해 다가오는 소리였다.

티프티가 벌떡 일어섰다. “나가야 해!”

물이었다. 보히스가 들은 소리는 저수지에서 쏟아지는 물소리였다. 첫 번째 배수구가 열리더니 두 번째, 세 번째가 차례차례 열렸다. 티프티가 본 것은 바로 그것이었다.

그들은 몰아치는 물에 갈기갈기 찢겨버릴 게 분명했다.

보히스는 일어서서 보즈의 팔을 낚아채어 끌어당겼지만 보즈는 몸을 비틀어 형의 손아귀에서 빠져나왔다.

“나도 커피 대령 볼 거야!”

“거긴 아무것도 없어!”

보즈의 목소리는 울음기로 쉬어 있었다. “있어, 있다고!”

보즈는 배출구를 향해 달려갔다. 티프티와 나머지 아이들은 벌써 사다리 쪽으로 달려가고 있었다. 천둥소리가 벌써 가까워졌다. 가장 가까운 배수구가 열렸다. 다음 배수구의 물은 이쪽으로 들어올 것이었다.

몇 초 뒤면 어마어마한 무게의 물이 그들에게 쏟아져 내릴 것이다. 터널 입구에서 보히스는 동생의 허리를 틀어쥐었지만 동생은 양손으로 쇠창살을 붙잡고 매달렸다.

"나 봤어! 커피 대령이야!"

보히스는 온 힘을 다해 동생을 끌어당겼다. 두 아이는 바닥에 벌렁 엎어졌다. 친구들이 뒤에서 외치고 있었다. 이리 와, 빨리 와! 보히스는 동생의 손을 잡고 달리기 시작했다. 크럭이 사다리 밑에서 두 사람을 향해 손을 흔들어댔다. 보히스의 귀에서 뺑 소리가 났고, 얼음처럼 차가운 바람이 얼굴을 스쳤다. 크럭이 사다리를 오르기 시작하자 보히스도 따라 올랐고, 동생이 뒤따랐다.

그때 물이 쏟아져 들어왔다.

물이 주먹처럼, 백 개의, 천 개의 주먹처럼 보히스를 두들겼다. 밑에서 동생은 공포에 질려 고함을 지르고 있었다. 보히스는 온 힘을 다해 사다리를 잡고 매달렸지만 그뿐이었다. 한 손만 놓아도 금세 물에 휩쓸려 버릴 것이었다. 물이 코와 입으로 치밀고 들어왔다. 동생의 이름을 부르려 했지만 아무 소리도 나오지 않았다. 이렇게 끝이구나, 하고 보히스는 생각했다. 딱 한 번의 실수로 모든 게 끝났다. 이렇게 간단하게. 이렇게 죽는 사람들이 왜 그렇게 많지 않을까? 하고 생각하는 순간 보히스는 사다리를 쥔 손에서 서서히 손이 빠지며 사람들은 정말로 이렇게 죽는다는 것을 깨달았다. 사람들은 언제나 이렇게 죽는 것이었다.

보히스를 끌어 올려준 건 크럭이었다. 크럭, 영원한 내 친구. 훗날 보히스가 디와 결혼할 때 그 옆을 지켜줄 친구. 모두가 아이들을 데리고 들판으로 여름 소풍을 간 날 보히스의 아이들을 지켜줄 친구, 그리고 오랜 세월이 흐른 뒤, 아주 먼 곳에서, 그와 함께 목숨을 건 마지막 싸움을 함께할 친구. 사다리를 쥔 손이 풀리는 순간 크럭이 손을 뻗어 보히스의 손목을 붙잡고 끌어 올렸고, 그다음으로 기억나는 건 둘이 함께 사다리를 올라 안전하게 관리실에 도착했다는 사실뿐이었다.

하지만 보즈는 그러지 못했다. 보즈의 시신은 다음 날 아침에 쇠창살에 으스러진 모습으로 발견되었다. 보즈는 커피 대령을 보았을지도 모른다, 아닐지도 모르고. 티프티는 그들에게 아무 대답도 해주지 않았다. 그리고 시간이 흐르면서 보히스는 그건 중요하지 않다고 생각하게 되었다. 보즈가 커피 대령을 보았다 한들 아무런 위로도 되지 않을 테니까.

정오가 되었을 무렵에는 수꽃 제거반은 6만 5천 제곱미터에 달하는 면적의 작업을 마쳤다. 태양은 활활 타오르고 하늘엔 구름 한 점 없었다. 심지어 오전 내내 웃으며 뛰어놀던 아이들도 쉼터로 들어가서 쉬고 있었다. 보히스는 펌프 근처에서 모자를 벗고 컵에 물을 받아 마신 다음 컵에 다시 물을 받아 얼굴을 축였다. 땀에 푹 젖은 셔츠를 벗어 그것으로 몸을 닦아냈다. 하느님 맙소사, 너무나도 더웠다.

여자들과 아이들은 이미 식사를 마친 뒤였다. 쉼터 뒤에서 일꾼들도 점심을 먹으려고 모였다. 빵과 버터, 삶은 달걀, 훈제 고기, 치즈, 주전자에 담긴 물과 레모네이드. 크럭도 망루에서 내려와 접시에 음식을 담았다. 티프티는 보이지 않았다. 뭐, 알 바 아니었다. 티프티야 알아서 하라지. 그들은 말없이 열심히 배를 채웠다. 그다음에는 모두 그늘에서 눈을 붙일 참이었다.

"한 시간이야." 잠시 후 보히스는 식탁에서 일어나며 말했다. "너무 늘어져 있지는 말라고."

그는 계단을 올라 감시탑 꼭대기로 올라갔다. 크럭이 쌍안경으로 옥수수밭을 훑어보고 있었다. 소총은 난간에 기대 세워놓고 있었다.

"뭐 좀 보여?"

잠깐 크럭은 대답하지 않았다. 그가 보히스에게 쌍안경을 건네주었다. "6시 방향, 수목 한계선 쪽. 뭐가 보여?"

보히스는 쌍안경으로 크럭이 말한 방향을 살펴보았다. 아무것도 없었다. 그냥 나무, 그 너머에는 갈색으로 바싹 마른 언덕뿐. "뭐가 보였는데?"

"모르겠어, 뭔가 번쩍거리던데."

"금속처럼?"

"응."

잠시 후 보히스는 쌍안경을 내렸다. "글쎄, 지금은 없어. 햇빛이 렌즈에 반사된 거 아니었을까?"

"그랬나 봐." 크럭이 수통에서 물을 한 모금 마셨다. "밑에선 어쩌고들 있어?"

"얼마 안 가서 잠들 것 같네. 벌써 지친 애들도 있고. 다들 이렇게 더울 줄은 몰랐을 거야."

"7월의 텍사스가 다 그렇지."

"군나르가 도와줄 것 없냐고 묻더라. 마음은 착한데 머리는 나쁜 놈이지."

크럭이 소총을 들었다. "그래서 뭐라고 했어?"

"가만히 있으라고, 방금 그 말이 얼마나 미친 소리인지 너도 좀 크면 알게 될 거라고 했지."

그 말에 크럭이 웃었다. "우리도 똑같았잖아. 다들 어떻게든 세상 속으로 나가보려고 했지."

"못 나갈 수도 있지."

크럭이 갑자기 입을 다물고 난간 너머를 바라보았다. 보히스는 친구가 무언가 고민하고 있음을 알아차렸다.

"있잖아." 크럭이 입을 열었다. "결심을 하나 했는데, 너한테는 직접 말하고 싶다. 원정대가 돌아온다는 이야기 들었을 거야."

보히스도 그런 소문을 들은 적이 있었다. 새로울 건 없었다. 소문은 돌고 도니까. 커피 대령과 부하들이 사라진 뒤부터 – 그게 언제 적이었더라? – 원정대에 대한 소문은 잦아든 적이 없었다.

"다들 늘 하는 이야기잖아."

"이번에는 그냥 소문이 아니야. 군대가 DS에서 자원 인력을 차출해 가고 있어. 200명으로 이루어진 부대를 만들겠다더군."

보히스는 친구의 얼굴을 빤히 쳐다보았다. 무슨 소리를 하려는 걸까?

"크럭, 진심은 아니지? 그건 어린애들 얘기잖아."

크럭은 어깨를 으쓱했다. "그 시절엔 그랬겠지. 보즈 일 이후로 네가 원정대에 대해 어떻게 생각하고 있는진 알고 있어. 하지만 내 인생을 보라고, 보. 나는 결혼을 안 했어. 나한텐 가족도 없다고. 그런데 왜 망설이겠어?"

그 말의 의미는 단숨에 알 수 있었다. "이런 맙소사, 벌써 신청했구나. 맞지?"

크럭이 고개를 끄덕였다. "어제 DS에 사표도 냈어. 그래도 서약을 해야 공식적으로 원정대에 소속되는 거야."

보히스는 어안이 벙벙했다.

"저기, 디한테는 말하지 말아줘." 크럭의 말이었다. "내가 직접 말할 테니까."

"디가 힘들어할 거야."

"알아, 그래서 너한테 먼저 말한 거야."

그때 측면 도로를 따라 들어오는 픽업트럭의 소음에 두 사람은 대화를 멈췄다. 픽업트럭은 집결 지역으로 들어오더니 쉼터 옆에 섰다. 트럭에서 티프티가 내리더니 트럭 뒤로 돌아가서 짐칸의 뒷문을 열었다.

"뭘 싣고 온 거야?"

수박이었다. 모두가 트럭 주변으로 모였다. 티프티가 칼로 수박을 잘라 과즙이 뚝뚝 떨어지는 두툼한 세모 모양 조각들을 아이들에게 쥐어주었다. 수박이라니! 이렇게 더운 날에 얼마나 좋은 선물인가!

"맙소사." 보히스는 그 모습을 내려다보면서 신음했다. "도대체 저런 건 어디서 구해온 거야?"

"티프티야 항상 뭐든 구해오잖아? 그거 하나는 인정해줘야지. 저 친구 인복은 있어."

"내가 뭐래?"

크럭이 보히스를 쳐다보았다. "보, 티프티를 좋아할 것까진 없어. 내가 간섭할 일도 아니지. 그래도 티프티는 노력하고 있잖아. 그 정도는 인정해주라고."

계단으로 이어지는 문이 열리더니 디가 분홍색 수박 조각이 하나씩 얹힌 접시 두 개를 들고 나타났다.

"티프티가……."

"고마워, 우리도 봤어."

그러자 디는 보히스가 너무나도 잘 아는 그 표정을 지었다. *그냥 넘어가자, 제발, 오늘 하루만이라도. 그냥 수박이잖아.*

크럭이 디가 가져온 접시들을 받아들었다. "고마워, 디. 오늘 같은 날씨엔 딱인걸. 티프티한테 고맙다고 전해줘."

디는 남편의 얼굴을 잠시 살피다가 다시 오빠를 보았다. "그럴게."

보히스는 앙심을 품는 게 어리석다는 걸 알고 있었다. 무슨 말이라도 해서 화제를 바꾸지 않으면 이 짜증스러운 기분을 온종일 품고 지내야 하리라.

"애들은?"

그 말에 디는 어깨를 으쓱 추어올렸다. "시리는 쏜살같이 뛰어나가더라. 니티아는 앨리 무리랑 같이 놀러 나갔고. 야생화를 꺾고 있더라." 디가 말을 멈추더니 손등으로 이마의 땀을 훔쳤다. "다시 밭으로 나갈 거야? 대체 이 날씨를 어떻게 버티는 건지 모르겠네. 해가 좀 내려갈 때까지 기다려야 하지 않겠어?"

"할 일이 많아. 내 걱정은 말고."

디는 다시 한참이나 남편의 얼굴을 쳐다보았다. "그래, 알았어. 크럭 오빠, 뭐 필요한 건 없어?"

"없어, 고마워."

"그럼 난 가볼게."

디가 내려가자 크럭이 보히스에게 접시 하나를 내밀었지만 보히스는 고개를 저었다.

"난 됐어, 고마워."

그러자 크럭은 어깨를 으쓱했다. 그는 벌써 턱을 따라 과즙을 뚝뚝 흘리며 수박을 열심히 베어 먹는 중이었다. 다 먹고 수박 테두리만 남자, 그는 난간에 올려놓았던 보히스 몫의 접시를 가리켰다. "안 먹어?"

보히스는 대답으로 어깨만 으쓱했다. 크럭은 보히스 몫의 수박까지 해치우고 소매로 얼굴을 훔친 다음 껍데기는 한쪽으로 던졌다.

"디한테 어서 말하는 게 좋겠다." 보히스가 말했다.

세 시, 하루가 끝나가고 있었다. 오전 느지막이 잠깐 바람이 살랑살랑 불었지만 이제는 다시 바람 한 줄기 없었다. 디는 방수포 천막 아래에서 시시 코울리와 함께 건성건성 카드놀이를 하고 있었고, 루이스는 발치에 놓인 바구니 안에서 자고 있었다. 통통하고 순한 아기, 통통한 손가락에 통통한 발가락, 부드럽고 도톰한 입술을 가진 아기. 더운데도 투정이라고는 부리지 않고 곤히 자고 있었다.

디는 자신의 딸들도 아기였던 시절을 떠올렸다. 그때만 느껴지는 감정들, 소리, 냄새, 마치 아기와 하나가 된 것 같은, 깊은 신체적 애착의 느낌. 다른 여자들은 육아가 힘들다며 불평해대지만 – *혼자만의 시간이라고는 없어, 어서 걸음마라도 했으면 좋겠는데!* – 디는 한 번도 힘들지 않았다. 이제 고작 서른이니 아이를 하나 더, 어쩌면 둘은 더 낳을 수 있을 것이다. 아들이 생기면 참 좋을 텐데. 하지만 규칙은 규칙이었다. 아이는 둘이 최대였다. 주정부에서 벽을 확장하는 논의를 하고 있고, 정말 그렇게 된다면 그 규칙도 사라질지 모르겠지만, 아마 그땐 너무 늦을 것이고, 아직은 식량도 연료도 공간도 부족했다.

그리고 남편은 – 글쎄, 디가 무슨 노력을 한들 달라질까? 보즈가 죽은 뒤로 보히스의 마음에는 꿈쩍도 하지 않는 장벽이 생겨났고, 시간이 가는 동안 진실은 왜곡되고 확대되어 결국 모든 것이 티프티라는 단 한 사람의 탓으로 귀결되었다. 티프티는 티프티였다. 그는 언제나 그럴 것이다. 어느 날 티프티는 술집에서의 다툼 끝에 누군가의 머리를 유리창에 처박은 죄로 영창에 갇혔지만, 다음 날 풀려났다. 그게 바로 티프티가 부리는 마법이었다. 이글이글 타는 여름날 오후에 암시장에서 수박을 구해 트럭에 싣고 오는 것처럼. 어쩌면 그가 다시 영창에 갇히는 것도 시간문제일지 모르지만, 그래도 부정할 수 없는 사실은, 티프티는 언제까지나 그들 중의 한 사람일 것이고, 그중에서도 특히 디의 일부일 것이라는 점이었다. 한때 디는 큰딸을 보면서 정말로 진실이 무엇인지 모르겠다고 생각할 때가 있었다. 이것이 진실일 수도, 아닐 수도 있었다. 어떻게 보면 니티아는 보히스를 쏙 빼닮았지만, 특정한 방식으로 미소를 지을 때, 또 눈을 찡그릴 때는 티프티 라몬트가 보이기도 했다.

딱 하룻밤, 아니 하룻밤에도 못 미치는 짧은 시간이었다. 그들의 관계는 처음부터 끝까지 합쳐보아도 90분밖에 되지 않았다. 그 90분이 인생을 이렇게 완전히 바꿔놓을 줄 알았을까? 디와 티프티는 그 일 직후 이건 정말 끔찍한 실수였다고, 어쩌면 두 사람 모두 거부할 수 없었던 시간의 힘에 이끌린 불가피한 일인지 모르겠지만, 다시는 있어선 안 되는 일이라는 데 의견을 같이했다. 두 사람 다 보히스를 사랑하니까, 그렇지 않나? 둘은 심지어 그걸 웃음거리로 생각했고, 오래된 친구답게 악수까지 하면서 침묵을 맹세했지만, 물론 그것은 웃어넘길 일이 아니었다. 당시에도, 그리고 아홉 달 뒤에도, 지금도, 전혀 웃어넘길 일이 아니다.

절대 너한테 어떤 피해도 없게 할 거야. 티프티는 그녀에게 말했다. 그날 밤뿐 아니라 아주 여러 번, 여러 밤 동안. *너에게도, 딸들한테도, 보히스에게도. 어떤 일이 있더라도 이 약속은 꼭 지킬 거야, 하느님께 맹세해. 나는 네 발아래 땅이 될 거야. 내가 늘 여기 있다는 걸 알아줘.* 그리고 디는 티프티의 말대로 했다. 디는 알고 있었다. 솔직히 말하면 티프

티가 함께 온다고 하지 않았더라면 들판으로 소풍을 오겠다는 생각을 애초에 하지도 않았을 것이다.

디는 티프티를 사랑하는 걸까? 만약 그렇다면, 그건 어떤 사랑일까? 디가 티프티에게 느끼는 감정은 보히스에게 느끼는 감정과는 달랐다. 보히스는 안정적이고 믿음직한 사람이었다. 책임감과 참을성을 가진 존재이자 아이들에게는 자상한 아버지였다. 그가 단단하다면 티프티는 진실만큼이나 소문이 많은 허황된 사람이었다. 보히스와 디가 서로의 짝이라는 것을 둘은 단 한 번도 의심한 적 없었다. 어둠 속에 단둘이 내밀한 시간을 보낼 때면 그는 거의 고통스러울 정도의 갈망을 담아 그녀의 이름을 불렀다. 보히스는 그녀를 그만큼이나 사랑했다. 보히스와 함께 있으면 마치…… 뭐랄까? 더욱더 진짜가 된 것처럼 느껴졌다. 마치 그녀, 디 보히스, 아내이자 어머니이고, 하느님 곁으로 간 시스 크룩생크와 제데디어 크룩생크의 딸이자, 이제는 아무도 모르는 세계에서 빛과 안전을 간직한 마지막 오아시스인 텍사스 커빌 시민인 그녀가 실제로 존재하는 것처럼 느껴졌다.

그런데 어째서 또다시 티프티 라몬트 생각이 나는 걸까?

아이들을 들판으로 데리고 나온 뜨겁기 그지없는 칠월의 오후, 카드놀이를 하는 내내 디의 마음은 갈피를 잡지 못하고 있었기에 시시가 부리는 수작을 읽지 못했다. 그리고 어느새 맞은편 시시가 수를 써서 여왕을 빼앗고 승리의 미소를 짓고 있었다. 두 번의 트릭, 세 번, 그렇게 게임은 끝났다. 시시는 신나게 수첩에 점수를 계산하기 시작했다.

"한 판 더?"

평소라면 디 역시도 시간을 때우기 위해서라도 그러자고 했을 텐데, 날이 너무 더우니 게임도 노동처럼 느껴졌다.

"앨리랑 해."

물을 마시러 텐트에 들린 참이던 앨리는 입술에 국자를 가져다 댄 채로 제안을 거절했다. "설마."

"이리 와서 두어 판만 하자고." 시시가 말했다. "나 지금 게임 운이 꽤 좋아서 말이지."

디는 자리에서 일어났다. "아이들 살펴보고 올게."

디는 그렇게 쉼터를 나왔다. 저 멀리 남자들이 일하고 있을 옥수수밭에서 높이 솟은 옥수숫대의 이삭이 흔들리고 있는 게 보였다. 그녀는 한 손으로 눈 위에 차양을 만든 채 망루 꼭대기를 쳐다보았다. 유령처럼 하얀 낮달이 해 주변에 떠 있었다. 흠, 이상한데. 예전에는 저런 건 본 적이 없었다. 크룩과 티프티 둘 다 제 위치에 있었다. 크럭은 쌍안경을 들고, 티프티는 소총으로 들판을 훑으면서. 티프티가 디를 발견하고 살짝 손을 흔드는 바람에 디의 마음이 요동쳤다. 마치 디가 자기를 생각하고 있다는 걸 아는 것만 같았다. 그녀는 약간 죄의식을 느끼며 마주 손을 흔들어주었다.

여남은 명의 아이가 공차기를 하며 놀고, 대시 마르티네스가 플레이트에 서 있었다. 투수는 그날 오후 비공식적 베이비시터가 된 군나르였다.

"안녕, 군나르."

열여섯이니 다 큰 청년이나 마찬가지인 군나르가 디 쪽을 바라보았다. "안녕하세요, 디. 같이 하실래요?"

"그러기엔 너무 덥구나, 고맙다. 우리 딸들 못 봤니?"

군나르가 주변을 둘러보았다. "조금 전만 해도 여기 있었는데, 제가 찾아볼까요?"

디의 피로감이 한층 더 커졌다. 어디로 갔을까? 망루에 올라가서 오빠더러 쌍안경으로 찾아봐 달라고 할까 하는 생각이 들었지만, 계단을 올라갈 엄두가 나지 않았다. 결국 혼자서 찾는 게 더 나을 듯싶었다.

"아냐, 고맙다. 혹시 우리 아이들 오거든 이제 그늘로 좀 들어오라고 전해주렴."

"군나르, 공 던져!" 대시가 고함쳤다.

"잠깐만." 군나르가 디의 눈을 마주 보았다. "분명 근처에 있을 거예요. 진짜 방금까지만 해도 여기 있었거든요."

"괜찮아. 내가 찾아볼게."

야생화 핀 들판에 있겠구나, 하고 디는 생각했다. 아마 거기로 갔을 거야. 걱정보다는 짜증이 일었다. 아무한테도 말하지 않고 멀리 가버리면 안 된다고 분명히 말했는데. 분명 니티아가 부추겼을 것이다. 그 앤 항상 딴생각으로 머리가 가득 차 있으니까.

5분 전이었다.

감시 데크에 있던 티프티의 눈에 디가 걸어가는 모습을 보았다.

"크럭, 쌍안경 이리 좀 줘봐."

크럭이 티프티에게 쌍안경을 건넸다. 야생화 들판은 망루의 북쪽, 옥수수밭에 인접해 있었다. 디는 그쪽으로 가고 있는 듯했다. 잠깐 아이들이며 다른 아내들이 없는 데서 혼자 있고 싶은가 보지, 하고 티프티는 생각했다.

그는 다시 쌍안경을 크럭에게 돌려주었다. 그다음에는 소총으로 들판을 죽 훑다가 수목 한계선을 향해 스코프를 들어 올렸다.

"그 반짝거리는 게 다시 생겨났어."

"어디?"

"정면, 오른쪽 10도 방향에."

티프티는 스코프 너머를 뚫어지게 쳐다보았다. 나무 사이에 새하얗게 반사되는 네모난 물체가 보였다.

"도대체 저게 뭐지?" 크럭이 말했다. "차량인가?"

"그럴 수도 있지. 저쪽에도 측면 도로가 있거든."

"지금은 아무것도 없어야 할 시간인데." 크럭이 쌍안경을 아래쪽으로 내렸다. 그러더니 잠깐 침묵했다. "들려?"

티프티는 집중했다. 귀뚜라미 우는 소리, 귓가를 스치는 바람 소리, 용수로의 물이 졸졸 흐르는 소리. 다음 순간 티프티의 귀에도 그 소리가 들렸다.

"엔진 소리인가?"

"그런 것 같은데." 크럭이 말했다. "여기 가만히 있어."

크럭은 계단을 내려갔다. 티프티는 소총에 달린 스코프에 눈을 바짝 가져다 댔다. 이제 그 형체가 분명히 보였다. 커다란 세미트레일러, 화물칸은 온통 아연으로 도금되어 있었다.

티프티는 무전기를 꺼냈다. "크럭, 트럭이야. 나무 뒤쪽에 서 있는데, DS 차량은 아닌 것 같아."

지지직거리는 소음이 일었다. "알아. 기다려."

망루에서 내려간 크럭이 쉼터 쪽으로 성큼성큼 걸어가 군나르에게 아이들을 데리고 돌아오라는 손짓을 하는 모습이 보였다. 티프티는 다시금 스코프로 들판을 살폈다. 일하는 남자들, 열을 지어 늘어선 옥수숫대, 바람 한 점 없는 오후라 축 늘어져 있는 하드박스의 깃발. 평소와 똑같았다.

아니, 완전히 똑같지는 않다. 뭔가가 달랐다. 헛것이 보이는 건가? 그는 고개를 들었다. 그늘 한 줄기가 들판을 가로질러 움직이고 있었다.

다음 순간 사이렌이 울려 퍼지기 시작했다.

그는 태양을 올려다보았다. 즉각 상황을 파악할 수 있었다. 두려움이라는 것을 마지막으로 느낀 건 아주 오래전 일이었다. 댐에서의 그날 밤 이후로 그는 한 번도 두려움을 느낀 적 없었다. 그런데, 지금 이 순간 티프티는 두려웠다.

1분 전이었다.

보히스는 눈앞이 서서히 흐려지더니 때 이른 해 질 녘처럼 어두워진 빛의 변화를 알아차렸다. 그러나 꽃가루와 오후의 쨍한 햇빛을 막으려고 선글라스를 끼고 있었기에, 그는 이 변화의 의미를 즉각 알아차리지 못했다. 그가 선글라스를 벗어 던진 건 비명이 들려오기 시작했을 때였다.

절반이 그늘로 뒤덮인 아주 크고 둥근 형체가 태양을 향해 미끄러지고 있었다.

일식이었다.

사이렌이 울리는 순간 보히스는 옥수숫대 사이로 미친 듯이 달리기 시작했다. 모두가 고함을 지르며 뛰어다니고 있다. *일식이다! 일식이야! 하드박스, 모두들 하드박스로 달려가!* 옥수수밭에서 뛰쳐나오던 순간 보히스는 크럭과 디에게 부딪칠 뻔했다.

"애들은?"

디는 정신이 나가기 일보 직전이었다. "못 찾겠어!"

어둠이 잉크처럼 퍼지고 있었다. 곧 들판 전체가 어둠에 덮이고 말 것이다.

"크럭, 사람들을 하드박스로 보내. 디, 크럭을 따라가."

"안 돼! 애들은 어디 있는 거야?"

"내가 찾을게." 보히스는 허리에 차고 있던 권총을 뽑았다. "크럭, 디를 데리고 가!"

보히스는 다시 옥수수밭을 향해 달렸다.

티프티는 아드레날린으로 쿵쿵 뛰는 심장을 억누르며 망루 위에서 들판을 훑고 있었다. 아직 바이럴이 나타날 기미는 없었지만, 바이럴의 습격은 시간문제일 것이다. 그리고 저 트럭은 대체 뭐지? 트럭은 여전히 방풍림 저편에 서 있었다. 무전기로 크럭을 불렀지만 대답이 없었다. 아마 난장판 속에서 무전기 소리를 듣지 못한 모양이었다.

그는 어깨에 멘 소총을 다잡았다. 놈들은 어느 쪽에서 나타날까? 나무? 인접한 들판? 딜런이 이끄는 팀이 작업 전에 수색을 샅샅이 마친 뒤였지만, 그것은 바이럴이 없다는 뜻이 아니었다, 발견하지 못했다는 뜻이었다.

다음 순간 옥수숫대가 살짝 움직이는 모습이 시야에 잡혔다. 가벼운 흔들림에 불과했다. 깃발 옆이었다. 그는 스코프를 목표물에 맞추고 렌즈에 눈을 바짝 가져다 댔다. 하드박스의 해치가 열려 있었다.

그들이 수색하지 않은 장소가 하나 있었다. 하드박스 안이었다.

모두가 뛰어다니며 아이들을 붙잡고 들판을 가로질러 하드박스를 향해 달리고 있었다. 티프티가 망루에서 미친 듯이 뛰어 내려왔다.

"안 돼!"

크럭이 양팔에 아이 둘을 하나씩 끼고 달리고 있었다. 대시 마르티네스와 리즈 쿠오모였다. 디가 그 옆에서 달리고 있고, 시시와 앨리도 한 발짝 뒤에서 달려오고 있었다. 시시는 루이스를 가슴에 안고, 앨리는 메리와 새츠를 안은 채였다.

"하드박스!" 크럭이 고함을 질렀다. "하드박스로 가!"

"놈들이 하드박스 안에 있어!"

그때 들판에서 총성이 울려 퍼졌다. 디의 눈에 티프티가 무릎을 꿇고 몸을 낮춰 빠르게 세 발을 발사하는 모습이 보였다. 그녀가 몸을 돌리는 순간 첫 번째 바이럴이 옥수수밭에서 튀어나왔다.

놈은 앨리 도드를 덮쳤다.

디는 토할 것 같았다. 갑자기 몸이 꼼짝도 하지 않았다. 바이럴은 앨리를 해치운 뒤 곧바로 시시의 목에 이를 박아 넣었다. 시시가 비명을 지르고 몸을 뒤틀면서 뒤집힌 벌레처럼 팔다리를 바르작거렸다. 그 장면을 보는 순간 디는 눈앞이 하얘졌다. 무력한 공포에 사로잡혀 그 장면을 응시하는 것 말고는 그 무엇도 할 수 없었다.

크럭이 한 발짝 앞으로 나서더니 총구를 바이럴의 관자놀이에 대고 발사했다.

새츠는 어디로 갔지? 갑자기 새츠가 보이지 않았다. 메리는 흙바닥에서서 비명을 지르고 있었다. 디는 메리를 번쩍 안아 든 뒤 옆구리에 끼고 달리기 시작했다.

바이럴이 온 사방을 장악했다. 사람들은 공황에 사로잡혀 텐트를 향해 맹목적으로 달렸지만 아무 소용없었다. 텐트는 안전하지 않았다. 이미 바이럴이 그곳에 떼를 지어서 모든 것을 잡아 뜯는 중이었고 사방에서 비명이 났다. "망루!" 티프티가 고함을 지르고 있었다. "망루로 가!" 하지만 너무 늦었다. 아무도 그 말에 귀를 기울이지 않았다. 디는 딸들을 생각했다. 작별 인사를 건넸다. 이 얼마나 잔인한가, 세상에 갑작스레 찾아온 잔혹함 속에서 아이들에게 빌어줄 마지막 소원이, 죽음이 그들의 목숨을 빠르게 앗아가 주기를 바라는 처절한 소망뿐이라니. 디는 아이들이 고통받지 않기를 기도했다. 아니, 납치되지 않기를 바랐다. 그것이 최악의 사태였다. 바이럴에게 납치되는 것.

그때 뒤에서부터 들이닥친 엄청난 힘에 디는 바닥에 쓰러지고 말았다. 품에 안겨 있던 메리도 바닥으로 굴러떨어졌다. 얼굴을 흙바닥에 처박은 채 눈을 들자 스무 발짝 앞에서 그녀에게 소총을 겨누고 있는 오빠가 보였다. 쏴, 하고 디는 생각했다. 지금 무슨 일이 일어날지는 모르겠지만, 나는 그 일을 원치 않아. 디는 눈을 감고 흙바닥에 대고 아이들을 위한 기도의 말을 재빠르게 중얼거렸다.

총성이 들렸다. 곧 등 뒤에서 무언가가 짐승처럼 신음하며 쓰러지는 소리가 들렸다. 디가 채 정신을 차리기도 전에 크럭이 그녀의 손을 붙잡고 일으키면서 뭐라고 말하는 모습이 보였지만 그녀는 아무것도 이해할 수가 없었다. 소총은 없고, 크럭이 든 것은 권총이 전부였다. 애비게일. 도대체 왜 권총에다가 애비게일이란 이름 따위를 붙이는 거지? 애초에 이름을 왜 붙인담? 머리가 이상해진 게 틀림없었다. 모두가 죽어가고 있는데 총 따위를 생각하고 있다니. 머릿속으로 더 지독하고 끔찍한 생각들이 밀려들기 시작했다. 앨리 도드처럼 반으로 찢어지는 것은 어떤 기분일까. 들판에 있을 두 딸, 그 애들에게 무슨 일이 일어나고 있을까. 끔찍하구나, 자기가 낳은 아이들보다 일 초라도 오래 산다는 것은. 참담한 일들로 가득한 세계에서도 그것이 가장 끔찍한 일 같았다. 크럭이 그녀를 문 안으로 끌고 가고 있었다. 크럭은 디가 살고 싶다고 생각하기에 그녀를 구하는 것이겠지만, 사실 디는 조금도 살고 싶지 않았다. 조금이라도 빨리 죽고 싶었다. 디는 온 힘을 다해 오빠의 손에서 벗어나 아이들의 이름을 부르며 들판을 향해 달리기 시작했다.

옥수수밭을 헤매는 보히스의 귀에 딸들의 웃음소리가 들렸다. 아이들은 너무 어려서 공포가 무엇인지 모른다. 절대로 멀리 가지 말라고 했는데, 마치 갑작스레 퍼진 어둠이 재미있는 놀이라도 되는 양 이곳에 나와서 놀고 있는 거겠지. 보히스는 옥수숫대 사이를 달리며 공황 때문에 갈라지는 목소리로 아이들의 이름을 부르며 웃음소리가 나는 곳을 찾고 있었다. 뒤에서 들렸다가, 앞에서 들렸다가, 앞뒤에서 동시에 들렸다가 했다. 마치 사방에서, 그의 머릿속에서 울려 퍼지는 것 같은 웃음소리였다.

"니티아! 시리! 어디 있니?"

그때 한 여자가 나타났다. 여자는 옥수수밭 고랑 한가운데 서 있었다. 마치 동화 속에 나오는 숲의 정령처럼 검은 망토를 온몸에 두른 여자였다. 머리에는 검은 후드를 쓰고 눈에는 검은 안경을 쓰고 있어서 얼굴의 위쪽 절반은 완전히 가려져 있었다. 보히스는 놀란 나머지 한동안 자신이 환영을 보고 있다고 생각했다.

"당신의 딸들인가요?"

옥수수밭에 서 있는 이 여자는 누구지? "아이들은 어디 있습니까?" 그가 헉헉 숨을 토해냈다. "어디 있는지 아십니까?"

여자는 나른한 동작으로 안경을 벗고 젊고 아름다운, 요염하고 매끄러운 얼굴을 드러냈다. 눈이 다이아몬드처럼 빛나고 있었다. 울컥 토기가 밀려들었다.

"피로한가 보군요." 여자가 말했다.

그 말을 듣는 순간 보히스는 피로감을 느꼈다. 살면서 이렇게 깊은 피로는 처음이었다. 머리가 500킬로그램짜리 모루처럼 묵직하게 느껴졌다. 온몸의 힘이 빠져나가 그대로 풀썩 쓰러질 것 같았다.

"저에게도 딸이 있어요. 정말 아름다운 딸이지요."

등 뒤에서 공황 속에서 무작위로 발사한 총성이 들려왔고 그것이 마지막이었다. 하늘도 땅도 이 세상의 것 같지 않은 어둠에 젖어버렸다. 보히스는 울고 싶었다, 그러나 눈물조차도 말을 듣지 않았다. 그는 무릎을 꿇고 풀썩 주저앉았다. 금방이라도 바닥에 쓰러져버릴 것 같았다.

"제발." 그가 목이 메어 애원했다.

"이리 오려무나, 아름다운 아이들아. 이 어둠 속으로 오려무나."

누군가가 그의 발을 끌어당겼다. 티프티였다. 그가 눈앞에 있었는데도 그의 얼굴에 초점이 맞춰지지 않았다. 티프티가 팔을 잡아당겼다.

"보, 일어나!"

입안에 혀가 가득 차버린 것 같았다. "저 여자……." 하지만 눈앞에는 아무것도 없었다. 여자가 서 있던 자리는 텅 비어 있었다. "그 여자 봤어?"

"시간이 없어! 망루로 가야 해!"

보히스는 그럴 생각이 없었다. 그는 남은 힘을 짜내어 티프티의 손길을 떨쳐냈다.

"애들을 찾아야 해!"

모든 것을 정지시킨 것은 티프티의 소총 개머리판이었다. 노련하게 머리를 겨냥해서 단 한 방. 보히스의 눈앞에 별이 빙빙 돌았다. 티프티가 그의 허리춤을 잡고 일으킨 뒤 그를 어깨에 걸멘 채 달리기 시작하자 세상이 거꾸로 뒤집혔다. 단단한 옥수수 잎들이 스쳐 지나가며 그의 얼굴을 철썩철썩 때렸다. 보히스는 고함을 치고 있었다. "니티아! 시리! 돌아와!" 하지만 더는 저항할 힘이 없었다. 그의 가족들이 죽었다는 것을 보히스는 알 수 있었다. 누구라도 살아 있다면 티프티가 자신을 찾으러 오지 않았을 테니까. 총성이 울려 퍼지고 사방에서 죽어가는 자들의 비명이 들렸다. 하드박스! 누군가가 외치는 소리가 들렸다. 놈들은 하드박스 안에서 나왔어! 오늘이 지나면 살아남은 사람들은 누구일까? 그리고 보히스는 다시 한번 자신이 운 좋게 살아남은 자가 되었다는 사실을 깨닫고 한없는 슬픔을 느꼈다.

놈들은 옥수수밭에서 널찍한 공터로 튀어나왔다. 쉼터는 엉망이 되고 방수포는 찢어진 채 모든 것이 바닥에 흩어져 있었다. 사방에 시체가 널렸지만 그중에 아이들의 시체는 없었다. 아이들은 전부 사라졌다. *내게 오렴, 아름다운 아이들아. 이 어둠 속으로 오려무나.* 뒤에서 망루의 문이 쾅 닫혔고, 바닥에 내동댕이쳐진 보히스는 드디어 자비로운 무의식 속으로 미끄러져 들어갔다. 마지막으로 머리에 떠오른 생각은 한 가지였다.

어째서 하필 티프티야?

IV
동굴

A. V. 97년 가을

빛은 없고 보이는 건 어둠뿐이며
비통한 광경만을 보여주네.

- 밀튼, 〈실낙원〉

To West Colorado Garrison
콜로라도 서부 기지 방면
슬라이드 No.2: 서부 지역 지도, 텍사스 공화
북아메리카 격리기간에 대한 3차 국제회의 제
인도-오스트레일리아 공화국, 사우스웨일즈
인류 문화 및 갈등 연구소
A.V. 1003 4월 16-21일
"Roswell crosses"
로즈웰 고차로
뉴멕시코 준주(準州, 주(州)에는 미치지 못하나 그에 비길 만한 행정 구역 - 옮긴이)
NEW MEXICO
TERRITORY
Roswell Road
로즈웰 로드
로즈웰 기
Wyo.
와이오밍
Nebraska
네브래스카
Omaha
오마하
Fort Kearney
포트 키어니
Denver
덴버
Colorado
콜로라도
Fort Riley
포트 라일리
Kansas
캔자스
Kansas City
캔자스 시티
Telluride
텔루라이드
텍사스
Texas
New Mexico
뉴멕시코
Oklahoma
오클라호마

To Northern Territories
북부 영토 방면
Perryton Depot
페리턴 병참 기지
Perryton Road
페리턴 로드
Clarendon Depot
클래런던 병참 기지
Clovis Supply Line (Under Construction)
클로비스 보급선 (공사 중/건설 중)
West Texas Territory
서부 텍사스 준주
Amarillo Road
애머릴로 로드
Amarillo
애머릴로
Roswell Road
로즈웰 로드
Fort Vorhees
포트 보히스
Kerrville Road North
커빌 로드 북쪽/북부
Fort Vorhees Western H.Q.
포트 보히스 서부 사령부
Odessa Oil Fields
오데사 유전
Kerrville Road South
커빌 로드 남쪽/남부
= Western H.Q. 서부 사령부
= Hardbox 하드박스
= Depot 병참기지

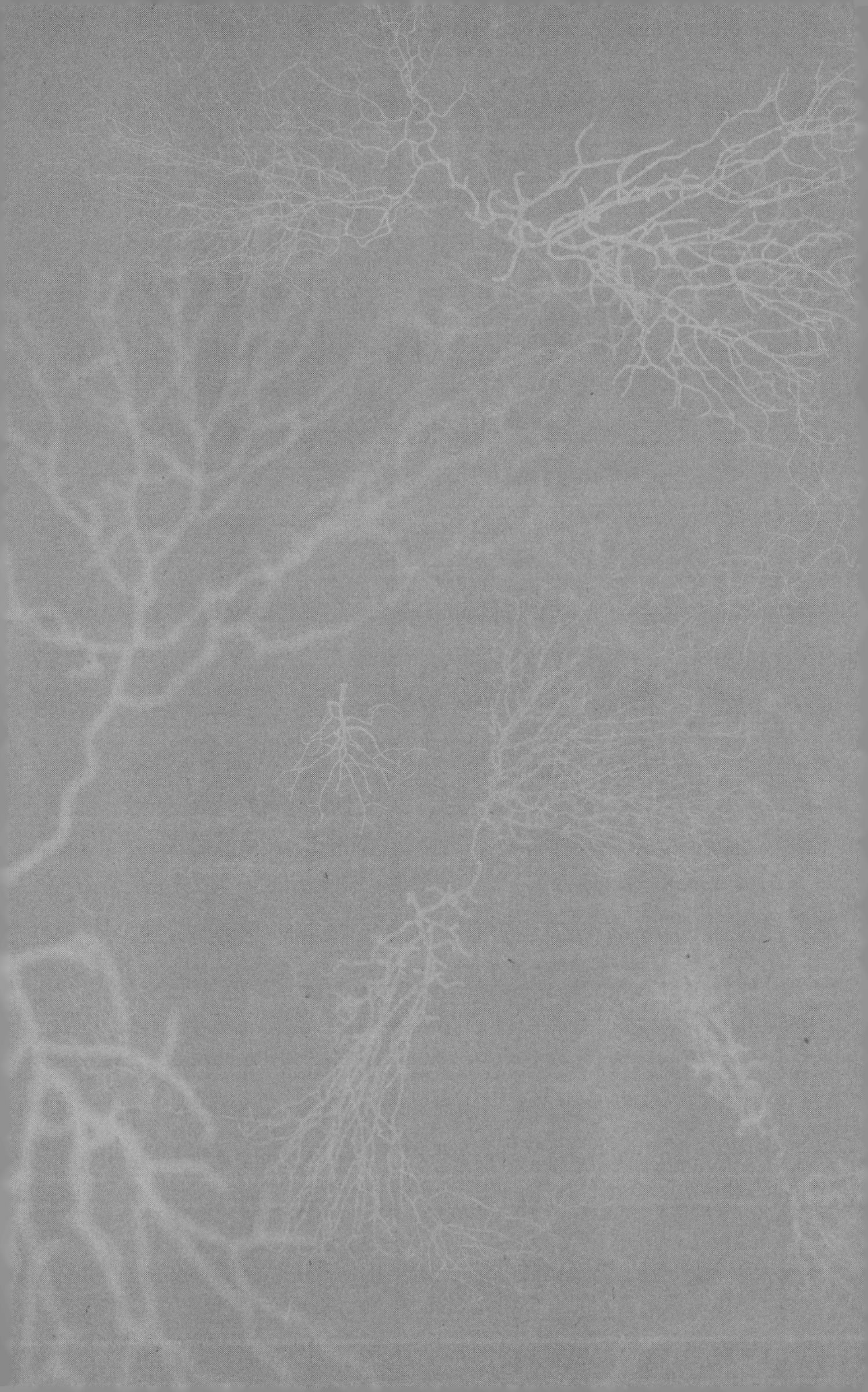

24

마침내 울가스트가 에이미를 찾아왔다. 꿈속에서였다.

꿈은 때로는 특정 장소, 어떤 때는 또 다른 장소에서 일어났다. 예전에 있었던 일들, 과거의 사건이나 감정이 되풀이되는 꿈이었다. 꿈속에서는 이미지들이 뒤섞이고, 잘라 붙여지고, 겹쳐져서 완전히 새로운 것처럼 재구성되었다. 그녀의 삶, 그녀의 과거와 현재가 범벅된 이 꿈은 그녀의 의식을 완전히 잠식해서 잠에서 깨면 자신이 단단한 사물과 순차적인 시간이라는 단순한 현실 속에 존재한다는 것을 알고 화들짝 놀랄 정도였다. 마치 깨어 있을 때의 세계와 꿈속 세계가 위치를 바꾼 것 같았다. 그리고 꿈속 세계가 진짜보다 더 선명해서 에이미가 하루를 살아가는 내내 흐려지지 않는 것 같았다. 항아리의 물을 따르다가, 둥글게 모여 앉은 아이들에게 책을 읽어주다가, 안뜰의 낙엽을 쓸어내다 문득 예고도 없이, 마치 가시적인 세계의 표면에서 미끄러져 지하에 흐르는 강 속으로 빠져드는 것처럼 그런 감각에 빠져버리기도 했다.

회전목마의 빙글빙글 도는 조명과 종처럼 울리는 음악 소리. 차가운 우유의 맛, 입가에 묻은 설탕 가루. 파란 불빛이 있던 방, 열에 들뜬 정신, 그리고 그녀를 부드럽게 어둠에서 일으키는 목소리 – 울가스트의 목소리.

돌아오거라, 에이미, 돌아와.

가장 강렬한 꿈은 방이 나오는 꿈이었다. 꿈에 나온 그 방은 더럽고, 퀴퀴한 냄새가 나고, 옷 무더기가 여기저기 흩어져 있고, 드러난 표면이란 표면에는 전부 오래된 음식이 담긴 그릇이 놓여 있었으며, 한쪽 구석에 놓인 텔레비전에서는 요란한 소리와 함께 의미 없는 잔인한 화면이 흘러나오고 있었다. 에이미의 엄마임직한 어느 여자가 – 그것을 깨닫는 순간 막막한 갈망이 밀려들었다 – 좁아터진 방을 공황에 빠진 듯 황급히 돌아다니면서 바닥에 있던 물건을 가방에 담고 있었다. *일어나, 아가, 일어나렴, 에이미, 떠나야 해.* 그들은 떠나고 있었다. 엄마는 떠나고 있었다. 세상이 반으로 쪼개져 에이미는 한쪽에 엄마는 반대쪽에 남았다. 헤어지는 그 순간이 이상하게도 자꾸 길어져서 꼭 부두에서 멀어져 가는 배의 고물에 서서 엄마를 바라보고 있는 것만 같은 기분이었다. 그녀는 자신의 삶이 진짜로 시작된 건 이곳, 바로 이 방 안에서라는 사실을 알 수 있었다. 그녀가 보고 있는 장면이 일종의 출생이라는 것을.

하지만 꿈속에는 두 사람만 존재하는 것이 아니었다. 울가스트 역시 그 자리에 있었다. 말이 안 되는 일이었다. 울가스트가 에이미의 인생에 나타난 것은 한참 뒤였으니까. 그러나 이 꿈의 논리 속에서 그가 이곳에 있는 건 자연스러운 일이었다. 울가스트가 그곳에 있는 건 그저 그가 그곳에 있기 때문이었다. 처음에 에이미가 그의 존재를 느낀 것은 실체로서가 아니라 이 장면 위에서 물거품처럼 희미한 빛을 내며 떠도는 감정으로서였다. 에이미가 알 수 없는 어떤 위험한 상황 속에서 – 무언가 끔찍한 일이 일어난 듯했다 – 엄마가 점점 멀어져 갈수록 울가스트의 존재감은 점점 더 뚜렷해져 갔다. 깊은 평온이 에이미 안에 스며

들었다. 그 장면을 멀리 떨어져 바라보고 있던 에이미는 마치 지금 이 순간에 일어나고 있는 것만 같은 이 장면들이 실제로는 아주 오래전에 일어난 일임을 알았다. 그녀는 이 사건들을 처음으로 경험하는 동시에 기억하고 있는 사람, 즉 배우이자 관찰자였다. 울가스트라는 이례적인 존재는 이제 침대 가장자리에 걸터앉아 있었고, 어머니는 그 어디에도 보이지 않았다. 울가스트는 검은 양복에 넥타이를 매고 있었다. 발은 맨발이었다. 양손 손가락이 맞닿은 채로 눈앞에 가져간 두 손을 홀린 듯이 쳐다보고 있었다. *여기가 교회야.* 그가 검지를 제외한 양손 나머지 손가락을 얽으며 말했다. 또 *여기는 첨탑이지. 문을 열어* – 그가 양손 엄지를 벌리자 꿈틀거리는 나머지 손가락들이 보였다 – *이 많은 사람을 보려무나. 에이미, 안녕.*

–안녕. 에이미가 말했다.

옆에 있어주지 못해 미안했단다. 보고 싶었어.

–저도 보고 싶었어요.

두 사람을 둘러싼 공간이 모습을 바꾸었다. 방이 사라지더니 어둠 속 스포트라이트를 받으며 서 있는 배우들처럼 오로지 두 사람만 남았다.

무언가가 변하고 있어.

–맞아요, 제 생각도 그래요.

그에게 가야 할 거다, 에이미.

–누구요? 누구한테 가야 해요?

그는 다른 자들과는 달라. 처음 본 순간 알 수 있었지. 아이스티 한 잔. 그가 원하는 것은 더위를 식힐 아이스티 한 잔이 고작이었어. 그는 온 마음을 다해 그 여자를 사랑했단다. 그런데 너도 알지, 그렇지, 에이미?

—네.

시간은 바다만큼 많다, 내가 그에게 했던 말이란다. 내가 줄 수 있는 것은 그것이에요, 앤서니, 바다처럼 많은 시간. 그의 얼굴이 문득 씁쓸해졌다. *난 옛날부터 텍사스가 싫었어.*

그는 에이미를 보고 있지 않았다. 에이미는 이 대화에서는 얼굴을 바라볼 필요가 없다는 것을, 아니, 지금의 대화는 얼굴을 마주 보아서는 안 되는 것임을 깨달았다. 울가스트가 입을 열었다.

캠프를 생각하고 있었단다. 우리 둘이서 책을 읽고 모노폴리를 했지. 파크 플레이스, 브로드워크, 마빈 가든스. 매번 네가 이겼어.

—져주신 거잖아요.

그 말에 울가스트가 혼자 큭큭 웃었다. *아니야, 네가 정정당당하게 이긴 거란다. 그리고 제이컵 말리도 있었지.* 『크리스마스 캐럴』*, 네가 제일 좋아하는 책이었잖아. 네가 그 책을 통째로 외웠었지. 기억나니?*

—전부 다 기억나요. 그날은 눈이 내렸어요. 눈 천사를 만들었죠.

그는 그의 인생이 빚어낸 사슬을 매었다. 울가스트는 문득 혼란스러운 듯 얼굴을 찌푸렸다. *정말 슬픈 이야기였어.*

강이 흐르는구나, 하고 에이미는 생각했다. 과거라는 거대하고도 구불거리는 강이었다.

영원히 그렇게 살 수 있을 줄 알았어. 울가스트는 시선을 들고 어둠을 바라보았다. *라일라, 보여? 내가 원했던 건 그 삶이었어. 내가 원한 건 그게 다였어.* 그러더니 잠시 입을 다물었다가 다시 입을 열었다. *여기가…… 어딘지 알겠니, 에이미?*

—여긴 아무 데도 아니잖아요. 꿈속일 텐데요.

울가스트는 그 말을 곰곰이 생각하듯 희미하게 고개를 주억거렸다.

그래, 네 말이 맞는 것 같구나. 그렇게 말하니까 말이 되는 것 같아. 울가스트가 길게 숨을 들이마셨다가 천천히 내뱉었다. 이상하지, 기억나지 않는 게 많아. 그러니까 말이다. 꼭 내가 작은 조각만으로 남아 있는 기분이야. 하지만 이제는 많은 것들이 더 분명해지는구나.

–보고 싶어요, 아빠.

안다. 나도 보고 싶구나, 우리 아가, 얼마나 보고 싶은지 너는 영영 모를 거다. 너와 함께 지냈을 때만큼 행복한 적이 없었단다. 난 널 구하고 싶었어, 에이미.

–하지만 절 구하셨잖아요.

너는 아주 어린 여자아이였는데, 세상을 홀로 떠돌아다녔지. 놈들이 너를 데려가지 못하게 해야 했다. 노력했지만, 내 노력이 충분치 않았던 것 같아. 그게 진짜 시험이었던 것 같구나. 한 인간의 삶이 지닌 가치를 진정으로 측정하는 시험 말이야. 나는 언제나 겁이 너무 많았어. 나를 용서해주었으면 좋겠구나.

에이미의 가슴속으로 슬픔이 파도처럼 밀려와 부서졌다. 울가스트를 끌어안고 위로해주고 싶었다. 하지만 만약에 그를 안으려고 한다면, 단 한 발짝이라도 다가간다면, 꿈은 녹아 없어질 것이고, 자신은 다시금 혼자가 될 것임을 에이미는 알았다.

–알아요, 당연히 알죠. 용서하고 말 것도 없어요.

네게 해주지 않은 이야기가 너무 많아. 울가스트는 자기 손을 빤히 쏘아보고 있었다. 라일라 이야기도, 에바 이야기도. 에바는 어린 내 딸이었단다. 네가 에바와 참 닮았었지.

–얘기해줄 필요 없었어요, 아빠. 전 알고 있었어요. 처음부터 다요.

네가 내 가슴속을 채워줬어, 에이미. 네가 내게 해준 일이 바로 그거란

다. 너는 에바가 떠난 텅 빈 공간을 채워주었지. 하지만 나는 에바를 구하지 못한 것처럼 너 역시도 구해주지 못했구나.

그리고 울가스트의 그 말에 밀려나기라도 하는 것처럼 방안의 모습들이 서서히 뒤로 물러나면서 두 사람 사이의 공간이 복도처럼 한없이 길어졌다. 문득 에이미는 절박한 마음에 사로잡혔다.

네가 있어 그런 것들을 다시금 기억해낼 수 있어서 좋구나, 에이미. 괜찮다면, 이곳에 좀 더 머물고 싶다.

그가 에이미를 떠나고 있었다. 그가 사라지고 있었다.

–아빠, 부탁이에요. 떠나지 마세요.

내 용감한 딸, 우리 용감한 에이미. 그가 너를 기다리고 있다. 그가 배 안에서 너를 기다리고 있단다. 해답은 그 안에 있어. 때가 되면 그를 찾아가려무나.

–배라뇨? 저는 배 같은 건 모르는걸요.

하지만 에이미가 애원해도 소용없었다, 꿈이 흐려지고 있었고, 울가스트는 거의 사라지고 없었다. 그는 사위를 감싼 어둠의 가장자리에 간신히 머무르고 있었다.

–제발요, 아빠, 가지 마세요. 에이미가 울부짖었다. 떠나지 마세요. 전 어떻게 하면 좋을지 모른다고요.

마침내 울가스트가 고개를 돌려 그녀를 바라보더니 눈을 맞췄다. 밝게 빛나는 눈빛이 에이미의 가슴을 꿰뚫었다.

아, 너를 떠나는 일은 결코 없을 거야, 에이미.

THE TWELVE

25

캠프 보히스, 웨스트 텍사스

원정대 서부 지부

피터 잭슨 중위는 훈장을 받은 군 장교이자 세 번의 작전에 참여했던 베테랑이고 사람들에게 널리 알려진 일화의 주인공이었다. 그럼에도 때로 그는 삶이 다 끝나버린 것만 같은 기분이 들었다.

그는 명령을 기다렸다. 식사를 기다렸고, 화장실에 갈 때를 기다렸다. 그는 날씨가 풀리기를 기다렸다. 날씨가 풀리지 않으면 좀 더 기다렸다. 명령, 무기, 물자, 소식. 이 모든 것이 그에게는 기다림의 대상이었다. 며칠, 몇 주, 때로는 몇 달이나 기다렸다. 마치 지상에서 보내는 그의 시간이 기다리는 행위 그 자체에 봉헌된 것처럼, 마치 그가 사람의 크기를 한 기다리는 기계인 것처럼.

그는 기다리고 있었다.

지휘 텐트에서 무언가 중요한 일이 일어나고 있었다. 의심의 여지가 없었다. 오전 내내 아프가를 비롯한 상관들은 아무도 모습을 드러내지 않고 있었다. 피터는 최악의 사태를 걱정하기 시작했다. 지난 몇 달간 퍼진 소문을 모르는 사람이 없었다. 트웰브 사냥에 조만간 성공하지 못하면 그가 속한 수색대가 해체될 거라는 소식이었다.

피터가 에이미를 따라 산을 오른 지 5년이 지났다. 수색대를 꾸려 트웰브를 사냥하기 시작한 지 5년이 흘렀다. 5년간 뚜렷한 성과는 아무것도 없었다.

논리적으로 생각하면 실험체 12번인 앤서니 카터의 고향 휴스턴에서부터 시작하는 것이 맞겠지만, 이제 그곳은 그 누구도 들어갈 수 없는 늪지대로 변해 있었다. 실험체 5번인 새디어스 터럴의 고향 뉴올리언스도, 마찬가지였다. 루퍼트 소사의 고향인 오클라호마주 털사는 재난의 현장 그 자체였다. 도시 전체가 바이럴로 뒤덮인 광활한 폐허가 되어 있었기에 수색대는 16명을 희생한 끝에야 탈출할 수 있었다.

다른 곳도 있었다. 미주리주 제퍼슨 시티. 사우스다코타주 오그라라. 미네소타주 블루밍턴. 플로리다주 올랜도. 켄터키주 블랙크릭. 뉴욕주 나이아가라폴스. 전부 너무나 멀리 떨어진 곳, 오래전에 존재하던 곳이라 닿을 수 없는 곳이었다. 피터의 사물함 문 안에 붙여놓은 지도에는 이런 도시들의 이름에 잉크로 동그라미가 그려져 있었다. 트웰브의 자리들이었다. 트웰브 중 하나를 죽이면 그 후손들도 죽게 되고, 그들의 정신을 해방시켜 죽음을 향한 여행을 떠나게 만든다. 적어도 피터는 그렇게 믿었다. 실험체 1번 뱁콕을 죽인 폭탄을 터뜨리면서 레이시가 알려준 이야기였다. 레이시의 오두막을 나와 눈 쌓인 들에서 햇볕에 노출된 '다수'를 죽게 만들 때 에이미가 보여준 것이 그것이었다.

당신은 스미스, 당신은 테이트, 당신은 듀프리, 당신은 에리 라모스 와드 조 싱 앳킨슨 존슨 몬테푸스토 코언 머리 응구옌 엘버슨 라자로 토레스…….

당시에 피터 일행은 전부 열 명이었다. 이제는 여섯 명만 남았다. 피터의 형은 죽었고, 모스, 그리고 사라도 죽었다. 로즈웰 기지로 가던 길에 탈출한 것은 홀리스 그리고 케일럽 둘뿐이었다. '아기 케일럽'은 이제 더 이상 아기가 아니지만, 지금은 커빌의 고아원에서 수녀들의 손에서 자라고 있다. 바이럴이 로즈웰 기지의 경계를 뚫고 들어왔을 때 홀리스는 케일럽을 안고 하드박스를 향해 달렸다. 테오와 모스는 이미 죽은 뒤였다. 사라가 어떻게 되었는지는 아무도 모른다. 그녀는 아수라장 속에서 사라져버렸다. 사태가 끝난 뒤에 홀리스가 사라의 시신을 찾아다녔지만 결국 아무것도 찾지 못했다. 감염되었다는 것 말고는 설명할 방법이 없었다.

세월이 가면서 일행들은 바람처럼 흩어졌다. 마이클은 프리포트의 정유소에서 1급 정유공이 되어 있었다. 콜로라도에서 그들에게 합류했던 그리어는 지휘권을 놓은 죄목으로 6년 형을 선고받아 수용소에 들어가 있었다. 홀리스가 어디로 갔는지는 아무도 몰랐다. 그들이 형제나 마찬가지로 잘 알고 사랑하던 홀리스는 사라의 죽음 앞에서 무너졌고 그 슬픔 때문에 그는 도시의 어두운 이면인 암거래의 세계로 떠나버렸다. 그의 계급이 올라가 티프티가 거느린 오른팔 중 하나가 되었다는 이야기를 듣기는 했다. 애초의 일행 중에 트웰브를 사냥하는 수색대에 나선 것은 피터와 알리시아 둘 뿐이었다.

그리고 에이미, 에이미는 어떻게 된 것일까?

피터는 에이미를 자주 생각했다. 에이미의 외모는 예전과 엇비슷했고 – 실제로는 103살이지만 14살 소녀처럼 보였던 – 처음 만났을 때와는 많은 것이 달라졌다. 가끔 입을 연다 해도 수수께끼 같은 말만 하던 '문득 나타난 소녀'는 사라졌다. 그 자리에는 더 진짜 같은, 더 인간 같은 사람이 있었다. 에이미는 이제 과거 이야기도 종종 입에 올렸다. 외로이 떠돌아다녔던 세월뿐 아니라 더 오래전 '지난 역사'의 기억, 어머니, 레이시, 산 위의 캠핑장과 그녀를 구원했던 한 남자 이야기를 했다. 그 남자는 브래드 울가스트였다. 진짜 아버지는 아니었다고, 그가 누구인지는 처음부터 몰랐다고, 그럼에도 자신의 아버지였다고 말이다. 울가스트에 대해 이야기할 때면 에이미의 눈 속에 묵직한 슬픔이 감돌았다. 구태여 물어보지 않아도 피터는 그가 에이미를 지키려 목숨을 버렸다는 것을, 그래서 에이미는 그에게 무한하고 얼마나 길지 누구도 가늠할 수 없는 자신의 삶을 바쳐서도 갚을 수 없는 빚을 졌다는 것을 알 수 있었다.

그녀는 이제 수녀회의 회색 수녀복을 입고서 다른 수녀들과 함께 케일럽을 돌보고 있었다. 피터는 에이미가 수녀들과 같은 믿음을 가지고 있으리라고는 생각지 않았다. 수녀들은 지금이 인류의 마지막이라는 점을 확신한 채로 철학적, 육체적 순결을 유지하고 있는 음울한 족속들이었으니까. 그러나 수녀는 에이미라면 능히 해낼 수 있는, 그녀에게 딱 맞는 위장이었다. 콜로니에서 일어난 사건을 생각하면, 에이미의 진정한 정체와 힘을 수녀들은 결코 눈치채지 못하리라는 것에 모두가 의견을 같이했기 때문이다.

피터는 그가 빈 시간을 보내는 곳인 식당을 향했다. 그가 이끄는 소대는 쓸 만한 물건을 찾으러 러벅으로 정찰을 갔다가 막 돌아온 참이었다. 운이 따른 덕에 사고 없이 임무를 마칠 수 있었다. 그들이 찾은 최고의 성과는 낡은 타이어가 가득한 폐품 하차장을 발견한 것이었다. 하루 이틀 내로 트럭을 몰고 다시 찾아가 최대한 많이 실어다가 커빌의 고무 가공 공장에 갖고 갈 것이다.

상급 장교들이 텐트를 나오지 않은 지 몇 시간째였다. 도대체 무슨 이야기를 나누고 있는 걸까?

그의 생각은 다시금 콜로니로 돌아갔다. 때로는 몇 주, 심지어 몇 년이나 그곳에 관해 생각하지 않다가도, 이상하게도 아무런 예고 없이 기억이 그의 마음속으로 흘러 들어오곤 했다. 콜로니를 떠나게 만들었던 사건들은 이제 마치 다른 사람에게 일어난 것만 같이 느껴졌다. 원정대의 피터 잭슨 중위, 어쩌면 파수대의 피터 잭슨조차 아닌, 삶을 규정하는 콜로니라는 작은 땅 안에 상상력마저도 제한되어 있던, 아이와 어른의 경계에 있던 한 소년에게 일어난 일처럼 말이다. 형인 테오에게 느끼는 옹졸한 경쟁심이라는 형태로 발현된, 이곳에 어울리지 않는다는 기분을 곱씹으며 얼마나 많은 에너지를 썼던가? 하우스홀드의 수장이자 '긴 여정'의 대장이었던 아버지 위대한 디미트리어스 잭슨이 지금의 자신을 보았더라면 무어라 말했을까 생각하면 서글픈 자부심이 일었다. *잘했다. 놈들과의 싸움에 뛰어들었구나. 네가 내 아들인 게 자랑스럽다.* 그러나 피터는 테오와 단 한 시간이라도 함께 있을 수 있다면 그 모든 것을 포기할 수 있을 것 같았다.

그리고 케일럽을 볼 때마다 그 아이에게서 형의 모습이 보였다.

그는 새츠 도드가 있는 테이블에 앉았다. 피터와 같은 하급 장교인 새츠는 필드 대학살에서 가족이 몰살당했을 때 고작 걸음마를 하는 아기였다. 그의 사연을 모르는 사람들이 없었지만, 피터가 알기로 새츠는 결코 그 사건 이야기를 입 밖에 내는 법이 없었다.

"무슨 상황인지 아는 것 좀 있어?" 새츠가 물었다. 새츠는 소년처럼 동그란 얼굴을 하고 있어서 때로는 아주 솔직해 보였다.

피터는 고개를 저었다.

"러벅에서 한 건 하고 왔다며?"

"고작 타이어 찾은 건데 뭐."

피터와 새츠 두 사람 다 정신은 다른 데 팔린 채 그저 시간을 때우기 위해 이야기를 나누고 있었다. "타이어가 얼마나 중요한데. 타이어 없으면 아무것도 못 해."

새츠의 부대는 아침이 오면 미드랜드를 향해 160킬로미터에 이르는 수색을 할 계획이었다. 힘든 임무였다. 그곳은 막지 못한 유정에서 새어 나오는 기름으로 진창이 되어버린 지역이었기 때문이다.

"들은 얘기가 있는데 해줄게." 새츠가 말했다. "DS 쪽에서 탱크가 마를 때를 대비해 오래된 유정 중 쓸 만한 게 있는지를 찾아보고 있다더라. 오래지 않아 우리도 그쪽으로 가게 될 것 같아."

그 말을 듣고 피터는 깜짝 놀랐다. 한 번도 생각하지 못한 가능성이었기 때문이다. "프리포트에는 평생 쓰고도 남을 석유가 있는 줄 알았는데."

"평생 쓰고도 남겠지. 이론상으로는 프리포트에 차고 넘치는 석유가 남아 있어. 하지만 결국은 다 소진될걸." 새츠는 눈을 가늘게 뜨고 피터를 살펴보았다. "그러고 보니 정유공으로 일하는 친구가 있다고 하지 않았어? 캘리포니아에서부터 함께했던 일행 중에 있지 않았나?"

"마이클이야."

새츠는 고개를 설레설레 저었다. "캘리포니아에서 여기까지 걸어오다니. 아무리 생각해도 내 평생 들은 이야기 중에 가장 정신 나간 이야기야." 그가 테이블에 양 손바닥을 대며 자리에서 일어섰다. "상부에서 무슨 이야기를 듣거든 나한테도 알려줘. 내 생각엔 분명 조만간에 우릴 미드랜드로 보내서 기름 구덩이 속을 첨벙거리고 다니게 할걸."

새츠가 떠나자 피터는 혼자 남았다. 새츠의 말 때문에 한결 더 울적해진 채였다. 먹을 것을 찾으러 온 사람들 특유의 거칠고 불경한 얼굴을 한 군인 대여섯이 식당으로 들어와 이야기를 하고 있었다. 마음속에 도사린 걱정을 걷어낼 겸, 그중 아무나와 잠깐 이야기라도 나누고 싶었지만, 그들은 피터에게 눈길 하나 주지 않고 앉을 식탁을 찾아갔다. 그의 옷깃에 달린 산화된 은으로 된 계급장, 그리고 그가 뿜어내고 있는 울적한 분위기가 그들을 몰아내기에 충분했으리라.

상관들은 도대체 무슨 이야기를 나누고 있는 걸까?

수색대를 없앤다니, 상상조차 할 수 없었다. 지난 5년간 피터는 트웰브를 잡는 것 말고는 거의 아무런 생각조차 하지 않았다. 그는 로즈웰 사태 직후 원정대에 입대했다. 그 외에도 많은 남성이 같은 일을 했다. 그날 밤 사라진 사람들 각자에게는 그들의 자리를 대신하려는 친구가, 형제가, 아들이 있었기 때문이다. 오로지 복수하려는 동기로 원정대에 들어온 사람들은 금세 지치거나 죽음을 자초하곤 했다. 그러니 목적은 복수 하나로는 불충분했다. 피터는 착각하지 않았다. 복수하고 싶다는 것도 한 가지 이유였지만, 그의 열망의 뿌리는 더 깊었다. '긴 여정' 이후 피터는 평생 무언가, 자기 자신보다 더 큰 어떤 명분에 속하기를 바라왔다. 자신의 운명을 동료들의 운명에 묶는 선서를 하던 그 순간에 그는 느꼈다. 이제 그의 목적, 그의 운명, 그라는 존재는 동료들의 것과 하나가 된 거라고 말이다. 그는 선서를 하고 나면 그라는 존재가 약해지고 그의 정체성이 집단의 정체성 속에 녹아들 것으로 생각했지만, 그 결과는 반대였다. 테오 형과 친구들을 잃은 뒤에는 차마 입 밖에 낼 수 없는 일이었지만, 원정대에 입대한 뒤 그는 처음으로 살아 있다는 기분을 느꼈다. 병사들이 식사하고, 웃고, 농담하고, 마치 지금이 인생의 마지막 식사라도 되듯이 입안에 콩을 욱여넣는 모습을 보면서 그는 부러운 마음과 함께 원정대에 처음 입대한 뒤를 떠올렸다.

시간이 지나면서 처음의 마음이 피터에게서 사라져버렸기 때문이다. 전투가 벌어지고 사람들이 죽고 영토를 빼앗기고 잃으면서, 모든 게 무가치하게 느껴졌고, 애초의 마음은 서서히 사라져갔다. 원정대의 동료들에게 느끼는 유대감은 중력처럼 변함없이 남았고, 만약 그들 중 누구를 위해서 희생해야 하는 순간이 왔더라면 그는 단 한 순간도 망설이지 않고 그렇게 했을 것이다. 그들 역시 그를 위해 그렇게 하리라 믿었으니까. 그러나 무언가가 빠져 있었다. 그것이 무엇인지는 알 수 없었다. 알리시아라면 이렇게 말했을 것이다. *그냥 지친 거야. 기나긴 고투였으니까. 누구나 그래, 조금만 더 참아.* 그 말은 틀린 말은 아니겠지만, 모든 걸 설명할 수 있는 것은 아니었다.

마침내 피터도 더는 참을 수가 없었다. 그는 텐트를 나와 부대 안을 성큼성큼 걸어서 가로질렀다. 그에게 필요한 것은 문을 두드릴 구실이 전부였다. 운이 좋다면 텐트 안으로 들어갈 수 있을 것이고, 도대체 무슨 일이 일어나는지 감을 잡을 수 있을 것이었다.

그런데 고민할 필요가 없었다. 텐트로 다가가고 있는데 문이 휙 열렸다. 대령의 부관인 헤네먼 소령이었다. 빳빳한 금발 머리를 짧게 깎았고, 살짝 비뚤어진 이 하나는 웃을 때만 보였는데, 즉 볼 일이 없다는 소리였다.

"잭슨, 자네를 찾고 있었네. 들어오게."

피터는 어두운 텐트 안으로 들어서면서 어둠에 눈을 적응시키려 문간에 잠시 걸음을 멈추었다. 널찍한 테이블에 간부들이 모두 둘러앉아 있었다. 루이스 소령, 쿠퍼 소령. 리치 대령, 페레즈 대령, 차일즈 대령. 그리고 특공대의 총사령관인 아프가 대령 외에도 한 명이 더 있었다.

"안녕, 피터."

알리시아였다.

"입구를 두 군데 찾았습니다. 여기, 그리고 여기입니다."

알리시아는 테이블 위에 펼쳐진 지도 위로 모두의 시선을 집중시켰다. **미국 지형 조사, 뉴멕시코 남부.** 그 옆에는 더 작고 세월의 흔적에 바랜 지도가 한 장 더 놓여 있었다. **칼즈베드 캐번스 국립 공원.**

"동굴의 주 출입구 너비는 약 300미터입니다. 우리가 가진 가장 커다란 장비로도 봉쇄할 방법이 없고, 지대가 너무 울퉁불퉁해서 차량을 끌고 올라갈 방법도 없습니다."

"그럼 지금 제안하고자 하는 건 뭔가?" 아프가가 물었다.

"놈을 가두는 겁니다." 그녀는 다시 지도를 가리켰다. "약 400미터 거리에 있는 또 다른 입구를 찾았습니다. 예전에 승강기를 설치했던 통로죠. 마르티네스는 분명 이 두 통로 사이 어딘가에 있을 겁니다. 우린 주 출입구 바닥, 승강기 통로로 이어지는 터널 속에 폭탄을 설치할 겁니다. 그러면 놈은 승강기 바닥을 향해 움직일 테고, 그곳에서 출구를 막고 기다리고 있던 한 사람과 마주치게 될 겁니다."

"한 사람이라," 아프가가 되뇌었다. "자네를 말하는 것이군."

알리시아는 고개를 끄덕였다.

대령은 의자에 등을 기댔다. 모두가 대령의 말이 떨어지기를 기다렸다.

"내 말을 오해하지 말고 듣게, 자네의 능력이 출중하다는 것은 알아. 우리 모두 그렇지. 하지만 이번 일이 네바다에서 자네가 보았던 일과 같은 거라면, 돌아올 수 없는 여정으로 보이는걸."

"다른 인원이 더 있으면 거추장스럽기만 할 겁니다."

대령은 회의적으로 미간을 찌푸렸다. "그리고 자네는 마르티네스가 그 안에 있다는 걸 확신한다는 말이지."

"논리적으로 볼 때 그렇습니다, 대령님. 뱁콕 역시 동굴 속에 은신했습니다. 그리고 엘파소는 칼즈베드에서 겨우 160킬로미터 떨어진 곳이고요. 그곳이 그의 본진일 겁니다."

아프가는 그 말에 잠시 생각에 잠겼다. "맞아, 자네의 말대로 패턴은 들어맞네. 하지만 무슨 수로 그렇게 확신하나?"

알리시아는 머뭇거렸다. "정확히 설명할 수는 없습니다, 대령님. 그냥 안다고밖에는 말할 수 없습니다."

피터는 테이블 반대편 끝에 앉아 있었다. "저도 한마디 해도 되겠습니까?"

아프가는 눈을 굴렸다. "좋다, 잭슨. 무슨 말을 할지는 어차피 우리 모두 알고 있겠지만 해보게."

"트웰브 중 하나를 본 사람은 도나디오 중위 외에 저밖에 없습니다. 저는 도나디오 중위를 신뢰합니다. 도나디오 중위가 마르티네스가 동굴 안에 있다고 한다면, 있는 게 분명합니다."

"우리 모두 자네가 무슨 일을 겪었는지는 잘 알아, 잭슨. 그러나 그렇다고 해서 이 모든 일이 추측에 기반한 것일 뿐이라는 사실이 변하는 건 아니야. 확실치 않은 일에 위험을 감수할 수는 없네."

"정히 그렇다면 다른 방법도 있습니다. 최초의 실험체들은 모두 에이미처럼 칩을 이식해놓은 상태입니다. 신호를 사용해 위치를 추적할 수 있습니다."

"그건 나도 이미 생각해봤네. 하지만 문제가 있어. 전파는 암석을 뚫을 수 없어. 지하 300미터에서 어떻게 신호를 잡는다는 말이지?"

"지면에서 신호를 잡는 것이 아닙니다. 동굴 속으로 내려가서 잡으면 됩니다."

피터는 모두의 시선을 다시금 다이어그램에 집중시켰다. "알리시아가 제안한 대로, 주 출입구 아래쪽에서 다른 동굴들로 이어지는 터널 안에 폭탄을 설치하면 됩니다. 트웰브는 크지만, 작은 동굴 속에 모여 있을 테니 마르티네스의 주의를 끌 수는 있겠죠. 폭탄에 연결된 와이어는 주 출입구를 통해 지면에 있는 무선 기폭 장치에 연결해서 안전거리를 두고 폭탄을 터뜨리는 겁니다. 이 임무를 맡은 인원들을 블루 스쿼드라고 가정합시다."

아프가가 고개를 끄덕였다. "여기까지는 알겠어."

"예, 하지만 출구에서 마르티네스와 대적할 한 사람을 내려보내는 건 아닙니다. 두 사람에게 무선 방향 탐지기를 들려 내려보낼 겁니다. 이 두 사람을 레드 스쿼드라고 합시다. 레드 스쿼드는 가장 먼저 수직 통로 바닥 근처에 두 번째 폭탄을 설치합니다. 그리고 타이머는 짧은 시간, 대략 15초로 맞춥니다. 레드 스쿼드 중 1번이 무선 방향 탐지기를 들고 동굴 속으로 들어가 마르티네스의 위치를 식별하는 동안에 2번은 승강기에서 제자리를 지킵니다. 여기서 중요한 것은 지상과 무선 연결을 유지할 수 있도록 가시거리를 유지하는 것이고, 그것이 2번의 임무입니다. 즉 중개자 역할을 하는 것입니다. 기본적으로는 데이지 체인 시스템을 사용합니다. 1번과 2번은 무선으로 연결되어 있고, 2번은 수직 통로 위쪽에서 대기하는 인원인 3번과 연결하고, 3번은 블루 스쿼드와 연결되는 겁니다. 그렇게 하면 이 작전의 모든 요소가 조직화되죠. 추측이 아닙니다."

아프가는 고개를 끄덕였다. "좋아. 하지만 벌써 문제점이 보이는걸,

중위. 동굴 안은 미궁에 가까워. 1번과 2번 사이의 연결이 끊긴다면 모든 것이 붕괴하고 말아."

"그럴 위험이 있지만, 1번이 여기 세 군데 지점 너머로 나아가지만 않는다면 연결이 끊길 일은 없습니다." 피터는 지도 위에 표시된 세 지점을 가리켰다. "동굴 전체를 볼 수는 없지만 그래도 대부분은 파악할 수 있을 겁니다."

"계속해보게."

"자, 그러면, 이렇게 두 개의 폭탄을 설치하고, 1번이 마르티네스를 찾아가고 2번은 제자리에서 기다립니다. 거기서부터는 모두 타이밍의 문제입니다. 1번이 마르티네스의 위치를 파악하는 즉시 2번에게 통신으로 알리면, 2번이 지상과 통신합니다. 그때 블루 스쿼드가 폭탄을 터뜨립니다. 마르티네스는 열이 받겠죠. 1번이 놈을 갱도 속 엘리베이터 쪽으로 유인합니다. 이때 2번이 폭탄의 타이머를 맞춥니다. 1번과 2번이 위로 올라갈 때 두 번째 폭탄이 터집니다. 그러면 마르티네스는 사라지고 없겠죠." 피터가 두 손을 짝 마주쳤다. "간단하지 않습니까?"

아프가는 피터가 이야기한 계획을 곱씹었다. "오류의 여지가 별로 없기는 하군. 도나디오가 동작이 빠르다는 것은 알지만 15초는 폭발을 피하기에는 그리 길지 않은 시간일 텐데. 그렇게 빨리 두 사람을 지상으로 올려보낼 수 있을까?"

"그럴 필요 없습니다. 수직 통로 자체가 폭발에서 피하는 데는 충분할 겁니다. 15미터면 충분합니다."

"확실히 해두고자 묻는데, 그러면 1번은 미끼로 사용한다는 거지?"

"맞습니다."

"이미 전에도 해본 일인가 본데."

“제가 아니라 레이시가 한 일입니다.”

“그 신비한 수녀 말이군.”

“레이시는 그저 수녀가 아닙니다, 대령님.”

아프가는 두 손의 손끝을 마주 댄 채 지도를 바라보다가 눈을 들어 피터의 얼굴을 보았다. “1번은 당연히 도나디오가 맡을 테지. 그러면 자살행위에 뛰어들 다른 한 명은 누굴까?”

“예, 제가 자원하고 싶습니다.”

“어째서 하나도 놀랍지가 않지?” 아프가가 나머지를 돌아보았다. “여기 끼고 싶은 사람? 후퍼? 루이스?”

이름이 불린 둘 모두 그러겠다고 했다.

“도나디오?”

알리시아가 피터를 바라보았다 – *확신해?* – 그러더니 힘주어 고개를 끄덕였다. “좋습니다, 대령님.”

잠깐 침묵이 흐르더니 아프가가 항복했다는 듯 한숨을 쉬었다. “좋다, 도나디오, 그리고 잭슨. 두 사람이 기량을 맘껏 펼쳐보게. 헤네먼, 두 개 특공대면 충분하다고 보나?”

“그렇다고 생각합니다, 대령님.”

“도드 중위에게 브리핑하고 차량을 준비하도록. 무선 방향 탐지기도 수배하고. 48시간 내로 출발했으면 하네.” 아프가는 피터를 다시 한번 바라보았다. “마음을 바꿀 마지막 기회다, 중위.”

“그럴 생각은 없습니다.”

“그럴 줄 알았네.” 아프가는 시선을 들어 방을 둘러보았다. “좋아, 모두. 사령부에 우리 능력을 보여주고 그 망할 자식을 죽이자고.”

이틀 뒤 그들은 산기슭에 야영지를 만들었다. 차량 두 대의 간이침대에서 스물네 명의 특공대원들이 잠을 잤다. 그들은 동틀 때 일어나서 산에 오를 준비를 했다. 차량 주변의 흙바닥에는 밤새 잠든 스물네 사람의 체취에 이끌려 찾아온 바이럴들의 발자국이 온통 찍혀 있었다. 철로 된 벽에 막혀 이루지 못한 웅장한 만찬이었다. 산이 가파르고 길이 꼬불꼬불해서 차량으로는 오를 수 없었다. 물자는 전부 등에 지고 가는 수밖에 없었다. 산꼭대기에서 몸을 숨길 차량이 없는 이상 기회는 단 한 번에 불과할 것이다. 아침 해가 환하게 떴을 때면 그들이 맡은 임무의 결과가 만천하에 드러날 것이다. 마르티네스를 찾아서 죽였거나, 아니면 어둠 속에서 죽었거나.

지휘를 맡은 헤네먼은 특이한 사람이었다. 그는 요새의 바깥으로 나가는 법이 거의 없었다. 그럼에도 그는 수년간 정확히 그 반대의 행동을 해서 지금처럼 비교적 안전한 지위에 오르게 되었다. 털사, 뉴올리언스, 키어니, 로즈웰, 그는 피로 물든 전투에 참여하면서 차차 계급을 올려갔다. 그의 능력을 의심하는 이는 그 누구도 없었고 그의 존재 자체만으로도 의미가 있었다. 피터가 레드 스쿼드를 이끌고, 도드가 블루 스쿼드를 이끌기로 했다. 알리시아는 그냥 알리시아였다. 정찰저격병이자 결정권자, 그 어디에도 속할 수 없는 사람인 동시에 그 누구의 지시도 받지 않는 사람. 그녀가 가진 능력을 모두가 알았지만 사실 그녀의 존재는 사람들에게 불편한 기분을 자아냈다. 피터가 알 정도로 불평을 늘어놓는 사람은 없었지만 (어쩌면 피터에게만 말하지 않은 건지도 모르지만) 알리시아와 거리를 두고, 도저히 그녀와 눈을 마주칠 수가 없다는 듯 조심스럽게 바라보는 눈길에서 그들의 불편한 감정은 여실히 드러났다. 알리시아는 인간과 바이럴 사이 그 어디쯤 위치한, 둘을 잇는 다리였다. 둘 중 알리시아는 어느 쪽일까?

동이 트자마자 그들은 산을 오르기 시작했다. 이제는 모든 것이 시간 싸움이었다. 해가 지기 전에 폭탄을 설치하고 제 위치로 향해야 했다. 서늘한 사막의 밤이 물러가고 이글이글한 태양이 떠서 그들의 등을, 어깨를, 급기야는 정수리에 뙤약볕을 쪼여대고 있었다. 휴식할 시간이 없어서 그들은 걷는 동안에 식량을 앞에서부터 분배했다. 알리시아가 앞장섰다가 중간중간 돌아와서 헤네먼과 상의했다. 동굴의 입구에 도착한 것은 늦은 오후였다.

"맙소사, 농담이 아니었군." 헤네먼이 말했다.

그들은 동굴의 입구에 서 있었다. 서쪽 하늘의 태양이 동굴의 내부를 밝혔지만, 태양 빛이 닿는 것은 거기까지였다. 그 너머는 시커먼 구렁텅이였다. 이곳은 원형 극장이나 마찬가지였다. 굽어진 돌이 객석이 되고, 그 사이 공간에는 낙엽을 비롯한 잔해들이 산재해 있었다. 이곳에 앉은 관객은 무엇을 보았을까? 동굴 안쪽으로 가파르게 이어진 통로를 따라 쇠로 만든 난간이 이어졌다. 세 시간 뒤면 해가 질 것이다.

그들은 마지막으로 작전을 검토했다. 도드가 이끄는 블루 스쿼드가 동굴 바닥에 폭탄을 설치한다. 알리시아가 가진 지도에 따르면 가파른 통로는 지하 60미터 깊이에서 끝이 나고, 거기서부터 좁다란 터널을 따라 90미터 아래로 더 내려가면 여러 개의 커다란 지하 공간 중 첫 번째가 나타난다. 이 터널 속에 설치한 폭탄을 동굴 입구의 가시거리 내에 있는 무선 기폭 장치에 연결한다. 폭발이 일어날 때 터널 속에 발생하는 압축파의 파괴력은 좁은 공간을 통과하면서 더 극대화될 것이고, 이론상으로는 그 안에 있는 누구든 승강기가 있는 수직 통로를 향해 달려가게 될 것이다. 폭탄 설치가 끝나고 블루 스쿼드가 지상으로 돌아오면 피터와 알리시아가 지하로 내려간다. 승강기는 꼭대기에 달린 균형추에 의지한 채 지상에서 200미터 아래인 수직 통로 밑바닥에 놓여 있다. 윈치를 사용해 줄에 매달린 피터와 알리시아를 수직 통로 밑바닥으로 내려보내고, 탈출할 때 역시 윈치를 사용해 두 사람을 지상으로 올릴 것이다.

도드의 스쿼드가 출발했다. 15분 뒤 도드가 지하에서 통신을 보냈다. 터널 입구에 도착했다는 것이다.

"여기 굉장히 소름 끼치는걸." 도드가 말했다. "와서 눈으로 직접 봐야 해."

얼마 지나지 않아 피터와 알리시아 역시 그곳을 눈으로 직접 보게 될 것이었다. 블루 스쿼드는 폭탄을 기폭 장치와 연결한 90미터 길이의 케이블을 가지고 내려갔다. 5분간 침묵이 흐르더니 다시 도드의 목소리가 들렸다. 폭탄과 케이블 설치를 마치고 다시 지상으로 올라온다는 보고였다. 피터와 알리시아는 400미터 떨어진 수직 통로 위, 한때 국립공원 관리 사무소였던 건물에 있었다. 윈치 역시 사용할 준비가 끝난 뒤였다. 17:00. 예상보다 이른 시간이었다.

무전기에서 도드의 목소리가 들렸다. "블루 스쿼드, 출발하라."

알리시아와 피터는 하네스를 착용했다. 헤네먼이 행운을 빌어주었다. 그들은 수직 통로 가장자리에서 균형을 잡은 뒤 우물 속에 던진 동전처럼 깜깜한 구덩이 속으로 뛰어내렸다. 조끼에 연결한 휴대용 조명등이 수직 통로의 옆면을 노르스름한 빛으로 물들였다. 피터의 머릿속은 깨끗하고 감각은 예민했다. 어떤 공포는 인식에 깊이를 더하고 정신을 집중시킨다. 피터가 느끼는 공포가 바로 그런 공포였다. 기온이 급격히 떨어지며 팔의 털이 쭈뼛 솟았다. 30미터, 60미터, 90미터. 그들은 마치 두 개의 손에 감싸여 내려가는 것처럼 체중을 하네스에 의지한 채로 빠른 속도로 아래로 떨어져 내렸다. 승강기 케이블이 눈앞을 스쳤다. 굵게 엮은 철제 케이블 한 줄, 플라스틱 피복을 씌운 더 가느다란 케이블 두 줄이었다. 케이블은 승강기 천정의 금속판에 고정되어 있었다. 두 사람은 가벼운 턱 소리와 함께 승강기 윗면에 착지했다.

"레드 스쿼드, 착지했다."

알리시아가 해치를 비틀어 열었고 두 사람은 승강기 안으로 들어왔다. 승강기 문은 열려 있었다. 마치 성당 입구에 서 있는 것처럼, 승강기 문 너머로 측정할 수 없는 공간이 펼쳐져 있는 것만 같은 느낌이 들었다. 차고 축축한 공기에는 코를 찌르는 흙냄새와 흐릿한 오줌 냄새가 묻어 있었다. 두 사람이 소총에 달린 라이트로 주변을 훑자 거대한 어둠 속에 빛이 이리저리 튀었다. 사방에는 유기체를 연상시키는 기묘한 형상들이 가득했다. 마치 동굴 벽이 주름진 살갗으로 이루어진 것만 같았다.

"젠장, 이게 대체 뭐야." 알리시아가 말했다.

알리시아는 선글라스를 벗었다. 이제 그녀는 자신이 속한 공간인 영원한 밤 속에 들어와 있었다. 조명등의 빛 속에서 그녀는 무릎을 꿇고 배낭에서 두 개의 물건을 꺼냈다. 첫 번째는 폭탄, 여덟 개의 고폭 플라스틱탄을 기계식 타이머에 연결한 폭탄이었다. 그녀는 조심스러운 동작으로 동굴 바닥에 폭탄을 내려놓았다. 두 번째로 꺼낸 물건은 지향성 안테나와 1432메가헤르츠로 수신 신호의 강도를 측정하는 계량기가 달린 작은 상자 모양의 무선 방향 탐지기였다. 그녀는 스위치를 켠 다음 무선 방향 탐지기를 몸 앞으로 들고 승강기 밖으로 나왔다. 탐지기에서 희미하지만 규칙적인 신호음이 나기 시작했다. 바늘이 움직이기 시작했다.

"잡았다."

피터는 지상을 향해 표적을 감지했음을 통신으로 알렸다. 알리시아의 주장을 의심할 이유가 없었지만 갑자기 이 상황이 현실이라는 자각이 일었다. 이 동굴 속 어딘가 트웰브 중 열 번째인 훌리오 마르티네스가 기다리고 있다.

"도드에게 준비 태세를 갖추고 신호를 기다리라고 전해주십시오." 피터가 헤네먼에게 말했다.

"알았다. 조심해라."

드디어 때가 왔다. 피터와 알리시아는 의미가 가득 담긴 마지막 시선을 주고받았다. 또다시 이곳에서 두 사람은 벼랑 끝에 함께 섰다. 이 순간을 말로 표현할 이유는 없었다. 두 사람은 서로가 없이는 존재할 수 없었음에도, 두 사람 사이에는 넘어설 수 없는 간극이 존재했다. 그들은 그저 전장에 나선 군인일 뿐이었다. 두 사람의 유대감은 모든 것을 초월했지만 그들이 거스를 수 없는 단 한 가지가 존재했다. 알리시아는 언제나와 같이 트레이드마크인 탄띠를 두르고 있었지만, 석궁 대신 M4 소총의 총신 아래에 굵직한 대롱 형태의 유탄 발사기를 장착하고 있었다. 마르티네스에게는 어떠한 자비도, 최후의 은혜도 주어지지 않을 것이다.

"곧 보자."

알리시아가 어둠 속으로 사라졌다.

동굴 입구, 새츠 도드의 스쿼드는 원형 극장의 맨 아래 열을 따라 포열선을 이루고 도열해 있었다. 하늘이 눈에 띄게 어두워지면서 낮 하늘의 색채가 진해져 밤을 향해갔다. 새츠는 기폭 장치를 손에 움켜쥔 채였다. 기폭 장치는 단순한 회로로 동굴 밑바닥의 수신기에 연결되어 폭탄으로 전류를 흘려보낼 것이다.

먼 거리에서도 엄청난 폭발이 느껴질 것이다.

스쿼드 대원들에게 티를 낼 수는 없는 일이었지만 동굴 밑바닥에 갔을 때 새츠는 크게 동요했다. 새츠가 살면서 한 번도 경험해본 적 없는 공간이었다. 이질적인 형상들과 낯선 색채, 왜곡된 차원으로 이루어진 이 세상 같지 않은 세상 속, 시선이 닿는 모든 곳에 어둠이 깃들어 무를 향해 소용돌이치고 있었다. 터널 안으로 들어가는 여정은 마치 자신의 무덤 속으로 기어드는 것처럼 느껴졌다. 고아원에서 지내던 시절, 새츠는 지옥이 무엇인지 배웠다. 사악한 영혼들이 끝을 모르는 고통에 몸부림치는, 영원한 암울의 세계였다. 지옥을 알게 된 새츠는 처음에는 겁에 질렸지만, 그 시절에도 희미하게 믿기지 않는다는 생각이 들었다. 어린아이에 불과했지만 새츠는 지옥이란 수녀들이 아이들을 얌전히 시키기 위해서 만들어낸 이야기, 도덕적 교훈을 주려고 읽어주는 우화와 별다를 바 없다는 사실을 감지했었다. 필드 대학살의 최연소 생존자였던 덕분에 새츠는 마치 그 경험이 그를 보통 아이들보다 더 현명하게 해주기라도 한 것처럼 우월한 지위를 가질 수 있었다. 물론, 그건 완전한 오해였다. 새츠는 부모님을 알지 못했기에 부모님을 잃은 상실감을 느끼지 않았고, 학살의 날에 대한 기억도 전혀 없었다. 그래도 아이들이 그의 고통을 상상하며 우러러본 덕분에 새츠 역시도 자신을 특히 수녀님들의 신비스러운 주장에 관해서는 특별한 인식력을 가진 존재로 생각하게 되었다. 신이라니, 좋다. 새츠는 신의 존재는 말이 된다고 생각했다. 천국 역시도 믿어서 나쁠 게 없고, 반박할 것도 없는 기분 좋은 생각이라고 여겨졌다. 그러나 그럴 수 있었던 것은 천국은 가고 싶은 곳이었기 때문이다. 지옥이란 아주 말도 안 되는 곳이었다.

그런데 기폭 장치를 손에 든 채 동굴 입구에 서 있는 지금 새츠는 지옥이 존재하지 않는다고 예전만큼 확신할 수가 없었다.

기다리는 건 결코 쉬운 일이 아니었다. 총격을 시작한 후에는 금세 명료한 감정이 찾아왔다. 죽거나, 살거나. 죽거나, 죽이거나. 이것 아니면 저것이었고 그 사이에는 아무것도 없었다. 전투 중에는 자신이 서 있는 장소가 어딘지 알 수 있었다. 심장을 뛰게 만드는 그 난폭한 시간들 속에서 아드레날린의 파도에 휩쓸리는 동안에 조금이라도 개인적인 모든 것이 박멸되는 느낌이 들었다. 전투의 혼란 속에서 새츠 도드라는 사람은 자기 자신에게조차 존재하기를 멈추는 것 같았다. 그리고 먼지가 걷히고 여전히 그 자리에 서 있는 자신을 발견하는 순간, 마치 포탄에 매달려 세상을 향해 쏘아지는 것처럼 날것의 존재로서 돌진하는 듯한 기분이 들었다.

기다림의 시간 동안에는 자기 자신을 너무나 많이 경험하게 된다. 기억, 의심, 후회, 불안, 미래가 가진 온갖 가능성이 수프처럼 마음으로 쏟아져 들어온다. 새츠 도드의 정신 절반은 지금 당장의 상황, 손에 쥔 기폭 장치와 자신을 둘러싼 대원들과 동굴 입구를 날려버리라는 헤네먼의 지시가 들어올, 어깨에 고정한 무전기에 집중하고 있었지만, 나머지 절반은 사적인 자아의 공간 속을 맴돌고 있었다. 폭탄을 터뜨리라는 헤네먼의 지시가 들리는 순간에야 온몸으로 느껴지는 구토감 같은 이 감각이 물러가고 움직임에 발동이 걸릴 것이다.

무전기를 통해 잡음 섞인 헤네먼 대령의 목소리가 들렸다. "블루 스쿼드. 주시하라. 도나디오가 동굴 안으로 들어간다."

새츠의 몸속에서 무언가가 바짝 긴장했다. 다시금 그는 이 순간으로 돌아왔다. "알았습니다."

이 기다림이 당장은 끝나지 않을 것 같았다.

빛도 없는 동굴 속 200미터 이상을 더 내려가야 하는 지점이었다. 황화물이 가득한 침출수가 석회 퇴적암을 이루고 있는 곳에서 알리시아 도나디오는 신호에 의지해 앞으로 나가고 있었다. 이 신호가 현 시대의 여명기에 프로젝트 노아가 만든 CV 바이러스에 감염된 12명의 사형수 중 하나인 훌리오 마르티네스의 목에 삽입된 칩에서 나오고 있다는 걸, 그녀는 조금도 의심하지 않고 있었다.

루이즈, 그녀는 생각했다, *루이즈*.

동굴 바닥에 내려온 순간 그 이름이 알리시아의 정신을 사로잡았다. 이상했다. 프로젝트 노아 본부에서 입수한 기록에 따르면 마르티네스의 죄목은 경찰관 살해였지 여성을 강간하고 살해한 것이 아니었다. 어쩌면 루이즈라는 여성의 죽음이 기록되지 않았거나, 아니면 마르티네스와 연관되지 않았던 건지도 모르겠다. 경찰관을 쏘았던 기억 역시도 새하얗게 작열하는 불꽃 같은 폭력으로 존재했지만, 트웰브가 가진 이야기는 각자 하나씩이었다. 진정한 정수, 그들의 핵심을 담은 단 하나의 이야기. 마르티네스의 경우 그 이야기는 루이즈였다.

지도에는 엘리베이터에서 두 개의 터널이 시작되어 웅장한 이름을 지닌 지하 공간들로 이어진다고 표시되어 있었다. 왕궁, 거인의 전당, 왕비의 묘실, 그리고 단순히 '거대한 방'이라는 이름을 가진 곳도 있었다. 피터를 시야에 놓지 않고 지상과의 통신을 이어가는 한에서는, 각각의 통로 끝에 있는 지점들 이상으로는 나아갈 수 없었다. 그 지점을 넘어가면 알리시아는 완전히 혼자가 된다.

왕궁, 하고 그녀는 생각했다. 어쩐지 마르티네스를 연상시키는 이름이었다.

"왼쪽으로 간다."

통로를 나아가는데 무선 방향 탐지기의 계량기가 크게 튀면서 신호음이 더 거세졌다. 추측이 맞았다. 그녀를 둘러싼 벽이 점점 좁아졌고 소총에 달린 조명이 훑을 때마다 벽면에 박혀 있는 알 수 없는 가느다란 밝은색 물질이 반짝거렸다. 이곳에 마르티네스가 통솔하는 거대한 바이럴 무리가 파묻힌 보물처럼 숨어 있다. 알리시아의 눈에는 그 모든 것이 환히 보였다. 한 발짝 한 발짝 나아갈 때마다 그 이미지가 선명해지면서 그녀의 마음을 사로잡았다. 루이즈, 그리고 그녀의 목을 거세게 조이는 전깃줄. 그 위와 아래로 극명히 나뉘는 피부색, 우유처럼 새하얀 목, 그리고 피가 몰려 붉게 부풀어 오르는 얼굴. 눈에 깃든 경악과 공포, 그리고 차디찬 죽음의 최종 선고. 그 모든 장면이 알리시아가 직접 겪은 일처럼 선명했지만, 다음 순간 무언가가 달라졌다. 이제 알리시아는 그 사건을 양쪽에서 동시에 경험하고 있었다. 그녀는 루이즈를 바라보는 동시에 루이즈의 시선에 비치고 있었다. 어떻게 이런 일이 가능하지? 어느새 보이지 않는 세계를 이렇게 조율하는 법을 알게 된 걸까? 그녀는 루이즈의 눈으로 마르티네스의 얼굴을 보았다. 고지식한 이목구비에 V자 이마선이 드러나도록 회색 머리를 뒤로 넘긴, 몸단장을 잘한 남자였다. 인간의 얼굴을 하고 있었지만, 정확히 인간이라고 표현하기는 어려웠다. 마르티네스의 눈 속에는 인간성이라고는 조금도 느껴지지 않는 무감각한 공허만이 깃들어 있었다. 그가 느끼는 쾌락은 짐승의 것이었다. 루이즈는 그에게 아무것도 아니었다. 그저 그의 욕망과 살해를 위해 만들어낸 따뜻한 신체의 조합일 뿐이었다. 그녀의 이름이 입고 있는 블라우스에 똑똑히 새겨져 있는데도, 그의 마음은 그 이름을 지금 자신이 강간하며 목을 조르고 있는 인간과 연결시키지 못한다. 그에게 유일하게 진짜인 것은 자기 자신뿐이니까. 알리시아는 루이즈의 공포를, 그녀의 고통을, 죽음이 임박했으며 이제 삶이 끝난다는 것을 자각하는 암담한 순간을 느낄 수 있었다. 그녀는 죽을 것이고, 우주는 애초에 그녀가 존재했다는 사실을 까맣게 잊을 것이며, 죽기 전 마지막으로 느끼는 것이 마르티네스가 자신을 강간하고 있다는 사실임을 깨닫는 그 순간 말이다.

알리시아는 '묘지'라는 이름을 가진 지점에 도착했다. 지독한 오줌 냄새가 코를 찌르면서 입안과 목구멍의 점막을 감쌌다. 습한 공기 속에서 입김이 얼음처럼 차가운 수증기가 되었다. 꾸준히 거세진 신호음은 이제 끊이지 않고 울리고 있었다.

그녀는 지금부터 자신이 무엇을 할지 알았다. 처음부터 그럴 작정이었다. 계획은 애초부터 목적을 숨기기 위해 정교하게 꾸며낸 계략일 뿐이었다.

그녀는 마르티네스를 자기 손으로 죽일 작정이었다. 놈의 죽음을 느끼고 싶었다.

승강기에서 기다리고 있던 피터는 알리시아가 시야에서 사라지기 직전 무언가가 잘못되고 있다는 사실을 알았다. 어째서 그런 느낌이 들었는지 논리적으로 설명할 수는 없었다. 깨달음은 뼛속 깊은 곳에서, 고요 속에서 찾아왔다.

"리시, 응답해."

답이 없었다.

"리시, 내 말 들려?"

무전기를 통해 잡음이 나더니 알리시아의 목소리가 들려왔다. "가만히 있어."

그녀의 목소리에서 동요가 읽혔다. 마치 심연 속에서 자신을 지탱하던 밧줄을 자르는 사람이 느낄 법한 체념의 감각이었다. 피터가 대답하기도 전에 알리시아의 목소리가 다시금 들려왔다. "진심이야, 피터."

그러더니 그녀는 사라져버렸다.

그는 지상에 무전을 보냈다. "무언가가 잘못됐습니다. 알리시아와 연결이 끊겼어요."

"제자리를 지켜, 잭슨."

아까 알리시아가 왼쪽 터널이라고 했었나? 맞다, 왼쪽이었다.

"알리시아를 따라가겠습니다." 피터가 헤네먼에게 말했다.

"불허한다. 제자리에……."

하지만 헤네먼의 마지막 말을 피터는 들을 수 없었다. 이미 그 자리를 떠난 뒤였기 때문이다.

같은 시각, 새츠 도드는 가파른 통로를 따라 미친 듯이 동굴 안으로 내달려 들어가고 있었다. 무선 연결이 끊겼다는 것을, 그래서 피터, 나아가 알리시아마저도 동굴 주 출입구 바닥에 놓인 폭탄이 저절로 해제된 사실을 모른다는 것도 몰랐다. 그것이 사령부가 만족할 만큼 설명할 수 없었던 일련의 사건에서 일어난 최초의 불운이었다. 공정상의 문제인지, 기계적 결함인지, 아니면 운명의 장난인지는 몰라도 동굴 바닥에 있던 수신기가 지상과 연결이 끊겼다. 그것은 이 사태에서 있었던 최고의 실책이었고, 지금 새츠는 지옥의 입구를 향해 질주하고 있었다.

아까 처음으로 동굴 바닥으로 내려올 때는 15분이 걸렸다. 그런데 위험천만하리만치 아찔한 내리막길을 온 힘을 다해 내달린 지금은 5분도 채 걸리지 않아 동굴 바닥에 도착할 수 있었다. 시선 끝에 언뜻 머리 위로 무언가가 종종거리듯 움직이는 모습이 언뜻 비쳤고 높은 찍찍 소리도 잇따랐지만, 새츠는 서두른 나머지 그런 신호들을 놓쳤다. 그가 동굴 밖으로 다시 나가기 전에 헤네먼이 폭탄을 터뜨리라고 지시한다면 블루 스쿼드는 그대로 명령을 이행할 것이고, 그는 폭발로 죽고 말 것이다. 그의 머릿속에는 어서 내려가서 기폭 장치를 수리하고 다시 밖으로 나와야 한다는 생각뿐이었다.

수신기는 그 자리에 있었다. 아까 새츠가 터널 입구에 놓인 미끈한 테이블 모양 바위 위에 올려두었던 수신기는 바닥에 모로 떨어져 있었다. 어쩌다가 떨어진 걸까? 새츠가 무릎을 꿇고 앉자 가슴에서 가쁜 숨소리가 났다. 얼굴에서 땀이 비 오듯 흘러내렸다. 공기 중에 지독한 악취가 감돌았다. 새츠가 조심스레 수신기를 들어 올렸다. 수신기에는 스위치가 두 개 있었는데, 하나는 기폭 장치를 발동하는 것이고, 다른 하나는 회로를 닫아 폭탄을 터뜨리는 것이었다. 어째서 작동하지 않았던 거지? 그러나 다음 순간 수신기가 바닥에서 떨어지는 순간 안테나가 빠졌다는 사실을 알 수 있었다. 새츠는 가방에서 드라이버를 꺼냈다.

그때 동굴 천장이 움직이기 시작했다.

가장 먼저 알리시아의 눈에 들어온 것은 뼈였다. 뼈 무더기, 그리고 어마어마한 악취. 무덤 속에 고여 있던 가스처럼, 살이 썩어가는 냄새 같은 지독한 시취였다. 그녀는 한 발짝 앞으로 내디뎠다. 부츠가 바닥에 닿는 순간 뼈가 우직 부서지는 감각이 느껴졌고, 다음 순간 부서지는 소리가 들렸다. 작은 동물의 뼈였다. 조그만 해골, 비웃음을 띤 것 같은 치아. 설치류일까? 시야가 확장되었다. 동굴 바닥은 눈이 내린 것처럼 온통 뼈로 뒤덮여 있었고 무릎 높이나 심지어 허리 높이까지 무더기로 쌓인 곳도 있었다.

어디 있지? 그녀는 생각했다. *모습을 드러내라고, 개자식아. 루이즈가 전할 말이 있다잖아.*

마르티네스는 가까운 곳, 몹시 가까운 곳에 있었다. 지금 알리시아가 마르티네스의 머리 위에 있는 거나 마찬가지였다. 아주 오랜만에 그녀는 공포의 맛을 느꼈다. 아니, 공포뿐만은 아니었다. 증오의 맛이었다. 온몸을 감싸고 구석구석 스며드는 순수한 힘이었다. 지금까지의 삶 전체가 이 순간을 불러낸 것 같았다. 마르티네스는 세상의 거대한 악몽이었다. 그녀가 구하고자 하는 것은 영광도, 심지어 정의도 아니었다. 복수였다. 죽이는 것이 아니라 죽이는 행위였다. *루이즈의 복수다.* 이 말을 하고 싶었다. 자신의 손아귀에서 마르티네스의 목숨이 떠나가는 것을 느끼고 싶었다.

이리 와, 이리 와라.

어둠 속, 그녀의 소총이 비추는 불빛 속에 하얀 형체가 나타났다. 알리시아는 제자리에 얼어붙었다. 이게 도대체 무슨……? 그녀는 한 걸음, 다시 한 걸음 앞으로 나갔다.

남자였다.

그저 늙었다고 말할 수도 없이 늙고 피폐한, 쇠약해져 뼈만 남다시피 한 남자였다. 피부에는 색깔이 없어서 거의 투명해 보였다. 남자는 동굴 바닥에 벌거벗은 채로 웅크려 있었다. 소총의 불빛이 얼굴을 스치고 지나가도 남자는 움칠하지 않았다. 아무것도 보이지 않는 눈은 돌을 박아놓은 것처럼 생기가 없었다. 그의 손에는 박쥐 한 마리가 들려 있었다. 연을 닮은 기다란 두 날개, 손가락처럼 펼쳐진 뼈대에 의지해 붙어 있는 얄팍한 날개가 무력하게 파닥거리고 있었다. 남자는 박쥐를 얼굴로 가져가더니, 충격적일 정도의 에너지로 그 조그만 박쥐 머리를 입안에 쑤셔 넣었다. 미약하게 '끽' 하는 마지막 비명, 날개가 파드득거리더니 뚝 꺾이는 소리가 났다. 남자는 박쥐의 몸체를 비틀어 떼어내더니 머리를 바닥에 뱉었다. 그다음에는 박쥐의 몸통을 입에 물고 쭉쭉 빨기 시작했다. 피를 들이키는 리듬에 맞추어서 남자의 몸이 움칠거렸고, 목으로는 어린아이가 흥얼거리는 것 같은 희미한 기분 좋은 소리를 뿜어냈다.

동굴 안이 드넓어서 알리시아의 목소리는 거슬릴 정도로 크게 들렸다. "도대체 넌 누구냐?"

남자는 눈이 먼 경직된 얼굴을 소리가 나는 쪽으로 향했다. 입술에서 턱까지 피가 번들거리고 있었다. 그제야 남자의 목 옆면에 시퍼런 그림이 그려져 있다는 것을 알 수 있었다. 뱀 형상이었다.

"대답해라."

목소리라기보다는 숨소리 같은 나직한 소리. "이그…… 이그……."

"이그? 그게 네 이름이냐? 이그?"

"…… 나시오." 남자의 미간이 구겨졌다. "이그나시오?"

뒤에서 발걸음 소리가 들렸다. 알리시아가 몸을 홱 돌리는 순간 피터의 소총에 달린 불빛이 그녀의 얼굴을 훑었다.

"기다리라고 했잖아."

피터의 얼굴은 동굴 바닥에 웅크린 남자의 모습에 넋을 잃고 멍한 표정이었다.

알리시아는 소총을 남자의 이마에 겨누었다. "놈은 어디 있지? 마르티네스는 어디 있어?"

그 순간 남자의 먼 눈에 눈물이 고였다. "그는 우릴 떠났어." 고통의 신음 같은 목소리였다. "어째서 우릴 떠난 거지?"

"떠났다니, 무슨 말이지?"

남자는 더듬거리는 동작으로 한 손을 뻗어 알리시아의 총신을 꽉 쥐더니 자기 이마에 총구를 붙였다.

"제발 날 죽여줘." 남자의 말이었다.

박쥐였다. 수백, 수천, 수백만 마리의 박쥐 떼였다. 터널 천장에 붙어 있던 박쥐들이 공중 부양하듯 폭발적으로 터져 나와 열기와 무게와 소리와 냄새로 새츠의 감각을 마비시켰다. 박쥐들은 파도처럼 그에게 달려들어 순수한 동물적 광란의 소용돌이에 그를 가두었다. 새츠는 미친 듯이 두 팔을 휘저으며 얼굴과 눈에 매달린 놈들을 쫓으려 애썼다. 새츠는 먼 곳에서 바늘이 연속으로 찌르는 것처럼 그의 살갗을 파고드는 놈들의 이빨을 느낄 수는 있었지만 완전히 경험할 수는 없었다. 이놈들이 나를 갈기갈기 찢을 작정이구나, 그의 정신이 말했다. 이렇게 끝인 거야. 이 동굴에서 박쥐에게 조각조각 찢겨 죽는 게 내 지독한 운명이구나. 새츠는 비명을 질렀고, 비명을 지르는 순간 고통에 대한 의식이 고통 그 자체가 되어 완전한 차원을 이루며 그의 몸과 정신은 순수한 고통의 집합체가 되었다. 빛을 내고 있는 기폭 장치를 향해 달려가던, 망치로 내려치는 것처럼 연장된 최후의 순간, 그의 머릿속에 떠오른 *이런 제기랄*이라는 생각이 그가 한 최후의 생각이 되었다.

첫 번째 폭탄이 터지면서 발생한 충격파는 동굴 속 복잡한 지하 공간들을 향해 탈선한 기관차처럼 질주해 엄청난 압력과 깊은 지하의 진동으로 '왕궁'을 뒤흔들었다. 그다음에 이어진 두 번째 여진은 거대한 파도에 던져진 배의 바닥에서 느껴지는 것처럼 발밑으로 지나갔다. 공기, 소리, 열, 진동 모두를 동반한 이 폭발은 지구의 내핵까지 뒤흔들 것 같은 힘을 지니고 있었다.

놈들은 행어Hanger라고 알려진 족속들이었다. 대사 작용을 억제하고 지속적인 동면 상태에 들어가 잠든 바이럴이었다. 놈들은 이런 상태에서 수년, 때로는 수십 년을 견딜 수 있었고, 알 수 없는 이유로 – 아마 그들이라는 종이 내재하고 있는 기억인, 박쥐와의 생물학적인 유사성 때문에 – 거꾸로 매달린 채 석관 속 미라처럼 기묘할 정도로 단정하게 가슴 앞에 두 팔을 모은 자세를 취했다. 놈들은 칼즈배드 캐번의 여러 지하 공간(이그나시오 혼자만의 공간인 왕궁은 제외했다)에서 살아 있는 종유석처럼, 자라나는 고드름의 나른한 군단처럼 기다리다가 폭탄이 터지는 순간 한꺼번에 의식을 찾았다. 다른 종들과 마찬가지로 그들은 주변 환경에 대한 적응을 치명적인 위협으로 받아들였다. 놈들 역시 바이럴과 마찬가지로 인간의 피 냄새에 순식간에 이끌렸다.

피터와 알리시아는 달리기 시작했다.

혼자였더라면 알리시아는 제자리를 지켰을 것이다. 바이럴 떼에게 삼켜지더라도 맞서 싸우는 것이 그녀에게 깊이 새겨진 본성이었으므로, 그 불가능한 과업이 그녀에게는 이상하리만치 만족스럽게 느껴졌을 것이다. 운명, 그리고 세상에서의 명예로운 퇴장이 될 것이었다. 하지만 지금은 피터와 함께였다. 바이럴이 원하는 것은 그녀의 피가 아닌 피터의 피였다. 터진 댐에서 밀려오는 물처럼 통로를 가득 채우며 놈들이 두 사람을 향해 몰려들었다. 승강기까지의 100미터 정도의 거리가 너무나 멀게 느껴졌다. 바이럴이 뒤에서 아우성치며 따라왔다. 피터와 알리시아는 전속력으로 달려가 승강기에 도착했다. 폭탄의 시계를 맞출 여유는 없었다. 애초의 계획은 지금 논의할 가치도 없었다. 알리시아는 승강기 바닥에 놓인 폭탄을 주워들고는 피터의 손목을 잡아챈 뒤 그의 몸을 해치 위에 무릎으로 밀어 넣었고, 곧바로 자신도 해치 위로 빠져나와 쾅 소리를 내며 착지했다.

"케이블 잡아!" 알리시아가 고함쳤다.

순간적으로 알리시아의 말을 이해하지 못한 피터가 가만히 있었다.

"붙잡고 버티라고!"

알리시아는 무슨 생각인 걸까? 상관없었다. 피터는 알리시아가 시키는 대로 했다. 알리시아는 승강기 지붕에 폭탄을 떨어뜨리더니 소총으로 케이블을 고정한 금속판을 조준하고 방아쇠를 당겼다.

승강기의 무게가 떨어져 나가자 균형추가 아래로 낙하했다. 거세게 뒤흔들리는 힘 다음에 엄청난 속도로 케이블이 위로 올라가며 두 사람의 몸은 공중으로 솟구쳤다. 피터는 자신의 목숨을 지탱하는 유일한 수단인 두 손에 집중한 채, 마치 흐릿한 얼룩을 보듯이 이 순수한 속도를 경험했다. 알리시아가 흔들리지 않는 손으로 지지대가 되어주지 않았더라면 그는 케이블을 놓치고 구렁텅이로 떨어지고 말았을 것이다. 두 사람은 정신없이 빙글빙글 돌았고 피터는 물리적인 데이터를 처리할 능력을 잃은 덕분에 놈들이 벽에서 벽으로 건너뛰며 수직 통로를 따라 올라와 점점 그들과의 거리를 좁히고 있음을 알아차리지 못했다.

그러나 알리시아는 모든 동작을 감지할 수 있었다. 인간의 감각을 지닌 피터와는 달리 알리시아의 감각 속에는 그들을 쫓는 바이럴과 마찬가지로 자이로스코프가 내재되어 있었다. 그녀의 시간과 공간과 운동 감각은 끊임없이 재설정을 반복했기에 케이블을 붙잡은 채로도 소총을 아래로 겨눌 수 있었다. 그녀는 유탄 발사기를 사용할 작정이었다. 표적은 승강기 천장에 놓인 폭탄이었다.

그녀가 유탄 발사기를 발사했다.

26

텍사스 커빌, 연방 수용소

얼마 전까지는 제2원정대였으나 이제는 오로지 텍사스 공화국 연방 수용소 수감 번호 62번으로만 알려진, '믿었던 자', 일명 '신실한 루시어스'인 루시어스 그리어는 누군가를 기다리고 있었다.

그가 지내는 독방은 1.1제곱미터의 크기로 안에는 침상 하나, 변기 하나, 세면대 하나, 그리고 작은 탁자와 의자가 있었다. 독방에 드는 빛이라고는 벽 높은 곳에 달린 강화 유리창을 통해 새어드는 것이 전부였다. 루시어스 그리어가 지난 4년 하고도 9개월 11일을 보낸 곳이 이 방이었다. 죄목은 탈영이었는데, 루시어스의 생각으로는 완전히 정당한 죄목이라고는 볼 수 없었다. 지휘권을 포기하고 뱁콕과 마주하기 위해 에이미를 따라 산에 올라간 것은 다른 차원, 더 깊은 차원의 명령을 따른 것이었으니까. 그러나 루시어스는 군인의 사명감을 지닌 군인이었다. 그렇기에 형 선고에 어떠한 의문도 제기하지 않고 형벌을 받아들였다.

그는 매일같이 명상에 잠겼다. 그럴 수밖에 없었다. 물론 루시어스 역시 밤이면 다른 수감자들이 외로움에 울부짖는 소리를 들었기에, 어떤 사람들은 도저히 수용소 생활을 견딜 수 없다는 사실을 잘 알고 있었다. 수용소에는 작은 안마당이 있고 수감자들은 일주일에 한 번 그곳으로 나갈 수 있었지만 한 번에 한 사람씩, 한 시간만 머무는 게 허용되었다. 첫 6개월 동안 루시어스는 자신이 이곳에 갇혀 있다가 미쳐버릴 거라고 생각했다. 사람이 하는 팔 굽혀 펴기에는 한계가 있고, 잘 수 있는 잠에도 한계가 있었기에, 수감 후 한 달이 지나자 그는 혼잣말을 하기 시작했다. 온갖 것에 대한 동시에 아무 말도 아닌, 날씨며 식사, 생각과 기억, 수용소 벽 너머의 세상과 그곳에서 일어나는 일들에 대한 횡설수설이었다. 지금은 여름이던가? 비가 왔나? 오늘 밤 저녁 식사에 비스킷이 나올까? 그러다가 몇 달이 지나가자 혼잣말의 초점은 점점 동료 수감자들에게로 옮겨갔다. 그들은 다른 수감자들이 자신을 엿보고 있다는 확신이 들었고, 그렇게 편집증이 심해지자 그들이 자신을 죽이려 한다고 믿게 되었다. 그는 더 이상 잠을 자지 않았고, 식사도 하지 않았다. 운동을 거부했고 아예 독방 안을 떠나지 않았다. 그렇게 밤새도록 침상 모서리에 쭈그리고 앉아서 암살자가 들어올 문간을 노려보며 지냈다.

이렇게 고문 같은 상태로 어느 정도 시간이 지나자 그는 더는 견딜 수 없다는 생각이 들었다. 그의 이성은 아주 가느다란 한 줄기만 남아 있었고 오래지 않아 완전히 사라져버릴 것이다. 정신, 그리고 정신이 가진 경험과 기억과 개성 없이 죽게 되리라고 생각하니 견딜 수가 없었다. 독방에서의 자살은 쉽지 않겠지만 할 수는 있을 것 같았다. 마음을 단단히 먹고 탁자에 올라가서 고개를 숙여 가슴에 바짝 붙인 자세로 앞으로 떨어지면 목을 부러뜨릴 수 있을 것 같았다.

루시어스는 세 번 연속으로 자살을 시도했고, 세 번 실패했다. 그는 기도하기 시작했다. 신의 협조를 구하는 한 줄짜리 간단한 기도였다.

죽을 수 있도록 도와주세요. 몇 번이나 시멘트 바닥에 부딪친 머리는 지끈지끈했고 이도 하나 부러졌다. 그는 마지막으로 테이블 위에 올라서서 추락의 각도를 잘 계산한 다음 중력의 품에 자신의 몸을 맡겼다.

알 수 없는 시간이 지난 다음에 그는 차디찬 시멘트 바닥에 누운 채로 의식을 되찾았다. 또다시 우주가 그를 거부했다. 죽음은 그가 도저히 열 수 없는 문이었다. 절망이 그의 온몸을 사로잡는 바람에 눈물이 솟아올랐다.

루시어스, 왜 나를 버렸지?

귀로 들리는 목소리가 아니었다. 그렇게 간단하고 흔한 것이 아니었다. 그것은 목소리의 느낌이었다. 세상의 표면 아래에 존재하는 온화하고도 친절한 목소리였다.

네 목숨을 앗아갈 수 있는 것은 오로지 나뿐이라는 것을 모르겠어? 죽음을 결정하는 것은 오로지 나뿐이라는 것을 모르겠어?

마치 정신이 책 표지처럼 펼쳐지며 숨겨진 현실을 드러내는 것만 같았다. 그는 바닥에 누워 있었고 그의 신체는 고정된 공간과 시간을 점유하고 있었지만, 그럼에도 의식이 확장되며 표현할 수 없는 광대함과 연결되는 것을 느꼈다. 그의 정신은 모든 곳에 있는 동시에 아무 데도 없었다. 정신은 볼 수 있으나 눈으로는 볼 수 없는, 이 침상, 변기, 벽 같은 일상적인 사물과는 동떨어진 보이지 않는 차원에 존재했다. 그는 물결치는 빛을 통해 그의 존재로 흘러드는 평화 속으로 뛰어들었다.

네가 살면서 해야 할 일은 끝나지 않았다, 루시어스.

그리고 그렇게 그의 수감 생활은 끝났다. 독방의 벽은 얄팍하디얄팍한 섬유에 불과했다. 매일 그의 명상은 깊어졌고 마음은 새로이 발견한 평화와 용서와 지혜와 융합되었다. 이 목소리는 물론 신이거나, 아니면 신이라 불려 마땅한 존재의 것이리라. 그러나 신이라는 말조차 이름 없는 존재에게 인간이 붙인 이름에 불과한 너무나도 사소한 것처럼 느껴졌다. 세계는 세계가 아니었다. 캔버스 위의 물감이 화가의 사유를 표현한 것에 불과하듯, 세계 역시 더 깊은 현실의 표현이었다. 그리고 이러한 자각과 함께 그는 자신의 삶이라는 여정이 아직 끝나지 않았다는 것을, 그의 진정한 목적은 아직 드러나지 않았다는 것을 알게 되었다.

또 한 가지. 신은 여성인 것 같았다.

그는 수녀들과 함께 고아원에서 컸다. 그에게는 부모에 대한 기억이, 이전의 삶에 대한 기억이 전혀 없었다. 열여섯 살에 그는 그 시절 고아원에서 자란 다른 남자아이들 대부분과 마찬가지로 DS에 입대했다. 제2원정대에 자원할 이를 모집했을 때 루시어스는 누구보다 빨리 모집에 응했다. 얼마 뒤, '필드 대학살'이라고 불리는, 열한 가족이 농경 단지로 소풍을 갔다가 습격을 받아 28명의 죽거나 감염된 사상자를 남긴 비극이 일어났고, 그날 살아남은 남자들도 대부분 제2원정대에 들어왔다. 그러나 루시어스의 지원 동기는 그렇게 결단력을 갖춘 것이 아니었다. 심지어 그는 어린 시절, 불가능한 일들을 해낸 영웅이던 위대한 나일스 커피 대령 이야기를 들었을 때조차 딱히 감흥이 없었다. 제정신이라면 바이럴을 진짜로 *사냥하러* 다닐 리가 있겠어? 그러나 루시어스는 어렸고, 다른 젊은이들과 마찬가지로 따분한 게 싫었기에 도시 성벽 위에서 파수를 보거나 필드를 청소하거나 통금 시간을 어긴 어린애들을 쫓아다니는 등의 임무에는 진절머리가 났다. 물론 언제나 도피들이 돌아다니고 있었으니, 총알을 낭비한다고 쓴소리를 듣기는 하겠지만 너무 심하지 않은 선까지는 플랫폼 위에서 도피를 쏘아 죽이는 일 정도야 있겠지만 말이었다. 그 밖에는 H타운의 술집에서 일어나는 몸싸움을 뜯어말리는 임무도 있을 것이다. 그런 형편이었기에 루시어스 그리어에게 남은 선택지가 죽고 싶어서 미친 놈들과 함께 원정대에 들어가는 것밖에 없다면, 될 대로 되라 하는 생각이 들었다.

그럼에도 루시어스가 지금까지의 삶에서 부재했던 것을 찾아낸 곳은 바로 원정대였다. 그에게 필요했던 것, 가족 말이다. 루시어스가 맡은 첫 임무는 로즈웰 로드에서 인력과 물자를 기지까지 실어 나르는 수송대의 호위였다. 당시에 기지는 별 볼 일 없는 외딴곳에 불과했다. 그의 부대에는 두 명의 신병이 있었다. 네이선 크룩생크, 그리고 커티스 보히스였다. 크럭은 루시어스와 마찬가지로 DS 소속이다가 원정대에 지원한 것이었지만, 보히스는 농부 출신이었다. 루시어스가 알기로는 살면서 총 한번 쏴본 적 없는 남자였다. 그러나 그는 필드 대학살에서 아내와 어린 두 딸을 잃은 사람이었고, 그런 상황에서 그의 입대를 거절할 사람은 없었을 것이다. 수송 트럭들은 밤에 달렸는데, 습격당한 것은 커빌에서 돌아오는 길이었다. 동트기 한 시간 전이었다. 그때 루시어스는 첫 번째 트럭 뒤의 험비에 크럭 그리고 보히스와 함께 타고 있었다. 바이럴이 습격하는 순간 루시어스는 생각했다. 이렇게 끝나는군, 우린 죽는구나. 절대 살아서 나갈 수 없겠다. 그러나 운전대를 잡고 있던 크룩생크는 그 말에 동의하지 않았다, 어쩌면 개의치 않았던 건지도 모르겠다. 크럭이 전속력으로 험비를 모는 동안 50구경 소총을 든 보히스가 바이럴을 저격하기 시작했다. 바이럴이 앞서가던 트럭의 앞 유리를 깨고 들어와 운전사가 이미 죽었다는 사실조차 그들은 모르고 있었다. 험비가 트럭 옆을 지나칠 때, 트럭이 왼쪽으로 꺾이며 험비 앞을 가로막았다. 그 순간 루시어스는 잠깐 정신을 잃었던 것 같다. 그다음 기억이 크럭이 험비의 잔해에서 자신을 끌어내는 순간이었으니까. 트럭은 화염에 휩싸여 있었다. 로즈웰 로드에서 수송대의 나머지는 전부 사라져버렸다.

셋만 남겨진 것이다.

그 뒤로 동트기까지 한 시간은 루시어스의 인생에서 가장 짧고도 길었던 시간이었다. 바이럴이 자꾸만 나타났다. 세 사람은 그들을 쫓는 바이럴이 코앞까지 다가온 상황에서도 마지막 순간을 위해 총알을 아꼈다. 도망칠 수 있었다면 좋았겠지만, 몸을 숨길 곳이라고는 전복된 험비의 몸체가 전부였고 발목이 부러진 루시어스는 꼼짝도 할 수 없었다.

길가에 앉아 있는 그들을 순찰대가 발견했을 무렵에 세 사람은 눈물을 흥건하게 쏟으며 웃어대고 있었다. 그날 밤 어두운 길을 함께 걸었던 크럭과 보히스만큼 가깝게 느껴질 이들은 평생 다시는 없을 것이 분명했다.

로즈웰, 라레도, 텍사캐나, 러벅, 슈리브포트, 키어니, 콜로라도. 성벽과 조명으로 둘러싸인 안식처 커빌을 다시 보지 못한 채 수년이 흘렀다. 이제 그의 집은 커빌이 아니었다. 그의 집은 원정대였다.

그러다 '문득 나타난 소녀' 에이미를 만나자 모든 것이 변했다.

그에게는 세 명의 방문자가 찾아올 예정이었다.

첫 방문자는 9월의 아침 일찍 찾아왔다. 그리어는 이미 묽은 포리지로 아침 식사를 마치고 아침마다 하는 맨손 체조도 끝낸 뒤였다. 팔 굽혀 펴기와 윗몸 일으키기 5백 번, 그리고 스쾃과 스러스트도 5백 번씩이었다. 독방 천장을 지나가는 파이프에 매달려서 신이 명령한 바대로 턱걸이를 백 개씩 앞뒤로 20세트 했다. 운동이 끝나자 그는 침상 모서리에 걸터앉아 보이지 않는 여행을 떠나려 마음을 가다듬었다.

여행의 첫 순서는 언제나 수녀들에게서 배운 암송 기도였다. 중요한 것은 기도문보다는 그 리듬이었다. 마치 운동하기 전에 하는 스트레칭처럼, 곧 다가올 도약에 대비해 정신을 준비시키는 절차였다.

기도를 시작하자마자 육중한 쿵 소리에 정신의 움직임은 멎어버렸다. 독방 문이 활짝 열렸다.

"접견자가 있다, 62번."

루시어스가 일어서자 한 여자가 독방 안으로 들어왔다. 가녀린 체구에 검은 머리에는 드문드문 흰머리가 섞여 있고 그 누구도 부정할 수 없는 권위가 실린 검은 눈은 반짝거렸다. 누구라도 그 앞에 서면 자신의 비밀을 열린 책처럼 드러낼 수밖에 없을 여자였다. 겨드랑이에 작은 포트폴리오를 끼고 있었다.

"그리어 소령."

"대통령님."

그녀는 체격이 튼실한 50대의 교도관을 향해 돌아서서 말했다. "고맙군요, 이제 자리를 떠나주시지요."

교도관의 이름은 쿨리지였다. 교도관과 담당 수감자는 서로 잘 알 수밖에 없기에 쿨리지와 루시어스도 잘 아는 사이였다. 물론 쿨리지는 루시어스의 기도를 도무지 이해할 수 없는 것 같았지만 말이다. 쿨리지는 현실적이고 평범한 사람이었다. 성실하지만 머리가 잘 돌아가지는 않는 것 같았고, 장성한 아들이 둘 있었는데 둘 다 그와 마찬가지로 DS 소속이었다.

"그래도 되겠습니까?"

"그래요, 고마워요. 떠나주시면 됩니다."

쿨리지는 나가서 바깥에서 문을 잠갔다. 대통령은 독방 안으로 걸어 들어오며 네모난 방을 살폈다.

"정말 보기 드문 일입니다." 그녀가 루시어스에게 시선을 향했다. "방을 떠나지 않으신다더군요."

"나갈 이유가 없으니까요."

"하지만 이 방에서 종일 뭘 하십니까?"

루시어스는 미소를 지었다. "각하가 오셨을 때 제가 하고 있던 일을 하지요. 생각 말입니다."

"생각이라." 대통령이 되뇌었다. "무슨 생각을 하십니까?"

"그냥 생각입니다. 사고하는 것 말입니다."

대통령은 의자에 앉았다. 루시어스도 그녀를 따라가 침대 모서리에 걸터앉았고 이로써 두 사람은 마주 보는 자세가 되었다.

"일단 먼저 이야기할 것은, 전 이곳에 공식적으로는 온 적이 없다는 것입니다. 비공식적으로 말씀드리자면 아주 중대한 문제에 관해 당신의 도움을 구하고자 합니다. 여태까지 귀하에 관해 많은 논의가 오갔고, 꼭 기밀을 지켜주셔야 합니다. 그 누구도 우리의 대화를 알아서는 안 됩니다. 아시겠습니까?"

"좋습니다."

그녀는 포트폴리오를 열더니 노랗게 변색된 종이 한 장을 꺼내 루시어스에게 건넸다.

"이게 무엇인지 아시겠습니까?"

목탄으로 그린 지도였다. 선으로 표시된 강줄기와 급한 손길로 그린 길, 그리고 주거 단지의 외곽을 표시한 점선이었다. 아니, 주거 단지가 아니었다. 도시 전체였다.

"어떻게 구하셨지요?"

"그건 중요하지 않습니다. 무엇인지 아시겠습니다."

"당연하지요."

"어째서입니까?"

"제가 그렸으니까요."

대통령이 이미 이 답변을 예상했다는 사실을 루시어스는 표정으로 읽을 수 있었다.

"우선 귀하의 질문에 답하자면, 이 지도는 사령부 소속 보히스 준장의 개인 파일에 있었던 것입니다. 이때 보히스와 함께 있었던 사람이 누구인지를 알아내는 데 시간이 좀 걸렸지요. 바로 귀하, 크룩생크, 그리고 티프티 라몬트라는 이름의 젊은 남성이었습니다."

티프티, 아주 오랜만에 듣는 이름이었다. 물론 커빌 사람 중에서 티프티를 모르는 사람은 아무도 없었다. 물론 크럭을 모르는 사람도 없었다. 5년 전 로스웰 기지에서 잃은 크럭을 떠올리자 찌르르한 슬픔이 느껴졌다.

"지도 위의 장소를 다시 찾을 수 있겠습니까?"

"모르겠습니다. 아주 오래전 일이라서요."

"이곳 이야기를 다른 사람에게 한 적이 있습니까?"

"사령부에 보고했을 때 절대 발설하지 말라는 지시를 분명히 받았습니다."

"그 지시가 어디서 내려온 것인지 기억합니까?"

루시어스는 고개를 저었다. "들은 바 없습니다. 크룩생크가 특무대 지휘를 맡았고, 보히스가 보조했습니다. 티프티는 저격수였고요."

"어째서 티프티였지요?"

"제 경험상 티프티만 한 사람이 없었으니까요."

대통령은 티프티의 이름을 듣고 다시 한번 인상을 찌푸렸다. 암거래 세계의 수장인 위대한 악당 티프티. 도시에서 가장 큰 현상금이 걸린 범죄자였다.

"그곳에는 사람이 얼마나 있었습니까?"

"정확히 모르겠습니다. 많았습니다. 그곳은 커빌보다 두 배는 큰 도시였습니다. 저희가 보기에는 무장도 갖추고 있었고요."

"전력원도 있었습니까?"

"예, 하지만 석유 원료를 쓰지는 않았던 것 같습니다. 아마도 수력 발전, 그리고 차량은 바이오디젤이었을 겁니다. 농업 단지와 공업 단지가 아주 컸습니다. 주거 지역은 막사로 이루어져 있었고요. 커다란 건물 세 개가 있었는데 한가운데는 일종의 돔이 있었고 남쪽에 있는 또 하나는 오래된 풋볼 경기장이었던 것 같습니다. 세 번째 건물은 강 서쪽에 있었는데 정확히 무엇인지는 알 수 없었습니다. 공사 중인 것 같았어요. 밤낮으로 그 건물을 붙잡고 일하더군요."

"접촉은 하지 않았고요?"

"안 했습니다."

대통령은 루시어스에게 도시 경계를 가리켰다. "이것은……."

"방어 시설입니다. 방어선이죠. 호락호락한 것은 아닙니다만 바이럴을 완전히 막을 수 있을 정도는 아니었습니다."

"그렇다면 이 시설의 목적은 무엇이었던 것 같습니까?"

"전 모르겠습니다. 하지만 크룩생크는 가설을 하나 내놓았죠."

"그 가설은 무엇이었습니까?"

"사람들을 도시 안에 두는 것요."

대통령은 지도를 한번 보더니 다시 루시어스를 보았다. "아무에게도 발설하지 않았다고 했지요?"

"발설하지 않았습니다, 각하. 지금까지는 말입니다."

침묵이 내렸다. 루시어스는 이제 더 이상의 질문은 없을 것 같다는 생각이 들었다. 대통령은 찾아온 목적을 달성한 것이다. 그녀가 지도를 다시 포트폴리오 안에 집어넣었다. 그녀가 자리에서 일어서자 루시어스가 물었다.

"실례지만 각하, 왜 이런 질문을 하십니까? 아주 오래전 일이지 않습니까?"

대통령은 문간으로 다가가 문을 두 번 두드렸다. 문의 회전축이 돌아가자 그녀가 루시어스를 돌아보았다.

"듣자 하니 요즘 기도를 하신다더군요."

루시어스가 고개를 끄덕였다.

"그러면 제 생각이 틀렸기를 기도하시는 게 좋겠습니다."

27

피터는 의료 구역에 열흘을 머물렀다. 갈비뼈 세 개가 부러졌고 어깨는 탈골되었으며 다리와 발에는 화상을 입었을 뿐 아니라 두 손은 생고기를 저며낸 것처럼 벌겋게 벗겨졌다. 온몸에 난 멍이며 찔린 상처, 베인 상처가 너무 많아 셀 수도 없을 지경이었다. 기절했던 것 같고, 온 힘을 다해 두개골을 박살 내려 했다가 실패하기라도 한 것처럼 아팠다. 무슨 동작을 해도 고통이 밀려와서 숨조차 제대로 쉴 수 없었다.

"제가 들은 바대로라면 살아계신 게 다행인 것 같습니다." 의사가 말했다. 술에 절어 보낸 세월 때문에 코가 시뻘겋게 부풀고, 기진맥진한 것 같은 쉰 목소리를 내는 60대 남성이었다. 환자를 돌볼 때 목소리는 높낮이가 없어서 마치 죽도록 말을 안 듣는 개한테 쓰는 목소리 같았다. "누워 계십시오, 제가 별말 없는 한 당신은 제 환자니까요."

팀이 기지로 복귀한 날 헤네먼은 피터에게 보고를 들었다. 그때까지도 피터는 진통제에 흠뻑 취해 정신이 없었다. 헤네먼의 질문은 저 멀리 다른 방, 그가 잘 알지도 못하는 사람들 사이에서 이루어지고 있는 대화들에 뒤섞인 채로 그의 두뇌에 닿지 못하고 미끄러졌다. 어떤 남자가 있었어요. 아주 나이가 많은 남자. 목에 뱀 문신을 한 남자였어요. 예, 하고 피터는 베개에 묵직하게 놓인 머리를 끄덕여 그들이 본 게 그 사람이라고 확인해주었다. 그가 자신의 신원을 밝혔나? 이그나시오였어요, 피터가 대답했다. 자기 이름이 이그나시오라고 했어요. 헤네먼은 피터의 대답을 이해할 수 없었다. 피터 역시 마찬가지였다. 헤네먼은 형식만 살짝 바꾸어서 같은 질문들을 자꾸 반복하는 것 같았고 그러다 어느 순간 피터는 스르륵 의식을 잃고 말았다. 눈을 떴을 때는 이미 하루가 지난 뒤였고 병실에는 피터 혼자였다.

피터가 의사 외에는 그 누구도 보지 못한 채 시간이 흘렀고, 나흘째 오후에 알리시아가 찾아왔다. 피터는 탈골된 어깨를 고정시키려 왼팔에 팔걸이 붕대를 한 채로 침대에 일어나 앉아 있었다. 그날 오후 처음으로 화장실까지 걸어갈 수 있었다. 대단한 일이었지만 발을 질질 끌고 몇 발짝 걸은 것만으로도 온몸이 지쳐버렸고 지금은 붕대로 꽁꽁 감긴 손으로 식사를 할 수 없다는 문제에 봉착했다.

"맙소사, 상태가 말이 아니네."

텐트 속이 어두워서 알리시아는 선글라스를 벗을 수 있었다. 피터는 이제 알리시아의 오렌지색 눈에 적응했지만, 그래도 그녀는 다른 사람들에게 눈을 보이는 법이 거의 없었다. 알리시아는 침대 옆에 놓인 의자에 앉더니 피터가 숟가락질하느라 애를 먹고 있는 옥수숫가루 죽 그릇을 향해 손짓했다.

"좀 도와줘?"

"꿈도 꾸지 마."

그러자 알리시아가 씩 웃었다. "아직도 자존심이 멀쩡한 걸 보니 다행이네. 헤네먼이 들들 볶았지?"

"기억도 잘 안 나. 내 대답이 맘에 들진 않는 것 같더라." 피터의 손에서 숟가락이 떨어지면서 끈끈한 죽이 그의 셔츠에 튀었다. "제기랄."

"이리 줘, 도와줄게."

그러나 피터는 엄지손가락 사이에 스푼을 끼고 다른 손으로는 손바닥으로 그릇을 받치려고 끙끙거렸다. "말했잖아, 할 수 있다니까?"

"제발 포기하지?"

피터는 한숨을 쉰 다음 쟁반 위에 숟가락을 떨구었다. 알리시아가 숟가락으로 죽을 떠서 그의 입에 가져갔다. "엄마가 먹여줄 테니까 입 벌려."

"네가 모성애가 있는 타입인 줄은 몰랐는데."

"너한테만 예외로 하지. 그냥 먹어."

한 입 한 입, 죽 그릇이 비워져 갔다. 알리시아가 행주를 가져와 피터의 턱을 훔쳐주었다.

"혼자 할 수 있다니까."

"됐어, 여기까지도 서비스야." 알리시아는 등받이에 등을 기댔다. "이제 다시 깨끗해졌다." 그러면서 그녀가 행주를 내려놓았다. "오늘 아침 새츠의 장례식을 했어. 좋았어. 해네먼도, 아프가도 추도사를 했고."

새츠가 폭발 속에서 죽었으리라는 것을 알면서도 헤네먼은 수색대를 산으로 다시 올려 보내 새츠를 찾게 했다. 상징적인 행위였지만 그래도 필요한 조치였다. 그럼에도 결국 새츠를 찾지 못했다. 그 동굴 밑바닥에서 일어난 일은 결코 무엇인지 알 수 없을 것이다.

"그렇게 됐구나."

"새츠는 좋은 녀석이었어. 다들 좋아했지."

"누가 죽으면 늘 그런 말을 하지."

알리시아는 어깨를 으쓱했다. "그렇다고 사실이 아닌 건 아니잖아."

피터는 알리시아도 자신과 같은 생각을 하고 있음을 알았다. 두 사람이 세운 계획 덕분에 새츠가 죽었다.

"먹는 걸 봤으니 난 이제 가야겠다. 아프가가 나를 남쪽 유전으로 보내기로 했어."

"리시, 동굴 바닥에 뭐가 있다는 걸 어떻게 안 거야?"

그 질문이 알리시아의 허를 찌른 듯했다. "나도 몰라, 피터. 그냥…… 느낌이 그랬어."

"느낌이라고."

알리시아의 시선이 피터를 스쳐 지나갔다. "뭐라고 표현해야 하는지는 잘 몰라."

"에이미만 할 수 있는 일인 줄 알았는데."

알리시아는 어깨를 으쓱 추어올리더니 그 주제에서 말을 돌렸다. 압박하지 마라는 뜻이었다. "날 위해 목숨 걸고 따라와 준 거 보답해야 할 것 같아. 최소한 그 난장판에 나 혼자가 아니어서 다행이었네."

"결국 다 망한 거지?" 피터가 울적하게 말했다.

"결정은 아프가가 하는 거야. 내가 독심술사도 아니고."

"아프가가 우리 말을 믿는 거 같아?"

알리시아는 그 말에 대답하지 않았다. 그녀의 눈이 다시금 먼 곳으로 간 것 같았다. 그러더니, 그녀는 알쏭달쏭한 표정을 지으며 물었다.

"피터, 영화 〈드라큘라〉 기억나?"

그 말에 피터의 기억이 5년 전으로 돌아갔다. 알리시아가 오래된 구리 광산에서 바이럴의 둥지를 발견하고 돌아온 날 밤, 콜로라도의 기지에서 보히스의 부하들과 함께 그 영화를 보았었다.

"너도 그 영화 본 줄 몰랐는데."

"봤냐고? 아니지, 그 영화를 연구했지. 바이럴 지침서나 다름없는 영화라고. 물론 망토라든지 성이라든지 하는 말도 안 되는 건 다 잊어버려. 맞아떨어지는 것들은 나머지야. 수명이 '부자연스럽게 연장된' 인간. 가슴에 말뚝을 꽂아서 죽이는 것. 고향 땅에 묻혀야 잠들 수 있다는 것. 거울……."

"라스베이거스에서 프라이팬을 사용했던 것처럼 말이지." 피터가 끼어들었다. "내 생각도 그래."

"어쩌면 거울에 모습을 반사시켜 보이면 퇴치할 수 있는 걸까? 그 영화 전체가 그런 식이야."

"리시, 무슨 말이 하고 싶은 거야?"

알리시아는 잠시 머뭇거리다가 말을 이었다. "예전부터 계속 마음에 걸리는 것이 있었어. 드라큘라에게는 조력자가 있어. 여전히 인간의 모습을 하고 있는 사람 말이야."

피터는 기억을 되살렸다. "거미를 잡아먹는 미친놈 말이지?"

"맞아. 그 렌필드라는 녀석. 드라큘라가 놈을 감염시켰지만 그는 완전히 변이하지 않았어. 그냥 감염 초기 상태에 계속 머무르는 거지. 그걸 보고 생각했어. 모두에게 그런 존재가 있는 거라면?" 알리시아는 이제 피터를 뚫어지게 바라보고 있었다. "올슨이 주드 이야기를 했던 거 기억나?"

올슨은 네바다에서 마주친 헤이븐이라는 공동체의 우두머리였다. 헤이븐 전체가 트웰브 중 첫째인 뱁콕에게 희생 제물을 바치고 있었다. 명목상의 우두머리는 올슨이었으나 알고 보니 진정한 실세는 주드였다. 주드는 뱁콕과 모종의 관계를 맺고 있었는데, 어떤 관계인지는 결국 알아낼 수 없었다.

"올슨은 주드가 패밀리어라고 했지……." 피터가 올슨이 했던 말을 되뇌었다. "그때는 무슨 말인지 이해할 수 없었어. 말도 안 되는 소리를 한다고 생각했지. 게다가 네가 올슨의 머리에다 총을 겨누고 있었고 말이야."

"그랬지. 그리고 솔직히 말하면 한동안은 '차라리 그때 방아쇠를 당겨버렸어야 했는데' 하고 생각했었어. 그런데 내 생각에 그때 올슨이 했던 말은 헛소리가 아니었던 것 같아. 커빌의 도서관에서 '패밀리어'의 의미를 찾아봤어. 사전에 그 뜻이 '고어古語'라고 나와 있기에 그것도 무슨 소린지 찾아봤는데 그냥 옛날 말이라는 의미더라. 사전에서 설명하길 패밀리어는 마녀의 고양이처럼 일종의 '조력자 악마'라고 했어. 조수 같은 거지. 어쩌면 올슨의 말은 그 뜻이었는지도 몰라."

피터는 잠시 그 말의 의미를 생각했다. "그럼 네 말은 이그나시오가 마르티네스의…… 패밀리어였다는 거야?"

알리시아는 어깨를 으쓱했다. "뭐, 지나친 비약일지도. 그냥 이리저리 끼워 맞춰봤어. 하지만 또 하나 생각해봐야 할 문제는 신호야. 이그나시오에게도 에이미, 그리고 트웰브와 마찬가지로 칩이 있었어. 그렇다면 그 역시 프로젝트 노아와 연관이 있었다는 뜻이겠지."

"이 이야기, 아프가에게 했어?"

"제정신이야? 지금도 충분히 곤란한데."

피터 역시 그렇게 생각했다. 또, 동굴 속에서의 작전 실패 때문에 알리시아가 뒤집어쓰게 된 비난은 자신의 몫이기도 하다는 사실 역시 의심하지 않았다.

알리시아는 자리를 떠나려 일어섰다. "아무튼 오데사에 다녀온 뒤에 지금 상황을 더 알아보자. 지금은 걱정해도 소용없어. 넌 네가 없으면 아무것도 안 된다고 생각하겠지만 당분간 너 없이도 버틸 수 있으니까."

"너 때문에 기분이 더 안 좋아지는데."

그러자 알리시아가 미소를 지었다. "또 밥 먹여주러 올 거라고 기대하지 말라는 소리야. 기회는 딱 한 번뿐이라고."

문간으로 다가가는 알리시아의 뒤에 대고 피터가 말했다. "리시, 잠깐만."

알리시아가 돌아보았다.

"이그나시오는 마르티네스가 자기들을 떠났다고 했잖아. 그게 무슨 뜻일까?"

"몰라. 놈이 거기 있었어야 했는데."

"마르티네스는 어디로 갔을까?"

그 말에 알리시아는 곧바로 대답하지 않았다. 얼굴에 그늘이 드리웠다. 내면에서부터 배어 나오는 어둠이었다. 피터가 처음 보는 표정이었다. 아무리 위태로운 상황에서도 알리시아는 완벽하게 침착했다. 그녀는 언제나 눈앞의 목표에만 철저히 집중했다. 지금도 비슷했지만, 그녀의 에너지가 어딘가 다르게 느껴졌다. 마치 더 깊은 어딘가에서 나오는 에너지 같았다.

"나도 알면 참 좋겠다." 그녀는 그렇게 대답하더니 다시 선글라스를 썼다. "진짜야."

그렇게 알리시아가 떠났고, 그녀가 열고 나갔던 텐트의 덮개가 팔락 흔들렸다. 늘 그랬듯, 알리시아가 떠나자마자 피터는 그녀의 부재를 느꼈다. 늘 그랬다. 두 사람은 언제나 서로를 떠나기만 했다.

알리시아는 다시 찾아오지 않았다. 엿새 뒤 피터는 의료 구역을 떠날 수 있었다. 갈비뼈가 붙으려면 시간이 더 걸릴 것이고 2주 정도는 무리

하지 않아야 했지만 그래도 드디어 침대 신세를 그만둘 수 있었다. 퇴원을 알리려 기지를 가로지르는 그의 발걸음에 힘이 실렸다. 아주 오래전, 어렸을 때 열병에 걸렸다가 나은 뒤가 떠올랐다. 그저 병석에서 일어났다는 사실 덕분에 일상적인 사물조차도 새로운 생명력으로 가득한 것처럼 느껴졌던 그때.

그런데 달라진 건 그뿐이 아니었다. 피터도 느낄 수 있었다. 캣워크 위의 병사들, 발전기가 돌아가는 소리, 사방에서 이루어지는 군사 활동의 질서 정연한 움직임에 이르기까지 그 모든 것이 평소와 다름없었지만, 어쩐지 무언가가 달라졌다는, 밀도가 한풀 꺾인 것 같다는 게 분명히 느껴졌다.

지휘 텐트에 들어가니 아프가가 우그러진 철제 책상 뒤에 서서 쌓인 서류 무더기를 들여다보며 인상을 찌푸리고 있었다.

"잭슨, 하루 이틀은 더 있어야 일어날 줄 알았는데. 몸은 좀 어떤가?"

어쩐지 그 질문이 평소답지 않게 사적인 질문 같았다. "괜찮습니다, 대령님. 물어봐 주셔서 고맙습니다."

"앉게."

아프가는 한동안 서류를 뒤적이는 손길을 멈추지 않았다. 아프가 대령은 피터보다 두 뼘은 작았으니 큰 체구는 아니었지만, 그가 뿜어내는 존재감은 강렬했고 몸동작은 군더더기 없이 깔끔했다. 그렇게 2분을 꼬박 채운 뒤에야 서류 검토가 만족스레 끝났는지, 아프가는 의자에 앉아 피터를 마주 보았다.

"새로운 지령이 있어. 오늘 아침 커빌에서 전해져 온 명령이다. 말하기 전에, 우선 이 일은 칼즈배드에서 일어난 일과는 아무 상관이 없다는 걸 덧붙이고 싶네. 사실 이미 한참 전부터 예상했던 일이기도 하고 말이야."

피터의 마지막 희망은 파도 속으로 침몰하고 말았다. 이제 다 끝나는구나.

"트웰브 수색대를 해체하는 거군요."

"해체라는 말은 어감이 너무 강하군. 검토 대상으로 놓는다는 거지. 사령부에서 우리 자원을 재배치할 필요성을 느꼈다고 해. 당분간 자네는 오일 로드로 간다."

피터가 예상한 것보다 더 나쁜 상황이었다. "오일 로드는 DS 소관이 아닙니까?"

"일반적으로는 그렇지. 하지만 전례 없는 일은 아닌 데다가, 또 대통령실에서 직접 내려온 명령이야. 석유 수송 경비가 느슨해서 군에서 개입하길 바란다더군. 수송대가 이번 주말 커빌로 출발하니 이때 함께 이동하기를 바란다. 거기서부터는 프리포트의 DS 지부로 출근하도록."

아프가의 말과는 달리 피터는 이 결정은 전적으로 칼즈배드 일 때문이라는 것을 알 수 있었다. 좌천이다. 계급 강등은 아니더라도, 책임을 빼앗기는 것이다.

"이러시면 안 됩니다."

그러나 아프가는 그 말에 눈썹을 치켜세울 뿐이었다. "내가 잘못 들은 것 같은데, 잭슨 중위. 방금 나에게 이래라저래라 한 건가?"

순간 얼굴이 화끈 달아올랐다. "죄송합니다, 대령님. 그런 뜻이 아니었습니다."

아프가는 한참 피터의 얼굴을 들여다보았다. "그래, 알겠어. 잭슨. 말해보게. 이곳에 온 지 얼마나 됐지?"

이미 답을 알면서, 자신의 말에 힘을 실으려고 부러 하는 질문이었다. "16개월째입니다."

"산간벽지에서 보내기에는 긴 시간이야. 이미 한참 전에 발령지가 바뀌었어야 마땅하지. 그런데 여태까지 자네가 이곳에 머무르겠다고 요청했기 때문에 계속 머물렀을 뿐이야. 바이럴 수색이 자네에게 큰 의미가 있다는 사실을 알기에 여태 그대로 둔 거지. 결국 우리 모두 이곳에 있는 건 자네 덕분일 테니까."

"저는 이곳 말고 그 어디에도 가고 싶지 않습니다."

"그래, 그 의사는 충분히 알았네. 하지만 잭슨 중위, 자네도 그저 인간일 뿐이야. 그러니까 이젠 휴식이 필요하다고. 사태를 수습한 후에 나는 다시 커빌로 돌아가니까, 최대한 빨리 자네를 돌려보내 달라고 오일 로드 측에 요청하겠어. 협상 같은 건 못하니 자네가 받아들이는 수밖에 없어."

거부할 방법이 없었다. "대령님, 죄송하지만 도나디오 중위는 어떻게 되는 겁니까?"

"도나디오 중위에게도 새로운 명령이 내려졌네. 자네 혼자 전보되는 건 아니야. 유전에서 돌아오자마자 도나디오 중위는 북부 키어니로 가게 될 거야."

키어니는 원정대의 전초 기지 중 최북단에 위치했다. 애머릴로에서 시작되는 보급선은 보통 첫눈이 내리기 전 끊겼다.

"어째서 키어니로 가게 됩니까? 곧 겨울이잖습니까."

"사령부에서 자세한 사정을 이야기해준 것은 아니지만 그곳의 상황이 꽤 곤란하다고 들었어. 첫눈이 오기 전에 그곳을 정리하려면 도나디오 중위의 기량이 필요한 것 같더군."

납득할 수 없는 설명이었지만 피터는 더 밀어붙여 보아야 소용없다는 생각이 들었다.

"섀츠 일은 안됐어." 아프가가 말을 이었다. "좋은 친구였지. 자네와 친한 사이였다는 것도 알고 있네."

"감사합니다."

"이만 가보게."

그 주의 나머지는 유예 상태로 지나갔다. 시간을 쓸 곳이 없었기에 피터는 주로 숙소에 머물렀다. 사물함 문 안쪽에 붙어 있는 지도는 한때는 목적의 상징이었으나 지금은 고약한 농담처럼 느껴졌다. 알리시아의 가설에 일리가 있는지도 모르겠다, 물론 아닐 수도 있고. 영영 알 수 없을 것만 같았다. 피터는 원정대에 입대하기 전의 나날을 생각하면서 입대가 실수는 아니었나 하고 생각해보았다. 그 시절 이 싸움은 그 혼자만의 것이었다. 그런데 이제 이 싸움은 규칙과 관례, 그에게 거의 권한을 주지 않는 지휘 체계가 있는 더 커다란 프로젝트가 되었다. 자유를 버린 대가로 먼 훗날 사람들이 "좋은 녀석이었지." 하고 회상할 또 다른 하급 장교가 된 셈이었다.

떠날 날 아침이 되었다. 피터는 사물함을 가지고 집합 장소로 갔다. 피터의 수색대가 루벅에서 실어 온 타이어가 가득 실린 세미트레일러가 기다리고 있었다. 그는 호위 차량의 화물칸에 짐을 실은 다음 조수석에 올라탔다.

"집으로 돌아가니까 기쁘시지요?"

피터는 그저 고개를 끄덕일 뿐이었다. 지금은 무슨 말을 한들 언짢게 들릴 텐데, 운전석에 앉은 섀츠의 부하였던 이 일병이 피터의 나쁜 기분을 고스란히 받아줄 이유는 없었다.

"돈이 생기면 제가 제일 먼저 할 일이 뭔지 아십니까?" 일병이 신나는 기색을 억누르지 못한 채 말했다. "곧장 H타운으로 가서 절반은 리크를 사고 절반은 매음굴에서 쓸 겁니다." 말이 끝나자마자 문득 부끄러워졌는지 그가 얼굴이 벌게져서 피터에게 눈길을 주었다. "음, 죄송합니다."

"괜찮아."

"그곳에서 중위님을 기다리는 사람이 있습니까? 실례가 아니라면."

대답은 너무 복잡했다. "어떻게 보면 그렇지."

일병은 다 안다는 듯 씩 웃었다. "그렇군요, 그 여성분이 누구인진 모르겠지만 중위님을 만나면 정말 기뻐할 것 같습니다."

명령이 내려졌다. 수송대가 매연을 내뿜으며 움직이기 시작했다. 앞으로 사흘간 유지할 환각 상태 속으로 막 들어가려는데 엔진 소음을 뚫고 누군가의 고함이 들렸다.

"잠깐 기다려!"

알리시아가 험비를 향해 달려오고 있었다. 피터가 차창을 내렸다.

"한 시간 전에 복귀했어." 알리시아가 말했다. "어떻게 작별 인사조차 하지 않고 떠날 생각을 한 거야?"

알리시아의 얼굴은 기름때 범벅이었다. 희미하게 석유 냄새도 풍겼다. 그러나 피터의 눈을 사로잡은 것은 그녀의 옷깃에 달린 금속 계급장의 광채였다. 대위를 상징하는 작대기 두 개였다.

"와, 대단하네." 그는 억지로 미소를 지어 질투심을 숨기려 애썼다. "이제는 대위님이라고 불러야겠는걸."

"듣기 좋네. 굳이 말하자면 좀 늦었지."

"아프가가 나를 전보 보냈어."

"알아. 오일 로드로 간다며." 복잡하게 말을 고를 필요는 없었다. "거긴 편한 곳이야, 피터. 노력의 대가라고 생각해."

"아프가도 그러더군."

"서킷을 만나면 안부 전해줘. 혹시 그리어를 만나거든 그리어한테도."

피터는 고개를 끄덕였다. 운전석에 앉은 일병이 듣는 자리에서 할 수 있는 말은 여기까지였다. "넌 키어니로 언제 떠나?"

"이틀 뒤에."

"조심해. 아프가 말로는 그곳 상황이 골치 아프다던데."

"너도." 알리시아는 운전대만 빤히 바라보고 있던 운전병을 흘낏 보더니 다시 피터에게로 시선을 돌렸다. "걱정하지 마. 지난번에 했던 이야기 잊지 않았지? 아직은 끝이 아니야. 알았지?"

알리시아의 말속에 말하지 않은 의미가 묵직하게 담겨 있다는 게 느껴졌다. 뒤에서 초조한 엔진 소리가 커져갔다. 모두가 기다리고 있었다.

"중위님, 이제 진짜 출발해야 합니다." 운전병의 말이었다.

"그래, 이제 이야기 끝났어." 알리시아가 마지막으로 피터를 바라보았다. "진심이야, 피터. 다 괜찮을 거야. 어서 서킷이나 만나러 가라고."

28

최초의 고통은 따뜻한 텍사스의 햇살이 내리쬐고 하늘은 높고 푸른 9월 말의 어느 오후에 기차역을 향해 질주하는 지연된 열차처럼 찾아왔다. 에이미는 안뜰에서 아이들이 노는 모습을 지켜보고 있었다. 조금 뒤면 종이 울리고 아이들은 다시 수업을 들으러 들어갈 테고, 에이미 역시 부엌에 가서 식사 준비를 도와야 할 것이다. 하나를 끝내자마자 곧바로 몰아치는, 끝이 없는 일거리로 가득한 한낮의 짧은 휴식 시간이었다. 점심 식사가 끝나고 식기를 치우고 나면 아이들은 오전 내내 애써 억눌러 놓았던 산만한 에너지를 발산하기 시작했고, 에이미는 아이들을 데리고 밖으로 나가 운동장 가장자리에 자리를 잡았다. 아이들의 활동이 뿜어내는 밝은 에너지를 즐길 수 있을 만큼은 가까우면서도, 아이들이 자기를 놀이에 끌어들일 만큼 가깝지는 않은 곳이었다. 이 휴식 시간이 에이미가 하루 중 가장 좋아하는 삼십 분이었는데, 그날은 눈을 감고 초가을의 따뜻한 햇볕을 만끽하려 고개를 기울이는 순간 고통이 닥쳐왔다. 몸통 한가운데를 콱 움켜쥐는 것 같은 통증에 에이미는 급히 몸을 반으로 접으면서 앞으로 비틀거리면서 가느다란 비명을 내뱉었는데, 시끌시끌하던 운동장의 소음 속에서도 묻히지 않을 만한 소리였다.

"에이미, 괜찮니?"

에이미의 눈앞에 캐서린 수녀의 모습이 나타났다. 피부가 창백하고 얼굴이 길쭉하며 눈은 수레국화처럼 새파란 수녀였다. 에이미의 온몸에서 땀이 쏟아지고 있었다. 손과 발은 차가운 젤리처럼 감각이 없어졌다. 허리 아래가 온통 흐물흐물해진 것만 같았다. 금방이라도 말 그대로 땅으로 녹아내릴 것만 같았다. 토하고 싶은데 토해지지 않았고 이런 내면의 교착 상태 때문에 말이 나오지 않았다.

"좀 앉아. 유령처럼 창백해 보여."

캐서린 수녀는 에이미를 이끌고 고아원 벽에 붙은 벤치로 데려갔다. 6미터 남짓 떨어진 곳이었지만 아주 먼 것만 같이 느껴졌다. 벤치에 도착했을 즈음에 에이미는 한 발짝만 더 내디디면 쓰러질 것만 같은 상태였다. 캐서린 수녀가 걱정되어 어쩔 줄 모르며 자리를 떠났다가 물을 한 잔 가지고 돌아와 에이미의 손에 쥐여주었다. 운동장의 아이들은 쭉 놀고 있는 것 같았지만 에이미는 그중 몇몇이 이쪽을 보고 있다는 것을 알 수 있었다. 고통은 잦아들고 토기로 바뀌었지만 여전히 몸에 힘이 없었다. 더운 동시에 추웠다. 수녀들이 에이미 주변으로 다가와 목소리를 낮추어 진지하게 캐서린 수녀에게 무슨 일이냐고 묻고 있었다. 에이미는 물을 마시고 싶지 않았지만 다들 끈질기게 권하는 바람에 결국 살짝 목을 축였다.

"죄송해요." 에이미는 간신히 입을 열었다. "방금까진 아무렇지도 않았는데……."

"이리 오세요, 자매님." 캐서린이 고아원 문 쪽을 향해 손짓했다. "얼른 오세요."

페그 수녀가 성큼성큼 다가오자 모여 있던 수녀들이 양쪽으로 나뉘어 길을 터주었다. 나이 많은 페그 수녀는 걱정스러운 것도 같고 짜증스러운 것도 같은 파리한 얼굴로 에이미의 상태를 살폈다.

"무슨 일이지? 누가 말해주겠어, 아니면 내가 알아서 짐작할까?"

"저도 모르겠어요." 캐서린 수녀가 말했다. "그냥…… 갑자기 쓰러졌어요."

운동장은 쥐 죽은 듯 고요해졌다. 이제는 아이들 모두가 이쪽을 빤히 쳐다보고 있었다. 에이미는 케일럽을 찾으려 했지만 페그 수녀에 가려 보이지 않았다. 에이미는 한 번도 아파 본 적이 없었다. 아픈 것이 어떤 것인지는 알지만 실제로 겪어본 적은 없었다. 고통보다 더 괴로운 것이 수치심이었다. 다들 이쪽을 바라보고 있다는 생각에 무슨 말이라도 해서 멈추고 싶었다.

"에이미, 무슨 일이냐?"

"그냥 어지러웠어요. 배도 아프고요. 무슨 일인지 잘 모르겠어요."

페그 수녀가 에이미의 이마에 손바닥을 가져갔다. "글쎄, 열은 없는 것 같은데."

"뭘 잘못 먹었나 봐요. 금방 괜찮아질 거예요."

"안색이 너무 안 좋은데." 캐서린 수녀가 입을 열자 모두가 고개를 주억거렸다. "에이미, 정말로 난 네가 기절하는 줄 알았어."

웅성거리는 소리가 뒤따랐다. 맞아, 안색이 안 좋아, 정말 안 좋아. 독감일까? 아니면 더 심한 병일까? 뭘 잘못 먹은 거라면 다 같이 앓게 되는 것 아니야?

페그 수녀는 한참 동안 수녀들이 웅성거리게 두었다가 한 손을 들어 소란을 잠재웠다. "더 두고 볼 이유가 없지. 방에 가서 눕거라, 에이미."

"하지만 이젠 정말 괜찮은걸요. 금방 나을 거예요."

"고맙구나, 하지만 결정은 내가 한다. 캐서린 자매, 에이미를 숙소로 데려다주겠니?"

캐서린이 에이미를 부축해 일으켰다. 똑바로 서기가 힘들었고 배도 아직 아팠지만, 최악의 고통은 지나간 뒤였다. 캐서린이 에이미를 건물로 데려가 계단을 오른 뒤, 혼자 방을 쓰는 수녀원장 페그 수녀를 제외한 나머지 수녀들이 다 함께 쓰는 방으로 데려갔다. 에이미는 옷을 벗고 침대에 누웠다.

"더 필요한 건 없니? 캐서린 수녀가 블라인드를 내리며 물었다.

"괜찮아요." 에이미는 온 힘을 다해 미소를 지어 보였다. "그냥 조금 쉬면 될 것 같아요."

캐서린 수녀는 침대 발치에 서서 잠시 에이미를 바라보았다. "혹시 그거 아니니? 네 나이 또래 여자애들에게 일어나는 일 말이야."

네 나이 또래라고. 캐서린 수녀는 아무것도 모른다고 에이미는 생각했다. 그러나 캐서린의 말이 무슨 말인지는 알고 있었다. 그 생각에 에이미는 놀랐다.

캐서린은 인정 어린 미소를 지었다. "만약 그거라면 곧 알게 될 거야. 괜찮아, 우리 모두 겪은 일이니까."

캐서린은 에이미에게 필요한 게 있으면 꼭 부르라고 당부한 다음 방을 나갔다. 에이미는 다시 침대에 누워 눈을 감았다. 오후 종이 울렸다. 아래층에서 아이들은 햇살과 땀과 신선한 오후 공기의 냄새를 풍기면서 교실로 들어서고 있을 테고, 그중 몇 명은 아까 운동장에서 일어난 소란이 무엇이었을지 궁금해하고 있겠지. 당연히 케일럽은 그녀를 걱정할 것이다. 캐서린 수녀에게 케일럽에게 말이라도 전해달라고 할걸 그랬다. *그냥 피곤해서 그래. 잠깐 몸이 안 좋았어. 금방 멀쩡해질 거야,* 하고 말이다.

하지만 캐서린 수녀가 한 말이 마음에 걸렸다. *네 나이 또래 여자아이.* 그런 일이 가능할까? 수녀들은 전부 그들이 '고난'이라고 부르는 일에 대해 불평을 늘어놓았다. 고아원의 작은 방에 모여 사니 모두가 같은 기간에 생리하고, 그래서 한 달에 일주일은 모두가 피범벅이 되어서 성질을 낸다고 농담할 정도였다. 그러나 에이미는 그런 기본적인 일을 전혀 모르고 살아왔고, 심지어 지금까지도 그 현상에 대해 완전히 이해하지는 못했으나, 생리가 무엇인지는 알고 있었다. 피를 흘린다. 많은 피는 아니고 조금 흘리는 것이고 상당히 불편한 그 일이 한 번에 며칠씩 계속된다고 했다. 한동안 에이미는 자신도 생리를 시작할지 모른다는 생각을 두려워하고 있었지만 시간이 지나갈수록 두려움은 강렬한, 거의 생물학적인 갈망으로, 그리고 어쩌면 그런 일이 영영 그녀에게 일어나지 않을지도 모른다는, 인간이 겪는 당연한 성장 과정의 문이 영영 닫혀서 그녀는 영원히 어린아이의 몸으로 살지도 모른다는 공포로 변해갔다.

그녀는 몸을 확인했다. 아니, 피는 나오지 않았다. 캐서린 수녀의 짐작이 맞는 거라면, 생리는 언제쯤 시작될까? 좀 더 자세히 물어볼걸 그랬다. 피가 얼마나 나는지, 얼마나 아픈지, 기분이 어떻게 변하는지가 궁금했다. 물론 자신의 경우에는 다른 사람들과는 다르리라는 것을 에이미도 가늠하고 있었다. 더 아플 수도 있다. 덜 아플 수도 있고. 어쩌면 아예 그런 일은 일어나지 않을지도 모른다.

에이미는 성인 여성이 되고 싶었다. 다른 사람의 눈에도 그렇게 보이고 싶었다. 그녀의 정신이 아는 일을 그녀의 몸도 알았으면 했다.

그때 자그마한 야옹 소리가 꼬리에 꼬리를 무는 생각을 방해했다. 당연히 마우저가 그녀의 상태를 확인하러 왔겠지. 늙은 회색 고양이 마우저가 에이미의 침대를 향해 사뿐사뿐 걸어왔다. 고양이는 불쌍하기 짝이 없는 몰골이었다. 눈은 백내장으로 회색이 되었고, 털은 떡이 져서 끈끈하며 꼬리는 나이가 들어 축 처졌다. "나 보러 왔니? 나 보러 왔구나, 착해라. 이리 오렴." 에이미가 고양이를 훌쩍 들어 올린 다음 가슴에 고양이를 올리고 도로 누웠다. 손가락으로 등을 쓸어 주자 고양이는 머리를 에이미의 목 근처에 파고들며 응답했다. *이렇게 화창한 날씨에 침대에만 누워 있을 거야?* 고양이는 세 번이나 빙글빙글 돈 뒤에야 다시 에이미의 가슴 위에 자리를 잡고 커다랗게 고롱거렸다. *괜찮아. 잘자. 내가 여기 있어 줄게.*

에이미는 눈을 감았다.

눈을 뜨니 밤이었고, 에이미는 바깥에 나와 있었다.

어쩌다 바깥으로 나온 거지?

에이미는 잠옷 차림이었다. 맨발은 이슬에 젖어 촉촉했다. 시간은 알 수가 없었지만 늦은 밤인 것은 분명했다. 꿈일까? 하지만 아직 꿈속이라면 어째서 이 모든 것이 이토록 진짜처럼 느껴질까? 그녀는 주변을 둘러보았다. 강 상류의 댐 근처였다. 공기가 서늘하고 축축했다. 마치 쫓기는 꿈에서 막 깬 것처럼 다급한 느낌이 남아 있었다. 내가 왜 여기 있는 거지? 몽유병일까?

그때 무언가가 다리를 스치는 바람에 그녀는 흠칫하고 놀랐다. 발치를 내려다보니 마우저가 탁한 막이 덮인 눈으로 그녀를 올려다보았다. 그러더니 고양이는 큰 소리로 야옹 울면서 댐을 향해 총총 몇 발짝 걷다가 다시 그녀를 돌아보았다.

마우저의 의도는 분명했다. 에이미는 마우저를 따라가기 시작했다. 늙은 고양이가 에이미를 이끌고 간 곳은 댐 아래에 있는 작은 콘크리트 건물이었다. 기계실일까? 마우저가 건물의 문간에 앉아 야옹야옹 울고 있었다.

에이미는 문을 열고 안으로 들어갔다. 아무것도 보이지 않는 캄캄한 어둠뿐이었다. 어떻게 길을 찾아가지? 그녀는 벽을 더듬어 스위치를 찾았다. 있었다. 스위치를 올리는 동시에 밝은 빛이 쏟아졌다. 작은 공간의 한가운데는 원형 계단으로 이어지는 철제 난간이 있었다. 마우저가 계단 맨 위 칸에 앉아 있었다. 그러더니 고개를 돌려 에이미를 바라보며 끈질기게 다시 야옹, 하고 한 번 더 운 다음 계단을 내려가기 시작했다.

계단은 빙글빙글 회전하며 아래로 이어졌다. 계단 밑에 도착하니 또 다시 어둠이었다. 이번에도 더듬더듬 스위치를 찾아 켰다. 그제야 그녀는 자신이 어디에 있는지 알 수 있었다. 한 방향, 앞으로만 이어진 널따란 터널이었다. 마우저는 한참이나 앞서가며 벽에 기다란 그림자를 드리우고 있었다. 그 급박한 움직임에 에이미도 덩달아 지하 세계 깊숙한 곳까지 따라 들어갔다. 이번에는 고리 모양 손잡이가 달린 해치가 나왔다. 해치 옆 바닥에 기다란 파이프가 놓여 있었다. 에이미는 파이프를 들어 손잡이의 바큇살에 끼우고 돌렸다. 문이 열리더니 사다리가 나타났다. 마우저에게 물어야겠다는 생각에 고개를 돌렸더니 고양이는 회의적인 표정으로 그녀를 빤히 보았다.

난 안 가, 무섭거든. 여기서부터는 너 혼자야.

에이미는 사다리를 타고 내려갔다. 사다리 밑에서 무언가가 그녀를 기다리고 있었다. 그것의 존재가 뼛속 깊이 느껴졌다. 무언가 끔찍하고,

슬프고, 갈망으로 가득 찬 존재였다. 발이 땅에 닿았다. 아까보다 더 널찍한 수직 통로가 나타났다. 바닥에 물이 슬금슬금 흐르고 있었다. 저 멀리 둥그런 모양으로 빛이 들어오는 게 보였다. 이제는 이곳이 어디인지 알 수 있었다. 댐의 배수로 중 하나였다. 그리고 저 앞에 보이는 것은 달빛이었다. 그녀는 월식 같은 반 음영의 빛을 향해 가는데 눈앞으로 그림자 하나가 스쳐 지나갔다. 그림자가 아니었다. 형체였다.

에이미는 그것이 무엇인지 알 수 있었다.

에이미, 에이미, 내 심장으로 낳은 딸아.

그가 창살 속으로 손을 뻗었다. 길고 굽어진 앞발 끝에는 굽어진 발톱이 달린 기다란 손가락들이 뻗어 나와 있었다. 에이미와 손바닥이 마주치는 순간 그가 손가락을 구부려 그녀의 손을 감쌌다. 에이미는 두렵지 않았다. 빛이 퍼져 나가는 느낌뿐이었다. 눈물이 차올라 눈앞이 흐려졌다.

에이미, 난 기억해. 모든 걸 기억한다.

두 사람의 손이 꽉 맞물렸다. 그의 손이 주는 감촉이 그녀의 온몸 구석구석 스며들며 그녀를 온기로 적셨다. 사랑의 온기, 집의 온기였다. 나는 언제나 여기 있을 거야. 내가 너를 안전하게 지켜줄 거야 하고 말하는 듯한 온기였다.

용감한 내 딸아. 용감한 우리 에이미. 이제 울지 말렴.

순수한 감정이 솟구쳐 오르며 에이미는 몸을 떨며 흐느꼈다. 행복했다, 동시에 슬펐다. 그녀는 삶의 무게를 온통 느끼고 있었다.

–저한테 무슨 일이 일어나고 있나요? 왜 이런 느낌이 드는 거예요? 부탁이에요, 말해주세요.

그의 얼굴에는 아무런 표정이 없었다. 표정이라는 것은 무의미하니까. 그의 온 존재는 그 눈 속에 담겨 있었다.

네 질문은 전부 답을 찾게 될 거다. 그가 너를 기다리고 있어, 배 안에서. *때가 오면 너에게 길을 알려주마.*

-그게 언제인가요? 그때는 언제 오나요?

그러나 그 말을 하는 순간 에이미는 이미 답을 알고 있었다.

곧, 하고 울가스트는 대답했다. *곧, 아주 이른 시일 내에.*

V
오일 로드

내가 타인의 고통을 바라보면서 슬픔에 빠지지
않을 수 있을까? 타인의 애도를 바라보면서
다정한 안도를 구하지 않을 수 있는가?

- 윌리엄 블레이크, 〈타인의 슬픔〉

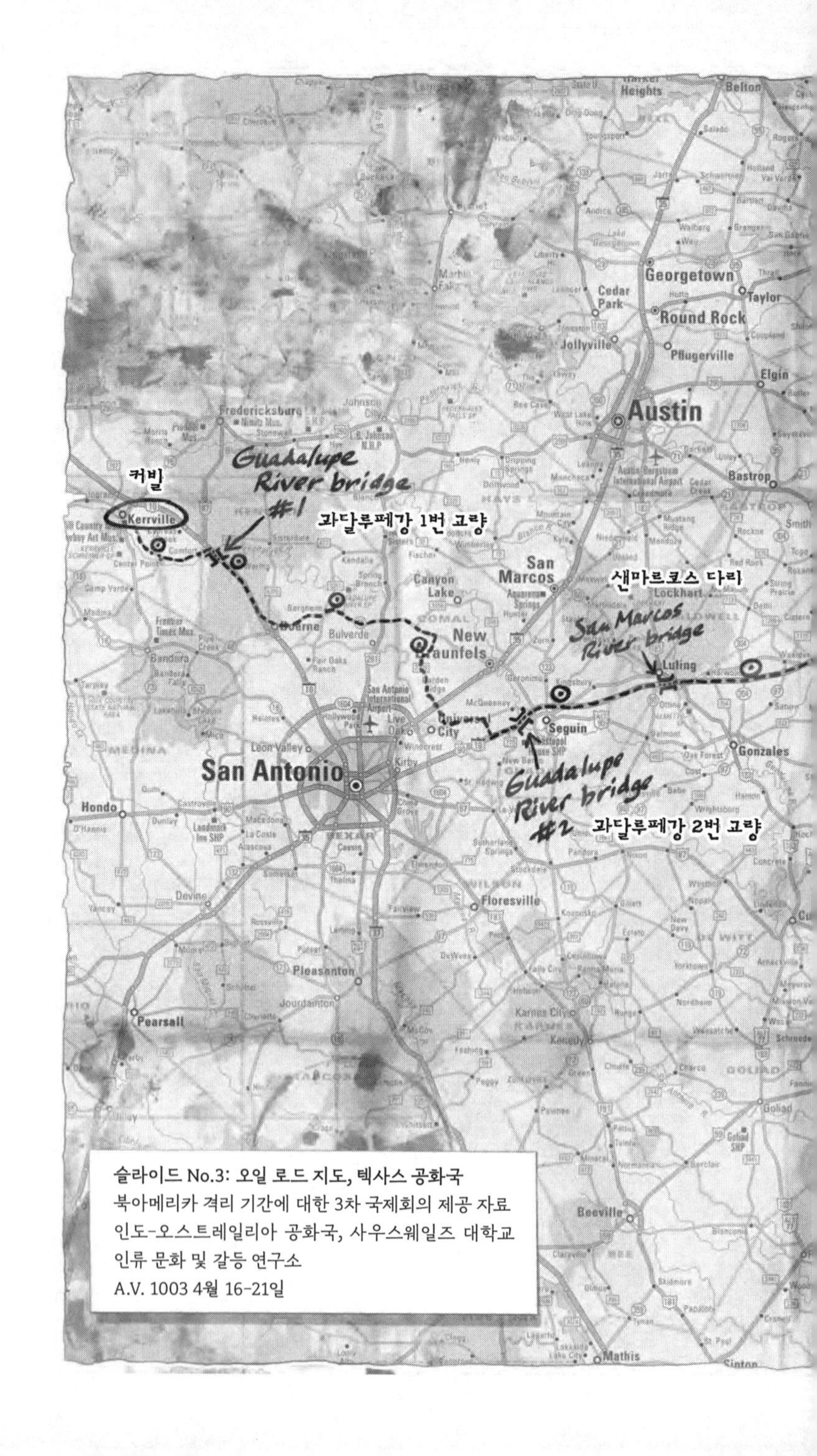

슬라이드 No.3: 오일 로드 지도, 텍사스 공화국
북아메리카 격리 기간에 대한 3차 국제회의 제공 자료
인도-오스트레일리아 공화국, 사우스웨일즈 대학교
인류 문화 및 갈등 연구소
A.V. 1003 4월 16-21일

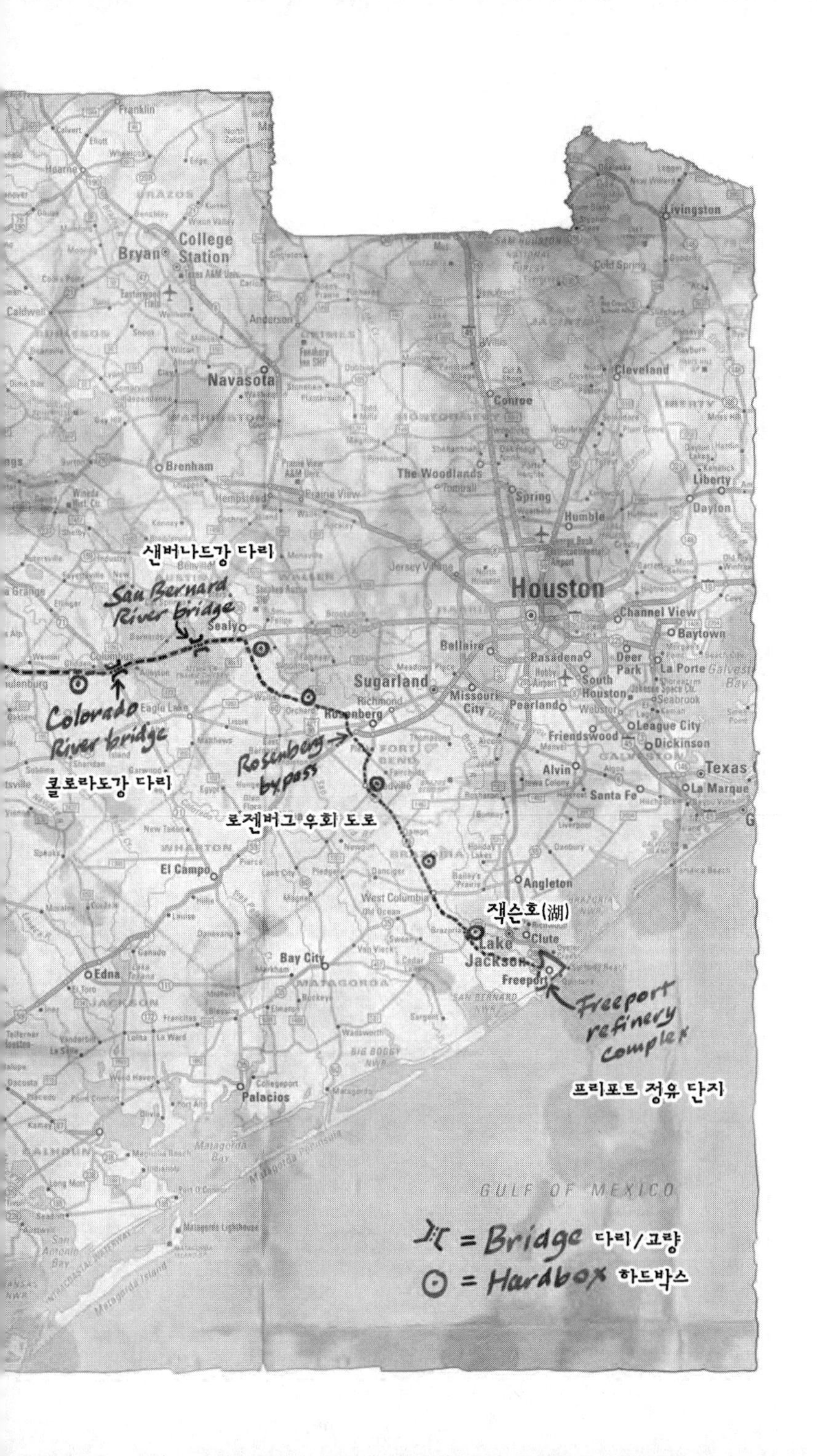

San Bernard River bridge
샌버나드강 다리
Colorado River bridge
콜로라도강 다리
Rosenberg bypass
로젠버그 우회 도로
잭슨호(湖)
Freeport refinery complex
프리포트 정유 단지
= Bridge 다리/교량
= Hardbox 하드박스
Houston
College Station
Bryan
Navasota
Brenham
Conroe
The Woodlands
Spring
Humble
Cleveland
Livingston
Liberty
Dayton
Channel View
Baytown
Bellaire
Pasadena
Deer Park
La Porte
South Houston
Seabrook
Sugarland
Missouri City
Pearland
Rosenberg
Friendswood
League City
Dickinson
Alvin
Santa Fe
La Marque
Texas City
Sealy
Columbus
Eagle Lake
El Campo
Angleton
West Columbia
Clute
Lake Jackson
Freeport
Bay City
Edna
Palacios
Franklin
Hearne
Caldwell
Anderson
Hempstead
Prairie View
Jersey Village
Richmond
Gulf of Mexico
Matagorda Bay

29

정유 단지

텍사스주 프리포트

꿈도 없는 깊은 잠에 빠져 있던, 1등 정유공이자 '현자 마이클', '세상의 다리'인 마이클 피셔는 도저히 다른 것으로 착각할 수 없는 감각에 문득 정신을 차렸다. 누군가와 섹스하고 있는 느낌이었다.

그는 눈을 떴다. 로어가 그의 몸 위에 올라탄 채 등을 앞으로 굽히고 있었다. 이마는 성욕으로 배어난 땀으로 번들거렸다. 제기랄, 하고 그는 생각했다. 방금까지 했잖아? 그것도 딱 관짝 하나만 한 침대 위에서 인체가 할 수 있는 온갖 체위로, 우스꽝스럽게, 어마어마하게 하지 않았느냐고.

"좋은 아침이야," 로어는 씩 웃으며 말했다. "당신이 자는 동안 먼저 시작한 거 기분 나쁘지 않았으면 좋겠어."

그래, 될 대로 되라지, 하고 마이클은 생각했다. 하루를 시작하는 더 나쁜 방법은 이것 말고도 많았다. 빰이 달아오른 걸 보니 로어는 오르가슴을 향해 착실하게 달아오르는 모양이었고, 그렇게 생각하니 마이클도 금방 따라잡을 수 있을 것 같았다. 체중을 실어 엉덩이를 흔드는 로어의 움직임이 해변으로 밀려와 철썩거리며 드나드는 파도 같았다.

"너무 빨라."

"제발 조용히 좀 해." 머리 위에서 누군가가 고함을 질렀다.

"닥쳐, 셉스." 로어가 대답했다. "우리 바빠."

"너 때문에 흥분되잖아! 역겨워!"

마이클은 이 대화가 마치 저 먼 행성에서나 일어나는 것 같다고 생각했다. 모두가 같은 숙소에서 잠들고 고작 얇디얇은 커튼 한 장으로 사생활을 보호하고 있는 터라, 감각을 적당히 무디게 하는 법을 알았다. 그러나 지금 느끼는 기분은 그 이상이었다. 마치 섹스라는 행위가 가지는 최면적인 리듬이 일종의 해리 상태를 유발한 듯 그의 감각이 순수한 육체적 영역으로 떠밀려 가는 것만 같은 기분이었다. 그의 정신이 몸보다 세 발짝 뒤에서 따라오며 증류기 속에서 끓는 석유 방울처럼 눈앞에 피어오르는 갖가지 걱정이며 슬픔, 정서적으로 중립적인 이미지들을 구경하고 있는 것 같았다. 교체가 필요한 썩어가는 개스킷. 급유소에서 신선한 원유를 가져올 일정. 평소에는 전혀 떠올리지 않는 콜로니의 기억들. 그의 몸에 올라탄 로어가 여정을 이어가는 동안 마이클은 다른 데로 흘러가려는 정신을 다잡으며 행위에 집중하려 애썼다. 그게 그가 할 수 있는 최소한의 일인 것처럼 느껴졌다.

그리고 마침내 그는 성공했다. 점점 치솟아 오르던 로어의 열정이 승리를 거머쥔 것이다. 커튼을 다시 열었더니 셉스는 떠나고 없었다. 해치 위에 달린 시계는 6시 30분을 표시하고 있었다.

"제기랄."

마이클이 황급히 침대에서 내려와 작업복을 입기 시작했다. 등 뒤에 있던 로어가 그의 가슴에 팔을 둘렀다.

"그냥 여기 있어. 후회 안 하게 만들어줄게."

"내가 첫 번째 근무야. 또 지각하면 칼로빅이 아침 식사로 내 엉덩이를 씹어 먹어버릴걸." 마이클은 부츠 안에 발을 쑤셔 넣은 다음 고개를 돌려 로어에게 입을 맞췄다. 짭짤한 맛, 섹스의 맛, 그리고 그녀의 맛이 났다. 두 사람 사이의 감정을 사랑이라고 부를 수는 없었다. 섹스는 시간을 때우는 수단에 불과했지만 두 사람의 관계는 시간이 갈수록 조금씩 발전해 이제는 단순한 습관 이상의 것으로 변해왔다.

"또 생각하고 있었던 거지?"

"누가, 내가?"

"거짓말할 생각 마." 로어의 목소리는 꾸짖는다기보다는 단순히 사실을 바로잡는다는 투였다. "있지, 언젠가는 내가 당신 걱정을 전부 잊게 할 정도로 섹스해줄게." 그러더니 로어는 한숨을 쉬고 팔을 풀었다. "됐어, 가봐."

마이클은 일어나서 기둥에 걸려 있던 작업모와 장갑을 챙겼다. "나중에 보자."

로어는 이미 다시 침대에 누운 뒤였다. "그러든지."

마이클이 막사를 나왔을 때는 해가 지평선 위로 간신히 솟아올라 걸프 지역을 망치로 두드려 편 금속판처럼 은은하게 비추고 있었다. 시월 첫째 주였지만 벌써 공기가 뜨거웠고 바닷바람은 아직도 소금기와 가열한 부탄의 유황 냄새로 시큼한 냄새를 풍겼다. 요기를 못 해 꼬르륵거리는 배를 하고 그는 잰걸음으로 부대를 가로질러 매점을, 체력 단련소를, DS 막사를 지나쳐 오전 근무자들이 집합해 있을 퀀셋식 오두막을 향했다. 수석 엔지니어인 칼로빅이 당번표를 보면서 그날의 업무를 할당하고 있다가 마이클이 들어오는 것을 보고 차가운 시선을 던졌다.

"잠자는 미녀의 잠을 우리가 깨운 건가, 피셔? 그렇다면 미안하네."

"예," 마이클이 작업복 지퍼를 채우면서 대답했다. "죄송합니다."

"미안하긴 아직 일러. 오늘 네가 폭탄 담당이니까. 셉스가 널 보조할 거고. 셉스를 날려버리지 않도록 조심하라고."

일명 폭탄이라고 불리는 제1번 증류탑은 이곳에서 가장 오래된 것으로 다 녹슬어 가는 구조물을 납땜이며 철사, 기도로 간신히 붙여놓은 것이었다. 다들 당장이라도 폐기 처분하지 않으면 작업자를 화성으로 날려버릴 거라고들 했다.

"고맙습니다. 정말이지 마음씨도 좋으셔라."

"천만의 말씀." 칼로빅이 모여 선 근무자들을 죽 둘러보았다. "좋아, 여러분. 수송일까지는 칠 일 남았다. 트럭을 꽉 채웠으면 한다. 그리고 피셔, 잠깐 남아 있어. 할 말이 있거든."

모두가 각자 담당한 증류탑으로 흩어졌다. 마이클은 칼로빅을 따라 오두막으로 들어갔다. 또 무슨 일이람? 옷도 제대로 못 갖춰 입은 보람도 없이 고작 몇 분 지각한걸.

"저기요, 댄. 지각한 건 죄송하고요……."

그러나 칼로빅은 마이클의 말을 막았다. "신경 쓰지 마. 그 이야길 하려는 게 아니니까." 그는 바지춤을 추슬러 올리면서 책상 뒤에 놓인 의자에 무거운 덩치를 내려놓았다. 칼로빅은 말 그대로 묵직한 체구였다. 뚱뚱하다기보다는 거대하다는 말이 어울리는 그런 남자였다. 머리 위 벽면에는 종이 여남은 장이 붙어 있었다. 당번표, 업무 흐름도, 수송 일정표 등이었다. "어차피 폭탄은 너한테 맡길 생각이었어. 고열 가공 작업은 너랑 셉스가 최고니까. 그 늙은 할망구 같은 증류탑에 자네 둘을 보낸 건 칭찬으로 받아들였으면 좋겠군. 내 맘대로 할 수만 있었다면 아예 부숴버리는 건데."

마이클은 그 말을 곧이곧대로 믿었지만, 이유 없는 칭찬은 없다는 것도 알았다. "그래서요?"

"그래서 말이지."

칼로빅이 책상 위로 종이 한 장을 밀어 보냈다. 마이클은 얼른 서류 아래에 적힌 서명을 읽었다. 텍사스 공화국 대통령 빅토리아 산체스. 그는 서신에 적힌 짧은 세 단락을 눈으로 훑었다. *그래, 그래야겠군*, 하고 그는 생각했다.

"이게 무슨 소린지 알겠나?"

"어째서 제가 알 거로 생각하시죠?"

"마지막으로 합류한 인원이 너니까. 여기 오기 전에 뭐라도 들은 게 있겠지. 급유소에서 도는 이야기라든지, 잉여 군 인력들 얘기 말이야."

"딱히 생각나는 게 없는데요." 마이클은 어깨를 으쓱했다. "스타크랑 얘기해보셨어요? 그 사람은 알겠죠."

스타크는 정유소의 1급 보안 담당자였다. 입이 걸고 리크를 과음하는 사람이었지만 정유공이나 DS 사이에서 대체로 존경받는 사람이었고 그건 포커 솜씨가 뛰어난 덕이 컸다. 그의 빈틈없는 카드 솜씨 때문에 마이클도 상당한 돈을 잃었지만 어차피 정유 단지 안에서는 돈을 쓸 곳이 없으니 그리 큰 손실은 아니었다.

"아직. 그래도 스타크가 달가워하지는 않을 거야." 칼로빅은 마이클의 얼굴을 살폈다. "두 사람 친구 사이 아니었던가? 그 캘리포니아에서 함께 왔다던?"

"네, 아는 사이죠."

"그러면 좀 기름이라도 쳐봐. DS와 군대 간의 비공식적 소식통이 되어달라고."

마이클은 잠시 자신에게 어떤 감정이 드는지 살펴보았다. 옛 친구를 만나는 게 반가우면서도, 어쩐지 발가벗겨진 듯한 기분에 내심 동요하는 기분이 들기도 했다. 정유공의 자족적인 생활은 여러 의미에서 죽은 누나의 빈자리를 채우면서 슬픔을 견디게 해주었다. 자신이 기억으로부터 숨고 있다는 걸 알았지만 그래도 상관없다는 생각이 들었다.

"그러죠."

"신세 진다고 생각하겠어. 알아서 잘해봐." 칼로빅이 고개로 문 쪽을 가리켰다. "자, 이제 가. 할 일이 있잖나. 그리고 내 말은 진심이야. 사태를 잘 주시해보라고."

마이클이 증류탑에 도착하자 열두 명의 작업반원이 혼란스러운 표정으로 서 있었다. 신선한 원유를 실은 트럭은 그 자리에 고스란히 놓여 있고, 셉스는 아예 보이지 않았다.

"잠깐만, 원유를 채우지 않고 뭐 하는 거지?"

증류탑 아래 가열 장치에서 셉스가 기어 나왔다. 얼굴과 드러난 팔에는 시커먼 기름이 잔뜩 묻어 있었다. "일단 찌꺼기를 비워야 해. 밑바닥에 잔류물이 2미터는 쌓였다고."

"이런 젠장. 오전 내내 걸리겠군. 마지막으로 담당했던 게 누구였지?

"몇 달 만에 가동하는 거야. 칼로빅한테 물어봐야지."

"비워야 할 원유는 얼마나 되지?"

"200통은 되지."

얼마나 오래 고여 있었는지도 알 수 없는, 정유하다 만 석유 3만 리터라. 커다란 폐유 처리 트럭이 있어야겠고, 증류탑을 청소하려면 펌프와 고압 스팀 호스도 필요할 것이다. 치우는 데 최소 12시간, 다시 채우고 가열 장치를 가동하면 16시간, 그렇게 파이프에서 첫 기름 한 방울을 짜내기까지 24시간이 걸릴 것이다. 칼로빅이 알면 고혈압으로 쓰러질 일이었다.

"일단 시작하자. 내가 지시할 테니 너는 호스를 준비해." 마이클이 고개를 저었다. "어떤 놈이 이 꼴로 만들었는지 찾기만 하면 궁둥이를 걷어차 줘야겠어."

폐유를 배출하는 것만도 오전 내내 걸렸다. 마이클은 안에 있던 석유는 사용할 수 없다고 판정하고 트럭을 폐유 처리장으로 보냈다. 폐유를 배출하는 것 자체는 쉬웠다. 다들 두려워하는 것은 탱크를 씻어내는 과정이었다. 증류탑 꼭대기로 물을 주입해서 정유 과정에서 생긴 끈끈한 유독성 물질인 잔류물을 대부분 씻어내긴 했지만 완벽히 청소되지는 않았다. 작업복을 입고 세 사람이 안으로 들어가 바닥을 솔질한 다음 아스팔트 배수구를 씻어내야 했다. 안으로 들어가는 통로라고는 엎드려 기어 들어가야 하는 1미터 너비의 포트 하나뿐이었다. 그 일을 '똥구멍으로 들어간다'고 표현했는데 마이클 생각에는 틀린 말도 아니었다. 그 세 사람 중 하나는 마이클이 될 것이었다. 규칙이 있는 것은 아니었으나 그저 마이클의 습관이자 작업반원들의 사기를 올리기 위한 제스처였다. 나머지 두 사람은 뽑기로 정해졌다.

처음으로 뽑기에 걸린 것은 작업반에서 가장 나이가 많은 에드 포프였다. 마이클을 훈련시키면서 일하는 요령을 알려준 것이 에드였다. 정유공으로 30년을 보낸 대가를 그는 톡톡히 치렀다, 에드의 몸은 마치 재난을 기록한 책처럼 읽을 수 있었다. 철봉 절단기의 칼날이 떨어지며 손가락 세 개가 잘려 나갔다. 머리 한쪽과 목의 살이 떨어져 나간 부분에는 털도 자라지 않는 분홍색 살갗이 있었는데 9명이 죽은 폭발 사고의 흔적이었다. 그쪽 귀는 들리지 않았고, 무릎도 못 쓰게 망가져서 그가 무릎을 굽히는 걸 볼 때마다 얼굴이 절로 찌푸렸다. 뽑기에서 에드를 면제해줄까도 생각했지만, 어차피 에드의 자존심이 이를 허락하지 않을 것을 알았기에 그는 에드가 작업복을 갖추어 입으러 오두막을 향하는 모습을 지켜보았다.

두 번째로 뽑기에 걸린 것은 셉스였다. "됐어. 넌 여기서 펌프를 봐야지." 마이클이 말했다.

셉스는 고개를 저었다. 오전의 고된 일 때문에 다들 참을성이 바닥난 상태였다. "됐어. 일단 저것부터 처리하자."

세 사람은 산소통이 달린 방호복을 껴입고 장비를 챙겼다. 장대에 달린 억센 솔, 용제가 담긴 양동이, 압축기에 연결된 고압 작업봉이었다. 마이클은 얼굴 전체를 덮는 마스크를 착용한 다음 장갑의 밀봉 부분을 붙였고 산소를 확인했다. 증류탑을 환기하긴 해도 내부의 공기는 치명적이었다. 폐를 육포처럼 익혀버릴 수 있는 석유 증기와 황화물이 공중에 떠다니고 있었기 때문이다. 마이클은 마스크 속 압력이 정상적으로 증가하는 것을 느끼고는 머리에 달린 램프를 켜고 무릎을 꿇은 뒤 볼트를 풀어서 포트를 열었다.

"들어가자고, 친구들."

포트 안으로 들어가 보니 바닥에 찌꺼기가 8센티미터는 쌓여 있었다. 에드와 셉스도 뒤따라 기어 들어왔다.

"난장판이군."

마이클이 진창으로 들어가 아스팔트 배수구를 열었다. 셋은 함께 잔류물을 배수구를 향해 쓸어내기 시작했다. 증류탑 내부 온도는 최소 섭씨 38도를 넘나들었다. 땀이 비 오듯 쏟아졌고 마스크 안에 갇힌 입김이 안면 보호용 덮개에 안개를 만들었다. 눌어붙은 것들을 대충 치운 다음에는 용제를 붓고 압축기에 연결된 작업봉으로 벽과 바닥을 고압 청소하기 시작했다.

방호복을 입은 데다가 압축기의 소음까지 가세하니 대화를 나누는 건 불가능했다. 어서 작업을 마치고 나가야겠다는 생각이 머릿속에 꽉 찼다. 청소를 시작한 지 몇 분이 지났을 무렵, 누가 마이클의 어깨를 툭툭 쳤다. 고개를 돌리니 셉스가 에드를 가리키고 있었다. 에드는 작업봉을 축 늘어뜨린 채 벽을 보고 동상처럼 가만히 서 있었다. 마이클의 눈앞에서 작업봉이 미끄러져 떨어졌지만 에드는 모르는 것 같았다.

"에드가 이상해!" 셉스가 소음을 뚫고 고함을 질렀다.

마이클이 다가가서 에드의 어깨를 잡고 돌려세웠다. 에드의 눈빛이 멍했다.

"에드, 괜찮아요?"

그러자 에드가 문득 정신을 차린 듯했다. "오, 헤이, 마이클." 지나치게 쾌활한 목소리였다. "헤이헤이, 헤이헤이, 우우."

"뭐라는 거야?" 셉스가 외쳤다.

마이클이 에드를 향해 압축기 전원을 끄라는 뜻으로 손가락으로 목을 긋는 동작을 했다. 그가 에드를 빤히 쳐다보았다. "말해보세요."

그러자 에드의 입술에서 어린 여자아이 같은 낄낄거리는 웃음소리가 새어 나왔다. 그는 숨을 가쁘게 몰아쉬며 한 손을 안면 보호대에 가져갔다. "애쉬블라스, 만푸스, 민푸스."

마이클은 상황을 파악할 수 있었다. 에드가 마스크에 손을 올리려는데 마이클이 그의 팔을 붙들었다. 에드는 젊은이는 아니었지만 그렇다고 힘이 약하지는 않았다. 마이클의 손아귀에서 팔을 비틀어 빼내려 노력하는 그의 얼굴이 공황에 질려 시퍼런 색으로 변해 있었다. 아니, 공황이 아니었다. 저산소증이었다. 에드의 몸이 크게 한 번 경련하더니 무릎을 꿇으며 주저앉는 바람에 그의 체중이 마이클의 팔을 짓눌렀다.

"셉스, 에드를 여기서 빼내야겠어!"

셉스가 에드의 발을 붙들었다. 에드의 몸이 흐물흐물해져 있었다. 두 사람은 힘을 합쳐 에드를 번쩍 든 뒤 포트를 향했다.

"누가 에드 좀 받아줘!" 마이클이 고함을 질렀다.

반대쪽에서 손 여러 개가 에드의 몸을 받으려고 나타났다. 마이클과 셉스가 포트로 에드의 몸을 밀어 넣었다. 마이클은 포트를 기어 나와 바깥에 도착하자마자 마스크와 장갑을 단숨에 벗어냈다. 에드는 땅바닥에 하늘을 본 자세로 누워 있었다. 누가 그의 장갑과 배낭을 벗겨 놓은 뒤였다. 마이클은 에드의 몸 옆에 무릎을 꿇고 앉았다. 에드는 불길하리만치 잠잠했다. 숨을 쉬지 않았다. 마이클은 오른손을 에드의 가슴팍에 놓고 그 위에 왼손을 겹쳐 손깍지를 낀 채 힘껏 눌렀다. 아무 일도 일어나지 않았다. 배운 대로 30까지 숫자를 세면서 여러 번 힘주어 압박한 다음, 기도를 확장시키기 위해 한 손을 에드의 목 뒤를 받치고 다른 손으로 코를 막은 다음 그의 시퍼런 입술에 입을 마주 대고 숨을 불어넣었다. 한 번, 두 번, 세 번. 마이클의 머릿속은 얼음처럼 또렷했고, 정신은 오로지 한 가지 목표에 사로잡혀 있었다. 이미 늦은 것 같았지만 에드의 횡격막이 미약하게 꿈틀거리는 게 느껴졌다. 에드의 가슴이 부풀더니 숨을 한껏 들이마셨다. 그러더니 에드가 고개를 모로 돌린 채 캑캑 기침을 토하기 시작했다.

앉은 자세로 뒤로 나동그라진 마이클의 맥박이 아드레날린으로 쿵쿵 뛰었다. 누군가 그에게 수통을 건네주었다. 셉스였다.

"괜찮아?"

의미 없는 질문이었다. 마이클은 수통의 물을 길게 들이켠 다음 입 안을 헹궈내고 다시 뱉었다. "어."

마침내 누군가가 에드를 일으켜 세웠다. 마이클과 셉스가 에드를 오두막으로 데려가 벤치에 앉혔다.

"좀 어때요?" 마이클이 물었다.

에드의 얼굴은 아직도 축축한 땀으로 흥건했지만, 그래도 두 뺨에 조금은 혈색이 돌아왔다. 그는 비참한 얼굴로 고개를 저었다. "무슨 일이 일어난 건지 모르겠어. 산소량을 분명 확인했는데."

그러나 마이클이 이미 살펴본 뒤였다. 산소통은 비어 있었다. "때가 된 건지도 모르겠어요, 에드."

"제기랄, 마이클. 지금 날 자르겠다는 거냐?"

"아니에요. 선택은 에드가 하는 거죠. 그저 이쯤에서 그만두는 것도 그리 불명예는 아니라는 것을 말씀드리는 거예요." 에드가 대답하지 않자 마이클은 자리에서 일어났다. "생각해보세요. 어떤 결정을 내리시건 제가 도와드릴 테니까요. 막사까지 태워드릴까요?"

에드는 암담한 얼굴로 허공만 바라봤다. 마이클은 그의 표정만 보고도 알았다. 그에게는 달리 할 수 있는 일이 없다는 사실을 말이다.

"기운이 돌아올 때까지 잠시 좀 앉아 있어야겠어."

마이클이 오두막에서 나오니 작업반원들이 문간에 서성거리고 있었다.

"다들 뭐하러 여기서 서성대고 있는 거야?"

"근무시간이 끝났잖아."

마이클은 손목시계를 확인했다. 그 말대로였다.

"아니, 우린 안 끝났어. 자, 이제 볼거리는 끝났으니 게으름 그만 피우고 다시 가서 일해."

로어가 입을 연 것은 자정이 지난 뒤였다. "에드 일은 다행이야."

둘은 마이클의 침대에 한데 엉켜 있었다. 로어가 아무리 애를 써도 마이클은 그날 있었던 일이 머리를 떠나지 않았다. 눈을 감으면 마치 교수대로 끌려가는 사람 같던 오두막에서의 에드 표정이 자꾸만 생각났다.

"다행이라니?"

"당신이 거기 있어서 말이야. 에드를 구해줬잖아."

"별일 아니었어."

"대단한 일이 맞아. 에드는 죽을 뻔했다고. 응급 처치는 어디서 배운 거야?"

문득 과거가 떠오르자 고통이 파도처럼 밀려왔다.

"누나한테 배웠어." 마이클이 말했다. "간호사였거든."

30

시티

텍사스 커빌

그들이 도착한 것은 비가 그친 뒤였다. 먼저 빗물에 축축하게 젖은 들판이 펼쳐졌고, 공기에서는 진한 흙냄새가 풍겼다. 골짜기를 올라오니 갈색 텍사스 구릉을 배경으로 도시를 둘러싼 8층 높이의 성벽이 눈앞에 나타났다. 게이트를 통과하려는 차량이며 중장비, 두꺼운 방탄복을 입은 남자들을 가득 실은 DS의 픽업트럭이 줄을 잇고 있었다. 피터가 차에서 내렸고, 운전병에게 자기 사물함을 막사로 가져다 두라고 이른 다음에 통행자용 터널을 지키고 있던 경비병에게 신원을 밝히자 안으로 들어가라는 손짓을 했다.

"돌아오신 것을 환영합니다."

타지에서 16개월을 보내고 나니 이곳을 채운 압도적인 인간성은 감각을 시달리게 할 정도였다. 피터는 폐소 공포증을 유발하는 소리와 냄새, 너무 많은 얼굴에 적응하기 힘들어 시티에서는 시간을 거의 보내지 않았다. 콜로니에 사는 사람은 고작 백 명 남짓이었다. 그런데 이곳에는 4천 명 이상이 살고 있었다.

피터는 먼저 돈을 받으러 병참 장교를 찾아 나섰다. 사실 피터는 돈의 개념에도 아직 적응하지 못했다. 콜로니의 경제 단위이던 '동등한 몫'은 이해할 수 있었다. 각자에게 자신의 몫을 주고 원하는 대로 쓸 수 있지만, 얻는 양은 누구나 똑같았다. 이곳에서 쓰는 인쇄된 종잇조각 – 지폐마다 인쇄된, 높이 솟아오른 이마에 매부리코, 옷가지를 이상하게 매치해 입은 남자의 이름을 따서 오스틴이라고 불렀다 – 이 한 사람의 노동의 가치에 비례해 주어지는 건 말도 안 되는 일로 느껴졌다.

민간인인 서기가 금고에서 돈을 꺼내 카운터에 올려놓더니 그의 눈을 제대로 마주하지도 않은 채 서류가 끼워진 클립보드를 창살 사이로 내밀었다.

"여기에 서명하세요."

주머니에 든 두툼한 돈뭉치의 감각이 이상하게 느껴졌다. 다시 그곳을 나와 서서히 밝아지는 오후의 바깥으로 나왔을 땐 이미 어떻게 이 돈을 얼른 써버릴지 계획하고 있었다. 통금 시간까지는 여섯 시간이 남았으니, 막사로 가기 전 고아원과 수용소 두 군데를 다 가볼 시간은 부족했다. 그럴 기회는 오늘 오후뿐이었다. 내일 아침 6시에 정유 단지를 향해 출발할 계획이었기 때문이다.

피터는 우선 그리어를 만나기로 마음먹었다. 통금을 알리는 사이렌이 울리기 전에 떠나면 케일럽이 실망할 테니까. 수용소는 시내 서쪽 구석에 있는 오래된 감옥이었다. 데스크에서 서명한 다음에 – 커빌에서는 어디서든 서명을 시켰는데 이 또한 괴상한 일이었다 – 칼과 몸에 차고 있던 무기도 내려놓았다. 안으로 들어가려는데 경비원이 그를 멈춰 세웠다.

"몸수색을 해야 합니다, 중위님."

피터는 원정대의 일원인 자신에게 자동으로 공손해지는 사람들에게 익숙해져 있었다. 눈앞의 경비병은 DS 소속의 하급 병사로 보였고 많아야 스무 살일 게 분명했다.

"꼭 해야 하나?"

"규칙은 제가 정하는 게 아닙니다."

짜증이 났지만 말싸움할 시간은 없었다. "빨리 끝내줘."

경비병이 손으로 피터의 팔다리를 더듬어 확인한 후 커다란 열쇠고리를 꺼낸 뒤 묵직한 철문 여러 개가 있는 기다란 복도인 대기소로 데려갔다. 공기가 탁하고 남자들의 체취가 풍겼다. 두 사람은 62번이라고 적힌 독방 앞으로 다가갔다.

"신기하네요." 경비병이 말했다. "지난 3년간 그리어를 찾아온 사람이 아무도 없었는데 이달에는 벌써 두 번째라니요."

"다른 한 명은 누구지?"

"제가 당번일 때가 아니었어요. 그때 당번에게 물어보시죠."

경비병이 맞는 열쇠를 찾아 자물쇠에 집어넣은 다음 문을 열자 경첩에서 신음 같은 삐걱삐걱 소리가 났다. 맨발에 거친 캔버스 천으로 만든 바지만 허리에 단단히 동여매어 입은 그리어가 침대 모서리에 앉아 있었다. 널찍한 가슴에는 땀이 번들거리고 두 손은 차분히 무릎에 모은 자세였다. 얼마 남지 않은 머리카락은 은빛으로 세어서 딱 벌어진 어깨까지 치렁치렁 내려왔고, 예언자나 황야의 방랑자처럼 뒤엉킨 수염이 볼을 반이나 뒤덮고 있었다. 그에게서 깊은 고요가 뿜어져 나왔다. 몸과 마음이 평정의 정수를 자아냈다. 잠깐이었지만 그가 문간에 선 두 사람의 존재를 아예 알아채지도 못하는 것 같아서 피터는 혹시 오랜 고립 생활 때문에 그가 어떻게 된 것이 아닐까 걱정했다. 그러나 그리어는 눈을 뜨자마자 얼굴을 환하게 밝혔다.

"피터, 왔구나."

"그리어 소령님, 오랜만입니다."

오랫동안 쓰지 않아 쉰 듯한 목소리로 그리어가 아이러니하다는 듯 웃었다. "그런 호칭으로 불리는 것도 오래간만이군. 그냥 루시어스라고들 불러. 62번이라고 불러도 되고. 보통은 다들 62번이라고들 부르더군." 그리어는 경비병을 향해 말했다. "샌더스, 잠깐 우리 둘만 있게 해주겠나?"

"수감자와 방문객을 단둘이 둘 수는 없습니다."

그러자 피터가 경비병을 차디찬 눈으로 쏘아보았다. "내 안전은 내가 알아서 하겠어, 애송이."

경비병은 잠깐 망설이다가 결국 물러섰다. "다른 분도 아니시니까 십 분 드리겠습니다. 하지만 그다음엔 제 근무가 끝이 나거든요. 문제가 생기지 않았으면 합니다."

피터가 얼굴을 찌푸렸다. "날 아나?"

"서명을 봤습니다. 피터 잭슨 중위님을 모르는 사람은 없죠. 캘리포니아에서 오셨잖아요. 전설적인 분이시니까요." 경비병이 아까부터 가장하던 권위는 간데없었고, 이제 그는 동경으로 얼굴을 빛내는 어린아이에 불과했다. "어떠셨습니까? 그러니까, 캘리포니아에서부터 여기까지 오는 여정 말입니다."

피터는 뭐라고 대답해야 할지 알 수 없었다. "기나긴 여정이었지."

"도대체 어떻게 해내셨을까요? 저라면 무서워서 감히 엄두도 못 냈을 텐데."

"당연하지." 피터가 그를 안심시켰다. "나도 굉장히 무서웠다고."

샌더스는 두 사람만 남겨두고 자리를 떠났다.

"저 녀석에게 깊은 인상을 남겼나 본데. 분명 신이 나 여기저기 떠들고 싶어 좀이 쑤실걸."

"아직도 낯설게 느껴지네요" 피터가 말했다. "좀 어떠십니까?"

그리어는 어깨를 으쓱했다. "그럭저럭 지내지. 넌 얼굴이 좋아 보이는구나, 피터. 제복도 잘 어울리고."

"리시가 안부 전해달라고 했어요. 리시는 이번에 대위로 승진했어요."

그리어는 차분하게 고개를 끄덕였다. "대단한 친구야, 우리 리시 말이야. 엄청난 일을 해낼 운명을 타고났지. 그런데 전투는 어때? 아니, 굳이 묻지 말까?"

"그렇게 좋지 않습니다. 3전 3패죠. 마르티네스 작전도 재앙으로 끝났고요. 사령부에서도 다시 생각해보는 중이라고 해요."

"그자들은 언제나 다시 생각하는 데 능하지. 걱정 마, 결국은 상황이 바뀔 테니까. 중요한 건 인내심이야."

"당신이 없으니 예전과는 달라요. 당신이 있었다면 달랐을 거라는 생각이 자꾸만 듭니다."

"글쎄, 동의 못 하겠는걸. 결국 활약한 건 항상 너였어. 널 처음 본 순간부터 알았지. 그때가 빙글빙글 도는 그물에 거꾸로 매달려 있을 때였지?"

그때의 기억에 피터는 웃음을 터뜨렸다. "마이클이 토한 걸로 온몸이 범벅이었죠."

"맞아, 그랬지. 마이클은 어떻게 지내? 아마 내가 아는 그 시절의 어린애와는 사뭇 달라졌겠지. 뭘 물어봐도 척척 대답했던 아이 말이야."

"과연 그리 많이 변했을까요? 내일 알게 되겠죠. 제가 정유 단지로 이동하게 되었거든요."

그 말에 그리어가 인상을 찌푸렸다. "어째서 정유 단지에?"

"오일 로드에 대한 새로운 보안 프로젝트가 생겼다나 봐요."

"DS 측에서 좋아하겠는걸. 그러면 정말 눈코 뜰 새 없겠군." 그러더니 그리어가 화제를 바꾸려는 듯 무릎을 철썩 내리쳤다. "그리고 홀리스 말이야, 소식은 좀 있어?"

"좋은 소식은 없어요. 사라가 죽고 나서 힘들었던 것 같아요. 암거래 세계로 넘어갔다는 소문이 들려와요."

그리어는 잠시 이 소식에 대해 곰곰이 생각했다. "전체적으로 봤을 때 홀리스를 탓하지는 못하겠군. 홀리스를 아는 사람들에게는 뜻밖의 일이겠지만 힘든 상황에서 그런 길로 빠지는 사람은 한둘이 아니니까. 조만간 나타나지 않을까 싶어. 어깨 위 머리는 제대로 붙어 있으니까 말이지."

"그런데 그리어, 당신은요? 곧 수용소에서 나오잖아요. 원하신다면 사령부에 이야기라도 해둘 수 있습니다. 재입대를 받아줄지도 몰라요."

그러나 그리어는 고개를 저었다. "아마 내 시절은 끝난 것 같아, 피터. 잊지 마, 나는 탈영병이라고. 그 선을 한 번 넘어가면 돌아갈 수 없어."

"그러면 앞으로 뭘 하실 계획입니까?"

그 말에 그리어는 알 듯 말 듯 하게 미소를 지었다. "무슨 수가 나겠지. 언제나 그런 법이니까."

두 사람은 한동안 다른 사람들 안부며 새 소식, 옛이야기를 나누었다. 그리어와 함께 있자니 따뜻한 만족감이 느껴졌지만 동시에 상실감도 느껴졌다. 그리어 소령이 피터의 삶에 들어온 건 그에게 꼭 필요한 시점이었다. 의지가 흔들릴 때마다 앞으로 나갈 의지를 준 것은 그리어의 변함없는 존재였다. 그에게 받은 용기는 피터가 영영 갚을 수 없는 빚이었다. 피터는 그리어가 수감 생활 동안 변했다는 것을 알았다. 여전히 같은 사람이었지만 그의 내면 깊은 곳에서 평온함이 강처럼 흐르고 있었다. 고립된 생활 속에서 힘을 얻은 것 같았다.

주어진 십 분이 거의 끝나갔다. 피터는 동굴과 그 안에 있던 이그나시오라는 이상한 남자, 그리고 그 사람에 관한 알리시아의 가설을 그리어에게 이야기해주었다. 말을 하고 있는 순간에도 피터는 자신이 하는 말이 얼마나 설득력 없게 들리는지를 자각했다. 그럼에도 그 말이 일리가 있다는 것이 느껴졌다. 오히려 지난 며칠 사이에 그 정보가 중요하다는 느낌이 한층 더 강해졌다.

"중요한 일인지도 모르겠군." 그리어도 동조했다. "'그가 우리를 떠났다.'고 했다고?"

"그 사람의 말은 그랬어요."

그리어가 입을 다물더니 기다란 수염을 쓸어내렸다. "물론 문제는 마르티네스가 어디로 갔냐 하는 것이겠지. 알리시아가 짐작하는 바가 있었나?"

"저한테 말한 건 없었어요."

"네 생각은?"

"아마 트웰브를 찾아내는 일이 우리 계획보다 복잡해질 것 같다는 생각이 들어요."

그는 그리어의 얼굴을 보며 그가 입을 열기를 기다렸다. 그리어가 대답하지 않자 피터가 재차 입을 열었다. "제가 한 제안은 아직 유효합니다. 당신이 도움이 될 거예요."

"날 너무 과대평가하는걸, 피터. 난 그저 여정의 일원에 불과했는걸."

"전 그렇게 생각하지 않아요. 알리시아였다 해도 똑같은 말을 했을 거고요. 우리 모두 그래요."

"칭찬은 고마워. 하지만 그런다고 해서 달라지는 건 없어. 끝난 건 끝난 거니까."

"당신이 여기 갇혀 있다는 게 부당하게 느껴져요."

그리어는 아무래도 상관없다는 듯 어깨를 으쓱했다. "그럴 수도 있고, 아닐 수도 있지. 나 역시 그 생각을 안 해본 건 아니야. 원정대는 내 인생이나 마찬가지였으니까, 나도 원정대가 그리워. 하지만 나는 그 순간 해야 한다고 생각한 일을 했어. 한 사람이 자신의 삶을 돌아볼 때 할 수 있는 판단은 그거면 족해." 그러더니 그리어가 눈을 가늘게 뜨며 피터를 바라보았다. "내가 굳이 말할 필요도 없는 말이었지?"

그리어가 그의 마음을 꿰뚫어 본 듯했다. "그런 것 같습니다."

"넌 좋은 군인이야, 피터. 처음부터 그랬지. 그리고 군복이 네게 잘 어울린다는 말은 진심이었어. 정말 딱 맞게 어울리는걸. 문제는, 네가 그 군복에 어울리는가 하는 거지."

비난의 어조가 아니었다. 오히려 그 반대였다. "때로 고민할 때도 있습니다." 피터가 사실대로 털어놓았다.

"누구나 그래. 군대는 그저 군대지. 화장실에 한번 가려고 해도 서류를 세 통이나 제출해야 하고 말이야. 하지만 네 경우에는 그 문제가 더 깊은 것 같아. 빙글빙글 도는 그물에 갇혀 있었던, 내가 아는 그 친구는 타인의 지시를 따르기보다는 본인의 판단으로 행동했지. 그런데 5년이 지난 지금 넌 사령부가 수색대를 해산시키고 싶어 한다는 이야기를 내게 들려주고 있군. 대답해봐, 피터. 사령부의 판단이 옳나?"

"당연히 아니죠."

"그런데 그들을 설득시킬 수 있어? 마음을 변하게 만들 수 있어?"

"전 하급 장교에 불과한걸요. 제 말은 듣지 않을 거예요."

그리어는 고개를 끄덕였다. "내 생각도 그래. 그걸로 됐어."

침묵이 이어졌다. 그러더니 그리어가 입을 열었다. "어쩌면 도움이 될지도 모르겠군. 애리조나에서의 그날 밤 내가 했던 이야기가 기억나?"

"밤이 한둘도 아니었잖아요, 루시어스. 이야기도 아주 많이 했고요."

"그랬지. 하지만 그날 밤에 나눈 이야기는 달랐어. 정확히 어디였는지는 기억이 안 나는군. 아마 농장을 떠난 뒤 이틀쯤 지난 뒤였을 거야. 우리는 다리 아래에 야영지를 만들고 있었지. 사방에는 기암괴석이 펼쳐져 있었고. 왜 바위들이 기억나느냐면, 해 질 녘에 햇살이 바위를 환히 비췄기 때문이야. 마치 바위 속에서부터 불이 밝혀진 것 같았지. 우리 둘은 이야기를 시작했지. 레이시가 준 약병으로 무엇을 할 거냐고 내가 물었던 그 밤이었어."

기억이 모두 되살아났다. 붉은 바위, 지상에 내려앉던 깊은 침묵, 그리고 불가에 앉아 두 사람이 막힘없이 나누던 대화. 꼭 그 기억이 피터의 마음속에서 5년간 줄곧 떠돌아다니고 있다가 비로소 수면으로 솟아오른 듯했다. "기억나요."

그리어는 고개를 끄덕였다. "그럴 줄 알았어. 네가 그 바이러스를 몸에 주입하겠다고 자원했을 때, 솔직히 그건 내가 살면서 본 가장 담대한 행동이었어. 살면서 담대한 행동을 한두 번 본 것도 아닌데 말이야. 나라면 결코 할 수 없었을 거야. 그전까지도 널 존경했지만, 그 뒤부터는……" 그가 잠깐 말을 끊었다. "그날 밤 난 너한테 이런 이야길 했지. 지금까지 일어난 모든 일이 그저 우연은 아닌 것 같다고. 그땐 딱히 꼬집어 말할 수 없어도 오랫동안 생각했던 일을 말로 표현해보려는 혼잣말이었지. 그 뒤로 많이 생각했어. 네가 에이미를 찾아낸 것, 내가 널 찾아낸 것, 레이시, 뱁콕, 그 산에서 일어난 모든 일. 그런 일들은 겪고 있을 당시엔 무작위적인 것으로 보이지만, 시간이 흘러 돌아보았을 때는 어떤가? 우연의 연속? 아니면 그저 행운? 아니면 그 이상일까? 내가 알게 된 것은 이래, 피터. 그건 뚜렷한 길이었어. 아니, 그 정도가 아니라 진정한 길이었지. 이런 일들이 전부 저절로 일어났을 확률이 얼마나 된다고 생각하나? 필요한 순간 모든 조각이 정확히 맞아떨어지는 것들이? 우리가 알 수 없는 어떤 힘이 그 사건들 속에 작용하고 있었던 거야. 이름은 뭐라고 붙인들 상관없어. 이름이 필요하진 않아. 왜냐하면 그것이 네 이름을 아니까, 친구. 내가 이 독방 안에서 매일 무엇을 하느냐고 물었지? 대답은 아주 간단해. 나는 다음에 무슨 일이 일어날지 지켜보려 기다리고 있어. 하느님의 계획을 믿으면서 말이야." 그가 피터에게 수수께끼 같은 미소를 지었다. 그의 얼굴과 근육질의 맨가슴에 배어 있는 땀 때문에 공기가 알싸해졌다. "이런 말이 이상한가?" 그러면서 그리어는 다시 가벼운 태도를 취했다. "넌 이렇게 생각하고 있는지도 모르겠어. *불쌍한 사람, 이 작은 상자 속에 혼자 갇혀 있느라 제정신이 아닌가 봐,* 하고 말이야. 그렇게 생각하는 게 네가 처음은 아닐 거야."

피터가 그 말에 대답하기까지는 시간이 걸렸다. "사실, 그렇지 않아요. 당신을 보니 누군가가 떠오른다고 생각하는 중이었습니다."

"누구 얘기지?"

"앤티라는 분요."

이제 그리어가 기억을 되살릴 차례였다. "앤티가 누군지 당연히 알지. 우리가 콜로니로 돌아갔을 때 땅에 묻었던 분이잖아. 그분에 대해서 너는 아무 말도 해주지 않아서 궁금했었지. 그래도 굳이 알려달라고 조르고 싶진 않았어."
"궁금했을 만도 해요. 당신과 난 가까운 사이지만 앤티와 내가 가까운 사이였다고 말하기는 조금 어려워요. 우리가 함께 있었던 시간 중 절반쯤은 그분이 나를 다른 사람으로 착각했을 테니까요. 앤티의 안부를 확인하려고 그분을 찾아가곤 했었어요. 그분도 하느님 이야기를 자주 하셨죠."

"그래?" 그리어는 재미있어하는 것 같았다. "뭐라고 하셨지?"

지금 앤티가 생각나다니 정말 이상한 일이라고 피터는 생각했다. 애리조나에서의 그날 밤 그리어가 했던 이야기처럼, 앤티 할머니, 그리고 그녀와 보냈던 나날의 기억이 어제 일처럼 떠올랐다. 지나치게 후텁지근하던 부엌, 그리고 지독한 맛이 나던 차. 좁아터진 방 안에 가구며 책, 사진 같은 물건들이 그토록 정확하게, 심지어 경건해 보이게 늘어서 있었던 것. 쭈글쭈글하고 비틀린, 늘 신발 없는 맨발이던 앤티의 발, 이가 없는 쪼글쪼글한 입이며 머리 주변 허공을 나부끼는 것 같던 숱이 적고 엉킨 흰 머리. 그 머리카락은 그 무엇에도 붙어 있는 것 같지 않았다. 앤티가 무엇과도 연결되지 않은 것 같았듯이. 빈터 구석의 오두막에 혼자 살던 앤티는 완전히 다른 영역, 시간을 벗어난, 인류가 축적한 기억의 주머니 속에 존재하는 사람인 것만 같았다. 이제 와서 생각해보면 피터가 앤티에게 끌린 이유가 바로 그것이었을 것이다. 앤티의 존재 앞에서는 하루하루의 고난이 사뭇 가볍게 느껴졌다.

"엇비슷한 이야기였어요. 앤티는 말로 표현하기 어려운 사람이었거든요." 그러다가 어떤 기억 하나가 수면 위로 거품을 일으키며 떠올랐다. "생각나는 게 하나 있어요. 에이미가 게이트 밖에 나타난 그날 밤에 하셨던 이야기예요."

"뭐였지?"

"'신은 우연을 만들지 않으신다.'라고 하셨어요."

그리어는 피터를 생각이 잠긴 눈으로 빤히 뜯어보고 있었다. "그 말을 네게 하셨단 말이지."

그 기억이 어찌나 선명한지 아직도 놀라웠다. "그 말을 들을 당시에는 그냥 앤티가 늘 하는 말이라고 생각했지만요."

그 순간 그리어가 갑자기 환한 미소를 짓는 바람에 분위기가 바뀌었다. "그렇군, 내가 듣기론 상당히 영리하신 분인 것 같아. 그분을 만나보지 못한 게 아쉽군. 만났다면 친해졌을 것 같은데."

피터가 웃음을 터뜨렸다. "그럴 것 같습니다."

"그러니 피터, 이제는 믿음을 가질 때야. 내가 하고 싶은 말은 이것뿐이야. 모든 것이 네게 오도록 기다리라고."

"마르티네스처럼요."

"그럴 수도 있고, 아닐 수도 있지. 그때가 오기까지는 알 수 없을 거야. 나는 네가 뭘 믿는지는 물어본 적이 없지, 피터. 그리고 앞으로도 묻지 않을 거야. 결정은 누구에게나 자신의 몫이니까. 그리고 오해하지 말도록. 나 역시 군인이야. 적어도 예전에는 그랬지. 세계에는 전사가 필요해. 그리고 그 밖의 그 무엇도 그리 중요하지 않게 되는 때가 올 거야. 친구, 그때 넌 싸움에 임할 거라는 데는 한 치의 의심도 없어. 하지만 세계는 눈에 보이는 것 이상이야. 내가 모든 답을 아는 것은 아니지만 여기까지는 알고 있어."

"저도 당신만큼 확신이 있었으면 좋겠습니다."

그리어는 그 말에 어깨를 으쓱할 뿐이었다. "아, 너도 우리 모두와 마찬가지로 문제를 해결하려 애쓰는 것뿐이야. 내가 고아원에서 자라던 시절 수녀님들은 종교인이란 증명할 수 없는 무언가를 믿는 사람이라고 알려주었지. 그 말이 틀렸다고 생각하는 건 아니지만, 그게 다는 아니야. 중요한 건 목적이지 수단이 아니니까. 백 년 전에 인류는 스스로를 멸망시키기 직전이었어. 그렇다면 하느님이 우리를 그리 사랑하지 않았다고, 아니면 신은 존재하지 않았다고 믿기 쉽지. 세상에는 그 어떤 숨겨진 이치도 없으며 우리도 여기서 포기하고 끝내는 게 좋다고. 고맙다, 지구야, 만나서 반가웠다, 하고. 하지만 넌 그렇지 않아, 피터. 네게 트웰브를 제거하는 것은 답이 아니야. 질문이지. 저 바깥 어딘가에 있는 누군가가 우리를 신경 쓸까? 우리는 구원할 가치가 있을까? 신이 존재한다면, 우리에게 무엇을 원할까? 가장 큰 믿음이란, 모든 증거가 반대를 가리키고 있는데도 질문할 의지를 갖는 것 자체야. 신을 믿는 것에 그치는 것이 아니라, 우리 모두를 믿는 거지. 지금 네 상황은 힘들 거야, 내가 보기에는 그 상황이 한동안 지속될 거고. 하지만 네가 겪고 있는 괴로움은 올바른 괴로움이야. 온전히 네가 겪어내야 하는 것이기도 하고."

그제야 피터는 자신의 눈앞에 있는 존재가 누구인가를 이해할 수 있었다. 그리어는 자유로웠다. 그는 자유인이었다. 그를 가둔 감옥은 이제 그에게 아무 의미도 없었다. 이제 그의 삶은 물리적 사물에 구속되지 않는 완전히 다른 곳에 존재했다. 좀 큼직하다 싶은 변소와 비등비등한 크기의 감옥에서 살아가는 사람이 부러워지다니 놀라웠다.

자물쇠가 돌아가는 소리가 들렸다. 두 사람의 시간이 끝난 것이다. 샌더스가 독방 안으로 들어오자 두 사람은 자리에서 일어섰다.

"그럼," 하면서 그리어가 결론을 내리듯 두 손으로 손뼉을 쳤다. "사령부의 결정으로 당분간 프리포트에서 한가로운 시간을 보내겠군. 그리인기 있는 동네는 아니지만 경치는 참 좋은 곳이야. 생각하기 좋은 곳이지. 잘된 일이야."

"아프가 대령도 그렇게 말하더군요."

"아프가, 똑똑한 사람이지." 그리어가 손을 내밀었다. "만나서 좋았다, 친구."

두 사람은 악수를 나누었다. "건강 조심하셔야 합니다."

그리어가 수염에 가려진 입으로 미소를 지었다. "감옥을 가리켜 '삼시 세끼와 침대 하나'라고들 하지 않나. 여기도 막상 와보면 그리 나쁜 생활도 아니야. 그리고 아까 했던 말에 대해서는, 피터, 난 널 알아. 때가 오면 너도 알게 될 거야. 사실 네가 나한테 알려준 교훈이었어."

샌더스가 피터를 데리고 복도로 나섰다. 그제야 그리어를 찾아왔던 또 하나의 다른 방문자가 누구였는지 묻지 않았던 게 기억났다. 그리고 또 한 가지. 그리어는 에이미에 대해서는 한마디도 묻지 않았다.

"죄송하지만," 두 번째 문을 지나는데 샌더스가 입을 열었다. "혹시 여기에도 사인 하나 해주시겠습니까?"

그는 종이 한 장과 몽당연필을 내밀었다.

"아내에게 주려고요." 그가 설명했다. "제가 중위님을 만났다는 증거로 말입니다."

피터는 종이를 받아들고 이름을 갈겨쓴 다음 다시 돌려주었다. 샌더스는 잠시 그 종이를 가만히 내려다보았다.

"우와." 그의 말이었다.

"피터 삼촌!"

아이들 속에 있던 케일럽이 그를 발견하더니 운동장을 가로질러 달려왔다. 마지막 순간에는 세 걸음 펄쩍펄쩍 뛰어 피터의 품속으로 뛰어드는 바람에 그는 거의 뒤로 자빠질 뻔했다.

"우와, 좀 진정하렴."

케일럽의 얼굴은 기쁨으로 달아올라 있었다. "삼촌이 온다고 에이미가 알려줬어요! 삼촌이 왔다! 삼촌이 왔다!"

에이미가 어떻게 알았을까? 하지만 다음 순간 피터는 얼른 생각을 고쳤다. 에이미는 무엇이든 다 안다. 마치 정신이 세계의 숨겨진 리듬에 연결되어 있기라도 한 것처럼. 피터는 케일럽을 품에 안은 채로 그 아이의 물리적 존재감에 흠뻑 젖었다. 어린아이다운 무게와 체온, 따뜻한 숨결, 실컷 뛰어놀아 축축한 머리카락과 살결에서 풍기는 우유 냄새와 수녀들이 쓰는 강한 가성소다 비누 냄새가 섞인 체취. 운동장 건너편에서 다른 아이들이 이쪽을 바라보고 있었다. 정글짐 쪽에서 페그 수녀가 그를 서늘한 눈으로 바라보는 모습이 언뜻 눈에 띄었다. 피터가 예고 없이 나타난 덕분에 페그 수녀가 사랑해 마지않는 정해진 일과가 망가진 모양이었다.

"어디 한번 보자."

피터는 케일럽을 바닥에 내려놓았다. 언제나처럼 으스스할 정도로 테오와 닮은 얼굴이라는 생각이 들었다. 여태 무심하게 흘려보낸 세월이 후회스럽다는 생각이 들었다.

"정말 많이 컸구나, 믿기지가 않는다."

케일럽은 의기양양해서 가슴에 힘이 잔뜩 들어가 있었다. "어디 갔다 왔어요? 뭘 봤어요?"

"아주 많지. 뉴멕시코에 있었어."

"뉴멕시코라니!" 아이는 경이감에 사로잡힌 표정을 했다. 꼭 피터가 달에 다녀왔다고 말하기라도 한 것처럼 말이다. 커빌에서는 콜로니처럼 아이들에게 바이럴의 존재를 비밀로 하는 것은 지양하는 분위기였지만, 아직 어린 케일럽은 그런 사실을 아직 이해하기 전이었다. 케일럽에게 원정대란 바다를 건너는 해적단이나 수녀들이 동화책에서 읽어주는 옛날이야기에 나오는 기사단처럼 위대한 모험을 하는 이들이었다.

"오래 있지는 못해서 아쉽구나. 그래도 오늘 오후에는 함께 있을 수 있어. 그래도 곧 돌아올게. 아마 일주일쯤 있다가 다시 올 거야. 뭘 하고 싶니?"

그러자 케일럽은 단숨에 대답했다. "댐에 갈래요."

"왜?"

"모든 게 다 보이잖아요!"

피터는 미소를 지었다. 이럴 때면 조카가 거부할 수 없는 호기심에 사로잡혀 살았던 어린 시절의 자신을 닮았다는 생각이 들었다. "댐이란 말이지."

케일럽 뒤로 페그 수녀가 불쑥 다가왔다. 그녀는 새처럼 체구가 작았지만 그럼에도 위압적이었고 검은 눈으로 검열하는 것 같은 시선을 한 번 던지면 안에서부터 쪼그라드는 느낌을 주는 사람이었다. 이곳에서 자란 피터의 동료들은 – 끔찍한 상황과 끊임없는 위협을 견뎌낸 사람들인데도 – 페그 수녀에 관해 이야기할 때 두려움에 한 발 걸친 경외심을 담아 이야기하곤 했다. *세상에, 그 사람이 우리를 얼마나 눈물 쏙 빠지게 혼냈다고.*

"안녕하세요, 수녀님."

깊은 균열과 건조한 평원을 담은 낡은 지도 같은 페그 수녀의 얼굴에는 억제된 판단이 담겨 있었다. 그녀는 평범한 대화의 거리보다 살짝 멀리 서 있었는데, 작지만 효과적으로 그녀의 우세한 존재감을 극대화하는 자리였다. 치아는 옥수수수염을 피운 탓에 – 피터의 눈에는 신기하면서도 역겨운, 커빌에 흔히 퍼져 있는 이해할 수 없는 관습이었다 – 누리끼리한 갈색으로 물들어 있었다.

"잭슨 중위님, 오실 줄 몰랐는데 말입니다."

"죄송합니다. 갑작스러웠지요. 오늘 오후에 케일럽을 데리고 나가도 되겠습니까?"

"미리 언질을 주셨더라면 좋았을 텐데요. 이곳에는 규칙이라는 게 있으니까요."

케일럽의 몸이 에너지로 꿈틀거리고 있었다. "수녀님, 부탁이에요!"

페그 수녀가 고압적인 시선을 아이에게로 내렸고, 생각하느라 볼을 안으로 빨아들이는 바람에 입가의 삼각주 같은 주름이 깊어졌다. "이런 상황을 고려하면 괜찮을 것 같습니다. 물론 예외적인 조치이니 사이렌 소리에 귀를 기울이길 바랍니다, 중위님. 원정대 사람들은 자신들이 규칙을 아무렇게나 어겨도 된다고 생각하는 것 같지만 전 용납하지 않습니다."

피터는 잔소리를 한 귀로 흘렸다. 사실이기는 했으니까. "여섯 시까지는 데려오겠습니다." 수녀가 눈길을 거둘 즈음에 그는 어쩐지 다음 질문은 일부러 별생각 아닌 것처럼 툭 던졌다. "에이미도 근처에 있습니까? 케일럽을 데려가기 전에 만나보고 싶은데요."

"시장에 갔습니다. 방금 엇갈렸군요." 그 말 뒤에 수녀는 쓰디쓴 한숨을 쉬었다. "저녁 식사도 하고 가셔도 됩니다."

"감사합니다, 수녀님. 친절하시군요."

이런 의례적인 대화에 지겨워진 케일럽이 피터의 손을 잡아끌고 있었다. "제발요, 피터 삼촌. 어서 가고 싶어요."

0.5초도 안 되는 짧은 순간이었지만 수녀의 단호한 얼굴이 풀리는 듯했다. 거의 모성애를 연상시키는 부드러운 눈빛이 나타났다. 그러나 그 눈빛은 나타났을 때와 마찬가지로 순식간에 사라져버렸기에 피터는 혹시 방금 본 표정이 자신의 상상이었나 생각했다.

"시간에 유의하십시오, 중위님. 제가 지켜보고 있을 겁니다."

댐은 여러 의미로 도시와 그 구조의 핵심이었다. 발전기를 돌리는 석유와 마찬가지로 오래 가는 자원인 커빌의 과달루페강은 농업용수로도 사용되었지만, 북쪽과 서쪽을 막는 장벽의 역할도 했다. 수영하려고 시도하는 바이럴은 한 마리도 목격된 적이 없었기에, 사람들은 놈들이 물 공포증이 있거나 물에 뜰 줄 모른다고 믿었다. 커빌이 자리 잡은 초기에 이 강은 가늘고 하찮은 규모라서 여름이면 물이 말라 그저 졸졸 흐르는 정도였다. 그러나 기상학적 변화의 조짐을 알린 22년 봄의 큰 홍수와 함께 강의 수위가 3미터까지 치솟게 되자 강을 길들여야 할 필요성이 생겼다. 강의 조류를 일시적으로 우회시키고, 대량의 흙과 석회암을 옮겨 인공호를 형성할 우묵한 구덩이를 파는 대규모 공사였다. 그 후에 피터가 알지 못하는 세계인 '지난 역사'를 연상시키는 규모의 기술력이 들어간 공사가 이루어졌다. 처음으로 물이 방류되던 날은 공화국의 역사를 상징하는 사건으로 간주되었다. 커빌의 그 무엇보다도 자연력을 울타리 속으로 가두고 있는 이 댐이야말로 콜로니가 이곳과 대조적으로 얼마나 허술한 곳이었나를 상기시켰다. 콜로니가 그만한 시간을 버틴 것조차도 행운이었다.

난간이 달린 철제 계단이 댐 꼭대기로 이어졌다. 피터가 뒤에서 천천히 가라고 고함을 치는데도 케일럽은 계단을 달려 올라갔다. 피터가 마지막 커브를 돌았을 무렵에 케일럽은 벌써 댐의 물 너머, 구불구불 이어진 지평선의 언덕을 바라보고 있었다. 10미터 아래 인공호의 수면은 충격적일 정도로 투명했다. 유리 같은 물속에서 느릿느릿하게 돌아다니는 물고기의 하얀 형체까지 보일 정도였다.

"저 너머엔 뭐가 있어요?" 아이가 물었다.

"음, 저 너머도 텍사스지. 네가 보고 있는 저 산은 고작 몇 킬로미터 너머에 있단다."

"뉴멕시코는 어디에 있어요?"

피터는 정서 쪽을 가리켰다. "하지만 정말, 엄청나게 멀단다. 차를 타고 한 번도 쉬지 않고 사흘을 가야 나오지."

아이는 아랫입술을 잘근잘근 씹었다. "거기 가보고 싶어요."

"언젠가는 갈 수 있을 거야."

두 사람은 댐의 휘어진 상층부를 따라 여수로를 향했다. 여러 개의 배수구가 정해진 간격마다 열려서 물을 쏟아냈고, 그렇게 만들어진 커다란 물웅덩이에서 중력 펌프가 농업 단지까지 물을 댔다. 저 멀리 규칙적인 간격을 두고 서 있는 탑들이 있는 곳이 오렌지 존이었다. 그들은 다시 걸음을 멈추고 경치를 감상했다. 피터는 또 한 번 댐의 정교함에 감명받았다. 마치 이곳에서만큼은 인간의 역사가 바이럴이 세계에 가져온 시대의 가혹한 단절에도 방해받지 않고 연속해서 흐르는 것만 같았다.

"삼촌은 참 닮았어요."

피터가 돌아보자 케일럽이 눈을 가늘게 뜨고 그를 보고 있었다.

"누구랑 말이니?"

"테오요. 우리 아빠요."

그 말에 피터는 허를 찔린 기분이었다. 테오가 어떻게 생겼는지 케일럽이 어떻게 안담? 당연히 알 수 없겠지만 중요한 건 그게 아니었다. 케일럽의 말은 제 아버지를 살아 있게 만들고자 하는 일종의 소망이었으니까.

"다들 그렇게 말해요. 삼촌을 보면 아빠가 보여요."

"아빠가 보고 싶니?"

"매일요." 울적한 침묵 끝에 피터가 입을 열었다. "이야기 하나 해주마. 누군가를 기억하는 사람이 있는 한 그 사람은 사라진 게 아니란다. 그 사람의 생각, 감정, 기억이 우리의 일부가 되거든. 넌 부모님이 기억나지 않는 줄 알겠지만, 그렇지 않단다. 그들이 네 안에 있거든. 삼촌 안에 있는 것과 마찬가지로 말이야."

"하지만 그때 전 아기였는걸요."

"아기들이 가장 잘 기억하지." 그때 어떤 생각이 피터의 머리를 스쳤다. "농장이 어딘지 아니?"

"제가 태어난 곳요?"

피터는 고개를 끄덕였다. "맞아. 농장은 특별한 곳이었단다. 그곳에 있으면 언제나 무언가가 우릴 지켜주는 것처럼 안전했어." 그러면서 피터는 아이를 잠시 쳐다보았다. "네 아버지는 우리를 지켜주는 게 유령이라 했지."

아이가 눈을 휘둥그레 떴다. "진짜예요?"

"모르지. 세월이 흐르면서 오랫동안 생각해봤단다. 그랬을지도 몰라. 아니면 적어도 일종의 유령 비슷한 거였는지도. 어쩌면 장소도 기억을 가지는지도 몰라." 피터는 아이의 어깨에 한 손을 얹었다. "삼촌이 아는 건 세상이 네가 태어나기를 바랐다는 거야, 케일럽."

케일럽은 입을 다물었다. 그러더니 아이의 얼굴이 숨겨왔던 꿍꿍이를 드러내듯 짓궂게 씩 웃으며 밝아졌다.

"제가 뭐 하고 싶게요?"

"뭘 하고 싶니?"

"수영하고 싶어요."

두 사람이 여수로 바닥에 내려온 것은 4시가 조금 넘었을 때였다. 웅덩이 가장자리에 서서 둘은 팬티만 남기고 옷을 벗었다. 피터가 바위 위로 올라가서 돌아보니 케일럽은 물가에서 꼼짝 않고 서 있었다.

"왜 그러냐?"

"수영할 줄 몰라요."

피터가 미처 예상하지 못한 일이었다. 그가 아이에게 손을 내밀었다.

"이리 오려무나, 삼촌이 가르쳐줄게."

물은 깜짝 놀랄 정도로 차갑고 미네랄 맛이 났다. 케일럽은 처음에는 겁을 냈지만 삼십 분 정도 물을 튀기며 돌아다니다 보니 자신감이 붙은 모양이었다. 십 분이 더 지나니 혼자서 개헤엄을 치며 유유히 돌아다닐 정도가 되었다.

"저 좀 보세요! 저 보라고요!"

케일럽이 그렇게 행복해하는 건 처음이었다. "삼촌 등에 매달리렴."

아이가 피터의 등에 매달려 어깨를 붙잡았다. "뭐 할 건데요?"

"숨을 깊게 들이쉰 다음에 참아봐."

둘은 함께 잠수했다. 피터는 허파에 찬 공기를 뱉어내며 팔을 쭉 뻗었고, 윕킥 한 번으로 돌로 된 웅덩이 바닥으로 미끄러지듯 내려왔다.

그의 어깨에 꽉 매달린 아이의 몸이 망토처럼 쭉 뻗었다. 물은 유리처럼 투명했다. 어린 시절 동굴 속에서 물장구를 쳤던 기억이 피터의 머릿속을 가득 메웠다. 자신의 아버지와 함께했던 일이었다.

세 번의 킥으로 두 사람은 수면 위로 올라와 쏟아지는 햇살 속으로 나왔다. "어땠니?" 피터가 물었다.

"물고기를 봤어요!"

"내 말이 맞지?"

두 사람은 이렇게 계속 다이빙을 반복했고 아이의 기쁨은 끝이 없었다. 5시 30분이 되고 그림자가 길어지자 피터는 놀이가 끝났음을 선언했다. 두 사람은 조심스레 바위 위로 올라가 옷을 입었다.

"어서 페그 수녀님한테 가서 이야기해주고 싶어요." 케일럽이 환한 얼굴로 말했다.

"안 하는 게 좋을 거다. 우리 둘만의 비밀로 하는 거야, 알겠지?"

"비밀이라고요?" 아이는 그 말에 사회 규칙을 깨는 기쁨을 담아서 되뇌었다. 이제 두 사람은 함께 음모를 꾸미는 공모자였다.

"바로 그거야."

수문을 향해 가는 길에 아이는 작고 축축한 손을 피터의 손안에 집어넣었다. 몇 분 뒤면 사이렌이 울릴 것이다. 피터의 마음속으로 사랑이 쏟아져 들어왔다. *내가 여기 존재하는 이유가 바로 이거야.*

에이미를 만난 것은 부엌, 냄비 여러 개가 끓는 커다란 화덕 앞에 서 있는 뒷모습이었다. 부엌 안은 열기와 소음으로 가득했다. 접시가 부딪치는 소리, 이리저리 바삐 돌아다니는 수녀들, 아이들이 식당으로 들어오면서 신난 목소리로 떠들어댔다. 에이미는 피터를 등지고 있었다. 진줏

빛 광채를 품은 검은 머리는 굵게 땋아 허리까지 늘어뜨린 채였다. 그는 문간에 서서 한참 에이미를 바라보았다. 에이미는 긴 나무 숟가락으로 앞에 있는 냄비를 저은 뒤 간을 보고 소금을 넣고, 여러 개의 붉은 벽돌 오븐 중 하나로 민첩하게 다가가서 긴 손잡이로 갓 구운 빵 여섯 개를 꺼내는 일에 완전히 몰두하고 있었다.

"에이미."

그녀가 고개를 돌리더니 환하게 미소를 지었다. 두 사람은 소란한 부엌 한가운데에서 서로를 마주했다. 잠깐 머뭇거린 끝에 서로를 포옹했다.

"페그 수녀님이 네가 여기 있다길래."

피터는 물러났다. 포옹할 때의 촉감으로 알 수 있었다. 에이미는 무언가가 달라졌다. 떡이 진 머리를 하고 쓰레기 더미에서 꺼내온 옷을 입었던, 트라우마에 사로잡혀 있었던 말 없고 깡마른 아이는 이미 사라진 지 오래였다. 드문드문 일어나고 있는 것 같은 아이의 성장은 육체적인 성장보다는 정신적인 성숙에 가까웠다. 마치 그 아이가 서서히 자기 인생의 주인이 되어가는 듯했다. 그리고 늘 그렇듯 역설적이라는 생각이 들었다. 그의 눈앞에 서 있는 아이는 어디로 보나 십 대 초반의 소녀 모습이지만 실제로는 지구상에서 가장 나이가 많은 인간이라는 사실이 말이다. 피터의 오랜 부재는 케일럽에게는 한 시대였겠으나 에이미에게는 눈 깜짝할 찰나였을 것이다.

"언제까지 있을 수 있어요?" 에이미의 시선이 그의 얼굴을 떠나지 않았다.

"오늘 밤까지야. 내일 출발하거든."

"에이미." 화덕 앞에 서 있던 수녀가 불렀다. "수프는 준비됐니? 다들 배고프다고 아우성이야."

에이미는 어깨 너머로 짧게 대답했다. "잠깐만요." 그러더니 피터를 보며 씩 웃었다. "알고 보니 내가 요리를 그럭저럭 잘하더라고요. 덕분에 할 일이 하나 생겼죠." 에이미는 재빨리 피터의 손을 쥐었다 놓았다. "만나서 정말 반가워요."

피터는 아이들이 긴 테이블에 나이순으로 나누어 앉아 있는 식당으로 들어왔다. 마치 커다란 기관차가 내는 소음처럼 신체와 목소리의 에너지가 멋대로 분출되는 시끄러운 곳이었다. 케일럽 옆 긴 의자에 앉는 순간 식당 앞에 페그 수녀가 나타나더니 손뼉을 짝 쳤다.

그 손뼉은 번개라도 친 것 같은 효과를 발휘했다. 순식간에 식당 안이 긴장된 침묵에 사로잡혔다. 아이들이 서로 손을 잡고 고개를 숙였다. 피터도 어느새 한 손은 케일럽과, 다른 손은 맞은편에 앉은 갈색 머리의 어린 여자아이와 맞잡고 있었다.

"하늘에 계신 우리 아버지." 페그 수녀가 눈을 감고 기도를 시작했다. "우리에게 일용할 양식을 주시고 함께하게 해주시며 우리를 사랑하고 돌보셔서 자비를 내려주심에 감사합니다. 다음 생에서 다시 만날 때까지 지상의 풍요와 천국을 주시고 우리를 보호해주심에 감사합니다. 마지막으로 하느님의 용맹한 군사로서 머나먼 곳에서 오늘 저녁 우리와 함께해주시려 찾아온 특별한 손님을 보내주셔서 감사합니다. 이분과 그의 동료들의 여정을 안전히 지켜주시기를 기도하나이다. 아멘."

합창처럼 목소리들이 뒤따랐다. "아멘."

피터는 순수한 감동을 느꼈다. 알고 보면 페그 수녀는 자신의 존재를 그리 귀찮아하지 않았던 것 같다. 음식이 나왔다. 수프가 담긴 큰 통, 김을 폴폴 풍기는 두껍게 베어낸 빵조각, 물과 우유가 담긴 주전자였다. 테이블마다 상석에는 수녀가 앉아 국자로 수프를 그릇에 떠서 아이들에게 차례로 넘겨주고, 주전자들도 차례차례 돌고 있었다. 에이미가 피터의 옆자리에 와서 앉았다.

"수프 맛은 어때요?" 에이미가 물었다.

맛있었다. 지난 몇 달간 먹은 것 중에 가장 훌륭했다. 포근하고 따뜻한 빵을 씹을 땐 신음이 절로 나올 것 같았다. 조금 더 먹고 싶다고 말하고 싶었지만 무례해 보일 것 같아 억눌렀으나, 그릇이 비자마자 수녀 하나가 수프 그릇을 하나 더 가지고 와서 놓아주었다.

"손님이 오는 게 흔한 일이 아니거든요." 수녀는 발갛게 달아오른 얼굴로 이렇게 설명해준 뒤 총총 가버렸다.

그들은 고아원이며 에이미가 맡은 일 – 부엌일, 아이들에게 글 읽는 법 가르쳐주기, 그리고 에이미의 표현에 따르면 '그 밖에 해야 할 일 전부' – 에 대한 이야기, 피터가 알아 온 다른 이들의 안부를 나누었지만, 둘 다 그런 이야기들을 적당히 주고받았다. 아이들이 잠자리에 들고 난 다음에야 두 사람 사이의 진짜 이야기가 가능했기 때문이다. 옆에 앉은 케일럽은 다른 남자아이 하나와 열띤 대화를 주고받는 중이었는데, 피터는 중간중간 그 이야기가 기사며 여왕이며 졸병들이 나온다는 것 정도만 알아들었을 뿐이었다. 남자아이가 떠나자 피터는 케일럽에게 무슨 이야기를 했느냐고 물었다.

"체스 이야기였어요."

"체스트?"

케일럽이 눈을 데굴데굴 굴렸다. "아뇨, 체스요. 게임이에요. 배우고 싶으면 알려줄게요."

피터가 에이미를 슬쩍 살펴보자 그녀는 웃음을 터뜨렸다. "피터가 질걸요."

식사와 설거지가 끝난 다음 세 사람은 거실로 향했고, 케일럽이 체스판을 꺼낸 다음 다양한 말들의 이름과 할 수 있는 동작을 알려주었다. 나이트까지 설명을 듣고 나니 피터는 머리가 빙빙 도는 것 같았다.

"어떻게 이런 걸 다 기억하니? 이거 배우는 데 얼마나 걸렸니?"

케일럽은 순진하게 어깨를 으쓱했다. "금방 배웠는걸요. 되게 간단하다고요."

"설명만 들으면 전혀 간단하지 않은데." 에이미를 보니 비밀스러운 미소를 짓고 있었다.

"날 쳐다보지 말아요, 스스로 해야죠." 에이미가 항의했다.

케일럽이 체스판 위로 손짓을 했다. "삼촌이 먼저 하게 해줄게요."

전투가 시작되었다. 처음에 피터는 케일럽을 봐줄 생각이었다. 어차피 아이들이 하는 놀이인 데다가 당연히 금방 이해할 수 있을 거로 생각했다. 하지만 게임을 시작하자마자 그는 이 어린 맞수를 자신이 얼마나 과소평가한 것인지를 깨닫게 되었다. 그가 어떤 전술을 쓰든 케일럽은 이미 다 예상했다는 듯이 망설임 없이 간결하고 자신 있게 맞받아쳤다. 초조한 나머지 피터는 나이트로 케일럽의 비숍을 잡기로 결심했다.

"진짜 그렇게 하려고요?" 아이가 물었다.

"왜, 안 돼?"

케일럽은 손으로 턱을 괸 채 체스판을 뚫어지게 보고 있었다. 아이의 생각이 복잡하게 움직이는 중이라는 것을 피터도 알 수 있었다. 아이는 다양한 움직임과 이에 대항할 수를 상상하며 전략을 세웠다. 다섯 살인데 말이야, 피터가 생각했다. 놀랍군.

케일럽이 루크를 세 칸 전진시켜 피터가 아무 생각 없이 방어하지 않았던 다른 하나의 나이트를 잡았다. "잘 보세요." 케일럽이 말했다.

그리고 불과 몇 수만에 피터의 킹이 옴짝달싹 못 하는 신세가 되었다. "체크메이트." 아이가 선언했다.

피터는 난감해져서 체스판을 쳐다보았다. "어떻게 그렇게 빨리했니?"

옆에서 에이미가 웃었다. 옆 사람까지 전해지는 따뜻한 웃음소리였다. "내가 말했잖아요."

케일럽은 함박웃음을 지었다. 피터는 상황을 파악할 수 있었다. 아까는 수영, 지금은 체스. 조카는 피터에게 자기가 잘하는 것들을 보여주면서 아주 쉽게 형세를 역전시키고 있었다.

"예상만 잘하면 돼요." 케일럽이 말했다. "이야기라고 생각하면서요."

"솔직히 말해보렴. 너 체스 얼마나 잘하는 거니?"

케일럽은 겸손하게 어깨를 으쓱했다. "형이랑 누나들 몇 명한테는 져봤어요. 지금은 제가 다 이겨요."

"그래? 좋아, 다시 시작하자. 삼촌이 복수해주지."

그렇게 케일럽은 세 번 연승을 거두었고 매번 점점 더 무자비해졌다. 그때 아이들이 잠자리에 들 시간을 알리는 벨이 울렸다. 시간이 너무 빠르게 흘렀다. 에이미는 여자아이들 숙소를 향해 갔고 피터가 아이를 방으로 데려다주었다. 침대가 늘어선 커다란 방 안에서 케일럽은 잠옷으로 갈아입은 다음 침대 옆 돌바닥에 무릎을 꿇고 나서 손을 맞잡고 하느님이 '천국에 계신 부모님'으로 시작해 마지막으로 피터에게 축복을 내려주시길 비는 기도문을 읊었다.

"항상 삼촌이 마지막이에요. 제일 안전했으면 좋겠으니까."

"마우저는 누구니?"

마우저는 고아원에서 키우는 고양이라고 했다. 예전에 피터도 그 불쌍한 고양이가 거실 창틀에 늘어져 쉬고 있는 걸 보았다. 온몸이 걸레짝 같고, 부스러져 가는 늙은 뼈에 빨랫줄에 걸린 빨래처럼 살이 간신히 걸쳐져 흘러내리는 것처럼 생긴 녀석이었다. 피터는 담요를 케일럽의 턱까지 끌어 올려 덮어준 다음에 몸을 숙여 이마에 입을 맞췄다. 수녀들이 침대 사이를 돌아다니며 아이들을 조용히 시키고 있었다. 방 안의 불은 이미 끈 뒤였다.

"피터 삼촌, 또 언제 와요?"

"잘 모르겠다. 최대한 빨리 오고 싶구나.

"다음에 또 수영하러 갈 수 있어요?"

온몸에 따뜻한 기운이 퍼졌다. "다음에도 체스 같이 하기로 약속해 주면. 아직 이해를 못 했구나. 좀 더 공부해서 와야겠어."

아이가 환하게 웃었다. "약속할게요."

텅 빈 거실에서 에이미가 피터를 기다렸고 발치에는 고양이가 코를 들이밀고 있었다. 그는 21시까지는 막사로 돌아가야 했다. 에이미와 보낼 시간이 얼마 남지 않았다.

"불쌍한 놈." 피터가 말했다. "안락사시켜야 하지 않아? 너무 잔인해."

에이미가 고양이의 등줄기를 쓰다듬었다. 손길이 닿는 곳을 따라 등을 길게 휘는 고양이가 희미한 골골 소리를 냈다. "아마 그럴 때가 됐겠죠. 하지만 아이들이 앨 좋아하고, 수녀님들은 안락사를 반대해요. 목숨을 거둬가는 건 하느님의 일이니까요."

"뉴멕시코에 안 가봤으니까 그런 소릴 하는 거지."

농담이었지만 전적으로 농담은 또 아니었다. 에이미가 걱정스러운 눈으로 피터를 바라보았다. "힘들어하는 것 같아요, 피터."

"상황이 아주 잘 돌아가고 있진 않아. 알고 싶어?"

에이미는 그 질문에 대해 생각했다. 얼굴이 조금 창백해 보였다. 몸이 안 좋은 걸까 하는 걱정이 들었다.

"다음에요." 에이미가 피터의 얼굴을 바라보았다. "케일럽은 피터를 좋아해요. 매일 삼촌 이야기를 하거든요."

"그 말을 들으니 죄책감이 드네. 그래야 마땅하겠지만."

에이미가 마우저를 들어 무릎에 얹었다. "케일럽은 다 이해해요. 그냥, 피터가 케일럽에게 얼마나 중요한 존재인지 이야기하는 거예요."

"넌? 넌 잘 지내?"

에이미가 고개를 끄덕였다. "전체적으로 저랑 잘 맞아요. 사람들이 좋아요. 아이들도, 수녀님들도요. 물론 케일럽도 있죠. 아마 여기서 평생 처음으로, 뭐라고 표현해야 할까…… 쓸모 있는 존재가 된 기분이라고 느낀 것 같아요. 평범한 사람으로 지내니까 참 좋아요."

솔직하고 허물없이 흘러가는 대화가 놀라웠다. 두 사람 사이에 있던 장벽이 허물어진 기분이었다. "다른 수녀들도 알고 있어? 그러니까 페그 수녀를 제외하고 말이야."

"몇몇은요. 아니면 그냥 추측일 수도 있고요. 이곳에 5년이나 있었으니 제가 나이를 먹지 않는다는 걸 모를 순 없죠. 아마 페그 수녀님께는 그분의 가치관에 들어맞지 않는 눈엣가시일 거예요. 그래도 제게 그런 말을 전혀 하진 않죠." 에이미가 미소를 지었다. "어쨌든 제가 보리 수프는 잘 만드니까요."

피터가 떠나야 할 시간이 너무나 금세 다가왔다. 에이미가 입구까지 그를 바래다주자, 피터는 주머니에 있던 지폐 뭉치를 꺼내 그녀에게 내밀었다.

"페그 수녀님께 전해줘."

에이미는 말없이 고개를 끄덕인 뒤 돈을 받아 스커트 주머니에 넣었다. 다시 한번 에이미가 피터를, 이번에는 아까보다 더 힘주어 끌어안았다. "정말 보고 싶었어요." 가슴에 닿는 그녀의 목소리가 부드러웠다. "안전해야 해요, 알겠죠? 약속해주세요."

고집스레 말하는 에이미의 목소리에는 어쩐지 마지막 긴 작별을 이야기하는 것만 같은 느낌이 묻어 있었다. 내게 하지 않은 말이 무엇일까? 그뿐이 아니라, 에이미의 몸에서 열이 났다. 두꺼운 군복을 뚫고도 느껴질 정도였다.

"내 걱정은 하지 마. 잘 있을 테니까."

"진심이에요, 피터. 만약에 무슨 일이라도 생긴다면 저는……." 에이미의 말꼬리가 보이지 않는 바람에 휩쓸린 것처럼 잦아졌다. "안 될 것 같아요."

이제는 확실히 알 수 있었다. 에이미는 무언가를 숨기고 있었다. 피터는 에이미의 마음을 읽으려 그녀의 얼굴을 뜯어보았다. 이마에 땀이 엷게 배어 있었다.

"괜찮은 거야?"

그러자 에이미는 피터의 손을 잡고 들어 올려 손가락이 살짝 마주 닿을 정도로만 손바닥을 맞댔다. 함께인 동시에 이별을 뜻하는, 연결과 분리를 뜻하는 동작 같았다.

"제가 키스했던 거 기억나요?"

두 사람은 그 이야기를 한 번도 한 적 없었다. 바이럴이 두 사람에게로 몰려들던 쇼핑몰에서, 에이미가 새가 부리로 쪼듯 짧게 입 맞췄던 것. 그 후로 많은 일이 있었지만, 피터는 그 일을 잊지 않았다. 어떻게 잊을 수 있겠는가?

"늘 궁금했었어." 피터가 털어놓았다.

들어 올린 채 마주 잡은 두 사람의 손은 두 사람 사이의 깜깜한 공간에 둥실 떠 있는 것 같았다. 에이미는 눈으로 손을 한참 살펴보았다. 마치 마주 잡은 손안에 자신이 불어넣은 의미를 찾으려 애쓰는 것 같았다. "난 정말 오랫동안 혼자였어요. 설명할 수 없는 외로움이었죠. 그러다가 갑자기 당신이 나타났어요. 믿기지 않았죠." 그러더니 그녀는 문득 환각에서 깨어난 것처럼 황급히 얼굴을 붉히며 손을 뺐다. "그게 다예요. 어서 가세요, 늦겠어요."

피터는 떠나고 싶지 않았다. 그때의 입맞춤과 마찬가지로 에이미의 손의 촉감 또한 자신의 손가락에 지워지지 않게 새겨진 듯 이상하게 계속 남아 있는 것 같았다. 무슨 말을 하고 싶었지만 뭐라고 할지 모르는 채로 그 순간은 지나가 버렸다.

"정말 괜찮은 거지?"

에이미가 미소를 지었다. "그럼요."

하지만 정말 아파 보인다고 피터는 생각했다. "그럼, 열흘 뒤에 돌아올게."

에이미는 대답이 없었다.

"그때 볼 수 있는 거지?" 어째서 이런 질문을 하는 건지 자신도 알 수가 없었다.

"당연하죠, 피터. 제가 갈 데가 어디 있겠어요."

피터가 떠난 뒤 에이미는 아이들이 자는 숙소를 더 작게 만들어놓은 것 같은 수녀들의 방으로 갔다. 다른 수녀들은 자는 중이었고 나이 든 수녀들 몇몇은 가볍게 코를 골고 있었다. 그녀는 튜닉을 벗고 침대로 들어갔다.

한참 뒤 에이미는 흠칫하며 깨어났다. 잠옷이 푹 젖을 정도로 식은 땀 범벅이었다. 방금 꾼 불편한 꿈이 남긴 동요가 아직 몸을 떠나지 않은 채였다.

에이미, 그를 도와줘.

에이미는 얼어붙었다.

그가 널 기다리고 있어, 에이미. 배 안에서.

—아버지?

그에게 가거라 그에게 가거라 그에게 가거라.

그녀는 갑작스러운 목적에 휩싸인 채 자리에서 일어났다. 때가 온 것이다.

그러나 할 일, 잠깐이었지만 사랑했던 인생의 마지막 나날에서 마쳐야 할 마지막 일이 남아 있었다. 그녀는 고요한 복도를 지나 거실을 향했다. 마우저는 아까 올려두었던 소파 위에 그대로 누워 있었다. 고양이의 눈에서 피로가 배어 나왔다. 팔다리에 힘이 하나도 없고, 고개를 거의 들지도 못했다.

부탁이야, 마우저의 눈이 말하고 있었다. *너무 아파. 너무 오래 끌었어.*

그녀는 부드럽게 고양이를 들어 가슴에 안았다. 한 손으로 고양이의 등을 쓸면서 그녀는 창 쪽으로 몸을 돌려 고양이에게 별이 총총한 밤하늘을 보여주었다.

"아름다운 세상이 보이니, 마우저?" 그녀가 고양이의 귓가에 대고 속삭였다. "아름다운 별들이 보여?"

아름다워…….

단숨에 고양이의 목이 부러지고 품속에서 고양이의 온몸이 축 늘어졌다. 에이미는 고양이의 존재가 몸을 떠날 때까지 한참이나 그대로 서서 고양이의 등을 쓰다듬고 머리와 몸에 입을 맞췄다. *잘 가, 마우저. 행운이 따르길. 아이들은 널 사랑해. 다시 아이들과 함께하게 될 거야.* 그다음에 그녀는 고양이를 바깥으로 데리고 나가서 원예용 오두막에서 삽을 찾았다.

31

“여기, 누가 왔는지 보라고.”

얼굴에 기름때가 가득한 남자가 피터를 식당으로 데리고 들어왔을 때, 마이클은 여남은 명의 남녀와 함께 모여 앉은 채 더러운 손에 포크를 움켜쥐고 접시에 든 콩을 입안으로 욱여넣고 있었다. 마이클이 벌떡 일어나 그의 어깨를 철썩 때렸다.

“피터 잭슨, 이게 얼마 만이야.”

“젠장, 마이클. 뭐 이렇게 컸어?”

마이클은 가슴팍이 두 배는 넓어진 듯 입고 있는 작업복이 꽉 낄 정도였다. 팔에는 근육이 잡혀 울룩불룩했다. 뺨에는 금빛 수염 그루터기가 삐죽삐죽 솟아 있었다.

“솔직히 여기에선 원유 증류하는 일 아니면 역기 드는 것 말고는 할 일이 없거든.” 그가 테이블 쪽을 가리켰다. “이쪽이 우리 작업반이야. 여러분, 이쪽은 피터야.”

작업반원들이 앞다투어 자기소개를 했다. 피터는 하나하나 이름을 기억하려고 최선을 다했지만, 어차피 몇 분 내로 기억에서 지워질 거란 걸 알고 있었다.

“배고파?” 마이클이 물었다. “냄새는 좀 별로지만 음식 맛은 그리 나

뻐지 않아."

"일단 DS 대장에게 가서 출석 보고를 해야 해."

"기다리라고 해. 정오가 넘은 시간이니 어차피 스타크는 술에 취해 있을걸. 네가 진짜 만나봐야 하는 건 칼로빅인데, 지금은 매장지에 나가 있어. 일단 접시부터 가져다줄게."

그들은 점심을 먹으면서 안부를 나누었고, 쟁반을 부엌에 다시 갖다 둔 다음에 바깥으로 나왔다.

"원래 항상 이런 악취가 풍기는 거야?" 피터가 물었다.

"아, 오늘 정도면 괜찮은 거야. 풍향이 바뀌면 눈물이 줄줄 날걸. 수로에서부터 폐유 냄새가 온통 실려 오거든. 따라와, 이곳을 안내해줄 테니까."

두 사람이 가장 먼저 들린 곳은 녹이 슨 양철 지붕을 씌운 사각형의 콘크리트 벽돌 건물인 막사였다. 커튼이 달린 침상들이 벽에 한 줄로 붙어 있었다. 방 한가운데 놓인 탁자 앞에는 얼굴이 길쭉하게 생긴 덩치 큰 남자가 앉아서 카드 한 벌을 줄기차게 섞어대고 있었다.

"이쪽은 우리 조 2등 기술자인 후안 스위팅이야." 마이클이 알려주었다. "셉스라는 이름으로 통하지."

두 사람은 악수를 했고 셉스는 끙끙거리는 소리로 그에게 인사했다.

"어쩌다가 셉스라는 별명을 갖게 되신 겁니까?" 피터가 물었다. "그런 이름은 처음 들어요."

그러자 셉스는 팔을 구부려 자몽처럼 불끈 튀어나온 이두박근 두 개를 보여주었다.

"아," 피터가 말했다. "그래서군요."

"걱정 마." 마이클이 말했다. "매너가 좀 별로고 글을 읽을 때 입술을 움직이기는 하지만 밥만 제때 주면 얌전한 친구라고."

그때 속옷 차림의 여자가 침대 커튼 뒤에서 나왔다. 여자가 입을 가리고 하품을 했다. "아, 마이클, 좀 쉬려고 했더니." 그러더니 여자가 마이클의 목에 팔을 두르고 욕망에 가득 찬 미소를 짓는 바람에 피터는 놀랐다. "물론, 그 전에……."

"지금은 안 돼, *내 여친아*." 마이클이 부드럽게 여자의 팔을 풀었다. "여기 다른 사람도 있잖아. 로어, 이쪽은 피터야. 피터, 이쪽은 로어."

로어의 몸은 늘씬하고 탄탄했고 햇볕에 탈색된 머리카락은 짧게 치고 있었다. 매력적이기는 했지만 약간 남성적인 매력이 풍긴다는 점이 독특했고, 솔직히 어떻게 보면 육식 동물을 연상시키는 육감적인 면이 있었다.

"당신이 그 사람이에요?"

"맞아요."

그러자 로어는 다 알겠다는 듯이 웃었다. "아하, 행운을 빌어요, 친구."

"로어는 4세대 정유공이야." 마이클이 말했다. "거의 원유를 들이마신다고 볼 수 있지."

"먹고 살자니 어쩔 수 없지." 로어가 그렇게 대답하더니 이번에는 피터를 향해 말했다. "그럼 두 사람은 알고 지낸 지 오래됐겠네요. 저도 비밀 속에 끼워주세요. 마이클은 어땠어요?"

"동네에서 제일 똑똑한 녀석이었죠. 다들 서킷이라고 불렀어요. 별명 비슷했죠."

"바보 같은 별명이었지. 말해줘서 정말 고마울 따름이야. 피터."

"서킷이라니." 로어는 그 이름을 음미하듯 입안에서 굴렸다. "난 좀 마음에 드는데."

지금까지 말 한마디 없이 탁자에 앉아 있던 셉스가 갑자기 여자 신음 소리를 흉내 냈다. "*오 서킷, 오 서킷, 날 여자로 느끼게 해줘……*."

"둘 다 입 좀 닥치라고." 마이클은 새로이 얻게 된 남성성이 무색하게 얼굴을 잔뜩 붉혔지만, 피터는 그가 한편으로 관심의 대상이 되는 걸 즐기고 있다는 걸 알 수 있었다. "도대체 몇 살이야? 열세 살? 정신 차려, 피터." 마이클이 피터를 문 쪽으로 끌고 갔다. "이런 유치한 녀석들은 내버려 두고 가자고."

"또 만나요, 중위님." 문을 나서는 두 사람을 향해 로어가 발랄하게 외쳤다. "다음에 옛이야기 또 해줘요."

오후의 숨 막히는 열기 속에서 마이클은 피터에게 이곳의 지형을 설명해준 다음 증류탑 중 하나로 데리고 가서 정유 과정을 설명해주었다.

"꽤 위험할 것 같은데," 피터가 말했다.

"위험한 일도 있는 게 사실이야."

"보유지는 어디야?" 피터는 원유가 지하 깊은 곳에 파묻힌 보유 탱크에서 나온다는 것을 알고 있었다.

"여기서 북쪽으로 8킬로미터 정도 떨어진 곳에 있어. 정확히는 천연 암염으로 된 돔인데, 예전 전략적 석유 보유지의 일부였어. 기름은 물에 뜨니까 바닷물을 펌프질해서 빼내면 석유가 나오지."

마이클의 목소리에 텍사스 억양이 약간 배었다는 것을 피터는 눈치챘다. 석유를 '오일'이 아니라 "어을"로 발음하는 식이었다.

"석유는 얼마나 남았지?"

"기본적으로는 엄청 많이 있어. 앞으로 50년은 증류탑을 돌릴 만큼 남은 것으로 추정돼."

"보유량이 다 떨어지면?"

"더 찾아봐야지. 휴스턴 십 채널에 흩어져 있는 탱크가 많아. 유독가스를 뿜어내는 늪지대인 데다가 바이럴이 넘쳐나는 곳이지만 그래도 그곳을 발굴하면 한동안 버틸걸. 그다음으로 가까운 돔은 포트 아서야. 본부를 거기로 옮겨가는 게 쉽지는 않겠지만 시간만 충분하면 할 수 있지." 그러더니 운명을 받아들인 듯 어깨를 으쓱했다. "어쨌든 어차피 그때까지 내가 살아 있을 리도 없고."

마이클은 피터에게 보여줄 깜짝 선물이 있다고 했다. 둘은 함께 무기고를 향했고, 그곳에서 마이클은 산탄총 하나를 꺼낸 뒤 차량 보관소에서 픽업트럭을 꺼내왔다. 마이클이 운전실 바닥에 놓여 있던 거치대에 산탄총을 끼운 뒤 피터에게 차에 타라고 했다.

"어디로 갈 건데?"

"일단 타봐."

둘이 탄 픽업트럭은 부대를 벗어나서 남쪽을 향한 뒤 바다와 나란히 이어진 금이 간 고속도로를 달렸다. 트럭의 열린 창으로 소금기 밴 바람이 몰아치며 열기를 식혔다. 피터가 걸프 지역을 본 것은 두 번이 전부였다. 오래전부터 존재했던 커다란 이 해안은 너무나 커서 머릿속에 담기지 않았고 볼 때마다 숨이 막혔다. 가까이 다가올수록 크기와 가속도가 붙는 기다란 원통 같은 파도는 넋을 잃을 정도로 황홀했고, 해안에 부서지면서 자글자글한 갈색 거품을 남겼다. 눈을 뗄 수가 없었다. 파도를 보면서 모래사장에 몇 시간이나 앉아 있을 수 있을 것 같았다.

해안 일부는 깨끗하게 청소되어 있었지만 다른 곳은 여전히 거대한 재난의 증거가 남아 있었다. 뭐라 표현할 수 없는 형상으로 구부러진 녹슨 철골들이 산처럼 쌓였고, 선체가 빛바래고 삭았거나, 뼈대만 남은 온갖 크기의 선박들이 마치 갈비뼈처럼 모래 위에 쓰러져 있었다. 조류에 밀려온 온갖 쓰레기들도 쌓여 있었다.

"아직도 얼마나 많은 쓰레기가 밀려오는지 알면 놀랄 거다." 마이클이 창밖을 가리키며 말했다. "미시시피강에서부터 온갖 게 쓸려 와서 해안선을 따라 흐르거든. 무거운 것들은 가라앉지만 플라스틱은 잘 버티더라고."

마이클이 길을 벗어나 물가에 바짝 붙어 차를 몰았다. 피터는 창밖을 내다보았다. "더 큰 것도 본 적 있어?"

"가끔. 작년엔 거대한 화물 컨테이너 여러 개가 실린 바지선이 통째로 밀려왔어. 백 년을 표류하다가 온 거지. 전부 엄청나게 들떴어."

"안에 뭐가 들어 있었는데?"

"사람 뼈."

작은 만에 도착한 두 사람은 서쪽으로 방향을 돌려 잔잔한 해안을 따라갔다. 눈앞에는 물가에 바짝 붙어 서 있는 작은 콘크리트 건물이 보였다. 마이클이 트럭을 세우자 피터는 그 건물이 더는 쓰지 않는 폐건물임을 알았다. 그러나 창에 붙어 있는 흐릿한 글씨의 간판에는 '아트의 게 요리점'이라고 적혀 있었다.

"그래, 이제 말해봐. 깜짝 놀랄 일이라는 게 뭐야?"

마이클은 짓궂은 미소를 지었다. "그건 여기 풀어둬." 그가 피터가 허벅지에 차고 있는 브라우닝 자동 권총을 가리켰다. "총은 필요 없으니까."

친구가 도대체 무슨 꿍꿍이일까 생각하며 피터는 총을 글로브박스에 집어넣은 뒤 마이클을 따라 건물 뒤쪽을 향했다. 물 위, 높이가 10미터 정도 될까 싶은 작은 화물 적재 플랫폼이 달린 콘크리트 부두가 있었다.

“이게 뭐야?”

“물론 요트지.”

부두 끝에 작은 요트가 물이 출렁일 때마다 작은 거품을 만들며 묶여 있었다.

“어디서 났어?”

그 말에 마이클이 자랑스럽게 얼굴을 빛냈다. “여기저기서 났달까. 선체는 내륙으로 16킬로미터쯤 들어간 곳에 있던 창고에서 찾았어. 나머지는 우리가 끼워 맞추거나 직접 만들었지.”

“우리라니?”

“로어랑 나 말이야.” 그가 헛기침하며 목을 고르더니 갑자기 허둥지둥했다. “물론 보면 금방 알겠지만.”

“애써 설명할 필요 없어, 마이클.”

“내 말은, 보기와는 상당히 다른 사이라는 뜻이야. 어쩌면 보이는 대로일지도 모르고. 하지만 로어랑 내가 사귀는 사이라고 하기는 좀 어려워. 로어는 그냥…… 뭐, 그냥 원래 그래.”

친구가 당황하는 모습을 보니 심술궂은 즐거움이 느껴졌다. “괜찮은 사람 같던데. 게다가 널 좋아하는 거 같고.”

“뭐, 그렇지.” 마이클이 어깨를 으쓱했다. “물론 나라면 ‘괜찮다’는 말은 안 썼을 것 같지만 말이야. 솔직히 말하면 나한테는 너무 버거운 존재야.”

마이클이 보트에 한 발 올리는 순간 마이클은 문득 보트가 너무나 허술해 보인다는 데 생각이 미쳤다.

“왜 그래?” 마이클이 물었다.

“정말로 이 요트를 탄다고?”

마이클은 줄을 당기고 선체 밑바닥과 연결하느라 벌써 분주했다. "안 그러면 왜 여기까지 데려왔겠어? 걱정은 내려놓고 어서 타."

피터는 조심스럽게 조종석으로 내려왔다. 그의 체중이 실리며 슬쩍 슬쩍 움직이는 선체의 움직임이 이상했다. 보트가 움직이지 않게 난간을 꽉 쥐었다. "너 요트 모는 법은 아는 거야?"

마이클이 작게 웃었다. "어린애처럼 구네. 돛 올리는 거나 도와줘."

마이클은 돛, 방향타, 키, 아딧줄 순으로 빠르게 필수적인 준비를 마쳤다. 요트를 묶었던 줄을 풀어 던지고, 선미에 있는 방향타를 향해 가더니 뭔가를 해서 돛이 바람을 받게 만들었다. 다음 순간 요트가 놀라운 속도로 부두에서 멀어지며 달려 나갔다.

"어때?"

피터는 불안한 눈으로 멀어지는 해안선을 바라보았다. "적응하는 중이야."

"이렇게 생각해보는 건 어때?" 마이클이 입을 열었다. "지금 태어나서 처음으로 바이럴이 올 수 없는 안전한 곳에 있다고 말이야."

"그런 생각은 못 했는걸."

"앞으로 두 시간 동안은 자유야."

그들은 만 한가운데로 나아갔다. 물이 깊어지자 이끼 같은 녹색이던 물의 빛깔이 짙은 검푸른 색으로 변해가고, 햇볕이 불규칙한 수면에 반사되었다. 돛이 팽팽해지자 요트도 안정감을 얻어서 피터 역시 마음을 놓기 시작했지만, 아직 완전히 편하지는 않았다. 마이클이 요트 모는 법을 잘 아는 것 같긴 했지만 그래도 바다는 바다였으니까.

"이 배로 어디까지 가본 거야?"

마이클은 햇볕 때문에 눈을 찌푸린 채로 앞을 보고 있었다. "글쎄,

잘 모르겠는걸. 8킬로미터 정도겠지."

"장벽은?"

전염병이 확산된 초기, 세계의 여러 국가가 연합해 북미 대륙을 봉쇄하기 위해 해안선을 따라 기뢰를 설치하고 해안을 떠나려는 선박을 폭격했다는 사실은 누구나 알고 있었다.

"있는지 모르겠지만, 아직은 못 봤어." 마이클이 어깨를 으쓱했다. "솔직히 말하면 난 그게 다 허튼소리라고 생각해."

피터는 조심스럽게 마이클의 얼굴을 살폈다. "너, 장벽을 찾으러 다니는 건 아니겠지?"

마이클은 대답하지 않았지만 피터는 표정만으로도 자신이 정곡을 찔렀음을 알 수 있었다. "미친 짓이야."

"네가 하는 일도 마찬가지잖아. 만약에 장벽이 존재한다 한들, 기뢰가 몇 개나 남아 있겠어? 100년이나 바닷속에 잠겨 있었으면 다 삭아버리고 없겠지. 어차피 바닷속 부유물 때문에 다 터져버렸을 테고."

"아무리 그래도 무모해. 갈기갈기 찢겨버릴 수도 있어."

"그럴 수도 있어. 내일 증류탑이 폭발해서 내가 우주로 날아가 버릴 수도 있는 것처럼. 이 동네의 안전 기준은 상당히 낮거든." 그가 어깨를 으쓱했다. "아무튼, 그건 중요한 게 아니야. 난 애초부터 장벽 따위는 없었다고 생각해. 해안선 전체라고? 멕시코와 캐나다까지 포함한다면 총 40만 킬로미터야. 불가능하지."

"네 생각이 틀렸다면?"

"그럼 난 언젠가 갈기갈기 찢겨버리겠지."

피터는 거기서 그 화제를 그만두었다. 많은 것들이 변했지만 마이클은 아직까지 마이클, 영영 충족되지 않는 호기심을 가진 사람이었다.

두 사람은 만을 떠나 개방 수역으로 나왔다. 바람이 거세지자 뱃머리에 보석처럼 반짝이는 파도가 부서졌다. 속이 거북해져 왔다. 배의 움직임 때문만은 아니었다. 사방이 온통 물로 둘러싸여 있어서였다.

"뭍 쪽으로 좀 가는 게 어때?"

마이클이 키를 세게 당겨 돛을 조정했다. "내 말 잘 들어. 저 너머는 완전 다른 세계야, 피터. 설명할 수조차 없어. 마치 나쁜 일들은 전부 사라져버리는 것만 같아. 너도 직접 봤으면 해."

"돌아가야겠어. 다음에 다시 가보자."

마이클이 그를 슬쩍 보더니 웃었다. "좋아. 다음으로 미루자."

32

알리시아는 북쪽, 광활하게 펼쳐진 시골로 향했다. 이곳이 텍사스 팬핸들 지역. 광활하고 잔잔한 바다처럼 끝도 없는 평원으로 이루어진 지대로, 바람이 대초원의 목초를 쓸고 지나가고 머리 위 드넓은 하늘은 가을처럼 새파랬다. 사방을 둘러싼 지평선을 깨뜨리는 것이라고는 간혹 시냇가에 서 있는 미루나무나 피칸 나무, 기다란 팔에 달린 우울한 손가락을 바람이 지나갈 때마다 복종하듯 늘어뜨리는 버드나무밖에 없었다. 날씨는 따뜻했지만, 밤이 되면 기온이 급강하해서 풀 위에 묵직한 이슬을 흩뿌렸다. 가는 길에 흩어져 있는 은신처에서 연료를 구하면서, 그녀는 여정을 나흘 안에 끝낼 예정이었다.

11월 6일 아침 알리시아는 키어니 기지에 도착했다. 재보급 수송대가 돌아오지 않았을 때 사령부에서 두려워한 일이 일어났다는 것을 알 수 있었다. 키어니 기지에 살아 있는 사람은 아무도 없었다. 기지 전체가 뻥 뚫린 무덤이나 마찬가지였다. 공기 중에 병사들의 단말마의 메아리가 바람이 휩쓸어간 침묵에 갇힌 채 떠도는 것만 같았다. 알리시아는 이틀 내내 바싹 마른 동료들의 유해를 트럭 짐칸에 실은 다음 자신이 선택한 장소인 플래트강의 강둑에 난 빈터로 싣고 갔다. 그곳에 동료들의 유해가 함께할 수 있도록 길게 한 줄로 내려놓은 다음 기름을 부어 불을 붙였다.

말을 본 것은 다음 날 아침이었다.

말은 바리케이드 바로 뒤에 서 있었다. 흑백이 섞인 털의 종마는 수컷다운 기다란 목을 구부려 연병장 가장자리에 무성하게 난 풀을 뜯고 있었다. 토네이도가 지나간 자리에 멀쩡한 모습으로 말 한 마리가 남은 것처럼, 그 말의 존재는 설명하기 어려웠다. 키가 적어도 183센티미터 정도는 되었다. 알리시아는 손바닥을 위로 한 자세로 조심조심 말을 향해 다가갔다. 말은 겁을 먹은 듯 귀를 뒤로 바짝 눕힌 채 콧구멍을 벌렁거리며 그녀를 향해 한쪽 눈을 크게 굴렸다. 저 이상한 존재는 누구며, 나한테 무슨 짓을 하려는 거지? 하고 말하는 것 같은 눈이었다. 알리시아가 한 발짝 더 다가갔지만 말은 움직이지 않았다. 말의 몸속에서 흐르는 야생의 피, 폭발적인 동물적 힘을 느낄 수 있었다.

"착하구나." 알리시아가 중얼거렸다. "알겠지? 나 나쁜 사람 아니야. 우리 둘이 친구가 되는 건 어떨까?"

말과의 거리가 팔 하나 정도 남았을 때 그녀는 뻗은 손바닥을 말의 코 아래에 댔다. 말이 입술을 뒤집자 누런 치열이 드러났다. 알리시아의 모습이 비친 눈이 커다란 검은 대리석 같았다. 결정의 순간 말의 몸이 긴장한 듯 굳었다. 다음 순간 말은 고개를 숙인 다음 축축한 숨결을 그녀의 손바닥에 뿜어냈다.

"내가 탈 말이 나타난 것 같군." 이제 말은 머리를 까딱거리며 알리시아의 손바닥을 코로 부비고 있었다. 입가에는 거품이 약간 묻어 있었다. 알리시아는 말의 목과, 땀에 젖어 윤기 나는 털을 쓰다듬었다. 정으로 쪼아 조각한 것처럼 단단하면서도 순수한 몸이었지만 말이 가진 기운을 한껏 뿜어내는 것은 무엇보다도 말의 두 눈이었다. "이름이 필요하겠다." 알리시아가 말했다. "뭐라고 불러줄까?"

알리시아는 말에게 솔저라는 이름을 지어주었다. 그녀가 말 등에 훌쩍 올라탄 순간부터 둘은 하나가 되었다. 마치 긴 시간 헤어졌던 오랜 친구를 다시 만난 것처럼, 서로에게 가장 깊은 진실을 말할 수 있는 동시에 원한다면 아무 말을 하지 않아도 좋은 평생의 동반자인 것처럼. 텅 빈 기지에서 알리시아는 사흘을 더 머무르며 물자를 채우고 앞으로의 여정을 계획했다. 칼을 가장 날카롭게 갈았다. 명령서는 주머니 안에 들어 있었다.

수신: 원정대의 알리시아 도나디오 대위.

서명: 텍사스 공화국 대통령 빅토리아 산체스.

11월 12일 아침 알리시아는 솔저와 함께 동쪽을 향해 출발했다.

미주리강에는 다리 하나가 여전히 남아 있었다. 오마하에서 북쪽으로 80킬로미터 떨어진 곳에 위치한, 디케이터라는 동네였다. 알리시아와 솔저는 엿새째 되는 날 그곳에 도착했다. 아침이면 서리가 내리고 공기 중에 겨울 기운이 감돌았다. 나무는 잎을 떨어뜨리고 헐벗은 나뭇가지를 드러낸 채였다. 다리에 가까워질수록 솔저가 내키지 않는다는 듯 고집을 부리는 것이 느껴졌다. *강을 건넌다고, 진심이야?* 둘은 절벽에 도착했다. 발아래 물이 널찍한 물길을 따라 휘돌고 있었다. 돌처럼 시커먼 소용돌이가 수면 위로 솟아오르는 게 보였다. 다리는 북쪽으로 400미터 지점에서 강물을 건너는 거인의 걸음걸이 같은 거대한 콘크리트 교각을 지났다. *맞아*, 알리시아가 말했다. *진심이야.*

성급한 결정이 아니었나 싶은 순간들도 존재했다. 군데군데 콘크리트 표면이 떨어져 나간 자리에서는 발아래를 휘도는 물이 훤히 보였다. 그녀가 솔저에게서 내려 고삐를 쥐었다. 금방이라도 다리가 발밑에서 무너질 것 같은 위험 속에서 힘겹게 한 발짝 한 발짝 둘은 강을 건너왔다. 도대체 이런 바보 같은 생각은 누가 한 거야? 솔저가 묻는 것 같았다. 아, 너였지.

다리를 건너 강 저편으로 넘어온 그들은 잠시 멈췄다. 이제 저녁이었다. 해가 절벽 너머로 떨어지기 시작했다. 알리시아의 생체 리듬은 뒤바뀐 뒤였다. 걸어서 이동할 때는 습관대로 낮에 잠을 자고 밤에 이동할 수 있었다. 그러나 말을 타고 이동할 때는 아니었다. 알리시아는 강둑에 불을 피운 다음 팬에 물을 채우고 끓였다. 안장주머니에서 마지막 남은 저장 식품도 꺼냈다. 마른 콩 한 줌, 통조림 페이스트, 돌처럼 딱딱한 하드택 한 조각이었다. 사냥을 하고 싶은 기분이었지만 솔저를 혼자 두고 싶지 않았다. 그녀는 빈약한 저녁 식사를 끝내고 팬을 강물에 씻은 다음 침낭에 누워 하늘을 바라보았다. 이대로 오래오래 쳐다보고 있으면 별똥별을 볼 수 있을 것 같다. 그런 그녀의 생각에 응답이라도 하듯이 새하얀 별똥별이 하늘을 가르고 떨어지더니, 곧바로 두 개가 더 떨어졌다. 오래전 마이클이, 저 별똥별 중 어떤 것은 이전 시대 인간이 만든 인공위성이라는 것의 잔해라고 이야기한 적이 있었다. 인공위성은 기후와 관련된 어떤 기능을 한다고 설명해주었지만, 알리시아가 다 잊어버린 건지, 아니면 척척박사 마이클이 또 다른 사람에게 자기 지식을 쏟아붓는 거라고 치부하고 넘어갔던 것인지는 잘 모르겠다. 그녀의 마음속에 들었던 생각은 빛과 힘의 결합 같은 인공위성의 추상적인 기능이었다. 새총으로 쏘아 보낸 돌처럼 지구를 빙글빙글 돌면서 알 수 없는 목적을 가진 설명할 수 없는 사물. 의지와 중력이 서로 대항하는 힘으로 궤도에 갇혀 있다가, 포기하는 순간 영광의 불꽃을 피우며 땅으로 떨어지는 별똥별이 더 많아져서, 알리시아는 수를 세기 시작했다. 보면 볼수록 별똥별은 더 많이 보였다. 열 개, 열다섯 개, 스무 개. 그렇게 수를 세다가 그녀는 잠에 빠져들었다.

다음 날 아침은 신선하고 맑았다. 알리시아가 선글라스를 끼고 기지개를 켜자 간밤에 푹 쉬며 솟아난 기분 좋은 에너지가 팔다리를 타고 흘렀다. 아침 공기 속에서 강물이 흐르는 소리는 더 크게 들렸다. 오늘 아침으로 먹을 하드택을 약간 남겨둔 참이었다. 반으로 잘라 나머지는 솔저에게 먹인 다음 그녀는 출발했다.

이곳은 아이오와였다. 여정은 벌써 절반 지점에 이르렀다. 지형 역시 바뀌어서 보드라운 흙으로 이루어진 구부정한 언덕들이 위아래로 솟아오르고, 언덕 사이에는 질 좋은 검은 흙바닥이 평평한 골짜기를 이루고 있었다. 낮게 깔린 구름이 서쪽에서 밀려오며 햇볕을 틀어막았다. 알리시아가 산마루에서 무언가의 움직임을 감지한 것은 늦은 오후였다. 바람에 짐승의 체취가 실려 왔다. 솔저 역시도 그 냄새를 맡았다. 알리시아는 꼼짝 않고 버티면서 냄새의 주인이 정체를 드러내기를 기다렸다.

나타났다. 산등성이에 윤곽을 드러낸 것은 총 스무 마리의 사슴 떼였다. 맨 앞에는 커다란 수사슴 한 마리가 앞장서 있었다. 수사슴의 뿔은 겨울이라 헐벗은 나무처럼 거대했다. 알리시아는 바람 부는 방향으로 다가가기로 했다. 아직까지 사슴들이 그녀의 존재를 알아차리지 못한 것이 신기할 정도였다. 그녀는 소총을 총집에 끼워놓고 석궁과 볼트를 가지고 말에서 내렸다. 솔저가 그녀를 경계하는 눈으로 바라보았다.

"그런 표정으로 보지 마, 나도 먹고 살아야지." 알리시아는 솔저의 목을 안심시키듯 토닥거렸다. "멀리 가지 마, 알았지?"

그녀는 남쪽으로 산등성이를 한 바퀴 돌았다. 사슴은 아직 그녀의 존재를 눈치채지 못한 것 같았다. 그녀는 바닥을 기면서 천천히 경사를 올랐다. 알리시아의 동작도 빨랐지만, 사슴들이 더 빨랐다. 석궁을 한 발, 아니면 두 발 안에 맞춰야 했다. 한참이나 차분하게 경사면을 기어오른 뒤에야 그녀는 언덕 꼭대기에 올랐다. 사슴 떼는 능선을 따라 V자로 퍼져 있었다. 수사슴은 십여 미터 떨어진 거리에 있었다. 알리시아는 바닥에 납작 엎드린 채로 석궁에 볼트를 장전했다.

공기가 흐트러지는 느낌을 감지한 듯했다. 동물만이 가진 깊은 인식의 순간. 사슴이 폭발하듯 달려 나갔다. 알리시아가 일어섰을 때 사슴 떼는 산등성이를 껑충껑충 달려 내려가고 있었다.

"제기랄."

그녀는 석궁을 바닥에 던져버리고 칼을 꺼내 사슴 떼를 쫓아 달렸다. 그녀의 정신은 눈앞의 이 임무에만 고정되어 있었다. 그 무엇도 그녀를 멈출 수 없었다. 산등성이를 15미터쯤 내려온 지점에 땅이 쑥 꺼지는 부분이 있었고, 알리시아는 기회를 찾았다. 그녀의 정신이 집합점을 감지해낸 것이다. 수사슴이 급경사면을 달려 내려오는 순간 그녀는 칼을 꺼내 들고 몸을 날렸다.

그녀가 매처럼 위에서 사슴을 덮친 뒤 기다란 활처럼 앞으로 칼을 휘둘러 사슴의 목에 칼을 찔러 넣었다. 피가 튀면서 사슴이 앞다리를 접고 풀썩 쓰러졌다. 그러나 다음 순간 일어날 일을 알리시아는 한발 늦게야 감지했다. 사슴의 목을 향해 칼을 위로 뻗는 순간 그녀의 몸이 중력에 휩쓸린 것이다. 다음 순간 그녀는 언덕을 따라 데굴데굴 굴러 내려갔다.

경사면 아래까지 굴러간 뒤에야 그녀는 멈췄다. 선글라스는 벗겨지고 없었다. 그녀는 재빨리 몸을 굴러 엎드린 다음 두 팔에 얼굴을 묻었다. 제기랄! 밤이 올 때까지 이렇게 무력하게 이곳에 누워 있을 수밖에 없는 걸까? 그녀는 한 팔을 들어 바닥을 더듬었다. 집히는 것이 없었다.

결국 눈을 뜨고 주변을 둘러보는 수밖에 없었다. 팔꿈치가 접히는 부분으로 얼굴을 가린 채 그녀는 무릎을 세우고 일어나 섰다. 갈비뼈에 부딪칠 기세로 심장이 쿵쿵 뛰었다. 하는 데까지 해보는 수밖에, 하고 그녀는 생각했다.

가장 처음 눈앞에 보인 것은 새하얀색뿐이었다. 마치 태양을 똑바로 바라보는 것처럼 눈앞에서 모든 것을 가려버리는 백색이었다. 두개골을 바늘로 찌르는 것처럼 고통스러웠다. 그런데 그 순간, 무언가가 예기치 못하게 급속도로 변화하기 시작했다. 시야가 회복되고 있었다. 안개 속에서 드러나듯 색채와 형체가 나타났다. 그녀는 눈을 아주 가늘게 뜨고 있다가 서서히 조금씩 눈꺼풀을 열었다. 조금씩 새하얀 빛이 사그라지고 주변이 드러나기 시작했다.

어둠 속에서 5년을 보낸 원정대 대장 알리시아 도나디오의 눈에 드디어 눈부신 햇살 속 세상이 들어왔다.

그제야 그녀는 여기가 어딘지 알 수 있었다.

그녀는 이곳을 뼈의 들판이라고 불렀다. 엄밀히 말하면 이곳은 들판도 아니었고, 그것들을 정확히 뼈라고 부를 수도 없었다. 고원을 지평선에 이르기까지 가득 메운 것은 햇빛을 받아 바스라지고 있는 수많은 바이럴의 잔해였다. 이게 총 몇 마리였을까. 십만? 백만? 그보다 더 많을까? 알리시아는 앞으로 나가 잔해들 사이에 섰다. 한 걸음 한 걸음 디딜 때마다 뼛가루가 먼지처럼 일었다. 뼛가루의 맛이 코와 목에 느껴졌고 페이스트처럼 입안의 점막에 들러붙었다. 눈에 눈물이 차올랐다. 슬픔의 눈물일까? 아니면 안도의 눈물? 아니면 이렇게 설명할 수 없는 사건을 보고 생긴 단순한 놀라움의 눈물일까? 그들이 이렇게 된 것은 그들의 탓이 아니었다. 결코 그들의 잘못이라 볼 수 없었다. 그녀는 한쪽 무릎을 꿇고 주저앉아 탄띠에서 칼날을 꺼낸 다음 자신의 머리와 심장에 한 번씩 댔다. 눈을 감고 고개를 숙인 다음 기도에 마음을 담아 실어 보냈다. *집으로 돌려보내 주겠다, 내 형제자매여. 존재라는 감옥에서 해방시켜주겠다. 그대들은 이제 지상을 떠나 이 삶 너머에 있는 진실을 열어젖힐 것이다. 내가 앞으로의 나날들을 마주할 수 있도록 그대들의 힘으로 나를 지나쳐 가길. 명복을 빈다.*

솔저는 알리시아가 내린 자리에 그대로 서 있었다. 그녀가 다가오자 솔저의 눈빛은 짜증스러운 빛을 띠었다. 약속이 틀리잖아, 솔저의 두 눈이 말하고 있었다. 도대체 어디 갔다 온 거야? 하지만 그녀가 가까이 다가가자 솔저의 눈은 다 안다는 듯 깊어졌다. 알리시아는 솔저의 갈기를 어루만져 준 다음에 현명해 보이는 기다란 얼굴에 입을 맞췄다. 근육질의 혀가 선글라스를 쓰지 않은 그녀의 눈에서 눈물을 핥아갔다. 착하구나, 하고 알리시아는 말했다. 정말 착하디착한 아이야.

이대로 어서 여정을 계속하고 싶었지만, 전리품부터 어서 처리해야 했다. 그녀는 나무 사이에 방수천을 걸고 바닥에 앉아 가방을 내렸다. 가방 안에는 기름 먹인 천으로 싸인, 아직도 피가 듬뿍 배어 꿈틀거리는 수사슴의 간이 들어 있었다. 그녀는 사슴 간을 코에 대고 먹음직스러운 흙과 피 냄새를 들이마셨다. 오늘 밤에는 요리를 위해 모닥불을 피우지 않을 것이다. 간은 지금 이대로 완벽한 상태니까.

무언가가 달라지고 있었다. 세상이 바뀌고 있었다. 뼛속 깊은 곳에서부터 그것을 느낄 수 있었다. 지진과 같은, 계절의 변화 같은, 지구의 축이 살짝 뒤틀리는 것 같은 변화였다. 그러나 그런 걱정은 나중에 해도 좋을 것이다.

지금은, 오늘 밤은, 식사를 할 것이다.

33

그 뒤로 사흘간 피터는 마이클을 거의 못 보다시피 했다. 떠날 날짜가 다가오고 있었다. 취사병들의 근무량은 두 배로 늘었다. 카드판에서 쓸 돈도 없는 터라 피터는 여가 시간을 잠을 자거나 초조하게 부대 안을 걸어 다니거나 식당에 들락거리면서 쓰는 수밖에 없었다. 칼로빅은 좋았지만 스타크는 또 다른 문제였다. 그리어가 예상한 대로, 피터가 도착하자마자 스타크는 온갖 분노를 표출했다. 그래, 혼자 속을 끓이라지, 하고 피터는 생각했다. 어차피 내가 오고 싶어서 온 곳도 아닌데 말이다.

그나마 가장 재미있는 것이 로어와 보내는 시간이었다. 콜로니에 대한, 특히 마이클에 대한 그녀의 호기심은 그녀의 다른 모든 측면만큼이나 왕성했다. 근무 시간 사이에 로어는 식당에서 피터를 찾아와 남들의 이목을 피해 이야기를 나눌 수 있는 빈 테이블로 데려갔다. 마이클의 말과는 달리, 겉보기에는 경박했지만 마이클을 향한 애정은 진지하다는 걸 분명히 알 수 있었다. 그녀가 던지는 질문은 마치 마이클이라는 자물쇠를 열어보겠다는 듯 철저했다. 그 시절 마이클은 어떤 사람이었어요? 똑똑했다고요? 그렇겠죠, 그건 마이클을 아는 사람이라면 누구나 알죠. 하지만 그 밖에는요? 사라는 어떤 사람인가요? 그리고 마이클 부모님의 사연은 뭐였어요? 로어는 캘리포니아에서부터 시작한 그들의 여정에 관해서는 공식적으로 알려진 것 말고는 아는 바가 없었다. 콜로니의 전력원이 끊기자 다른 생존자들을 찾아 동쪽으로 떠났고 우연히 콜로라도 기지에 오게 된 것이라고 말이다. 에이미라거나 텔루라이드의 산에서 일어난 일에 대해서 로어는 아무것도 몰랐고 피터도 굳이 알려주지 않기로 했다.

피터가 로어와 대화를 나누다가 가장 놀랐던 것은, 그녀가 알리시아가 어떤 사람인지 궁금해한다는 사실이었다. 마이클이 알리시아 이야기를 상당히 많이 한 게 분명했다. 로어의 질문은 평범했지만 피터는 질문의 이면에 경쟁심, 어떻게 보면 질투라고까지 부를 만한 감정이 자리하고 있음을 감지했다. 피터는 심지어 로어에게 알리시아는 걱정할 필요가 전혀 없다고 안심시켜주기까지 했다. 마이클과 알리시아는 물과 기름 같은 사이였다고 말이다. 살면서 만난 사람 중에 그만큼이나 다른 두 사람도 없었다고. 그러자 로어는 자신감 넘치는 웃음을 지었다. 도대체 왜 내가 걱정한다고 생각해요? 원정대 소속 미친 여자일 뿐인데? 절대 그런 생각은 하지 않으니까 신경 쓰지 말아요, 하면서 그녀는 그 생각을 떨쳐버리려 손을 내저었다.

이곳에서의 마지막 날은 칼로빅과 스타크와 함께 여정의 상세를 논의하며 보냈다. 디젤과 고옥탄 가솔린을 절반씩 가득 실은 트럭 열 대가 게이트 앞에 준비되어 있었다. 아침이 오기 전에 두 대가 더 준비될 예정이었다. 50구경 소총을 거치한 험비와 사륜구동으로 이루어진 여덟 대의 경호용 차량이 수송대와 함께 움직이기로 했다. 프리포트에서 36번 국도를 타고 동쪽으로 가다가 실리에서 10번 고속도로를 타고 서쪽으로 직진해 샌안토니오 외곽까지 간 다음 거기서부터는 지방 고속도로를 이용해 도시를 가로지르고, 다시 10번 주간고속도로를 타고 마지막 80킬로미터를 가면 되었다. 가는 길에 하드박스가 일정한 간격으로 배치되어 있지만 우선은 멈추지 않고 가는 것이 기본이었다. 시속 30킬로미터의 평균 속도로 움직이면 자정이 지난 시각에 커빌로 접어들게 되는 일정이었다.

피터는 경로 중 다섯 군데의 요충지에 관심이 쏠렸다. 첫 번째는 실리 서쪽, 샌버나드 강의 다리, 두 번째는 콜로라도를 건너가게 되는 지점인 콜럼버스였다. 그리고 룰링의 샌마르코스 다리, 마지막 두 개의 요충지는 모두 과달루프강을 끼고 있는데 하나는 세귄 서쪽, 다른 하나는 컴포트라는 마을이었다. 첫 세 개의 요충지는 수송대가 낮에 통과하게 되니 그리 걱정할 것이 없겠지만 세귄에 도착할 때는 해가 진 이후일 것이다. 바이럴이 사냥을 위해 강가를 돌아다니는 모습들이 목격되었으니, 디젤 엔진의 소리를 들으면 놈들이 몰릴 것은 뻔했다. 그뿐만 아니라 샌마르코스 다리는 수리 상태가 불량해서 한 번에 트럭 한 대만 지나갈 수 있었다. 안전을 위해서 그 지역 전체에 조명탄을 밝히긴 하겠지만 수송대의 운행이 한 시간 가까이 중단되어야 할 것이었다.

동트기 전 어둠 속에 모두가 트럭 앞에 집합했다. 공기는 차고 축축했다. 그들 대부분에게 이 여정은 익숙하기 짝이 없는 것이었다. 너무나 단련되어서 다소 지루하기까지 했다. 치커리 커피 잔이 돌았다. 고위직 정유공인 마이클이 피터와 함께 선두의 험비에 오르기로 했다. 셉스는 첫 번째 화물차를 몰고, 로어가 두 번째 화물차를 몰기로 했다. 피터는 호의의 의미로 스타크를 앞장세울 계획이었지만 다행히도 스타크는 거절하고 남은 DS 파견 인력들과 함께 정유소에 남기로 했다.

동이 트자마자 게이트가 열렸다. 열두 대의 커다란 디젤 차량이 시동을 걸며 깨어나자 짙은 검은색 매연이 뿜어져 나오기 시작했다. 마이클이 뒤에서부터 앞으로 움직이며 무전기를 나누어주고 운전을 맡은 이들에게 마지막으로 당부 사항을 알렸다. 그가 험비의 운전석에 타더니 모든 운전자와 차례차례 무전을 보냈다.

"1번 유조차."

"출발 준비 완료."

"2번 유조차."

"출발 준비 완료."

"3번 유조차……." 그렇게 통신이 이어졌다. 마이클이 피터에게 무전기를 건넨 뒤 험비의 기어를 넣었다.

"너도 곧 알게 될 거야." 그가 말했다. "가는 길은 그저 긴 하품이나 마찬가지야, 한번은 가는 내내 잠을 잤지 뭐야."

그들은 이제 막 밝아지는 하루를 향해 출발했다.

그들은 오전 느지막이 로젠버그 우회 도로를 통과해 서쪽으로 방향을 털어 10번 주간고속도로를 향해 갔다. 주립 고속도로에는 움푹 파인 구멍이 많아서 유조차들이 기어가듯 느린 속도로 움직일 수밖에 없었지만, 주간고속도로에 진입하면 다시 속도가 날 것이었다.

무전기를 통해 셉스의 목소리가 들려왔다. "마이클, 여기 문제가 있는데."

피터가 몸을 돌려 뒤를 바라보았다. 뒤따라오던 수송대가 멈춰 있었다. 마이클이 험비를 멈춰 후진했다. 셉스는 운전석에서 내려와 앞 범퍼 앞에 서서 쇠 지레로 후드를 들어 올리고 있었다.

"무슨 문제야?" 마이클이 소리쳤다.

셉스가 연기를 피워 올리는 엔진을 걸레로 탁탁 두드렸다. "냉각액 펌프에 문제가 생긴 것 같은데. 고치려면 시간이 걸릴 거야. 두 시간은 걸려."

두 가지 선택지가 있었다. 수리가 끝나기를 기다리거나, 아니면 셉스의 유조차를 두고 앞서가거나. 사태를 더 복잡하게 만드는 것은 도로 양쪽이 모두 울창한 잡목림으로 뒤덮여 있다는 것이다. 가장 가까운 대피소까지 가려면 10킬로미터를 돌아가야 했다. 윌리스까지 수송대 전체를 이끌고 되돌아가야 하는 셈이다.

"셉스가 할 수 있을까?" 피터가 물었다.

"부품이 다 있잖아. 안 될 거 없지."

피터가 승인 지시를 내렸다. 마이클이 다시 무전기를 들었다. "좋아, 모두, 시동을 꺼."

"진심이야?" 로어가 되받아 외쳤다. "셉스한테 저 고물차 옆으로 치우라고 해."

"그래, 진심이야. 여러분, 엔진 끄세요."

피터는 수송대 양쪽에 보안 인력을 배치해 총구를 나무와 수풀이 빽빽하게 우거진 벽에 겨누게 했다. 한낮이라 무슨 일이 일어날 가능성은 거의 없지만, 이렇게 뒤엉킨 숲은 바이럴이 숨어 있기 완벽한 조건이었다. 셉스와 로어가 엔진을 수리하기 시작했다. 운전자 대부분이 운전석에서 내려온 뒤였다. 시간이 가자 다들 카드를 꺼내 시간을 때우기 시작했다.

셉스가 냉각 시스템을 고쳤다고 선언했을 때는 오후 세 시가 지난 시간이었다. 수리에 거의 네 시간이 걸린 셈이었다. 커빌에 도착하려면 아직 열두 시간이 남았다. 아니, 어둠을 헤치고 가야 할 시간이 늘어났으니 그 이상이었다.

"아직 돌아가기에 늦진 않았어." 마이클이 말했다. "주간고속도로에서 콜럼버스 출구로 나가서 돌아가면 돼. 경사로는 상태가 좋아."

"네 생각은 어때?"

두 사람은 다른 사람들에게서 떨어진 곳, 험비 옆에 서 있었다. "내 의견을 묻는다면, 난 계속 가야 한다고 생각해. 어둠 속에서 몇 시간이 더 걸린들 달라질 게 뭐야? 이런 일이 처음도 아니라고. 이 고물차들은 매번 고장이 나거든. 게다가 세권까지는 길이 넓게 트여 있어." 마이클이 어깨를 으쓱했다. "그러니 결정은 네가 해."

피터는 잠시 생각했다. '위험을 감수하는 일이겠지만, 그렇지 않은 것이 어디 있을까?' 또 마이클의 논리 역시 그럴싸하게 느껴졌다.

그는 고개를 끄덕였다. "가는 걸로."

"기세가 좋은걸. 조심하자고, 형제."

출구를 알리는 표지판들은 구멍이 뚫리고 녹이 슨 채로 술 취한 사람처럼 비스듬히 서 있었다. 그들은 기울어진 가드레일이 달린 아주 오래된 고속도로를 타고 앞으로 달렸다. 도로가 식당이며 주유소, 모텔은 구멍이 뻥뻥 뚫려 있었지만, 아직도 몇 군데는 간판이 그대로 남아 이해할 수 없는 이름을 외치며 바람을 맞고 있었다. 맥도널드. 엑손. 와타버거. 홀리데이 인 익스프레스. 피터는 풍경이 눈앞을 휙휙 지나쳐 가는 모습을 보았다. 아까보다는 속도가 빨라졌지만 그래도 충분하진 않을 것이다. 어둠이 내리고 있었다.

사위가 깜깜해진 것은 플라토니아에서였다. 그들은 세 번째 다리에서 동쪽으로 50킬로미터 떨어진 곳에서 시속 40킬로미터의 꾸준한 속도로 움직이고 있었다. 차량에서 차량으로 종일 한담을 전해주며 지지직거리던 무전기도 조용해졌다. 룰링에 도착하자 험비의 헤드라이트 속에 빨간 엑스 자가 표시된 출구 표지판이 보였다. 하드박스였다. 피터는 마이클의 얼굴을 바라보며 표정의 변화를 살펴보았지만, 아무것도 읽히지 않았다. 그들은 하드박스를 지나쳐 갔다.

다리에 접근하고 있을 때 마이클이 갑자기 운전석에서 앞으로 몸을 기울이며 운전대 너머를 뚫어지게 주시했다.

"저게 대체 무슨……."

마이클이 브레이크를 거세게 밟는 순간 피터는 대시보드에 부딪치지 않으려고 몸에 힘을 주어 버텼다. 뒤따라오던 험비가 충돌 직전에 아슬아슬하게 브레이크를 밟으면서 빛이 환하게 쏟아졌다. 그들은 아스팔트 긁는 소리를 내면서 멈췄다.

마이클이 앞 유리 너머를 뚫어지게 쳐다보고 있었다. "내가 헛것을 보는 건가?

무전기를 통해 로어의 목소리가 잡음과 함께 들려왔다. "무슨 일이야? 왜 멈췄어?"

피터가 대시보드 위에 있던 무전기를 낚아챘다. "DS 3번과 4번, 어서 앞으로 나올 것. 1번과 2번은 제 위치로. 그 밖의 모두는 차에서 내리지 말도록."

길에 사람의 형체가 서 있었다. 바이럴이 아니었다, 인간이었다. 여자 같았다. 고개를 숙인 채 망토 같아 보이는 것으로 몸을 감싸고 있었다.

"뭐 하는 거야?" 마이클이 말했다. "가만히 서 있는데?"

"기다려."

피터가 운전석에서 내렸다. 여자는 움직이지도, 그들의 존재를 눈치챈 것 같지도 않았다. DS의 사륜구동 차량 두 대가 험비 옆으로 다가와 서서 제 위치를 지켰다. 피터는 무기를 꺼내며 조심스레 앞으로 나갔다.

"신원을 밝혀라."

여자는 다리의 앞쪽 가장자리에 서 있었다. 다리의 철골로 된 지주가 하늘에 시커먼 선을 그려내고 있었다. 피터가 무기를 들어 올리고 조금씩 다가갔다. 여자는 손에 무언가를 움켜쥐고 있었다. "이봐." 그가 말했다. "안 들려?"

여자가 고개를 들었다. 트럭들이 뿜어내는 헤드라이트 불빛을 얼굴에 한가득 받고 있었다. 피터는 자기 눈앞에 보이는 모습을 분간할 수 없었다. 성인 여자? 어린 여자아이? 아니면 노파인가? 여자의 얼굴이 그의 정신 속을 파닥거리며 마치 빠르게 흐르는 물속에 언뜻 보이는 것 같은 형상을 만들었다가 다시 만들기를 반복했다. 울컥 토기가 치밀어 올랐다.

"우린 당신이 어디 있는지 알아." 얇은 종이처럼 여린 음성이었다. "시간문제일 뿐."

피터가 권총을 여자의 머리를 향해 겨누었다. "내 질문에 대답해라."

여자의 눈이 새파란 색으로 강렬하게 빛났다. 그 두 눈이 피터의 눈과 마주치는 순간 피터는 자기 눈앞의 상대가 미녀, 그것도 태어나서 본 가장 아름다운 미녀라는 것을 알 수 있었다. 도톰하게 부푼 입술. 섬세하게 위를 향해 휜 코. 균형 있게 배열된 얼굴뼈와 윤기 나는 피부. 여자를 보는 것만으로도 참을 수 없는 육감의 물결에 휩쓸리는 것 같았다. 문득 입안이 말라왔다.

"지쳤구나." 여자가 말했다.

넋을 잃고 있던 피터는 그 알 수 없는 말에 별안간 정신을 차렸다.
"뭐라고?"

"말했잖아." 여자가 한 번 더 반복했다. "당신은 지쳤다고."

"무슨 소린지 모르겠어."

그러자 여자의 표정이 혼란스러워졌다. 마치 피터의 대답이 그녀를 실망시켰다는 듯이. 피터는 그녀가 손에 쥐고 있는 사물에 시선을 가져갔다. 금속 상자였다. 여자는 비어 있던 한 손으로 상자 옆면에 매달린 기다란 금속 막대를 붙들었다.

피터는 그것이 무엇인지 알았다.

여자의 손이 스위치에 닿는 순간 피터는 여자를 향해 몸을 날렸다. 빛이 작열하며 거대한 문을 쾅 닫는 것 같은 소음이 일었다. 뜨거운 열기가 벽처럼 그를 밀어내는 바람에 그는 뒤로 넘어지고 말았다. 다리, 하고 피터는 생각했다. 이 여자가 누군지는 모르겠지만, 다리를 날려버린 거야. 피터는 등을 바닥에 대고 쓰러진 채 하늘을 보며 눈을 깜박였다. 시간의 밧줄이 한순간 풀려버린 것 같았다. 불이 붙은 커다란 것이 하늘에서부터 느슨한 호를 그리며 그를 향해 떨어지고 있었다.

불이 붙은 레일 지지대가 그의 머리에서 단 몇 발짝 떨어진 바닥에 날아와 굉음을 냈다. 몸을 굴려 벗어나는 순간 누군가의 손이 다가와 그를 일으켜 세웠다. 마이클이 그를 험비 쪽으로 끌어당기고 있었다.

"후진!" 마이클은 한 팔로 그의 허리를 부축한 채 무전기에 대고 고함을 지르고 있었다. "다들 물러나!"

사방에서 빛이 그들을 밝히고 있었다. 피터가 눈앞의 상황을 채 이해하기도 전에 숲속에서 픽업트럭 한 대가 나타나더니 진흙투성이 거대한 타이어로 진창을 뚫고 다가왔다. 그들의 눈앞까지 다가온 픽업트럭은 비스듬히 멈춰 섰다. 트럭 짐칸에서 네 사람의 형체가 시커먼 유령처럼 일어나더니, 동시에 긴 원통형 물체를 그들의 어깨에 걸머졌다.

"오, 젠장," 마이클이 말했다.

원통에서 로켓이 발사되며 새하얀 폭발음을 자아내자 두 사람은 바닥으로 몸을 날려 엎드렸다. 두 사람 뒤에서 나던 총성은 곧장 DS 차량이 폭파되는 굉음에 묻혔다. 폭발의 잔해가 머리 위를 날아다녔다.

"셉스," 마이클이 무전기에 대고 고함을 질렀다. "당장 여길 떠나!"

픽업트럭의 형체들이 재장전을 하려고 동작을 멈췄다. 다음 표적은 셉스의 유조차일 것이다. 피터는 권총을 향해 손을 뻗었지만 사라지고 없었다. 첫 번째 폭발에서 잃어버린 것이다. 수송대 뒤편에서 또 한 번의 엄청난 폭발음이 들려왔다. 정유공들이 트럭에서 뛰어내려 고함을 지르며 달렸다. 이제 공격은 수송대 앞뒤에서 동시에 일어나고 있었다. 앞에는 강, 그리고 뒤에서 다가온 정체를 알 수 없는 적들 사이에 갇힌 것이다. 아마 RPG를 실은 픽업트럭들일 것이다. 이미 싣고 온 연료는 빼앗겼으니 도망쳐야 했다. 피터와 마이클이 죽기 살기로 내달려 첫 번째 유조차에 닿는 순간 셉스가 운전석에서 뛰어내리며 피터에게 소총을 건넸다. 공중에서 소총을 붙잡은 마이클이 몸을 홱 돌리며 픽업을 겨냥하고 발사하자 트럭에 있던 형체들이 몸을 숨기려 바닥으로 엎드렸다. 그렇게 잠깐의 시간을 벌었지만 그것으로 끝이었다. 운전석에서 내리는 로어의 손목을 마이클이 잡아채더니 바닥으로 넘어뜨렸다. 그는 수송대 뒤쪽을 향해 팔짓을 하며 고함을 질렀다. "전부 트럭에서 멀어져!"

유령 같은 형체들이 다시 일어섰다. 첫 번째 유조차에 단 한 발만 명중하면 모든 게 끝날 것이다. 트럭 한 대당 1만 리터 이상, 총합 13만 리터가 넘는 연료였다. 그렇게 수송대 전체가 일렬로 세워 놓은 다이너마이트처럼 차례차례 폭발할 게 분명했다. 피터는 그 형체 중 하나가 아까 본 망토 입은 여자라는 사실을 깨달았다. 소총을 들고 방아쇠를 당겼지만 텅 빈 탄창의 짤깍 소리밖에 나지 않았다.

그때 여자가 팔을 들더니 양옆으로 넓게 펼쳤다.

수송대 뒤쪽에는 완전히 다른 종류의 차량이 나타나 있었다. 그것이 엔진 소리를 우르릉거리며 빠른 속도로 수송대를 향해 달려왔고 차 지붕에 달린 나트륨등의 불빛이 쏟아졌다. 아연 도금을 한 철판을 고반사 마감이 될 때까지 광을 낸 두 개의 컨테이너를 데이지체인 방식으로 연결한 6륜 세미트레일러였다. 앞으로 몇 주 동안, 도로를 미끄러지는 거울로 된 두 개의 상자처럼 보이는 이 신기한 면이 곧 중요한 것, 앞으로 이어질 일련의 단서 중 하나가 될 것이다. 그러나 공기를 찢을 기세로 이 세미트레일러가 현장에 도착하는 순간에는 그 누구도 그 사실에 그리 관심을 기울이지 않았다. 도망치는 정유공 중 몇은 공황 상태 때문에 논리를 잃어버리는 바람에, 후방을 방어하던 차량들이 덤불 속으로 도망쳐 버렸다는 사실을 모른 채, 구조될 수 있으리라는 희망을 품기까지 했다. 그들은 습격을 받은 것이었다. 무자비하게도 혼란스러운 이 습격은 문득 일어난 것이었다. 강화된 표면과 빛나는 덩치를 가진 이 컨테이너들은 화물차들을 닮아 있었다.

실제로도 그랬다. 그들이 나르고 있는 화물은 완전히 다른 종류였지만 말이다.

그 사실을 깨달은 한 사람이 바로 후안 스위팅, 즉 셉스였다. 비호감인 매너와 타인을 압도하는 근육질 외모를 가지고 있기는 했지만 셉스는 시인의 영혼을 가진 남자였다. 하루가 끝나고 밤이 되면 그는 자기 침대에 혼자 앉아 종이에 펜으로 자신의 가장 내밀한 생각들을 흔치 않은 감성과 언어로 된 음악으로 이루어진 행들에 담아내곤 했다. 수많은 고난 속에서도 그는 세계가 아름다운 곳, 신의 손길이 닿은, 인간이 희망을 품을 만한 가치가 있는 곳이라고 꾸준히 믿었다. 그는 자신이 소중히 여겼던 바다에 대해서도 많은 시를 썼다. 그런 시들을 누구에게도 보여준 적은 없었지만, 그 시들이야말로 비밀스러운 연인처럼 그의 삶에서 가장 핵심적인 부분을 차지하고 있었다. 때로는 증류탑에서 끈끈한 찌꺼기를 긁어낼 때, 아니면 체력 단련실에서 머리 위로 무거운 역기를 들 때, 셉스는 시를 쓰고 싶다는 열망에 너무나 휩싸여서 하던 일을 그만두고 어서 자기 침대로 돌아가 창조라는 위대함을 찬양하고 싶어 안달이 났다.

윤이 날 정도로 광이 나는 세미트레일러가 도착하는 순간 셉스는 피터와 마찬가지로 모든 것이 보이는 그대로가 아니라는 의심을 품었다. 사실 이 습격 자체가 처음부터 말이 되지 않았다. 인간이 다른 인간을 이런 식으로 학살할 이유가 무엇이 있겠는가? 그들에게는 공공의 적이 있지 않나? 어째서 인간이라는 종을 유지하기 위한 에너지원을 파괴하는 것인가? 셉스의 마음속에서 자리 잡기 시작한, 그들을 공격한 세력이 그들과 다른 편이라는 사실은 정당한 것이었고, 그렇게 빛나는 트레일러 둘 중 하나가 열리며 안에 있는 화물이 쏟아져 나오는 순간 그의 의심은 확신으로 바뀌었다. 그러나 그때는 이미 늦은 뒤였다. 언제나 너무 늦었다.

바이럴 떼가 수송대를 뒤덮었다. 수백 마리였다. 그러나 잠시 후 셉스는 놈들이 모두를 학살하고 있는 것이 아니라는 사실을 알아차렸다.

몇몇은 금세 피를 흩뿌리며 잔혹하게 살해당했지만, 상당수는 바이럴에게 허리를 낚아채여 비명을 지르며 납치되고 있었다.

납치는 죽음보다 더 끔찍한 운명이다. 납치된다는 것.

셉스는 재빨리 판단을 내렸다.

세미트레일러는 줄지어 선 수송대 유조차 중 마지막 한 대에서 20미터도 떨어지지 않은 곳에 서 있었다. 셉스는 이전에도 유조차가 폭발하는 장면을 본 적 있었다. 파괴는 순식간이었고 유조차는 활활 타오르며 거대한 규모로 완파되었지만, 폭발 직후 10분의 1초도 안 되는 짧은 순간 흥미로운 일이 일어났다. 팽창한 연료의 압력이 차체의 가장 취약한 부분을 자극하며 트레일러의 뒤판이 와인 병의 코르크 뚜껑이 열리듯이 수직으로 날아갔던 것이다. 즉 폭발하는 유조차는 폭탄 이전에 총인 셈이었다. 셉스는 마지막 유조차를 향해 다가와 있었다. 은색 트럭은 고작 20미터 거리 뒤에 서 있었다. 셉스는 거대한 팔뚝을 휘둘러 배출 포트를 돌린 다음 밸브를 열었다. 번들거리는 가솔린이 파이프에서 콸콸 솟구쳐 나왔다. 그는 쏟아지는 가솔린 속에 서서 옷을 흠뻑 적셨다. 손에 가솔린을 받아 머리카락에도 뿌렸다. 이 미친놈의 세상, 하고 그는 생각했다. 화염병이 된 것처럼 그의 감각을 기름 냄새가 뒤덮었다. 가슴 저미도록 달콤하고도 쓰디쓴 이 미친 세상. 언젠가 누군가가 매트리스 아래에 숨겨둔 그의 시를 찾아서 그 안에 담긴 그의 진실을 읽어줄지도 모른다. 사랑했던 시 구절이 떠올랐다. 에밀리 디킨슨의 시였다. 여덟 살 때 그가 커빌 도서관의 누구도 들어가지 않는 방에서 에밀리 디킨슨의 시집을 발견했다. 그 누구도 이 책을 찾지 않을 것 같았기에, 또, 책장에 외로이 꽂힌 그 책의 외로움이 꼭 자기 같아서, 외투 안에 시집을 숨겨 나왔다. 어린 셉스는 뒷골목으로 들어가서 쓰레기통 위에 앉아 이미 오래전 세상을 떠난 목소리가 그의 가장 비밀스러운 자아에 곧바로 내리꽂히는 기분을 느꼈다. 지금, 쏟아져 나오는 배출구 앞에 서서 그는 눈을 감고 기억에 새겨진 그 시구를 마지막으로 머릿속에 담았다.

죽는 날까지 아름다움이 나를 붐비게 하리
아름다움이여, 내게 자비를 주길
그러나 내가 오늘 죽는다 해도
아름다움의 눈앞에서 죽을 수 있기를…….

그는 주머니에 있던 라이터를 꺼내 뚜껑을 찰칵하고 연 다음 부싯돌에 손가락을 올렸다.

100미터쯤 떨어진 곳, 세 번째 유조차 운전실에서 피터는 기어를 넣으려 시도하고 있었다. 표시가 지워진 지 오래인 기어 손잡이를 보고는 아무것도 알 수 없었다. 시도할 때마다 갈려 나가는 소음만 났다.

"비켜봐요."

문이 벌컥 열리더니 로어가 운전석으로 올라왔고 마이클이 뒤따랐다. 피터는 운전석을 마이클에게 내주고 옆자리로 비켜 갔다.

"계획은?" 마이클이 물었다.

"없어."

그러자 마이클이 사이드미러를 곁눈질했다. 다음 순간 그가 눈을 크게 떴다. "이제 있어."

그가 기어를 1단으로 맞춘 뒤 운전대를 있는 힘껏 왼쪽으로 돌려 액셀을 밟자 유조차가 돌진하며 두 번째 유조차를 스쳤다. 마이클은 후진하는 대신 다시 한번 액셀을 밟았다. 금속이 끼익하는 소리가 나더니 갑자기 그들은 공중에 붕 떴다. 바퀴 달린 15톤짜리 쇳덩이가 미사일처럼 잡목림을 향해 날았다.

뒤에서 세계가 폭발하고 있었다.

트럭은 로켓처럼 날았다. 피터의 등이 좌석에 쾅 부딪쳤다. 트럭의 후미가 들려 홱 틀리더니 다시금 따라 올라왔다. 운전실이 너무 거세게 흔들려서 온몸이 다 흩어져 버릴 것 같았다. 마이클은 액셀에서 발을 떼지 않은 채 기어를 조작했다. 관목들이 앞 유리를 스쳤다. 그들은 박쥐처럼 맹목적으로 날고 있었다. 마이클이 운전대를 다시 왼쪽으로 돌리자 그들은 기다란 호를 그리며 뒤엉킨 들판을 가로질렀고, 다음 순간 트럭은 풀썩하며 다시금 고속도로에 착지하더니 동쪽을 향해 질주하기 시작했다.

그들의 탈출은 바이럴들의 시선을 피하지는 못했다. 사이드미러 속에서 흐릿한 녹색광의 떼가 그들 뒤로 모여드는 모습이 보였다.

"이 차로는 놈들을 따돌릴 수가 없어." 마이클이 말했다. "하드박스로 들어가야만 해."

피터가 소총에 탄환을 채워 넣었다. "당신한테는 뭐가 있지?" 그가 묻자 로어는 권총을 보여주었다.

"문제는 그뿐만이 아니야." 마이클이 말했다. "브레이크 커플러가 빠져나갔어."

"그게 무슨 뜻이지?"

"속도를 줄이면 트레일러 연결 부위가 꺾이면서 운전실에 부딪칠 거라는 소리야. 뛰어내려야 해."

바이럴 때가 가까워져 왔다. 피터가 추측하기에 거리는 200미터, 어쩌면 더 가까울 수도 있었다.

"진출 경사로로 빠져나갈 수 있어?"

"이 속도로는 절대 고가도로에서 90도로 꺾을 수가 없어."

"경사로 꼭대기에서 하드박스의 거리는?"

"남쪽으로 100미터 직진."

경사로를 올라가기 전에 트럭에서 뛰어내리면 하드박스에 도달할 방법이 결코 없었다. 경사로 꼭대기에서부터의 거리인 100미터가 한계였고, 그것은 뛰어내리는 순간 세 사람이 다치지 않는다는 전제하에서였다.

헤드라이트 불빛 속에 하드박스를 알리는 표지가 나타났다. 로어가 벤치 위에 올라선 다음 문 옆에 서자 마이클은 시속 50킬로미터까지 감속한 다음 오른쪽으로 방향을 틀어 진출로로 접어들었다. 문을 활짝 열자 소용돌이치는 바람이 운전실을 가득 채웠다.

"뛰어!"

진출로 꼭대기에 도착하는 순간 마이클과 로어가 운전실에서 뛰어내렸다. 피터 역시 곧바로 뒤따랐다. 발이 땅에 닿는 순간 그는 충격을 흡수하기 위해 무릎을 구부린 뒤 데굴데굴 굴렀다. 숨이 턱 끝까지 찼다. 멈췄을 때 유조차의 꽁무니가 가드레일을 뚫고 날아가는 장면이 보였다. 잠깐이었지만 1만 4천 킬로그램에 달하는 유조차는 막 날기 직전인 것처럼 보였다. 그러나 다음 순간 트레일러는 아래로 뚝 떨어지더니 거대한 폭발을 일으켰고 한가운데가 새하얗게 타오르는 거대한 불꽃과 함께 요동치는 연기를 피워내기 시작했다.

왼쪽에서 로어의 목소리가 들렸다. "피터, 도와줘!"

마이클이 의식을 잃은 채였다. 머리카락에 피가 흠뻑 젖었고 한쪽 팔은 부러진 것처럼 비틀려 있었다. 바이럴들이 경사로의 발치에 도착한 참이었다. 트럭이 폭발하는 빛에 잠깐 머뭇거리긴 했지만 그뿐이었다. 피터는 마이클을 어깨에 들쳐 메었다. 마이클의 무게로 무릎에 하중이 실려 구부러지자 피터는 생각했다. 제기랄, 몇 년 전이었더라면 가볍게 들었을 텐데. 별들이 총총한 밤하늘을 배경으로 하드박스의 깃발이 어두운 윤곽을 드러내고 있었다.

그들은 달렸다.

34

루시어스가 저녁 기도를 마무리하고 있을 때 그녀가 문간에 나타났다. 손에 든 열쇠고리가 쩔렁거리고 있었다. 무늬 없는 회색 튜닉과 차분한 태도만으로는 지금 한창 탈옥을 꾀하는 사람이라는 인상이 전혀 없었지만, 밤공기가 찬데도 얼굴에 식은땀이 배어 번들거리는 것이 루시어스의 눈에는 보였다.

"소령님, 오랜만이에요."

그의 가슴 속에는 이제 무슨 일이 일어날 거라는, 원이 완결된다는, 운명이 드디어 그 모습을 드러낸다는 기분이 가득 찼다. 마치 평생 이 순간을 기다린 것만 같았다.

"무슨 일인가가 일어나고 있는 거군."

에이미는 차분히 고개를 끄덕였다. "그런 것 같아요."

"그 일이 일어나기를 기도했어. 네가 오기를 기도하고 있었지."

에이미는 고개를 끄덕였다. "서둘러야 해요."

두 사람은 독방을 나와 깜깜한 복도를 걸었다. 샌더스는 외실 책상 앞에 앉아서 단정하게 팔짱을 낀 채로 고개를 앞으로 떨어뜨린 채 잠들어 있었다. 두 번째 보초인 쿨리지는 바닥에 누워 코를 골고 있었다.

"한동안은 깨지 않을 거예요." 에이미가 설명했다. "그리고 깨어나서도 기억은 없겠죠. 소령님은 그냥 사라지는 거예요."

루시어스는 몸을 숙여 샌더스의 총집에서 권총을 꺼낸 다음 고개를 들었다. 에이미가 주의하라는 표정으로 그를 바라보고 있었다.

"잊지 마세요." 그녀가 말했다. "카터는 우리와 한편이에요."

루시어스는 탄창을 넣은 뒤 안전장치를 채우고 권총을 허리춤에 쑤셔 넣었다. "접수했어."

바깥으로 나간 두 사람은 그늘에 몸을 숨긴 채 보행자용 터널을 향해 신중하게 바삐 걸어갔다. 입구에 세 명의 고용인이 금속제 쓰레기통에 피운 불 주변을 둘러싸고 서서 손을 녹이고 있었다.

"좋은 저녁입니다, 신사 여러분."

그러자 세 사람이 놀란 표정을 지은 채 그대로 바닥에 무릎을 꿇으며 무너져 내렸다. 루시어스와 에이미는 그들의 몸을 바닥에 눕혀주었다.

"대단한데, 나중에 어떻게 하는지 가르쳐줘."

터널 저편에 안장을 얹은 말 두 마리가 기다리고 있었다. 루시어스는 에이미가 말에 올라타는 것을 도와준 다음에 두 번째 말에 올라타 고삐를 느슨하게 잡았다.

"물어볼 게 하나 있어." 그가 말했다. "어째서 나지?"

에이미는 잠시 생각에 잠긴 끝에 대답했다. "우리 모두가 하나씩을 가지고 있어요, 루시어스."

"그럼 카터는? 카터에겐 누가 있지?"

에이미는 마치 머릿속 생각에 먼 곳으로 떠밀려 간 것처럼 읽을 수 없는 눈빛을 했다. "카터는 나머지와는 달라요. 그의 내면에는 그의 패밀리어가 담겨 있어요."

"물에 빠진 그 여자군."

그러자 에이미는 미소를 지었다. "숙제를 꼼꼼히 하셨군요, 루시어스."

"모든 일에는 제 나름의 방식이 있지."

"맞아요, 그래요. 그는 그녀를 자기 목숨보다 사랑했지만 그녀를 구하진 못했어요. 그녀가 그의 핵심이죠."

"그렇다면 바이럴들은?"

"그들은 그의 '다수'예요, 그의 바이럴 계보죠. 그들이 사람을 죽이는 것은 그렇게 해야 하기 때문이에요. 그들에게는 괴로운 일이죠. 카터가 생각하면 그들도 생각해요. 카터가 꿈을 꾸면 그들도 꿈꾸죠. 그들은 그녀의 꿈을 꿔요."

말들이 흙바닥에 발을 구르고 있었다. 자정이 조금 지난 시각이었고 두 사람이 떠나는 모습을 지켜보는 것은 달도 없는 밤하늘이 전부였다.

"내가 네 꿈을 꾸는 것처럼 말이지," 루시어스 그리어가 대답했다. "내가 네 꿈을 꾸는 것처럼."

두 사람은 어둠 속으로 말을 달렸다.

35

형제들이여, 형제들이여.

그리고 저 멀리, 밤 속으로, 트웰브 중 열째, 군단을 잃은 훌리오 마르티네스가 바람에 날려 흩어진다. 훌리오 마르티네스가 제로의 부름에 답한다.

때가 왔다. 재건의 순간이 왔다. 너희가 세상을 새로 만들 것이다. 너희가 세상의 진정한 주인, 죽음뿐 아니라 삶의 사령관이 될 것이다. 너희가 계절이다, 자전하는 지구다. 너희가 원 속의 원 속의 원이다. 너희는 시간 그 자체다, 피로 맺은 내 형제들이여.

살아 있을 때 마르티네스는 법을 다루는 변호사였다. 판사를 마주한 채 배심원들 앞에서 피고인을 변호했다. 그의 전문 분야이자 주특기는 사형수 사건이었다. 그래서 독특한 명성을 얻기도 했다. 그를 찾는 사람들이 많고도 많았다. 존경하는 훌리오 마르티네스 변호사님께서 이런저런 사건을 도와주실 수 있겠습니까? 행동을 취해주시지 않겠습니까? 여자친구의 머리를 램프로 박살 내버린 록스타. 죽은 매춘부의 피가 손에 흥건하던 주 상원 의원. 갓 태어난 세쌍둥이를 욕조에 익사시켜 죽인 교외의 아기 엄마. 마르티네스는 그런 사건을 전부 받아들였다. 그들은 정신병이 있기도 했고 아닐 때도 있었다. 변명하기도 했고 안 하기도 했다. 그들은 독극물 주입으로 사형되기도 했고, 좁디좁은 독방에 들어가기도 했고, 풀려나 자유의 몸이 되기도 했다. 결과는 훌리오 마르티네스 변호사가 알 바 아니었다. 그가 좋아하는 것은 드라마였다. 누군가가 죽으리라는 것, 그런데 그 피할 수 없는 운명을 피해보겠다고 버둥거리는 것이야말로 매혹적이었다. 오래전 어렸을 때 그는 집 뒤의 들판에서 스프링과 톱니가 달린 덫에 걸린 토끼를 본 적 있었다. 쇠로 된 집게가 토끼의 뒷다리를 꽉 물어 뼈가 드러날 정도로 살갗이 너덜거리고 있었다. 기름방울처럼 작고 검은 토끼의 눈빛은 자신이 죽을 것임을 알고 있었다. 몇 번의 경련 같은 실랑이와 함께 목숨이 토끼로부터 서서히 빠져나갔다. 어린 마르티네스는 그런 모습을 몇 시간이고 지켜볼 수 있었고, 그래서 그렇게 했다. 밤이 되도록 토끼의 숨이 끊어지지 않자 마르티네스는 토끼를 헛간에 갖다 둔 다음, 집 안으로 들어가서 저녁을 먹은 뒤 장난감과 트로피가 가득한 자기 방에 들어가 토끼가 죽는 모습을 또 볼 수 있을 다음 날을 기다리며 잠들었다.

토끼가 죽기까지는 사흘이나 걸렸다. 환상적인 사흘이었다.

그렇게 그의 삶에서 그리고 그의 삶에서 한 음침한 작업이 흘러갔다. 마르티네스는 언제나 이성과 근거로 무장했다. 그에게는 특수한 방법론도 있었다. 약간의 술, 충실한 끈, 그리고 언제나 고분고분한 덕트 테이프, 눅눅하고 남의 눈에 띄지 않는 살해의 장소. 그는 신분이 낮은 여성, 학식도 교양도 없는 여성들을 택했는데 그것은 그런 여성들을 경멸하기 때문도, 은밀하게 사모하기 때문도 아니라 그런 여성들이 쉽게 걸려들어서였다. 그런 여자들은 마르티네스가 입는 잘 빠진 정장이나 영화배우 같은 헤어스타일, 법정에서 다져진 미끈한 말솜씨에 당해내지 못했다. 그 여자들은 이름도 역사도 개성도 없는 육체에 불과했다.

그리고 마지막 순간이 다가오면 그들은 저항하지 않았다. 중요한 건 오직 타이밍뿐이었다. 오케스트라와 같이 동시에 일어나는 해방. 섹스와 죽음이 입을 맞추어 노래하는 오래된 합창단.

어느 정도는 연습이 필요했다. 불발로 끝난 일들도 있었다. 또, 우스꽝스러운 사고도 몇 번 있었다는 것을 인정할 수밖에 없다. 첫 번째 희생자는 죽이긴 쉬웠지만 너무 빨리 죽었고, 두 번째 희생자는 너무 요란을 떨어서 결국 모든 게 희극이 되어버리고 말았고, 세 번째 희생자는 얼마나 불쌍하게 울던지 도저히 집중할 수가 없었다. 그러나 그러다가 루이즈가 나타났다. 진부한 웨이트리스 제복, 얌전한 웨이트리스 구두, 섹시함이라곤 없는 웨이트리스용 보정 스타킹을 신은 루이즈. 그녀가 얼마나 아름답게 세상을 떠났던지! 목숨을 빼앗는 일이 어찌나 극도의 환희였던지! 그녀는 알 수 없는 거대한 세계로 들어가는 문, 비존재라는 무한하고 깜깜한 어둠으로 들어가는 문 같았다. 그는 뿌리째 뽑히고 가루가 되었다. 영원의 바람이 그의 몸을 드나들며 그를 깨끗하게 털어냈다. 그가 상상한 모든 것을 채우고도 남았다.

솔직히 말하면 루이즈 이후로 그만큼 만족했던 적이 없었다.

고속도로 순경의 경우, 인생은 아이러니다. 주었다가 도로 뺏는단 말이다. 그러니까, 미등이 깨진 재규어 같은 것이다. 마르티네스는 루이즈의 시체를 비닐에 싸서 트렁크에 넣은 채였다. 교통경찰은 느긋하게 차를 향해 다가왔다. 손은 권총 손잡이 위에 여유롭게 얹힌 채였다. 운전석의 차창이 내려갔다. 경찰의 얼굴이 바짝 다가오더니, 이미 질려버린 올바름으로 틀에 박힌 말을 했다. *선생님, 잠시 확인이 있겠*……. 그리고 그 말은 끝나지 못했다. 그 뒤에 마르티네스는 간신히 트렁크 속 시체를 버리기는 했다. 그런 식으로 그가 지금까지 한밤에 저지른 연습들은 영원히 누구도 모르는 것이 되었고 그의 운명과 무관해졌다. 하지만 고속도로변에 버려진 경찰의 시체, 그의 대시보드에 달려 있던 카메라에 모든 것이 녹화되어 있었던 것이다. 결국 옛말과 마찬가지로 존경받는 훌리오 마르티네스 변호사, 옹호받을 수 없는 자들의 옹호자이자, 변호받을 수 없는 혐오스러운 자들의 변호사인 그가 할 수 있는 일이라고는 창밖이 경찰차 불빛으로 일렁일 때 30년산 싱글 몰트위스키를 한 잔 따라 목구멍으로 털어 넣고 순순히 두 손을 든 채 바깥으로 나오는 게 전부였다.

그런데 알고 보면 그렇게 불운한 사건의 전개도 아니었다.

마르티네스는 자신이 변호를 맡은 사형수들에게 그리 관심을 가지는 사람이 아니었다. 순수하게 가엾기만 했던 카터 – 그 남자는 자기가 어떤 상황인지, 무슨 짓을 저질렀는지조차 모르는 것 같았고, 마르티네스는 카터에게서 수년간 거의 아무 말도 듣지 못했다 – 를 제외하면 나머지는 그저 아무 생각도 없고 천박한 보통 범죄자였다. 차량을 이용한 살인, 나쁘게 풀린 무장 강도, 술집에서 난동을 부리다가 사람을 죽인 자들. 그들 자신의 쓰레기 같은 백 년을 절여져도, 그들은 도무지 나아지지 않았다. 마르티네스의 존재에도 짜증스러운 면들이 있었다. 혼자일 수 없는 것. 언제나 채워지기를 바라는 끝없는 허기. 머릿속에서 그칠 줄 모르고 맴도는 말들, 그 말들은 형제들의 것뿐만이 아니라 제로의 것이기도 했다. 그리고 이그나시오. 이그나시오는 대단한 놈이었다. 그자는 자기 연민에 찬 일장 연설을 되풀이했다. *이런 일 중 내가 하고 싶어서 한 건 절반도 안 된다고요. 제가 이렇게 태어났을 뿐이에요.* 그 놈의 징징거리는 소리를 백 년간 듣고 나니 이제는 지긋지긋했다.

하지만 뱁콕의 광포함에는 매력적인 면이 있었다. 그의 은유는 인정해줘야 한다. 놈은 제 모친의 후두를 부엌칼로 도려냈다. 다른 삶이었다면 놈은 시인이 되고도 남았을 것이다. 수십 년 동안 마르티네스의 정신은 그 악취 나는 부엌에 수백만 번이나 앉았다. 사실이었다. 그 여자는 도저히 입을 닥치지 않았다. 세상에는 눈앞에 그려지는 사람들이 있고 뱁콕의 어미가 딱 그랬다.

그러다가 어느 날 뱁콕은 갑자기 사라졌다. 그가 보내던 신호가 마치 텔레비전 방송이 중단된 것처럼 잠잠해졌다. 뱁콕이 있던, 제 어미의 도돌도돌한 후두를 쉬지 않고 파내던 마르티네스의 마음 한가운데가 텅 비어버렸다. 어떻게 된 일인지 모두가 알았다. 집단적이고 피로 이어진 존재들의 운명이었다. 형제 중 하나가 파멸한 것이다.

신의 은총이 깃들기를, 자일스 뱁콕. 살아서는 얻지 못한 평온을 죽음에서, 내세에서 찾기를.

그렇게 트웰브는 일레븐이 되었다. 갑옷에 금이 간 것 같은 상실이었지만, 앞으로 올 몰락에? 비해서는 결국은 그리 큰일이 아니었다. 큰 그림으로 보면 훌리오 마르티네스에게는 좋은 한 세기였다. 그는 가슴 사무치는 애정이 깃들어 있던 세기 초를 기억했다. 그와 같은 존재들이 세상에 풀려나던 피와 아수라장을 기억했다. 죽이는 것도 환상적이었지만, 흡수하는 것은 또 다른 일이었다. 만족감이 더 큰 연회였다. 흡수할 때마다 마르티네스는 맛 좋은 영혼을 한껏 빨아 마시고 그들을 자신의 무리에 넣어 그의 지배력을 넓혔다. 그의 '다수'는 그저 그의 일부분인 것이 아니라 그의 연장이기도 했다. 그들은 그였다. 그, 훌리오 마르티네스가 트웰브 중 하나이자 제로 그 자체, 부수적인 존재이자 동일선상에 놓인 존재이고, 서로와, 그리고 그들이 영영 거하는 어둠에 결속된 존재인 것처럼.

형제들이여, 형제들이여, 때가 왔다. 형제들이여, 형제들이여, 얼마 남지 않았다.

피할 수 없는 일이기에 그들은 순수한 탐욕으로 가득한 족속이 되었다. 그들을 보호하기 위해 만들어진 '다수'는 메뚜기 떼처럼 지구를 잡아먹고 아무것도 남기지 않았다. 만찬은 기아가 되었고 풍성한 여름은 궁핍한 겨울이 되었다. 그들에게는 보호와 휴식의 공간인 집이 필요하게 될 것이다. 그들의 꿈을 꿀 수 있는 장소, 루이즈의 꿈을 꿀 수 있는 장소.

형제들이여, 형제들이여, 그대들의 새집이 기다리고 있다. 그들이 그대 앞에서 절할 것이다. 너희들은 왕처럼 살아갈지어다.

마르티네스는 그 소리가 좋았다.

그는 그 어떤 격식도 없이 그들을 폐기했다. 백만 겹의 '다수'를 말이다. 온갖 곳에 숨어 있던 그들을 불러서 이렇게 말했다. *죽어라.* 새벽이 지평선 위로 붉은 손가락을 뻗어오고 있을 때였다. 그들은 무턱대고 해를 향해 얼굴을 돌렸다. 그들은 조금도 망설이지 않았다. 그저 그의 명을 받들었을 뿐이다. 태양이 대지를 훑는 빛의 칼날처럼 그들을 향해 다가왔다. *누워라, 내 아들과 딸들아. 햇빛 속에 누워서 죽어라.*

그러더니 비명이 따랐다.

밤이면 밤마다 그는 황폐한 땅을 가로질러 동쪽을 향해 갔다. 그의 본능은 예리했다. 감각으로 일렁이는 세상은 소리와 냄새로 그를 어루만졌다. 풀잎. 바람. 나무들의 미세한 움직임. 그는 그 자리에 머물러서 모든 것을 실컷 맛보았다. 너무 오래 떠나 있었던 것이다. 그는 자신들의 동료를 불렀고, 어둠이 수놓인 그들의 목소리와 함께 그들은 사방에서 나타나 재생의 장소를 향했다.

–우리는 모리슨–차베스–배프스–터럴–윈스턴–소사–에콜스–램브라이트–마르티네스–라인하르트–카터. 트웰브 중 한 형제를 잃은 일레븐이다.

그러면 제로 역시 같은 목소리로 대답했다.

오, 내 형제들아, 내 고통 역시 너희의 고통만큼이나 크다. 그러나 너희들은 다시 트웰브가 되리라. 내가 또 하나를 만들어서 너희들을 지켜보고 쉼터에서 쉬게 해주리니.

–누구입니까? 그들 각자가, 그러더니 입을 모아 대답했다.

–만들었다는 그 하나가 누구입니까?

그러자 어둠 속에서 제로가 답했다.

우리의 자매다.

(1권 끝)

트웰브 1

1판 1쇄 인쇄 2022년 4월 11일
1판 1쇄 발행 2022년 4월 28일

지은이 저스틴 크로닌 **옮긴이** 송섬별
펴낸이 김영곤
펴낸곳 ㈜북이십일 아르테
문학팀 장현주 임정우 김연수 원보람 최은아
출판마케팅영업본부 본부장 민안기
마케팅2팀 나은경 정유진 박보미
출판영업팀 이광호 최명열
해외기획팀 최연순 이윤경 **제작팀** 이영민 권경민

ISBN 978-89-509-0029-8 04840
978-89-509-0031-1 (세트)

출판등록 2000년 5월 6일 제406-2003-061호
주소 (우10881) 경기도 파주시 회동길 201(문발동)
대표전화 031-955-2100 **팩스** 031-955-2151 **이메일** book21@book21.co.kr

책값은 뒤표지에 있습니다.

잘못 만들어진 책은 구입하신 서점에서 교환해 드립니다.